티모시 잔 지음 / 유미지 옮김

제우미디어

Copyright © 2016 by Timothy Zahn
This translation is published by arrangement with Del Rey, and imprint of Random House, a division of Penguin Random House LLC
All rights reserved.

Korean Translation Copyright © 2017 by Jeu Media
This translation is published by arrangement with Random House, a division of Penguin Random House LLC through Imprima Korea Agency

이 책의 한국어판 저작권은 Imprima Korea Agency를 통해 Random House, a division of Pengiun Random House LLC와의 독점 계약으로 제우미디어에 있습니다.
저작권법에 의해 한국 내에서 보호를 받는 저작물이므로 무단전재와 무단복제를 금합니다.

스타크래프트 진화

초판 1쇄 | 2017년 7월 11일
초판 5쇄 | 2018년 1월 22일

지은이 | 티모시 잔
옮긴이 | 유미지

펴낸이 | 서인석
펴낸곳 | 제우미디어
출판등록 | 제 3-429호
등록일자 | 1992년 8월 17일
주소 | 서울시 마포구 독막로 76-1 한주빌딩 5층
전화 | 02-3142-6845
팩스 | 02-3142-0075
홈페이지 | www.jeumedia.com

ISBN | 978-89-5952-571-3
• 파본은 구입하신 서점에서 교환해드립니다.

제우미디어 소설 공식 카페 | cafe.naver.com/jeunovels
제우미디어 페이스북 | www.facebook.com/jeumedia

만든 사람들
출판사업부 총괄 손대현 | **편집장** 전태준 | **책임 편집** 최현준 | **기획** 홍지영, 이경인, 박건우, 장윤선
디자인 총괄 디자인 수 | **제작** 김금남 | **영업** 김영욱, 박임혜

STARCRAFT
EVOLUTION

제1장

전쟁은 끝났다.

악몽은 끝나지 않았다.

해병 상사 포스터 "휘스트" 크레이는 꿈 따위엔 신경도 쓰지 않았다. 빌어먹을 5년간의 파병 기간 동안 살아 날뛰는 악몽 속에서도 살아남은 그였다. 공포와 공황 상태에는 이미 익숙했다.

정말 힘들었던 건 빌어먹을 지루함이었다.

전쟁이란 끓어오르는 지옥 같은 경험이었지만, 그래도 가끔씩 주위 풍경이 바뀌는 재미는 있었다. 그가 소속된 소대는 사막과 밀림, 숲, 초원, 심지어 도시로도 출동했었다. 물론 그곳은 도시라기보다는 부서진 석조 건물의 잔해와 뒤틀린 파이프의 무덤 같았지만, 그래도 도시는 도시였다. 그리고 한 번은 해변으로 출동해본 적도 있었다.

적의 종류도 꽤나 다양했다. 휘스트는 저글링, 히드라리스크, 궤멸충 등 지옥에서 빠져나온 듯한 저그의 온갖 괴상망측한 괴물들을 날려버렸다. 때로는 대군주나 여왕 등 저그의 지휘관들이 더욱 험악한 괴물들을 내보내 까다로운 공격을 펼치기도 했고, 그럴 때면 해병들은 바이킹이나 토르가 놈들을 상대하는 사이 흙바닥에서 뒹굴어야 했다.

그래도 새로운 적을 만난다는 건 뭔가 새로운 볼거리가 생긴다는 의미이기도 했다. 프로토스도 몇 번 본 적은 있었지만, 보통은 전장 반대편에서 자치령 병력을 위협하는 모습이었다. 한두 번은 부주의하게 앞에 끼어든 그 키가 껑충한 외계인들에게 무차별 사격을 해야만 했던 일도 있었다.

하지만 악몽은 늘 성가실 정도로 똑같았다.

언제나 저글링과 히드라리스크뿐이었다. 그리고 그와 제시, 레나는 어깨를 맞대고 서서 밀려드는 저그에 맞섰다. 그리고 빌어먹을 C-14 가우스 소총은 단 한 번도 제대로 작동하지 않았다.

발사에는 문제가 없었다. 익숙한 쿵 소리와 함께 노새가 발길질이라도 하는 것처럼 개머리판이 어깨를 걷어찼다. 거기까지는 괜찮았다. 하지만 8밀리미터짜리 쐐기는 돌진해 오는 괴물들을 향해 극초음속으로 날아가지 않고, 애처로운 곡선을 그리며 휘스트의 앞쪽 몇 미터 지점에 떨어져 내렸다. 계속해서 총을 발사해 봤지만, 그저 땅 위에 쐐기 더미를 쌓을 뿐 아무것도 할 수 없었다. 저그는 계속해서 다가왔다. 괴물들이 아가리를 크게 벌리고 휘스트를 점심 식사로 먹어치우려는 순간, 그는 식은땀을 흘리며 깨어났다.

제시와 레나에게 무슨 일이 있었는지는 알 수 없었다. 가끔은 그 꿈속에서 둘이 살아남았을지 궁금하기도 했다.

아마 아닐 것이다. 전쟁에서도 살아남지 못했으니, 그 꿈에서 살아남았을 이유가 없었다.

그 후에는 어둠 속에 가만히 누워 두근거리는 심장 소리에 귀를 기울이며, 다시 잠이 찾아오기만을 기다리고는 했다. 때로는 아우구스트그라드의 해병대 병영에서 숙소를 빠져나가, 커피 한 잔을 들고 옥상에서 차가운 밤공기를 마시며 머리를 식히기도 했다.

하지만 오늘은 특별했다. 오늘은 여섯 번째 종전기념일이었다. 적어도 그의 전쟁은 오늘 끝났다. 오늘만은 그 악몽과, 제시와 레나와 다른 모든 이들의 희생을 기리기 위해 뭐든 해야만 했다.

옥상에는 대개 아무도 없었다. 야간 근무를 서지 않는 사람이라면 이런 시간에는 잠에 빠져 있어야 정상이었다. 그런데 오늘은 휘스트보다 먼저 옥상에 올라온 사람이 한 명 있었다.

꼬마처럼 작은 키, 비쩍 마른 체격에 다소 구부정한 자세로, 낮은 난간에 팔꿈치를 괴고 도시 외곽을 바라보고 있었다.

"늦었네."

휘스트가 계단을 빠져나오자마자 그는 말했다.

휘스트는 부사관 회관에서 '빌린' 술병을 황급히 다리 사이에 감췄다. 독한 위스키를 회관 외부에서 음용하는 건 금지되어 있었다.

"잘 못 들었습니다?"

휘스트가 외쳤다. 상대방이 반쯤 돌아섰다. 그의 뒤로 펼쳐진 도심의 불빛 속에서, 전투경험에 짓눌린 정신과 작고 어린 육체가 어울리지 않게 합쳐져 있는 익숙한 실루엣이 눈에 들어왔다. 참전 용사가 분명했다.

"미안. 다른 사람인 줄 알았어."

꼬마가 말했다. 그리고 손짓했다.

"자, 이리 와. 마실 것도 좀 가져 온 모양이지?"

휘스트는 인상을 찌푸렸다. 술병을 감춘 것도 실패한 모양이었다. 아직 정확한 관등성명이 드러나지 않았으니 그대로 달아날까 하는 생각도 잠깐 해봤지만, 그냥 될 대로 되라는 심정이 되었다.

"사람 만나는 장소를 고르는 취향이 독특하신 것 같습니다."

울퉁불퉁한 옥상 마감재를 바라보며 휘스트가 말했다.

"여긴 전망이 좋아서 오는 거지, 분위기가 좋아서 오는 건 아니니까."

상대방은 옥상 밖으로 멀리 보이는 밤의 풍경을 가리키며 말했다.

"친구와 함께 야간 훈련을 지켜보기로 약속했거든. 아무래도 알람도 못 듣고 잠들어 버린 모양이야."

휘스트가 상대의 어깨 너머를 바라보며 눈살을 찌푸렸다. 저 멀리, 한때는 교외 시가지였지만 이제는 건물의 잔해만 남은 현장 위로, 열 개의 희미한 불빛이 잔뜩 화가 난 말벌들처럼 윙윙거리며 이리저리 날아다니는 모습이 보였다.

"저건 뭡니까?"

"뭐 같아?"

꼬마가 코웃음을 치며 대꾸했다.

"요즘 같은 때 한밤중에 끌려 나와서 훈련을 받는 족속들이 사신 말고 또 있겠어?"

"사신은 캥거루처럼 인덕을 오르내리는 것만 할 수 있는 줄 알았습니다. 언제부터 저렇게 공중을 빙빙 돌 수 있었던 겁니까?"

"아, 저런 건 원래 할 수 있었어. 사신 프로그램이 처음 시작했던 때는, 다들 온전히 비행이 가능한 제트 추진기를 받았었지."

"정말 재미있었겠습니다."

"정말 그랬을 거야."

꼬마는 말을 이었다.

"그런데 문제는 신병들이 계속 추락했다는 거야. 그것도 엄청나게 많은 병사들이 말이야."

"추진기가 폭발하기도 했다고 들었습니다."

"기분 나쁠 만큼 빈번했지."

꼬마도 그 말에 동의했다.

"어쨌든, 전쟁이 끝나고 나서 제대로 훈련을 할 시간이 생기고 나니까,

군에서도 구형 장비를 다시 순차적으로 도입하기 시작했어. 일반 사신들은 전쟁 당시 검증된 장비를 그대로 유지하되, 일부 유닛에만 새롭게 개선된 추진기를 배포하고, 기존과 같은 작전 수행 훈련을 시작한 거지."

"무작위로 폭발하던 문제도 없어진 겁니까?"

"글쎄, 나도 그랬으면 좋겠네."

"음, 공중을 떠다니면 더 쉬운 표적이 될 겁니다."

휘스트는 조심스럽게 말을 골랐다. 꼬마는 '나도'라고 말했다. 그러면 이 친구도 사신이라는 걸까? 정말이지 끝내주는 밤이었다.

해병이 최고 중의 최고라면, 사신은 글자 그대로 최악 중의 최악이었다. 적어도 전에는 그랬다. 전쟁 중 아크튜러스 멩스크 황제의 정부에서는, 사신 부대 전체가 재사회화를 거쳐 뇌를 초기화해도 반사회적 성향을 제거할 수 없는 심각한 범죄자들로 구성되어 있었다. 이들은 감옥이나 그보다 더 끔찍한 운명을 피하기 위해 광기로 가득한 군 생활을 선택했었다. 해병들도 저그와 싸우는 동안 최전방에 사신들이 날아드는 모습을 보는 건 좋아했지만, 그들을 정말로 신뢰하는 사람은 아무도 없었다.

아크튜러스의 아들이자 새로운 황제인 발레리안이 그 모든 것을 바꾸려고 한다는 소문도 있었다. 하지만 휘스트는 두 눈으로 직접 그 증거를 확인하기 전까지는 그런 소문 따위를 믿고 싶은 생각이 없었다.

"꼭 그런 표적이 됐던 사람처럼 얘기하는걸."

꼬마가 손을 내밀었다.

"사신 122사단 데니스 호크먼 중위다."

"네, 중위님."

휘스트는 차렷 자세를 취하고 경례를 붙였다. 사신, 그것도 장교였다. 점점 더 끝내주는 밤이 되어가고 있었다.

그리고 122사단에서 복무했다면, 분명히 전쟁에도 참전했을 것이다.

참전한 정도가 아니라, 몇 년 동안 전장에서 살았을 것이다.

그렇다면 이 사람은 무척이나 이례적인 인물이었다. 사신의 평균 복무 기간은 겨우 6개월이었다.

"해병 934사단, 상사 포스터 크레이입니다."

휘스트는 관등성명을 댔다.

"만나서 반가워, 상사."

꼬마는 손을 거두지도, 경례를 받지도 않고 말했다.

"그리고 미리 얘기했어야 하는데, 난 예비역 중위야. 예비군으로 전출되었거든. 어차피 너도 장교는 싫어할 테니, '중위님'이나 경례 같은 건 생략하자고. 어때? 그냥 '디즈'라고 불러."

"네, 중위님."

휘스트는 눈살을 찌푸렸다. 정말이지 처음 보는 유형의 장교였다.

물론 디즈도 사신이 되기 전의 범죄 기술을 감춰 두고 있을 것이다. 낯선 사람을 만났을 때 이렇게 소탈하고 될 대로 되라는 태도를 보이는 것 역시 상대가 마음을 놓게 하려는 전략일 수 있었다. 혹시 전에 사기꾼이었던 걸까?

"휘스트라고 부르십시오."

그는 이렇게 덧붙이며 디즈의 손을 잡고 악수를 했다. 디즈의 탄탄한 악력에서는 자신감과 믿음직스러움이 느껴졌다. 분명히 사기꾼에게 잘 어울리는 자질이었다. 물론 그 외에도 아주 다양한 유형의 범죄와 잘 어울리는 자질이었다. 연쇄 살인범도 예외는 아니었다.

사신 부대에서 연쇄 살인범도 받아 주던가?

"훨씬 낫네."

디즈는 만족스러운 듯이 말했지만, 어느새 이마에 주름이 잡혀 있었다. 아마 자신이 과거에 어떤 죄를 지었을지 휘스트가 고민하는 중이라 짐작했을 것이다. 물론 휘스트는 대화를 그런 쪽으로 이끌어 갈 생각은 전혀 없었다. 무기도 없이 텅 빈 옥상에 나와 있는 지금은 더더욱 그랬다.

혹시라도 디즈가 대화를 그쪽 방향으로 끌고 간다면, 휘스트는 그 즉시 적당한 핑계를 대고 숙소로 돌아갈 생각이었다.

"934사단이라…. 뉴 시드니의 노스우즈 숲으로 저그를 처리하러 갔던 그 부대였나?"

휘스트는 두 눈을 깜빡이며 머릿속을 어지럽게 돌아다니던 생각을 떨쳐 냈다. 노스우즈 숲이라….

"네, 거기 갔었습니다. 그 사신 부대에 계셨습니까?"

"아, 그래. 그게 우리였어."

디즈는 갑자기 싱긋 웃었다.

"그러면 보프가 나무에 걸려서 옆으로 튕겨 나가는 바람에 대포알처럼 너희 해병과 충돌하는 모습을 제대로 감상했겠는데?"

휘스트는 코웃음을 쳤다.

"망할 코앞에서 제대로 감상했습니다."

전장에서는 웃을 일이 거의 없었지만, 그때의 일은 그야말로 가뭄에 단비와도 같은 사건이었다.

"당시 저는 그 친구 왼쪽으로 네 번째 줄에 서 있었는데, 그 사신이 갑자기 풍차처럼 돌아가기 시작했습니다. 처음에는 저한테 날아오는 줄로만 알았습니다."

"날아가는 꼬라지가 워낙 그래서, 아마 너희 부대원은 전부 다 그렇게 생각했을걸."

디즈가 말했다.

"그런데 해병은 단 한 명도 넘어지기는커녕 몸을 움찔하지도 않더라고. 정말 인상적이었어."

"아, 사실 속으로는 움찔거리고 있었습니다. 그저 실제로 뭔가 행동할 시간이 없었을 뿐입니다."

"욕은 했지. 피떡이 될 뻔한 그 해병 친구는 이름이 뭐였지?"

"그라운더입니다."

"그래, 그라운더는 삼 분을 내리 욕을 퍼부었던 것 같아. 그런데 단 한 번도 같은 말을 반복하지는 않았어."

"그랬을 겁니다. 전 그 직후에 저글링 2마리를 상대하느라 정신이 없었습니다만, 테란 욕설의 역사에 대해 강의를 한다면 그라운더보다 더 나은 친구는 없었을 겁니다. 그렇게 깊이 있는 욕을 구사하는 사람은 그 전에도 후에도 본 적이 없습니다."

"그래, 정말이지 인상적이었다니까. 물론 욕 자체보다는 그렇게 긴 시간 동안 보프가 입도 벙긋하지 못하게 막았다는 사실이 놀라웠지만."

"그라운더가 숨이 차서 잠깐 말을 멈췄을 때, '미인해, 친구.'라고 얘기했던 것 같습니다. 아마 그게 전부였을 겁니다."

"그래, 정말 재미있는 하루였지."

디즈가 말했다.

"우리가 승리하기도 했고 말이야."

휘스트는 이를 악물고 쉿 소리를 냈다. 그 날의 즐거웠던 기억은 곧 끔찍한 기억의 파도에 휩쓸려 사라졌다. 그래, 그들은 승리했었다. 하지만 그 대가는 끔찍했다.

"그렇습니다. 보프는 어떻게 됐습니까? 살아남았습니까?"

"그날 전투에서는 살아남았지. 그 직후에 다른 부대로 전출됐는데, 그 뒤로는 소식을 듣지 못했고. 그라운더는 어땠어?"

"그 뒤로 세 번의 전투에서 살아남았습니다."

휘스트가 시선을 외면하며 말했다.

"네 번째에 운이 다했습니다."

"아, 안됐네."

"네, 그 친구만 그런 건 아니었습니다."

"절대 아니지."

디즈가 음울한 목소리로 말했다.

"내가 이렇게 어린 나이에 중위까지 진급한 이유가 뭐라고 생각해?"

"능력이 뛰어나거나 용기가 비범하기 때문일 거라고 생각합니다."

"해병은 그런가 보지? 사신은 그냥 가장 오래 살아남는 사람이 진급하는 거야. 남의 목숨 값으로 포상을 받는다고 할까."

디즈는 한숨을 쉬었다.

"솔직히 난 보프가 죽었기를 바라. 그 녀석은 살인 전과 3범이거든. 사회에 갚아야 할 빚이 엄청나게 많은 녀석이지."

"네."

휘스트는 갑자기 입술이 딱딱하게 굳는 것 같았다. 잠깐이나마 그는 대화 상대가 어떤 사람인지를 잊어버렸었다.

"그래도 그런 이력이 저그를 향해 총을 쏠 때는 도움이 되지 않겠습니까."

"생각하는 것만큼 도움이 되지는 않아."

디즈가 그렇게 말하며, 아직도 멀리서 훈련 중인 사신들을 어깨 너머로 바라봤다.

"그래서 이제는 조금 더 친절하고 신사적인 신병들을 채용하려고 하는… 젠장."

"뭡니까?"

휘스트가 날아다니는 불빛에 시선을 맞추며 물었다. 별다른 건 없어 보였다.

"저 녀석들 거품을 물고 있잖아."

디즈가 말을 뱉었다.

"멍청한 자식들. 혹시 통신기 있어?"

"네."

휘스트는 요대에서 통신기를 꺼내 내밀었다.

"사신 부대 상사 스틸슨 블럼키스트에게 연결해 달라고 해."

디즈는 통신기를 받을 생각은 없다는 듯이 말했다.

"그리고 그 녀석이 받거든, 남쪽 공격수 두 명이 거품을 물었다고 얘기해."

"알겠습니다."

휘스트는 기지 통신소 번호를 입력하며 대체 '거품을 물었다'는 게 뭘까 궁금해 했다. 기지 컴퓨터에 연결되자 그는 블럼키스트의 이름을 말했다.

"이런 말씀은 중위님이 하셔야 하지 않겠습니까?"

"블럼키스트 상사다."

무뚝뚝한 목소리가 통신기에서 들려왔다.

"당신 누구야?"

다시 한 번 휘스트는 통신기를 디즈에게 건네려 했다. 하지만 디즈는 손사래를 치며 거절했다.

"남쪽 공격수 두 명이 거품을 물고 있다는 말을 전하라고 지시를 받았습니다."

휘스트의 말에 블럼키스트가 대꾸했다.

"그래? 그걸 대체 어떻게 아는 건데?"

"지금 보고 있으니까요. 애들이나 똑바로 관리하십시오. 알겠습니까?"

휘스트는 으르렁대곤 통신기를 꺼버렸다.

"대체 거품을 물었다는 게 뭘 어떻게 했다는 말입니까?"

그는 디즈에게 물었다.

"질투나 시샘이라고 할까?"

디즈는 여전히 먼 곳의 불빛에 시선을 고정한 채 말했다.

"저기선 지금 잔뜩 흥분한 두 녀석이 서로에게 이겨보겠다고 멍청하게 이리저리 제멋대로 움직이고 있어. 아, 저기 온다."

휘스트는 두 눈이 휘둥그레졌다.

"네?"

"블럼키스트 녀석, 그래도 수색 작전 성적은 좋은 모양인데."

디즈가 말했다.

"네가 보고 있다고 말한 것만 가지고 여기 위치를 정확히 찾아냈나 봐. 아무래도 완전히 무능한 녀석은 아닌 것 같네."

"그것 참 다행입니다."

휘스트는 이를 갈았다. 불빛들이 정말 움직이고 있었다. 맹렬히 그들을 향해 다가오는 중이었다.

"죄송하지만 이제, 음, 이 자리를 피해야 하지 않겠습니까?"

"글쎄, 난 그래야겠어."

디즈는 그렇게 말하며 휘스트를 스쳐 지나갔다.

"아, 이건 내가 가져갈게."

그는 솜씨 좋게 휘스트의 손에서 술병을 가로챘다. 정말로 능숙한 동작이었다. 혹시 예전에 소매치기였던 걸까?

"걱정하지 마. 괜찮을 거야."

디즈는 재빨리 문을 빠져나가며 어깨 너머로 말했다.

"그냥 그렇게 얘기하지 말라고만 말해."

휘스트는 문으로 빠져나가는 꼬마의 등을 바라보며, 온몸의 근육을 잔뜩 긴장한 채 싸워야 할지 달아나야 할지 고민했다. 지금 여기서 무슨 일이 일어나고 있는 건지는 몰라도, 그와는 아무런 관계가 없었다. 지금 선택할 수 있는 가장 영리한 방안은 디즈를 따라 건물로 들어가서 침상으로 돌아가 지금까지의 모든 일을 잊어버리는 것이었다.

하지만 옥상에 선 후 두 번째로, 그는 될 대로 되라는 심정이 되었다. 평소와는 달리 그가 잘못한 건 하나도 없었다. 게다가 도망친다는 건 상상도 할 수 없는 일이었다. 무기가 있든 없든, 사신 지망생 몇 명 정도가 건방지게 까분다면, 그도 해병이 어떻게 까부는지 제대로 가르쳐 줄 생각이었다.

10초 후 그들이 도착했다.

그 사신들이 하늘에서 내려앉는 모습은 어딘가 조금씩 어색했다. 착지 타이밍도 어긋나고, 절반 정도는 땅에 내려앉는 순간 비틀거리기도 했다. 하지만 휘스트를 둘러싸고 포위하는 진형만큼은 부족함이 없었다. 아무래도 서툰 몸놀림은 그저 경험이 부족한 탓인 모양이었다.

그나마 비행이 능숙해 보이는 사람은 한 명뿐이었다. 휘스트는 지붕에 착지하는 그를 바라봤다.

"블럼키스트 상사, 비행하기 참 좋은 날씨네요."

휘스트가 상대 사신에게 인사를 건넸다.

"닥쳐, 이 닭대가리 새끼야."

블럼키스트는 거친 말을 내뱉으며 성큼 다가왔다.

아마 그러면 휘스트가 물러날 거라고 기대했던 모양이었다. 하지만 휘스트는 그러지 않았고, 그래서 블럼키스트는 어색하고 다급하게, 또 상당히 우스꽝스러운 모습으로 우뚝 멈춰서야 했다.

하지만 그것도 다른 사람들의 기분을 풀어 주지는 못했다.

"당장 관등성명을 말하고 여기서 무슨 짓을 하고 있는 건지 밝혀라."

블럼키스트는 다시 균형을 잡고는 으르렁대듯이 말했다.

"그 뒤에 내가 네놈을 군법회의에 회부하는 동안 여단장님께 귀띔이라도 해두는 게 좋을 거야."

휘스트는 두 눈을 깜빡였다. '군법회의'라고?

"언제부터 지붕 위에 서 있는 게 군법회의에 회부될 만한 일이 됐지?"

"야간 훈련을 방해할 때는 그렇다."

블럼키스트가 말했다.

"대체 언제부터 너 같은 멍청한 돌대가리 새끼가 사신이 하는 일에 가타부타할 수 있게 된 거냐?"

"나도 꽤 괜찮은 사신들은 많이 만나봤는데 말이야, 이 친구들은 아닌 것 같군. 게다가 거품을 문 자식들도 있고 말이야."

휘스트는 자신을 둘러싼 사신들을 향해 손을 내젓고 고개를 갸웃거리며 말했다. 블럼키스트가 두 눈을 가늘게 떴다.

"넌 뭐하는 새낀데 감히 우리 부대를 무시하는 거지?"

그가 다시 한 걸음 다가서며 물었다. 아래쪽으로는 사신이 주먹을 움켜쥐는 것이 보였다.

의도적으로 휘스트는 손에 힘을 뺐다. 10대 1의 상황이라는 점을 고려하면 블럼키스트에게 자극을 받아 먼저 주먹을 날리는 건 현명한 처사가 아니었다. 그러려는 의도조차 드러내서는 안 됐다.

그렇지만 보통 이런 때는 처음에 한두 녀석을 쓰러뜨리지 못하면 순식간에 곤죽이 되어 바닥에 나뒹구는 신세가 될 것이 거의 확실했다.

하지만 선택의 여지가 없었다. 블럼키스트에게 이름을 알려 주지는 않았지만, 사신의 헤드업 고글에는 녹화기능이 있는 만큼 지금쯤 열 명 모두 휘스트의 얼굴을 잘 저장해 두었을 것이다. 휘스트가 난투에서 승리한다고 해도, 해병의 먹이 사슬 전체가 그를 곤죽으로 만들어 버릴 것이다. 여기서 그가 살아 나갈 수 있는 유일한 방법은 블럼키스트가 선제공격을 하게 만들고, 사신들이 그를 두들겨 패다가 싫증이 날 때까지 살아남을 수 있기만을 바라는 것이었다.

"전체 차렷!"

블럼키스트는 옥상 출입문을 향해 빙글 돌아서다가 도약 추진기의 무게에 휘둘려 비틀거렸다. 디즈가 그들을 향해 성큼성큼 걸어오고 있었다. 눈살을 잔뜩 찌푸린 표정에, 옷깃에는 중위 계급장이 반짝이고 있었다. 분명히 아까는 거기에 없었던 계급장이었다.

　"사신 122사단 호크먼 중위다. 지금 무슨 짓을 하고 있는 건가, 상사?"

　디즈는 무뚝뚝하게 말했다.

　"전…."

　블럼키스트는 잠시 당황했다.

　"이 사람이 저희 훈련을 방해했습니다, 중위님. 게다가 관등성명도 밝히지 않고…."

　그는 휘스트를 가리키며 가까스로 털어 놓았다.

　"훈련을 방해했다고?"

　디즈가 그의 말을 잘랐다.

　"이 사람이, 훈련을, 방해했다고? 여기서?"

　"제… 제가 모의 기동을 하는 순간 통신을 요청했습니다. 그리고 제 통솔력에 의문을 제기하고 훈련에 집중하지 못하게…."

　"그깟 통신 요청 때문에 훈련에 집중하지 못한다면, 상사, 자네는 야전에서 쓸모가 없다."

　디즈가 다시 한번 말을 잘랐다.

　"저 친구가 제기한 의문은 근거가 있었나?"

　"그건…."

　블럼키스트는 양 옆의 부하들을 흘긋 바라봤다.

　"그랬을 수도 있습니다, 중위님, 네."

　"그렇다면 겸허하게 받아들이고, 조치를 취하고, 문제를 해결해라."

　디즈가 말했다.

"이제 하늘로 돌아가라. 지금 당장."

디즈의 호령에 블룸키스트는 뻣뻣하게 차렷 자세를 취했다.

"네, 중위님. 전원, 훈련장으로 복귀한다. 오와 열을 맞춰 비행한다. 실시."

훈련병들은 둘씩 짝을 지어 옥상에서 날아올라, 앞서 훈련을 하고 있던 지점으로 돌아갔다. 블룸키스트는 맨 마지막으로 떠났다. 그는 공중으로 날아오르면서도 차렷 자세를 유지하고 있었다.

"뭐, 소리만 요란했지 별 거 아니군요."

훈련병들이 밤의 어둠 속으로 날아가는 모습을 보며 휘스트가 말했다.

"사실은 그렇지 않아."

디즈가 음울한 목소리로 말했다.

"일단 물러날 곳이 없다는 사실을 깨닫게 되었다면, 저 녀석이 체면을 구기지 않고 빠져나갈 수 있는 방법은 널 자극해서 자기를 공격하게 만드는 것뿐이었을 거야."

"네, 그런 줄 알았습니다."

휘스트가 말했다.

"그래도 돌아와 주셔서 감사합니다."

"아, 원래 그럴 생각이었어."

디즈가 단언했다.

"아는 녀석이거든, 저 블룸키스트. 그저 녀석이 스스로 무덤을 깊이 팔 때까지 기다렸다가 그대로 파묻어 버린 거지."

"녀석을 바보처럼 보이게 하실 생각이었습니까?"

"무능해 보이게 할 생각이었지. 난 아무 생각도 없고 눈치도 없는 사관과 장교들 때문에 착한 녀석들이 죽어가는 꼴을 너무 많이 봤어. 운이 좋다면 블룸키스트 같은 멍청이들은 다음 전쟁이 시작되기 전에 내근직으로 좌천되겠지."

디즈의 목소리에서는 씁쓸한 감정이 느껴졌다.

"전쟁이 또 일어난다면 말입니다."

"또 일어날 거야. 전쟁은 끝나지 않아."

디즈가 지친 목소리로 말했다. 그리곤 고갯짓으로 뒤쪽을 가리켰다.

"술병은 문 안에 놔뒀어. 그라운더를 기리며 한 잔 해야지?"

"그 녀석과 다른 모든 사람을 기리며 마시겠습니다."

잔뜩 긴장한 탓에 지금껏 술을 아예 잊고 있었다.

"가자."

디즈가 문을 향해 손짓했다.

"간부 회관으로 가자고. 따뜻하고 편안한 소파가 있어서, 고주망태가 되기 딱 좋은 곳이지."

"지금쯤이면 다 문을 닫았다고 생각했습니다만."

"내가 그런 거에 신경이나 쓸 것 같아?"

"아닙니다. 중위님만 괜찮으시다면 저도 좋습니다."

휘스트는 순순히 인정했다. 잠긴 문을 여는 일에 능숙하다면, 디즈는 혹시 도둑이나 가택 침입 전문가였던 걸까?

"좋아."

디즈는 싱긋 웃었다.

"지금쯤 내가 무슨 죄를 지었길래 사신이 되었는지 궁금해서 죽을 지경이겠지? 누가 알아? 술이 떡이 되게 취하면 너한테 내가 무슨 죄를 지었었는지 얘기해 줄지도."

"그렇다면 어서 시작하는 게 좋겠습니다."

휘스트는 고갯짓을 했다.

"먼저 가십시오, 중위님."

제2장

　전쟁은 끝났다.
　이제는 앞으로 나아가야 할 때였다.
　물론 그건 대가를 치를 의지가 있을 때의 이야기였다. 그리고 그 사실을 타냐 콜필드는 아주 잘 알고 있었다.
　어둠 속에 가만히 누워 있자니 웃음이 나왔다. 대가, 이건 보통 평화가 아니라 전쟁과 어울리는 말이었다. 지금껏 그렇다고 생각해 왔다.
　하지만 곰곰이 생각해 보면, 평화라는 것은 타냐에게 그리 익숙한 사회현상이 아니었다. 조합 전쟁부터 연합에 대한 저항, 자치령의 수립, 저그와 아몬의 침공에 이르기까지, 그녀의 삶은 대부분 전쟁과 죽음의 길 위를 달리는 과정이었다.
　어쩌면 마침내 코프룰루 구역의 사람들에게 기회가 찾아온 건지도 몰랐다.
　하지만 지금까지⋯
　'타냐 콜필드? 무슨 문제 있어?'
　머릿속에서 갑자기 들려온 목소리에 그녀는 움찔했다. 물론 상대는 울라부였다. 프로토스의 정신적 접촉은 아주 독특한 느낌을 주었다. 게다가 이 구역의 다른 텔레파시 능력자 중에는 그녀가 깨어있다는 걸 알아도 굳이 말을 걸 만한 사람은 없었다.

'난 괜찮아, 울라부.'

그녀는 머릿속에서 답했다.

잠깐의 침묵이 흐르고, 타냐는 그가 아우구스트그라드의 임시 숙소에 있는 다른 유령들과 접촉하는 걸 느낄 수 있었다. 자신이 혼자가 아님을 확인하는 중일 것이다. 울라부는 혼자가 되는 걸 좋아하지 않았다.

'뭐든 내가 도와줄 일은 없을까?'

'그럴 일 없어. 난 괜찮아.'

타냐가 다시 한 번 단호하게 말했다.

'네 말을 믿겠어.'

그가 머릿속에서 대답했다.

'하지만 오늘의 네 감정은 어딘가 평소와는 다른 것 같아. 그래서 걱정했던 거야.'

타냐는 고개를 가로저으며, 자신의 생각과 그에 따른 감정이 울라부가 읽을 수 있는 표층에 떠오르지 않게 조심했다. 그는 두 층 이상 떨어진 곳에서도 그녀의 기분을 구분할 수 있을 만큼 정신이 면밀히 조율되어 있었다.

'걱정할 거 없어. 잘 자고 아침에 보자.'

'알았어. 잘 자, 친구.'

접촉이 사라졌고, 타냐는 울라부의 정신이 외계의 사고 패턴으로 돌아가는 미묘한 변화를 감지했다.

하지만 울라부는 주위의 다른 모든 테란과의 접촉을 끊고도, 여전히 타냐의 마음은 조심스럽게 어루만지고 있었다. 그런 그의 모습은 꼭 주인 곁에 웅크리고 앉아 있는 고양이 같다고, 타냐는 종종 생각하곤 했다.

그건 그녀가 머릿속 사적인 공간에 주의 깊게 감춰 두었던 생각과 이미지였다. 울라부는 그녀가 만나 본 어떤 프로토스보다도 친절하고 협조적인 인물이었지만, 2.5미터 덩치의 당당하고, 고매하고, 텔레파시 능력까지 갖춘 외계인을 놀림감으로 생각하다가 들키는 건 그다지 좋은 생각이 아니었다. 특히 상대가 울라부처럼 타냐에게 가까운 존재라면 더더욱 그랬다.

그게 바로 그녀가 주저하는 이유이자, 치러야 하는 대가였다.

그녀가 떠나면 울라부에게는 다른 사람들만 남을 것이다. 그리고 그들 중 어느 누구도, 타냐만큼 그를 챙겨 주는 사람은 없었다.

조심스럽게 타냐는 울라부의 부드러운 손길이 닿아 있던 생각의 결을 닫고, 그날 오후 받았던 편지의 기억을 떠올렸다.

발신: 유령 사관학교 교장
수신: X39562B 요원
회신: 유령 프로그램 퇴소 청원

금일 15:00 부로 귀하의 청원은 자치령 군령에 의해 승인되었습니다. 귀하의 퇴소식은 10일 후 13:00경 데이비스 하트웰 대령의 집무실에서 행해질 예정입니다.

지금까지 자치령에 봉사해 주신 귀하의 노고에 진심으로 감사드립니다. 혹여나 퇴소 청원을 철회하기를 원하는 경우, 퇴소 일자 이전에 언제든 데이비스 하트웰 대령의 집무실을 찾아 주시기 바랍니다.

귀하의 앞날에 무한한 발전을 기원합니다.
교장 바리스 슈미트

그게 전부였다. 짧은 편지 한 장. 관료들이 자치령의 컴퓨터로 무의미한 데이터를 조금 더 처리하는 데 필요한 10일 간의 시간. 그 후에는 그녀의 삶이 영원히 달라질 것이다.

때가 되었다. 사실, 때는 이미 지나 있었다. 유령 프로그램에서 보낸 20년의 시간 동안, 슈미트의 형식적인 편지 속 문구와는 달리, 그녀가 자치령이나 유령 프로그램에 봉사를 한 적은 없었다. 실제로 단 한 번도 작전 수행에 참여한 적이 없었다.

그러한 사실을 어떻게 받아들여야 할지는 아직도 명확하지 않았다. 그 이면의 논리는 충분히 이해할 수 있었다. 타냐는 특출한 유령은 아니었다. 사이오닉 지수는 실망스러운 수치인 5.1에 불과했다. 하지만 그녀의 재능은 극도로 희귀한 것이었다. 아니, 그렇다고 전문가들이 이야기했다. 어찌나 희귀한지, 유령이 보통 기본적으로 갖추고 있는 텔레파시 능력도 있으나마나 한 수준에다가 근력과 은신 능력도 없다시피 한 타냐의 모든 단점을 덮고도 남을 정도였다. 그렇기에 저그에게 가장 극적인 피해를 줄 수 있는 순간에 그녀를 활용할 수 있도록 충분히 아껴두겠다는 생각에도 충분히 일리가 있었다.

문제는 그런 순간이 오지 않았다는 것이었다. 칼날 여왕과 그녀의 저그 군단이 테란과 프로토스 행성을 휩쓸던 때, 타냐는 우르사의 유령 본부를 떠나 외딴 곳으로 이송되었다. 그리고 아몬의 공격이 시작되었고, 타냐는 계속해서 숨어 있어야 했다.

그런 절박한 상황에도 왜 자신이 활용되지 못했는지 그녀는 알지 못했다. 그냥 모두의 머릿속에서 잊혔거나, 삐걱거리는 관료제의 틈바구니에 빠졌던 걸로 추측할 뿐이었다.

어쨌든, 상황이 모두 정리된 후 그녀는 돌아왔다. 언젠가 다시 적의 침략이 시작되면 출동할 일이 있을 거라는 믿음과 함께였다.

문제는 그런 침략도 시작되지 않았다는 것이었다. 칼날 여왕과 아몬의 궁극적인 운명에 대해서는 소문만 무성했다. 진실을 아는 사람은 극소수에 불과했고, 그들은 입을 열지 않았다.

그래서 한편으로 타냐는 자신의 인생이 버려졌다고 느꼈다. 또 한편으로는, 헤아릴 수 없이 많은 전장에서 얼마나 많은 유령이 죽어갔는지를 떠올리며, 자신이 그런 운명에서 벗어나 있었다는 사실에 마음이 놓이기도 했다.

하지만 그렇게 살아남은 것에도 다 대가가 있었다. 그녀가 출동하지 않았던 임무 하나하나에 다른 누군가가 뛰어들어야 했을 테니까.

얼마나 많은 동료들이 그녀 대신 죽어가야 했을까?

살며시 꿈틀거리는 기척이 느껴졌다. 울라부였다. 타냐가 이런저런 생각에 잠겨 있다는 걸 눈치채고는, 괜찮다고만 했던 그녀의 말을 믿어야 할지 고민하고 있을 것이다. 그 프로토스의 생각 위에 어딘가 먼 곳에서 들리는 듯한 목소리가 포개어졌다.

'이런 젠장, 너 이 새끼 여기서 뭘 하는 거야?'

타냐는 화들짝 놀라 온몸이 뻣뻣하게 굳었다. 무의식을 향해 떨어지던 정신이 온전히 깨어났다. 울라부는 자기 방에 있지 않았다.

코랄의 밤거리를 떠돌고 있었다.

그리고 프로토스의 정신을 거쳐 그녀에게까지 들려온 목소리로 판단해보건대, 아무래도 울라부는 사람들에게 환영받지 못하는 곳까지 흘러든 모양이었다.

'울라부, 거기 어디야?'

그녀는 옷을 챙겨 입으며 그를 향해 생각을 보냈다. 그러면서 다급하게 그의 정신에서 무엇이든 알아내 보려고 애썼다. 하지만 그녀의 텔레파시 능력은 너무 약했다. 그의 생각이 이렇게까지 명료하게 전해진 걸 보면, 사이오닉 증폭기를 가지고 간 것이 분명했다.

안타깝게도 사이오닉 증폭기를 쓰고 있다는 건 그가 지금 이 행성 반대편에 있는 건지도 모른다는 뜻이기도 했다.

'울라부, 지금 어디 있는 건지 어서 말해.'

'음식과 음료를 섭취하는 시설이야.'

그가 답했다. 정신적 연결의 이면에서 더 많은 목소리가 들려왔다. 다들 점점 더 격렬한 분노를 내비치기 시작하는 것만 같았다.

'경호원은 어디 있어? 거기 같이 있는 거야?'

'오늘은 혼자 있고 싶었어. 그래서 나 혼자 나왔어.'

타냐는 소리 없이 욕을 뱉었다. 어떻게 한 건지는 몰라도 울라부는 경호원들의 눈을 피해 숙소를 빠져나갔다. 바로 이런 일이 일어나지 않게 하는 사람들을 따돌린 것이다. 정말이지 훌륭하다고밖에 할 수 없었다.

'들어갈 때 창문에 간판 같은 거 없었어?'

그녀는 전투복을 봉인하고 장화를 집어 들며 물었다. 뒤늦게 유령 제복이 더 낫지 않을까 하는 생각이 들었다. 권위적인 분위기를 풍기는 편이 좋을 것 같아서였다. 하지만 지금은 일분일초도 낭비할 수 없었기에, 이제 와서 옷을 갈아입는 건 불가능했다.

'아니면 출입문 위에는?'

'간판이 있어. 동심원 세 개가 그려져 있고.'

'글귀는 없어?'

'있어. 단테의 단층.'

타냐는 얼굴을 찌푸렸다. 좋은 소식은 울라부가 아직 아우구스트그라드에 있다는 사실이었다. 나쁜 소식은, 차우 사라 행성을 프로토스가 소각했을 때 가족과 친구 모두를 잃어버린 사람들이 모여드는 질 나쁜 술집이 바로 단테의 단층이라는 것이었다.

다시 말해, 그곳은 코랄 전역에서 프로토스가 가장 환영받지 못하는 장소였다.

'이런 젠장.'

그녀와 다른 유령들은 슈미트 교장에게 아무리 일시적이라도 사관학교를 우르사에서 여기로 옮기는 건 좋은 생각이 아니라고 경고했었다. 그곳에서라면 울라부를 관리하고 통제할 수 있었다. 하지만 여기라면, 뒷문으로 슬쩍 빠져나가기만 해도 온 행성 어디로든 갈 수 있었다.

그리고 지금 당장 어떻게든 하지 못하면, 아주 심각한 사고가 일어날 것만 같았다.

'울라부, 당장 거기서 나와야 해.'

그녀는 왼쪽 장화를 당겨 신으며 오른발만으로 엉거주춤 복도를 뛰어내려갔다.

'그럴 수 있겠어?'

'그건 너무 정중하지 않은 행위일 것 같아. 이곳 주인과 손님들이 내가 머물길 바라는 것 같거든. 이야기를 더 나눠 보고 싶다고 말하는 사람도 있었어.'

'틀림없이 그랬겠지.'

타냐는 이를 악물고 빠르게 선택 가능한 방안을 살폈다. 가장 먼저 떠오르는 건 지금 그를 지키고 있어야 하는 경호원들에게 알리는 것이었다. 하지만 지금과 같은 상황이 벌어진 것을 보면, 그들의 능력을 믿을 수가 없었다. 차라리 경찰에 알릴까도 생각해 봤지만, 이렇게 늦은 밤 시간에는 경찰의 대응 역시 신속하지 않았고, 어차피 그들도 고집쟁이 프로토스를 어떻게 상대해야 할지는 전혀 모를 것이다. 그런 면에서 보면 헌병도 도움이 안 되기는 마찬가지였다.

게다가 코랄에서 타냐만큼 울라부에 대해 잘 아는 사람은 그 누구도 없었다. 이번 일이 아무 탈 없이 끝날 수 있는 유일한 방법은 그녀가 직접 해결하는 것뿐이었다.

단테의 단층은 임시 병영으로부터 약 1.5클릭 정도 떨어져 있었다. 다행히 제프 크리스토퍼는 늘 호버바이크를 옆문 앞에 주차해 뒀고, 타냐는 이미 오래전부터 시동 코드를 알고 있었다. 2분 동안 약 스무 번의 교통 신호를 위반한 후 그녀는 목적지에 도착했다.

그녀도 단테의 단층 내부를 직접 본 적은 없었지만, 워낙 악명이 자자해서 아주 어두컴컴하고 침울한 분위기에, 분노와 원한, 우울함으로 들어찬 공간일 거라고 상상만 했었다. 손님들 역시 그런 분위기에 어울리게, 고통스러운 상실감을 이겨내려고 끝없이 술을 들이키는 화난 덩치들일 거라고 예상했다.

모든 면에서 그녀의 생각이 옳았다. 미처 예상치 못한 것은 열린 그릴에서 피어올라 술집을 가득 채운 연기뿐이었다.

조심스럽게 사람들 사이를 비집고 들어가던 티냐는 충격적인 깨달음을 얻었다. 누군가 프로토스의 무기에 소각되어 버린 행성 위 술집에 앉아 술을 마시는 풍경을 그려 본다면, 그건 단테의 단층과 꼭 닮은 모습일 것만 같았다.

손님들의 아픈 곳을 자극하려는 노림수였을까? 그런지도 몰랐다. 분명히 주류 매출에 긍정적인 영향을 줬을 것이다.

그녀는 화끈한 난타전의 한가운데에서 울라부를 만나게 될 거라고 예상했었다. 하지만 다행히 그는 카운터 자리에 등을 기댄 채 차분하게 서 있었다. 뻣뻣하게 굳은 자세로 움직이지도 않고, 겉으로 드러난 천장 대들보에 머리가 닿을락 말락 서 있는 그를, 투덜거리는 사람들이 세 겹으로 둘러싸고 있었다.

다들 투덜거리기만 하고, 설불리 움직이지는 않고 있었다.

타냐도 그들을 이해할 수 있었다. 상대가 아무리 차분하고 위험하지 않아 보인다고 해도, 프로토스는 확실히 위협적인 느낌을 풍겼다. 훤칠하고 호리호리한 모습이 두드러지고, 코와 입이 없는 긴 얼굴에서 두 눈을 반짝이고 있는 울라부는 종족 특유의 강렬한 존재감과 함께 고대의 권위를 사방에 방출하고 있었다. 긴 손가락 두 개와 마주보는 엄지 두 개로 이루어진 그의 손은 단번에 테란의 팔을 어깻죽지에서 뽑아내거나 숨통을 짓이길 수도 있었다. 역관절 무릎 아래에서 살짝 굽은 굵직한 다리 아래에는 발가락 세 개가 달린 커다란 발이 안정적으로 바닥을 딛고 있었다. 그는 늘 입고 다니던 긴 민간용 튜닉과 다리싸개를 입고 있었다. 가는 원통 모양의 사이오닉 증폭기는 허리끈에 매달려 있었다.

위협적인 건 하나도 없었다. 테란이 프로토스를 생각할 때면 늘 떠올리는 무시무시한 전사의 모습은 코빼기도 찾을 수 없었다. 그래도 사람들은 주저했다. 그들은 프로토스를 싫어하기는 했지만, 자신보다 그렇게 크고 우락부락한 상대에게 먼저 주먹을 날릴 생각은 하지 못했다.

하지만 그런 교착 상태도 끝나가고 있었다. 사람들로 이루어진 가장 안쪽 원에서 앞으로 나선 남자는 프로토스도 쓰러뜨릴 수 있을 만큼 눈에 띄게 건장했다. 게다가 혀 꼬부라진 목소리로 늘어놓는 욕설을 듣고 있노라면, 아무래도 프로토스에게라도 덤벼들 만큼 고주망태가 된 모양이었다.

유령은 전장에서 보통 혼자 활동했고, 따라서 공식적으로 지휘 훈련을 받을 필요는 없었다. 하지만 타냐는 여기까지 오는 길에 위엄 있는 명령을 몇 가지 생각해 두었다. 그런 게 정말로 효과가 있을지 확인해 볼 시간이었다.

"자, 다들 비켜서십시오. 비켜서요."

그녀가 작은 목소리로 욕설을 내뱉고 있는 사람들을 헤치며 소리쳤다. 전에 한 번 만났던 해병 상사처럼 최대한 목소리를 내리깔고 말을 씹어 뱉었다.

"이런 젠장, 다들 지금 뭐 하는 겁니까?"

잠시 동안 그녀는 효과가 있다고 생각했다. 사람들로 이루어진 바깥쪽 원 두 개가 마법처럼 사라지고, 그녀 앞에는 갈등의 현장으로 통하는 길이 열렸다.

하지만 가장 안쪽 원은 취기가 더 오른 사람들과, 아크튜러스 맹스크 황제가 백성들에게 심어 놓으려고 했던, '권위에 자동적으로 복종하는 본능'을 체득하지 않은 사람들로 구성되어 있었다. 타냐가 그 마지막 원을 통과할 때는 실제로 사람들을 밀치며 나아가야 했다. 몇 초 동안 꽤나 힘을 쓰고, 지금껏 쌓아 올린 권위를 최대한 내세운 끝에 겨우 원 안쪽으로 들어갈 수 있었다.

하지만 그런 권위도 그 커다란 주정뱅이에겐 아무 효과가 없었다. 타냐가 사람들을 뚫고 울라부 앞에 나서자, 그는 울라부에게서 시선을 떼고 그 매서운 눈빛으로 그녀를 노려봤다.

"네년은 또 뭐야? 이 녀석 경호원이라도 되나? 아니면 애완동물 같은 거냐?"

그가 입술을 묘하게 뒤틀며 물었다.

"그냥 친구입니다."

타냐는 애써 차분한 목소리로 말했다. 제한적인 텔레파시 능력만으로도 자신과 울라부가 지금 화약통 위에 앉아 있는 것과 다르지 않음을 알 수 있었다. 한 마디 실언이라도 하면, 이 술집 전체가 폭발할 것이다.

"여러분의 상실감을 이해합니다. 하지만 여기 울라부는 차우 사라와 아무런 관련이 없습니다. 그는 학자이고 연구원일…."

"우리가 뭘 상실했는지 너 따위가 어떻게 안다는 거지? 네가 무슨….'

덩치 큰 남자는 잠시 말을 잇지 못했다. 가뜩이나 붉은 얼굴이 더 빨개지고 있었다.

"아, 젠장. 유령인가? 너, 썩을, 유령이구나."

불쾌한 기색이 파문처럼 사방의 군중을 향해 번져 나갔다. 사람들의 말과 소리 없는 정신이 모두 분노와 증오로 검게 물들었다. 유령은 아크튜러스 황제의 개인 암살 부대였으며, 적을 타격하고 그대로 밤의 어둠 속으로 사라져 버리는 신화적인 존재였다.

타냐는 한숨을 내쉬었다. 눈에 띄지 않고 넘어가기는 이미 틀린 것 같았다.

"조심해, 라일런."

누군가 말했다.

"조심은 개뿔."

라일런은 거친 목소리로 대꾸했다.

"이 놈들도 이제 멋대로 사람 죽이는 짓은 못해. 발레리안 황제가 그랬다고."

"그렇긴 해도 네 마음은 읽을 수 있잖아."

"저 여자가 내 마음을 읽으면 커다란 똥덩어리나 보게 될 거야."

라일런은 여전히 시선을 타냐에게 고정한 채로 콧방귀를 뀌었다.

"내 마음 읽고 있냐, 이 계집년아?"

"여러분이 차우 사라를 잃은 슬픔을 달래려고 여기 모였다는 건 유령이 아니라도 알 수 있습니다."

타냐는 시야를 채우며 밀려드는 붉은 분노의 안개를 가까스로 억누르며 말했다. 계집년? 계집년이라고? 이 멍청이들은 어떻게 그따위 말을 지껄일 수 있는 걸까? 어떻게 십여 년 전에 일어난 일, 그것도 두 사람이 관여하지 않은 일을 가지고 그녀와 울라부를 탓할 수 있는 걸까?

"차우 사라에 무슨 관심이라도 있다고 그래? 여기 못생긴 네 친구가 전부 불태워 버렸잖아. 저 자식이 모조리 불태워 버렸다고."

라일런이 말을 뱉었다. 타냐의 눈앞을 가득 채운 붉은 안개는 이제 이글 거리는 불길이 되어 타올랐다.

'진짜로 불타는 걸 보고 싶어?'

그녀의 생각이 거칠게 눈앞의 남자에게 밀려들었다.

'넌 어때? 너도 네가 불타는 꼴을 보고 싶은 거야?'

할 수 있었다. 타냐는 지금 그 자리에서 그 남자를 불태워, 단말마의 비명을 내지르며 타오르는 횃불로 만들어 버릴 수 있었다. 이 쓰레기굴에서 다들 낡고 씁쓸한 감정의 구덩이에서나 뒹굴고 싶다고? 좋아. 이 멍청이들은 불쏘시개가 될 수 있었다. 놈들에게 차우 사라가 타오르던 순간이 실제로 어땠는지 체험하게 해줄 수 있었다.

그렇다면 그 남자를 말려야 할 이유가 있을까? 여기에는 옛 기억의 딱지를 들쑤시는 것 말고는 딱히 할 일도 없는 사람들이 잔뜩 모여 있었다. 진짜 위험과 고통을 겪게 되면 그들도 진짜 세상, 즉 유령과 자치령 군대, 그리고 프로토스가 피를 흘리고 목숨을 내던지며 지켜냈던 그 세상으로 돌아갈 수 있을지 몰랐다.

'타냐 콜필드.'

울라부의 목소리가 그녀의 정신을 파고들어, 뜨거운 분노를 차가운 손길로 어루만졌다.

'진정해.'

어떤 유령들은 친구나 동료에게 조심하라는 말을 들으면 마치 전원 스위치가 꺼지는 것 같은 효과를 느끼곤 했다. 하지만 타냐는 그렇지 않았다. 그래도 자제력을 잃고 흔들리는 지금 순간에도 울라부의 생각은 이해할 수 있었다. 그뿐 아니라, 타냐 자신이 신뢰하는 누군가가 지금의 모습을 지켜보고 있음을 새삼 실감했다.

숨을 깊이 들이쉬며, 그녀는 손가락으로 관자놀이를 지그시 눌렀다.

지금도 다양한 화학 물질을 그녀의 혈류에 내보내며 신경 신호의 패턴을 바꾸려고 발버둥치는 임플란트의 효과를 극대화하려는 습관적인 행동이었다.

그리고 그제야, 붉은 안개가 걷혔다. 그녀는 자제력을 되찾았고, 다시 이성적인 생각을 할 수 있었다.

타냐는 모여든 사람들을 둘러봤다. 이제는 자신의 힘으로 공격해야 할 잠재적 대상이 아니라, 그저 선하고 평범한 사람들로 보였다. 좌절감은 잠시 접어 두고 전략적으로 생각해야 할 시간이었다.

좋아, 라일런이 이곳의 지휘관이라는 건 분명했다. 말로 그를 설득하기만 한다면, 충분히 상황을 진정시킬 수 있었다.

말로 안 되면, 그를 무너뜨려야 할 것이다.

'타냐?'

울라부가 그녀의 머릿속에 다시 한 번 말했다.

'난 괜찮아. 믿어봐.'

타냐는 울라부를 안심시켰다.

"차우 사라에 사랑하는 이가 살고 있지 않았던 사람들도, 그날 끔찍한 충격과 공포를 느꼈어요."

그녀는 서늘한 기운이 등줄기를 따라 흐르는 것을 느끼며 말했다.

"말은 쉽지."

라일런은 경멸스럽다는 투로 말했다.

"그런 감정을 느끼는 것도 어렵진 않아요."

타냐가 대꾸했다.

"저도 거기 가 봤어요. 그 파괴의 현장을 직접 봤죠. 도시가 잿더미가 되고, 산이 무너져 내리고, 호수와 강은 다 말라서 바닥까지 녹아내리고, 초원은 유리가 되어버린 모습… 그렇게 오랜 시간이 지났지만 그 행성에는 이제 겨우 이끼류가 돌아오기 시작했을 뿐이에요."

"그래, 나도 봤다고."

라일런의 목소리가 잦아들고, 시선은 바닥으로 떨어졌다. 하지만 그는 곧 고개를 덜컥 쳐들고 울라부에게 손가락질했다.

"그런 짓을 한 게 바로 저놈들이야."

타냐는 한숨을 쉬었다. 말로 설득하기는 이미 틀린 듯했다.

"네, 그의 동족이 그랬어요."

그녀는 주위에서 뭔가 사용할 게 없을지 찾았다. 울라부의 허리에 매달려 있는 사이오닉 증폭기는 적당히 묵직해서 던지기 좋아 보였지만, 워낙 섬세한 장비인데다가 비싸기도 해서 그야말로 최후의 수단으로 아껴 두어야 했다. 손이 쉽게 닿을 곳에는 술병도 하나 없었고, 설사 있었다고 해도 사람들을 크게 다치게 하고 싶지는 않았다. 적어도 더는 그러고 싶지 않았다.

울라부 옆의 카운터에는 반쯤 찬 맥주잔이 놓여 있었다. 대단한 건 아니었지만, 우선은 그 정도로 만족해야 했다.

천천히, 무심한 몸짓으로 그녀는 주위를 둘러싼 사람들 곁을 지나 울라부와 맥주잔 곁으로 다가갔다.

"하지만 그런 결정을 내린 건 프로토스 지도부였어요. 다른 프로토스는 그저 명령을 따를 뿐이었고요. 게다가 울라부는 그 어느 쪽에도 속하지 않아요. 당신 말이 맞아요. 저그의 확산에 대한 그들의 대응은 절대로 용서할 수 없는 행위였어요. 하지만 우리도 그들에게 그 빚을 갚아 줬죠."

그녀는 주위에 모여든 사람들을 둘러보며 울라부 곁에 섰다.

"정말이에요. 제대로 그 대가를 치르게 했어요."

그녀는 손을 들어 올려 울라부를 가리키며 강조했다.

"아까도 말했지만, 울라부는 거기 있지도 않았어요. 당신들은 정말로 그가 저지르지도 않은 잘못을 아무 죄도 없는 친구에게 물을….”

"죄가 없다고?"

라일런이 그녀의 말을 잘랐다.

"누가 이 생선대가리들이 아무 죄가 없대?"

그의 옆구리에서 쉴 새 없이 움찔거리던 두 손이 주먹을 움켜쥐었다. 그의 무게중심이 앞쪽으로 기울고, 자기 앞에 선 증오스러운 외계인을 향해 한 걸음 내딛기 시작했다.

타냐는 맥주잔을 집어 들고 라일런의 얼굴에 맥주를 뿌렸다.

그녀에게 주어진 시간은 4분의 1초뿐이었다. 하지만 이미 자세한 계산을 마쳤고, 뭘 해야 하는지 잘 알고 있었다. 이 정도 농도의 에틸알코올은 인화점이 50도 정도였고, 인간의 피부는 약 44도에서 1도 화상을 입기 시작한다. 목표 범위가 불편할 만큼 좁긴 했지만, 그녀는 지금껏 아주 오랫동안 자신의 발화 능력을 정밀하게 조율하는 훈련을 해왔다. 타냐는 공중을 날아가는 맥주를 순간적으로 가열했고, 그걸 본 라일런의 두 눈이 휘둥그레졌다.

곧 뜨겁게 달아오른 액체가 그의 얼굴을 때리며 술에 찌든 신경에 고통을 쏟아 부었다. 남자의 놀란 얼굴은 충격에 휩싸였다.

그는 고통스러운 목소리로 울부짖었고, 움켜쥐었던 주먹을 황급히 펴고는 눈 위를 두드렸다. 한 걸음 앞으로 내밀었던 발은 중심을 잃었고, 그는 비틀거리며 뒤로 물러났다. 혼란에 빠져 방향 감각을 상실하고 고통에 시달리며, 라일런의 용감한 움직임은 날카로운 비명 소리와 함께 멈춰 버렸다.

단테의 단층에 있던 모든 사람들이 그 사실을 깨달았다. 방금 몇 초 동안 사람들은 충격에 휩싸였고, 자신들의 영웅이 비틀거리는 모습을 보며 술집의 분위기가 변했다.

타냐는 모두가 그 상황을 받아들이도록 잠시 기다렸다. 그리고 울라부의 팔을 잡고 다시 한 번 사람들을 둘러보면서, 눈에 띄게 덩치가 큰 사람들과는 잠깐씩 시선을 맞췄다. 두어 명은 당당히 그녀를 마주봤지만, 대부분 재빨리 시선을 돌렸다. 라일런은 그녀가 생각했던 것보다 더 핵심적인 존재였던 모양이었다. 타냐가 침착하게 말했다.

"오늘 밤엔 라일런이 싸울 수 없을 것 같네요. 그러니 이제 떠나겠어요."

그 말을 마치고 타냐는 잠시 머뭇거렸다.

"저희도 여러분만큼 차우 사라의 일을 애도하고 있다는 거, 제발 믿어주세요."

그 누구도 반발하지 않았다. 입을 열지도 않았다. 타냐는 울라부를 끌고 당당히 사람들을 향해 걸어갔다. 이번에는 그녀 앞에서 세 개의 원이 모두 순식간에 열렸다.

그리고 이내 둘은 서늘한 밤바람 속으로 들어섰다.

'날 도와주러 여기까지 올 필요는 없었어, 타냐 콜필드.'

빌린 호버바이크를 향해 울라부를 끌고 가는 동안 그의 생각이 타냐에게 전해졌다.

'그 테란은 날 해치지 않았을 거야.'

'정말 그렇게 생각해? 내가 보기엔 널 제대로 해쳤을 것 같던데?'

그녀는 씁쓸하게 반박했다. 울라부는 잠시 동안 그 말을 곱씹는 것 같았다. 그의 생각이 너무 빠르게 소용돌이쳐서 타냐는 따라갈 수도 없었다. 한참 후에 그가 말했다.

'넌 네 능력을 공공장소에서 사용했어. 상관들이 네 그런 행동을 언짢아하지 않을까?'

타냐는 움찔했다. 물론 언짢아할 것이다. 그녀는 유령 프로그램의 비밀 병기였고, 군부는 그녀의 힘을 감춰 두기 위해 막대한 노력을 기울여 왔다. 언짢아하는 수준이 아니라, 격분하는 수준에 가까울 것이다.

하지만 그건 오늘의 일이 알려질 경우의 이야기였다. 그녀가 말했다.

'그들도 자세한 건 모를 거야. 술집에 있던 사람들이 본 건, 내가 그 남자 얼굴에 맥주를 뿌린 것뿐이잖아. 그냥 눈에 알코올이 들어가는 바람에 그렇게 됐다고 생각하겠지.'

'화상을 입지는 않았을까?'

'눈에 띄지는 않을 거야. 온도는 인화점을 넘지 않았고, 잠깐만 접촉했으니 착색도 없었겠지. 조금 붉어지기야 하겠지만, 뚜렷하게 드러나지는 않을 거라고.'

울라부는 다시 한 번 생각에 잠겼다.

'하지만 그 테란은 알 텐데.'

'주정뱅이 떠버리잖아. 기억이 흐릿해서 뭐 때문에 주먹질을 멈추게 됐는지 기억도 못할 거야.'

타냐가 말했다.

'그렇게 생각하는 거야, 아니면 그러길 바라는 거야?'

'양쪽 다.'

타냐는 솔직히 인정했다. 그리고 울라부를 똑바로 바라봤다.

'이제 네 얘기를 해 보자고. 대체 거기서 뭘 하고 있었던 거야?'

'나는 연구원이야. 프로토스의 실수로 인해 동반자와 가족을 잃은 사람들의 기분을 직접 이해하고 싶었어.'

그렇게 말하는 울라부의 목소리는 프로토스 특유의 자긍심으로 가득했다. 타냐는 인상을 찌푸렸다. 프로토스의 '실수'라니. 그들은 아직도 무고한 테란으로 가득했던 행성을 통째로 파괴해버렸던 일이 그저 '실수'였다고 생각하는 걸까?

화가 다시 치밀어 오르기 시작했다. 그녀는 단호하게 그런 감정을 억눌렀다.

'그래서, 이해하게 됐어?'

그는 머릿속으로 한숨을 내쉬었다.

'아직 고통이 너무 많이 남아 있어. 분노도 그렇고.'

'그들을 탓할 수는 없어. 그러니까 다시는 이런 짓 하지 마. 알겠어? 다음번에는 나도 그냥 사람들이 테란의 고통과 분노를 네게 증명할 수 있게 내버려 둘지도 모르니까.'

타냐는 날카롭게 말했다.

'그럴 필요는 없어. 네가 말했듯, 우리는 제대로 대가를 치렀으니까.'

울라부의 정신은 음울하게 날이 서 있었다.

타냐는 묵묵히 고개를 끄덕였다. 그 전쟁으로 프로토스는 정말이지 끔찍한 대가를 치러야 했다. 수많은 프로토스가 전장에서 죽어갔다. 아이어 행성은 파괴되고, 그들은 고향을 등져야 했다. 프로토스 사회는 분열되었고, 일부 진영은 다시 하나가 되기도 했지만, 또 일부는 동족의 곁을 떠나고 말았다.

가장 큰 대가는 칼라였다. 헤아릴 수 없는 세월 동안 프로토스의 사고와 의식을 하나로 결속시켰던 신비한 사이오닉 연결망, 칼라가 파괴되어 버렸다. 그런 대격변을 치르고 적지 않은 시간이 지났지만, 프로토스는 아직도 정체성을 되찾기 위해 발버둥치고 있었다.

그런 절박한 투쟁이 울라부가 동족에게 버림받게 된 이유였을까? 그들이 동족의 내면에만 온 신경을 집중해야 했던 탓에, 그를 다시 받아들이고 서서히 재건되는 사회에 통합시킬 여유가 남아 있지 않았던 걸까?

아니면 그보다 더 은밀한 이유가 있을까? 동족이 그를 등지게 만든 어떤 구체적인 행위를 하기라도 했던 걸까?

때로는 적이 쉽게 만들어졌다. 정말이지 고통스러울 만큼 쉽게 적이 생겨났다.

그녀는 잠시 눈을 감았다. 감정에 앉은 딱지가 일시적으로 벗겨졌다. 4년 전 그날, 그녀는 자제력을 잃어버릴 생각은 없었다. 자신을 진정시키려던 다른 유령들을 무시함으로써, 그들을 모욕하거나 화나게 할 생각도 없었다.

그녀를 달래 준 건 울라부였다. 그는 분노와 혼돈의 소용돌이를 한참 동안 보듬어 주고 임플란트가 다시 제 역할을 발휘할 수 있게 했다. 사건은 해결되고, 모두가 무사히 탈출할 수 있었다. 문제를 일으켰던 유령도 마찬가지였다. 비록 타냐는 그가 상처받았어야 했다고 여전히 믿고 있었지만.

하지만 해결에는 대가가 따랐다. 다른 유령들이 그녀를 진정시키지 못했다는 것도 충분히 심각한 문제였지만, 외계인이 그 일에 성공했다는 사실은 타냐에게 뚫을 수 없고 없앨 수도 없는 분노의 장벽을 쌓았다. 그날 이후로, 그녀와 울라부는 둘이서 세상에 맞서야 했다. 그녀는 아직도 유령들 사이에서 생활하고 일했지만, 결코 그들의 일원이 될 수는 없었다.

그리고 조만간, 그런 관계마저도 사라질 것이다.

그녀는 호버바이크에 앉아, 혼자 힘으로는 어찌할 수 없는 좌절감이 멀리서 맴도는 것을 느꼈다. 그걸 막아낼 수 있게 자제력이 조금 더 강해지기만을 바랄 수밖에 없었다.

이제 남은 건, 유령 프로그램을 떠난 후 그녀의 자제력이 어떻게 변해갈 것인가 하는 문제였다.

아크튜러스 황제의 통치 하에서는 상상조차 할 수 없는 일이었다. 유령은 유령이었고, 죽을 때까지 유령 프로그램에 속해 있어야 했다. 논의의 여지도 없었다.

하지만 발레리안 황제는 달랐다. 그는 해병의 두뇌 소거도 제한했다. 그 조치를 아예 중단했다고 주장하는 사람도 있었지만, 아무도 그 말을 믿지 않았다. 또한, 황제는 군을 떠나고 싶어 하는 유령에게 전역의 길을 열어 주었다.

타냐가 알고 있기로는, 그녀가 바로 그 길을 이용하게 될 첫 번째 당사자였다. 그리고 그에 따라 수많은 질문이 새롭게 떠올랐다.

임플란트는 머리에 남겨 두는 걸까? 물론 그냥 꺼내지는 않을 것이다. 어쩌면 새로운 임플란트를 이식할지도 몰랐다. 그녀가 가는 곳마다 성가신 사람들이 살아 움직이는 횃불이 되는 사태를 막기 위해, 그녀가 민간인으로 살아갈 수 있게 해 주는 새로운 임플란트를 이식할 가능성도 있었다.

틀림없이 그냥 꺼내버리지는 않을 것이다. 그렇지 않을까?

'아직도 라일런 일이 머리에서 떠나지 않아.'

울라부는 생각에 잠긴 목소리로 말했다.

'걱정하지 말라고 얘기했잖아.'

타냐가 말했다. 울라부는 대꾸했다.

'걱정하는 게 아니야. 그냥 호기심이 생긴 거지. 네가 유령인 줄 어떻게 알았을까?'

타냐는 눈살을 찌푸렸다. 그 묘한 순간을 지금껏 잊고 있었.

하지만 울라부의 말이 옳았다. 라일런은 대체 어떻게 그 사실을 알아챘을까? 그녀는 신분을 밝히지도 않았고, 민간인 복장을 하고 있었다.

'모르겠어.'

그녀도 인정했다.

'어쩌면 병영 사람들 중에도 단테의 단층에 자주 들르는 사람이 있어서, 유령 프로그램에 참여하는 프로토스가 있다고 얘기했는지도 모르지.'

'그럴 수도 있지. 문제가 생길 수도 있겠군.'

울라부가 말했다. 타냐가 콧방귀를 뀌었다.

'그럴 줄 몰랐어?'

'그래.'

울라부는 진지하게 말했다. 그녀의 비꼬는 투를 인지하지 못한 모양이었다.

'병영 얘기가 나와서 말인데, 이제 돌아가야 하지 않을까?'

그제야 타냐는 퍼뜩 깨달았다. 그녀는 지금 호버바이크 위에 앉아 참을성 있게 기다리는 울라부를 내버려 두고 멀리 도시를 바라보고만 있었다.

'그래야지.'

그녀는 그렇게 대답하며 조수석을 가리켰다.

'자, 내가 태워 줄게. 너무 눈에 띄게 굴지는 마.'

울라부는 허리를 죽 펴고 똑바로 일어섰다.

'눈에 띄지 말라고?'

타냐는 한숨을 쉬었다. 눈에 띄는 프로토스와, 똑같이 눈에 띄는 방화능력자. 똑같이 동족에게 거부당한 두 사람. 둘은 서로를 필요로 했다. 결국 그녀가 말했다.

'좋아, 눈에 안 띄는 건 잊어버려. 그냥 떨어지지 않게 조심하기나 해.'

제3장

"자치령이 우려하는 점은 이해합니다, 발레리안 황제."

루이즈 뒤프리 특사가 말했다. 그녀의 쾌활한 알토 음색은 아무런 감정이 없는 두 눈과 날카로운 대조를 이루었다.

"하지만 저희가 우려하는 점도 이해해 주셔야 합니다. 우모자 보호령은 당신 부친의 영토 확장에 대한 야망 때문에 크나큰 고통을 겪어야 했습니다. 그가 우리에게서 빼앗지 못했던 거점을 당신에게 그냥 넘기고 싶은 생각은 없습니다."

발레리안 멩스크 황제는 한숨을 쉬고 싶은 기분을 억눌렀다. 6년 동안 평화와 개방을 이끌었으니, 이제 아버지의 잔혹한 폭정이 남긴 긴 그림자에서 벗어날 수 있을 거라고 기대했었다. 아무래도 아직 그럴 수는 없는 모양이었다.

"저도 귀국에서 우려하는 바를 이해합니다."

그는 차분한 목소리를 유지했다. 약간의 공격성이나, 짜증이 난 기색이라도 드러낸다면, 뒤프리 특사는 그 즉시 발레리안을 아크튜러스 멩스크 2세라고 낙인찍을 것이고, 우모자에 신속 대응 기지를 마련한다는 희망은 사라지고 말 것이다.

게다가 더 시급한 문제가 있었다. 자치령의 일부 행성은 전쟁 중에 평야와 농경지에 막대한 피해를 입었고, 아직도 이를 복구하기 위해 발버둥치고 있었다. 이런 행성에 식량과 기타 필요한 물품을 운송하는 일만 해도 가용한 자원이 거의 모두 투입되어야 했으니, 전쟁이 또다시 발발하기라도 하면 자치령 전체가 기근에 시달리게 될 것이었다. 하지만 우모자 보호령의 진보된 생물공학이라면, 자치령이 그런 미래를 피하는 데 큰 도움이 될 수 있었다.

아쉽게도 자치령이 제안할 수 있는 유일한 교환 조건은, 저그의 침공이 재개될 경우 그들을 지켜주겠다는 약속뿐이었다. 예상대로 우모자 보호령은 별로 관심을 보이지 않았다.

"제가 원하는 건 보호령과 자치령 남부를 적의 공격으로부터 지키는 것뿐이라는 점을 기억해 주십시오. 반격을 준비할 시간도 없이 저그의 감염이 뿌리내리는 사태는 없어야 합니다."

"귀국의 도움이 없어도 저그 감염 정도는 저희가 막을 수 있다고 생각합니다."

뒤프리가 말했다.

"그렇습니까? 혹시 프로토스의 지원을 기대하고 있는 거라면, 그러지 않는 게 좋다는 말씀을 드려야 하겠습니다. 아르타니스 신관은 보호령의 문제를 떠맡지 않더라도 이미 충분히 골치가 아픈 상황입니다."

발레리안의 말에 뒤프리는 희미하게 미소를 지었다. 하지만 그녀의 눈을 보면 발레리안은 그게 바로 보호령이 기대하던 것임을 알 수 있었다.

"물론 오랫동안 프로토스와 함께한 경험에 비추어 그런 것도 알고 계신 거겠지요?"

"문화와 사회, 정치의 이면에 흐르는 기류를 읽을 수 있기 때문에 알 수 있는 겁니다. 이번 전쟁을 거친 후로 그들의 상황도 우리보다 별로 나을 게 없다는 건 누가 봐도 명백한 일이니까요."

발레리안이 대답했다.

"글쎄요, 솔직하게 말씀드려도 되겠습니까?"

뒤프리가 말했다. 발레리안은 그녀를 향해 손짓했다.

"그러시죠."

"저그는 '잠재적인' 위협입니다. 하지만 자치령은 '명확한' 위협입니다. 물론 아크튜러스 멩스크가 황제였던 때보다는 덜하겠지만."

그녀는 발레리안이 미처 대답하기도 전에 말을 이었다.

"하지만 당신 자신에게 영토 확장에 대한 야망이 있든 없든, 당신 정부의 많은 사람들이 아직도 우모자 보호령을 자치령의 일부로 편입하고 싶어 한다는 것만은 분명한 사실입니다."

"저라면 많은 사람들이라고는 하지 않겠습니다. 또한 교체 인력을 확보하는 대로 그런 사람들을 요직에서 솎아내고 있으니, 크게 걱정하지는 않으셔도 됩니다."

발레리안의 대답에 뒤프리가 말했다.

"듣던 중 반가운 이야기군요. 그 일이 모두 끝나고 현재 영토만으로 만족할 거라는 추가적인 증거를 제시할 준비가 되면, 우모자 보호령도 기꺼이 대화를 재개하겠습니다."

알현실 옥좌의 팔걸이에 박힌 작은 상황판에서 희미한 불빛이 반짝였다. 발레리안은 언짢은 표정으로 화면을 바라봤다. 세계의 종말이라도 오지 않는 한 이 회담은 방해하지 말라고 지시해 두었는데….

거대괴수 1기, 반복한다, 거대괴수 1기가 행성계에 진입했다.

코랄 IV 행성으로 향하고 있는 것으로 보인다.

발레리안은 볼 근육이 떨리는 걸 느꼈다. 거대괴수는 저그의 주요 운송 수단이었다. 군단이 거대한 우주 생물을 감염시킨 후 중장갑 전함으로 변태시켜, 행성 간 비행 및 궤도 이착륙까지 가능하게 만들어 낸 함선이었다. 그 거대한 내부 공간에는 전투 준비를 마친 수만 마리의 저그 병력을 실을 수도 있었다.

짧은 경고 문구에서는 반복해서 언급하긴 했지만, 발레리안이 경험한 바에 따르면 거대괴수는 절대로 혼자 다니지 않았다. 절대로.

뒤프리는 아직도 우모자 보호령이 협상 테이블에 앉기 위해 발레리안이 충족시켜야 하는 조건을 나열하고 있었다.

"죄송합니다, 뒤프리 특사."

발레리안이 그녀의 말을 끊었다. 그리곤 자리에서 일어나며 상대방과 눈을 맞췄다.

"문제가 생겨서 자리를 비워야 할 것 같습니다. 거대괴수가 코랄 행성계에 나타났습니다. 지금 이쪽으로 접근하고 있습니다."

그녀의 얼굴이 창백해지는 것을 보니, 괜스레 만족스러운 기분이 들었다.

"저그인가요?"

"코프룰루 구역에서 거대괴수를 사용하는 게 또 누가 있는지 모르겠군요."

발레리안이 대답했다.

"당신 함선에 즉시 출항 준비를 지시하겠습니다. 물론, 떠나길 원하신다면요."

"그러겠습니다."

그녀는 기계적으로 대답했다. 발레리안은 눈썹을 추켜세웠다.

"그럴 만도 하지요. 우모자에 돌아가시거든 아무래도 지배 위원회와 함께 현재의 위협 수준에 대한 평가를 조정하시는 게 좋겠습니다. 저그를

'잠재적인' 위협이라고 하셨던 평가 말입니다."

그는 특사가 대꾸할 말을 떠올리기 전에 알현실을 떠났다.

• • •

아크튜러스 멩스크는 테란 자치령의 황제로 즉위한 직후 상상할 수 있는 그 어떤 공격으로도 뚫을 수 없는 전쟁 상황실을 만들기 시작했다. 발레리안은 아버지가 그 목표를 온전히 이루었다고 확신할 수는 없었지만, 그래도 상당한 진척이 있었다고 인정해야 했다.

왕궁 안에서 보통 '벙커'라고 부르는 그 공간은, 지하 100미터 지점에 강화 플라스크리트와 뮤 합금, 초전도 메쉬를 결합한 물질로 몇 겹을 둘러싼 공간이었다. 공기와 물은 분자 단위까지 여과되었다. 외부는 전자기 파동과 입자 방사선까지 차단할 수 있게 접지가 이루어졌고, 지금까지 프로토스가 해왔던 행성 소각의 영향이 미치는 범위보다 적어도 50미터는 더 깊은 곳에 위치했다. 행성 전체와 모든 함선, 이 행성계의 궤도 정거장과 언제든 즉각적인 통신이 가능했고, 소형 화기와 그걸 사용할 줄 아는 충직한 병사들이 주둔했으며, 별도의 거주 구역과 함께 100명의 사람들이 10년 동안 생존할 수 있는 식량과 물이 마련되어 있었다.

마지막 문을 지나면서, 발레리안은 대체 왜 여전히 왕궁의 옥상 정원을 거니는 것처럼 외부로 노출되어있는 기분이 드는지 알 수 없었다.

발레리안이 도착했을 때, 대여섯 명의 남녀가 전투 정보실에서 기다리고 있었다. 코랄의 행성 방어 체계와 자치령 전쟁 기계의 최고 책임자들이었다. 황제의 좌석을 둘러싼 통신 화면 아홉 개 중 여섯 개에는 이 행성계의 다른 지역에 있는 선임 장교들의 모습이 보였다.

나머지 세 개에서는 접근 중인 거대괴수의 모습이 표시되고 있었다.

발레리안은 자리에 앉으며 눈살을 찌푸렸다. 일반적인 상식과 지금까지의 경험에 따르면, 거대괴수는 홀로 이동하는 법이 없었다. 하지만 지금

이 거대괴수에 일행이 있었다면, 너무 오랫동안 모습을 드러내지 않고 있었다. 그는 첫 번째 화면의 상대를 향해 말했다.

"호너 제독. 지금 상황이 어떻소?"

히페리온의 함교에서 누군가와 대화하느라 반쯤 몸을 돌리고 있던 맷 호너 제독이 다시 통신기 카메라를 향해 몸을 돌렸다. 그는 정중하게 황제에 대한 예를 갖추며 말했다.

"발레리안 황제 폐하. 현재 상황은 조금… 당황스럽습니다. 거대괴수는 세 가지 주파수로 메시지를 내보내고 있습니다. 신호가 조금 희미하긴 했지만, 일부 내용이 파악되었습니다. 지금 들려드리겠습니다."

그가 화면 밖 어딘가로 손을 뻗자, 화면 속 그의 얼굴은 저그 여왕의 모습으로 바뀌었다.

주로 외골격과 가시, 살점을 찢어발기는 발톱으로 구성된 저그는 다들 악몽의 주인공 같은 모습이었다. 하지만 테란의 두뇌는 어떤 사물을 보면 실제로 존재하지 않더라도 기필코 익숙한 패턴을 찾아내려 하는 경향이 있었기 때문에, 사람들은 저그를 보며 거대한 거미나 딱딱한 껍질에 싸인 민달팽이, 박쥐 날개를 지닌 말벌 등 자신에게 익숙한 생물을 떠올렸다.

하지만 여왕은 특별했다. 여왕을 본 사람들은 공통적으로, 전설 속 켄타우로스를 가져다가 인간 모습의 상반신을 거대한 지네로 바꾼 후, 말과 같은 하반신은 거대하고 끔찍한 게로 바꾼 것 같다는 느낌을 받았다.

그리고 그 모습과 함께 기억도 돌아왔다. 그 모든 기억이, 전쟁의 공포가 돌아왔다. 저그의 과도한 동물적 본성과 프로토스의 과도한 오만함, 테란 자신의 과도한 잔인성과 무신경함까지. 모든 죽음과 파괴, 모든 고통과 아픔이 황산의 강처럼 발레리안의 정신을 타고 흘렀다.

역사책에서는 싸움이 끝났을 때 고통도 끝났다고 기록하곤 했다. 하지만 발레리안은 이제 진실을 알고 있었다. 행성을 재건하는 더디고 값비싼 과정과 친구와 연인을 잃고 남겨진 씁쓸한 고통의 여파는, 총과 전쟁 기계가 침묵에 잠긴 뒤에도 몇 년 동안 회복될 기미가 보이지 않았다.

테란 자치령이 지난 전쟁의 여파에서 벗어나려면 아직도 오랜 시간이 필요했다. 지금 저그가 새로운 전쟁을 시작한다면….

"나는 무카브다."

굵고 거친 목소리가 들렸다.

상황실 안의 누군가가 깜짝 놀라 헉, 하고 숨을 들이쉬었다. 발레리안은 자기도 모르게 눈을 가늘게 떴다. 저그 여왕이 구두로 소통하는 일은 흔하지 않았다. 누군가 또 여왕의 유전자에 장난을 치고 있었던 걸까?

"인사를 가져왔다. 전갈을 가져왔다. 시급한 요청을 가져왔다. 나는 무카브다. 인사를 가져왔다. 전갈을 가져왔다. 시급한 요청을 가져왔다."

저그의 모습이 사라지고 다시 맷이 화면에 나타났다.

"이게 전부입니다. 계속 같은 말만 반복하고 있습니다."

"같은 신호를 반복해서 전송하는 건가?"

"그런 것 같진 않습니다. 몇 차례 반복해서 말하는 것을 지켜봤습니다만, 여왕의 얼굴과 자세가 조금씩 달라지고 있었습니다. 제 생각에는 여왕이 저기 가만히 앉아서, 같은 메시지를 반복해서 말하며 우리가 응답하기를 기다리고 있는 것 같습니다."

"여왕이 우리와 어떻게 소통하고 있는 건지 알겠소?"

발레리안이 물었다.

"잘 모르겠습니다. 저쪽 송신기는 옛 발키리의 통신 장비와 같은 프로토콜을 사용하고 있습니다."

"그렇단 말인가."

지구 집정 연합은 수년 전 코프룰루 구역으로 진출하면서, 기대했던 것과는 많이 다른 결과를 경험했다. 케리건의 저그 군단과 프로토스, 자치령 사이에서 UED 병력은 단 한 명도 살아남지 못했다. 그들의 소중한 발키리 우주 전함도 대부분 파괴되었지만, 일부는 자치령의 손에 들어왔다.

"저그가 그런 기술을 사용한 적은 없었는데."

"지금도 마찬가지입니다. 프로토콜은 같습니다만, 발키리 장비를 직접 사용하는 건 아닙니다. 제가 추정하기로는 그 장비를 회수해서 분석한 후, 나름의 방식으로 그와 같은 장치를 만들어 낸 것 같습니다. 저그의 사이오닉 신호를 통신기에 전달할 수 있는 인터페이스와 함께요."

"놀랍군."

발레리안이 중얼거렸다. 물론, 프로토스 역시 테란의 통신 장치를 사용하여 테란과 소통하기 위해 그와 비슷한 작업을 했었다.

프로토스의 통신 장치가 어떤 방식으로 동작하는지는 지금껏 어느 누구도 알아내지 못했다. 저그의 새로운 소통 방식 역시 빠른 시일 내에 분석할 수 있을 것 같지는 않았다.

"더 놀라운 게 있습니다."

맷이 말을 이었다.

"망령 몇 기를 거대괴수에 접근시켜 봤습니다만, 확인 결과 거대괴수의 표면 객실과 통로가 모두 열려 있었습니다."

발레리안은 눈살을 찌푸렸다.

"열려 있었다고? 그러면 객실 안에 아무것도 없다는 말이오?"

"그렇게 보입니다. 물론 아직 내부 공간은 확인되지 않았으며, 그 안에 다른 저그가 잠복하고 있을 수도 있습니다. 무카브 역시 내부 어딘가에 있는 것으로 보입니다."

"그렇겠지."

발레리안은 화면을 보며 말했다. 거대괴수는 말 그대로 거대한 수송선이었다. 프로토스의 모선보다도 더 컸다.

하지만 빠르게 병력을 배치하는 데는 외부 객실이 핵심 역할을 수행했다. 그게 모두 우주 공간을 향해 열려 있다면, 무카브가 지금 공격을 하려는 게 아닐 거라고 짐작해도 무방했다. 아니, 적어도 기습을 염두에 두고 있지 않은 것만은 확실했다.

"열린 객실 안에 뮤탈리스크가 있을 수도 있소. 놈들이라면 진공에서도 한동안 버틸 수 있을 테니까."

발레리안이 지적했다. 맷도 동의했다.

"물론 그렇습니다. 망령의 센서도 거대괴수의 내부까지 탐지할 수는 없습니다."

발레리안은 입을 굳게 다물었다. 이 모든 것이 속임수일 수도 있었다. 하지만 교묘한 술책은 저그가 강한 분야가 아니었다. 저그가 선호하는 접근 방식은 막대한 수의 병력을 투입한 후, 전투의 결과가 생존 또는 파멸 중 어느 쪽이 될지 기다리는 것이었다.

"저 여왕이 원하는 게 뭔지 알아봐야 할 것 같소."

"준비됐습니다."

맷이 대답했다.

"좋아. 통신망을 연결하시오."

발레리안은 어깨를 당당히 폈다.

"연결됐습니다."

"테란 자치령의 발레리안 멩스크 황제다."

발레리안은 가능한 한 위엄 있는 목소리로 말했다. 무카브가 말투의 차이를 이해할 수 있는지도 알 수 없었지만, 손해 볼 일은 아니었다.

"시급한 요청이 무엇인지 말하라."

저그의 반복되던 말은 잠깐 더 계속되다가 뚝 끊어졌다. 여왕이 말했다.

"요청은 내 것이 아니다. 요청은 군단의 초월여왕, 자가라의 것이다."

발레리안은 눈살을 찌푸렸다. 초월여왕? 낯선 표현이었다.

"초월여왕이 기스트 행성을 프로토스로부터 보호하는 일에 테란 자치령의 도움을 필요로 한다."

무카브가 말을 이었다.

"초월여왕은 프로토스와 테란 모두에 평화를 제안한다. 군단은 홀로 남고 싶을 뿐이다. 우리를 돕겠나? 어떻게 답하겠나?"

"잠깐 기다려라."

발레리안은 위엄 있는 목소리를 유지하려고 애쓰며 말했다. 오늘은 깜짝 놀랄 일이 너무 많았다.

"우리쪽 음성을 꺼 주시오, 제독."

제어판에서 작은 신호가 들려왔다.

"음성을 소거했습니다."

맷이 음성 소거를 확인하자, 발레리안이 물었다.

"어떻게 생각하시오?"

"뭐든 생각이 떠올랐으면 좋겠습니다."

맷은 발레리안이 지금껏 본 중에서 가장 어안이 벙벙한 표정이었다.

"저그가 우리에게 도움을 요청하다니요? 그것도 프로토스로부터 보호를 요청하다니? 정말이지 흔히 볼 수 있는 일은 아닙니다."

"나도 그렇게 생각하오."

전쟁은 세 개의 세력이 모두 휴전을 택하며 끝이 났다. 그 후 자가라는 차 행성 인근의 행성계를 점령했고, 모두가 그녀의 향후 계획이 무엇일지 궁금해 하던 그 때에도, 발레리안은 저그의 수장이 가능한 한 눈에 띄지 않는 생활을 선택할 거라고 추정했다. 지금 자치령에 도움을 요청하러 나타날 정도라면, 뭔가 심각한 일이 일어나고 있는 게 분명했다.

발레리안이 제안했다.

"뭔가 알아낼 수 있는 게 없나 봅시다. 이 기스트라는 행성에 대해 들어본 사람 있소?"

침묵이 이어졌다. 화면에 보이는 사람들 중 몇몇은 고개를 가로저었다. 나머지는 컴퓨터나 데이터패드를 확인하는지 시선을 아래로 돌렸다.

"발레리안 황제 폐하?"

다섯 번째 화면의 여성이 입을 열었다. 누군지 알아볼 수는 없었지만, 옷깃에는 유령 프로그램의 소장 계급장이 반짝였다.

"저희 프로토스 전문가의 의견에 따르면, 기스트는 차우 사라가 정화된 직후 소각된 행성이라고 합니다."

"아직도 그따위 말을 하다니…."

벙커에 모여 있는 장교들 사이에서 희미한 목소리가 들렸다.

"뭔가 덧붙일 의견이 있소?"

발레리안은 장교들을 향해 고개를 돌리며 말했다. 그의 눈이 어브램 크루이크섕크 대령에서 멎었다.

"크루이크섕크 대령?"

크루이크섕크의 입술이 뒤틀렸다. 그가 말했다.

"죄송합니다, 발레리안 황제 폐하. 이 정보가 얼마나 믿을 만한 건지 생각하고 있었습니다."

"프로토스라면 자기네 역사에 대해 잘 알고 있지 않겠소."

발레리안이 대수롭지 않게 대꾸했다. 맷이 인상을 찌푸리며 끼어들었다.

"폐하, 죄송합니다만… 프로토스라고 하셨습니까? 울라부 말씀이십니까? 그는 이미 떠났다고 생각했습니다만."

"아니, 아직 남아 있소."

발레리안의 목소리에는 단호한 경고의 신호가 담겨 있었다. 맷은 그 신호를 감지하고 말을 돌렸다.

"그렇군요. 소장, 기스트가 불타버린 행성인 건 알겠는데, 그 외의 정보는 없나?"

소장이 대답했다.

"커다란 대륙 하나가 지표면의 절반 정도를 차지하고 있습니다. 나머지는 두 개의 작은 대륙과 여러 섬으로 이루어져 있습니다. 하루는 33시간이며, 적도 인근에 있는 주 대륙에는 두 개의 산맥이⋯."

"그래, 그 정도면 됐네."

맷이 그녀의 말을 잘랐다.

"자가라가 그 지역에 본거지를 구축한 이유를 알 수 있을 만한 정보는 없나?"

"울라부도 그 이상은 모릅니다."

소장이 말했다.

"어쩌면 전반적으로 무해한 행성이다 보니 자가라도 눈에 띄지 않을 거라고 생각했는지도 모릅니다."

"그럴 가능성도 있지. 그보다 더 시급한 문제는, 왜 자가라가 보호를 필요로 하느냐는 거요."

발레리안이 말했다. 그는 통신기를 가리켰다.

"다시 연결해 주시오."

"말씀하십시오, 폐하."

"프로토스와 무슨 문제가 있는 건지 말하라. 기스트에서 뭘 하고 있기에 프로토스를 화나게 한 건가?"

발레리안은 무카브에게 말했다.

"초월여왕은 기스트 행성을 프로토스로부터 보호하는 일에 테란 자치령의 도움을 필요로 한다. 초월여왕은 프로토스와 테란 모두에 평화를 제안한다. 군단은 홀로 남고 싶을 뿐이다. 우리를 돕겠나? 어떻게 답하겠나?"

무카브의 말에 발레리안은 눈살을 찌푸렸다. 무카브는 동일한 말을 반복하고 있었다.

"제독?"

"저희 쪽에는 따로 통신 문제가 없습니다."

맷이 말했다. 이마에 주름이 잡힌 그의 두 눈은 이리저리 오가며 화면을 살피고 있었다.

"다시 말씀해 보십시오. 신호 패턴을 조금 조정해 보겠습니다."

발레리안은 고개를 끄덕였다.

"자가라가 기스트에서 무슨 일을 하고 있길래 프로토스가 화가 난 건가?"

"초월여왕은 기스트 행성을 프로토스로부터 보호하는 일에 테란 자치령의 도움을 필요로 한다. 초월여왕은 프로토스와 테란 모두에 평화를 제안한다. 군단은 홀로 남고 싶을 뿐이다. 우리를 돕겠나? 어떻게 답하겠나?"

"끝내주는군. 자가라가 새대가리를 보냈잖아."

크루이크섕크가 중얼거렸다. 발레리안이 손짓하자 다시 음성 전송이 중단되었다. 그가 말했다.

"아니면 의도적으로 응답이 제한된 개체를 보내서, 우리가 여기 앉아 상황을 논의할 시간을 주지 않으려 했을 수도 있지. 그러면 메시지가 더 시급한 것처럼 느껴질 테니까."

"물이 얼마나 깊은지 알지도 못한 채 뛰어들게 하려는 작전인지도 모릅니다. 아군을 미지의 장소로 끌어내려는 속임수일 가능성도 있습니다."

맷의 경고에 발레리안이 반박했다.

"무슨 의도로? 우리가 자치령을 무방비 상태로 두지는 않을 거잖소."

"우리 스스로도 무방비 상태가 되진 않을 겁니다."

크루이크섕크가 끼어들었다.

"본격적인 전투 부대를 꾸려서 가셔야 합니다, 발레리안 황제 폐하."

발레리안은 무카브의 영상을 살펴봤다. 텅 빈 거대괴수 안에 미동도 없이 홀로 앉아서 자가라의 호소에 대한 자치령의 대답을 기다리는 모습. 이게 속임수라면, 일반적인 저그의 전략으로부터 많이 벗어난 것이었다.

하지만 자가라는 칼날 여왕의 수제자였다. 저그에 감염되기 전까지 가장 강력하고 뛰어난 테란 유령이었던 사라 케리건을 가장 가까이에서 섬긴 존재였다. 케리건이 이와 같은 교묘한 속임수를 자가라에게 가르쳐 준 건 아닐까?

아니면 원하는 것을 얻어낼 수 있는 적절한 말을 가르쳐 준 건 아닐까?

그는 통신을 연결하라는 신호를 보냈다.

"무카브, 여긴 멩스크 황제다. 너희를 위협하는 프로토스 병력을 누가 지휘하고 있지?"

"초월여왕은 기스트 행성을 프로토스로부터 보호하는 일에 테란 자치령의 도움을 필요로 한다. 초월여왕은 프로토스와 테란 모두에 평화를 제안한다. 군단은 홀로 남고 싶을 뿐이다. 우리를 돕겠나? 어떻게 답하겠나?"

같은 말을 반복하던 무카브는 생각에 잠긴 듯 고개를 갸웃했다.

"프로토스 병력은 아르타니스 신관이 지휘한다."

맷은 나지막하게 휘파람을 불었다.

"아르타니스가 직접 공격을 지휘하고 있다니? 아주 흥미롭군요."

"정말 그렇군."

발레리안도 동의했다. 그 말과 함께, 그는 다른 선택의 여지가 없다는 사실을 깨달았다.

그는 저그 군단을 믿지 않았다. 케리건의 가장 가까운 제자이자 수하였던 자가라는 더더욱 그랬다. 좋게 보면 케리건은 일종의 개척자였다. 나쁘게 말하면 배신자였다. 자가라가 지금 뭔가 은밀한 장난을 치고 있는 거라면, 아주 끔찍한 결과를 초래할 수밖에 없었다.

하지만 무카브의 초대를 받아들임으로써 아르타니스와 오붓한 시간을 보낼 수 있다면, 그것만으로도 충분히 가치가 있었다.

자치령은 고통받고 있었다. 식량과 거주지는 부족했고, 헤아릴 수 없이 많은 예비역 군인이 영구적인 신체 손상을 입었거나, 정신적인 문제를 앓고 있었다. 그리고 심각하게 손상된 행성을 복구하는 것만으로도 손이 부족할 지경이라, 그 밖의 모든 일은 감당할 수조차 없었다.

하지만 프로토스 역시 나름대로 고통받고 있었다. 전쟁으로 인해 프로토스 인구는 격감했다. 종족 전체를 사이오닉 연결망으로 묶었던 칼라도 파괴되어 사라지고, 프로토스 중 한 진영은 종족을 다시 연합시키려 했던 아르타니스의 시도를 거부하고 자신만의 살 길을 찾아 떠나가 버렸다.

프로토스는 유구하고 영예로운 역사와, 테란에 비해 월등히 우수한 기술을 보유하고 있었다. 자치령 역시 크게 부족할 것 없는 기술과, 문제 해결을 위해 집요하고 창의적으로 노력해온 긴 역사를 가지고 있었다. 두 종족이 힘을 합친다면, 자치령과 프로토스 모두 각자의 문제를 해결할 수 있는 해결책을 찾아낼 수 있을 거라고 발레리안은 확신했다.

하지만 그러려면, 아니 적어도 그런 이야기를 화제에 올리려면, 발레리안이 아르타니스를 마주할 기회가 필요했다. 그런데 지금까지 아르타니스는 자신의 일에 너무 몰두한 나머지 그런 대화에 응한 적이 없었다.

어쩌면 기스트의 상공에서 두 종족에게 필요한 대화가 마침내 시작될 수도 있었다.

만약 아르타니스가 실제로는 그곳에 없다면, 그건 케리건이 자가라에게 테란, 그 중에서도 발레리안을 조종하는 방법을 제대로 가르쳐 줬다는 사실을 증명하는 일이 될 것이다.

그는 다시 한 번 음성을 소거하라는 신호를 보냈다.

"제독, 히페리온이 출항 준비를 마치기까지 얼마나 걸리겠소?"

"두 시간입니다."

맷이 즉시 대답했다. 그는 아주 오랫동안 발레리안의 친구이자 조력자였기 때문에, 황제가 어떤 결론을 내렸는지 이미 눈치 채고 있었다.

"원하시는 지상 병력의 규모에 따라 세 시간이 될 수도 있겠습니다."

"병력이 많이 필요하진 않을 거요. 일이 어떻게 되든, 궤도상에서 해결할 수 있을 테니까."

발레리안이 말했다.

"외람된 말씀입니다만, 폐하, 그건 별로 좋은 생각이 아닙니다."

크루이크섕크는 데이터패드를 꺼내 빠르게 두드리고 있었다.

"미지의 상황이란 건 항상 모두의 기대를 벗어나는 법입니다."

"대령의 말이 맞습니다."

맷도 크루이크섕크의 의견에 동의했다.

"행성 표면으로 내려가지는 않더라도, 궤도상에서 공격을 받아 함선에 적이 침투하는 상황에 대비할 수 있도록 해병과 일부 중형 유닛을 동반하시는 게 좋겠습니다. 대령, 세 시간 내에 병력을 얼마나 모을 수 있겠나?"

"해병 934사단의 두 소대를 지금 즉시 차출할 수 있습니다. 제 골리앗 부대와 투견 몇 기도 움직일 수 있으며, 사신은… 이 지역에서 훈련 중인 부대만 일부 동원할 수 있겠습니다. 그 외에도 예비역 스무 명 정도를 호출할 수 있을 겁니다. 최소한 그 정도 규모의 병력은 필요하다고 생각합니다."

발레리안의 질문에 크루이크섕크가 대답했다.

"좋소."

우주선에 적이 침투하는 사태까지 대비하는 건 다소 피해망상에 가깝다는 생각이 들긴 했지만, 미지의 상황에 대한 크루이크섕크의 견해는 분명히 옳았다.

"궤도상의 병력은 어떻소?"

"히페리온은 거의 준비를 마쳤습니다. 포보스와 타이탄은 한 시간 뒤에 도착합니다. 퓨리, 키르케, 케르베로스는 네 시간 후 도착 예정입니다."

맷이 보고했다.

"좋아. 세 시간 후에 출발하겠소. 퓨리를 비롯한 나머지 함선은 그 뒤에 따라와야 하겠군. 무카브에게 기스트의 좌표를 확인하시오."

발레리안이 말했다.

"무카브가 이미 좌표를 보내왔습니다. 비트카우스카스 소장도 울라부가 알고 있던 좌표를 보내왔으며, 두 지점이 일치하는 걸 확인했습니다."

맷이 대답했다.

"좋소. 울라부 말이 나와서 말인데, 비트카우스카스 소장에게 울라부를 이번 원정대에 참가시켜 달라고 요청하시오. 군단에 대한 프로토스의 관점을 이해할 수 있는 이가 필요할 것 같으니까."

발레리안이 다시 말했다. 맷의 두 눈이 조금 키졌다.

"아… 그게 좋은 생각인지 모르겠습니다."

그는 이미 50명의 사람들이 이 대화에 귀를 기울이고 있다는 걸 잊은 사람처럼 목소리를 낮췄다.

"아르타니스 신관이 거기 있다면, 상황이 조금… 어색할 수도 있습니다."

"괜찮을 거요."

발레리안은 단호하게 말했다. 울라부와 나머지 프로토스 전체의 문제가 무엇이든, 지금은 수수께끼를 풀어야 했다. 발레리안 자신도 오랜 시간 연구원으로 활동한 적이 있었기에, 가장 핵심적인 정보와 통찰은 가장 예상치 못한 곳에서 나온다는 걸 잘 알고 있었다.

"이제 세 시간 남았소, 신사 숙녀 여러분. 시간을 낭비하지 맙시다."

• • •

세 시간 후, 무카브가 탄 거대괴수를 선두로 히페리온과 호위함들이 기스트 행성계로 도약했다.

프로토스는 무카브가 언급했듯이 이미 그곳에 병력을 배치해 두고 있었다. 공허 포격기 세 기와 우주모함 두 기, 불사조 한 무리와 거대한 모선까지 출동한 모양이었다.

저그 병력도 이미 궤도상에 자리 잡고 있었다. 거대괴수가 6마리 더 있었다. 그래도 아직까지는 그들도 침입자와 적당한 거리를 유지한 채, 상황을 지켜보는 것으로 만족하고 있었다. 프로토스 역시 조심스럽게 상황을 관찰하며 공성전 대형으로 움직일 준비를 하는 중이었다. 저그의 다음 수를 기다리고 있는 게 분명했다.

그리고 기스트 행성 자체는….

"맷?"

히페리온의 함교에서 발레리안이 옆에 서 있는 제독에게 조용히 물었다.

"아까 울라부는 프로토스가 이 행성을 소각했다고 하지 않았소?"

"네, 10여 년 전의 일이었습니다."

맷도 조용한 목소리로 대답했다.

"완전히 소각했던 거요?"

"프로토스가 일을 대충 하는 건 보지 못했습니다."

발레리안은 고개를 끄덕이며 거대한 함교의 화면을 바라봤다.

기스트 행성의 가장 큰 대륙 위에 대초원과 드넓은 관목지, 아름다운 녹색과 보라색 숲이 한가득 펼쳐진 모습이 화면을 가득 채웠다.

그 중 어느 것도 소각된 행성에 존재할 수 없는 것이었다.

발레리안은 가슴 깊이 숨을 들이쉬곤, 기운 좋게 말했다.

"좋아, 모선에 신호를 보내시오. 오늘은 아르타니스 신관이 자치령의 연락을 받을지 봅시다. 그러면 지금 대체 무슨 일이 일어나고 있는 건지 설명할 수 있을지도 모르지."

제4장

"8년 전에 기스트 상공에 위성 두 기를 설치했소."

아르타니스의 말이 히페리온의 함교 스피커에서 들려왔다. 프로토스의 사이오닉 신호가 통신 장치를 거치며 테란 목소리로 변환되고 있었다.

"칼날 여왕이 사라진 틈을 타서 했던 일로, 군단이 다음번에 어떤 곳을 공격할지 미리 확인하고 싶었소."

"그런데도 저런 걸 보지 못하고 놓친 거요?"

발레리안은 아래쪽 행성을 향해 손짓하며 말했다.

"누구의 눈에도 띄지 않도록 소형 위성을 사용해야 했소. 그 결과 가시 범위가 상당히 제한적이었소. 저그 세력이 대규모로 이주하려면 거대괴수 여러 마리를 이용해야 할 테고, 그런 경우라면 충분히 감지 범위 내에 들어올 거라고 생각했소. 최근 위성이 전부 고장이 나서 조사관을 파견했던 거요."

"그리고 소각됐던 행성이 원시 밀림의 천국이 되었다는 걸 발견했겠군."

발레리안은 눈살을 찌푸리며 말했다.

"위성이 둘 다 고장 났다고 했소? 동시에?"

"그렇소. 돌이켜 생각해 보면, 누군가 위성을 파괴한 것이 아닐까 생각하오. 저그가 기스트를 떠나려고 하면서, 자신들이 이동하는 모습을 들키지 않으려고 한 거겠지."

아르타니스가 말했다.

"외람된 말씀입니다만…."

맷이 함교 반대쪽에서 대화에 끼어들었다.

"그게 자가라의 계획이었다면, 뭔가 일이 어긋난 것 같습니다."

아르타니스의 빛나는 눈이 그에게 향했다.

"자세히 설명해 보시오, 맷 호너 제독."

발레리안은 곁눈질로 맷을 바라봤다. 프로토스는 꿰뚫는 듯한 눈빛과 표정을 알 수 없는 긴 얼굴 때문에 상당히 위압적인 대화 상대였다. 하지만 아르타니스는 일반적인 프로토스와는 비교할 수조차 없었다. 빛을 발하는 왕관 모양의 머리장식과 예복은 그가 움직일 때마다 통신기 화면에 환한 빛을 비추며, 지금 바라보고 있는 상대가 수천 년 동안 행성들 사이를 누벼 온 종족의 수장이라는 사실을 모두에게 일깨워 주었다.

게다가 행성들 사이를 그저 누비기만 한 것도 아니었다. 지성이 있는 다른 종족들을 찾아내고 보호해 왔다. 고귀하고, 당당하고, 막강한 프로토스는 아주 오랫동안 은하계의 이 구역을 지켜 온 수호자였다.

발레리안은 종종 생각하곤 했다. 만약 프로토스가 옛 지구가 속한 은하계에 나타났었다면 어떤 일이 일어났을까? 프로토스의 직접적인 관여를 금하는 '대울(Dae'Uhl)의 원칙'이 있다고 해도, 과연 인간들이 방문객의 존재를 눈치채지 못했을까? 만약 인간이 외계 종족을 만났다면, 자신들이 이 우주의 유일한 지적 생물체가 아니라는 깨달음을 얻음으로써 지구의 황금기를 촉발시킬 수도 있었을까?

아니면 온 지구가 파괴되는 최악의 사태를 맞이하고 말았을까?

아무래도 맷은 지금 자신의 일에 너무 몰두한 나머지 아르타니스의 시선이나 존재감에 위축되지 않는 듯했다.

"만약 자가라가 프로토스 병력이 여기 배치되기 전에 대규모 병력을 이끌고 행성을 탈출할 생각이었다면, 왜 아직도 여기 남아 있겠습니까?"

"우리 눈에 띄지 않고 자가라가 대규모 병력을 기스트에서 내보내지 않았다는 사실을 입증할 수 있겠소?"

아르타니스가 반박했다. 맷은 굳게 입을 다물었다.

"아닙니다. 그럴 수는 없을 것 같습니다."

그가 인정했다.

"그래도 자기 자신을 '초월여왕'이라고 지칭하는 자라면, 그런 식의 공격은 직접 이끌고 싶어 할 겁니다. 아니면 적어도 그런 병력이 이동하는 곳까지 따라가서, 전투를 직접 지켜보고 싶어 하겠지요."

그때, 발레리안이 제독을 구원하러 나섰다.

"지금은 추정해야 하는 것과 모르는 게 너무 많소. 하지만 아르타니스 신관, 당신과 우리 모두 여기 한자리에 모였소. 그리고 양측 모두 초대를 받고 여기까지 온 것도 사실이오."

그는 고개를 갸웃거리며 정정했다.

"아, 초대의 일종이라고 해야 하겠지. 우리가 받은 초대장이 프로토스 쪽이 받은 것보다는 정중했으니까."

"프로토스 함대를 끌어들이는 건 적절한 초대라고 할 수 없소. 영리한 전략이 아닌 건 말할 것도 없고."

아르타니스는 언짢은 목소리로 말했다.

"두 가지 모두 동의하오."

발레리안은 말했다. 마지막으로 프로토스 함대가 움직이던 때의 모습이 떠올라, 자기도 모르게 온몸이 부르르 떨렸다.

"하지만 자가라는 우리와는 생각이 조금 다를지도 모르오. 어차피 우리가 여기 모였으니, 자가라도 회담에 참여시켜서 지금의 의문점들에 대한 답을 알아내는 게 어떻겠소?"

"저그에게서 뭐든 진실을 알아낼 수 있을 거라고 생각하는 건가?"

"일반적으로는 아니지."

발레리안은 다시 아래쪽 행성 위의 경이로운 초록색 물결을 가리켰다.

"하지만 몇 시간 전까지만 해도 저런 일이 가능할 거라고는 생각하지 않았었소. 지금 자가라가 하는 말을 곧이곧대로 믿자는 건 아니오. 그저 그녀의 말을 끝까지 들어 보자는 거지."

아르타니스는 어깨를 으쓱했다.

"원하는 대로 하시오, 발레리안 황제. 테란 자치령은 정중한 초대장을 받았으니, 대화를 시작하는 것도 그대의 몫일 것이오."

"고맙소."

발레리안은 말했다.

"제독, 통신을 연결할 수 있겠소?"

"네, 폐하. 자가라가 무카브와 같은 프로토콜을 사용하고 있다고 가정하고, 기존과 같은 주파수와 신호 패턴으로 연결해 보겠습니다."

맷이 말했다.

"자가라가 다른 프로토콜을 사용하지 않을 이유가 있소?"

"없습니다. 그냥 거기서부터 시작하려는 겁니다."

맷은 선뜻 수긍했다.

"알겠소. 연결해 주시오. 한번 해 봅시다."

"연결됐습니다."

통신이 준비되자 발레리안이 말했다.

"초월여왕 자가라, 여긴 테란 자치령의 발레리안 멩스크 황제요. 지금

이 통신에는 연합 프로토스의 지도자인 아르타니스 신관도 함께하고 있소. 테란의 도움을 요청한 것으로 알고 있는데, 우리에게 뭘 원하는지 밝히시오."

"반갑다, 발레리안 황제와 아르타니스 신관."

자갈을 긁어대는 듯한 목소리가 함교의 스피커를 통해 대답했다. 그와 동시에 해골을 닮은 저그 여왕의 얼굴이 통신기 화면에 나타났다.

일반적인 여왕이 아니었다. 케리건이 칼날 여왕으로서 군단을 지배하고 있던 때, 자가라는 무리어미로 변형되었고, 그 과정에서 그녀의 외형과 능력 또한 극적으로 달라졌다.

물론 그 변화의 방향은 부드럽거나 덜 위협적인 쪽이 아니라 그 정반대였다. 여왕의 머리 외골격은 두꺼워지면서 좌우로 넓게 퍼져 우산과 비슷한 투구가 되었고, 그 결과 사실상 자가라를 위쪽에서 공격할 수 있는 방법은 사라져 버렸다. 그 투구의 중앙에는 앞에서부터 뒤쪽까지 옛 지구의 코뿔소를 닮은 뿔이 줄지어 솟아나 있었다. 다리와 무릎 위쪽에도 그와 유사한 쐐기들이 위쪽 후방으로 튀어나와 있었다. 호리호리한 팔뚝은 더욱 민첩해졌고, 기다란 발톱이 두드러진 손은 더 날렵해 보였다.

잠시 동안 화면은 자가라의 전신을 비췄고, 그녀의 무시무시한 외형이 속속들이 드러났다. 이후 화면 속 자가라는 서서히 확대되어, 뾰족한 얼굴과 번쩍이는 두 눈에 초점이 맞춰졌다. 마치 대화를 시작하기 전에 자가라가 손님들에게 지금 누구를 상대하고 있는 건지 확실히 보여주기를 원했던 것만 같았다.

물론 그와 아르타니스가 상대의 정체를 잊을 리는 없었다. 지금 화면 너머에서 그를 바라보고 있는 생물은 수백만 명의 테란과 프로토스를 학살하고, 수십 개의 행성을 황무지로 만든 저그 군단을 수족처럼 부리는 자였다. 지금까지의 저그 지도자들은 모두 잔인무도한 생물이었으며, 정복과 흡수라는 목표를 달성하는 데 필요한 일이라면 그 무엇이든 거리낌 없이 자행했다.

그들의 목표가 달라졌을까? 발레리안은 그렇길 바랐다. 하지만 아무리 긍정적으로 생각해 봐도 솔직히 그걸 증명할 길은 없었다. 이건 상대를 불리한 상황으로 유인하기 위한 자가라의 교묘한 술책과 다를 바가 없었다.

"기스트에 온 것을 환영한다."

자가라가 말을 이었다.

"특히 발레리안 황제, 네게 감사하고 싶다. 내 초대에 예상했던 것보다 훨씬 빨리 응해줘서 정말 기쁘다."

"천만의 말씀이오, 초월여왕. 상황이 위중해 보였을 뿐 아니라, 아주 흥미롭기도 했소."

발레리안이 말했다.

"여기까지 온 보람이 있을 거라고 확신한다. 둘 다 내게 질문하고 싶은 것들이 있겠지. 편하게 말하라. 내가 최선을 다해 대답하겠다."

자가라가 말했다.

"가장 명백한 것부터 시작해보지. 기스트에 무슨 일이 일어난 건지 말해주시오."

발레리안이 물었다. 자가라는 대답했다.

"기스트에 저그가 자리 잡았다. 저그는 변했다, 발레리안 황제. 저그의 영혼이 변했다. 한때 사라 케리건이었고, 이후 칼날 여왕이었고, 결국 젤나가가 되어 승천한 존재가 우리에게 길을 보여 주었다."

젤나가. 발레리안은 앉은 자리에서 반사적으로 몸을 꼿꼿이 세웠다. 케리건에게 일어난 일에 대한 수많은 보고서는 모두 혼란스럽고 모순된 정보로 가득했지만, 유일한 공통점은 그녀가 코프룰루 구역의 그 어떤 종족보다 더 이질적인 외계의 존재로 다시 한 번 변했다는 점이었다.

그리고 그녀가 변형, 아니, 성장 또는 승천하여 일종의 젤나가가 되었다는 소문이 돌았다.

발레리안은 그게 무슨 의미인지 전혀 알지 못했다. 젤나가는 한때 프로토스의 수호자였고, 멀리서 그들을 지켜보며 보호하는 존재였다. 이후 프로토스 역시 그들과 마찬가지로 더 어린 종의 감시자 역할을 하게 되었다. 이유는 알 수 없지만, 케리건 또한 그런 지위로 받아들여졌거나, 그런 칭호를 수여받은 모양이었다.

케리건은 승천할 때 테란과 저그가 결합된 존재였다. 누군가 그 유전자나 어쩌면 세포구조 전체를 젤나가와 동등한 것으로 교체하기라도 한 것일까?

그 누구도 알지 못했다. 마찬가지로, 어느 누구도 그러한 변형이 영예로운 일인지, 테란 또는 저그 진화의 다음 단계인지, 아니면 비난이자 처벌인지도 알지 못했다.

그 뒤로 케리건이 누구의 눈에도 띄지 않았다는 점을 고려해보면, 발레리안의 생각은 후자 쪽으로 기울었다.

"케리건이 어디로 향하는 길을 보여 주었다는 것이오?"

그가 물었다.

"평화다."

자가라가 말했다.

"우리의 온 역사를 통틀어, 저그는 늘 자신의 완벽함을 추구했다. 하지만 그러한 이상은 늘 우리 손이 닿지 않는 곳에 있었지. 그래서 칼날 여왕께서는 우리 곁을 떠나시기 전에, 마지막 선물을 주셨다."

발레리안은 화면에 비친 아르타니스의 모습을 바라보며, 신관이 이 대화에 참여할 눈치인지 확인했다. 프로토스도 케리건과 그 화신들을 오랫동안 상대해 온 경험이 있었다.

하지만 아르타니스는 그런 기색을 드러내지 않았다. 발레리안은 자가라를 향해 고개를 돌리며 다시 물었다.

"무슨 선물이었소? 황폐한 행성에 새로운 생명을 창조할 힘이었나?"

"저그에게는 언제나 창조의 힘이 있었다. 살아있는 존재를 받아들여 융합하고 혼합하고 주조하여 우리가 원하는 형상을 만드는 방법을 늘 알고 있었으니까."

자가라가 말했다.

"그렇다면 케리건이 준 것은 무엇이오?"

발레리안은 거듭 물었다.

"저그가 단 한 번도 갖지 못했던 것."

자가라는 갈퀴손을 좌우로 넓게 벌렸다.

"선택이다."

그 말이 모두의 머릿속에 메아리치는 듯했다.

"선택이라."

발레리안이 다시 말했다.

"끝없이 완벽을 추구하는 파괴의 길을 계속 갈 것인지, 현재의 자신을 받아들이고 지금의 능력으로 생명을 양육할 것인지 선택하는 일."

자가라는 말했다.

"우린 결정을 내렸다. 여기, 기스트에서, 너희들도 그 결과를 볼 수 있으리라."

발레리안은 곁눈질로 맷을 바라봤다. 아니, 그건 불가능했다. 군단의 긴 피투성이 역사를 보면, 이런 극적인 변화는 절대로 불가능했다. 행성 전체를 궤멸시키고, 사용할 수 있는 종은 모두 감염시키고 흡수하며, 그렇지 않은 자들은 모조리 파괴하는 것이 저그의 존재 이유였다. 저그가 지나는 길에는 늘 죽음과 파괴의 흔적만이 남았다. 코프룰루 구역에서만이 아니라, 그들의 원시 행성 제루스로부터 지금 여기까지 수 세기의 시간과 수 광년의 거리를 지나는 동안 늘 그랬다.

테란도 그렇게 변할 수는 없었다. 그렇게 빠르고, 그렇게 급진적인 변화는 불가능했다. 프로토스도 마찬가지다. 그런데 저그에게 어떻게 그런 일이 가능하단 말인가?

하지만….

화면에는 여전히 구름이 흩뿌려진 풍경이 펼쳐지고 있었다. 그렇게 증거가 그의 눈앞에 놓여 있었다. 파괴되었던 행성이 되살아났다. 되살아나고, 재구축되고, 생명으로 가득 찼다.

게다가 자가라의 말에도 나름 일리가 있다는 걸 인정해야 했다. 저그는 유전자 조작의 달인이었다. 프로토스가 소각한 행성의 잿더미에서 생명을 되살릴 수 있는 자가 있다면, 그건 저그일 수밖에 없었다.

"당신은 지금 '우리'가 결정을 내렸다고 했는데, 지금 이 결정에 동참한 게 정확히 누구인가?"

"군단이 나와 함께한다."

"그건 제대로 된 대답이 아니다."

마침내 아르타니스가 입을 열었다. 그의 묵직한 목소리에는 짙은 의심의 날이 서 있었다.

"우리는 저그의 명령체계를 잘 알고 있다. 여왕과 무리어미에 대해서도, 그들에게 나름의 지성과 자유의지가 있다는 것도 알고 있다. 그들도 개별적인 선택을 할 수 있다. 넌 군단에 대해 말하지만, 군단은 이제 단일한 객체가 아니다."

"조금 단순화해서 말했을 뿐이다. 아무래도 너무 단순화했던 모양이군. 주목할 만한 모든 무리어미는 내 명령을 따른다. 다른 자들도 복종할 것이다."

자가라가 말했다.

"그거 참 안심이 되는군."

발레리안은 지나치게 냉소적인 말로 들리지 않게 하려고 애를 썼다. 어쩌면 자가라는 무리어미에게 선택의 여지가 있는데도 자신에게 복종할 거라는 말의 논리적 부조화를 이해하지 못하는지도 몰랐다.

"저그 내부의 불화는 없소?"

"이미 없다고 말했지 않나."

자가라가 답했다.

"우리는 군단의 미래다."

그녀의 아래턱이 위아래로 움찔거렸다. 발레리안이 저그에게서 한 번도 본 적 없는 얼굴 움직임이었다. 웃으려는 걸까?

"이상하지, 그렇지 않나? 지금 여기서 우리 저그 군단이 테란이나 프로토스보다 더욱 조화를 이루고 있는 모습을 보니 말이야. 초월체가 나타난 이후로 이렇게 단합된 모습은 본 적이 없다."

"그래, 우리도 상황이 역설적이라는 건 알겠소."

발레리안이 말했다. 처음엔 웃으려고 하더니, 이제는 농담조의 말을 던진 건가? 어떤 면에서는 아래쪽 행성에 생명이 폭발적으로 나타난 현상보다 그게 더 충격적이었다.

아니면 자가라는 그저 빈정대며 거들먹거리는 것일 수도 있었다. 그거라면 저그에게서 충분히 기대할 수 있는 반응이었다.

"지금 당신 말을 곧이곧대로 믿을 수만은 없다고 해도, 너무 불쾌하게 생각하지는 않았으면 좋겠소."

"물론 예상했던 일이다. 저그가 행했던 여러 차례의 배신과 반역은 나도 잘 알고 있으니까. 원하는 확인 방식을 말해라."

자가라가 말했다. 발레리안은 눈살을 찌푸렸다.

"원하는 확인 방식?"

"우리가 진실을 확인하는 데 필요한 과정을 말하는 거겠지."

아르타니스가 말했다.

"아, 우선 간단한 것부터 시작합시다. 먼저 당신이 만든 새로운 세계를 가까이에서 보고 싶소."

"네가 그렇게 대답하리라고도 예상하고 있었다. 우리가 함께 회담을 개최할 구조물을 마련해 두었다. 발레리안 황제와 아르타니스 신관, 둘 다 나를 찾아와 마음을 터놓고 이야기하며 코프룰루 구역의 미래를 논의해 보자."

자가라가 말했다.

"아주 흥미로운 제안이군."

발레리안이 조심스럽게 말했다. 맷은 센서 구획에서 담당 장교와 조용히 대화하고 있었다.

"하지만 우리가 다 지표면으로 갈 필요는 없소. 지금 이대로 논의를 계속하면 안 되겠소?"

"잠재적인 동맹과는 얼굴을 직접 맞대고 대화하는 것이 테란과 프로토스의 관습 아니었나?"

"잠재적인 동맹과 잠재적인 적 모두 그렇지."

발레리안이 말했다.

"물론 잠재적인 적과 마주하는 건 '전쟁'이라고 부르지만."

"전쟁은 나도 반드시 피하고 싶다."

자가라가 단언했다.

"그것이 내가 너희들과 직접 대화하고 싶은 이유이기도 하다. 직접 얼굴을 마주해야만 아르타니스 신관은 내가 진실을 이야기하고 있음을 확인할 수 있을 테니까."

"난 저그가 말하는 '진실'에 좋지 않은 경험이 있다. 그래서 더 가까이에서 확인해 보고 싶은 생각도 없다."

아르타니스가 말했다.

"잠깐 기다려 주시오, 신관."

발레리안은 뭔가 생각이 떠올라 말했다.

"당신과 다른 프로토스가 아몬 사태 때 케리건과 대화를 나눴다는 건 알고 있소. 혹시 그녀와 사이오닉 연결을 했던 경험에 비추어, 자가라가 진실을 말하고 있는지 판단할 수 있겠소?"

"이 거리에서? 그런 건 가능하지 않소."

"가까이에서라면 어떻겠소? 예를 들어, 자가라가 언급한 회담용 구조물이라면 어떨 것 같소?"

발레리안이 거듭 말했다.

아르타니스의 두 눈이 조금 더 강한 빛을 내뿜는 것 같았다.

"내게 저그의 함정에 들어가라고 말하는 거요?"

"한번 시도해 볼 가치가 있지 않겠소? 저그 군단이 평화를 주창한다면, 그거야말로 천지가 개벽하는 사건이 될 것 같은데 말이오."

발레리안이 물었다.

"저그의 배신으로 새로운 전쟁이 시작되는 것도 마찬가지일 것 같군."

아르타니스가 반박했다.

"그 점은 동의하오. 하지만 배신이 아니라면, 아르타니스 신관, 그건 정말이지 희망의 전초가 될 거요. 단순한 휴전이 아니라, 진솔하게 서로 협력하는 평화가 이루어질 수 있소. 그 정도면 나는 가까이에서 살펴볼 가치가 있을 것 같소만. 당신은 그렇지 않소?"

발레리안이 말했다.

아르타니스가 잠시 동안 발레리안을 뚫어져라 바라보는 듯했다.

"막대한 위험이 따르오. 우리 둘만이 아니라, 양측의 백성들에게도. 우리가 죽는다면 누가 프로토스와 자치령을 이끌겠소?"

"위험이 그렇게 클 거라고는 생각지 않소."

발레리안이 말했다.

"그저 두 진영의 지도자를 제거하기 위해 이런 사건을 일으켜 우릴 행성 표면까지 유인한다는 건, 군단의 방식이라기엔 너무 소극적이니까. 게다가 지금은 자가라도 자기 목숨을 잃지 않고 우리 둘을 제거할 수 있을 가능성은 거의 없소. 그렇다면 저그가 배신한다고 해도 세 진영 모두의 수장이 사라질 뿐이오. 난 위험을 감수해 볼 생각이 있소. 필요하다면 나 혼자라도 가겠지만, 당신이나 다른 고위 프로토스가 나와 함께 가 준다면, 자가라에게 우리의 의지를 똑똑히 보여줄 수 있을 것 같소."

그는 맷에게 손짓했다.

"제독, 이미 자가라가 얘기한 회담용 구조물을 확인하고 있을 거라고 생각하는데. 어떻소?"

"네, 그렇습니다."

맷이 말했다. 그는 아르타니스보다도 더 소극적인 것 같았다.

"저그 구조물 중에서 가장 독특한 형태라는 건 인정해야겠습니다. 부화장을 기반으로 만들어진 것 같습니다만, 이 구조물은 살아 있는 생물이 아니고, 중앙의 원뿔 위쪽이 열려 있습니다. 지금 확인한 바로는 내부를 철저히 소독해서 저그와 관련된 요소는 하나도 남겨 놓지 않은 것 같습니다."

"외부는 어떻소? 부화장처럼 튼튼할 것 같소?"

"적어도 비슷한 수준인 것 같습니다. 더 단단할 수도 있고요."

"그러면 뭔가 침입해 들어오려고 하면, 수송선에 올라 다시 여기로 돌아올 시간이 충분하다는 말이겠지?"

"뮤탈리스크 무리를 감춰 뒀다가 공중에 뜬 수송선을 공격하여 추락시키는 경우는 배제할 수 없습니다. 숲이 저렇게 울창하다면, 잠재적 공격 범위 내에 뮤탈리스크가 100여 마리 가까이 은신할 수 있습니다."

맷이 음울한 목소리로 지적했다.

"내가 왜 그런 행위를 하겠나?"

자가라가 물었다.

"프로토스와 테란의 전투 함대가 이 행성의 상공에 주둔하고 있다. 내가 너희들을 배신하면, 나 또한 사라지지 않겠나."

"넌 군단이다. 군단에 있어 개별 저그는 중요하지 않아. 그 결과만이 중요하다."

아르타니스가 반박했다.

"우리는 그런 목표 역시 포기했다."

"그렇다면 다른 목표는 어떤가? 너희는 유전적 완벽함을 추구하기 위해 테란을 감염시키고, 프로토스까지 그러려고 했다. 그건 저그의 완성을 위해서였나, 아니면 그저 프로토스와 테란을 제거하고 싶어서였나?"

아르타니스는 고집을 꺾지 않았다. 자가라가 단호하게 말했다.

"그건 과거의 일이다. 초월체는 이제 사라졌다. 칼날 여왕도 사라졌다. 내가 현재다. 내가 미래다. 내가 원하는 군단은 기존과는 낮과 밤처럼 다르다."

"너희가 달라졌다는 말을 왜 믿어야 하지?"

아르타니스가 물었다.

"내가 보여줄 것이다."

자가라는 이제 조금씩 화를 내기 시작하는 것 같았다. 발레리안도 조금 불안해졌다.

"기스트로 오면 모든 걸 보여주겠다. 저그뿐 아니라 프로토스와 테란까지, 우리 모두에게 도움이 될 경이를 너희들에게 보여주겠다."

"어떤 도움을 얘기하는 거요?"

발레리안은 아르타니스가 대답하기 전에 끼어들었다.

"전쟁으로 인해 프로토스와 테란의 많은 행성이 파괴되었다. 일부 지역에서는 테란 생존자들이 먹을 식량조차 부족하다고 들었다. 그렇지 않은가?"

자가라가 말했다. 발레리안은 눈살을 찌푸렸다. 비밀이라고 할 만한 건 아니었지만, 저그가 그런 일까지 알고 있을 거라고 기대하진 않았었다.

"그렇소."

그가 확인해 주었다. 자가라가 말했다.

"너희 눈앞에 그 해결책이 놓여 있다. 저그가 기스트에서 해낸 일을 너희 행성에서도 할 수 있다."

그녀는 고개를 살짝 돌렸다. 아마도 아르타니스의 얼굴이 표시되고 있는 화면을 바라보고 있을 것이다.

"프로토스의 상황은 다를 수 있겠지. 하지만 너희 행성도 파괴된 건 마찬가지다. 그런 곳을 모두 복원하는 데 우리가 도움을 줄 수 있다."

"저그가 다른 행성들에 거점을 마련했을 때 어떤 일이 일어나는지 우린 이미 충분히 경험했다."

아르타니스가 말했다. 북받치는 감정으로 신관의 피부에 얼룩이 생기기 시작했다.

"너희가 어떤 주장을 하든, 아이어에서 종족의 말살을 겪을 뻔한 우리가 너희를 우리 세계에 들일 것 같은가?"

"네 고향이 파괴된 일엔 깊은 유감을 표하고 싶다, 아르타니스 신관. 하지만 안심해라. 저그가 아이어나 당신의 다른 행성에 직접 주둔해야 할 필요는 없다. 필요한 유전자 조작은 모두 여기서 할 수 있으며, 그걸 실제로 관리하는 건 모두 너희들이 할 일이다."

자가라가 말했다.

"그런데 그러려면 먼저 우리가 네 구조물로 가서 널 직접 만나야 한다는 건가."

아르타니스가 말했다.

"날 만나러 와 달라고 부탁하는 것이다. 그 어떤 함정도 없다, 아르타니스 신관. 발레리안 황제도 마찬가지고. 군단이 원하는 건 평화롭게 홀로 남겨지는 것뿐이다."

자가라가 말했다.

"알겠소."

발레리안은 말했다. 그는 맷과 시선을 맞추고 제독을 손짓해 불렀다.

"초월여왕, 괜찮으면 잠깐 기다려 주시오."

맷이 그의 곁으로 다가오며, 통신장교에게 손짓해 마이크의 음성을 소거했다.

"별로 내키지 않습니다, 폐하."

제독은 함교의 다른 사람들도 엿들을 수 없을 만큼 작은 목소리로 말했다.

"놀랍진 않군."

발레리안도 작은 목소리로 답했다.

"그 기분을 뒷받침할 만한 구체적인 근거는 있소?"

"그저 오랫동안 고통스럽게 저그를 상대하면서 단련된 직감뿐입니다. 일단 저 건축물은 충분히 안전해 보입니다. 적어도 궤도상에서 확인할 수 있는 한은 그렇습니다. 저그가 뭔가 속임수를 쓰는 거라면, 아마도 폐하를 제때 구출할 수 있을 겁니다."

맷이 말했다.

"그게 실패하면 확실히 양쪽을 모두 제거할 수 있겠소?"

"아군과 프로토스가 함께 있으니, 그건 문제없습니다. 정말 저들이 진심이라고 생각하십니까?"

맷이 물었다. 발레리안은 어깨를 으쓱했다.

"자가라가 솔깃한 얘기를 하더군. 지금 중요한 건 이 식량 부족 문제의 해결책이라는 게 정말 진솔한 제안인지, 아니면 그냥 미끼일 뿐인지 확인하는 건데, 문제는 저 행성에 들어가 보지 않고서는 그걸 제대로 확인할 수 없을 것 같다는 거요."

맷은 콧방귀를 뀌었다.

"너무 냉소적인 것 같아 죄송합니다만, 안내인 입회하에 관광을 한다고 해서 유용한 정보를 알아낼 순 없을 겁니다."

"그건 나도 동의하오."

발레리안이 맷에게 희미한 미소를 지어 보이며 말했다.

"내가 직접 저 행성을 확인할 생각은 없소. 마이크를 다시 켜 주겠소?"

"알겠습니다."

맷은 눈살을 찌푸리며 통신장교에게 손짓했다.

"말씀하십시오."

발레리안은 다시 화면을 향해 돌아서서 말했다.

"기다려 줘서 고맙소, 초월여왕. 기꺼이 당신의 초대를 받아들이겠소. 단, 한 가지 조건이 있소. 우리가 논의를 하는 동안, 별도의 조사단을 보내 새로운 생물군을 직접 관찰하고, 당신의 새로운 기술이 테란 행성과 농작물에 적용 가능한 것인지 확인하고 싶소."

"조사단도 얼마든지 환영하겠다."

자가라는 지체 없이 말했다.

"그들이 기스트의 어디라도 갈 수 있게 허가해 주겠소?"

"원하는 곳은 어디든 가도 좋다. 군단에게는 악한 의도가 전혀 없고, 아무런 비밀도 감추고 있지 않다."

자가라가 확인해주었다.

"좋소."

발레리안은 다른 화면으로 시선을 돌렸다.

"아르타니스 신관, 당신도 함께 논의에 참여해 주면 정말 고맙겠소."

한참 동안 발레리안은 아르타니스가 거절할 거라고 생각하며 기다렸다. 아니, 오히려 선제공격을 명령할 수도 있겠다는 생각이 들었다. 그때, 서서히 신관의 피부에서 얼룩이 사라지고, 그가 고개를 끄덕였다.

"그대와 함께하겠소, 발레리안 황제."

그의 목소리는 원래의 건조한 느낌으로 돌아와 있었다.

"하지만 우리가 개별적으로 이동해서는 안 된다고 생각하오. 그건 신중하지 못한 행위요."

"그렇겠지."

발레리안도 부드러운 목소리로 동의하며 자가라를 다시 바라봤다.

"전혀 신중하지 못한 행위일 거요."

· · ·

"저기 있다고요."

에린 와이랜드 박사가 최신 적외선 복합 지도를 가리키며 말했다.

"이제는 보이세요?"

그녀는 자신의 비좁은 워크스테이션을 내려다보고 있는 사람에게 말했다. 하지만 크루이크섕크 대령은 그저 고개를 가로저으며 말했다.

"아니, 안 보이네. 하지만 자네 말을 믿어 주지."

에린은 이를 악물었다. 그가 자신의 말을 믿어 주길 바란 게 아니었다. 이건 과학이고, 과학은 인기투표로 움직이는 게 아니었다. 젠장, 그녀에게는 객관적인 증거가 있었고, 그래서 그에게 보여주고 싶었다.

그녀는 반대쪽에 서 있는 여자에게 시선을 돌리며 물었다.

"박사님은 보이세요?"

"당연하지. 지도가 세 번 바뀌기 전에 이미 봤다고."

탈리스 코건 박사가 차분하게 말했다. 그녀는 크루이크섕크를 향해 손짓했다.

"하지만 우린 과학자고, 저 사람은 군인이야. 우린 우주를 보지만, 저 사람은 그걸 그냥 날려 버리려고만 하지."

"귀엽군."

크루이크섕크가 으르렁거렸다.

"그런 군인들 덕분에 당신들이 저그에 감염된 폐허에 숨어 살면서 쥐를 잡아먹지 않아도 되고, 지금 이렇게 과학 연구도 계속할 수 있다는 걸 잊지 말게. 그래, 좋아, 거기 있는 걸로 치고, 어떻게 하면 좋겠나?"

"뭘 어떻게 한다는 거지?"

낯익은 목소리가 에린의 뒤에서 들려왔다.

그녀는 의자에서 빙글 돌아앉았다. 갑자기 심장이 빠르게 뛰기 시작했다. 입구에서 그를 향해 다가오는 사람은 자치령 함대 사령관인 맷 호너 제독이었다.

그리고 그 곁에는 발레리안 멩스크 황제도 있었다. 과학자로 출발하여 테란 자치령 전체의 지도자 자리에 오른 인물이자, 자치령 정부에 진정한 윤리라는 걸 도입한 사람이기도 했다.

크루이크섕크가 뻣뻣하게 차렷 자세를 취하며 말했다.

"발레리안 황제 폐하, 코건 박사는 이미 만나 보신 것으로 알고 있습니다."

"그렇소."

발레리안이 우주생물학자 코건 박사와 목례하며 대답했다.

"그런데 이 분은…?"

크루이크섕크는 대답했다.

"에린 와이랜드 박사입니다. 아래쪽 행성의 식물군을 분석하던 중이었는데, 뭔가 흥미로운 것을 발견한 것 같습니다."

그는 에린을 향해 손짓했다.

"박사?"

에린은 꽁꽁 얼어붙은 두뇌를 가동하려고 맹렬하게 노력했다. 프로토스와 저그의 위협으로부터 자치령을 지켜내고, 자멸해 가던 테란을 구해낸 구원자와 직접 이야기를 나누는 일이 생길 거라고는 지금껏 꿈에도 생각해보지 못했다. 그녀는 애써 떨리는 목소리를 달래며 말했다.

"저 행성에는 식물군의 번식이 시작된 '집중점'이 세 군데 있고, 그곳에서부터 식물들이 행성의 나머지 지역으로 방사되어 나간 것 같습니다. 그 지점들은—"

"방사되었다는 게 무슨 얘기지?"

호너 제독이 그녀의 말을 끊었다.

"식물이 어떻게 '방사'될 수 있다는 건가?"

에린은 당황했다. 그래서 잠시 말을 멈추고 두뇌를 힘껏 재가동한 후 다시 입을 열었다.

"아, 그건 잘 모르겠지만, 여길 보시면 패턴이 눈에 들어오실 거예요."

그녀는 적외선 지도를 가리켰다.

"집중점은 여기하고…."

"잠깐."

발레리안이 명령했다.

에린은 다시 얼어붙었다. 뻣뻣해진 검지가 두 번째 패턴의 중심점으로 가던 도중에 그대로 멈췄다. 황제는 워크스테이션에 바싹 다가섰고, 회색 눈동자가 꿰뚫는 듯한 시선으로 화면에 고정되었다. 그는 에린의 뒤에 바짝 다가와 서 있었고, 그녀는 황제의 몸에서 퍼져 나오는 온기까지 느낄 수 있었다. 그는 손가락을 뻗고 잠시 망설이다가, 두 번째 집중점 위로 가져갔다.

"여기하고…."

그의 손가락이 화면에 표시된 지형 위를 서서히 미끄러져 지나갔다.

"여기가 맞소?"

에린은 안도감이 밀려오는 걸 느꼈다. 집중점은 그녀가 상상으로 만들어 낸 것이 아니었다. 황제도 그걸 볼 수 있었다.

"네, 발레리안 황제 폐하. 어… 사실 세 번째 집중점은 거기보다 약간 동쪽에 있어요. 그래도 정말 보이시는 거죠?"

그녀가 말했다.

"그렇소."

발레리안이 대답했다.

"흥미롭군. 그 지점들은 언덕이겠지? 아니면, 메사 지형인가?"

"아마 낮은 메사일 거예요."

"거기 뭐가 있는지는 혹시 알겠소?"

"그건 잘 모르겠습니다, 폐하. 메사 정상에는 따로 눈에 띄는 게 없어요. 메사의 가장자리에는 나무들이 한 줄로 늘어서서 시야를 전부 가리고 있고, 그래서 뭔가 의미 있는 건 나무 아래에 모두 감춰져 있을지도 모르겠습니다. 아니면 따로 수직 벽이 있을 수도 있는데, 이 사진만으로는 잘 모르겠습니다. 죄송합니다."

에린이 말했다.

"사과할 필요는 없소."

발레리안이 말했다. 그의 시선은 여전히 지도를 향해 있었다.

"중요한 발견도 아주 사소한 곳에서부터 시작되는 법이지."

그는 호너 제독을 향해 돌아섰다.

"그리고 이 사소한 깨달음이 우리의 출발선이 될 수도 있소. 그렇지 않소, 제독?"

"저도 그렇게 생각합니다, 폐하. 그 중에서 먼저 확인하고 싶은 지점이 있으십니까?"

제독이 말했다.

"그건 와이랜드 박사에게 맡기겠소. 어느 지점부터 조사를 시작할지는 박사가 직접 선택하면 되겠지."

발레리안이 말했다.

"저라면 아마…."

황제의 말에 담긴 진짜 의미가 뒤늦게 에린을 덮쳐와, 그녀는 말을 끝맺지 못했다.

"죄송합니다만, 폐하, 제가 '직접' 선택한다고요?"

"식물군을 직접 확인하고 표본을 채취할 조사단을 기스트에 파견할 생각이오. 원래 코건 박사를 선임 우주생물학자로 함께 파견할 생각이었는데, 지금 상황을 보면 당신이 가는 게 더 나을 것 같소."

발레리안은 눈썹을 추켜세웠다.

"혹시 우려되는 점이 있소, 코건 박사?"

코건 박사는 지체 없이 말했다.

"전혀 없습니다, 황제 폐하. 외계 식물군에 대해서는 와이랜드 박사가 저보다 더 전문가예요. 게다가 전 현장에서 뛰기엔 나이도 너무 많고요."

"사실 나이가 그렇게 많지는 않소."

황제가 부드러운 목소리로 말했다.

"하지만 나머지 말은 일리가 있군. 와이랜드 박사, 조사단에 참여하게 된 것을 환영하오. 대령, 박사가 준비를 마칠 수 있게 도와주시오."

"네, 폐하."

크루이크섕크가 대답했다.

"즐거운 사냥이 되길, 박사."

말을 마친 황제는 앞서 코건 박사에게 했던 것과 같이 에린을 향해 목례했다. 그리고 그대로 돌아서서 호너 제독과 함께 연구실을 떠났다.

"좋아. 강화 전투복을 입어 본 적이 있나?"

크루이크섕크가 에린을 향해 쾌활하게 말했다.

"저….".

에린은 다시 한 번 당황했다.

"건설로봇으로 일주일 정도 훈련받은 적은 있어요. 무슨 중형 기계를 움직이는 과정이었는데…."

"T-285?"

크루이크섕크가 그녀의 말을 잘랐다.

"그게, 어, T-270이었던 것 같아요. 그런데 즐거운 사냥이 되라는 게 무슨 말씀이셨던 거죠?"

"아마 과학자로서의 발견을 의미하신 거겠지."

코건 박사는 대수롭지 않게 말했지만, 그녀의 눈동자에 심상치 않은 긴장감이 서려 있어서 에린은 등골이 서늘해지는 걸 느꼈다.

"군사적인 의미였을 수도 있네."

크루이크섕크가 냉랭하게 말했다.

"그래, T-270. 전투복이라기보다는 차량에 가깝지만, 대충 배운 건 있겠지. 좋아, 같이 가세. 우리 보급 상사에게 CMC-400을 불출하라고 지시해 놓을 테니까."

에린의 두 눈이 휘둥그레졌다.

"그게 뭔데요?"

"자네는 지표면으로 내려가게 될 거야. 그것도 저그로 뒤덮인 곳. 이 환상적인 수목 집중점에 전투복만 입고 들어가고 싶나?"

크루이크섕크는 참을성을 최대한 발휘하며 말했다.

"자가라가 조사단은 건드리지 않기로 약속했다고 들었는데요."

코건 박사가 끼어들었다.

"그래, 그랬지. 그렇다고 저그의 약속을 곧이곧대로 믿을 생각인가?"

그는 에린을 향해 손짓했다.

"자네가 선택할 문제일세, 박사. 황제 폐하께 도저히 못 가겠다고 말씀드릴 게 아니라면 말이야."

에린은 뱃속에서 뭔가 꿈틀거리는 걸 느꼈다. 발레리안 황제를 실망시키는 일만은 절대로 하고 싶지 않았다.

"좋아요."

그녀는 야무지게 대답했다.

"어서 가서 CMC든 뭐든 간에 한번 입어 보자고요."

제5장

　지난 세 시간 동안, 히페리온은 조용하고 통제된 혼돈의 장이었다. 타냐는 대부분 옆으로 비켜서 있었지만, 그녀의 제한된 텔레파시 능력으로 파악한 정보와 다급히 스쳐 지나가는 사람들의 대화에서 엿들은 내용을 종합해 보면, 아무래도 발레리안 황제가 행성 표면에 내려가 저그의 초월여왕을 만나려는 것 같았고, 그와 별개로 두 번째 팀이 이 행성의 다른 지역으로 파견되어, 설명할 수 없는 이유로 갑작스럽게 나타난 생태계를 조사하려는 계획인 듯했다.

　이제 불과 몇 미터 떨어진 곳에서 발레리안이 울라부와 대화하고 있는 모습을 보고 있노라니, 앞섰던 모든 추측이 사실이라고 확인할 수 있었다. 황제는 기스트에 파견할 팀을 꾸리고 있었고, 울라부에게 거기 참여해 달라고 요청하는 중이었다.

　기이하고 아마 극도로 위험한 일일 것이다. 하지만 그와 더불어, 솔직히 재미있을 것 같기도 했다.

　하지만 지금부터 무슨 일이 일어나든 그녀는 포함되지 않을 것이다. 30분 전, 수많은 논의와 준비 작업이 이루어지는 가운데 자치령과 그녀의 시간이 끝났고, 이제 타냐는 공식적으로 유령 프로그램의 일원이 아니었다.

적어도 그녀는 그렇게 생각했다. 사실 예정대로 하트웰 대령의 사무실에서 공식 절차가 마무리되지는 않았지만, 인사 정보는 원래 일정대로 처리되었을 것이다. 물론 히페리온에 탑승한 사람들이 그 사실을 인지하는가 하는 건 별개의 문제였다.

하지만 그녀는 알았다. 그러자 갑자기 모든 것이 달라졌다.

그녀는 거의 평생을 유령 프로그램에 속해 있었다. 최소한 그녀가 기억하는 삶 전부는 그랬다. 병영, 사람들, 훈련, 일상, 전우와 지인들이 전쟁의 현장으로 떠날 때 느껴지던 뭉근한 고통까지, 모든 것이 갑작스럽게 사라졌다. 이제 그녀는 민간인이었다. 아니, 적어도 코랄에 돌아가 새로운 인생을 살게 되면 그럴 것이다.

민간인들은 무슨 일을 할까? 뭘 하고 살까? 어디서 살까? 주택이나 아파트, 오두막집 같은 곳에서 살겠지만, 그런 장소는 어떻게 찾고, 짐을 옮기는 일은 어떻게 준비하는 걸까? 음식은 어디에서 구해야 할까? 요리는 어떻게 해야 하지? 아니, 우선 음식을 구할 돈은 어떻게 마련해야 할까?

이런 모든 질문에 답해 줄 사람은 대체 어디에서 찾을 수 있을까?

타냐는 울라부와 황제에게서 시선을 돌려, 주위에서 일어나고 있는 부산한 움직임을 바라봤다. 영혼 깊은 곳에서 공허함이 느껴졌다. 길거리에 서 있는 그녀 앞에 멈춰 선 버스가 그녀가 아는 모든 사람과 모든 것을 싣고 떠나가 버리는 것 같았다. 그녀의 인생은 자치령에 봉사하는 것을 목표로 지금까지 이어져 왔다. 그런데 한 순간 그 목표가 사라져 버렸다.

'내가 원했던 일이야.'

그녀는 자신에게 타일렀다.

'내가 프로그램을 떠나겠다고 요청했잖아.'

그런 다짐도 아무런 도움이 되지 않았다. 아무래도 섣부른 결정을 내린 것 같기도 했다.

'기꺼이 조사단에 참여하겠습니다.'

그녀는 발레리안과 대화하는 울라부의 생각을 들었다.

'테란 자치령은 지난 수년간 저를 친절하고 너그럽게 받아들여 주셨습니다. 자치령의 사람들을 위해 제가 뭔가 도움이 될 수 있다면 무슨 일이든 하겠습니다.'

"고맙소."

발레리안은 고개를 숙이며 말했다.

"프로토스와 저그의 문화와 행동 양식에 대한 당신의 통찰력은 지금껏 우리에게 귀중한 자산이 되어 주었소. 이번 일에도 큰 도움이 될 것이라 확신하오."

타냐는 고개를 끄덕였다. 울라부는 정말로 저 행성에 내려갈 예정이었다. 그녀도 울라부가 발레리안의 제안을 받아들일 거라고 생각했었다.

그녀는 울라부가 이번 도전을 견뎌낼 수 있기를 바랐다. 지금까지 울라부는 다른 사람들과 어울리고 협력하는 일에 서툰 적이 많았다.

'저도 감사드립니다. 이번 일은 보잘것없는 학자의 소명보다 월등하게 중요한 일입니다.'

울라부는 잠시 말을 멈추고 몸을 반쯤 돌려, 타냐를 흘긋 바라봤다.

'어쩌면 이번 일로 저희 동족이 저를 다시 보게 될지도 모릅니다.'

타냐는 육체와 정신 모두에서 눈살이 찌푸려지는 것을 애써 참았다. 도전의 도전의 도전이었다. 그녀는 유령들이 전장에서 방황하는 울라부를 발견한 후부터, 아르타니스 신관이 그를 다시 동족의 품에 받아들이기를 거부하는 이유를 알지 못했다. 그녀가 알기로는, 누구도 그 이유를 알지 못했다. 물론 울라부 자신도 절대 이야기하지 않았다. 하지만 뭔가 악감정이 쌓인 것만은 분명했다.

테란 쪽이라고 나쁜 감정이 없는 건 아니었다. 크루이크섕크 대령이 행성으로 내려갈 두 개의 원정대 준비를 도맡아 하고 있었지만, 발레리안은 크루이크섕크에게 지시하지 않고 직접 올라부를 찾아와 함께해 달라고 부탁했다. 자치령과 프로토스는 지금 전투 중이 아니었지만, 단테의 단층에서 그랬듯, 여기저기에서 프로토스에 대한 증오가 끓어오르고 있었다.

"이번 일로 지금까지 쌓인 앙금이 조금 가라앉을 수 있다면 좋겠군."

발레리안도 인정했다.

"적극적으로 응해줘서 정말 고맙소."

'저야말로 영광입니다.'

그 순간 올라부가 발레리안과 개인 사이오닉 대화를 시작했고, 타냐의 정신에 흘러들던 그의 생각이 스르르 흐려졌다. 타냐는 눈살을 찌푸렸다. 프로토스가 그녀에게 들려줄 수 없는 무슨 말을 황제에게 하고 있을지 궁금해졌다.

"알겠소."

발레리안의 시선이 타냐에게로 향했다.

"여기 콜필드 양도 함께 가게 해 달라는 요청은 충분히 수락할 수 있소. 하지만 그녀는 조금 전 자치령의 유령 프로그램을 떠났소. 따라서 본인이 원하지 않는다면, 이제는 내가 그 어떤 명령도 내릴 수 없소."

타냐는 갑자기 뱃속이 꿈틀거리는 것을 느꼈다. 황제도 지금 그녀의 변경된 신분을 알고 있었다. 그건 다른 사람들도 전부 알고 있다는 뜻일까? 바쁘게 이리저리 뛰어다니고 있는 사람들도 그녀를 한낱 낙오자에 불과하다고 생각하고 있을까?

그제야 발레리안의 말에 담긴 다른 뜻이 이해됐다. '콜필드 양도 함께 가게 해 달라는 요청', '본인이 원하지 않는다면, 이제는 내가 그 어떤 명령도 내릴 수 없소'. 올라부가 그녀를 히페리온에 탑승시켜 달라고 부탁했던 걸까?

그리고 지금 그녀를 조사단에 참가시켜 달라고 부탁하고 있는 걸까?

아무래도 그런 것 같았다. 발레리안이 말했다.

"콜필드 양, 울라부에게 한 가지 요청이자 제안을 받았소. 그는 당신의 능력이 이번 임무에 큰 도움이 될 거라고 하오. 그래서 당신을 조사단에 합류시켜 달라고 내게 부탁해 왔소."

타냐는 울라부를 바라봤다. 그녀가 유령 프로그램에서 전역했다는 말을 듣고도 놀라는 기색은 없었다. 대체 언제부터 알고 있었던 걸까?

그보다 더 중요한 건, 대체 왜 그녀에게 함께 가자고 하는 걸까? 정말로 그녀가 도움이 될 거라고 생각하는 걸까?

아니면 그저 타냐가 마지막으로 자치령을 위해 뭐든 할 수 있는 기회를 줘서, 그녀가 평생을 낭비했다는 기분을 느끼며 떠나지는 않게 해 주려는 걸까?

'이건 중요한 임무야. 난 네가 도움이 될 거라고 생각해. 나와 같이 가겠어?'

울라부가 망설이는 그녀에게 생각을 보냈다.

타냐는 한숨을 쉬었다. '나와 같이'였다. '우리와 같이'가 아니었다. 아무래도 자선 행위에 가까운 모양이었다.

그래도 마침내 자치령과 유령 프로그램에 도움을 줄 수 있는 기회가 생긴다는 건….

그녀는 침묵 속에서 강인하고 당당한 모습으로 서 있는 발레리안에게 정신을 집중했다. 울라부가 그녀를 조사단에 참여시켜 달라고 부탁한 것이다. 발레리안이 한 것이 아니었다. 사실 울라부가 실제로 그런 제안을 하기 전에는 황제가 딱히 그런 생각을 했던 것 같지는 않았다. 그건 엄밀히 말해 타냐가 더는 자치령 군대 소속이 아니기 때문이었을까?

아니면 그녀의 일생에 계속되어 온 패턴과 같은 것이었을까? 그녀는 정말로 유령 부대에 너무나도 소중한 자원이라서, 계속 그렇게 뭔가 특별한 경우를 위해 아껴둬야만 했던 걸까?

그게 아니면 내다 버리기에는 너무 아깝고 마음껏 술을 따라 마시기에는 깨질까봐 두려운, 아름다운 유리잔과 같은 존재였을까?

유령들은 그녀가 쓸모없다고 생각했을까? 군대 내 모든 사람들이 그녀가 쓸모없다고 생각했을까?

그녀는 정말로 쓸모없는 존재였을까?

"감사합니다, 발레리안 황제 폐하."

그녀는 고개 숙여 인사하며 말했다.

"조사단에 참여하게 해 주시면 영광이겠습니다."

"고맙소, 콜필드 양. 다른 팀원들은 격납고에 모여 있소. 격납고가 어딘지는 알고 있겠지?"

발레리안이 말했다.

"찾을 수 있습니다, 폐하. 감사합니다."

타냐가 말했다.

"가자, 울라부."

울라부와 함께 통로를 따라 내려가며 타냐는 곰곰이 생각했다. 만약 그녀가 정말로 운이 좋다면, 자가라가 그 행성이 안전하다고 한 말은 모두 거짓말일 것이다. 그리고 그때는 타냐도 마침내 진짜 적을 상대로 하는 진짜 전투에서 자신이 무엇을 할 수 있는지 알아내게 될 것이다.

물론 그저 자치령을 위해 죽어가고 말 수도 있겠지만.

'타냐 콜필드, 너와 나 둘이서 세상에 맞서는 건가?'

울라부가 물었다. 타냐는 자기도 모르게 웃었다.

'그래, 우리 둘이 세상에 맞서는 거야.'

처음이자 마지막으로, 그 말이 진실이 될 것 같았다.

• • •

"제가 제대로 이해했는지 말씀드려 보겠습니다."

휘스트는 수송선의 비행 준비에 여념이 없는 기술병들을 흘긋 바라보며 말했다.

"우린 수송선 한 대로 이동하는데, 저들은 프로토스 왕복선에 불사조 호위함까지 따라붙는다는 겁니까?"

"계급에 수반되는 특권이라고 이해해라. 겉보기엔 그렇지만, 나라면 로봇이 조종하는 상자에 타고 손가락이 근질거리는 프로토스의 호위를 받는 것보다는 자치령 수송선을 선택하겠어."

크루이크섕크 대령이 씁쓸한 투로 말했다.

"으음."

휘스트는 어정쩡한 소리로 대답을 대신했다. 이번 임무에 대해 생각해 보건대, 그라면 한 치의 망설임도 없이 프로토스 왕복선을 선택했을 것이다.

하지만 그런 말을 겉으로 뱉을 만큼 철이 없지는 않았다. 크루이크섕크가 프로토스를 싫어한다는 사실은 익히 잘 알려져 있었고, 직속상관을 언짢게 하는 건 결코 좋은 생각이 아니었다.

그래도 계급에 대한 크루이크섕크의 말은 옳았다. 우주에서 지상으로 가는 운송수단이라는 측면에서는 프로토스의 기술이 분명히 우세했기 때문에, 아르타니스 신관은 모선에서 먼저 출발하여 발레리안 황제와 경비병들을 태우고, 두 지도자가 함께 행성으로 내려가 자가라의 회담장에 입장하자고 제안했었다. 그래서 신관은 지금 왕복선 밖에서 8명의 다른 프로토스 요원들과 함께, 착한 집주인처럼 손님을 기다리고 있었다.

휘스트는 정말 오랫동안 해병으로 살았고, 그런 세월에는 씁쓸하고 격렬한 경험과 기억이 따라왔다. 그런데도 아르타니스와 그의 호위대를 보니 등골이 서늘해졌다. 이들은 그냥 평범한 동료 병사가 아니었다. 너무나도 이질적이고 강력한 고대의 종족을 대표하는 자들이었다. 아르타니스의 당당한 자세부터 찬란하게 빛나는 갑주, 경비병들의 피부에 와 닿는 경계심까지, 그 모든 것이 그들의 정체성을 뚜렷하게 나타내주고 있었다.

그의 경비병들. 멀리서 보아 확실하지는 않았지만, 그들 중 네 명은 일반적인 아이어 고위 기사이고, 다른 네 명은 한때 변절했던 네라짐, 소위 암흑 기사들인 것 같았다.

휘스트는 아르타니스가 두 진영을 하나로 만들기 위해 애쓰고 있다는 말을 들었었다. 오늘 보니 그 계획에 다소 진전이 있었던 것 같아 보였고, 그건 전반적으로 좋은 소식이었다. 프로토스의 부족 간 갈등에 휘말리는 건 어느 누구도 감당할 수 없는 일이었다.

물론, 혹시라도 다음 군사 작전이 프로토스와 테란 사이에 발생한다면, 아르타니스의 통합 정책에 따라 자치령이 프로토스 부족 간의 내전을 유도할 기회가 줄어든다는 의미이기도 했다.

휘스트는 고개를 가로저었다. 옛말에도 있듯, 좋은 일의 끝에는 항상 고생길이 따라붙기 마련이었다.

격납고 반대편에서 문이 열리고 발레리안 황제가 나타났다. 화려한 공식 정복을 차려 입고, 개인 경호원 4명과 전투 무장을 갖춘 해병 4명이 함께였다.

휘스트는 프로토스 왕복선을 향해 성큼성큼 걸어가는 남자를 가만히 살펴보며, 저 화려한 겉치장 속에 무엇이 도사리고 있을지 생각했다. 발레리안은 그의 아버지와는 다르다고 떠들어대는 사람은 많았지만, 휘스트가 보기엔 지금까지 달라진 것이 많지 않았다.

물론 휘스트는 해병 소속이었다. 민간 조직에 비해 군대 계층에는 변화가 찾아오는 속도도 훨씬 느린 법이었다. 하지만 그보다 중요한 건, 발레리안이 지난 몇 년 간 전쟁을 치르지 않았다는 사실이었다. 휘스트가 경험한 바로는, 전쟁이란 것은 지도자의 장점과 단점을 모두 이끌어 냈다.

어쩌면 오늘, 발레리안이 진정한 자기 모습을 드러낼 수도 있었다. 그게 어느 쪽이 될지는 모르지만.

호너 제독이 황제 곁에서 함께 걸으며 작은 목소리로 대화하고 있었다. 그들은 왕복선을 향해 다가갔고, 아르타니스와 그의 경호원들은 다가오는 테란을 향해 돌아섰다.

"이야, 이게 우리 버스인가?"

휘스트는 돌아섰다. 다른 입구를 통해 4명의 사람이 격납고로 들어서서 다가오고 있었다. 한 명은 휘스트의 옛 옥상 술친구 디즈 호크먼 중위였다. 두 번째는 유령 전투복을 입고 성큼성큼 걷는 여자였다. 두건은 어깨 너머로 넘기고, 보안경과 공기 공급 장치가 결합된 헬멧을 한쪽 팔에 낀 채, C-10 산탄 소총을 등에 메고 있었다.

휘스트는 눈살을 찌푸렸다. 유령이라. 끝내주는 일이었다.

그 유령 곁에는 프로토스가 함께 걷고 있었다. 긴 튜닉과 튼튼한 다리싸개, 두껍고 팔꿈치까지 올라오는 정원용 장갑을 낀 민간인 복장이었다. 머리 뒤로 늘어진 신경삭이 짧게 잘린 모습은, 그리움과 언짢은 기분을 동시에 불러일으켰다. 전쟁 동안에는 그렇게 잘린 신경삭을 보면 눈앞의 상대가 암흑 기사라는 걸 알 수 있었다. 하지만 지금은 아르타니스가 프로토스 사회를 재구축하는 과정에서, 프로토스 전체가 신경삭을 그렇게 짧게 잘라 버렸다.

그것 자체로도 상당히 아쉬운 일이었다. 프로토스는 다들 워낙 비슷해 보여서, 해병이 그들을 구분할 수 있는 단서라면 그게 뭐든 도움이 됐다.

마지막으로 그 뒤를 따라오는 건 해병 CMC-400 전투복을 입은 사람이었다. 어색하게 뒤뚱거리는 모습이 아무래도 강화 전투복을 처음 입은 듯했다.

"그래, 그게 너희 버스다, 중위."

크루이크섕크가 말했다.

"크레이 상사, 이쪽은 너희 지휘관 호크먼 중위…"

"아는 사이입니다."

디즈가 불쑥 말하며 휘스트를 향해 고개를 끄덕였다.

"잘 지냈어, 휘스트?"

"아주 잘 지냈습니다, 디즈."

휘스트가 대답했다. 시야 구석에서 크루이크섕크의 놀란 표정과 함께, 서로의 계급을 붙이지 않은 호칭에 언짢아하는 모습이 보였다. 휘스트와 디즈 사이의 대화만이 아니라, 디즈가 크루이크섕크 자신에게도 제대로 예의를 갖추지 않았다는 사실이 불편한 듯했다.

휘스트는 억지로 웃음을 참았다. 상관을 언짢게 하는 건 해병들이 좋아하는 여흥의 일종이었다. 아무래도 사신 부대에도 그와 비슷한 취미 활동이 있는 모양이었다.

"그러면 이렇게 5명이 팀의 전부입니까?"

그가 물었다.

"그런 것 같은데."

디즈가 말했다.

"이쪽은 타냐 콜필드, 유령이야. 저쪽은 울라부, 기술 고문이고."

"무슨 기술에 고문이 필요하단 겁니까?"

"고문이 필요한 모든 기술이겠지. 여기 대령님께서도 그냥 두리뭉실하게만 말씀하셔서 말이야. 그리고 이쪽은 우리 신참, 에린 와이랜드 박사. 우주생물학자야."

디즈가 말했다. 휘스트는 콧등에 주름을 잡았다. 유령, 프로토스, 민간

과학자, 도약 추진기를 착용한 사신 범죄자. 그리고 이들을 인도할 외로운 해병 하나. 점점 더 기막힌 상황이 되어가고 있었다.

"와이랜드 박사는 또 다른 고문역이겠지요?"

"뭐, 우리에게 춤을 가르쳐 주러 온 것 같지는 않은데…."

디즈가 에린을 분석하듯 위아래로 훑어보며 고개를 갸웃했다.

"그래도 전투복을 처음 입은 사람치고는 아주 잘 하고 있어."

"겨우 두 시간이라고요."

에린의 목소리가 전투복 안쪽에서 희미하게 들렸다.

"외부 스피커를 켜야지, 에린. 스위치는 왼손 장갑 안 오른쪽 아래에 있어."

디즈가 말했다. 얼마간 아무 소리도 들리지 않았다. 전투복이 잠시 흔들거렸다.

"이걸 입은 지 겨우 두 시간밖에 안 됐다고 했어요."

에린이 훨씬 깨끗해진 목소리로 말했다. 휘스트는 한쪽 눈썹을 추켜세웠다. 그녀를 보는 눈이 달라지기 시작했다. 그가 지난 수 년 간 만나 본 우주생물학자들은 재미도 없고 딱딱하기만 한 샌님들이었다. 그래도 이 사람은 기백이 있었다.

"그게 사실이라면, 정말 잘하고 있는 거야."

디즈가 그녀를 안심시켰다.

"내 전투복하고 도약 추진기는 이미 안에 있다고 했던가?"

"아직 아닙니다. 제 것도 마찬가집니다. 그래도 C-14와 P-45, 교체용 탄창은 잔뜩 있으니, 무기는 충분할 겁니다. 수류탄도 제대로 갖춰 놓았습니다."

휘스트가 말했다.

"뭐? 화염방사기나 핵폭탄도 없는 거야?"

"사실 지옥 화염방사기는 하나 있습니다. 그래도 핵폭탄은 없습니다."

휘스트가 대답했다.

"우리 전투복이랑 같이 있는 건 아닐까?"

디즈는 크루이크섕크를 바라보며 눈썹을 추켜세웠다.

"전투복은 오고 있지요?"

"기술 팀을 기다리고 있다. 새로 설치하고 싶은 장치가 있다고 해서 말이야."

크루이크섕크가 말했다. 휘스트의 입술이 뒤틀렸다. 자치령 전투복에는 이미 장비가 너무 많이 붙어 있었다.

"뭔가 쓸모 있는 거면 좋겠습니다만."

"뭐, 적어도 기술 팀은 그렇게 생각하는 것 같더군."

그렇게 말하는 크루이크섕크의 두 눈은 올라부에게 머물렀다.

"사이오닉 차단기라고 한다. 시그마선을 사용하는 UED의 사이오닉 분열기를 개조한 물건이지. 저그의 이동 및 반응 속도를 늦추는 원래의 기능과 함께, 해당 지역 내에서 저그 간의 소통을 방해하는 역할도 한다. 이론적으로, 이 사이오닉 차단기를 사용하면 저그가 서로 공격을 조율하거나 적이 나타났다는 사실을 다른 저그에게 알리지 못하게 될 거다."

"네, 그건 유용할 것 같네요."

디즈가 인정했다.

"물론 충분한 시험은 거쳤겠지요?"

"뭘 상대로 시험을 했겠나?"

크루이크섕크가 따져 물었다.

"지난 6년 간 저그는 코빼기도 보이지 않았다. 실험체를 사냥하러 나간 사람이 있을 것 같지도 않고 말이야."

그 말에 휘스트와 타냐의 입술이 조금 뒤틀린 것도 같았다.

"그러면 우리가 야전 시험을 하는 겁니까?"

디즈가 물었다.

"엄밀히 따지면 그렇지. 저기 있군."

크루이크섕크가 고갯짓으로 휘스트의 어깨 너머를 가리켰다.

휘스트가 고개를 돌렸다. 기술병 둘이 CMC-400 전투복과 사신의 경보병 전투복이 쌓여 있는 수레를 끌고 들어왔다.

"자, 탑승해라. 전투복은 내가 챙겨 주겠다. 수송선에 타거든 관제소와 연결해서 이륙 허가를 요청해라."

크루이크섕크의 말에 디즈가 딴지를 걸었다.

"비행복은 제가 직접 싣고 싶은데요."

"우리 모두 하고 싶은 걸 하고 살 수 있다면 세상이 얼마나 아름다운 곳이 되겠나."

크루이크섕크는 고갯짓으로 수송선을 가리켰다.

"시간이 없다, 중위. 당장 엉덩이를 들고 탑승해서 비행 준비를 시작하라."

휘스트는 디즈가 그 말에 반박할 거라고 생각했지만, 사신은 그저 어깨를 으쓱했다.

"다들 대장님 말씀 들었지."

디즈는 어깨 너머로 말하고 수송선을 향해 걷기 시작했다.

"다들 탑승하자고. 에린, 당신은 먼저 전투복을 벗어야 할 것 같은데. 필요하면 내가 도와줄게."

"왜 벗어야 합니까?"

휘스트가 물었다.

"수송선은 내가 조종하니까. 내가 전투복도 안 입고 있는데, 초짜가 등 뒤에서 전투복을 입고 설치는 꼴을 볼 수는 없지."

디즈가 말했다. 크루이크섕크는 나지막한 목소리로 뭔가 중얼거렸다.

"중위…."

"괜찮아요, 대령님. 어차피 연습도 해야 하거든요."

에린이 재빨리 대꾸하자, 크루이크섕크가 으르렁거리며 쏘아붙였다.

"좋아. 가 봐라."

과학자, 유령, 프로토스가 디즈의 뒤를 따라 걷기 시작했다. 휘스트는 그들이 먼저 몇 걸음 걸을 때까지 기다린 후, 크루이크섕크에게 다가갔다.

"정말 이게 전부입니까, 대령님? 팀원은 저희 5명으로 끝입니까?"

그가 작은 목소리로 말했다.

"숲과 밀림에서의 전투 경험이 있는 게 자네와 호크먼밖에 없더군. 그리고 이번 건은 전투 임무가 아니라서 말이야."

크루이크섕크도 작은 목소리로 대답했다.

"네, 물론 그런 얘기는 전에도 들어본 적 있습니다."

휘스트가 투덜거렸다.

"글쎄, 이번에는 믿어도 된다고 하더군. 그래도 조심하는 게 좋을 거다."

크루이크섕크가 말했다. 그는 수송선 안으로 사라지는 디즈를 고갯짓으로 가리켰다.

"그리고 저기 저 녀석도 조심해라."

휘스트는 이제 텅 비어버린 수송선 입구를 바라봤다.

"특별한 이유가 있습니까?"

"사신이잖아. 그걸로 충분하지 않나?"

크루이크섕크가 말했다.

"그 사람에 대해 조금 더 알게 된다면 다를 수도 있지요. 예를 들어, 무슨 죄를 짓고 사신이 되었는가 하는 건 어떻겠습니까?"

휘스트의 말에 크루이크섕크는 콧방귀를 뀌었다.

"이봐, 상사. 나는 그 자식의 진짜 이름도 몰라. 사신에 입대할 때 다들 새 이름을 받으니까. 그게 다 너 같은 돌대가리가 뒤를 캐고 다니지 않게 하려는 거 아니겠나. 사신 이름이 진짜 호크먼이겠어? 안 그래?"

"네, 저도 그럴 것 같았습니다. 그런데 왜 저 사람이 다시 지휘관이 된 겁니까?"

휘스트가 말했다.

"그 녀석이 선임 장교니까 그렇지. 그것도 절대 잊어버리지 마라."

크루이크섕크는 눈썹을 추켜세웠다.

"이봐, 휘스트! 안 갈 거야?"

디즈의 목소리가 수송선 입구에서 메아리쳐 울렸다.

"너 안 오면 내가 CMC 입는다."

"어디 시동이나 거실 수 있는지 한번 보겠습니다."

휘스트가 소리쳤다. 그는 크루이크섕크에게 경쾌하게 목례하고 수송선을 향해 걷기 시작했다.

"그렇게 섣불리 판단하지 마, 상사."

크루이크섕크의 말이 끝나기도 전에 디즈가 소리쳐 대꾸했다.

"가자, 어서 엉덩이 쳐들고 이리 와."

휘스트가 눈살을 찌푸렸다. 디즈는 정말 다른 사람의 잠긴 전투복까지 훔쳐 입을 수 있다는 건가? 그렇다면 혹시 차량 절도범이거나 금고 따기 전문가였을까?

그가 수송선 문가에 이르렀을 때 뭔가가 떠올랐다.

"대령님, 사이오닉 차단기가 저그의 소통을 방해한다고 하지 않으셨습니까? 그렇다면 울라부는 어떻게 되는 겁니까?"

"몰라. 솔직히 말하면, 알게 뭐냐?"

크루이크섕크가 말했다. 휘스트가 고개를 끄덕였다.

"알겠습니다."

아무래도 일이 재미있어질 것 같았다. 정말 그랬다.

• • •

프로토스 신관과 대면할 때의 환영 의례는 복잡하긴 했지만 충분히 직관적이었다. 발레리안은 더듬거리지 않고 공식 환영문을 말했고, 대답하는 아르타니스의 목소리를 들어 보면 제대로 해냈던 것 같았다. 적어도, 프로토스가 만족할 만한 수준은 된 모양이었다.

하지만 곰곰이 생각해 보면, 다들 그런 예의보다는 더 중요한 일들이 마음을 가득 채우고 있는 건지도 몰랐다.

"이곳 현장의 준비는 잘 되고 있소?"

프로토스 전사와 해병들이 왕복선 안으로 들어가기 시작하자, 발레리안이 맷에게 작은 목소리로 물었다.

"아무 문제없습니다. 문제가 생길 기미라도 보이면, 그 즉시 바이킹과 밴시 편대가 출격하여 황제 폐하의 퇴로를 확보할 것입니다."

맷이 단언했다.

"아르타니스가 퇴각하는 데 동의할 경우의 일이겠지."

"황제 폐하만 결단을 내리시면, 아르타니스도 동참할 거라는 점엔 의심의 여지가 없습니다. 신관은 황제 폐하만큼 자가라를 신뢰하지 않으니까요."

맷이 음울한 목소리로 말했다.

"내가 자가라를 신뢰한다고 누가 그랬소?"

맷은 살짝 어깨를 으쓱하며, 시선을 발레리안의 어깨 너머로 돌렸다.

"저들을, 아니 최소한 저 여자를 보면 알 수 있을 것 같습니다."

발레리안은 인상을 쓰며 돌아섰다. 해병 크레이 상사가 수송선 안으로 사라지고, 크루이크섕크는 기술병들에게 해병과 사신의 전투복을 실으라고 손짓하는 중이었다.

"어떤 여자 말이오? 와이랜드 박사?"

"타냐 콜필드 말입니다. 유령 부대 최고의 비밀 병기를 자가라 손에 건네주고 계시지 않습니까."

맷이 대답했다.

"솔직히 건네주는 건 아니지. 하고 싶은 말이 있소?"

발레리안이 그의 말을 정정했다.

"제가 드리고 싶은 말씀은, 만약 자가라가 콜필드를 산 채로 납치하면, 아니, 심지어 막 죽은 상태에서라도 확보하기라도 하면, 저그는 아주 새로운 테란 유전자를 갖고 장난을 칠 수 있게 된다는 겁니다. 놈들이 케리건을 어떻게 이용했는지 보셨잖습니까. 히드라리스크의 바늘 가시뼈가 독성을 띠게 된 것만도 끔찍한데, 거기 불이 더해진다고 생각해 보십시오."

맷은 음울한 목소리로 말했다.

"무슨 말인지 알겠소. 하지만 자치령과 프로토스의 병력이 이 정도로 집중되어 있다면, 사격이 시작됐을 때 아무리 자가라라도 도망치기는 쉽지 않을 거요. 콜필드를 생포해 봐야 평화를 원한다는 주장이 거짓이라는 걸 증명하는 것 외에는 아무 의미도 없겠지."

발레리안은 말했다. 돌아선 그는 자신을 뚫어져라 바라보는 맷의 얼굴과 마주했다.

"무슨 일이오?"

"지금 그녀가 미끼라는 말씀을 하시는 겁니까? 황제 폐하, 그건⋯."

맷은 깜짝 놀란 목소리였다. 그는 말을 끝맺지 못했다.

"그건 뭐요? 전략적으로 위험하다고? 전술적으로 적절하지 않다고?"

발레리안이 물었다.

"아버님께서 하셨을 법한 일입니다. 원하는 바를 이루기 위해 사람들을 이용하는 것 말입니다."

맷이 직설적으로 말했다. 발레리안은 코웃음을 쳤다.

"정신 차리시오, 맷. 사람들을 이용하는 건 군대나 우리와 같은 정치가들이 매일 하는 일이오."

"그건 승리하기 위해서입니다."

맷이 반박했다.

"사람들을 사지로 보내 다른 이들을 살리는 겁니다. 하지만 이런 식으로는 아닙니다. 미끼로 쓰는 건 아닙니다. 특히….'

"젊고 경험 없는 여성을 그렇게 부리면 안 된다는 것이오?"

맷이 입을 앙다물었다.

"네, 젊고 경험도 일천한 여성을 그런 식으로 취급해서는 안 됩니다. 특히 잠재적으로 적군의 핵심 자산이 될 수 있는 사람이라면 절대로 안 됩니다."

발레리안은 한숨을 쉬었다.

"아래쪽을 보시오, 맷. 저그가 어떤 일을 해냈는지 보라는 말이오. 이게 속임수라면, 놈들이 또 한 번의 전면전을 준비하고 있는 거라면, 놈들은 아무런 방해도 받지 않고 이 구역의 행성들을 모조리 뒤덮을 수 있을 거요. 그리고 자가라가 정말로 우릴 배신할 생각이라면, 군단이 국지적으로 주둔해 있는 지금 놈들의 속셈을 밝혀내는 것만이 아군이 승리할 수 있는 유일한 길이오."

"알고 있습니다. 하지만 다른 방법이 있을 겁니다."

맷이 나지막한 목소리로 말했다.

"그런 건 없소. 이제 이 상황을 뒤집어 보시오. 자치령은 지금 식량과 피난민 문제로 취약한 상태요. 프로토스에게도 나름의 약점이 있고. 하지만 자가라는 그중 어느 쪽에도 공격을 가하지 않았소. 게다가 우리 문제를 해결하는 데 도움을 주겠다는 제안까지 하고 있소. 현재의 위험 요인에 미래의 희망을 더하고, 콜필드의 좌우에 전쟁터에서 잔뼈가 굵은 정예병 두 명을 배치한다는 사실까지 고려해 보시오. 그러면 충분히 감수할 만한 확률일 것 같은데."

발레리안이 말했다.

"발레리안 황제 폐하?"

발레리안은 왕복선을 향해 돌아섰다. 마지막 경호원과 암흑 기사 한 명이, 왕복선 입구 앞에서 각자의 지도자가 탑승하기만을 기다리고 있었다.

"상황을 잘 지켜보시오, 맷."

발레리안은 친구의 어깨를 다독였다. 그리고 프로토스의 우주선을 향해 성큼성큼 걸었다.

"그러겠습니다."

맷이 그의 뒷모습을 향해 대답했다.

맷의 주장에 일리가 있다는 사실은 발레리안도 잘 알고 있었다. 너무 위험한 전술이었지만, 필요한 것이기도 했다.

게다가 이건 아버지인 아크튜러스에게 어울릴 만한 냉담하고 무정한 계획이 아니었다. 전혀 그렇지 않았다.

제6장

고궤도에서 봤던 이 행성의 달라진 풍경은 참으로 놀라운 광경이었다. 하지만 고도 1,000미터까지 접근하여 비행하면서 보니, 그야말로 비현실적인 풍경으로만 보였다.

녹색의 초목들뿐만이 아니었다. 끝도 없이 펼쳐진 풍경에는 놀랍도록 다채롭고 변화무쌍한 색상이 혼재하고 있었다.

발레리안은 고고학자로서도 충분히 다양한 생태계를 경험했었지만, 기스트는 그 중에서도 가장 생기 넘치는 환경을 자랑했다. 십여 년 전에 프로토스의 소각이 남긴 검은 상흔은 간헐적으로만 남아 있었고, 그나마도 서서히 초목으로 뒤덮이는 중이었다.

전쟁 기간 동안 소각되어 완전히 파괴된 차우 사라를 비롯한 다른 행성들과는 너무나도 달랐다. 그들 행성에서도 드물게 일부 식물군이 되돌아오기 시작했지만, 이곳의 공격적일 만큼 풍성한 식물 생태계와는 비교조차 할 수 없었다.

어쩌면 너무 공격적인 건 아닐까? 자가라는 저그의 기술이 손상된 테란의 농경지를 되살리는 데 사용될 수 있다고 주장했다. 하지만 발레리안은 적절히 준비되지 않은 생태계에 외계종 동식물이 침투했을 때 어떤 일이 발생하는지 잘 알고 있었다. 자치령을 먹일 밀과 옥수수를 길러 내느라 나머지 식물군이 모두 소멸하고 만다면, 그건 기껏해야 반쪽짜리 승리였다.

이 모든 게 그런 결과를 노린 포석일까? 저그는 동물 감염으로 테란과 프로토스의 영토를 점령하는 데 실패했었다. 자가라가 이번에는 식물군으로 접근하는 방안을 선택한 걸까?

그런 의미에서, 자가라는 정말로 자기가 주장하는 것처럼 저그 전체를 지배하고 있을까? 저그의 지도자라는 지위는 최근 몇 년간 극도로 유동적이었다. 아니, 위태롭다고 표현하는 쪽이 더 사실에 가까웠다. 물론 지금도 어둠 속에서 자가라를 조종하는 누군가가 없다는 증거는 없었다.

'그대 함선에서 울라부를 봤소.'

발레리안은 두 눈을 깜빡였다. 기스트의 영광스러운 자태가 발아래에 펼쳐지고 있었고, 저그가 무슨 꿍꿍이를 꾸미고 있는지 온갖 생각이 꼬리에 꼬리를 무는 가운데, 아르타니스는 정말로 울라부 얘기를 꺼내고 싶은 걸까?

"그래, 거기 있었소. 저그에 대한 그의 지식이 도움이 될 것 같아 이번 원정에 합류시켰소."

'프로토스에 대한 지식도 필요했던 거겠지?'

"물론 그것도 포함됐소."

발레리안은 순순히 인정하며, 아르타니스가 그 일을 오해하는 건 아닐지 걱정했다. 그는 코랄을 떠나기 전부터 아르타니스가 기스트에 프로토스 병력을 집결시켰다는 사실을 알고 있었다. 따라서 발레리안이 정말로 프로토스의 식견이 필요했다면, 신관의 의견만으로도 충분했을 터였다.

'그가 지금껏 도움이 되었소?'

"그는 아주 모범적으로 자치령과 협력해 왔소."

발레리안은 자기도 모르게 이마에 주름을 잡았다. 프로토스와의 대화에서 마지막으로 울라부가 언급되었던 건 3년도 더 전의 일이었고, 그건 그 까다로운 연구원을 동족에게 돌려보내겠다는 자치령의 마지막 제안을 아르타니스의 보좌관들이 단칼에 거절하던 때의 일이었다. 발레리안은 울라부가 동족에게 이런 반감을 사게 된 이유가 무엇인지는 알아내지 못했지만, 그 일의 이면에 뭔가 다른 의미가 있다는 것만은 분명했다.

지금은 그런 자세한 이야기를 나눌 때와 장소가 아닌 것 같았다. 하지만 한편으로는, 아르타니스가 그 주제를 꺼내 든 지금이 바로 그런 논의를 해야 할 때인지도 몰랐다.

"하지만 그가 동족에게서 외면당하고 있다는 사실에 나도 마음이 무겁소."

발레리안은 말을 이었다.

"그리고 그에 대한 반감이 우리 테란이나 자치령 때문은 아니었으면 좋겠소."

'울라부와 프로토스의 관계에 대해 그대가 그렇게까지 신경을 쓸 필요는 없소, 발레리안 황제. 그는 그대에게 봉사하고 있고, 지금은 그것만으로도 충분하오.'

아르타니스가 말했다. 그가 잠시 말을 멈췄고, 발레리안은 신관의 정신적 대화가 왕복선 내의 모든 이들에게까지 넓어지는 것을 느꼈다.

'인근 지역에서 뮤탈리스크나 포식귀의 흔적은 발견되지 않았나? 그 밖에 저그가 배신할 거라는 다른 징후는 없는가?'

하나씩 하나씩, 적을 찾을 수 없다는 응답이 들려왔다. 왕복선 내의 프로토스는 텔레파시를 통해 소리 없이 속삭였고, 다양한 센서 옆에 배치된 해병들은 크게 소리쳐 대답했으며, 불사조 호위함을 조종하는 프로토스는 사이오닉으로 증폭된 신호를 보내왔다.

'경계를 늦춰선 안 된다.'

아르타니스가 말했다.

"동감이오."

발레리안도 말했다. 신관의 그 말에 실망감이 담겨 있었을까? 아르타니스는 이 모든 것이 자가라의 함정이었기만 바라고 있었던 걸까?

어쩌면 그랬는지도 몰랐다. 어쩌면 기스트를 다시 한 번 소각할 구실만 찾고 있는 건지도 몰랐다. 그저 이 행성 위의 저그를 모두 죽이고 싶은 마음뿐일 수도 있었다.

어쩌면, 마음 속 깊은 곳에서 발레리안도 그와 같은 바람을 품고 있는지도 몰랐다.

'회담장이 정면에 보입니다.'

한 프로토스가 보고했다. 발레리안은 좌석을 둘러싸고 있는 화면들을 보며 눈살을 찌푸렸다. 회담장은 지평선에서 막 눈에 들어오고 있었다. 하얀 화산처럼 당당하게 솟아올라 주위를 내려다보고 있는 그 구조물의 표면은 저그의 여느 피조물과 마찬가지로 뒤틀린 질감으로 뒤덮여 있었다.

'인근 지역에 저그의 흔적이 있는지 찾아라.'

아르타니스가 명령했다.

'계속 수색 중입니다, 신관님. 회담장 이외의 장소에서는 저그의 기척이 전혀 확인되지 않고 있습니다.'

"인근 지역은 짧은 덤불로 이루어져 있는 만큼, 자가라도 덩치 큰 녀석들을 숨겨두기는 어려웠을 거요. 적어도 땅속에 몸을 숨길 수 없는 것들은 없겠지."

발레리안이 지적했다.

'회담장 내부도 조사하라.'

아르타니스는 명령했다. 발레리안의 말에 따로 대꾸하지 않은 것을 보면, 신관도 이미 그와 같은 결론에 도달했거나, 아니면 대답할 필요가 없다고 생각한 모양이었다.

'스캔이 쉽지 않습니다, 아르타니스 신관님. 갑피가 워낙 두껍고 단단합니다. 달리 이상한 점은 아직 눈에 띄지 않습니다.'

'알겠다. 계속 주시하라.'

"그리고 측정치가 궤도에서와 동일한지도 확인하는 게 좋겠소."

발레리안이 덧붙였다. 아르타니스가 그를 향해 돌아섰다.

'저그가 우리 눈이나 센서에 영향을 줄 수 있다고 생각하시오?'

"사라 케리건이 사라지던 때, 자가라가 함께 있었소. 자가라도 이미 케리건이 저그에게 선택이라는 선물을 줬다고 하지 않았소. 칼날 여왕이 또 어떤 선물이나 장난감을 남겨 줬을지 누가 알겠소?"

발레리안이 그에게 당시의 일을 상기시켰다.

'일리 있는 말이군, 발레리안 멩스크 황제.'

아르타니스가 인정했다.

'전 프로토스에 고한다. 저그가 우리 감각을 속일 수도 있으니 주의하라.'

2분 후, 그들은 목적지에 도착했다.

궤도상에서 측정해 봤을 때도 중앙 원뿔의 열린 부위가 왕복선과 불사조 호위함이 드나들 수 있을 만큼 큰 것으로 파악되긴 했었다. 하지만 함선이 실제로 하강을 시작한 후에야, 발레리안은 비로소 그 구멍이 프로토스의 우주선보다 얼마나 더 큰지 실감할 수 있었다. 사방에 여유 공간이 남을 뿐더러, 가장 좁은 지점에서도 충분히 움직일 여지가 있었다.

'원뿔의 첨단 부위를 강제로 부식시킨 흔적이 있습니다.'

프로토스 하나가 보고해왔다. 발레리안은 화면을 보며 눈살을 찌푸렸다. 자가라가 손님들이 타고 온 함선의 크기를 보고 재빨리 원뿔 꼭대기를 벗겨내 구멍을 더 크게 만든 걸까?

물론 순전히 손님들만을 위한 일은 아닐 수도 있었다. 입구가 넓어진 덕분에, 자가라가 배신을 염두에 두고 있다면 이제 뮤탈리스크나 심지어 거대한 포식귀까지 안으로 들어올 수 있게 되었다. 그래도 발레리안이 이미 확인했던 것처럼, 회담장 주변 50킬로미터 내에는 그렇게 거대한 물체가 숨어있을 곳은 없었다. 따라서 실제로 공격이 그들에게 도달하기 전에, 궤도에서 이곳 상황을 지켜보고 있는 함선들이 경보를 울릴 시간은 충분했다.

'조심하십시오! 아르타니스 신관님, 위험합니다!'

발레리안의 두 눈이 화면들을 훑었다. 뱃속에 커다란 매듭이 죄어 오는 것 같았다. 대체 무슨 일일까?

'회담장의 가장자리에 감염된 식물군이 일부 모여 있습니다. 오염될 위험이 있습니다.'

프로토스가 말했다.

"그럴 것 같지는 않습니다. 식물은 모두 봉인된 전시장 안에 들어있습니다. 유기물처럼 보이지만, 반응은 꼭 강철유리 같습니다."

해병 중 하나가 말했다.

'전시장의 아랫부분이 봉인되어 있다는 증거가 없습니다.'

프로토스가 반박했다.

"누가 저런 걸 상자에 넣어 놓고 엉덩짝을 열어 두겠습니까?"

해병은 콧방귀를 뀌었다.

'그건 너무 안이한 추측이다. 하강하면서 공기 샘플을 채취하여, 저그의 진화 바이러스 흔적은 없는지 확인하라. 회담장 안이 무균 상태임이 확인되기 전에는 하선하지 않겠다.'

아르타니스가 끼어들어 논쟁의 싹을 잘랐다. 그는 발레리안을 향해 돌아섰고, 발레리안은 그가 다시 자신과만 대화를 시작했음을 깨달았다.

'무해하든 아니든, 식물포자를 몸속에 침투시킬 생각은 없소.'

"동의하오."

발레리안은 음울하게 대답했다. 화면 하나에 비친 움직임이 그의 시선을 끌었다.

"자가라가 중앙 방에 들어오고 있군."

그녀는 혼자가 아니었다. 자가라 뒤에서 초월여왕만큼 큰 덩치에 납작한 얼굴, 네 개 이상의 초록색 눈, 머리와 목에 빛을 발하는 커다란 수포가 여러 개 돋아 있는 다른 저그 하나가 따라왔다. 일반적인 저그의 갈퀴손과 함께, 보기 불편할 만큼 인간을 닮은 손이 짧은 팔 두 개에 달려 붙어 있다. 두 저그는 회담장에서 전시장에 든 식물이 없는 구역으로 가서는 의자와 낮은 탁자 몇 개를 늘어놓았다. 화면을 확대해 보니 탁자 위에는 다양한 액체가 담긴 병들과 케이크 비슷한 작은 사각형 물체도 놓여 있었다.

저그가 제공한 음식이나 음료를 발레리안이 먹을 거라고 생각한 모양이었다.

'착륙할 공간은 충분합니다. 하강을 시작해도 되겠습니까?'

조종사가 보고해 왔다.

'하강을 시작하라.'

아르타니스가 지시했다.

저그의 구조물 안에 들어와 있다는 건 묘한 기분이었다. 왕복선이 바닥을 향해 하강을 시작하자 발레리안은 밀실 공포증에 가까운 기분을 느꼈다. 하지만 공격은 없었고, 밖의 공기 중에도 저그의 포자나 다른 감염 인자는 없었다. 맷이 궤도상에서 보내 온 보고서에서도 주위 수백 평방킬로미터 내에서 적의 흔적을 찾을 수 없다고 했다. 가까운 곳에 있는 대형 저그는 무카브의 거대괴수뿐이었지만, 그건 회담장에서 20킬로미터 떨어진 곳에 있었고, 너무 커서 이 안으로 들어올 수도 없었다.

착륙 후 한참 동안 아무도 입을 열지 않았다. 발레리안 자신도 숨을 죽이고는 공격이 시작된다는 마지막 순간의 신호를 기다렸다.

하지만 공격은 시작되지 않았다. 자가라와 다른 저그는 원래 있던 곳에 가만히 서 있었다. 숨겨진 방에서 저글링이나 바퀴, 일벌레가 튀어 나오지도 않았고, 대기 분석기에는 계속 초록색 불이 켜져 있었다.

그의 곁에서 아르타니스가 움직였다.

'하선을 시작한다. 자가라가 뭘 보여주려고 하는 건지 보자.'

그가 명령했다. 고위 기사와 암흑 기사가 장갑 손등의 집중기에서 각각 타오르는 사이오닉 검과 차원 검을 내뿜으며 먼저 내렸다. 해병이 그 뒤를 따르고, 마지막으로 발레리안의 경호원들이 왕복선에서 하선했다. 다들 무기를 겨누고 전투 준비를 마친 상태였다. 발레리안은 모니터를 통해 테란과 프로토스의 전사들이 두 줄로 반원을 그리며 왕복선 하단을 둘러싸는 모습을 지켜봤다.

그 동안 자가라와 다른 저그는 탁자와 의자 곁에서 움직이지도 않고 가만히 서 있었다.

아르타니스는 잠시 기다렸다. 그리고 발레리안에게 손짓한 후, 좌석 벨트를 풀고 앞장서서 입구를 빠져나갔다. 둘은 나란히 서서 자가라를 향해 걸었고, 경호원들이 그들 옆으로 나란히 늘어서서 따라왔.

자가라는 그들 일행이 의자에 다다르기까지 기다렸다. 그리고 천천히 두 팔을 들어올렸다.

'환영한다, 아르타니스 신관. 발레리안 멩스크 황제. 이쪽은 군단의 진화군주, 아바투르라고 한다.'

"초월여왕, 진화군주, 만나서 반갑소."

발레리안은 그들 각각을 향해 고개 숙여 인사하며 말했다. 저게 바로 저그의 진화군주였다. 그와 같은 생물이 있다는 소문은 늘 있어 왔지만, 지금까지 제대로 확인된 적은 없었다.

"초대해 줘서 고맙소."

'받아들여 줘서 고맙다. 자, 다들 가까이 와서 앉아라. 원한다면 다과를 섭취해도 좋아.'

자가라가 말했다. 그녀의 하악골이 두 번 딸깍거렸다.

'그 후에 우리 모두 함께 새로운 평화의 시대를 열 방법을 논의하자.'

• • •

에린은 자치령 사신 부대가 어떤 미치광이들의 집합소인지 설명하는 끔찍한 이야기들을 꽤 많이 들어봤었다. 그래서 호크먼 중위가 수송선을 기스트 표면에 부드럽게 착륙시키는 모습을 보며 적잖이 놀라는 동시에 상당히 마음이 놓이는 것을 느꼈다.

물론, 호크먼이 자신을 디즈라고 불러 달라고 거듭 말하는 걸 듣고 있노라면 그다지 믿음직스럽진 않았다. 특히 그게 무슨 뜻이냐고 묻는 에린에게, 재앙을 뜻하는 '디재스터(Disaster)'의 줄임말이라고 대답했을 때는 더더욱 그랬다.

"좋아, 다 왔어."

엔진이 윙윙거리는 소리가 잦아들자 디즈가 말했다.

"휘스트, 타냐? 너희 차례야."

"알겠습니다. 먼저 상황을 확인할 테니 편하게 기다리고 계십시오."

자신을 '휘스트'라고 불러 달라고 한 크레이 상사가 안전벨트를 풀며 대답했다.

'수송선 근처에는 저그가 없습니다.'

울라부의 말이 머릿속에 메아리치는 순간, 에린은 안전띠에 묶인 몸을 움찔했다. 우주생물학자인 그녀는 당연히 프로토스에 관한 자료도 수없이 읽었고, 그래서 자신이 프로토스를 상당히 잘 이해하고 있다고 생각해 왔다.

하지만 사이오닉 소통에 대해서 읽는 것과 실제로 경험하는 건 완전히 다른 일이었다.

"그렇게 생각한다니 다행이군."

휘스트가 우주선 뒤편으로 걸어가 전투복 위로 올라가며 거칠게 말했다. 외계인의 생각이 자신의 머릿속을 이리저리 휘젓는 것을 별로 좋아하지 않는다는 건 한 눈에 알 수 있었다.

"우리가 직접 확인해 봐도 괜찮겠지?"

'물론입니다.'

울라부가 대답했다.

"나머지 사람들도 전투복 정도는 입어야 하지 않을까요?"

에린이 주저하며 물었다. 그녀의 두 눈은 익숙한 듯 빠른 속도로 CMC 전투복을 착용하는 휘스트를 부러운 듯 바라보고 있었다. 그녀가 히페리온에서 그 전투복을 입어보려고 시도했던 일은 정말이지 부끄러운 기억이었다. 게다가 수송선이 출발하기 전에 전투복을 벗으려 했을 때도 상황은 그리 좋지 못했다.

"아니. 혹시라도 문제가 생겨서 디즈가 급히 수송선을 이륙시켜야 하는 일이 생겼을 때, 전투복을 반쯤 입은 상태라면 골치 좀 아플 거야. 믿어도 좋아."

휘스트가 어깨 너머로 말했다. 그는 잠시 말을 멈추고 그녀를 향해 의미심장한 시선을 던졌다.

"게다가, 그거 혼자서 입을 수는 있어?"

에린은 얼굴이 붉어지는 걸 느꼈다.

"아마 못하겠죠."

"그 문제도 있고 말이야."

그는 전투복 밀봉을 마치고, 보안경을 열었다.

"타냐?"

"준비됐어."

에린은 수송선 반대편을 바라봤다. 등골을 따라 서늘한 기운이 스쳤다. 그녀는 프로토스나 저그에 비해 유령에 대해서는 많은 정보를 접하지 못했다. 사실 그건 유령 프로그램에 관한 정보 중 기밀이 아닌 것이 그리 많지 않기 때문이었다. 그래도 사신과 마찬가지로, 유령에 관해 언짢은 소문도 많이 떠돌았다.

"가자."

휘스트가 얼굴 보호판을 닫으며 말했다. 그는 선미의 화물 출입구 옆에 있는 무기 선반에서 가우스 소총 두 정을 꺼낸 후, 하나는 어깨에 걸고 다른 하나로 전방을 겨누며 사격 준비 자세를 취했다.

"디즈?"

그에 대답하기라도 하듯 출입구의 경사로가 열렸다. 끝 부분이 쿵, 소리와 함께 땅을 때리는 충격은 자리에 앉아 있던 에린에게까지 전해졌다. 잠시 후 휘스트와 타냐는 수송선 밖으로 나가, 한 명은 왼쪽으로, 다른 한 명은 오른쪽으로 돌아갔다. 에린은 경사로 밖에 있는 초록색 식물들을 바라봤다. 그녀의 정신은 십여 곳의 서로 다른 방향을 향해 흘러가기 시작했다.

"이상 무. 다들 나와도 좋아."

휘스트의 경쾌한 목소리가 수송선 스피커에서 들려왔다.

"이제 됐군. 에린, CMC를 혼자서 입을 수는 없겠지?"

디즈가 안전띠를 풀며 말했다.

'제가 돕겠습니다.'

에린이 미처 대답하기도 전에 울라부가 말했다.

"정말이야? 그래, 좋아. 도움이 필요하면 날 부르고."

디즈가 말했다.

"어…."

에린이 이렇게 말하며, 자기도 모르게 뒤로 한 걸음 물러섰다. 디즈가 그녀의 모습을 눈치 챘다.

"무슨 문제라도 있어?"

에린은 울라부를 바라봤다. 그 외계인은 그녀의 반응을 보고 행동을 멈춘 상태였다.

"아니요."

그녀는 거짓말을 했다.

"좋아."

디즈는 그대로 뒤로 돌아 자신의 전투복을 입었다.

'걱정하지 마십시오. 다치게 하지 않겠습니다.'

울라부가 다시 그녀에게 다가가기 시작했다.

에린은 입 밖으로 나오려던 대답을 억지로 참았다. 아마 울라부는 에린을 다치게 하지 않을 것이다. 하지만 그의 종족은 수많은 사람들을 해쳤다. 명예를 아는 종족이라고 주장하고는 있지만, 프로토스의 손은 테란 수백만 명의 피로 흠뻑 물들어 있었다.

프로토스가 자기네 종족의 범죄를 인정했던가? 아니, 적어도 실수를 했다고 인정은 했을까? 아니면 아직도 그런 대량 살상이 정말 필요했던 것이라고만 주장하고 있는 걸까?

프로토스가 고대의 종족이라는 것은 두말할 필요도 없었다. 하지만 더 나은 윤리관을 보이지 않는다면, 에린은 그들을 명예를 아는 종족이라고 부를 생각은 없었다.

그래도 지금은 철학적 또는 도덕적 논쟁을 벌일 때와 장소가 아니었다. 그들의 임무는 군단의 속셈을 알아내는 것이었다. 그걸 위해 프로토스와 함께 일해야 한다면, 어쩔 수 없는 일이었다.

그가 가까이 다가와 그녀가 전투복을 착용하는 일을 도와준다고 해도 받아들여야 했다.

꽤나 놀랍게도, 울라부는 아무 문제없이 전투복의 여러 부분을 정확한 순서대로 결합해 주었다. 돌이켜 생각해 보면 그는 휘스트가 같은 유형의 전투복을 착용하는 모습을 이미 한 번 본 후였다.

프로토스는 빠르고, 강하고, 우아하다고 했다. 아무래도 시각적 기억력 역시 매우 뛰어난 모양이었다.

4분 후, 일행은 모두 수송선 밖으로 나섰다. 그리고 10초 후, 디즈가 경사로를 올려 출입구를 봉쇄했다.

믿을 수 없는 숲이 펼쳐진 풍요로운 행성 위에, 이제 그렇게 다섯 명만 남았다. 그리고 틀림없이 저그가 주위를 둘러싸고 있을 것이다.

"좋아, 에린. 이제 네가 활약할 때야. 어느 쪽이지?"

디즈가 말했다. 에린은 헤드업 디스플레이 버튼을 눌렀다. 자신이 그걸 실수하지 않고 하는 방법을 기억했다는 사실이 기특했다.

"저쪽이에요."

그녀는 작은 언덕 두 개의 사이를 가리켰다.

"30킬로미터 정도예요."

조심스럽게 그녀는 걷기 시작했다. 왼쪽 다리, 오른쪽 다리, 왼쪽 다리… 이제야 몸에 익어 가고 있었다. 그녀는 언덕 사이의 길을 올라가기 시작했다.

"잠깐!"

타냐가 외쳤다. 에린은 최선을 다했다. 하지만 발은 이미 반쯤 옮긴 상태로 경사면에 서 있었고, 아직 균형 감각이 몸에 익지 않은 상태였다. 단 한 순간 자세가 흐트러지면서, 에린은 정면으로 그대로 쓰러졌다.

전투복 안쪽에는 완충재가 덧대어져 있었고, 착용자의 머리와 상체를 보호하는 충격 흡수용 띠 역시 요소요소에 설치되어 있었다. 하지만 그 충격으로 에린은 잠시 동안 숨도 제대로 쉴 수 없었다. 소리 없이 욕을 뱉으며, 그녀는 한 손으로 땅을 밀어내 몸을 옆으로 굴리려 했다.

하지만 그 순간 얼어붙고 말았다. 10미터도 떨어지지 않은 지점에서 히드라리스크 성체가 그녀를 노려보고 있었다.

야전 교범에는 히드라리스크가 군단의 주력 특공대원이라고 나와 있었다. 실제로 히드라리스크 앞에 널브러져 있으려니, 그 말이 쉽게 이해가 됐다. 그 괴물은 갑옷을 차려입은 뱀 같았다. 코브라나 방울뱀처럼 상체를 위로 들어 올린 모습에, 키는 전투복을 착용한 해병의 두 배는 되는 듯했다. 지금 에린의 위치에서는 그보다 훨씬 더 커 보였다. 기다란 머리는 상체의 절반에 가까울 정도로 길어서, 주둥이가 먹잇감에게 쉽게 닿을 수 있게 되어있었다. 긴 팔의 끝에 달린 세 개의 낫 모양 갈퀴손은 강력한 횡문근 수축으로 해병의 단단한 전투복이라도 한 번에 잘라낼 수 있었다.

디즈와 휘스트, 타냐가 모두 무기를 들어 올려 거대한 저그를 조준하고 있는 걸 어렴풋이 알 수 있었다. 하지만 그 짧은 순간 에린의 눈에 보인 건, 죽은 눈동자와 톱니 모양 이빨이 늘어선 주둥이가 그녀를 향하고 있다는 사실뿐이었다. 그녀의 귀에 들린 건, 차갑도록 분석적이기만 한 교범의 설명뿐이었다. '히드라리스크는 수백 개의 독성 바늘 쐐기뼈를 매우 독특한 근육을 사용하여 초음속에 가까운 속도로 발사할 수 있다.' 그리고 그녀가 느낄 수 있었던 건, 심장의 두근거림과 희미하게 윙윙거리는 전투복의 진동뿐이었다. 길게만 느껴진 그 순간이 지나가고….

히드라는 머리를 살짝 흔들고는 그대로 뒤로 돌아 꿈틀거리며 멀어져 갔다. 그리고 수풀을 끼고 돌아 줄지어 선 나무들 뒤로 사라졌다.

"이런 젠장. 그래도 사이오닉 차단기는 제대로 작동하는 모양인데."

휘스트가 총을 거뒀다.

"아니면 휴전을 하겠다는 자가라의 말이 사실인지도 모르지."

타냐가 말했다.

"괜찮아, 에린?"

에린은 고개를 끄덕이며 눈살을 찌푸렸다. 쿵쾅거리던 심장 박동이 잦아들며, 부드럽게 떨리는 전투복의 진동만이 피부를 통해 느껴졌다.

하지만 그 진동은 전투복에서 나오는 것이 아니었다. 이제야 그걸 알 수 있었다. 진동은 외부로부터 느껴지는 것이었다.

"개인적으로는 저그의 말을 믿느니 우리 기술을 믿겠어. 에린? 뭐라고 말 좀 해 봐."

휘스트가 말했다.

"전 괜찮아요."

에린은 그제야 헬멧 안에서 고개를 아무리 끄덕여도 남들이 볼 수 없다는 사실을 떠올리며 말했다.

"그러면 얼른 일어나서 가자고."

휘스트가 말했다.

"크루이크섕크가 왜 우리 두 사람에게만 차단기를 줬는지 혹시 말했습니까, 디즈? 우리 전부에게 하나씩 있으면 꽤 편리할 것 같은데요."

"아마 너와 내가 박살나면 다른 사람들이 구조 요청을 할 수 있게 하려던 거겠지. 그 차단기가 장거리 통신에도 영향을 주는 것 같더라고."

디즈가 말했다.

"그게 무슨 말입니까?"

"차단기를 쓰는 동안에는 장거리 통신을 하지 못한다는 말이야. 그걸 켠 뒤로는 히페리온을 한 번도 호출하지 못했어."

"아, 음, 그거 끝내주는군요. 그런 얘기는 크루이크섕크가 해줬어야 하는 거 아닙니까?"

휘스트가 거친 목소리로 말했다.

"그 사람도 이럴 줄 알았다면 얘기했겠지. 우리가 야전 시험을 하게 될 거라고 했잖아. 에린, 도와줄까?"

디즈가 말했다.

"아니요, 잠깐만요. 지금 뭘 좀 듣고 있어요. 다들 잠깐만 조용히 해 주실래요?"

에린이 말했다. 다들 침묵했다. 에린은 귀에 온 정신을 집중하며, 잡힐 듯 말 듯한 소리를 붙잡으려 했다. 지금껏 그녀가 들어 왔던 그 어떤 소리와도 달랐지만, 어딘가… 목소리나 기계음 같은 느낌이었다. 충동적으로 그녀는 등을 대고 바닥에 드러누워, 헬멧을 땅에 댔다.

그러자 소리가 들렸다.

"그래, 무슨 일이야? 낮잠 잘 시간인가?"

휘스트가 물었다.

"땅에서 소리가 들려요."

에린이 이렇게 말하며 귀를 쫑긋 세웠다.

"아니면 땅을 통해 들려오는 것일 수도 있고요. 마치 기계랑 목소리, 그리고… 노랫소리 같아요."

"냉각 장치 소리가 아닌 건 확실해? 터빈은? 거기 등에 이것저것 달려 있잖아."

디즈가 물었다.

"그런 게 아니에요."

에린이 단언했다.

"이건… 음, 말씀드렸듯이, 기계 소리와 목소리, 노랫소리에요."

"저그는 기계를 쓰지 않아. 그리고 내가 알기로는, 노래도 부르지 않고."

디즈가 말했다.

"사이오닉과 관련 있는 것도 아니야. 울라부도 아무것도 느껴지지 않는대."

타냐도 말을 보탰다.

"아, 그런데 있잖아, 그 친구는 저 히드라리스크가 몰래 다가오는 것도 몰랐었잖아. 사이오닉 차단기가 당신 감각도 망가뜨리고 있는 거 아닌가, 울라부?"

휘스트가 지적했다.

'어느 정도는 영향이 있습니다.'

울라부가 인정했다.

'하지만 주목할 만한 저그의 존재감은 계속해서 느낄 수 있습니다.'

"주목할 만한 존재감이라고?"

휘스트가 비꼬듯 말했다.

"예를 들면 한 번에 2마리 이상 나타나면 알 수 있단 얘기야? 좋아. 자가라가 저그를 1마리씩 보내면 우리가 절대로 알아차리지 못한다는 걸 몰랐으면 좋겠군. 그런데 이 저그 댄스파티가 어디서 벌어지고 있는 건데, 에린?"

"얼마나 떨어져 있는지는 모르겠어요."

에린은 좌절감을 억누르며 말했다. 다들 그녀의 말을 믿지 않았다.

"이거 벗는 거 좀 도와주실래요? 그러면 더 잘 들릴지도 모르니까요."

에린은 헬멧을 더듬거리며 덧붙였다.

"그래, 잠깐만 기다려 봐. 이거 쉽게 하는 방법이 있거든."

휘스트가 말했다. 1분이 걸렸지만, 그는 헬멧을 벗겨내는 데 성공했다.

"이제 어때?"

"다시 들어 볼게요."

에린은 그렇게 말하며 뒤통수를 땅에 댔다. 풀이 따끔거리긴 했지만 아플 정도는 아니었다.

"나도 해 볼게."

타냐도 보안경을 벗고 에린 옆에서 풀 위에 드러누웠다. 그리고 히페리온을 떠난 후 처음으로, 두 여성은 조사단의 통신망에서 벗어났다.

"질문 하나만 해도 돼요? 개인적인 질문인데요."

에린이 작은 목소리로 물었다. 잠깐 침묵이 흘렀다.

"좋아."

타냐는 억지로 아무렇지도 않은 목소리로 대답했다.

"울라부 있잖아요. 무슨 사연이 있는 거예요?"

에린은 희미하게 고개를 움직여 프로토스를 가리켰다.

"비밀도 아닌데 뭘. 전투가 끝나고 한 전장에서 유령들이 그를 발견했었어. 울라부는 자신이 연구원이라고, 길을 잃었다고 말했지. 유령들은 그를 우르사로 데려가서 씻기고 프로토스에 연락했어. 그런데 그들은 울라부를 받아들이지 않겠다고 했지."

타냐는 말했다. 에린은 눈살을 찌푸렸다.

"왜요?"

"우리도 몰라."

타냐는 말했다.

"아니, 적어도 나는 몰라. 위쪽에 계신 분들은 알지도 모르지. 그런데 뭐가 궁금한 건데?"

에린은 머뭇거렸다. 종족차별주의자처럼 들릴 것 같았다. 하지만 타냐가 묻는 말에 대답하지 않을 수는 없었다.

"그를 정말 믿을 수 있을지 모르겠어요. 그냥 그것뿐이에요."

에린이 말했다.

"제 말은, 저들이 차우 사라를 불태워 버린 건 사실이잖아요. 게다가….”
"하나, 그건 십 년도 전의 일이야.”
타냐가 에린의 말을 끊었다.
"둘, 저들도 충분히 대가를 치렀어. 셋, 울라부는 전사가 아니야. 차우 사라 근처에도 가 본 적이 없어. 그러니까 너도 프로토스에 대한 편향된 시각으로 울라부를 보지는 말아 줘. 알겠어?”
머릿속으로 에린은 고개를 저었다. 타냐가 자신의 말을 오해하리라는 건 이미 알고 있었다.
"죄송해요. 전 그저….”
"아니, 아무 말도 하지 마.”
갑자기 타냐는 벌떡 일어섰다.
"어때?”
휘스트가 물었다.
"나도 들었어.”
타냐의 목소리는 다시 평상시처럼 차분하게 돌아와 있었다.
"정확히 노래나 기계 소리라고 할 수 있을지는 모르겠지만, 정말 무슨 목소리나 기계 소음 같은 게 들려.”
"그럼 뭔가 있기는 한 모양인데. 어디서 들리는 건지는 알 수 없겠지?”
디즈가 말했다.
"콕 집어 말하기가 좀 어려워요.”
에린은 다시 몸을 굴려 엎드린 후, 무릎을 먼저 꿇고 두 발로 일어섰다. 앞서 타냐가 했던 것처럼 부드러운 동작은 아니었지만, 이번에는 몸의 균형을 어느 정도 잡은 것 같았다.
"하지만 아무래도 우리가 찾아가려고 하는 집중점 쪽에서 들리는 것 같아요.”

"그럼 그쪽으로 가야겠네. 나도 하루 종일 여기 있고 싶은 생각은 없으니까, 이렇게 하자고. 처음에는 걸어서 가다가, 당신이 전투복에 익숙해지면 구보 속도로 올리는 거야. 그러면 시간당 20클릭 정도 갈 수 있겠지."

디즈가 말했다. 그는 울라부를 바라봤다.

"한 시간에 20클릭 정도 갈 수 있겠어?"

'그렇습니다.'

울라부의 음성이 에린의 머릿속에 메아리쳤다.

"그러지 못하면 우린 그냥 당신을 남겨 둘 거야."

디즈가 경고했다.

"좋아, 에린. 헬멧을 다시 쓰고 출발하자. 아, 그리고 이제 휘스트가 선두에 설 거야. 당신 대신 나쁜 녀석들을 상대할 수 있을 테니까. 알았어?"

에린은 히드라리스크가 사라져간 숲을 바라봤다.

"아, 네."

그녀의 등줄기를 따라 서늘한 느낌이 지나갔다.

"네, 알았어요."

• • •

"저기입니다. 보이십니까, 제독님?"

크루이크섕크가 지상 화면을 가리켰다.

"보이는군."

호너 제독이 대답했다. 그의 목소리에서는 아무것도 읽을 수 없었다.

"하지만 즉각 경보를 울려야 할 사안인지는 모르겠는데."

크루이크섕크는 이를 갈았다. 골 빈 녀석들 같으니. 이런 녀석들을 우주에 갖다 놓으면, 지상전에 대해 알고 있던 모든 지식이 귓구멍으로 빠져나가 버린다.

"제독님, 저건 전통적인 주노식 다층 방어의 구성 요소입니다."

그는 가능한 한 차분하게 말을 이었다.

"기갑 부대를 상대할 때 저그가 선호하는 대응책입니다."

"주노 방어선은 나도 잘 알고 있어, 대령. 고맙군. 그리고 일반적인 경우에는 거기 약 100마리에서 200마리까지 저그가 포함된다는 사실도 알고 있다. 여기서 보면 10마리밖에 보이지 않는데."

호너도 마찬가지로 차분하게 말했다.

"그 정도면 병사 둘과 유령 하나, 민간인 두 명을 상대하는 데는 충분합니다. 통신이 연결되지 않는다면, 조사단에 저 무리를 피해 가라고 경고할 방법도 없습니다. 따라서 즉시 제 병력의 일부를 내려보내 지원해야 합니다."

크루이크섕크가 반박했다. 호너는 아랫입술을 손가락으로 더듬었다. 크루이크섕크는 숨을 죽였다.

"필요 이상으로 병력을 내려보내 상황을 복잡하게 하고 싶지 않다."

한참을 기다린 후에야 제독이 입을 열었다.

"저 거대괴수들이 언제든 우릴 공격하기 시작할 수 있는 상황에서는 도저히 그럴 수 없어. 게다가 지금은 저 행성의 다른 지점에 계신 발레리안 황제 폐하를 즉시 구출해야 하는 일이 생길 가능성도 있다."

'그래서 내 병력의 일부를 내려보내자고 한 거라고.'

크루이크섕크는 혼잣말로 투덜거렸다.

"알겠습니다, 제독님. 황제 폐하 말씀이 나와서 말입니다만, 휴전이 사실이 아닐 수도 있다는 말을 전해 드려야 하지 않겠습니까?"

"더 자세한 정보를 확보하기 전까진 회담을 중단시키고 싶지 않아. 지금까지 파악된 것만으로는 그냥 물가에 저그가 모여든 것과 다르지 않은 양상이니까."

호너가 말했다. 그가 잠시 동안 입술을 굳게 다물었다.

"하지만 귀관의 말이 맞다. 그들을 그냥 버릴 수는 없어. 가서 자네 병력의 30퍼센트를 잠재적 구출 작전에 차출하라. 30퍼센트만 허가하겠다."

"네, 제독님."

크루이크섕크는 데이터패드를 들고 키 하나를 두드렸다. 그 효과적인 움직임에 호너 역시 빠르게 응답했다.

"그런 명령을 이미 준비해 뒀겠지?"

제독이 물었다.

"그냥 습관입니다, 제독님."

크루이크섕크는 조심스럽게 인정했다. 사령관 중에는 부하가 자기 명령을 예측하고 미리 움직이는 건, 상관의 권위에 대한 도전이자 자신을 무의미하게 도장만 찍는 사람으로 격하시키는 것으로 생각하여 싫어하는 사람도 많았다. 물론 아주 틀린 얘기는 아니었다.

"그래, 나도 긴 지휘 계통의 끝에 서 있지 않았던 때가 기억나는군."

호너는 다시 화면을 향해 시선을 돌렸다.

"그때만 해도 지금처럼 상황이 급박하지는 않았지."

"네, 제독님."

하지만 크루이크섕크는 전장 한가운데에서 싸우고 있을 때면 언제나 상황이 급박하게 느껴졌다. 그냥 관점의 차이일까? 아니면 일반적인 인간의 본성이 그런 걸까?

어느 쪽이든 무슨 상관이겠는가?

"하지만 이게 우리에게 주어진 패다."

호너가 말을 이었다.

"그러니 격납고로 내려가서 우리 카드를 준비해라. 그걸 내지 않아도 되기만을 열심히 기도하고."

제7장

'우리 상황이 크게 다르진 않다고 생각한다.'

자가라의 사이오닉 음성은 으르렁거리는 소리에 가까웠다.

'지금까지도, 발레리안 황제, 너는 쪼개진 테란 세력을 같은 믿음과 목표 아래 하나로 모으려 하고 있다. 프로토스를 하나로 결속시키려 애쓰는 너도 마찬가지다, 아르타니스 신관. 그와 같은 방식으로, 나 역시 무리어미들을 지배하여 하나의 통일된 저그를 만들려고 한다.'

"저그는 이미 한때 통일됐었소. 그 결과 테란과 프로토스가 학살되고, 여러 행성이 통째로 파괴되어 버렸지."

발레리안이 옛일을 상기시켰다.

'너도 네 아버지 아크튜러스 멩스크 황제의 악행에 대한 책임을 지겠느냐? 그자가 테란 행성 타소니스에 사이오닉 방출기를 설치했고, 그게 군단을 끌어들여 그곳의 모든 거주민이 죽었다. 넌 어떤가, 아르타니스 신관? 지난 세월 대의회의 결정에 따라 내려졌던 과도한 행위의 책임을 지겠느냐? 우리 중 누구도 이미 일어난 일을 바꿀 수 없다. 그저 우리가 실수를 했고, 그 결과 악행을 저지르게 되었음을 받아들이고, 앞으로는 실수와

악행을 피하기로 맹세하는 수밖에.'

자가라가 아픈 질문을 섞어 말했다.

'우리에게 저그의 정수가 정말로 변화했다고 믿으라는 건가? 비록 우리 선조가 악행을 저질렀다 해도, 프로토스와 테란의 본질은 달라지지 않았다.'

아르타니스가 물었다.

'의심할 수밖에 없다는 건 이해한다.'

자가라가 말했다.

'하지만 이제 저그는 정말로 예전과 다르다. 칼날 여왕의 선물은 상상조차 하지 못했던 수준까지 우리를 성장시켜 주었다. 한때 테란이었고, 저그였고, 이제 젤나가가 된 그녀는 자애로운 은총으로….'

'지금은 그런 얘기만 하고 있을 때가 아니다. 네가 내놓은 식물을 관찰하고 싶다.'

아르타니스가 갑자기 벌떡 일어서며 말을 잘랐다. 자가라는 깜짝 놀란 듯했다.

'물론 그렇겠지, 신관.'

그녀는 가까이에 있던 전시장을 향해 성큼성큼 다가가는 아르타니스를 보며 대답했다. 고위 기사와 암흑 기사 경호원들은 신관을 배려하면서도 눈을 떼지 않을 수 있는 거리를 유지하며 함께 걸었다.

'내가 각 식물의 기능과 기원을 차례대로 설명해주겠다….'

'설명은 나중에 해도 된다. 우선은 나 혼자서 살펴보겠다.'

아르타니스가 다시 그녀의 말을 잘랐다. 발레리안은 그를 바라보다가, 다시 자가라를 향해 시선을 돌렸다. 저그의 얼굴은 아무리 봐도 당황했는지, 부끄러워하고 있는지, 화가 났는지, 아니면 그 밖의 다른 기분인 건지 알 수가 없었다. 하지만 그들이 도착한 이후로 자가라가 아무 말도 하지 못하고 있는 건 분명 처음이었다.

진화군주 아바투르는 회담이 처음 시작했을 때부터 지금까지 계속해서 침묵을 지켰다. 발레리안은 그가 말이라는 걸 할 수는 있는지조차 알 수 없었다.

하지만 지금 발레리안에게 가장 중요한 것은 아르타니스와 그의 반응이었다. 분명히 모든 일의 이면에 겉으로 드러나는 것과는 다른 의미가 있었고, 그게 무엇인지 반드시 알아내야 했다.

"실례하겠소, 초월여왕."

그는 그렇게 말하며 자리에서 일어나 아르타니스의 뒤를 따라갔다. 그의 경호원들이 곁으로 다가와 함께 걸었다. 그는 첫 번째 전시장 앞에 서 있는 프로토스들에게 다가갔다.

"아르타니스 신관."

그는 나지막이 말을 걸었다.

'발레리안 멩스크 황제. 그대는 여기 올 필요가 없소.'

아르타니스가 대답했다.

"뭔가 걱정하고 있는 거요?"

발레리안이 물었다.

'내 생각과 걱정은 모두 개인적인 것이오. 그대가 걱정할 일이 아니오.'

아르타니스의 목소리는 그 문제에 대해 그 이상의 질문은 환영하지 않을 것임을 분명히 드러냈다.

"외람된 말이지만, 신관, 아무래도 내가 걱정할 일인 것 같소. 이 회담은 우리 백성의 미래를 결정지을 수도 있소. 그들의 삶과 죽음, 전쟁과 평화가 지금 이곳에서의 논의에 달려 있는 거요. 우리 생각과 판단을 흐려놓는 일이 있다면 반드시 해결해야만 하오."

발레리안은 말했다. 한참 동안 아르타니스는 아무 말도 하지 않았다.

'그대라면 보잘것없고 어리석은 일이라고 생각할 거요.'

"단 한 명에게라도 의미가 있다면 보잘것없거나 어리석다고 할 수 없소."

발레리안이 단호하게 말했다. 또 한 번의 긴 침묵이 이어졌다.

'수천 년 전, 아이어의 프로토스는 우리가 젤나가라고 이름 붙인 초월적인 존재의 방문을 받았소.'

오랜 침묵 끝에 그가 입을 열었다.

'단순한 방문이 아니었지. 그들 중 하나, 아몬이라는 이름의 존재는 직접 나서서 우리를 양육해 주었소. 아니, 우리는 그렇게 믿었지. 동물로 시작되었던 우리를 수백 년 간 성장시켜 지금의 존재를 만들어 주었소. 하지만 이 시기가 정점에 이르렀을 때, 우리 가운데에서 부족 간의 갈등이 나타나기 시작했고, 그런 반목이 서서히 우리의 결속을 갉아먹으며 문명과 존재 자체를 위협했소. 눈 먼 허영심으로 우리는 상상할 수도 없는 짓을 저지르고 말았소. 우리를 길러 준 이들을 공격했던 거지. 아몬의 대답이자 젤나가의 대답은, 우릴 떠나 버리는 것이었소.'

발레리안도 이미 알고 있는 이야기였지만, 그는 아무 말도 하지 않았다. 아르타니스가 무슨 말을 하고 싶은 건지는 몰라도, 아니, 무슨 말을 해야만 하는 건지는 몰라도, 자신만의 방식으로 이야기해야 하는 모양이었다.

'젤나가가 떠나자 우린 절망과 분노, 죄책감과 폭력으로 내몰렸소.'

아르타니스의 생각은 계속해서 점점 더 어두운 색조로 물들어 갔다.

'종족으로서의 프로토스는 그때 끝없는 전쟁에 휘말려 종말을 맞을 뻔했소. 카스의 힘과 지혜 덕분에, 그리고 그가 종족 공통의 텔레파시 연결망이 된 칼라를 발견해 낸 덕분에 우리는 서로의 차이점을 극복하고 종족의 결속을 치유할 수 있었소.'

발레리안은 목구멍이 조여오는 것을 느꼈다. 그러한 결속은 아몬과의 전투가 시작되고, 프로토스가 칼라의 사용을 거부당하면서 산산이 깨지고 말았다. 아르타니스는 프로토스 역사의 분기점에 서 있었다. 한쪽 길의 끝에는 결속의 희망이, 다른 길의 끝에는 혼돈의 위협과 서로의 목덜미를 끌어안는 공멸의 전조가 보였다.

'우리는 첫 번째였소, 발레리안 멩스크 황제.'

아르타니스가 말했다.

'많은 이들 중 첫 번째라고 들었소. 이 명예로운 길은 우리가 젤나가로 승천할 때까지 이어져야 했소. 하지만 아몬의 계략이 우릴 그 길에서 쫓아 냈소. 우리 명예와 운명까지 강탈했소. 그 때문에 우린 거의 파괴될 뻔했소. 분명히 우리의 번영이 약속된 미래로부터 우릴 벗어나게 한 거요.'

그는 어깨를 움츠렸다.

'자신의 길을 일궈 나간다는 건 축복이자 저주요, 그대도 이미 잘 알고 있겠지만.'

갑자기 그는 발레리안을 향해 몸을 돌렸다. 격렬한 감정에 온몸이 얼룩덜룩해진 모습이었다.

'젤나가가 되는 영광을 누려야 했던 건 바로 우리였소. 사라 케리건, 칼날 여왕. 그녀에게도 그럴 자격이 있었는지도 모르지. 난 그런 판단을 내릴 순 없소. 하지만 우린 어떻게 된 거요? 우리는 칼날 여왕 곁에서 아몬에 맞서 싸웠소. 우린 그 곁에서 죽었소. 승리는 그녀뿐 아니라 우리의 것이기도 하오. 그렇다면 왜 그녀만이 모든 프로토스가 거부되었던 명예를 누릴 수 있었던 거겠소?'

"나도 모르오."

온 우주가 기울어지는 것 같은 느낌을 느끼면서도, 발레리안의 목소리는 반사적으로 마음을 누그러뜨리는 정치적 협상의 어조로 전환되었다. 그게 아르타니스가 옴짝달싹도 못하게 묶여 있는 이유였을까? 유일무이했던 생명체가 젤나가로 승천하는 사이, 프로토스 전체가 남겨졌다는 사실이?

우스꽝스러웠다. 하찮기까지 했다. 하지만 아르타니스는 분명히 아주 심각하게 받아들이고 있었다.

솔직히 왜 그러지 않겠는가? 아르타니스가 생각하기에, 케리건의 승천은 테란과 저그가 초자연적으로 인정을 받는 행위였다.

물론 발레리안에게는 의미 없는 일이었다. 케리건은 유일한 존재였다. 비범한 사이오닉 능력으로 테란에서도 고유했고, 자유의지와 창의력으로 저그에서도 고유한 존재였다. 그런 점을 고려할 때, 발레리안은 그녀의 승천이 두 종족에게 별다른 의미가 있다고는 생각할 수 없었다.

하지만 아르타니스는 그렇게 생각하지 않았다. 프로토스만큼 자긍심이 드높은 종족이라면, 그런 생각에 궁극의 수치심을 느낄 것이다.

"케리건에게 일어난 일은 프로토스와 관련이 없는 유일하고 독립적인 사건이었소."

발레리안이 단호한 목소리로 말했다.

"당신들은 고귀한 종족이며, 그 생의 오랜 시간을 다른 종들의 수호자로서 살아왔소. 부끄러워할 필요 따윈 없소."

아르타니스는 묘한 소리를 냈다. 언뜻 코웃음을 치는 것 같았지만, 코나 입 없이 어떻게 그런 소리를 낼 수 있는지 발레리안은 짐작도 할 수 없었다.

'칼라가 우리를 결속시켜 줄 때는 다른 이들을 지켜보기가 쉬웠소. 이제 그런 결속까지 사라졌으니, 우리가 어떻게 해야 한단 말이오?'

그가 말했다.

"새로운 길을 찾아낼 수 있을 거요. 당신들은 오랜 역사를 거치며 헤아릴 수 없이 많이 쓰러졌지만, 늘 잿더미를 헤치고 일어났소. 이번에도 그럴 것이오."

발레리안이 말했다.

'글쎄.'

아르타니스가 말했다.

'하지만 그대의 젤나가에 대한 생각은 틀렸소. 단 한 번의 승천이라면 독립적인 사건이라고 생각할 수도 있겠지. 하지만 저게 있소.'

그는 그들 옆에 있던 상자를 가리켰다.

'할 수 있다면 내게 설명해 보시오, 어째서 젤나가의 정수가 저그에겐 주어지고 우리에겐 거부된 것인지.'

"뭐라고?"

발레리안은 생각을 멈췄다. 그의 머릿속이 갑자기 빙빙 돌기 시작했다.

"그게 무슨 말이오? 젤나가의 정수라는 것이 어디에 있단 말이오?"

'저기 있소.'

아르타니스는 식물을 가리켰다.

'저게 보이지 않소?'

발레리안은 투명한 유기체 장식장 안을 들여다봤다. 안에는 세 개의 식물이 있었고, 그것들은 각각 오렌지색과 빨간색이 강조된 네 가지의 뚜렷한 초록색 색조를 가지고 있었다. 식물들의 높이는 조금씩 달랐지만, 셋 모두 두꺼운 나무 같은 줄기가 조금씩 가늘어지다가 그 끝에 꽃이 피어 있었고, 각각의 줄기에는 잎이 달린 잔가지 십여 개가 나란히 붙어 있었다. 나뭇잎은 넓고 뾰족했으며, 잔가지 하나에 일곱 개씩 돋아나 있었다.

"아무것도 보이지 않는군. 사실 지금 뭘 찾아야 하는 건지도 모르겠소."

'각각의 가지에 달린 잎의 숫자. 나선형으로 올라가는 가지의 형태. 나뭇잎에서는 잎맥의 배열과 여백의 형태. 테란의 수많은 동식물들이 피보나치수열의 표현인 것처럼, 젤나가 정수는 쿠코두조수열의 숫자로 발현되오.'

아르타니스가 말했다. 그는 다시 가리켰다.

'이 식물은 온전한 젤나가는 아니오. 하지만 분명히 젤나가의 정수를 담고 있소.'

"재미있군."

발레리안의 심장 박동이 빨라지고, 그는 새롭게 흥미를 느낀 시선으로 식물들을 살폈다.

"확실하오?"

'내 말을 의심하는 거요?'

"전혀 아니오."

발레리안은 다급하게 말했다.

"그저 아몬과의 전투 도중 젤나가의 육신에서 회수한 정수는 더럽혀졌을 수도 있다는 사실을 지적하고 싶을 뿐이오. 오랜 세월 때문에, 또는 뭔가 다른 이유가 있었을 수도 있소."

'더럽혀지지 않았소. 그렇게 분석하고 결론을 내렸기 때문에, 이들 식물에 젤나가의 정수가 투입되었다는 사실은 확신을 갖고 말할 수 있소.'

아르타니스가 말했다.

"알겠소."

발레리안은 작은 소리로 대답했다. 그가 알고 있는 한, 자치령의 그 누구도 젤나가의 세포 샘플을 분석할 방법을 찾아내기는커녕, 젤나가의 표본을 손에 넣은 적도 없었다. 프로토스의 연구 자료에 접근할 수 있도록 협상하는 것이, 이 모든 일이 끝나고 난 후에 아르타니스와 논의할 일의 목록에 추가되었다.

"한 가지 제안을 해도 되겠소?"

'말하시오.'

"이 식물을 계속 조사해 보는 게 좋을 것 같소."

발레리안이 방 가장자리를 따라 늘어선 나머지 장식장들을 향해 고갯짓하며 말했다.

"이 식물들에 전부 젤나가의 요소가 담겨 있는지, 아니면 일부에만 포함되어 있는지 확인하는 거요. 그걸 파악하고 나면, 자가라에게 돌아가 자세한 정보를 물어 볼 수 있겠지."

'자가라가 거짓말을 더 할 거라고는 생각하지 않소?'

"사실 자가라는 거짓말을 하지 않았던 것일 수도 있소. 젤나가와의 연관성은 아직 언급할 기회가 없었으니까."

발레리안이 지적했다. 아르타니스는 잠시 침묵에 잠겼다.

'좋소. 계속하지. 하지만 난 분명히 자가라가 거짓말을 하고 있다고 생각하오.'

그는 마지못해 말했다.

"그러면 가서 자가라가 무슨 말을 할지 확인해 봅시다."

발레리안은 다음 장식장을 향해 손짓하며 말했다.

"그리고 이 쿠코두조수열의 숫자나 패턴이 정확히 뭔지 알려주면 도움이 될 것 같소."

• • •

유령 사관학교 시절 타냐의 교관 한 명은 이렇게 말하곤 했다. '한 명이 지옥에 떨어지기 시작하면, 나머지도 모두 함께 떨어지는 법이다.' 이번에는 울라부가 가까스로 경고를 할 수 있었다. 그의 말이 끝나기가 무섭게, 저그 10여 마리가 100여 미터 떨어진 수풀을 헤치고 나타나 그들을 향해 똑바로 다가왔다.

타냐는 반사적으로 상황을 분석하다가 폐 속의 공기가 얼어붙는 것을 느꼈다. 표범 크기의 저글링 5마리가 무리의 선두를 지켰다. 낫 모양의 앞발과 면도날 같은 송곳니는 당장이라도 CMC 전투복의 신소재 강철을 꿰뚫고 그 안의 육체를 찢어발길 것 같았다. 줄의 양 끝에서 달리는 맹독충의 부풀어 오른 산성 주머니는 저그가 껑중거리며 달리는 동안 빛을 발하며 고동쳤다. 그 안의 산성액은 그들의 전투복을 파괴하는 데 시간이 조금 더 걸리긴 하겠지만, 효과는 전혀 모자라지 않을 터였다. 맹독충 뒤에는 앞서 일행이 마주쳤던 것과 같은 히드라리스크 한 쌍이 있었다. 하지만 이번 2마리에게는 앞서의 히드라리스크처럼 느긋한 호기심 같은 건 없었다. 그들의 눈은 침입자들에게 고정되고, 발톱은 움찔거리고, 독성 바늘을 발사하는 근육은 기대감에 떨리고 있었다.

그리고 그 뒤에는 가장 끔찍한 중형 지상 저그가 도사리고 있었다. 히드라리스크보다 훨씬 더 큰 체격의 궤멸충은, 거북이와 같은 넓은 딱지가 왕관 모양의 뼈 쐐기에 둘러싸여 있었다. 그리고 그 쐐기의 원 중앙에는 유기적으로 만들어진 박격포가 돋아나 있어, 산성 담즙 방울을 공중으로 발사할 수 있었다. 그 위력은 프로토스 역장을 단번에 파괴할 정도로 강력했다.

"전투태세."

휘스트는 기이할 정도로 차분한 목소리로 말하며 오른쪽으로 크게 한 걸음 걸어가 가우스 소총을 들어올렸다.

"적이 70미터 거리까지 접근할 때까지 기다린 후, 히드라리스크를 먼저 공격한다. 저글링이 50미터 이내로 들어오면 대상을 저글링으로 변경…."

"잠깐만요. 공격하려는 게 아닌지도 몰라요. 확실해질 때까지 기다리는 게 낫지 않을까요?"

에린이 말했다.

"70미터 이내로 접근할 때까지 기다리라고 한 게 왜일 것 같아?"

휘스트가 반박했다.

"그 후에도 계속 다가온다면…."

"온다!"

디즈가 소리쳤다.

타냐는 숨을 멈췄다. 주황색 수액 방울이 궤멸충의 등에서 발사되어, 아주 정밀하게 걷어찬 축구공처럼 그들을 향해 호를 그리며 날아오고 있었다.

"산개!"

디즈가 외쳤다. 그가 도약 추진기를 가동하고 공중으로 날아오르자 그의 목소리가 멀어져갔다.

시선의 한쪽 구석에서, 타냐는 에린이 아직 낯선 전투복 안에서 기를 쓰며 산성 방울을 피해 비틀거리며 걸어가는 모습이 보였다. 그녀는 에린을 향해 돌아서며, 제때 그녀를 도울 수 있을지 걱정했다.

하지만 울라부가 이미 움직이고 있었다. 타냐가 첫 걸음을 떼기도 전에, 울라부는 그녀의 곁을 스치고 지나가, 지금껏 봐온 것 중 가장 빠른 속도로 달려갔다. 그는 에린을 붙잡아 날아오는 담즙 방울에서 멀리 떨어진 곳으로 끌어냈다. 타냐는 다급히 뒤로 물러나며 여전히 완만한 곡선을 그리고 있는 담즙 방울을 바라봤다. 가까운 곳에 떨어질 것 같았다.

다행히 생각했던 것만큼 가까운 곳은 아니었다. 담즙은 2미터 정도 떨어진 곳에 철벅 소리를 내며 떨어졌다. 타냐가 직접 에린을 끌어내려 했더라면 지금쯤 도착해 있을 그 지점이었다.

잠시 후 휘스트의 가우스 소총이 본격적으로 자동 사격을 시작하고, 그녀의 헤드셋에서도 스타카토로 짧게 끊어지는 파열음이 터져 나왔다. 디즈의 P-45 가우스 소총이 약간 높은 소리로 화음을 더했다. 그는 전장 위로 높이 솟아올라, 히드라리스크의 머리 위에서 몸통 속으로 총알을 박아넣고 있었다.

'좋아.'

타냐는 단호한 목소리로 혼잣말을 했다.

'*연습은 충분히 했잖아. 할 수 있어.*'

물론, 그런 생각이 머릿속을 스쳐 지나가는 동안에도, 반사 신경과 근육 기억이 그녀의 몸을 차지했고, 그녀는 자기도 모르게 산탄 소총을 들어 올려 오른쪽 끝에 있는 히드라리스크에게 총알을 꽂아 넣었다. 일반적인 C-10 탄환이라면 이 정도 거리에서 히드라리스크와 같은 중장갑 저그에게 큰 위력을 발휘할 수 없었겠지만, 크루이크섕크가 이번에 그녀에게 지급한 산탄은 자치령 기술팀이 새롭게 만들어 낸 혁신적인 무기라고 장담했었다.

그리고 그의 말이 옳았다. 그 산탄은 히드라리스크 상체의 외골격 갑주에서 작지만 중요한 부위를 날려 버렸다. 그녀는 산탄 한 발을 더 장전한 후 다시 발사했고, 적의 상체를 또 한 움큼 떼어냈다.

그녀가 앞서 고민했던 건 군인으로서의 임무를 제대로 수행하지 못하진 않을까 하는 걱정이었다. 그런 두려움은 이제 사라졌다. 그녀는 진짜 군인이었다.

이제 진짜 유령인지 확인해야 할 때였다.

사관학교 시절, 교관은 원래 두뇌를 노리라고 말했다. 그 당시에는 아무도 몰랐지만, 저그의 두꺼운 두개골은 놀라울 만큼 훌륭한 방열판 역할을 했다. 열점을 두뇌의 정 가운데에 정확히 위치시키지 못하면, 열기는 순식간에 두개골에 흡수되고 발산되어 적을 확실하게 처치할 수 있을 만큼 세포를 불태우는 데 그야말로 평생이 걸렸다. 눈도 괜찮은 목표였지만, 비슷한 제약이 따랐다.

다행히 저그에게는 내장기관도 많았고, 그쪽은 그렇게 잘 보호되어 있지 않았다. 그녀는 지금까지 알려진 모든 저그 변종의 해부학적 구조를 암기해 왔다. 대부분은 전장에서 심하게 훼손된 사체를 보며 배운 것이긴 했지만.

이제 그녀가 배웠던 해부학적 지식이 정확했는지 확인해 볼 때였다.

공격자들이 가까워지고 있었다. 그녀는 산탄 두 발을 맹독충에게 발사하여 저그가 비틀거리게 만들었다. 그 후 대열의 뒤쪽에 있는 궤멸충에게 시선을 돌린 후 정신을 집중했다.

타냐는 지금껏 살아 있는 저그를 대상으로 힘을 사용해 본 적은 없었다. 고립된 저그 포로라도 사이오닉 연결망을 통해 그녀의 능력에 대한 정보를 군단에 알릴 수 있다고 교관들이 생각했기 때문이었다. 그래도 그녀의 실험은 늘 같은 방식으로 끝났다. 몇 초 정도 힘을 쏟아 열을 끌어올리면, 사체는 순식간에 불길에 휩싸이곤 했다.

하지만 지금은 그렇지 않았다. 궤멸충은 계속해서 다가왔다. 그녀가 집중시킨 사이오닉 힘도, 휘스트가 히드라리스크로부터 시선을 돌릴 여유가 있을 때마다 발사하는 초음속 8밀리미터 쐐기 연발 사격도 모두 아무렇지 않게 떨쳐버렸다. 타냐는 계속해서 힘을 퍼부으며, 대체 뭐가 잘못됐을지 다급하게 생각했다. 60미터 떨어진 지점이라도 충분히 그녀의 공격 사거리 안쪽이었다. 궤멸충이 계속 움직여서 조준이 빗나가는 걸까? 순환계통의 장기들이 두개골처럼 그녀가 집중시킨 열기를 분산하거나 발산하는 건 아닐까? 그녀는 이를 악물었다.

희미한 불꽃도 연기도 눈에 띄지 않았지만, 궤멸충은 그대로 땅에 쓰러져 움직이지 않았다.

"저글링에게 집중 사격!"

시끄러운 소음 위로 휘스트가 소리쳤다. 타냐는 두 눈을 깜빡이며 전장의 나머지 적에게 주의를 집중했다. 선두에 선 저글링들은 이제 50미터 지점을 지났고, 휘스트와 디즈는 후미에 있는 대형 저그에 대한 공격은 포기하고 가까이 접근한 적에게 사격을 집중시켰다. 가장 가까이에 있던 저글링 2마리에게 각각 한 발씩 산탄을 발사한 후, 타냐는 정신 공격을 히드라리스크 1마리에게 집중했다.

이번에도 아무 효과가 없었다. 아니, 효과가 빠르게 나타나지 않았다. 그녀는 계속 전력을 기울였다. 순수하게 반사 신경에 의해 돌진해 오는 저글링에게 C-10 소총을 발사하며, 사이오닉 능력은 모두 히드라리스크에 집중했다.

그리고 히드라리스크가 쓰러졌다. 그녀는 홀로 승리의 미소를 지었다.

하지만 이내 히드라리스크를 처치한 건 디즈의 사격이었다는 사실을 깨달았다. 나직하게 욕을 하며, 그녀는 잠시 상황을 평가했다.

아주 나쁘진 않았다. 저글링 2마리가 쓰러졌다. 나머지 3마리는 아직 달려오며 휘스트와 디즈가 퍼붓는 총알을 끈질기게 견뎌내고 있었다. 맹독충 2마리는 그다지 손상을 입지 않았다. 타냐는 C-10으로 가장 가까이에 있던 맹독충에게 두 발을 발사했고, 적이 비틀거리며 멈춰 서자 자신의 힘을 그 괴물에 집중했다. 적은 몇 걸음 더 걷다가 무너져 내렸다. 물론 폭발성 탄환 때문인지 그녀의 사이오닉 공격 때문인지는 확실치 않았다. 그녀는 하나 남은 맹독충에게로 공격을 돌렸고, 시야의 한쪽 구석에서 저글링 1마리가 더 쓰러졌음을, 그리고 디즈 역시 그녀의 맹독충에게 사격을 퍼붓고 있음을 보았다. 맹독충이 쓰러지고, 타냐는 남은 저글링 2마리에게 주의를 집중했다.

10초 후, 전투가 끝났다.

타냐는 깊이 숨을 들이쉰 후, 길고 떨리는 숨을 뱉었다.

'내가 해낸 걸까?'

그녀는 생각했다.

그럴 수도 있고, 그렇지 않을 수도 있었다. 그녀는 전투를 경험했고, 거기서 살아남았다. 그건 나름대로 의미가 있었다. 하지만 이번 승리에 그녀의 힘이 얼마나 기여했는지는 아직 알 수 없었다.

하지만 적어도 자제력을 잃지는 않았다. 사실 그걸 가장 걱정했었다. 그녀는 전투의 열기에 휩싸이는 와중에도 자제력을 잃지 않았다.

"자, 신사 숙녀 여러분,"

휘스트가 갑작스럽게 내려앉은 침묵을 헤치며 말했다.

"전투는 이렇게 하는 거지요. 다친 사람 있나?"

• • •

발레리안과 아르타니스가 방을 3분의 2정도 돌아봤을 때, 맷이 그 사건에 대해 알려왔다.

"독립적인 공격이었다고 확신하오?"

발레리안이 통신기에 대고 조용히 물었다. 자가라와 아바투르는 건물 반대쪽으로 전체 폭의 절반쯤 떨어진 곳에 있었지만, 그들의 청각이 얼마나 뛰어난지는 알 길이 없었다.

"아직까지는 그렇게 보입니다. 해당 지역에는 다른 저그도 있습니다. 개별 저그나 이번에 공격해 온 것과 같은 무리도 있습니다만, 추가로 조사단을 향해 움직이는 적은 없습니다."

맷이 대답했다. 물론 그건 사이오닉 차단기가 저그 사이의 소통을 방해했기 때문일 수도 있음을 발레리안은 이미 알고 있었다.

"이번 무리가 왜 공격을 시작했는지 확인된 바가 있소?"

"없습니다, 폐하. 조사단에선 뭔가 의견이 있을지도 모르겠습니다만, 여전히 호출이 불가능합니다. 기술 팀에서는 사이오닉 차단기의 방해를 뚫고 아군의 신호를 밀어 넣는 방법을 알아내려 하고 있습니다만, 아직까진 성과가 없었습니다."

맷이 말했다. 발레리안은 고개를 절레절레 저었다. 역시 시험을 거치지 않은 기술이란 믿을 게 못 됐다.

부정적인 측면이 있긴 했지만, 그래도 엄청난 저그 무리가 밀려드는 사태를 막을 수만 있다면, 통신이 차단되는 것 정도는 충분히 감수할 수 있었다.

'조사단이 부상을 입진 않았소?'

아르타니스가 물었다.

"그런 것 같소. 왜 이 무리가 공격해 왔는지는 모르겠지만, 아직까지는 주위에 있는 다른 저그들도 공격적인 움직임을 보이지는 않고 있소."

발레리안이 그를 안심시켰다.

'울라부는? 그의 소식은 없었소?'

발레리안은 가만히 상대의 눈치를 살폈다. 신관의 목소리에 어딘가 걱정하는 기색이 느껴진 건 착각일까?

"자세한 이야기는 없었소. 하지만 센서를 통해 확인해 보니, 다친 사람은 없는 것 같소."

'다행이군. 그렇다면 우리도 연구를 계속합시다. 그리고 이 사건은 자가라와 함께 논의할 문제에 포함시키고.'

아르타니스가 말했다. 발레리안은 어깨 너머로 자가라를 바라봤다. 뛰어난 외교관처럼 차분하게 기다리고 있는 모습이었다.

아니, 어쩌면 그물을 친 거미 같기도 했다.

"알겠소."

그가 동의하며 식물이 담긴 장식장을 향해 고개를 돌렸다.

"분명 논의해야 할 게 아주 많을 거요."

제8장

저그는 10마리 모두 확실히 죽은 듯했다. 하지만 휘스트는 이미 오래 전에 확인사살의 미덕을 배웠다. 갑피의 연결부 사이, 또는 부드러운 관절 부위에 쐐기를 하나씩 박으면 확실한 마무리가 가능했다.

산성액에 타들어가며 아직도 연기가 피어오르는 궤멸충 근처에서 다른 사람들이 기다리고 있었다. 휘스트는 그들을 향해 다가가며 잠깐의 여유를 틈타 빠르게 상황을 분석했다. 디즈는 제대로 된 군인답게 천천히 제자리에서 회전하며 새로운 위협이 없는지 살피는 중이었다. 에린은 불타버린 사체 옆에 쪼그리고 앉아, 사체를 관찰하는 척하며 아드레날린 때문에 비롯된 떨림을 가라앉히려 애쓰고 있었다. 두꺼운 CMC 전투복 너머 그런 에린의 모습을 휘스트는 뻔히 볼 수 있었다. 타냐와 울라부는 그녀 곁에 서서 휘스트를 바라보고 있었는데, 아무래도 그 성가신 유령/프로토스의 사이오닉 대화를 계속하고 있는 모양이었다.

휘스트는 타냐에 대해서는 아직 확신할 수 없었다. 그녀는 계속 총을 발사했지만, 휘스트와 디즈가 적 대다수를 처리하는 동안 오랜 시간 적을 바라보고만 있기도 했다. 아무래도 그녀는 이런 전투를 치른 경험이 많지 않은 것 같았다. 심지어 이번이 처음인 것 같기도 한 정도였는데, 그렇다면 크루이크생크가 애초에 왜 그녀를 조사단에 포함시켰는지 궁금하지 않을 수 없었다.

물론 그녀가 적을 바라보면서 유령만의 장난을 친 거라면 얘기가 달랐다. 하지만 설사 그런 능력을 사용했다고 해도, 휘스트는 그 사실을 뒷받침할 만한 증거를 전혀 보지 못했다. 울라부는 조용히 비켜서서 방해가 되지 않았고, 그 정도면 더 바랄 게 없었다.

휘스트가 일행에게 합류하자, 에린은 거짓 조사를 마치고 자리에서 일어났다.

"모두 죽었나요?"

에린의 목소리에는 희미한 떨림의 흔적이 남아 있었다.

"전부 죽었어."

휘스트가 그녀를 안심시켰다.

"신이여, 감사합니다."

에린은 중얼중얼 기도했다.

"늘… 이런 식인가요?"

"아니, 보통 저그는 더 빨리 움직이지. 아마 사이오닉 차단기 덕분일 거야. 디즈?"

휘스트가 차분하게 말했다.

"그리고 보통은 죽이기도 더 힘들어."

디즈는 계속 차분하게 주위를 정찰하며 의견을 보탰다.

"아직은 아무것도 없어. 정말 엉성하네. 자가라는 정말 저그 10마리로 충분할 거라고 생각한 건가?"

'자가라가 이 저그들을 보낸 것 같지는 않습니다. 우리가 균형 경계선에 잘못 들어섰던 것 같군요.'

울라부는 말했다. 휘스트는 눈살을 찌푸렸다.

"뭐에 잘못 들어섰다고?"

'저그 여왕 또는 무리어미 2마리의 세력이 평형 상태를 이루고 있는 직선 또는 곡선의 경계선입니다. 이런 장소에서 저그는 우두머리의 통제에서 벗어나, 개별적인 본능에 따라 행동하는 경우가 많습니다.'

울라부가 설명했다. 휘스트는 입을 굳게 다물었다.

"디즈?"

"그런 건 들어 본 적도 없는데. 물론 본 적도 없고 말이야."

디즈가 말했다.

'전장에서는 영토가 계속해서 변화하기 때문에 그다지 눈에 띄지 않습니다. 행성과 같은 정적인 환경에서 주로 두드러지게 나타나고는 합니다.'

"좋아, 실제로 그런 게 있었다고 가정해 보자고. 그리고 누가 우릴 찾고 있든, 우릴 숨겨 주는 게 사이오닉 차단기만이 아니라고도 생각해 보자고. 이제는 어떻게 움직여야 할까?"

휘스트가 말했다.

'현재 경로를 그대로 유지해야 합니다. 우린 이미 이 균형 경계선을 가로질렀습니다. 다른 경로로 전환하는 건 아무 도움이 되지 않을 겁니다. 자칫하면 통제를 벗어난 다른 저그 무리와 접촉하게 될 수도 있습니다.'

울라부가 말했다. 휘스트는 타냐를 바라봤다.

"당신이 저 친구 대장이잖아. 믿을 만한 얘기야?"

"난 대장 같은 거 아니야. 하지만 그래, 난 믿어. 이런 일은 대개 울라부 말이 맞으니까."

조금 딱딱한 목소리로 그녀가 대답했다.

"뭐, 더 나은 의견이 없다면, 그 얘길 따라야겠지."

휘스트가 말했다.

"어서 가지."

"아, 한 가지만 짚고 넘어가지."

디즈가 손가락 하나를 들어 올리며 말했다.

"곰곰이 생각해 보면, 아마 이번 작전의 지휘관으로 임명된 게 바로 나였다는 거 다들 기억할 거야."

휘스트는 입술이 뒤틀리는 걸 느꼈다. 디즈가 정말로 지금 같은 때에 계급장을 휘두르며 헛소리를 하려는 걸까?

"그리고 다들 알다시피… 아니, 혹시 모른다면 이제 알아둬야 하겠지만, 여기 크레이 상사가 나보다 전투 경험이 훨씬 더 많아."

디즈가 말을 이었다.

"조금 촌스럽긴 하지만, 난 가장 뛰어난 사람이 모두를 이끌어야 한다고 생각해. 따라서 난 지금 이 자리에서 공식적으로 내 지휘권을 휘스트에게 양도하겠어."

그는 고개를 갸웃했다.

"전장에서의 임시 진급이라고 생각해도 좋아, 상사. 축하한다."

휘스트는 한동안 입을 열지 못했다. 그건 지금껏 듣도 보도 못한 헛소리였다.

"감사합니다."

그가 말했다.

"잠깐만요. 원래 그런 걸 할 수 있는 거예요?"

에린이 당황한 목소리로 말했다.

"엄밀히 말하면 아마 안 되겠지. 그래도 누가 날 막을 수 있겠어?"

디즈는 아무렇지도 않게 어깨를 으쓱했다.

"괜찮아, 에린."

휘스트가 덧붙였다.

"전에도 난 중위들에게 이런저런 명령을 내리곤 했으니까."

"들었지? 좋아, 이제 에린의 집중점으로 곧바로 가는 건가?"

디즈가 말했다.

"그보다 나은 생각이 없으면 그렇게 하겠습니다."

휘스트가 말했다.

"가기 전에 보고라도 해야 하는 거 아닌가요? 적어도 무슨 일이 있었는지는 알려 줘야죠?"

에린이 물었다.

"이미 궤도에서 보고 있을 거야. 크루이크섕크와 호너는 관람석에서 지금까지의 일을 모두 지켜봤을 거라고. 지원이 없었던 이유는 모르겠지만, 아무래도 전투가 너무 빨리 끝난 거겠지."

휘스트가 대답했다.

"발레리안에게도 이미 보고가 들어갔을 거고. 그러니 걱정할 필요 없어. 중요한 사람들은 이미 다들 알고 있으니까."

디즈가 덧붙였다.

"제 말은, 이번 일이 독립된 사건이라는 울라부의 생각을 전해야 하는 거 아니냐는 거죠."

에린이 말했다.

"우리가 다시 공격받는지 아닌지 보면, 저들도 이번 일이 독립된 사건이었는지 아닌지 알겠지."

디즈가 참을성 있게 말했다.

"이런 식으로 생각해 봐. 사이오닉 차단기를 끄거나, 당신들 중 한 명을 그 반경 밖으로 내보내지 않는 한, 크루이크섕크에게 연락을 할 방법이 없어. 그 둘 다 별로 좋은 생각 같지는 않지?"

휘스트가 말했다. 에린은 눈살을 찌푸렸다.

"솔직히 그렇네요."

"그러면 계속 가야겠지. 내가 선두에 서고, 타냐가 내 뒤에, 다음은 울라부와 에린, 디즈가 후미를 지킨다. 이제 3클릭 정도만 남은 것 같으니, 나머지 거리는 두 눈 크게 뜨고 무기를 내리지 않고 걷는다."

휘스트가 결론을 내렸다. 그는 울라부를 바라봤다.

"앞서의 난타전이 진짜로 저그의 영역 다툼이 아닌 경우에 대비해야 하니까. 알았나?"

"알았어."

디즈가 말했다.

"다들 대장님 말씀 들었지? 어서 줄 서서 출발합시다."

휘스트는 새로운 열의 선두로 나서며 방금 있었던 일에 대해 골똘히 생각에 잠겼다. 대체 어떤 범죄자가, 비록 예전 범죄자라고 해도, 지휘관 자리를 차지한 후 기회가 찾아오자마자 다른 사람에게 넘겨준다는 말인가?

휘스트가 지금껏 만나 본 범죄자들에게는 한 가지 공통점이 있었다. 바로 나르시즘에 가까울 정도로 자기중심적이라는 점이었다. 근본적으로 사회의 법규를 거부하는 자들은, 자기 멋대로 살기 위해 범죄를 저지르고 다른 사람들 모두에게 엿을 먹였다. 명령을 내려 사람들을 휘두를 수 있는 권력은, 그런 자들이 군침을 흘리며 달려들 좋은 먹잇감이었다.

물론 디즈의 목적이 휘스트에게 권력을 주려는 게 아니라 그에게 책임을 지우려는 것이라면 얘기가 달랐다.

그는 코웃음을 쳤다. 그게 분명했다. 디즈는 첫 번째 전투가 어떻게 흘러갔는지 보았고, 거기서 아무런 피해 없이 빠져나온 것이 순전히 행운 덕분이라고 생각했다. 그래서 2라운드에서 일어나는 일의 책임에서 벗어나기로 결정한 것이다.

그게 범죄자의 사고방식일까? 정치가에 더 가까운 건 아닐까?

사신이 실각한 정치가들도 받아주던가?

"이봐, 대장. 앞쪽에 언덕이 몇 개 있는데. 혹시 내가 잠깐 뛰어가서 반대쪽에 뭐가 있는지 보면 좋을까?"

디즈의 목소리가 휘스트의 헤드셋을 통해 들려왔다.

"네, 그렇게 하십시오."

휘스트가 말했다. 뒤쪽에서 도약 추진기 소리가 들리고, 후방 화면에 디즈가 빠르게 50미터 상공으로 날아오르는 모습이 보였다.

어쩌면 디즈가 지휘권을 포기한 데에는 조금 더 단순한 이유가 있는지도 몰랐다.

휘스트는 어깨 너머를 돌아보며 디즈의 움직임을 확인하는 척했지만, 실제로는 타냐를 눈여겨보고 있었다. 그녀는 C-10 산탄총을 다시 어깨에 걸어, 쉽게 손에 잡을 수는 있지만 손에 들고 있는 것보다는 빨리 사격할 수 없는 상태로 유지하고 있었다. 총이 필요하지 않을 것임을 알기 때문에 그렇게 들고 있는 걸까?

타냐는 유령이었다. 그건 최소한 텔레파시 능력자라는 의미였다. 그녀와 울라부가 정신으로 대화하는 것만 봐도 그건 확실했다.

만약 그녀의 능력이 단순히 텔레파시만이 아니라면 어떨까? 뭔가 더 강력한 능력을 감추고 있는 거라면? 염동력일 수도 있다. 그녀가 저그의 움직임을 늦추고 있었다면, 혹은 이미 초음속에 가깝던 가우스 소총의 탄환을 가속했다면, 손쉽게 승리를 거둔 이유를 설명할 수 있었다.

정말 그런 힘이라면, 그녀는 정말이지 유용한 팀원이었다. 하지만 한편으로는 어디로 튈지 모르는 폭탄이기도 했다.

유령은 대개 사신보다 더 미친 녀석들로 악명이 높았다. 정신을 안정시키기 위해 두뇌에 임플란트를 삽입해야 하고, 정상적인 기능을 유지하기 위해 강화된 화학 약품을 산더미처럼 투여해야 한다는 소문도 있었다. 휘스트는 유령이 상급자들을 배신했다는 구체적인 사례를 들어 본 적은 없었지만, 실제로 그런 일이 적지 않으리라는 것만큼은 의심할 여지가 없었다.

타냐가 미치광이처럼 날뛸 때 그녀의 사선에서 벗어나려고 디즈가 지휘권을 그에게 넘긴 걸까?

휘스트는 다시 고개를 돌려 앞을 바라봤다. 타냐가 자신의 뒤에서 걷고 있다는 사실이 새삼스럽게 떠올랐다.

'괜찮을 거야.'

그는 자신을 타일렀다.

'그냥 네 할 일을 하고, 타냐는 자기 할 일을 할 거라고 믿어.'

"전방 이상 무."

디즈가 보고해왔다.

"감사합니다."

휘스트가 응답했다. 모두가 제 할 일을 할 거라고 믿고, 다른 놀랄 일이 그들을 기다리고 있지 않기만을 바라야 했다.

그래, 그래야 했다.

· · ·

'당신들을 기만할 생각은 없었다.'

자가라는 거듭 주장했다. 걸걸한 사이오닉 목소리가 무겁게 가라앉았고, 초월여왕은 불쾌한 기분을 조금씩 내비치고 있었다.

아르타니스도 그런 기색을 놓치지 않았다.

'어떻게 없을 수가 있지? 젤나가는 지적인 존재다. 말도 할 수 있고, 환경과 주위의 다른 존재까지도 움직일 수 있는 그런 존재다. 식물이 아니다. 의도적인 조작 없이 어떻게 그들의 정수가 식물에 담길 수 있다는 말이냐?'

프로토스는 반박했다. 자가라는 고개를 갸웃했다.

발레리안은 조금 놀라야 했다. 자가라 옆에 조용히 서 있던 아바투르가 몸을 꼿꼿이 세웠다.

'*의도적인 조작, 당연함.*'

낮게 울리는 목소리로 그가 말했다.

'*조작은 저그의 행위. 저그의 본질.*'

"함께 이야기하게 되어 반갑군."

발레리안은 살짝 고개를 숙여 인사했다. 진화군주도 소통을 할 수 있었다.

"당신이 직접 그런 일을 한 것이오? 아니면 당신은 그저 일을 감독했을 뿐이오?"

'*창조는 아바투르만이 가능함.*'

아바투르의 목소리에서는 명확한 자부심이 느껴졌다.

'*물론 그렇겠지. 진화군주는 오직 하나뿐이었을 테니까. 아바투르가 바로 그런 존재군.*'

그렇게 말하는 아르타니스의 피부가 얼룩지기 시작했다.

"알겠소."

발레리안이 두 눈을 가늘게 떴다.

"그렇다면 전쟁 중 저그의 변이를 감독했던 것도 저자란 말이오? 우리와 당신에게 그렇게 큰 슬픔을 안긴 자가?"

'*아바투르는 내 명령에 따른다. 그는 언제나 초월체나 칼날 여왕의 명령에 따라 군단을 섬길 뿐. 누군가를 욕하고 싶다면 그들이나 나를 비난하라. 그를 탓할 이유는 없다.*'

자가라가 말했다.

"누구도 비난할 생각은 없소, 초월여왕. 그저 원인과 수단, 결과를 확인하려는 것뿐이오. 그가 저그를 창조했다면, 주위에 보이는 젤나가 식물도 그가 만든 거겠지?"

발레리안이 말했다.

'이미 말했음. 테란 생명체는 거짓이라고 주장하거나, 원시적인 지성 때문에 이해하지 못할 수 있음.'

아바투르가 말했다. 자가라가 몸을 반쯤 돌렸고, 발레리안은 두 저그가 사적인 사이오닉 대화를 나누고 있음을 알았다. 아바투르는 고개를 몇 센티미터가량 숙였다.

'무례했다고 판단됨. 용서를 요청함.'

그가 말했다.

'그런데 당신 질문에는 불편한 구석이 있다. 그의 행위를 비난하는 건가? 군단을 비난하는 건가?'

자가라가 음울한 목소리로 물었다.

"우린 그의 피조물로 인해 어떤 결과가 도래했는지 직접 봤소."

발레리안은 애써 침착하고 예의 바른 태도를 유지했다. 다들 그랬다. 전쟁 내내 같은 패턴이 반복되었다. 자치령 병사들은 늘 목숨을 버리고 싸워 저그 변종의 약점을 찾아냈다. 그들이 그 약점을 공략하기 시작하면, 몇 주 또는 며칠, 심지어는 몇 시간 내에 그런 약점을 보완한 새로운 변종이 나타나곤 했다.

"우린 전장에서 그의 피조물을 만났고, 놈들이 우리 동포를 죽이는 모습을 지켜봐야 했소."

'이 식물도 두려운 거냐?'

자가라가 코웃음을 쳤다.

'아바투르의 목적은 생명을 만들어 내는 것이다. 그의 힘을 감염의 무기를 만드는 것이 아닌, 무해하고 유익한 생명을 창조해 내는 것에 사용하는 것이 더 낫지 않다는 거냐?'

'이게 무해하다고 누가 확인해 줄 수 있지?'

아르타니스는 늘어선 전시장들을 턱으로 가리켰다.

'어쩌면 저것들은 우리 행성을 더욱 끔찍하게 파괴하는 데 사용될 새로운 감염의 매개체일 수도 있다.'

'정말 그렇게 생각한다면 여기는 왜 왔나? 내가 배신할 거라고 생각했다면, 왜 이번 회담에 응한 거냐?'

자가라가 물었다.

'군단이 정말로 달라졌을지도 모른다는 작은 희망을 품었기 때문이다. 그 점이 아직 증명되지 않았다.'

아르타니스가 말했다. 자가라는 몸을 꼿꼿이 세웠다. 그녀의 두꺼운 피부 아래에서 근육이 움직이는 것이 발레리안의 눈에 똑똑히 보였다.

"한 가지 예를 들어 보겠소, 초월여왕."

그가 재빨리 끼어들었다.

"당신은 무리어미가 당신의 통제에 따르고 있다고 말했소."

'이미 그렇게 말했었다.'

"그리고 무리어미는 자기 영토 안의 저그를 통제하겠지?"

'그렇다.'

"우리 조사단을 공격한 저그 무리도 그런 통제를 받는 건가?"

자가라는 깜짝 놀란 듯했다.

'너희 조사단이 공격을 받았다고?'

"그렇소. 조금 전에. 아르타니스 신관과 내가 식물들을 관찰하고 있던 때 보고를 받았소."

'부상당한 자가 있나? 추가적인 공격은 있었고?'

자가라가 갈퀴손을 꿈틀거리며 물었다.

"두 가지 다 아니오."

발레리안이 답했다. 잠시 동안 자가라는 아무 말도 하지 않았다. 서서히 갈퀴손의 꿈틀거림이 잦아들었다.

'의도된 공격은 아니었다. 지금 무리어미들과 이야기를 나눴다. 조사단은 그들 영토 사이의 균형 경계선을 통과하는 중이었고, 그곳의 군단 구성원이 무리어미의 통제를 벗어나 본능에 따라 행동했다.'

"무리어미 측에서 조금 실수를 한 것 같은데."

발레리안이 말했다.

'조금이 아니다. 그 무리어미에게는 징계를 내렸다. 그들을 비롯한 다른 무리어미들이 이제 그와 같은 실수를 하는 일은 없을 것이다.'

자가라는 불길한 목소리로 말했다.

'그런다고 공격 문제가 모두 해결되는 건 아니다. 군단이 정말 달라졌다면, 애초에 조사단을 공격한 이유가 무엇이냐?'

아르타니스가 말했다.

'무릇 모든 무리의 변화는 지도자에서 시작하여 아래로 내려가지 않던가? 프로토스와 테란도 그랬다. 군단도 마찬가지다.'

자가라가 지적했다. 그녀는 갈퀴손을 하나씩 뻗어 각각 아르타니스와 발레리안을 가리켰다.

'그리고 프로토스와 테란도 위협으로부터 자신들을 보호하는 본능이 있다. 군단의 구성원이라고 달라야 하는가?'

"일리 있는 말이라고 생각하오."

발레리안이 동의했다.

'조사단이 그곳을 빠져나올 때는 다른 무리어미들이 위해를 가하는 일이 없을 것이다. 그들을 무사히 통과시키라는 지시를 내려놓았다.'

자가라가 말을 이었다.

'저 식물 얘기를 하던 중이었지.'

"사실 아바투르 얘기를 하던 중이었던 것 같소."

발레리안이 눈살을 찌푸리며 자가라의 말을 정정했다. 지금 자가라는 '조사단이 그곳을 빠져나올 때는'이라고 말했다. '만약 조사단이 그곳을 빠져나오고 싶다면'이 아니었다. 그들이 그 지역에서 빠져나올 거라고 생각하는 걸까?

혹시 조사단이 그곳을 떠나길 바라고 있는 걸까?

한 순간 발레리안은 자가라에게 그런 의문을 따져 물을까 생각했다. 단순한 실수라면, 테란의 말에 익숙하지 않기 때문에 잘못 표현한 것이라고 할 수도 있었다. 하지만 그렇지 않다면, 그 1번 집중점에는 자가라가 그들에게 보여주고 싶지 않은 무언가가 있는 게 분명했다.

그렇다면 그 지역에 관심을 기울여야 할 지점이 있다는 사실을 이미 알고 있다는 걸 자가라에게 드러내는 건 그야말로 최악의 수였다.

'알았다.'

자가라가 말했다. 발레리안에게는 그녀가 아바투르 얘기를 별로 하고 싶어 하지 않는 것처럼 들렸다.

'아바투르는 고대의 존재다. 오래 전 내가 만들어지기도 전에, 군단이 외계의 정수를 흡수하고 재구성하는 일을 원활하게 하기 위해서 초월체가 만들어 냈던 존재지. 초월체의 기원은 알고 있나?'

"아니. 어렴풋이 추정하고 있을 뿐이오."

'고대의 시기에 젤나가 아몬의 손에 의해 만들어진 존재였다. 저그의 의식을 구체화하여, 야생의 무리들을 규합하고 명령 체계를 수립했지. 이후 다른 부하들을 만들어 통제력을 강화했다.'

자가라가 말했다.

"그리고 초월체가 아바투르를 만들었나?"

발레리안은 새롭게 찾아온 불길한 예감을 맛보며 아바투르를 흘긋 바라봤다. 군단은 낯선 외계 종족이었다. 그런데 지금 여기에는 자치령이 저그에 대해 알고 있는 그 어떤 것보다 오래 전부터 존재해 왔을 뿐 아니라, 군단 자체보다도 더욱 낯선 외계의 정신에 의해 창조된 피조물이 있었다.

아바투르는 어떻게 생각을 할까? 무엇을 느낄까? 과연 발레리안은 그 두 가지를 짐작이라도 할 수 있을까?

'그랬지.'

자가라가 말했다.

'그를 신뢰하고 있겠군. 널 무리어미가 되도록 조정한 것도 네가 허락한 일인가?'

아르타니스가 말했다.

'그렇다. 하지만 그런 변화가 그의 의지나 설계를 따른 건 아니다. 모두 칼날 여왕의 의지였고, 아바투르와 나는 거기 복종했을 뿐이었다. 칼날 여왕은 내가 자신의 생각과 행동 양식을 더 잘 이해해 주길 바랐다. 나보다 앞선 그 어떤 여왕이나 무리어미보다 더 잘 이해하길 바랐지.'

자가라가 말했다.

"그녀를 대신할 수 있게 당신을 성장시킨 건가?"

'그분은 내가 더 그분처럼 생각하기를 바란다고 말씀하셨다. 그 이상은 알지 못한다.'

발레리안은 입술이 뒤틀리는 것을 느꼈다. 더 케리건처럼 생각하다니. 그건 아주 좋은 일일 수도 있고, 아주, 아주 나쁜 일일 수도 있었다.

'그 과정은 격렬하고 고통스러웠다.'

자가라가 말을 이었다. 그녀의 갈퀴손은 불안한 듯 열리고 닫혔다.

'하지만 난 자의로 그 과정을 견뎌냈다. 그 과정이 내가 저그의 끝없는 존재의 순환을 넘어 새롭고 더 나은 길을 볼 수 있게 해주었다.'

"그것과 케리건이 남겨 준 젤나가의 정수였겠지."

발레리안이 말했다. 또 한 가지 생각이 떠올라 다시 눈살이 찌푸려졌다.

"당신 안에도 젤나가의 정수가 담겨 있나?"

'아니.'

자가라가 즉시 대답했다. 대답이 지나치게 빠른 것 같기도 했다.

'내가 변화를 겪었을 때는 칼날 여왕이 정수를 갖고 있지 않았다.'

"그러면 분명히 젤나가로 승천하기가 더 쉬울 테니 말이오. 대답해 주시오. 젤나가의 정수가 당신의 손에 들어왔을 때, 아바투르에게 몇 가지 조정을 하라고 요청하지는 않았소?"

발레리안이 말했다.

'아니다. 난 뒤에 남아 군단을 지휘해야 했다. 그런 목적에는 별도의 조정이 필요하지 않았어.'

자가라는 단호하게 말했다. 발레리안은 아르타니스를 바라봤다. 하지만 프로토스는 아무 말도 하지 않았다. 그걸로 만족한 모양이었다.

아니면 그저 더는 질문을 해도 아무 의미가 없다고 생각했는지도 몰랐다.

"좋소."

발레리안은 자가라를 향해 돌아서며 말했다.

"앞서 당신은 자치령과 프로토스의 파괴된 행성을 재건하는 일을 돕겠다고 했지. 정확히 어떻게 그럴 생각인지 들어 봅시다."

제9장

타냐는 에린의 이론상 집중점에 도착하기 전에 적어도 한 번은 더 공격을 받으리라고 예상했다.

하지만 공격은 없었다. 조사단은 저그 몇 마리의 눈에 띄긴 했지만, 그들 중 어느 것도, 심지어 크고 흉포한 괴물들까지도 침입자를 공격하려는 움직임은 보이지 않았다. 100미터 이상 떨어져 있던 대부분의 저그는 조사단의 기척을 눈치 채지도 못하는 것 같았다.

그리고 마침내, 그들은 에린이 궤도상에서 가리켰던 메사 지역에 도달했다.

"그럼 돌출부가 아닌 건가요?"

에린이 물었다.

"아냐, 이쪽은 그냥 수직면이야."

디즈가 높이 떠올라 아래를 내려다보며 말했다.

"그리고 남쪽 면의 나무 띠는 사실 나무가 세 겹으로 둘러싸고 있는 형태야. 나무들은 상당히 가깝게 붙어서 거의 평행하게 줄지어 서 있고. 꼭대기에는 풀하고 낮은 덤불만 몇 군데 있을 뿐. 이 모든 게 뒤쪽으로도 반 클릭쯤 이어지고, 뒷면은 침식된 흔적이 많아. 흙 아래는 현무암으로 이루어진 것 같으니, 어쩌면 처음에는 용암 거품으로 시작된 것일 수도 있겠어."

"나무들이 '상당히' 가깝게 붙어 있다는 건 정확히 얼마만큼 가까이 붙어 있다는 겁니까?"

휘스트가 말했다.

"밑동은 2미터 정도 떨어져 있는데, 그 사이는 거의 나뭇가지로 꽉 들어차 있어. 안쪽 두 줄의 나무는 저기 바깥쪽 줄에서 보이는 것과 비슷한데, 각각 1미터쯤 떨어져 있고, 가지들이 서로 뒤엉켜 있지."

디즈가 말했다.

"그래선 놈들에게 좋을 게 없을 텐데."

타냐가 줄지어 선 나무를 바라보며 말했다. 밑동이 서로 붙고 가지가 서로 얽히면서, 자연스럽게 나무들은 뚫을 수 없는 그물이 되어 있었다.

"에린?"

휘스트가 불렀다. 타냐가 뒤로 돌아 보니 에린은 헬멧을 벗고 바닥에 누워, 땅에 머리를 대고 있었다.

"아직 그 소리가 들려요."

그녀가 말했다.

"전보다 커졌어?"

"그런 것 같지는 않아요. 조금 선명해진 것 같긴 하지만, 커지진 않았어요."

그녀는 몸을 굴린 후 일어섰다.

"이건 말도 안 돼요. 나무들이 너무 가까이 붙어 있어요. 뿌리가 곧게 뻗는 종이라고 해도, 곁뿌리와 뿌리털이 퍼질 공간이 없다고요. 게다가 가지도 뻗을 수 없다는 건 말할 필요도 없고요. 아래쪽 가지는 아무 쓸모도 없어요. 시들어 버리거나 잎이 다 떨어져 버렸어야 해요."

157

그녀는 줄지어 선 나무들을 가리키며 말했다.

"그래, 하지만 저건 저그의 마법 나무잖아. 기억해?"

디즈가 여전히 머리 위에 뜬 채로 지적했다.

"그리고 여기서 자라난 지 몇 년 안 됐고."

타냐가 덧붙였다.

"그건 상관없어요."

에린은 주장을 굽히지 않았다.

"마법 나무라고 해도 영양분이 필요해요. 그리고 그걸 어디에선가 흡수해야 한다고요."

'뿌리가 전혀 없다면 다르겠지요.'

울라부가 말했다.

"그럼 뭐야, 모든 걸 잎과 껍질을 통해 흡수한다고?"

타냐가 물었다.

'프로토스 생리학과 생화학에는 유사성이 있습니다. 물론 우리가 흡수하는 에너지는 식물이 수용할 수 있는 것보다 더 폭넓은 전자기 스펙트럼에 걸쳐 있긴 하지만, 근본적인 방식은 동일합니다.'

울라부가 말했다.

"좋아, 그래서 뿌리가 없다면 뭐가 지탱하고 있는 거지?"

휘스트가 물었다.

"제대로 지탱되고 있지 않은 건지도 몰라. 잠깐 뭐 좀 해볼게."

디즈가 말했다. 그는 나무 너머로 날아갔다. 그리고 갑자기 하늘에서 떨어져 나뭇가지 뒤로 사라졌다.

"디즈?"

타냐가 눈살을 찌푸리고 머뭇거리며 물었다.

"난 괜찮아. 나무 밑동을 가까이에서 보고 싶어서 그러는 거야."

디즈가 그녀를 안심시켰다.

"이쪽에서 봤어도 되잖습니까."

휘스트가 말했다.

"그쪽은 이미 봤거든. 이야, 이거 참."

"이야, 이거 참, 뭡니까?"

휘스트가 물었다.

"부탁 좀 하나 들어줘. 서쪽으로부터… 여섯 번째 나무에 가서 한번 밀어 볼래?"

디즈가 말했다.

"밀어 보라고요? 어느 쪽으로 말씀이십니까?"

휘스트가 다시 물었다.

"언덕 쪽으로. 다른 사람들은 휘스트가 나무를 밀 때 꼭대기가 어떻게 되는지 보고 있어."

디즈가 말했다. 휘스트는 작은 목소리로 투덜거리면서도 순순히 디즈가 말한 나무를 향해 걸어갔다. 발을 단단히 딛고 그는 나무 밑동에 손을 대고 강하게 밀었다.

"또 어떻게 하면 됩니까?"

"꼭대기가 움직였어?"

디즈가 물었다.

"그래 보이진 않았는데."

타냐가 대답했다.

"저도 못 봤어요."

에린도 동의했다.

"알았어. 휘스트, 한 걸음 물러나 봐. 다들 꼭대기를 다시 한 번 봐 줘."

디즈가 말했다. 이번에는 놀랍게도 나무 꼭대기가 흔들렸다. 아주 크게 흔들린 건 아니었지만, 충분히 눈에 띌 정도였다.

"움직였어?"

디즈가 물었다.

"커다랗고 나쁜 늑대가 크게 숨을 내쉬기라도 한 것처럼 흔들렸습니다. 어떻게 한 겁니까?"

휘스트가 말했다.

"너랑 똑같이 했지. 그 멋진 전투복의 힘도 빌리지 않고 말이야. 이건 그냥 나무가 아니야. 살아 있는 울타리 같아. 이쪽에서 보면 나무 밑동의 흙이 깎여 나가고 있는 곳도 있어. 그러니까 그쪽에만 뿌리가 내려 있고, 이쪽은 그냥 고정되지 않은 채 흔들리고 있다고."

디즈가 말했다.

"그건 말도 안 됩니다. 누가 밀기만 하면 쓰러뜨릴 수 있는 울타리를 만든단 말입니까?"

휘스트가 거친 목소리로 말했다.

"안쪽에서만 밀어서 쓰러뜨릴 수 있다는 게 요점인 것 같아. 이 울타리의 목적이 애초에 밖에서 아무도 들어오지 못하게 하려는 것이지, 안에서 밖으로 나가는 걸 막는 건 아니었다는 거지."

디즈가 말했다.

"왜 들어오지 못하게 한다는 거야?"

타냐가 눈살을 찌푸리며 물었다.

"안쪽 줄 너머에 있는 무언가를 지키려는 거겠지. 워낙 가지가 얽혀 있어 정확히 안에 뭐가 있는지는 알 수 없지만, 메사의 이쪽 측면으로 들어갈 수 있는 입구가 있어."

디즈가 말했다.

"입구가 얼마나 큰데?"

"히드라리스크 정도는 머리를 부딪치지 않고 통과할 수 있겠어. 수류탄으로 길을 뚫을 수 있는지 볼까?"

'그건 별로 좋은 생각 같지 않습니다.'

울라부가 경고했다. 그의 시선은 타냐의 어깨 너머 어딘가로 향해 있었다.

"왜지?"

디즈가 물었다.

"히드라리스크 얘기가 나와서 말인데, 서쪽으로 약 200미터 지점에 히드라리스크 한 무리가 있어. 4마리, 아니면 5마리야."

타냐가 울라부의 시선을 쫓아 확인하고는 긴장된 목소리로 말했다.

"다들 흥분하지 말고 가만히 있어. 놈들은 지금 북쪽으로 향하고 있다. 그냥 지나가려 하는지 한 번 보자고."

휘스트가 말했다. 다행히 히드라리스크들은 그대로 가던 길을 갔다. 침입자들이 있다는 건 모르는 눈치였다. 조사단은 침묵 속에 히드라리스크들이 줄지어 낮은 언덕 너머로 사라지는 모습을 지켜봤다.

"됐어, 전부 사라졌어."

휘스트가 말했다.

"수류탄은 보류해야겠습니다, 디즈. 이 근처 저그들을 깨우고 싶지는 않습니다."

"괜찮은 사이오닉 검 한 쌍이 있으면 딱 좋겠는데 말이야. 울라부, 혹시 그 정원용 장갑 속에 사이오닉 집중기 한두 개쯤 갖고 있지 않아?"

디즈가 말했다.

'물론 갖고 있지 않습니다. 저는 연구원이지, 기사가 아닙니다. 사이오닉 검 같은 건 없습니다. 사용할 줄도 모릅니다.'

울라부는 말했다.

"모든 프로토스는 그 칼라인가 뭔가로 이어져 있는 줄 알았는데."

휘스트가 말했다.

"암흑 기사는 그렇지 않아요. 어차피 칼라는… 음, 전쟁 중에 일이 좀 있었죠. 저도 정확히는 모르겠지만요. 사실 자세한 얘기를 알고 있는 사람은 없을 거예요."

에린은 그렇게 말하곤, 울라부를 바라보고 눈썹을 추켜세우며 도움을 청했다.

타냐는 입술이 뒤틀리는 걸 느꼈다. 에린이 그 문제에 대해 자세히 알고 싶은 거라면, 괜히 시간 낭비만 하는 셈이었다. 유령 프로그램에서 떠도는 소문에 따르면, 변절한 젤나가 아몬이 칼라를 점거했고, 그걸 이용하여 사이오닉 연결망을 기반으로 묶여있는 프로토스를 통제하려 했었다. 아몬을 처치할 수 있는 유일한 방법은 모든 프로토스가 결정적인 순간 자신의 신경삭을 자른 뒤, 아몬과의 연결 고리를 끊어 그의 힘을 빼앗고, 결국 아몬을 공허로 돌려보내는 것뿐이었다. 그리고 불행히도 신경삭을 자른 탓에 칼라를 통한 다른 프로토스와의 연결 또한 영구히 끊어지고 말았다.

수 년 동안 타냐는 종종 울라부에게 조금 더 자세한 이야기를 들려 달라고 했지만, 그는 그 일을 입에 올리길 거부했다. 그리고 그가 타냐에게도 말하지 못했던 고통스러운 사연이라면, 여기서 테란 이방인들에게 털어놓을 이유는 없었다.

역시나 울라부는 아무 말도 하지 않았다. 에린은 조금 더 기다리다가 결국 고개를 돌렸다.

"좋아, 수류탄도 쓸 수 없고, 여기 기사도 없고. 타냐, 혹시 네 유령 능력이 염동력이거나 그런 건 아니겠지?"

휘스트가 말했다.

"미안. 당신과 에린은 어때? CMC 전투복 둘이 디즈 쪽에서 나무를 민다면 어떻게든 되지 않겠어?"

타냐가 말했다.

"그럴 수도 있겠지."

휘스트가 말했다. 나무들 곁으로 들어선 그는 낮은 곳의 가지를 붙잡고는 힘을 주어 부러뜨렸다.

"가지들을 정리하고 반대쪽으로 건너가 보지."

"너무 오래 걸릴 거야."

타냐가 지적했다.

"내게 맡겨."

디즈가 말했다. 도약 추진기가 쉿 소리를 내더니, 나무 위쪽으로 디즈가 나타났다. 그는 에린 곁에 내려섰다.

그리고 그녀가 움직이거나 깜짝 놀라 비명을 지를 새도 없이, 디즈는 에린을 붙잡고 공중으로 솟아올랐다. 그는 다시 나무 위로 넘어갔고, 잠시 후 혼자서 나타나, 이번에는 휘스트를 붙잡고 반대편으로 데려갔다.

"타냐, 내가 그쪽으로 나가서 같이 경계를 서 줄까? 시간이 좀 걸릴 것 같은데."

그가 물었다.

"아니, 괜찮아."

타냐는 나무를 등지고 주위를 살폈다.

"어서 할 일이나 해…."

나무가 부러지는 날카로운 소리가 주위를 가득 채우며 타냐의 말을 잘랐다. 어깨 너머를 돌아보자 나무 하나가 쓰러져 육중한 무게로 땅을 울리는 모습을 볼 수 있었다.

"오래 안 걸릴 수도 있겠는데. 생각보다 훨씬 쉽잖아."

디즈가 다시 말했다.

"울타리라기보다는 도개교 같습니다. 이상하군요. 뭐, 일단 하나 더 쓰러뜨리겠습니다. 그 후에 다음 줄 안쪽으로 들어가겠습니다. 비키세요!"

휘스트가 쿵 소리를 내며 말했다. 두 번째 나무가 쓰러지고 다시 한 번 땅이 울렸다.

"좋아. 이 정도면 우리는 들어가고 덩치 큰 녀석들은 막을 수 있는 정도가 되겠어."

디즈가 말했다.

"좋습니다. 다음 줄에서도 나무를 두 개 쓰러뜨린 후, 마지막 줄 안쪽으로 들어갈 방법을 찾아보겠습니다."

휘스트가 말했다. 중간 줄의 나무도 쉽게 쓰러졌다. 단지 앞서와 같이 지면에 쓰러지진 않고, 앞서 쓰러진 나무 두 그루에 위태롭게 걸려 위쪽으로 기울어진 모양이 되었다.

"지금부터가 힘들겠지. 다음 줄은 위쪽에서 들어갈 수가 없어. 메사에 너무 가까이 붙어 있어서, 디즈가 우릴 내려 보낼 수가 없다고."

휘스트가 말했다.

"게다가 안쪽이 그냥 뚫려 있다면, 등을 기대고 밀 수도 없잖아요. 앞서 두 줄은 그렇게 해서 쉬웠죠."

에린이 지적했다.

"그래. 뭐, 타냐도 얘기했지만, 나뭇가지들을 그냥 잘라내는 건 시간이 꽤 걸릴 거야. 그러니까…."

휘스트는 눈썹을 추켜세웠다.

"이번에는 수류탄 밖에 방법이 없겠는데."

'네 능력을 써 보는 게 어때, 타냐 콜필드?'

올라부가 제안했다. 타냐는 긴장했다. 가장 먼저 든 생각은 올라부가 그 말을 팀 전체에 보내지 않았을까 하는 걱정이었다. 하지만 그런 걱정은 이내 사라졌다. 물론 개인적인 대화였다. 그녀의 능력은 여전히 베일에 싸인 비밀이었고, 울라부는 그런 식으로 타냐를 배신할 사람이 아니었다.

'쉽지 않을 거야. 나무 밑동을 태울 수 있는 열기면 주위의 잔가지와 나뭇잎, 지면에도 불이 붙을 테니까.'

그녀가 말했다.

'하지만 집중시킬 수 있잖아?'

'그래, 하지만 그 정도의 열기를 만들어 내려면, 전도열과 복사열이 빠져나갈 수밖에 없어.'

'수류탄을 사용하면 저그의 주의를 끌게 될 거야.'

그가 경고했다.

'숲에 불을 내는 것도 마찬가지지.'

그녀는 머뭇거렸다.

'힘을 제어할 수 있는지가 문제야. 내 능력을 사용했다가는 아무래도 여기가 불지옥이 될 것 같아.'

타냐가 마지못해 덧붙였다. 그는 고개를 끄덕였다.

'네 논리를 받아들이겠어. 수류탄을 쓰라고 해야지.'

타냐는 고개를 끄덕이고 다른 사람들의 이야기에 주의를 돌리려 했다. 하지만 논의는 일찌감치 끝난 모양이었다. 휘스트는 목표로 한 나무 아래쪽의 가지들을 꺾고 있었고, 디즈는 허리띠에서 꺼낸 긴 원통을 가지고 뭔가를 조작하고 있었다.

"그러면 수류탄을 쓰는 거지?"

타냐가 물었다. 디즈는 묘한 눈빛을 던졌다.

"그래, 이미 그러기로 했잖아. 정신 좀 차리지."

타냐는 얼굴이 화끈해지는 것을 느꼈다.

"미안."

"괜찮아. 우리가 처리할게. 넌 그냥 손님이 오지는 않는지 지켜보고 있어."

디즈가 말했다. 이리저리 뒤얽힌 가지들은 모두가 생각했던 것보다 훨씬 튼튼했고, 서로 단단히 엉켜 있었다. 휘스트가 수류탄을 넣어둘 만한 공간을 파내는 데만도 십여 분이 걸렸다. 그 동안 타냐는 위험을 무릅쓰고 두 번이나 자신의 능력으로 돕겠다는 말을 하려고 했지만, 두 번 다 그런 충동을 억눌렀다.

마침내 모든 준비가 완료되었다. 디즈는 모두에게 비키라고 지시했고, 수류탄은 두건을 뒤집어 쓴 타냐도 깜짝 놀랄 만큼 커다란 와지끈 소리를 내며 폭발했다. 폭발에 휘말린 나무는 50센티미터 가량 떠올랐다가 앞서 꺾어 둔 나무 위로 쓰러졌다.

디즈의 말이 맞았다. 그 뒤에는 구멍이 있었다. 다른 나무들이 시야를 가리고 있어 동굴이 어디로 이어지는지 자세히 볼 수는 없었지만, 분명히 히드라리스크가 들어갈 수 있을 만큼 컸다.

"한 그루만 더 꺾으면 들어갈 수 있겠어."

휘스트가 말하며 수류탄을 꺼냈다.

"그냥 지금 이걸로 어떻게든 해 봐야 할 것 같은데."

타냐는 긴장한 목소리로 말했다. 두 눈은 나무들 사이에서 갑자기 나타난 저글링과 바퀴, 히드라리스크들을 둘러보고 있었다.

"적이다. 서쪽하고 남쪽이야."

"지옥에 떨어질 놈들 같으니. 이 동네 친구들을 전부 깨운 것 같은데?"

디즈가 말을 뱉었다.

"전원 안으로! 당장 안으로 들어가!"

휘스트가 명령했다.

'아닙니다.'

울라부가 말했다.

"뭐가 아니야?"

휘스트가 따져 물었다.

'제 말은, 수류탄이 저들을 끌어들인 게 아니라는 겁니다. 저 안에 있는 무언가에 이끌리고 있습니다.'

울라부가 잔뜩 긴장한 생각을 전해 왔다.

"사이오닉 차단기가 작동하고 있는데 어떻게 그럴 수가 있어?"

휘스트가 물었다.

"그리고 대체 무엇이 저그를 끌어들이는 건데요?"

에린도 날카로운 목소리로 물었다.

'두 가지 다 알지 못합니다. 저는… 저쪽 방향으로 집중할 수가 없습니다.'

"나도 그래."

타냐도 계속 정신을 집중하며 동의했다. 갑자기 뭔가 그녀의 두뇌 앞쪽에서 윙윙거리기 시작했다. 그 소리와 함께 그녀는 혼란에 휩싸여 흔들리기 시작했다. 눈앞의 광경이 소용돌이치기 시작했다.

그녀는 애써 정신을 차리고는 머릿속 임플란트 옆쪽을 손가락으로 지그시 눌렀다. 지금은 정신을 잃을 때가 아니었다.

"뭐, 여기엔 뭐가 있는지 확실히 알았으니까, 저 안에 뭐가 있든 일단 들어가 보는 게 좋겠어."

디즈가 말했다.

"히드라리스크도 우릴 쫓아올 수는 없을 테니, 그게 낫겠습니다."

휘스트가 지적했다.

"전원, 안으로 들어간다. 행군 순서와 동일하게!"

그는 옆으로 돌아서 좁은 틈으로 몸을 밀어 넣기 시작했다.

"타냐, 혹시 철갑탄 남아 있으면 지금 좀 써주면 좋겠는데."

"안에 있는 건 어떻게 하고? 그게 내 머릿속에 이상한 윙윙 소리를 집어 넣고 있어."

타냐가 C-10 소총을 어깨에서 풀어 들며 물었다.

"싸울 수 있겠어?"

휘스트가 물었다.

"괜찮을 것 같아."

"그러면 디즈가 말한 것처럼 할 수 있는 일을 하자고. 먼저 저 히드라리스크를 저지해야 해."

휘스트가 말했다. 타냐는 마음을 다잡았다.

"알았어."

디즈의 P-45 가우스 소총은 이미 다가오는 저그들을 향해 쐐기를 쏟아내고 있었다. C-10의 안전장치를 풀고, 타냐는 가장 가까이에 있던 히드라리스크를 조준한 후 발사했다. 적은 그 충격에 잠시 비틀거렸다.

"나 들어왔어!"

휘스트가 뒤쪽에서 소리쳤다.

"이리 와, 울라부. 타냐, 두 발 더 발사하고 들어와. 에린, 타냐 다음은 당신이야. 디즈, 계속 사격하다가 에린이 나무에 끼면 좀 도와주십시오."

10초 후, 울라부가 나무 사이로 들어왔다. 다시 20초 후, 타냐가 합류했다.

안쪽에서 보니 숨겨져 있던 동굴은 생각했던 것보다 더 놀라운 모습이었다. 약 12미터 높이에, 폭은 울타리 뒤쪽 입구와 거의 동일했다. 동굴은 안쪽으로 70미터 가량 이어졌고, 약 20미터 지점에서부터는 완만한 경사로가 위쪽으로 올라가며 동굴의 한쪽 면을 거의 다 차지했다. 그 꼭대기에는 층계참이 있었지만, 벽에 가려 그곳에 다른 곳으로 연결되는 통로가 있는지, 아니면 다시 위쪽으로 올라가는 경사로가 이어지는지는 보이지 않았다. 동굴이 어떻게 생겨난 건지는 몰라도, 그 내부는 생물의 육체를 산성액으로 녹여 만든 듯한 저그 특유의 다층적 유기 구조물이었다.

"경사로 확인해."

휘스트가 C-15 소총을 어깨에 걸고 타냐의 어깨를 두드리며 말했다.

타냐는 다시 소총을 들어올리고, 경사로와 충계참을 바라보며 조심스럽게 천장도 살폈다. 겹겹이 싸인 주름 속에 무언가 숨어 있을 수도 있었다. 머릿속을 윙윙 울리던 소리가 점점 커졌고, 그녀는 머리를 흔들어 소음을 떨치려고 했다. 하지만 별로 도움이 되지는 않았다.

뒤쪽에서 나뭇가지가 부러지는 소리가 들려왔다. 타냐는 잔뜩 긴장한 채 주위를 둘러봤고, 휘스트가 에린을 나무 사이의 좁은 틈으로 억지로 끌어들이는 모습이 보였다. 아무래도 에린이 정말로 나무 사이에 끼었던 모양이었다. 에린을 등지고 계속해서 총을 발사하고 있는 디즈의 모습도 흘긋 보였다. 그녀는 다시 돌아서 경계 임무를 계속했다.

디즈가 동굴 안쪽으로 들어올 때까지 아무것도 공격해 오지 않았다. 모습을 드러내지도 않았다.

"이야, 정말 재미있었어. 여기 괜찮네. 이제 어떻게 하지?"

디즈는 거친 숨을 몰아쉬며 새 탄창을 가우스 소총에 쑤셔 넣었다.

"입구를 지켜 주십시오. 뭐든 안으로 들어오면 쏘십시오."

휘스트가 지시했다.

"그럴 생각이 있는지 모르겠는데."

디즈가 나무 틈 사이를 조심스럽게 내다보며 말했다.

"다들 멈췄어. 이제 어떻게 해야 할지 고민하는 것 같군."

"아니면 이 구역을 지배하는 무리어미가 저들을 어떻게 해야 할지 고민하는지도 모릅니다."

휘스트가 심각한 목소리로 말했다.

"울라부, 혹시 우리가 지금 아까 얘기했던 균형 경계선을 다시 통과한 건 아닐까?"

'아닙니다. 우리는 무리어미의 영토 안쪽에 들어왔습니다.'

울라부가 대답했다.

"그럴 줄 알았어. 자가라의 약속을 믿을 생각을 했다니. 잠깐, 맹독충 하나가 다시 움직이기 시작했어. 그다지 빠른 속도는 아니야."

디즈가 말했다.

"무리어미가 저 맹독충이 나무 틈에 끼어도 산성액으로 우릴 제거할 수 있을 거라고 생각했을 겁니다. 계속 지켜보십시오."

휘스트가 말했다. 그는 손전등을 꺼내 천장을 비췄다.

"디즈, 저기 균열선 보이십니까?"

"모르겠는데. 동굴 속에서 암반층 끼고 사는 건 너희들이잖아."

디즈가 대답했다.

"네, 저거 균열선이에요. 대학교 때 지질학 수업을 들었는데…."

에린이 말했다. 휘스트가 그녀의 말을 잘랐다.

"좋아, 이제 당신이 맡아. 디즈, 균열선에 총을 쏴서 나무 틈 앞에 바위를 떨어뜨릴 준비를 하십시오. 에린, 어디에 총을 쏴야 할지 알려줘."

'하지만 그러다가 메사 전체가 무너져 내릴 위험은 없겠습니까? 우리 모두 죽거나 여기 갇힐 수 있습니까.'

울라부는 그 계획에 반대했다.

"하나, 이 암반층은 보기보다 강해. 게다가 그렇게 많은 돌을 끌어내릴 필요도 없고. 산성액이나 다른 저그가 들어오지 못하게 나무 틈을 막을 정도면 충분하니까. 둘, 수류탄이 있는 한 여기 갇힐 일은 없어. 셋, 이건 논의할 문제가 아니야."

휘스트가 말했다.

"자, 어디에 쏴야 할지 알려줘. 다른 사람들은 동굴 안쪽을 확인할 거지?"

디즈가 에린에게 손전등을 건넸다.

"그럴 생각입니다."

휘스트가 대답했다.

"나머지는 저기 층계참까지 간다. 내가 선두에 서고, 울라부가 그 다음, 타냐가 후미에 선다. 디즈, 저그가 다시 움직이기 시작하고, 혼자서 처리할 수 없을 것 같으면 휘파람을 부십시오."

디즈는 코웃음을 쳤다.

"나만 믿어."

타냐는 경사로를 올라가기 시작했고, 길의 경사가 그리 가파르지 않다는 걸 새삼 느꼈다. 그리고 질감이 동굴 내부의 다른 곳과 비슷해서, 매끈한 바위나 금속에 비해 안정적으로 걸을 수 있었다.

하지만 그런데도 휘스트를 따라 올라가는 길에 계속 비틀거릴 수밖에 없었다. 머릿속에 울리는 윙윙 소리가 계속 커져서, 이제는 몸의 균형과 집중력까지 흔들릴 지경이었다.

누군가의 손이 갑자기 팔을 붙잡고 흔들어, 타냐는 깜짝 놀라고 말았다.

"당신, 괜찮아?"

휘스트가 물었다.

타냐는 두 눈을 깜빡였다. 마지막으로 기억나는 건 세 사람이 경사로의 꼭대기에 다가가던 일이었다. 그런데 어떻게 된 건지는 몰라도, 지금은 이미 모퉁이를 돌아 두 번째 경사로 위쪽으로 몇 걸음 올라온 지점이었다. 약 50미터 앞쪽에서 경사로는 다시 끝나고, 다음 모퉁이로 이어졌다. 타냐가 말했다.

"괜찮아. 어떻게 된 거지?"

"울라부가 당신이 정신을 잃고 걷고 있다고 했어. 그 윙윙거리는 소리 말인데, 벌집 속에 들어가 있는 것 같은 소리야?"

휘스트가 말했다.

"그래. 당신도 들리는 거야?"

타냐가 눈살을 찌푸렸다.

"나도 뭔가 들려. 당신처럼 큰 소리는 아니겠지, 어쨌든 지금 비틀거리고 있지는 않으니까. 그래도 도무지 정신을 집중할 수가 없는데."

그는 음울한 목소리로 말했다. 타냐는 울라부를 바라보며 물었다.

'넌 괜찮아?'

'움직일 수는 있어. 하지만 지금 네 안전과 건강이 크게 우려스러워, 타냐 콜필드. 넌 입구에 있는 다른 사람들을 도우러 가는 게 나을 것 같아.'

그가 대답했다.

머릿속에 거센 압박감이 느껴지는데도, 타냐는 그의 말에 웃음을 터뜨릴 수밖에 없었다. 해병 하나와 프로토스 연구원 하나가, 지금 모두의 머릿속을 뒤죽박죽으로 만들어 놓고 있는 적을 상대하러 가겠다니. 정말 그녀가 그런 일을 허락할 거라고 생각하는 걸까?

'괜찮아. 할 수 있어.'

그들은 이제 두 번째 층계참에 다가서고 있었다. 아직 아무것도 눈에 띄지 않았지만, 윙윙거리는 소리는 점점 더 커져 이제 견딜 수가 없을 지경이었다. 그들은 층계참을 지나 또 다른 경사로로 들어섰다.

저그 4마리가 껑충껑충 경사로를 내달려 일행을 향해 다가왔다. 타냐가 그 모습을 본 순간, 윙윙거리는 소리가 머릿속을 가득 채우며 무지막지한 폭발을 일으켰다.

그리고 세상이 검게 변했다.

제10장

저그의 도심 전술은 놀라울 정도로 단순했다. 항상 모퉁이 너머에서 잠자코 기다리면서, 초월체나 여왕 등 지도자에게 필요한 만큼의 개체들을 모아 미친 듯이 돌진하는 것뿐이었다.

그는 첫 번째 층계참의 사각 지대에서 저그의 공격에 대비했었다. 하지만 아무것도 없었다. 너무 뻔한 위치였거나, 아니면 지금 모두의 머릿속에 윙윙 소리를 밀어 넣고 있는 상대가 조사단의 집중력을 조금 더 흔들고 싶은 모양이었다. 사실 별로 상관은 없었다. 두 번째 층계참에서 예상했던 공격이 실제로 시작되었을 때도, 경계 태세는 늦추지 않은 상태였으니까.

저그 4마리가 아무 소리도 내지 않고 세 번째 경사로에서 그들을 향해 돌진했다. 각각 커다란 개 정도의 크기로 일반적인 저글링보다는 조금 작았지만, 외형은 고개를 쳐든 코브라와 같은 히드라리스크에 조금 더 가까웠다. 모든 저그 변종의 공통점에 속하는 가시와 송곳니, 갈퀴손은 여전했지만, 실제 살상 무기가 배치된 데는 미묘한 차이가 있었다.

하지만 이 괴물들에게서 가장 놀라웠던 점은 바로 색상이었다. 저그를 대표하는 짙은 갈색이 아니라, 연한 담갈색에 다리와 발톱이 빨간색으로 강조됐고, 두 눈에서부터 머리 꼭대기를 지나 등의 중앙까지 세 줄로 이어지는 새빨간 반점이 유난히 눈에 띄었다.

전에는 한 번도 보지 못한 색상이었다. 특히 새빨간 반점들은 처음이었다. 자가라가 무슨 꿍꿍이가 있는 건지는 몰라도, 뭔가 새로운 것을 시도하고 있는 것만은 분명했다.

휘스트는 C-14 소총을 들어올렸다. 갑자기 윙윙거리는 소음이 머릿속에서 폭발하여 이를 악물어야 했다. 아무래도 그 소음은 자가라의 새로운 원투 펀치 중 두 번째 주먹인 것 같았다.

덤벼보라지. 휘스트는 피로와 허기, 탈수, 연기, 탈주, 말도 안 되게 불리한 상황, 전쟁의 공포 같은 것에는 질릴 만큼 시달려 봤다. 지금까지 그 모든 것을 이겨냈으니, 그와 타냐는 이번에도 살아남을 수 있을 것이다.

하지만 이런 일은 미처 예상치 못했다. 갑자기 뒤쪽 경사로에서 타냐가 쓰러졌다. 대체 무슨 일이 일어난 건지 파악하기도 전에, 아군 화력의 절반이 사라졌다는 깨달음이 먼저 찾아왔다.

이제 남은 건 사격을 시작하는 것뿐, 달리 할 수 있는 게 없었다.

처음 몇 초 동안은 어떻게든 버틸 수 있을지도 모르겠다는 생각이 들었다. 처음 발사된 쐐기들이 선두에 있던 저그의 커다랗게 벌린 입 아래 몸통에 정확하게 명중했고, 괴물은 뒤로 밀려나서는 절뚝거리며 다가왔다. 지금 다가오는 저그들이 보기보다 약하거나, 아니면 운이 좋아 약점에 명중한 듯했다. 휘스트는 다음 저그를 향해 C-14 소총을 조준했지만, 그 순간 눈앞이 갑자기 흐려지고 흔들렸다. 그는 다급히 눈을 깜빡거렸다.

그리고 그 순간, 자신이 죽을 것임을 알았다.

두 번째 목표에 도저히 초점을 맞출 수가 없었고, 시야가 흐려진 상황에서 적의 약점을 맞춘다는 건 상상할 수도 없는 일이었다. 운이 좋아 어찌어찌 성공한다고 해도, 그 뒤에는 저그가 2마리 더 있었다.

그는 죽을 것이다. 그러면 울라부도 죽고, 아직 쓰러져 있을 타냐도 죽고 말 것이다. 그 다음은 디즈와 에린이었다. 휘스트와 타냐가 등 뒤를 지켜 줄 거라고 믿으며 외부의 공격을 막아내는 일에만 집중하다가, 등 뒤에서 기습을 당해 아무것도 모른 채 죽어갈 것이다.

그들이 모두 죽으면, 이곳에서 진짜로 어떤 일이 일어났는지 그 누구도 알지 못할 것이다. 사이오닉 차단기를 처음 전투복에 설치할 때는 그 기계가 아주 유용할 거라고 생각했지만, 결국 그것 때문에 크루이크섕크에게 자가라가 배신했다는 사실을 알릴 수가 없었다.

하지만 죽기 전에 적어도 디즈와 에린에게는 단거리 통신으로 경고할 수 있을 것이다. 지금 이 순간까지 그런 생각을 하지 못했다는 게 조금 이상했다. 머릿속에 울려 퍼지는 윙윙거리는 소음이 육체를 흔들면서 지적 능력까지 손상시키고 있는 걸까?

상관은 없었다. 끔찍한 소음도 곧 끝날 것이다. 휘스트는 다시 방아쇠를 당겨 두 번째 저그를 향해 소총을 발사했고, 그 충격에 저그는 뒤로 벌러덩 넘어졌다. 아니, 그렇게 보였다. 이제는 눈앞이 너무 흐릿해져서 아무것도 확신할 수 없었다. 그는 두 눈을 계속 깜빡이며, 아직 남아 있는 두 개의 형체가 자신을 향해 달려오는 모습을 보았고, C-14로 그 중 하나를 겨냥하려고 애썼다.

바로 그 순간, 놀랍고 또 당황스럽게도, 낯익은 형체가 뒤쪽에서 그의 몸을 스치며 나타나 부드럽지만 단호한 손길로 휘스트의 가우스 소총 총구를 옆으로 밀어냈다.

처음에는 기절했던 타냐가 깨어났다고만 생각했다. 그 다음에는 디즈가 마법처럼 이곳의 상황을 알아채고 때마침 나타난 거라고 생각했다. 그는 두 번 눈을 꽉 감았다 뜨고는 고개를 세차게 흔들었다. 그러자 잠시나마 눈앞의 안개가 걷혔다.

타냐도 디즈도 아니었다. 울라부가 두 팔을 각각 앞과 옆으로 뻗은 채 달려가고 있었다. 공격해 오는 저그를 따뜻하게 껴안아 주기라도 하려는 듯한 모습이었다. 그 프로토스가 주먹을 쥐자, 두꺼운 원예용 장갑의 손등 부분이 밀려나며 찢어졌다. 두꺼운 장갑이 떨어진 자리에 다시 얇은 장갑이 드러났고, 거기에서부터 복잡한 금속무늬가 손목 위쪽으로 이어졌다. 원예용 장갑이 땅에 떨어지기도 전에 금속 무늬가 움직이기 시작했다. 위로 튀어 오르고, 펼쳐지고, 재구축된 무늬는 납작한 원통으로 변했다. 지금껏 한 번도 보지 못한 물체였지만, 어딘가 꺼림칙할 정도로 익숙하기도 했다.

휘스트는 자기도 모르게 입을 떡 벌렸다. 원통에서 초록색으로 빛나는 차원 검의 불꽃이 뿜어져 나왔다.

울라부는 쓸모없는 민간인 학자나 연구원이 아니었다.

그는 암흑 기사였다.

남은 2마리 저그도 예상치 못한 새로운 적을 인지하고는 황급히 멈춰 서려고 하는 것 같았다. 하지만 진짜 의도가 무엇이었든, 그 괴물들은 실패했다. 첫 번째 저그는 관성에 떠밀려 그대로 새롭게 나타난 무기에 달려들었고, 번쩍이는 검에 그대로 관통당하며 울라부의 주먹과 충돌했다. 그 충격에 울라부도 조금 비틀거렸지만, 두 번째 저그가 공중으로 뛰어올라 그에게 달려들 때쯤엔 이미 균형을 회복한 상태였다. 그는 우아하게 옆으로 비켜서며 하강 곡선을 그리는 저그를 그대로 세로로 베었다. 저그의 가슴께부터 꼬리까지가 절반으로 갈라졌다.

윙윙거리는 소리가 희미한 수준으로 줄어들었고, 그제야 휘스트는 전투가 끝났음을 깨달았다.

아니, 어쩌면 이제 막 시작된 건지도 몰랐다.

울라부는 잠시 자신이 만들어 낸 작품을 살펴봤다. 저그가 둘 다 죽었는지 확인하려는 것 같았다. 그는 휘스트가 부상을 입힌 2마리까지 차례대로 확인했고, 놈들이 더는 문제를 일으킬 수 없도록 마무리했다. 그리고 마지못해 하는 듯한 몸짓으로 휘스트를 향해 돌아섰다.

'놀라지 마십시오.'

프로토스의 목소리가 휘스트의 머릿속에 들려왔고, 차원 검은 스르르 사라졌다.

'저는 그대 편입니다. 부디 제 비밀을 다른 사람들에게는 밝히지 말아 주시면 감사하겠습니다.'

휘스트는 조심스럽게 숨을 골랐다.

'대체 왜?' 그는 생각했다.

그리고 투덜거리면서 통신기를 끄고 보안경을 들어 올렸다. 프로토스와 생각으로만 대화할 수 있는 사람도 간혹 있었다. 하지만 한참 동안 윙윙거리는 소리에 시달린 휘스트는 여전히 머리가 빙빙 도는 듯한 느낌 때문에 도저히 그럴 수가 없었다.

"대체 왜?"

그는 다시 소리 내어 말했다.

울라부의 눈이 휘스트에게서 타냐에게로 향했다.

'지금까지 아주 오랫동안 그녀를 속여 왔습니다.'

부끄러운 듯한 목소리였다. 적어도 휘스트에게는 그것도 꽤나 낯선 경험이었다. 프로토스가 부끄러워 할 줄도 알다니.

'이 사실을 알게 되면 타냐가 많이 실망하고 상처를 입을 겁니다.'

"그런 줄은 알고 있어? 지금 뭐가 어떻게 된 거야? 당신 대체 누구야?"

휘스트는 최대한 비꼬는 투로 쏘아붙였다.

'저는 울라부입니다. 일개 연구원이지만, 그 이상이기도 합니다.'

프로토스가 말했다.

"그 이상이라면, 뭐 암흑 기사라도 되는 건가?"

휘스트가 거친 목소리로 말했다. 지끈거리는 머릿속에 조금 전의 대화가 떠올랐다.

"이거 참, 귀엽네. 디즈는 '사이오닉' 검이 없냐고만 물어봤었지. 그런데 당신네들이 사용하는 건 '차원' 검이라고 하고. 완전히 다른 거겠지?"

'사실 둘은 전혀 다릅니다.'

"지금 그게 중요한 게 아니잖아. 좋아, 그렇다고 하자고. 프로토스도 생각보다 참 쪼잔하네."

'거짓말을 하고 싶지는 않았습니다. 그저 제 정체를 밝히지 않는 선에서 진실만을 말했을 뿐입니다.'

"그래, 뭐, 어차피 다 의미 없는 얘기야. 당신의 사기극도 이제 다 끝이니까."

휘스트는 저그 사체 네 구를 향해 손짓했다.

"저 차원 검 자국을 설명할 좋은 방법이 없다면 말이야."

그 말에 대답하듯, 울라부는 손을 뻗어 휘스트의 요대에서 수류탄을 꺼냈다.

'이거면 흔적을 모두 지울 수 있습니다.'

프로토스는 손을 끌어당기기 시작했지만, 휘스트가 그의 손목을 붙잡았다. 울라부가 차원 검을 다시 가동하기라도 하면 여생을 외팔이라고 불리며 살게 될 거라는 생각이 막연하게 떠올랐다.

"기다려. 쓸 만한 싸움꾼이 하나 있다는 건 물론 좋은 일이야. 지금은 정말로 그런 사람이 필요할 때니까. 하지만 당신이 무슨 수를 써서든 계속 정체를 감춰야 한다면, 적어도 그 이유는 알아야겠어."

그가 경고했다. 울라부는 잠시 아무 말도 하지 않다가 입을 열었다.

'아르타니스 신관은 테란을 얼마나 신뢰할 수 있을지 모르겠다고 했습니다. 네라짐도 비슷합니다. 우리는 지금껏 테란이 얼마나 잔혹한지, 또 테란 종족이 어떻게 분열되는지를 지켜봐 왔으니까요.'

"프로토스가 그런 얘기를 할 형편은 아니지 않아? 그래서 뭐야, 아르타니스가 당신을 첩자로 보냈다는 건가?"

휘스트가 거친 목소리로 대꾸했다.

'내 임무는 관찰이었습니다.'

울라부가 그의 말을 정정했다. 정말이지 그냥 넘어가는 법이 없군.

'아르타니스는 테란이 정말로 하나가 될 수 있을지, 종족 내부의 갈등이 진정 사라질 수 있는지 알고 싶어 했습니다. 또 그와 함께, 지금까지의 전투에서 테란이 드러냈던 잔혹함이 프로토스를 향할 수 있을지도 알고 싶어 했습니다.'

"태어날 때부터 평생을 전사로 살았던 당신에게는 어색할 수도 있겠지만, 우리 테란은 지금 전쟁이라면 아주 지긋지긋하다고. 설사 그렇지 않다고 해도, 당신들을 상대로 전쟁을 벌일 만큼 미치진 않았어. 믿어도 좋아."

'저는 그대를 믿습니다, 포스터 크레이 상사. 하지만 제겐 임무가 있습니다. 그걸 완수해야 합니다.'

울라부가 말했다. 휘스트는 상대를 쏘아보며 곰곰이 생각했다. 이 대화가 아직 끝난 게 아니라는 것만은 분명했다. 하지만 지금은 태평하게 잡담이나 하고 있을 시간이 없었다. 달려든 저그 한 무리를 처치했음에도 윙윙거리는 소리가 계속되고 있다는 사실을 볼 때, 이와 같은 끔찍한 괴물들이 어딘가에 더 잠복하고 있는 게 분명했다.

"좋아. 당신 비밀을 지켜 주겠어. 그렇지만…."

휘스트는 울라부의 손목을 놓아 주었다. 그리곤 경고하듯 손가락 하나를 들어올렸다.

"또 이렇게 힘든 상황이 닥치면, 당신도 좀 움직여 줘야겠어. 알겠지?"

'알겠습니다.'

울라부도 동의했다. 그의 생각이 미묘하게 변화했다. 휘스트는 울라부가 아이러니한 미소를 띠고 있는 듯한 묘한 기분을 느꼈다.

'죽어버리면 임무를 완수할 수도 없겠지요.'

"좋아. 그 점을 꼭 기억해 둬. 가서 날려 버려. 너무 가까이 가지는 말고."

휘스트는 사체들을 턱으로 가리켰다. 프로토스 군대가 암흑 기사에게 뭘 가르치는지는 몰라도, 적어도 자치령 화기에 대한 기본 지식은 제대로 알려준 모양이었다. 울라부는 주 폭발 반경으로부터 정확히 0.5미터 떨어진 지점에 서서 휘스트의 수류탄을 저그 사체 더미에 던졌다.

"좋아. 타냐에게 뭐라도 해줄 수 있는 게 없는지 볼까."

폭발의 메아리가 잦아들자 휘스트가 말했다. 그는 타냐 곁에 무릎을 꿇고 앉아 전투복의 생체 정보 표시 장치를 열었다.

'이번 공격의 주요 목표는 타냐였던 것 같습니다.'

울라부가 휘스트의 곁에 쭈그리고 앉으며 말했다.

"그래?"

휘스트가 곁눈질로 울라부를 보며 말했다. 프로토스가 쭈그리고 앉는 모습을 보는 건 처음이었다. 역관절을 구부리고 앉는 모습은 확실히 이상해 보였다.

"뭐, 확실히 효과가 있었네. 이렇게 정신이 나가 버려서야 원."

그는 고갯짓으로 울라부의 손목을 가리켰다.

"그건 처음 보는 물건인데."

'시험 중인 장비입니다.'

울라부는 차원 겸 집중 장치를 내려다보며 말했다. 휘스트가 바라보는 앞에서 그 장치는 납작한 모습으로 되돌아갔다.

'기존 집중 장치처럼 강하거나 튼튼하진 않지만, 이런 상황에는 더 어울

리지요.'

"눈에 띄지 않고 싶을 때 말이겠지."

휘스트는 그렇게 말한 후 부드럽게 타냐의 볼을 토닥였다.

"이봐, 꼬마, 일어나."

올라부가 가까이 다가왔다.

'제가 해 보겠습니다. 보안경을 제거해 주시겠습니까?'

"그러지. 마음대로 해 봐."

휘스트는 걸쇠를 풀고 보안경을 조심스럽게 열었다. 고통이나 공포로 일그러진 얼굴을 상상하고 있었지만, 눈을 감은 타냐의 표정은 그냥 편안해 보였다.

'고맙습니다.'

올라부는 두 눈으로 타냐의 얼굴에 초점을 맞춘 채 침묵에 잠겼다. 뒤쪽에서 발소리가 들렸다. 휘스트는 바닥에 댄 무릎을 중심으로 빙글 돌며 C-14 소총을 들어올렸다.

"이봐!"

디즈가 외쳤다. 에린과 함께 모퉁이를 돌아서 오고 있는 그의 목소리가 휘스트의 헬멧 속에서 희미하게 들렸다.

"우리야."

"연락을 먼저 하셨어야죠."

총구를 내리며 휘스트는 투덜거리듯 말했다.

"했었지. 너, 통신기가 꺼져 있던데."

디즈가 말했다.

"아."

얼굴을 찌푸리며 휘스트는 통신기를 다시 켰다.

"입구를 지키고 계신 줄 알았습니다만."

"아, 괜찮아. 입구는 이제 안전해. 나무 틈 앞쪽에서 천장이 전부 무너져 내렸어. 여기서 나가려면 다른 나무를 더 쓰러뜨려야 할 것 같아. 여기선 무슨 일이 있었던 거야?"

디즈는 땅에 쓰러진 타냐를 보고는 그들을 향해 뛰어왔다.

"자, 거짓말쟁이 자가라 주식회사의 신상품, 두뇌 벌레를 소개합니다."

휘스트가 저그 4마리의 잔해를 향해 손짓하며 말했다.

"타냐가 당했어?"

타냐는 갑작스럽게 숨을 헐떡인 후 몸을 부르르 떨면서 눈을 떴다.

"울라부?"

'여기 있어, 타냐 콜필드.'

프로토스가 이렇게 말하며 장갑을 착용한 타냐의 손을 붙잡고 꼭 쥐었다. 어느새 원예용 장갑을 다시 끼고 차원 검 집중 장치를 눈에 띄지 않게 감춘 모습이었다.

'괜찮아?'

"그런 것 같아."

타냐는 휘스트를 향해 시선을 옮겼다. 고통스러운 듯한 표정에 얼굴에는 주름이 패였다.

"난 싸우지도 못했지?"

"걱정하지 마. 총 좀 쏘고 수류탄 하나 던졌더니 다 끝났으니까."

휘스트가 그녀를 안심시켰다.

"대체 이것들은 뭐죠?"

에린이 사체 곁에 무릎을 꿇고 앉아 물었다. 그녀는 사체의 등에서 떨어져 나온 갑피 조각 하나를 들춰 보는 중이었다.

"저그에게서 이런 색상은 본 적이 없어요."

"방금 얘기했잖아, 신상품이라고. 머릿속에서 윙윙거리는 소리가 울리는 게 이놈들 때문인 것 같아."

휘스트가 말했다.

"아직도 들리는 이 소리 말이야?"

디즈가 물었다.

"네, 그러니 어딘가 이런 놈들이 더 있을 겁니다."

휘스트가 그의 말에 동의했다. 디즈는 한숨을 쉬었다.

"끝내주는군."

"잠깐만요. 이건 말도 안 돼요. 공동의 의사소통 방식을 제외하면, 저그는 지금까지 사이오닉 능력을 소유했던 적이 없었어요. 어떤 종류든 사이오닉 능력을 방출할 수 있었던 적도 물론 없고요."

에린이 이의를 제기했다.

"케리건만 빼고 말이지. 그게 의미가 있는 건지는 모르겠지만."

타냐가 말했다.

"어떻게 그럴 수가 있다는 거죠? 그런 능력은 애초에 저그 유전자에 없다고요."

에린은 완강했다.

"뭐, 어딘가에서 새로운 유전자를 찾아낸 거 아닐까. 알다시피 원래 그런 게 저그가 하는 일이잖아."

휘스트가 말했다.

"그러면 적어도 네가 얘기한 식물군의 패턴이라는 것도 설명할 수 있을 거야. 아무래도 관련이 있을 것 같은데."

디즈도 덧붙였다.

"아니에요. 그 패턴은 식물에 드러나는 거였어요. 사이오닉 유전자는 동물에서만 발현돼요. 그러니까 뭔가 다른 일이 일어나고 있는 거예요."

"가서 답을 찾아보자고."

휘스트가 경사로 위쪽을 흘긋 바라보며 말했다.

"일단 이 경사로를 마저 올라가서, 위에 뭐가 있는지 봐야겠어."

"이런 두뇌 벌레들은 어떻게 하고?"

디즈가 물었다.

"또 마주치게 되면 전부 죽여 버릴 겁니다."

휘스트가 말했다.

"좋아. 그냥 물어 본 거야. 그런데 계속 그 멍청한 이름을 부를 수는 없을 것 같은데."

디즈가 말했다.

"달리 괜찮은 이름 있습니까?"

"아니, 하지만 여기 그런 문제의 전문가 분들이 계시잖아."

디즈는 에린을 바라보며 눈썹을 치켜떴다.

"당신이 나설 차례야, 박사님."

"사이오리스크. 이 생물의 특징과 저그의 명명 규칙을 모두 만족시키는 이름이에요."

에린이 아무런 망설임 없이 말했다. 디즈가 휘스트를 바라보며 말했다.

"역시 훌륭해. 그래, 사이오리스크로 하자고."

그는 타냐를 향해 손을 내밀었다.

"움직일 수 있겠어?"

"당연하지. 걱정하지 마. 다시는 이런 일이 없을 테니까."

디즈와 울라부가 각각 내민 손을 모두 무시하고 그녀는 일어섰다. 휘스트는 울라부를 바라봤다.

'타냐 말이 맞습니다. 이제 저그가 제 정체를 알게 됐으니, 틀림없이 절 목표로 삼을 겁니다.'

프로토스가 휘스트에게만 생각을 전했다. 휘스트가 고개를 돌리며 입술을 앙다물었다. 저그가 그의 정체를 알게 됐다면 그럴 터였다. 하지만 사이오닉 차단기가 작동하고 있는 상황에서 울라부의 공격을 목격한 괴물들은 모두 죽었으니, 그의 힘은 아직 저그에게 알려지지 않았을 수도 있었다.

휘스트는 그게 사실이길 바랐다. 지금과 같은 상황에서 그라면 미지의 능력을 지닌 유령보다 정상적으로 활동할 수 있는 암흑 기사를 선택할 것이다. 특히 적이 예상하지 못하는 암흑 기사라면 더더욱 좋았다.

"또 어지러워지면 바로 얘기해, 타냐."

그는 말했다.

"다들 마찬가지야. 아, 그리고 머릿속에 윙윙거리는 소리가 너무 심해지면 눈앞이 흐려질 수도 있으니 조심하고. 그런 상황을 예상하고 대비할 수만 있으면 괜찮을 거야."

"혹시 괜찮지 않으면 전투 자극제라도 슬쩍 맞으면 어떨까?"

디즈가 제안했다.

"그것도 좋습니다."

휘스트가 대답했다.

"에린, 크루이크섕크가 전투 자극제 쓰는 법은 가르쳐 줬어?"

"네. 전투 자극제의 부작용도 따로 찾아봤는데요, 저라면 위험 부담이 조금 있더라도 윙윙거리는 소리를 선택할래요."

착 가라앉은 목소리로 에린이 말했다.

"좋을 대로 하라고. 좋아, 전원, 전진 대형은 동일하다. 한번 가 보자."

휘스트가 말했다. 알고 보니 이번 경사로가 마지막이었다. 꼭대기 층계참은 넓은 통로로 연결되었고, 통로의 안쪽 50미터 지점에서 다른 아치형 입구가 나타났다. 그 입구 너머는 동굴처럼 보였지만, 길이 구부러져 있어 더 깊은 곳은 보이지 않았다. 이상하게, 특히 그들이 메사 지형의 한 가운데에 있다는 점을 고려하면 정말 기이하게도, 어딘가에서 희미한 빛이 스며들고 있었다.

디즈도 그 점을 눈치 챈 모양이었다.

"어디에서 빛이 들어오는 건지 궁금한데."

일행이 멈춰 서자 그가 말했다.

"스펙트럼은 햇빛과 같아요. 정확히 어디에서 나오는 빛인지는 모르겠어요. 상부나 측면 도관을 통해 들어오는 것일 수도 있겠는데요."

에린이 말했다. 그녀는 몇 걸음 떨어진 옆쪽에 웅크리고 앉아 손가락으로 거친 바닥을 쿡쿡 찔러 보고 있었다.

"신경 쓰지 마. 아무래도 앞쪽 방을 확인해야겠지?"

타냐가 말했다.

"그래야 해요. 우리가 뒤쫓던 패턴이 시작하는 곳이니까요."

에린이 계속 바닥을 찔러 보면서 대답했다. 휘스트와 디즈는 시선을 교환했다.

"무슨 마법으로 알아내기라도 한 거야?"

디즈가 물었다.

"아뇨. 지의류예요. 우리가 궤도에서 눈으로 봤던 식물상과 같은 패턴을 그리고 있어요. 그리고 그 패턴이 바로 저 방으로 연결되어 있고요."

에린이 일어섰다.

"갈까요?"

"잠깐만."

휘스트가 바닥을 보며 눈살을 찌푸렸다. 그는 발밑에 그렇게 작은 식물들이 있다는 사실조차 몰랐다.

"계속 식물 패턴에 대해 얘기하고는 있는데, 그게 정확히 뭔지는 말해 준 적이 없잖아. 그 패턴이라는 게 뭐야? 박사님들만 볼 수 있는 커다란 화살표라도 어디 있는 건가?"

휘스트의 질문에 에린이 답했다.

"화살표보다는 조금 복잡하긴 해요. 그건… 음, 바람이 항상 같은 방향에서 불어오는 장소에서는 나무와 풀이 반대쪽으로 기울어져 자라는 거 아시죠? 그거랑 비슷한 거예요. 나뭇잎을 예로 들어 볼까요? 같은 나뭇잎도 나무 꼭대기에 있는 것과 아래쪽에 있는 건 색깔과 질감이 조금씩 달라요. 그리고 다들 햇볕을 받기 위해 위쪽을 향해 자라죠. 그런데 여기 기스트에서는 또 한 가지 요소를 고려해야 해요. 집중점 인근에서는 나무들이 눈에 띄게 높이 자라요. 마치 그 부분에서만 급성장할 수 있다는 듯이. 그리고 나뭇가지가 배치되는 모습에도 뭔가 다른 점이 있어요. 작은 관목들이 대칭을 이루는데—"

"좋아, 알았어. 당신 말을 믿을게."

휘스트가 그녀의 말을 끊었다.

"그 흐름에는 일정한 패턴이 있어요."

에린이 말을 이었다.

"흐름이라고 표현하는 게 정확한 건 아니지만, 그래도 어떤 느낌인지는 아시겠죠."

"그런 게 지의류에서 보인다는 거야?"

타냐가 물었다.

"네."

에린이 답했다.

"당신은 어때? 이 조사단의 두 번째 연구원이잖아. 뭔가 보이는 게 있어?"

디즈가 올라부를 향해 손짓하며 말했다.

'저는 패턴을 보지 못했습니다. 이런 문제에서는 에린 와이랜드 박사가 저보다 훨씬 경험이 많습니다. 또 패턴이라는 건 무엇을 찾아야 하는지

알고 있는 사람들에게 더 명확하게 드러나는 법이지요. 저는 그녀의 판단을 믿고 싶습니다.'

울라부는 순순히 인정했다.

"좋아."

휘스트가 말했다. 자신을 비롯한 부대원들이 과거에 실제로 아무것도 없었던 바위틈이나 수풀 사이에서 뭔가를 발견했다고 착각하던 수많은 경험들이 주마등처럼 떠올랐지만, 애써 잊어버려야 했다. 인간의 눈과 두뇌는 무슨 일에서든지 패턴을 찾아내려고 애썼다. 그 패턴이 실제로 존재하든 그렇지 않든 달라지는 건 없었다.

어쨌든 이 지역의 식물군에 무슨 일이 일어나고 있는 건지는 몰라도, 그와 별개로 사이오리스크 문제는 분명히 확인해야 했다. 그리고 그러려면 앞쪽에 보이는 방이 다음 목적지였다. 그곳에서 모든 일이 깔끔하게 마무리될 수도 있었다.

"전진 대형은 동일하다. 경계는 늦추지 않는다. 누구든 윙윙 소리가 커지면, 제발 뭐라고 말 좀 해 주고."

"먼저 본대에 보고하고 가는 게 낫지 않을까? 혹시나 해서 말이야."

타냐가 물었다.

"사이오닉 차단기를 끄자는 얘기야?"

디즈가 따지듯 물었다.

"안될 게 뭐야? 여기선 딱히 도움이 되는 것 같지도 않은데."

타냐가 반박했다.

"그건 모를 일이지. 사실 휘스트가 사이오리스크 4마리를 혼자서 처치한 것만 봐도, 이 차단기가 뭔가 도움이 되는 건 분명해."

디즈가 말했다. 휘스트는 울라부를 곁눈질로 바라보다가, 상대도 자신을 바라보고 있음을 깨달았다. 울라부는 아무 말도 하지 않았지만, 앞서 휘스트가 했던 약속이 그의 어깨를 짓누르는 것만 같았다.

"아니면 그저 평균보다 약한 저그였던 건지도 모르지."

타냐가 말했다.

"수류탄만으로는 저글링 1마리도 저렇게 만들 수 없으니—"

"그만. 사이오닉 차단기는 켜 두겠어. 더 얘기할 필요 없어."

휘스트가 그녀의 말을 끊었다. 그는 타냐를 바라봤다. 아무래도 할 말이 아직 많이 남아 있는 듯했다.

"더 얘기할 필요 없다고."

휘스트는 다시 한 번 단호하게 말했다. 타냐는 눈살을 잔뜩 찌푸렸지만, 아무 말 없이 돌아섰다.

"좋아."

그가 C-14 소총을 들어 올리고, 요대에 넣어 둔 예비 탄창에 팔꿈치를 얹어 확인하고는 말했다.

"출발한다."

제11장

그 통로의 벽은 경사로 꼭대기에서 처음 보고 생각했던 것처럼 매끈하지는 않았다. 여기저기 패인 곳이 많았다. 그 중에는 작은 저그라면 충분히 숨을 만한 공간도 있었고, 또 너무 깊어서 손전등을 비춰 봐야 안쪽이 비어 있다는 걸 확인할 수 있는 곳도 있었다. 조사단은 조바심이 날 만큼 느린 속도로 전진했다.

하지만 다른 사이오리스크들이 거기 숨어 있다고 해도, 매복 공격처럼 시시한 건 시도하지 않을 생각인 모양이었다. 적은 공격해 오지도, 심지어 모습을 드러내지도 않았다.

하지만 타냐의 머릿속에 울리는 윙윙 소리는 분명히 커지고 있었다. 자가라가 세운 계획이 무엇이든, 그게 끝나기까지는 아직 갈 길이 멀었다.

그리고 그 계획은 순식간에 끔찍하게 악화될 수도 있었다. 전쟁 중에 사라 케리건은 초월체에게 붙잡힌 후 군단에 흡수되었었다. 만약 자가라가 타냐에게도 비슷한 짓을 하려 한다면….

타냐는 단호하게 고개를 가로저었다. 그런 일이 일어나게 할 생각은 없었다. 절대로 그럴 수는 없었다. 무슨 일이 생기든, 또 어떤 대가를 치르든, 저그가 자신을 칼날 여왕처럼 끔찍한 존재로 바꿔 놓기 전에 차라리 죽어버릴 것이다.

마침내 조사단은 아치형 입구에 도착했다.

"가자. 정신 똑바로 차려."

휘스트가 중얼거렸다.

'기분은 괜찮아?'

윙윙거리는 소리를 뚫고 울라부의 생각이 타냐에게 전해졌다.

'난 괜찮아.'

그녀는 눈살을 찌푸리며 대답했다. 울라부는 감추려 하는 듯했지만, 그의 목소리에서 낯선 고통이 느껴졌다.

'그러는 너는 괜찮은 거야?'

'나는 괜찮아. 하지만 혹시라도 내가 의식을 잃는 일이 생기면, 네가 나를 보호해 주길 바라.'

그가 타냐에게 대답했다.

'당연하지.'

그녀는 약속했다. 뱃속에 묵직한 것이 들어앉은 것만 같았다. 울라부는 지금까지 일행이 마주해야 했던 그 어떤 전투를 앞두고도 그런 부탁을 한 적이 없었다. 뭔가 상황이 달라진 걸까? 그녀가 알지 못하는 무언가를 울라부가 알고 있는 건 아닐까?

아니, 어쩌면 상황이 크게 달라진 건 아닐지도 몰랐다. 타냐가 경사로에서 이미 한 번 기절했었으니, 울라부도 자신에게 그런 일이 생길까 봐 두려운 것일 수도 있었다.

물론 둘 다 기절한다면, 타냐도 울라부를 보호해 줄 수는 없을 것이다. 그러니 이번만큼은 그녀도 정신을 똑바로 차리고 버텨야 했다.

어떻게든 그럴 것이다. 아까는 기습 공격에 당했기 때문이었다. 이제는 그런 상황을 충분히 예상하고 있는 만큼, 다음 번 공격에는 저항할 수 있다는 확신이 있었다.

혹시나 실패할 경우, 디즈가 말했던 것처럼 전투 자극제라도 동원해야 했다.

방은 경사로 세 개를 올라오기 전에 들어왔던 동굴에 비해 훨씬 컸다. 앞쪽으로 100미터 가량 떨어진 반대쪽 벽에는 세 개의 층으로 구불구불하게 나뉜 저그식 구조물에 우윳빛 알주머니 육십 개가 촘촘히 박혀 있었다. 달걀 모양의 알주머니는 길이가 약 1미터 가량에 겉껍질은 반투명했다. 각각의 알주머니 안에는 뭔가 들어 있었는데, 타냐의 보안경으로 확대해 봐도 세세한 모양새를 파악할 수가 없었다. 알주머니를 지지하는 구조물 자체도 저그의 산란못과 진화장을 조금씩 닮긴 했지만, 그녀가 지금껏 보아온 어떤 저그 구조물과도 달랐다.

어쩌면 초월체가 케리건을 변형시키는 동안 가둬 두었던 고치를 품었던 구조물과 닮은 것 같기도 했다.

"이런. 저런 건 정말 처음 보는데."

타냐는 애써 평온한 목소리로 말했다.

"그래. 저쪽 건 아니지만."

휘스트가 대꾸했다. 타냐는 알주머니에서 시선을 돌렸다. 방의 옆면은 양쪽으로 각각 50미터 가량 떨어져 있었다.

그리고 그 양쪽 벽에는 사이오리스크가 줄지어 서 있었다. 약 20마리씩 좌우 벽에서 아무런 소리도 내지 않고 가만히 서 있었다.

타냐의 뱃속이 뒤틀렸다. 머릿속에서는 윙윙 소리가 점점 커지는 것만 같았다.

"휘스트? 지금 뭔가 기다리고 있어?"

디즈가 중얼거렸다.

"움직이지 마십시오. 놈들이 뭔가 꿍꿍이를 꾸미고 있습니다."

휘스트가 조심스럽게 말했다.

"그러니까 어서 숫자라도 줄여야 하지 않겠어?"

디즈는 거듭 말했다.

"우리가 저 알주머니에 관심이 있는지 보려고 기다리는 건지도 몰라요. 혹시 저게 뭔지 아시는 거 있어요?"

에린이 끼어들며 묻자 휘스트가 대답했다.

"처음 보는 건데. 물론 사이오리스크도 처음 보는 건 마찬가지고. 이미 오래 전에 우리에게 익숙한 세계를 떠나 온 느낌인데."

"새로운 형태의 산란못이나 진화장 같아."

타냐는 사이오리스크를 살피며 말했다. 지난 번 무리를 상대할 때는 아무것도 하지 못했고, 휘스트의 수류탄이 사체를 너무 많이 손상시켜 따로 약점을 찾아볼 수도 없었다.

하지만 사이오리스크는 히드라리스크가 축소된 형태에 가까웠다. 장기 역시 동일하게 배치되어 있다면, 타냐가 충분히 처리할 수 있을 것이다.

'우리가 동굴에서 빠져나오기를 기다리는 것일 수도 있습니다.'

울라부도 자신의 생각을 밝혔다.

"퇴로에서 멀어지고, 벽을 등질 수 없게 되기를 기다리는 건가? 그래, 그거 말 되네."

휘스트가 심각한 목소리로 말했다.

"그러면 여기서 그냥 빠져나가는 건가요?"

에린이 물었다. 휘스트는 콧방귀를 뀌었다.

"퍽이나 그러겠다. 우린 임무수행 중이야, 박사님. 저 망할 알주머니들을 살펴보는 게 우리 임무인 것 같고. 그러니 가서 확인해 봐야 하지 않겠어?"

"그런 다음에 빠져나가는 거지?"

디즈가 물었다.

"그럴 겁니다."

휘스트는 다시 에린을 돌아봤다.

"그렇다고 당신까지 저기 끌고 갈 생각은 없어. 여기서 기다려. 우리가 알주머니를 건드리는 걸 사이오리스크들이 좋아하지 않으면 바로 도망가고."

타냐는 눈살을 찌푸렸다. 휘스트의 말을 듣고 보니 어딘가 이상한 점이 있었다. 사이오리스크들은 왜 방의 옆면에 늘어서 있는 걸까? 주머니를 지키려 한다면, 조사단의 앞을 막아서는 게 훨씬 낫지 않을까?

"아, 그래요? 혼자서 아무런 무기도 없이 여기서 기다려 볼까요? 고맙지만 그냥 같이 가는 쪽을 택하겠어요."

에린이 냉소적인 목소리로 말했다.

"솔직히 무기를 안 챙긴 건 당신이잖아. 수송선에서 나오는 길에 분명히 C-14 소총 거치대가 있었다고."

휘스트가 지적했다.

"어차피 어떻게 쓰는 건지도 모르는데요, 뭐. 소총 사용법은 5분 정도 배운 게 다라고요."

에린이 말했다.

"훌륭하네. 그 정도만 해도 해병 신병들보다는 훨씬 오랫동안 훈련을 받은 셈이야."

휘스트는 어깨에 걸어 두었던 여분 가우스 소총을 에린에게 건넸다.

"자, 반자동으로 맞춰 놨어. 안전장치만 제거하고, 아, 탄창 제거 버튼 위쪽에 있는 레버를 젖히고, 그대로 조준하고 쏘면 끝이야. 우릴 맞추지 않게만 조심하고."

"이것도 좀 맡아줘."

타냐가 C-10 소총을 에린에게 건넸다.

"어이, 이봐. 적을 앞에 두고 무기를 버리는 거야?"

휘스트가 말했다.

"잘 생각해 봐."

타냐는 한 줄로 늘어선 사이오리스크를 가리켰다.

"저 녀석들을 봐. 양쪽 벽에 별다를 건 없으니, 다들 알주머니를 지키려고 저기 서있는 거겠지. 그런데 왜 우리를 막아서지 않고 저렇게 옆에 서 있을까?"

"왜냐하면—"

휘스트가 잠시 말을 멈췄다.

"아하! 유탄이 알주머니에 맞을까봐 그러는 거겠지."

"나도 그렇게 생각해. 그러니까 내가 무장하지 않은 채 접근한다면, 저 그가 날 내버려 둘지도 몰라."

타냐도 동의했다.

"당신에게 달려들었다가는 알주머니와 우리들 사이에 들어서게 될 테니까. 재미있는데. 그 말이 맞을 수도 있겠어."

디즈가 중얼거렸다.

"그리고 내 말이 맞다면, 가능한 한 위험해 보이지 않는 모습으로 가야 하겠지."

타냐가 결론을 내렸다.

"에린?"

에린은 마지못해 소총을 받아들었다.

"조심하세요."

"그럴게."

타냐는 약속했다. 그녀는 한 걸음 앞으로 나섰지만, 휘스트가 팔을 붙잡았다.

"겉보기에만 위험하지 않은 거겠지?"

그는 작은 목소리로 물었다. 타냐는 고개를 끄덕였다.

"괜찮을 거야."

"저그는 정신을 흔들어 놓는 게 주특기야. 보통은 대상을 감염시켜서 그렇게 하고. 그런 꼴은 참 많이 봤지만, 늘 끔찍한 광경이었어. 그런데 이 사이오리스크들은 신체 감염은 건너뛰고 바로 두뇌를 노리는 것 같아."

휘스트가 말했다.

"내가 이미 지배당하고 있다고 생각하는 거야?"

타냐는 물었다. 서늘한 기운이 등줄기를 타고 흘렀다. 혹시나 그런 일이 발생한 거라면, 그녀에게도 뭔가 느껴지는 게 있지 않을까?

"만약 지금이 그런 경우라면, 놈들은 차라리 내가 무기를 들고 다른 사람들과 싸우게 하는 쪽을 선호하지 않을까?"

"글쎄. 어쩌면 당신을 어디까지 조종할 수 있는지 확인하고 싶은 것일 수도 있지."

타냐는 침묵 속에 줄지어 선 저그를 바라보며, 악물고 있던 턱에서 억지로 힘을 뺐다.

"이렇게 하자고. 난 저 알주머니를 확인할 거야. 혹시라도 내가 아주 멍청하게 죽게 되거든, 당신 말이 옳았다고 인정해 주지. 그렇게 되지 않으면, 내가 아직 제정신인 거라고 생각하자고. 어때?"

"좋아."

휘스트는 타냐의 팔을 놓아주었다.

"조심해."

"그래."

그녀는 올라부를 돌아봤다.

'몸조심해, 올라부. 놈들이 공격해 오면, 휘스트나 디즈 뒤에 숨고.'
'나는 괜찮을 거야.'

울라부는 그렇게 말했지만, 그의 정신에서 전에는 한 번도 느껴보지 못했던 묘한 어둠이 느껴졌다.

'조심해.'

그녀는 울라부를 향해 미소를 지었다. 그리고 애써 불안감을 억누르면서 앞으로 걸어 나갔다.

거리계에는 100미터라는 표시가 떠올랐다. 하지만 믿음직스러운 C-10 소총을 남겨두고 홀로 걷고 있으려니까, 알주머니와의 거리는 왠지 그보다 훨씬 멀게만 느껴졌다. 그녀는 걸어가면서도 양쪽의 사이오리스크에게서 눈을 떼지 않았다. 알주머니에 너무 가까이 접근했을 때 과연 저그가 공격해 올 것인지, 또 너무 가깝다고 판단될 거리는 어느 정도일지가 궁금해졌다.

30미터쯤 떨어진 지점에 들어서며 오른쪽을 돌아봤을 때, 타냐는 자신이 보이지 않는 경계를 넘어섰다는 걸 깨달았다.

"왼쪽이야!"

휘스트가 소리쳤다.

고개를 돌리는 순간, 윙윙거리는 소음이 망치처럼 머릿속을 때리기 시작했다. 저그가 움직이기 시작했다. 누군가의 지휘를 받기라도 하듯 한 줄 전체가 천천히 앞으로 나서고 있었다. 아직 돌진해 온다고는 할 수 없었지만, 빠르게 조깅을 하는 속도로 미끄러지며 다가오고 있었다. 타냐의 대응을 기다리고 있거나, 그녀를 다시 기절시킬 수 있을지 확인하려는 것 같았다.

아니면 그저 그녀가 얼마나 강하게 지배를 받고 있는지 확인하려는 건지도 몰랐다.

만약 그렇다면 단단히 실망하게 될 것이다. 타냐는 윙윙거리는 소리에 저항하며, 정신을 뻗어 가장 가까이에 있는 사이오리스크에게 집중했다. 그리고 저그의 내부 구조를 떠올리며 심장과 폐가 있을 부분을 찾았다.

그 사이오리스크는 격렬하게 경련하며 몸을 꼿꼿이 세운 후 그대로 옆으로 쓰러졌다. 타냐는 적이 쓰러지기를 기다리지 않고 다음 저그를 보며 힘을 쏟았다. 왼쪽에서 천둥 같은 소리가 터져 나오며 방 전체를 울렸다. 휘스트와 디즈가 가우스 소총을 발사하기 시작한 모양이었다. 두 번째 목표가 쓰러지고, 타냐는 다시 그 다음 저그를 노렸다. 이번 공격은 중심에서 조금 벗어났는지 사이오리스크의 측면에서 검게 물든 노란색 불꽃이 터져 나왔다. 적을 쏘아보며, 그녀는 눈을 깜빡여 윙윙 소리를 밀어내고 다시 정신을 집중했다. 이번에는 적이 쓰러졌다. 다른 저그들도 함께 쓰러지는 모습을 보며, 그녀는 잠시 반대쪽을 살폈다.

그쪽 저그도 쓰러지고 있었다. 동료들을 바라보니, 디즈와 휘스트는 등을 맞대고 서서 무기를 마구 발사했고, 에린과 울라부는 그들 곁에서 역시 등을 맞대고 서 있었다. 에린은 군인들에 비하면 많이 어색한 모습이었지만, 그래도 소총을 발사하며 제 몫을 하고 있었고, 울라부는 그냥 등을 구부리고 서서 다른 사람들을 방해하지 않으려고 애쓰는 중이었다. 타냐는 오른쪽 저그 2마리를 구워 버린 후 다시 왼쪽으로 주의를 돌렸다.

전방에서의 공격이 크게 줄어들긴 했지만, 여전히 많은 사이오리스크들이 끈질기게 타냐에게 달려들고 있었다. 그리고 놈들은 분명히 점점 더 가까워지는 중이었다. 휘스트의 가우스 소총에 저그들이 나뒹구는 모습을 보며, 타냐는 저그를 1마리, 또 1마리, 또 1마리 튀겨버렸다. 익숙한 붉은 안개가 시야를 뒤덮었다. 힘을 방출하는 사이 분노와 결의, 피의 욕망이 온몸을 채웠고, 머릿속에서 윙윙거리는 울림과 함께 고통과 어지럼증이 밀려들었다. 그녀는 계속 싸우며, 죽이고 또 죽였다.

그리고 한 순간, 모든 것이 끝났다.

서서히 붉은 안개가 걷혔다. 타냐는 자신이 숨을 몰아쉬고 있음을, 전투복 아래 피부에 땀이 흥건하게 맺혔음을 깨달았다. 윙윙거리는 소리도 어느새 사라졌다. 소리가 작아지기만 한 게 아니라 완전히 없어져 버렸다. 그녀는 주위를 둘러보며 여기저기 흩어진 저그 사체에 눈길을 주었다. 그리고 무엇을 보게 될지 두려운 마음을 달래며 애써 고개를 돌려 팀원들을 바라봤다.

다행히 네 명 모두 그대로 서 있었고, 팔다리도 원래 자리에 잘 붙어 있었다. 휘스트와 디즈의 전투복은 무언가가 씹다 뱉어 놓은 것만 같았다. 사이오리스크의 발톱에 베이고 뚫린 흔적이 여기저기 남아 있어서, 그제야 적의 공격이 아군 목전까지 접근했었음을 알 수 있었다. 하지만 피가 흐르거나, 비상사태가 발생하여 전투복이 긴급히 폐쇄된 흔적은 없어서, 저그의 발톱이 테란의 피부에까지는 닿지 않았다는 사실도 확실해졌다. 타냐 자신의 전투복은 확인하지 않았지만, 아마 그들과 마찬가지로 손상되어 있을 터였다. 코앞까지 달려든 사이오리스크를 그녀 아니면 다른 누군가가 쓰러뜨렸던 건 분명히 기억이 났다.

"다들 괜찮아?"

타냐가 외쳤다. 세 사람은 휘둥그레진 눈과 잔뜩 긴장한 듯한 침묵으로 대답했다.

"다들 괜찮은 거야?"

그녀가 다시 물었다.

"아, 세상에."

에린이 가쁜 숨을 내쉬었다. 울라부 옆에 선 그녀의 손에서 가우스 소총이 떨어지려고 했다.

"당신은 그…."

에린은 말을 잇지 못한 채 손가락을 들어 가리켰다.

타냐는 줄지어 쓰러진 저그 사체들을 바라봤다. 아무래도 전투 초반에 그녀가 빗맞힌 저그는 1마리가 아닌 모양이었다. 네 구가 넘는 사체에서 연기가 피어올랐다. 그 중 하나는 겉으로 드러난 상처에서 노란 불길이 아직도 이리저리 흔들리며 연기를 피워올렸다.

'공식 명칭은 '방화 능력자'라고 합니다.'

울라부가 말했다. 디즈는 한쪽 눈썹을 추켜세웠다.

"방화 능력자?"

"그건 그냥 사관학교에서의 별명일 뿐이야. 농담이나 마찬가지였다고."

타냐는 잔뜩 인상을 쓰고 대꾸하면서 일행에게 돌아갔다. 자치령 최고 등급의 비밀이 낱낱이 드러나 버렸다.

"글쎄. 왠지 잘 어울리는 것 같은데."

디즈는 생각에 잠긴 목소리로 말했다.

'혹시 타냐를 모욕하려는 겁니까?'

울라부가 물었다.

"괜찮아, 울라부."

타냐가 재빨리 끼어들었다. 자신 때문에 말다툼이 생기는 건 절대로 원치 않았다. 특히 다른 유령 친구들이 붙인 시답지 않은 별명을 놓고 싸우고 싶지는 않았다.

"그래, 기분 나쁘게 할 생각은 없었어. 이야, 이거 참."

디즈는 어색하게 웃으며 말했다.

"뭐 우스운 거라도 있습니까?"

휘스트가 심각한 목소리로 물었다. 그도 말다툼은 원치 않았다.

"아니, 아니, 전혀 아니야. 그냥 타냐와 한 팀이 돼서 정말 다행이라는 생각이 들어서 말이야."

디즈가 대답했다.

"고마워."

타냐는 에린을 돌아보며, 화제를 돌릴 방법을 찾았다.

"너도 무사해서 다행이야."

"감사해요."

에린은 두 눈을 깜빡이며 손에 들린 가우스 소총을 보고는 그제야 자기가 아직도 총을 들고 있다는 사실을 깨달은 듯했다.

"제가 딱히 한 건 없어요. 완전 엉망진창이었거든요. 저그가 절 혼자 내버려 둔 게 정말 운이 좋았어요. 당신과 휘스트, 디즈는 상당히 거세게 공격했거든요. 아, 총 받으세요."

에린은 여전히 어색하게 가우스 소총을 든 채로, C-10 소총을 어깨에서 벗어 타냐에게 건넸다.

"아니, 뭐, 필요하면 가져가세요."

"선택지는 많을수록 좋지."

타냐는 눈살을 찌푸리며 소총을 받아 다시 어깨에 걸쳤다.

"저그가 널 혼자 내버려 뒀다고? 정말이야?"

"음, 네, 거의 그랬어요. 그래도 처음에 몇 발을 버리고 나서는 원하는 곳에 총을 쏠 수 있었던 것 같아요. 물론 디즈가 도와주지 않았다면 저그를 모두 없앨 수는 없었겠지만요."

에린의 목소리가 조금 떨리기 시작했다. 전투의 여파로 남은 아드레날린이 사라져 가는 중이었다.

'저도 포스터 크레이 상사가 보호해 주었습니다.'

울라부가 말했다.

"정말 다행이에요. 당신에게 무슨 일이라도 생긴 건 아닌지 걱정하고 있었거든요. 당신이 어디에서 뭘 하고 있는지 볼 정신도 없었다니까요."

에린이 말했다.

"그래, 뭐, 타냐와 비교할 수는 없겠지만 그래도 우리 쪽은 잘 막은 것 같아. 어쨌든 첫 번째 전투를 무사히 치러낸 거 축하해, 에린. 이제 신병 수준은 졸업하고 장교 정도는 된 것 같아."

휘스트의 목소리는 묘하게 퉁명스러운 날이 서 있었다.

"물론 진짜 장교를 무시하는 건 아닐 테고."

타냐가 디즈를 향해 고개를 끄덕이며 말했다. 에린은 정말이지 뒤도 돌아보지 못했던 것 같았다. 사이오리스크는 울라부에게도 위험할 만큼 접근했던 모양이었다. 둘이 서 있던 곳 근처에도 꽤 많은 사체가 쌓여 있었다. 거리가 워낙 가까운 걸 보니, 휘스트가 정말이지 놀라운 사격 솜씨를 발휘하여 놈들을 제때 쓰러뜨린 듯했다.

"자, 그러면 이제 왜 이런 소동이 벌어진 건지 한번 볼까?"

"뭐야, 우리가 아직 그것도 알아내지 못했을까봐? 그래 좋아, 가서 한번 보자고."

휘스트는 긴장한 목소리로 말했다.

동굴을 가로지르는 길은 조용했다. 머릿속에서 울리던 윙윙 소리가 사라진 지금, 사방에 울려 퍼지는 발걸음 소리가 유난히 크게 들렸다.

그리고 결국 그들은 모두가 생각하고 있던 사실을 확인했다.

"저길 봐. 바로 저기, 표면에 가까운 부분. 똑같이 위쪽에 빨간 점이 세 줄로 찍혀 있어."

휘스트가 한 알주머니의 반투명한 반구 부위를 가리켰다.

타냐도 말없이 고개를 끄덕였다. 그 생물은 알주머니를 채운 액체 안에서 조금씩 움직이고 있었다. 팔다리 중 하나가 표면에 가까워지자 사이오리스크처럼 연한 담갈색에 빨간색으로 강조된 외피가 눈에 띄었다.

"똑같고 그냥 작기만 하네요. 아직 새끼예요."

에린이 중얼거렸다.

"크면 저렇게 되는 거야. 그러니까 모성애를 발휘하는 건 꿈도 꾸지 말라고."

디즈가 어깨 너머를 가리켰다.

"그런 게 아니에요. 저 안에서 죽이는 거하고, 밖에 나왔을 때 죽이는 건 다르다는 말을 하는 거라고요."

에린은 고집을 꺾지 않았다.

"물론 그렇지."

디즈가 맞장구를 쳤다.

"밖에 나오면 저놈들도 당신을 죽이려고 할 테니까. 자, 이제 없애면 되나?"

"이제 없애면 됩니다."

휘스트가 확인해 주었다.

"그 후에는 크루이크섕크를 호출해서 자가라의 꿍꿍이를 알려 주고, 함대에서 나머지 일을 처리하게 한 뒤에 이 행성에서 빠져나갑시다."

'발레리안 멩스크 황제와 함대가 어차피 이곳을 파괴할 거라면, 지금 우리가 직접 저걸 처리해야 할 이유가 있습니까?'

울라부가 물었다.

"보험이라고 해 두지. 왜? 당신도 모성애를 느끼는 거야?"

휘스트가 뚫어져라 울라부를 바라보며 말했다.

"휘스트, 울라부는 그저—"

타냐가 입을 열었다. 휘스트는 손을 들어 그녀의 말을 잘랐다.

"무슨 문제 있냐고 물었잖아."

'그 결정이 아니라, 실행 방식에 문제가 있을 거라고 생각합니다. 지금 우리에게 가용한 자원만을 사용하여 이렇게 많은 알주머니를 파괴할 수

있을지 확신할 수가 없습니다.'

울라부는 말했다. 휘스트는 잠시 입을 굳게 다물었다.

"디즈, 총알은 얼마나 남았습니까?"

"이게 마지막 탄창이야. 울라부 말에도 일리가 있어. 껍질도 꽤 두꺼워 보이니까, 개당 두세 발은 필요할 거라고."

디즈가 답했다. 휘스트는 타냐에게 시선을 돌렸다.

"당신은 어때?"

타냐는 콧잔등에 주름을 잡으며 답했다.

"쉽진 않을 거야. 힘을 너무 많이 사용하면, 회복하는 데도 시간이 걸리거든."

'타냐가 무력해지는 건 바람직하지 않습니다.'

울라부가 단호하게 말했다.

"그래, 그럴 수는 없지."

휘스트도 동의했다. 잠시 동안 해병과 프로토스는 시선을 교환했다. 타냐는 인상을 쓰며 대체 무슨 일이 벌어지고 있는 걸까 궁금해 했다. 하지만 그 순간 휘스트가 고개를 돌리며 말했다.

"그러면 여기 일은 함대에 맡겨야 하겠어. 밖으로 나가지. 이 안에서는 통신신호가 잡히지 않을 것 같으니까."

"이런, 이런. 총알이 얼마 안 남았다고는 했지만, 방법이 없는 건 아니야."

디즈가 말했다.

"예를 들면요?"

"수류탄이 있고, 저그 사체가 있고, 불도 피울 수 있잖아. 타냐의 능력을 알게 된 후에 내가 왜 웃었는지 궁금했겠지? 정말 아이러니한 일이 아닐 수 없거든."

디즈는 싱긋 웃었다.

"뭐가 아이러니해요?"

에린이 물었다.

"불을 잘 피운다고 찬사를 받고 푹신한 침대에서 잠잘 수 있는 멋진 유령이 여기 있다는 사실 자체가 참 우스운 일이야."

디즈는 휘스트를 바라보며 말했다.

"우리가 만난 후로 줄곧 내가 무슨 죄를 짓고 사신 부대에 떨어졌는지 궁금했겠지? 아이러니하게도 나는, 음, 그냥 구식 방화 능력자라고 해 두자고. 뇌파 대신에 각종 기계와 액체를 사용했던 것만 달랐으니까."

"농담하시는 거죠? 그럼 전에—?"

에린이 깜짝 놀란 목소리로 물었다.

"그래. 타냐와 같았어. 그걸로 훈장은 받지 못했지만. 그리고 사신이 되기도 했고."

디즈의 목소리는 조금 씁쓸했다. 잠시 어색한 침묵이 내려앉았다.

"그랬군요. 이제 어떻게 하면 됩니까?"

휘스트가 입을 열었다.

"먼저 알주머니 옆에 사체들을 늘어놓는 거야."

디즈가 대답했다. 잠시 드러났던 씁쓸함은 어느새 사라지고, 그는 다시 서글서글한 모습으로 돌아와 있었다. 좋아하는 일을 하는 모습이었다.

"저그는 사실 불에 아주 잘 타거든. 적당한 촉매를 사용하면 상당히 뜨거운 열기를 내뿜기도 하고."

"그런 걸 어떻게 알아냈는지 물어봐도 됩니까?"

휘스트가 물었다.

"모르는 게 나을 거야. 혹시 프로토스가 저그로 뒤덮인 행성을 처리할 때 지각을 변형시키거나 일몰 바이러스를 이용하지 않고, 왜 그냥 불태워 버리는지 궁금해한 적 없었어? 일단 저그 한 무리가 불이 붙을 만큼 뜨거워지면, 그러니까 제대로 불이 붙기만 하면, 그때부터 불은 거의 자급자족을 하게 되거든. 단층선을 날려 버리는 것보다 훨씬 효율적인 방법이지."

"하지만 주위 환경은 엉망이 되잖아."

타냐가 문제점을 지적하자 디즈도 동의했다.

"아주 극단적인 영향을 주지. 하지만 여기서라면 괜찮을 거야."

그는 늘어선 알주머니들을 바라보며 생각에 잠겨 손가락으로 입술을 두드렸다.

"입구에 있던 나뭇가지들도 유용하게 쓸 수 있겠네. 거기 부러진 가지가 있으면 좀 가져오는 게 좋겠어."

"새로 부러뜨려도 되고요."

휘스트가 그렇게 말하며 군용 대검을 꺼냈다.

"울라부, 들었지? 가서 나뭇가지 좀 가져와 줘."

'그렇게 하겠습니다.'

울라부는 잠시 머뭇거리다가 대검을 받아들고 방 뒤쪽으로 향했다.

"누가 같이 가야 하는 거 아냐?"

타냐는 눈살을 찌푸리며 프로토스의 등을 바라봤다.

"괜찮을 거야."

휘스트가 대수롭지 않은 말투로 대꾸했다.

"또 뭘 하면 됩니까?"

"적당한 촉매를 만들어야지. 먼저 수류탄을 몇 개 분해해서 '콰광' 터지는 아니라 '지글지글' 타게 만드는 거야. 그건 내가 할 테니까, 다른 사람들은 가서 열심히 저그 사체나 옮겨."

타냐는 아직 연기가 피어오르는 사체를 먼저 옮겼다. 악취를 풍기는 그 연기를 누군가 들이마셔야 한다면, 그건 그녀 자신의 몫이었다. 휘스트와 에린이 처음에 돌진해 왔던 저그를 바삐 정리하는 사이, 타냐는 울라부가

서 있던 지점에 쓰러져 있는 사이오리스크를 향해 다가갔다.

사체를 정리하며 세어 보니 5마리였다. 2마리는 그야말로 서로 포개어져 있었다. 소총으로 상대하기에는 정말 까다로웠을 것 같아서, 휘스트가 정말 어떻게 그렇게 놀라운 실력을 발휘한 건지 타냐는 새삼 궁금해졌다. 그녀는 갈퀴손의 밑동을 잡고 사체 두 개를 옮겼다. 갈퀴를 직접 잡는 일은 없게 주의하면서, 죽은 사이오리스크를 끌고 거친 바닥을 가로질렀다.

타냐는 우뚝 멈춰섰다. 앞발을 끌다 보니 상체와 갈비뼈를 닮은 외골격이 드러났다. 그리고 그 중앙에는 겹겹이 늘어선 골격 측면에 크게 벌어진 상처가 있었다. 가우스 소총의 쐐기가 만든 관통상이 아니라, 폭이 넓은 칼로 벤 듯한 상처였다.

그리고 사체 두 구에 정확히 같은 상처가 있었다.

그녀는 눈살을 찌푸리며 다가가 가까이에서 상처를 살펴봤다. 틀림없이 칼에 의한 상처였다. 그런데 대체 자치령의 누가 일격에 저그의 골격을 가르는 칼을 만들어 냈단 말인가? 전쟁이 끝난 후에 뭔가 새로운 무기가 개발되기라도 한 걸까?

그녀는 저그 사체를 힘겹게 끌고 가는 휘스트를 바라보다가, 다시 시선을 돌려 조심스럽게 수류탄을 분해하는 디즈를 봤다. 두 사람 모두 칼을 갖고 있었다. 아니, 디즈는 지금도 갖고 있지만 휘스트는 자기 칼을 나뭇가지를 잘라 오라며 울라부에게 주었다. 하지만 그 무기는 칼날 폭이 넓지 않아 이런 상처를 낼 수는 없었다. 진동검이나 전기톱처럼 뭔가 새로운 유형의 무기는 아닐까? 진동검이라면 이론적으로는 저그 골격을 잘라내고 이렇게 넓은 상처를 낼 수도 있었다.

하지만 설사 그런 칼이 존재한다고 해도, 디즈의 허리춤에 매달린 무기는 그와 같은 장치는커녕 거기 필요한 동력원도 담겨 있을 수 없는 크기였다. 휘스트가 울라부에게 준 칼도 마찬가지였다.

가우스 총탄 하나에 알 수 없는 이유로 강한 회전이 걸린 건 아닐까? 아니, 그건 지금껏 그녀가 듣도 보도 못했던 진동검보다 더 가능성이 희박한 일이었다. 그랬다가는 그 총탄을 발사한 소총은 박살이 났을 것이다. 그뿐 아니라, 저그의 외골격을 파괴하려면 보통 총탄이 대여섯 발은 필요했다. 그것도 일직선으로 날아간 총탄이 가속도와 운동에너지를 모두 50제곱밀리미터 범위 내에 쏟아 부어야 가능했다. 회전하는 탄환이 저그의 외골격과 접촉하면 그대로 튕겨 나갈 것이다. 저렇게 외골격을 잘라 내려면 적어도….

프로토스의 사이오닉 검과 같은 무기가 필요했다.

타냐는 상처를 뚫어져라 바라봤다. 서늘한 기운이 심장을 움켜쥐었다. 아니, 그럴 수는 없었다. 그래서는 안 됐다.

하지만 달리 설명할 방법이 없었다. 다른 어떤 추론도 말이 되지 않았다.

울라부는 기사였다. 강인하고, 냉철하고, 극도로 위험한 프로토스 전사였다. 그런데도 그저 순진한 연구원 흉내를 내며 유령 프로그램에 참여하고 있었다.

타냐의 친구인 척하고 있었다.

"타냐? 무슨 문제 있어?"

휘스트가 소리쳐 불렀다. 타냐는 두 눈을 세차게 깜빡이며 갑작스럽게 차오르는 눈물을 떨쳤다.

"아니야."

그녀는 다시 일어서서 사체들을 끌고 가기 시작했다.

가슴 속에서는 심장이 무너져 내렸다.

그녀는 울라부를 친구라고 생각했다. 그와의 관계에 의존했다. 한밤중에 단테의 단층을 찾아갔던 그날처럼 미친 짓을 하는 것도, 그 모든 일은 상황이 정반대라면 울라부도 그녀를 위해 그런 행동을 해 줄 거라고 기대했기 때문이었다. 타냐는 울라부를, 울라부는 타냐를 지켜 줄 거라는 믿음이 있기 때문이었다.

하지만 울라부는 달랐다. 한 번도 같은 생각을 한 적이 없었다.

그는 슈미트 교장에게도 자신의 정체를 속였다. 유령 사관학교의 모두를 속였다. 타냐에게만은 거짓말을 하지 않았을 이유가 없었다.

그녀는 기계적으로 방을 가로질러 걸어가며 다른 사람들을 한 명씩 바라봤다. 다들 이미 알고 있었던 걸까? 혹시 전투 중에 울라부가 자기 정체를 밝힌 건 아닐까? 에린은 그를 등지고 있었지만, 휘스트라면 그가 싸우는 모습을 볼 수 있었을 것이다.

아니면 울라부는 이미 모두에게 사실을 털어놨고, 다들 타냐의 순진하고 무지한 모습을 보며 자기들끼리만 낄낄대고 있던 건지도 몰랐다.

물어볼 수는 있을 것이다. 하지만 그럴 자신이 없었다. 게다가 그들이 알고 있는지 모르고 있는지는 사실 중요하지 않았다.

한때 그녀에겐 특별한 존재가 있었다. 이젠 없었다.

그녀에겐 친구가 없었다. 진짜 친구는 하나도 없었다. 어린 시절, 그녀는 그게 자신의 힘과, 그런 힘에 대한 사람들의 두려움 때문이라고 믿었다. 유령 사관학교에 입학한 후에는, 뇌에 이식된 임플란트와, 그로 인해 때때로 정신과 감정이 엉망이 되기 때문이라고 믿었다. 전쟁 중에는, 테란 사회 전체를 짓찢어 놓은 전투의 스트레스 때문이라고 믿었다. 전쟁 후에는, 평화로운 삶에 적응하려고 발버둥치는 사람들의 외상 후 스트레스 장애 때문이라고 믿었다.

하지만 모두 사실이 아니었다. 이제는 그녀도 알았다.

전부 타냐 자신 때문이었다. 그녀도 잠시 동안은 사람들과 어울릴 수 있었다. 하지만 얼마간의 시간이 지나면, 대개 모든 일이 문제없이 흘러가고 있다는 생각이 들 때쯤 그녀는 뭔가 잘못된 말이나 행동을 했고, 사람들은 그 길로 떠나 버린 채 다시는 돌아오지 않았다.

오직 울라부만 그렇지 않았다. 다른 테란 동료들과 달리 그는 항상 거기 있었다. 의도치 않은 실수와 예상치 못한 분노를 늘 이해해 주었다. 그는 타냐의 바위였다. 닻이었다. 친구였다.

이제야 그 모든 것이 거짓이었다는 걸 알게 되었다.

그러니 휘스트가 그 사실을 알고 모르는 것이 무슨 상관이 있겠는가? 에린도, 디즈도, 발레리안 황제도, 망할 자치령 전체가 알아도 상관없었다. 그녀는 개의치 않았다. 그 무엇도 이제는 중요하지 않았다.

그러고 보니, 이제는 사실 디즈가 수류탄을 깨작거리고 있어야 할 이유도 없었다. 타냐는 알주머니들을 간단히 모두 불태워 버릴 수 있었다. 옛 지구의 바이킹들이 장작불을 피워 화장을 하듯, 이곳 전체를 불길로 뒤덮을 수 있었다. 임무는 끝났다. 당장 여기서 빠져나가서 타냐의 불행을 끝맺지 않아야 할 이유가 없었다.

그녀는 이를 악물었다. 아니, 이 지역에서의 임무는 이제 끝났지만, 에린은 아직 집중점이 두 개 더 남아 있다고 했다. 발레리안이 궤도에서 핵무기를 사용하여 이 행성을 날려 버리기로 결정할 수도 있지만, 보다 정밀한 타격이 필요할 수도 있었다. 그리고 그런 일에는 그녀의 팀이 다시 필요할 것이다.

울라부는 타냐의 신뢰와 우정을 잃었다. 하지만 휘스트와 다른 사람들은 아니었다. 설사 모두가 등 뒤에서 그녀를 비웃고 있다고 해도 달라지는 건 없었다.

타냐는 그들과 함께할 것이다. 임무를 완수하기 위해 필요한 일이라면 뭐든 할 것이다. 지금까지 참 오랫동안 그녀를 보살펴 준 자치령에 그 정도의 빚은 지고 있었다.

하지만 전쟁 중 수많은 임무에서 그래왔던 것처럼, 누군가 궁극의 희생을 치러야 할 필요가 생긴다면… 휘스트는 지원자를 어렵지 않게 찾을 수 있을 것이다.

• • •

울라부는 단순히 땅에서 줍거나 휘스트의 칼로 잘라냈다고 보기에는 너무 많은 나뭇가지를 들고 돌아왔다. 타냐는 눈치채지 못한 척했다. 또 그는 타냐에게 지금 몸 상태는 어떠냐고 묻기도 했다. 그녀는 상대가 결코 눈치채지 못할 마음 깊은 곳에 분노와 비통함을 묻어 둔 채 정중하게 괜찮다고만 대답했다.

그리고 준비가 끝난 후, 그녀는 동굴 끝자락에서 하얗게 타오르는 불길이 알주머니와 저그 사체를 집어삼키는 모습을 다른 사람들과 함께 만족스러운 눈빛으로 바라봤다.

마지막 남은 수류탄 세 개를 모두 쓰고 나서야 동굴 입구를 막은 나무 울타리를 뚫고 길을 낼 수 있었다. 다행히 앞서 그들을 울타리 안쪽으로 쫓아 보낸 저그 무리는 사라지고 없었다.

"이젠 어떻게 하죠?"

에린의 질문에 휘스트가 답했다.

"디즈가 가서 수송선을 부를 거야. 그가 여길 떠난 후에 난 사이오닉 차단기를 끄고 본부에 보고할 거고."

"알았어요. 장치를 끄자마자 저그 무리가 또 나타나는 건 아니겠죠?"

에린은 몸을 부르르 떨었다.

"그러면 다 죽여 버리면 그만이야."

타냐는 차분한 목소리로 말했다. 휘스트는 그녀에게 묘한 눈빛을 보냈지만 가만히 고개를 끄덕이기만 했다.

"그래. 디즈, 출발하십시오. 빠르면 빠를수록 좋습니다."

제12장

조사단의 보고서에 대한 발레리안의 설명이 중반으로 접어들자, 아바투르의 두 팔이 움찔거리기 시작했다. 그리고 알주머니에 대한 이야기가 시작되자, 진화군주의 발톱 달린 두 손은 보이지 않는 적의 목을 조르기라도 하는 듯한 모습이었다.

그리고 설명이 끝날 때쯤엔—

'테란 유기체, 아도스트라 파괴? 테란 유기체, 아도스트라 파괴하였음? 아바투르가 만든 군단의 미래, 잿더미 되어버렸음?'

아바투르가 거친 목소리로 말했다.

"조사단은 공격을 받았소."

발레리안은 자가라를 곁눈질하며 말했다. 지금까지 초월여왕은 아무 말도 하지 않고, 움직이지도 않았다. 하지만 보고받은 내용에 대해 설명하는 내내 황제는 자가라에게서 번져 나오는 위험한 기운이 점점 더 커지는 것을 느꼈다.

그리고 지금 그녀는 그 어떤 저그보다도 더 낯선 외계생물처럼 보였다.

'불가능. 아도스트라 무해함. 꿈꾸는 중. 공격 불가능.'

아바투르가 내뱉었다.

"알주머니 속에 들어 있는 것들 얘기를 하는 게 아니오. 우리가 사이오리스크라고 명명한 것들 얘기요."

발레리안이 말했다.

'그런데도 너희는 알주머니 속 아도스트라를 파괴했다.'

자가라는 조용한 목소리로 말했다.

서늘한 기운이 발레리안의 등줄기를 타고 올라왔다. 그 낯선 외계생물은 지금 아주 많이 화가 나 있었다.

하지만 아르타니스는 꿈쩍도 하지 않았다.

'넌 이들 생물에 대해 알고 있으면서도 아무 말도 하지 않았다. 왜지?'

'어찌 감히 그런 질문을 할 수 있는가? 우리 군단과, 또 우리 진화군주가 생명을 창조하고 융합하여 생명을 연장하려는 시도에 대해 너희가 어떻게 생각하는지를 우리도 익히 알고 있는데, 감히 아도스트라에 대해 미리 알려 주지 않았다고 비난하는 것이냐?'

자가라가 맞받아쳤다.

'그러면 우리에게 거짓말을 했다는 건 인정하는 건가?'

'난 너희가 어디든 가도 좋다고 허락했다, 발레리안 황제. 그런 선의를 너희는 이유 없는 학살로 되갚았다.'

자가라는 아르타니스의 질문을 무시하고 말했다.

"이유가 없진 않았소, 초월여왕."

발레리안이 말했다. 뭔가 움직이는 모습이 눈에 들어왔다. 궤멸충 한 쌍이 방의 입구 밖에 슬며시 나타났다. 아직까지 안으로 들어오지는 않았지만, 언제든 명령만 받으면 그럴 수 있다는 건 분명했다.

아르타니스도 그들의 움직임을 눈치 챘다.

'지금 직접적인 위해를 가하겠다는 건가?'

그는 물었다.

'충분히 그럴 이유가 있지 않더냐? 너희는 저그의 미래를 파괴하려 했다. 내게 군단을 지키기 위해 저항할 자격이 없다는 말이냐?'

자가라는 쏘아붙였다.

'조사단은 공격을 받았다.'

아르타니스가 말했다.

'네가 말한 것과 같은 저그는 존재하지 않아. 그러나 난 공격하지 않겠다. 너희는 끔찍한 도발을 했지만, 그래도 난 논의를 계속할 준비가 되어 있다.'

자가라가 말했다.

'난 아니다. 우린 이제 떠나겠다. 그리고 네 행동에 대한 처벌을 내리겠다.'

아르타니스가 자리에서 일어나 한 손을 들었다.

고위 기사와 암흑 기사가 호위 대형으로 서서 왕복선으로 돌아갈 준비를 했다. 자가라는 자리에서 일어났고, 발레리안은 그녀가 분노를 다스리려고 막대한 노력을 하고 있음을 느낄 수 있었다.

'다시 고려해 주기를 바란다, 아르타니스 신관. 단호하고 시급하게 요청한다. 지금의 논의는 우리 문명의 미래를 결정할 것이다.'

자가라가 말했다.

'더는 듣지 않겠다.'

아르타니스는 발레리안을 향해 돌아섰다.

'갑시다, 발레리안 멩스크 황제. 이제 여길 떠날 시간이오.'

발레리안은 머뭇거렸다. 의심할 여지없이 아르타니스의 말이 옳았다. 젤나가의 영향을 받은 식물과 굶주린 테란을 구원하겠다는 장대한 계획에 대한 이야기를 늘어놓으면서도, 자가라는 저그의 새로운 변종에 대해서는 한 마디도 언급하지 않았다.

하지만 그 변종은 분명히 존재했다. 그리고 그 저그가 크레이 상사가 묘사한 것과 같은 사이오닉 능력을 지니고 있다면, 기스트를 벗어나게 내버려 둘 수 없었다.

하지만 뭔가 잘못된 게 있었다. 이해할 수 없는 점이 있었다.

그들이 이 행성에서 무엇을 만나게 될지 뻔히 알면서도 자가라가 테란과 프로토스를 기스트로 초대하고, 이 행성의 어디로든 조사단을 파견할 수 있게 허가한 이유는 대체 무엇일까? 물론 조사단과 사이오리스크의 조우를 단순히 예상하는 정도가 아니라 확신하고 있었을 것이다. 사실 조사단이 균형 경계선에서 저그와 맞닥뜨렸던 순간부터 자가라는 그들이 메사로 향하고 있음을 알았을 것이다. 그 당시에도 조사단이 그곳을 벗어나려 할 거라고 생각하는 투로 말하기는 했지만, 굳이 그 지역을 벗어나라는 요청을 하지는 않았다. 그래야 한다는 말은 전혀 하지 않았었다.

왜 그러지 않았을까? 왜 발레리안에게 이런저런 핑계를 대고 조사단을 철수시키거나, 아니면 다른 곳으로 보내려 하지 않았을까?

'발레리안 멩스크 황제?'

"황제 폐하?"

발레리안의 경호원 하나가 중얼거렸다. 그의 두 눈은 기다리고 있는 궤멸충에 고정되어 있었다.

"아르타니스 신관의 말이 옳습니다. 이제 떠나셔야 합니다."

발레리안은 입을 굳게 다물고 자가라의 딱딱한 외피에 덮인 얼굴 너머로 그녀의 영혼을 들여다보려고 했다. 그녀는 아직 잔뜩 화가 나 있었다. 하지만 손님들이 떠나려는 걸 막으려 하지는 않았다.

여기가 아닌 다른 곳에서 막으려 하는 걸까?

"히페리온에 연락하시오. 뮤탈리스크나 다른 저그가 이쪽으로 오고 있지는 않은지 확인해야 할 것 같소."

그는 경호원에게 조용히 말했다.

"이미 연락했습니다, 폐하. 센서에는 주위 영공에 아무것도 잡히지 않고 있습니다. 인근에 있는 대형 저그는 무카브의 거대괴수뿐입니다. 우리가 코랄에서부터 따라온 그 거대괴수로, 지금은 지상에 내려앉아 있습니다."

경호원이 말했다. 발레리안은 볼 안쪽을 씹었다. 자가라의 가장 내밀한 비밀이 낱낱이 드러났고, 지금 그녀와 이 행성 전체는 말살을 향해 내몰리는 중이었다. 그런데도 그녀는 아무것도 하지 않았다.

'발레리안 멩스크 황제?'

다시 한 번 그를 부르는 아르타니스의 목소리에는 이제 초조한 기색이 담겨 있었다.

발레리안도 가고 싶었다. 그와 아르타니스는 거짓말에 속았다. 이 회담의 이면에 도사리고 있던 위협이 지금 겉으로 드러났다. 위협에 대응하지 않거나, 약속을 이행하지 않는 건 지도자에겐 최악의 선택이었다.

그런데 뭔가 잘못됐다. 무엇이 잘못된 건지 지금 알아내지 못한다면, 그는 평생을 지금 이 순간을 돌이키며 후회하게 될 거라고 확신했다.

"고맙소, 아르타니스 신관. 하지만 난 조금 더 머물고 싶소. 초월여왕 자가라에게도 설명할 기회를 줘야 할 테니까."

그는 대답했다.

'그럴 필요는 없소. 우리는 합의를 했었고, 그 합의가 지금 파기되었소.'

아르타니스는 단호하게 말했다.

"글쎄. 어쨌든 난 여기 머무르겠소."

'그렇다면 혼자 남으시오. 난 떠나겠소.'

아르타니스가 말했다. 발레리안이 고개를 끄덕였다.

"이해하오."

아르타니스가 왕복선을 향해 성큼성큼 걸어갔고, 경호원들이 그 뒤를 따랐다. 해치가 닫히고, 잠시 후 왕복선은 하늘로 날아올라 호위 대형으로 늘어선 불사조들과 함께 하늘 높이 사라졌다.

발레리안은 이제 돌이킬 수 없는 상황에 처했다. 그는 해병을 향해 손짓했다.

"히페리온에 연락해서 호너 제독에게 수송선을 한 척 보내라고 하시오."
그는 말했다.

"자, 초월여왕, 이제 논의를 계속합시다."

• • •

"아직도 우리 정보 요청을 무시하고 있습니다."
크루이크섕크가 거칠게 투덜거렸다.
"무슨 생각인지 모르겠지만 상당히 심각해 보입니다. 에너지 변화로 판단해 보면 격납고가 모두 작동하고 있습니다. 차원 분광기를 준비하고 있을 겁니다. 병력을 집결시키려는 거라고 예상해도 좋습니다."
"파수기를 비롯한 다른 장비들도 준비하고 있겠군."
호너 제독이 음울한 목소리로 동의했다.
"그래도 행성을 통째로 불태워 버릴 생각은 아닌 모양이야."
"언제 달라질지 모릅니다, 제독님."
크루이크섕크가 경고했다. 호너가 아무리 침착한 척 해봐야, 머리가 조금이라도 돌아가는 사람이라면 아르타니스가 무슨 생각을 하고 있는지 충분히 짐작할 수 있었다. 크레이 상사는 사이오닉 능력을 사용하는 저그가 있다는 보고를 해왔다. 그것만으로도 크루이크섕크에게 기스트는 궤도에서 핵폭탄을 발사하여 날려 버려야 할 대상이었다.

하지만 아르타니스는 테란의 말을 그대로 믿기보다는 프로토스를 내려보내 직접 확인하려는 모양이었다.

"전부 태워 버리기에는 아직 화력이 부족한 건지도 모릅니다. 틀림없이 지금 장비를 보충하고 있을 겁니다."

그가 덧붙였다.

"아마 그렇겠지. 발레리안 황제와 우리 조사단이 돌아오기 전에 일을 내지 않았으면 좋겠는데."

호너가 말했다.

"대령님? 크레이 상사입니다."

통신 구획의 기술병이 보고했다. 크루이크섕크는 고개를 끄덕이며 키를 눌러 통신을 연결했다. 사실 이것도 문제였다. 대체 왜 호크먼 중위가 아니라 저 상사가 지휘관인 척하며 보고를 하고 있는 걸까?

"크루이크섕크다."

"상사 크레이입니다, 대령님. 호크먼 중위가 수송선과 함께 돌아왔습니다. 이제 히페리온으로 돌아가면 되겠습니까?"

해병의 목소리가 들려왔다. 크루이크섕크는 콧등에 주름을 잡았다. 호너가 아무리 기도를 하고 위협을 해도 달라지지는 않을 것이다. 인정하고 싶지는 않아도, 사실 테란이 기스트에 남아 있다고 해도 아르타니스는 마음만 내키면 얼마든지 행성을 통째로 불태워 버릴 수 있었다. 호너나 자치령이 뭘 하더라도 프로토스의 결정을 막을 방법은 없었다.

황제는 자신의 선택 때문에 위험에 처했다. 황제라면 그럴 수 있었다. 크루이크섕크가 그 사실이 아무리 마음에 들지 않는다고 해도, 그가 할 수 있는 건 없었다.

하지만 호크먼과 그의 팀은 달랐다. 그 4명의 남녀는 크루이크섕크의 부하들이었고, 그들을 그 죽음의 구렁텅이 같은 행성에 조금도 더 오래 남겨두고 싶은 생각이 없었다.

그래도 발레리안이 그 행성에 머물러 있는 동안에는 조사단 역시 그곳에 남아 있어야 할 필요가 있었다. 크루이크섕크도 정확한 이유는 알 수 없었지만, 단 한 명의 사람이 적절한 때 적절한 장소에 있다는 이유만으로 승패가 결정되는 모습을 지금껏 여러 차례 봐 왔었다.

"아니. 현재 위치에서 다음 지시를 기다려라. 저그가 눈에 띄지 않는 한 사이오닉 차단기는 꺼 두고."

그가 지시했다. 아주 잠깐 머뭇거린 것도 같았지만, 크레이는 단호하게 대답했다.

"네, 대령님."

"항상 조심하고. 크루이크섕크, 통신 종료."

그는 통신기를 끄고 무슨 이유인지는 몰라도 병력을 집결시키고 있는 프로토스를 노려봤다. 그래, 적절한 사람이 적절한 장소에 있다는 이유만으로 모든 것이 달라질 수 있었다.

하지만 대부분의 경우, 그 사람은 다른 모든 사람과 함께 죽고 말았다.

이번만은 다르기를 바랐지만, 그쪽에 돈을 걸고 싶은 생각은 없었다.

• • •

'젤나가 정수에 대한 당신과 아르타니스 신관의 말은 옳았다. 하지만 아바투르가 그 식물을 만들지는 않았다는 사실을 반드시 언급해야 하겠다. 그는 아도스트라를 만들었고, 아도스트라가 그 식물을 만들었다.'

자가라가 말했다. 발레리안은 그녀가 여전히 화를 내고 있다는 걸 알 수 있었다. 그래도 말은 하고 있으니 그나마 다행이었다.

진심을 털어놓고 있는 건지도 몰랐다. 어쩌면 그녀도 이번이 자신과 군단에 불벼락이 쏟아지기 전 마지막 기회라는 사실을 알고 있을 수도 있었다.

'그 정수는 식물에 주입할 수가 없었다. 오직 동물 종에만 가능했지.'

"그래서 그런 일을 할 수 있는 종을 만든 것이군."

'우린 하나의 종을 변형했다. 우리에게 길을 가르쳐 주고 옳은 길로 인도

해 준 건 칼날 여왕이었다. 비폭력적이면서 온전한 지성을 갖춰, 우리가 사용할 수 있는 종을 찾아내 주셨지. 우린 필요한 것들만 데려오고, 그 행성의 나머지는 평화롭게 내버려 두었다. 그 후 아바투르가 울나르에서 회수한 젤나가 변종을 그들과 병합했고, 그의 솜씨 덕분에 우리는 칼날 여왕의 꿈을 완성할 수 있었다.'

자가라가 발레리안의 말을 바로잡았다.

"그렇소. 우리 조사단도 그 꿈의 결과를 보았지."

발레리안이 음울한 목소리로 말했다.

'사실이 아님. 불가능. 테란이 설명한 생물. 존재하지 않음.'

아바투르가 말을 뱉었다.

'당신 병사들이 거짓말을 하고 있다는 말은 아니다, 발레리안 황제. 하지만 그것들은 아바투르가 만든, 고치 속에서 꿈만 꾸는 생물이 아니다.'

자가라가 덧붙였다.

"알겠소."

발레리안이 말했다. 정말이지 진실한 목소리였다. 하지만 1번 집중점에서 일어났던 일에 대한 크레이의 보고 역시 충분히 진실인 것 같았다.

안타깝게도 지금 발레리안이 할 수 있는 건 크레이의 말과 자가라의 말을 저울질하는 것뿐이었다. 전투의 현장을 기록했을 CMC 녹화기 역시 원거리 통신을 차단하는 사이오닉 차단기의 희생양이 된 모양이었다. 음성은 엉망으로 일그러졌고, 영상 역시 흐릿한 얼룩뿐이라 정확히 무슨 일이 있었던 건지 알 수가 없었다.

"이 새로운 생물에 대해 얘기해 주시오. 대체 어떤 생물이오? 아니, 원래는 어땠어야 하는 생물인지부터 시작하는 게 좋겠군."

'얘기했다시피, 우린 아도스트라라고 부른다. 젤나가의 언어로 꿈꾸는 자라는 의미다. 하지만 그들이 꾸는 꿈은 당신이나 내가 꾸는 것과는 다르다. 종 자체에 내재된 사이오닉 능력 깊은 곳까지 미치는 꿈이고, 그 꿈은 들판이나 시냇물, 심지어 바위 속 깊은 곳에 깃든 생명을 불러낸다. 그리고 그렇게 부름을 받은 생명은 꿈틀거리며 힘을 얻고, 양분을 공급받다가 깨어나게 되지.'

자가라가 말했다.

"잠깐. 기스트의 새로운 식물군이, 어떤 동물이 꿈을 꾸자 그냥 나타난 거란 말이오?"

발레리안이 눈살을 찌푸리며 말했다.

'그냥 동물이 아니라, 핵이 젤나가의 정수로 구성되어 있는 동물이지. 전설 속 젤나가는 이 우주에 생명의 씨앗을 뿌리기도 했다. 이 능력이 단순히 수천 년에 걸친 학습 끝에 체득된 것이 아니라, 원래부터 종에 내재되었던 것이라고 믿기가 그렇게 힘든가?'

자가라가 발레리안의 말을 정정했다. 발레리안은 볼을 문질렀다. 그 이야기는 물론 젤나가와 접촉했던 프로토스의 전설과 일치하기는 했다. 하지만 아도스트라의 꿈이 기스트의 생태계를 폭발적으로 생성해 냈다는 말은, 비록 그 정확한 작동 방식은 짐작조차 할 수 없더라도, 에린 와이랜드 박사가 처음에 발견했던 패턴을 설명할 수 있었다. 바람의 방향을 따르는 것이 아니고, 단순히 식물들의 영감에 따라 번식의 방향이 결정되는 기이한 방식이었다.

"그러면 뭐가 잘못된 거요? 아도스트라가 갑자기 포악해지기라도 한 건가?"

'그럴 수는 없다. 아도스트라는 적대적일 수 없어.'

자가라는 고집을 꺾지 않았다.

"확실하오?"

발레리안은 이렇게 대꾸하며 아바투르에게 시선을 돌렸다.

"아바투르가 작업하는 모습을 모두 지켜봤소?"

'그는 늘 감시를 받았다.'

"아바투르만큼 유전자 조작에 대해 잘 알고 있는 저그가 감시한 거고?"

'해당 저그, 존재하지 않음.'

아바투르의 목소리에는 자부심이 명백히 드러났다.

'그의 말이 맞다. 그러나 그는 내게 충성을 다한다.'

자가라가 말했다.

"그러면 아바투르가 실수를 한 건지도 모르겠군. 아무도 예상하지 못한 유전적 시한폭탄이 아도스트라 내에 포함됐던 건 아니오? 그리고 모종의 이유로 아도스트라가 사이오리스크로 변화한 건 아니겠소?"

발레리안이 의견을 냈다. 자가라가 고개를 갸웃거렸다.

'대체 무엇이 그런 변화를 일으켰단 말이냐?'

"진화군주는 저 친구잖소. 저자에게 물어 보시오."

발레리안이 아바투르를 가리키며 말했다.

'사실이 아님. 가능성 없음. 테란이 거짓말을 하고 있을 가능성 높음.'

아바투르는 단호하게 말했다. 발레리안은 입을 앙다물었다. 교착 상태에 빠졌다.

"좋소. 다른 쪽에서 접근해 봅시다. 초월여왕, 당신은 모든 무리어미가 당신에게 충성한다고 했었소. 그건 확신할 수 있소?"

'아도스트라 배양지에 들어가기 전에 조사단이 공격받았던 일 말이군.'

"그렇소. 울라부가 얘기하기로는, 조사단은 당시 그 지역 무리어미의 영토로 깊이 들어갔었다고 하오."

발레리안이 말했다.

'그 무리어미는 그와 같은 공격을 지시하지도, 허가하지도 않았다고 주장한다.'

"그 말이 맞다고 가정해 봅시다."

발레리안은 무리어미들이 초월여왕에게 과연 진실만을 말할 것인지, 또 그들이 거짓말을 할 경우 자가라가 그 사실을 알아챌 수는 있을 것인지 궁금해졌다.

"당신은 아도스트라가 사이오닉 능력을 지니고 있다고 했었소. 그렇다면 아도스트라가 고치 밖의 저그를 지배하여 조사단을 공격하게 하는 일은 가능하겠소?"

'아니. 아도스트라는 폭력성이 없다. 공격에 관여했을 리가 없어.'

자가라는 말했다.

"하지만 그게 가능하기는 한 일이오?"

'아니.'

발레리안은 코웃음을 쳤다. 다시 한 번 교착 상태에 빠졌다.

"지금 필요한 건, 아니, 지금 우리에게 없는 건 사실과 증거요. 조사단을 호출하여 아도스트라 배양지에 남은 생물의 세포 샘플을 채취할 수 있는지 물어보겠소."

자가라의 분노가 겉으로 드러났다. 분위기가 달라졌다. 초월여왕의 몸이 뻣뻣하게 굳으며 다시 숨 막히는 외계생물의 기척이 주위를 가득 채웠다.

'너희들이 파괴한 생물의 재에서 채취하겠다는 말이냐.'

그건 분명 조사단에서 신중한 고민 끝에 필요하다고 판단하여 실행한 조치겠지만, 발레리안은 지금 그 사실을 굳이 언급할 생각은 없었다. 지휘관이 전장에서 내린 결정을 사후에 비판하기는 쉬웠다. 특히 고치를 파괴한 일 때문에 자가라가 이렇게 경악하고 분노하고 있는 상황에서는 더 그랬다. 하지만 조사단의 결정을 지지하거나, 자가라의 판단에 동조하려 했다가는 다시 논의를 교착 상태로 몰아갈 뿐이었다.

"지금 연락하겠소."

발레리안은 그렇게만 말했다.

"지금 수수께끼가 주어진 거요. 이걸 풀 수 있을지 한번 봅시다."

· · ·

"알겠습니다, 대령님."

디즈는 그렇게 말하며 콧잔등에 주름을 조금 잡았다.

에린이 짐작하기에 그건 좋은 징조가 아니었다. 자치령 군대를 상대해 본 경험이 솔직히 많지는 않았지만, 하급 장교라면 상급자에게 그보다는 더 존경심을 보여야 한다고 생각했다. 현재 상황을 고려해 보면, 크루이크섕크가 내린 지시를 그녀가 좋아할 것 같지는 않았다.

그녀의 생각이 옳았다.

"대령의 말을 빌리자면, '가장 높은 곳'에서 내려온 명령이야."

디즈가 퉁한 목소리로 말했다.

"아마 발레리안이겠지. 크루이크섕크는 우리가 안으로 들어가서—"

"뭐라고요?"

휘스트가 끼어들었다.

"다시 안으로 들어가서 조직 샘플을 확보해야 한다고 했어. 사이오리스크의 사체 조각을 회수해야 한다는 얘기야. 도저히 못해먹을 일이겠지만."

디즈가 말을 마무리했다.

에린은 뱃속이 딱딱하게 뭉쳐 오는 걸 느꼈다. 디즈가 피운 장작불로 저그를 산 채로 화장했던 것만으로도 충분히 힘들었다. 그 생물이 자신들을 해치려 했다는 걸 알면서도, 그런 저그는 동물과 다를 바가 없다는 걸 잘 알면서도, 그때의 경험은 지금껏 에린이 참여했던 모든 일 중에서 가장 원시적이고 미개한 것이었다는 생각이 들었다.

전쟁이란 원래 이런 걸까? 아마 그럴 것이다. 오랫동안 계속되었던 지난 전쟁에서, 그녀는 다행히 가장 추악한 측면은 마주하지 않을 수 있었다. 안전한 연구소에 자리를 잡고 조직 샘플과 화학 약품, 그리고 가끔씩 밖에서 무슨 일이 일어나는지 보여 주는 부분적인 사체에만 둘러싸여 살았다. 하지만 지금 갑자기 모든 것이 한꺼번에 밀려들었다. 전투, 공포, 샘솟는 아드레날린, 학살, 그리고 다른 모든 것이 지나간 후 겪어야 하는 쓰라린 정신적 여파까지.

그런데 이제는 잿더미가 된 사체에서 조직 샘플을 떼어내라는 건가?

"뭐가 문제야? 안이 아직 너무 더워?"

타냐가 물었다.

"그럼, 엄청 뜨겁지. 내 전투복은 버티지 못할 거야. 너무 경량인 데다 뚫린 부분도 많으니까. 너와 올라부는 물론 말할 필요도 없고. 하지만 CMC-400 정도면 충분하겠지. 전투복이 조금 손상되긴 했지만, 휘스트와 에린이라면 괜찮을 거야. 내가 진짜로 하고 싶은 말이 뭐냐면, 그 안에는 꺼낼 만한 게 남아 있지 않을 거야."

디즈가 단호하게 말했다.

"시도는 해 봐야 할 것 같습니다."

휘스트가 말했다. 그는 에린을 바라보며 눈을 치켜떴다.

"갈래?"

'아니요.'

에린은 그렇게 말하고 싶었다. 하지만 그의 말이 옳았다.

"그럼요."

그녀는 애써 진심인 척하며 말했다.

"우린 여기서 지켜보고 있을게. 뭔가 잘못되면 소리를 질러."

디즈가 나무 울타리 사이의 빈틈으로 향하는 두 사람에게 말했다.

"그러면 타냐라도 들여보내 주실 겁니까?"

휘스트가 삐딱한 말투로 물었다.

"음, 일리가 있네. 그냥 아무것도 잘못되지 않게 하라고."

"네, 좋은 말씀 감사합니다."

"천만에. 조심하라고. 크루이크섕크는 실시간으로 상황을 보고받고 싶어 하고 있어. 그래서 사이오닉 차단기를 꺼 둬야 할 것 같아."

디즈가 말했다.

"네, 이쪽에서도 조심하십시오. 안에 있는 저그는 모두 죽었습니다만, 여긴 그럴 것 같지 않습니다."

휘스트는 말했다.

한때 알주머니들이 있던 곳에서는 아직도 군데군데 불길이 타오르고 있었다. 하지만 그 외에는 불이 대부분 잦아들고 연기가 피어오르는 중이었다. 한 눈은 휘스트에게 고정하고 다른 눈은 발밑을 살피며, 에린은 조심스럽게 보관소를 가로질렀다. 공기여과장치 덕분에 그곳의 진짜 냄새를 맡지 않아도 된다는 사실이 정말이지 기뻤다.

둘은 알주머니들이 있는 곳에 도달했지만, 디즈가 예상했다시피 남은 게 많지 않았다.

"개판이네."

휘스트가 말했다. 그는 허리를 숙여 가장 가까이에 있던 알주머니를 향해 다가가서는, 위쪽 깨진 부분을 들어내고 아직 연기가 피어오르는 안쪽을 더듬었다.

"어떻게 채취할 거야?"

에린은 줄지어 선 알주머니들을 모두 둘러봤다. 아니, 떠도는 연기 사이로 보이는 것들을 모두 살폈다.

"각자 알주머니를 하나씩 살펴보면서 아주 까맣게 변하지 않은 걸 찾아야 할 것 같아요."

"아무것도 찾아내지 못하면?"

"제가 재가 아닌 건 뭐든 챙겨둘게요."

에린이 말했다.

"좋아. 난 저쪽에서 시작할게. 당신은 여기서 시작하고, 중간에서 만나지. 어서 끝내 버리자."

그는 가장 위쪽 단을 가리켰다. 불편한 기분을 꿀꺽 삼켜 버리며, 에린은 작업을 시작했다.

처음 여덟 개의 알주머니는 앞서 그녀가 살펴봤던 것과 동일했다. 깨진 키틴질 조각 사이에 검게 타버린 살점들이 들어있었고, 온통 주머니 안에서 쏟아져 나온 액체로 얼룩져 있었다. 탄화된 잔해를 들쑤셔 보니 여기저기에서 뼈가 드러났고, 그 모습을 보니 치밀어 오르는 욕지기가 더욱 심해졌다.

휘스트에게 이제 포기하자는 말을 하고 싶은 마음이 들 때쯤 그녀는 아홉 번째 알주머니에 이르렀다.

"휘스트? 잠깐 여기로 와 볼래요?"

그녀는 깨진 껍질 안을 들여다보며 그를 불렀다.

"뭐 좀 찾았어?"

해병은 그렇게 대답하며 첫 번째 단에서 조심스럽게 발을 내려왔다.

"아뇨, 그 반대예요. 아무것도 없어요."

그녀는 휘스트가 옆에 다가오자 발견한 것을 가리켰다.

"젠장. 1마리 도망친 건가?"

그는 투덜거리면서 머리를 돌려 사방을 둘러봤다.

"그런 것 같지는 않아요. 살점도 뼈도 없어요. 알주머니 안쪽이나 유기체 도관에 액체에 의한 변색도 없고요. 애초에 이 안에는 아무것도 없었던 것 같아요."

에린은 말했다.

"말도 안 돼. 알주머니들은 전부… 분명히 봉인되어 있었다고."

이어폰을 통해 디즈의 당황한 목소리가 들렸다.

"그랬었지. 전투 후에 나도 그걸 제일 먼저 확인했어. 전부 똑같은 모습이었다고."

타냐도 단호하게 말했다.

"그러면 왜 한 개가 비어 있는 거야?"

디즈가 물었다.

"한 개만 비어 있는 건 확실해?"

타냐가 덧붙였다.

"확인해 보자고."

휘스트가 말했다.

조사는 금세 끝났다. 최종 결과는—

"여섯 개? 전체의 10퍼센트가 비어 있었다는 거야?"

디즈는 어안이 벙벙한 목소리였다.

"애초부터 안에 아무것도 없었다는 거죠."

에린이 다시 말했다. 왠지 그 사실이 그녀의 머릿속 깊은 곳을 갉아대고 있었다.

"아니면 적어도 꽤 오랫동안 비어 있었을 겁니다. 에린도 얘기했지만, 액체의 흔적이 전혀 없어요."

휘스트가 덧붙였다.

"하지만 알주머니에는 전부 액체가 담겨 있었어. 내가 봤다고."

타냐가 주장했다.

"그냥 그렇게 보이기만 했던 건지도 몰라요. 아니면, 아니, 잠깐만요. 그 액체가 새끼 사이오리스크의 양분이거나, 아니면 다른 방식으로 성장을 돕는 요소라면, 아마 대부분 유기물이나 복합분자로 구성되어 있을 거예요. 그래서 디즈가 처음 불을 붙였을 때 알주머니들이 그을리고 얼룩진 거고요."

에린은 말했다.

"그러면 텅 빈 주머니에는 그냥 물이 차 있었다는 건가?"

휘스트가 물었다.

"물이거나, 아니면 뭔가 다른 단분자 무기물이었겠죠."

에린이 말했다.

"지금 그 알주머니들은 미끼였다는 얘기를 하고 싶은 건가?"

새로운 목소리가 끼어들었다. 에린은 눈살을 찌푸렸다. 새롭긴 하지만 분명히 전에 들어본 적이 있는 목소리였다.

"저, 죄송하지만 누구시죠?"

"발레리안 황제요."

그 목소리가 다시 들려왔다.

"워낙 중요한 발견이라고 생각되어, 크루이크생크 대령에게 직접 연결해 달라고 했소."

"죄송합니다, 황제 폐하."

에린은 당황하여 말을 더듬었다. 얼굴이 붉어지는 것을 느끼며 소리 없이 투덜대기도 했다. 아무리 다른 일에 정신이 팔려 있었더라도, 자치령 지도자의 목소리 정도는 즉시 알아챘어야 했다.

"신경 쓰지 마시오."

발레리안이 말했다. 황제는 그 문제를 별로 개의치 않는 듯했다.

"텅 빈 알주머니들이 미끼였는지 꼭 확인해야 하겠소."

"저희를 유인하는 미끼였냐는 말씀이십니까, 폐하?"

휘스트가 물었다.

"아무래도 그랬던 것 같습니다. 하지만 그게 무슨 의미가 있는지는 모르겠습니다. 저희가 여기로 올 거라는 사실을 누가 알고 있었겠습니까?"

"바로 지금 그게 문제요. 호크먼 중위, 팀원들과 보급품 상태는 어떻소?"

발레리안이 말했다.

"충분히 작전 수행이 가능합니다, 폐하. 뭘 하면 되겠습니까?"

디즈가 대답했다.

"와이랜드 박사의 2번 및 3번 집중점 위치는 알고 있소?"

"네, 폐하."

"좋소. 즉시 3번 집중점으로 가시오. 거기서도 같은 알주머니를 발견한다면, 자세히 살펴보고 그 안에 뭐가 들어 있는지 분석해야 하오."

"외람된 말씀입니다만, 폐하, 그 알주머니 속에서 저희를 공격한 생물이 성장하고 있었다고 짐작되는 정황이 많습니다."

휘스트가 지적했다.

"나도 그렇게 생각하오."

발레리안의 목소리가 착 가라앉았다.

"그게 사실이라면, 알주머니를 전부 원자 단위로 태워 버려야 하오. 하지만 지금 제일 중요한 건 우리가 정확히 뭘 상대하고 있는지 알아내는 것이오. 그리고 그걸 처리해야 한다면, 반드시 하나도 남김없이 처리해야 하오."

"알겠습니다, 폐하."

디즈가 말했다.

"휘스트, 에린. 신속히 복귀해. 너희가 합류하는 대로 바로 출발할 테니까."

5분 후, 디즈가 수송선을 몰고 하늘로 솟구쳐 올랐고, 에린은 다시 한 번 좌석에 짓눌렸다.

"다들 편하게 있어도 돼. 원한다면 전투복을 벗어도 되고. 마음대로 해. 최고 속도로 비행해도 일곱 시간은 걸릴 테니까. 배가 고프거나 목이 마른 사람 있으면 생존 키트에 막대식량과 주스, 콜라 정도는 있을 거야. 거기 스케일럿 육포도 있었던 것 같은데… 턱이 튼튼하면 한번 시도해 보라고."

순항 고도에 도달하여 수송선이 평형을 유지하게 되자 디즈가 말했다.

"나중에 하겠습니다."

휘스트가 화면에 띄운 지도를 살펴보며 말했다.

"그런데 2번 집중점이 3번보다는 훨씬 가깝지 않습니까? 발레리안이 우릴 2번으로 보내지 않는 이유가 뭔지 아시겠습니까?"

"그래. 사이오닉 차단기를 다시 켜기 전에 정기 데이터를 확인했어. 아무래도 2번 집중점에는 아르타니스 신관이 직접 병력을 보낸 모양이야."

디즈가 음울한 목소리로 말했다. 그는 잠시 말을 멈췄다. 에린은 그의 시선이 잠깐 울라부에게 향하는 것을 보았다.

"거기서 지금 공격받고 있고."

제13장

히페리온 격납고 안에는 아직도 경고음이 울리고 있었다. 하지만 투견의 육중한 중장갑 안쪽의 좁아터진 조종석에서 들으면 그저 희미한 소음일 뿐이었다. 한 눈으로는 기체 사전 점검 상황을, 또 다른 눈으로는 2번 집중점의 실시간 위성 촬영 화면을 주시하며 크루이크섕크는 조종석에서 안전벨트를 단단히 채우고 언제쯤 명령이 내려올지 생각했다.

그리고 정확히 어떤 명령이 내려올 것인지도 곰곰이 생각했다.

사전 점검에 초록불이 들어왔고, 마침내 경적이 울리며 호너의 영상이 통신 화면에 나타났다.

"좋아, 황제 폐하께서 드디어 아르타니스와 연락을 취하셨다. 좋은 소식은, 아르타니스가 제대로 된 샘플을 먼저 확인하기 전에는 2번 집중점을 파괴하지 않기로 합의했다는 거다."

제독이 말했다. 머릿속에서 크루이크섕크는 고개를 절레절레 저었다. 자치령 병력을 지상에 내려보내려는 이유는 발레리안이 아르타니스와 협상을 마무리하는 동안 프로토스의 공격을 저지하는 것뿐이었다. 프로토스가 좋든 싫든 아무 일도 하지 못하게 하는 것이 바로 크루이크섕크 부대의 임무였다.

그는 아주 오랫동안 프로토스의 엉덩이를 걷어차는 순간을 고대해 왔지만 아무래도 오늘 그 바람이 이루어질 것 같지는 않았다.

"나쁜 소식은 아르타니스가 프로토스 병력과 연락을 취할 수 없다는 거다. 프로토스 왕복선이 기스트로 내려가는 중에 뮤탈리스크의 공격을 받아 사이오닉 추진기가 둘 다 파괴되었던 것 같다."

"농담이시겠지요. 그게 가능하기나 한 일입니까?"

크루이크섕크가 눈살을 찌푸리며 물었다.

"뭐, 그게 아니면 크레이가 얘기했던 사이오리스크가 훼방을 놓은 거겠지. 뭔가 차원장을 방해하고 있기도 해. 차원 분광기를 작동시킬 수가 없어서 왕복선을 이용한 것이기도 하고. 그래도 상관없다. 중요한 건 아르타니스가 그들과 연락을 취할 수 없다는 거고, 그러니 자네가 내려가서 신관의 메시지를 전달해야 할 것 같다. 아르타니스가 녹화한 메시지를 지금 자네 투견으로 다운로드 시켜놨어."

"거기 프로토스가 말을 듣지 않으면 어떻게 합니까?"

크루이크섕크가 자신의 희망 사항을 물었다. 어떻게 조금이라도 엉덩이를 걷어차 줄 기회가 있지 않을까?

"그럴 순 없을 거다. 아르타니스가 식별 및 보안코드를 잔뜩 담아 놔서, 거대괴수라도 숨이 막힐 테니까."

호너가 말했다.

"알겠습니다, 제독님."

크루이크섕크가 말했다. 정말로 이번 임무의 목표가 그저 신관의 메시지를 전달하는 것뿐이라면, 어째서 병력 삼분의 일이 지표면으로 향해야 하는 거지?

"그러면 나머지 병력은 그냥 대기하면 되겠습니까?"

"큰 그림을 못 보고 있군, 대령. 혹시라도 모종의 이유로 프로토스가 이 명령을 받아들이기를 거부한다면, 우린 그들이 보관소에 손을 대지 못하게 하고 추후 조사단이 현장을 확인할 수 있게 해 줘야 한다."

호너는 음울한 목소리로 말했다. 그는 두 눈썹을 추켜세웠다.

"무슨 수를 쓰더라도."

"알겠습니다, 함장님. 걱정하지 마십시오. 어떻게든 그 보관소에 먼저 가겠습니다."

크루이크섕크가 다시 말했다. 심장 박동이 다시 빨라지는 게 느껴졌다.

"좋아."

호너가 대답했다.

"내려가라. 행운을 빈다."

"네, 제독님."

크루이크섕크는 투견을 수송선 쪽으로 몰았다. 희미한 미소가 얼굴에 떠올랐다. 프로토스는 전부 고집 센 개자식들인 만큼, 그가 신관의 명령을 전하러 왔다는 사실을 믿지 않을 가능성이 있었다.

그리고 그런 경우에는, 어쨌든 프로토스의 엉덩이를 걷어차 줄 수 있을 것 같았다.

가슴이 두근거렸다.

• • •

'그들은 아름다운 생물이다, 발레리안 멩스크 황제.'

자가라가 말했다. 자갈을 밟는 듯한 사이오닉 목소리에는 애도하는 느낌이 담겨 있었다.

'그들에게도 지각과 지성이 있지만, 테란이나 저그와는 그 방식이 다르다. 그들은 생명의 가장 깊은 곳에서 존재의 핵심을 들여다본다. 생명을 찾아내고 양육하기 위해서지. 너희가 그들을 그렇게 파괴한 건 온 우주에

대한 범죄다.'

왠지 자가라의 키가 더 커진 것 같았다.

"우리 백성들의 목숨이 달려 있었소. 게다가 당신네가 만들어 낸 것이니, 어차피 지금도 만드는 방법은 기억하고 있을 거 아니오."

발레리안은 치밀어 오르는 화를 억누르려고 애썼다. 자가라는 자신의 아도스트라가 살인마로 변했을 가능성조차 받아들이지 않았다.

'젤나가 정수가 없으면 우리의 지식은 아무 쓸모가 없다. 젤나가 정수는 모두 사용했다. 이젠 없어.'

자가라가 말했다.

"아도스트라가 번식할 수는 없소?"

'우리는 그들이 번식할 수 있는지 없는지도 모른다. 아바투르는 언젠가 그들이 그런 능력을 개발할 수 있다고 믿고 있지만.'

"산란못과 부화장을 사용할 수도 없는 거요?"

'그건 저그와 저그 변종에만 적합한 환경이다. 아직까지는 젤나가 정수를 재현하거나 생성하지 못했어. 젤나가의 심오한 분자 구성과 양자 복잡성을 우리는 아직 이해하지 못하고 있다.'

"알겠소."

발레리안은 작은 목소리로 대답했다. 그렇다면 이론적으로, 자치령과 프로토스가 아도스트라와 사이오리스크를 전부 파괴하기만 하면, 그걸로 문제는 끝날 것이다.

물론 자가라의 아도스트라가 실제로 호크먼과 조사단을 공격했던 그 생물이 맞다는 사실을 누군가 증명해 줘야 했다. 발레리안이 그 사실을 자가라가 만족할 수 있게 증명하는 건 완전히 다른 문제였다.

그걸 실패하기라도 하면, 기스트를 벗어나는 일 자체가 극도로 어려워질 수 있었다.

하지만 달리 선택의 여지는 없었다. 아르타니스가 따로 언급하지는 않았지만, 발레리안은 자신이 이 행성에 있다는 사실만이 지금 신관이 행성 전체를 소각하지 않는 유일한 이유라고 확신했다.

게다가, 만약 아르타니스의 말이 옳다면, 즉 자가라가 정말로 사이오리스크를 이용하여 새로운 전쟁을 꾀하고 있다면, 발레리안은 가만히 뒷짐을 지고 기다릴 생각은 없었다. 프로토스와 함께 파괴의 비를 내려야 할 도덕적 의무가 있었다.

하지만 그러려면 먼저 말살이 필요하다는 절대적인 확신이 있어야 했다.

그래서 지금은 여기 남아서 계속 묻고 들을 것이다. 적어도 크루이크생크의 팀이 2번 집중점의 보관소를 확인하고 샘플을 채취할 때까지. 어쩌면 호크먼의 팀도 3번 집중점에서 같은 일을 마칠 때까지. 혹시 필요하다면 그보다 더 오랫동안이라도 기다릴 것이다.

그리고 만일 자가라가 그의 말을 믿지 않거나, 아르타니스가 기다리기를 거부한다면… 발레리안도 최후의 다리를 건널 것이다.

• • •

크루이크생크의 수송선이 지표면을 향해 절반쯤 강하했을 때, 프로토스가 공격받고 있다는 소식이 전해졌다.

"대체 전부 어디서 나타난 겁니까?"

크루이크생크가 수송선의 하부 감시경을 통해 비치는 영상을 노려보며 물었다. 2번 집중점 외곽의 구불구불한 언덕에는 초목이 적진 않았지만, 그렇다고 그렇게 많은 저그를 감출 만큼 무성하지도 않았다. 대체 망할 저그들은 갑자기 어디서 저렇게 나타난 걸까?

"전부 메사 안에 있었습니까?"

"지금까지 확인된 바로는, 프로토스가 나무들을 쓰러뜨리고 난 후 밖으로 나온 저그는 호크먼의 팀이 확인했던 새로운 변종 몇 마리뿐이었다. 소위 사이오리스크라는 변종 말이야. 나머지는 아무래도 프로토스를 둘러싼 나무들 사이로 숨어든 모양이다."

호너가 심각한 목소리로 말했다.

크루이크섕크는 입술이 뒤틀리는 것을 느꼈다. 숨어든다는 말은 저그와 어울리지 않았다. 몸을 숨기는 종이 몇 가지 있기는 했지만, 대부분의 하급 저그는 그저 생각 없이 불도저처럼 밀어닥치는 게 보통이었다.

지금 아래쪽에 있는 저그가 그랬다. 저글링과 바퀴, 히드라리스크가 수도 없이 밀려들어 소규모 프로토스 병력을 압도하고 있었다.

"상황이 얼마나 심각합니까? 나무와 연기 때문에 자세한 전황이 보이지 않습니다."

그가 물었다.

"좋지 않아. 아르타니스도 우리처럼 상황 파악에 어려움이 있는 것 같지만, 아무래도 학살이 진행되고 있는 것 같다. 처음에는 기사의 사이오닉 검이 열 개, 네라짐의 차원 검이 열 개 확인되었으나, 지금은 각각 여섯 개와 일곱 개로 줄어들었다."

호너의 대답에 크루이크섕크는 주먹을 움켜쥐었다. 전투는 3분 남짓 펼쳐졌을 뿐인데, 벌써 프로토스가 기사 네 명과 네라짐 세 명을 잃었다고? 믿을 수가 없었다.

"자가라가 뭘 내보낸 겁니까?"

"자가라는 자기가 한 일이 아니라고 주장한다. 해당 지역의 무리어미도 아니라고 하고."

"퍽도 그렇겠습니다. 그 지역 저글링들이 오늘 갑자기 독립을 선포하고 독립된 지성을 얻기라도 했나 봅니다."

크루이크섕크가 으르렁거렸다.

"물론 나도 그 말을 믿지는 않아. 하지만 지금은 누구의 소행인지가 중요한 게 아니다. 중요한 건 프로토스가 곤경에 처했고, 어떻게든 그들을 지원할 수 있는 건 자네뿐이라는 거야."

"걱정하지 마십시오, 제독님. 최대한 빨리 접근해서 어떻게든 하겠습니다."

크루이크섕크는 스산한 목소리로 약속했다. 프로토스의 엉덩이를 걷어차 주기는커녕, 뜨거운 프라이팬에서 그 놈들 엉덩이를 꺼내 줘야 하는 상황이었다.

"그럴 거라고 믿는다. 행운을 빈다, 대령. 조심해라. 프로토스도 중요하지만, 자네가 진짜로 책임져야 할 것은 자치령과 우리 동포니까."

"알겠습니다, 제독님. 일이 끝나면 연락드리겠습니다."

크루이크섕크는 통신을 종료하고 단거리 통신으로 전환했다.

"좋아, 다들 제독님 말씀은 들었겠지. 이번 일은 구출 작전으로 변경됐다. 빠르게 진입해서 아직 살아 있는 프로토스를 구출하고, 망할 저그가 눈에 띄면 모두 튀겨 버리자."

4분 후, 수송선은 지면을 강타했다. 그 충격에 착륙 장치에서 굉음이 울려 퍼졌다. 크루이크섕크는 직접 투견을 몰고 가장 먼저 수송선 밖으로 나섰고, 골리앗 3대가 그 뒤를 따랐다.

하지만 이미 너무 늦어 있었다.

지옥의 한 장면을 보는 것 같았다. 사방에 맹독충과 바퀴, 저글링, 히드라리스크가 우글거렸다. 저그의 발톱이 한 줌밖에 남지 않은 고위 기사와 암흑 기사를 이리저리 베고, 독침이 육체와 옷을 찢었으며, 산성 체액은 폭발을 일으키며 수풀과 나무를 태우고 대기를 숨 막히는 연기로 가득 채웠다. 여기저기 저그 사체가 겹겹이 쌓여 있었고, 프로토스의 시체와 뒤엉켜 있기도 했다. 프로토스 파수기 두 대가 대학살의 현장에 서서 자동화된 방어 장치로 전사들을 지키려 했지만 아무 소용이 없었다. 메사 근처, 동굴 입구를 막고 있던 나무들이 쓰러진 곁에는 추적자 한 기가 산산이 부서진 채 옆쪽으로 쓰러져 있었다.

하지만 단순히 구출 임무의 성공 가능성이 희박해졌다고 해서 자치령 군대가 짐을 챙겨 떠날 수는 없었다.

"전원 공격!"

크루이크섕크가 병사들에게 외쳤다.

"아직 저항하고 있는 프로토스가 있으면 지원해라. 나는 저 추적자를 확인해 보겠다. 사신은 호위 대형으로 하늘을 주시하라. 뮤탈리스크가 언제 나타날지 모른다."

그의 투견이 쓰러진 추적자를 향해 다가갔다. 너무 가까이 접근한 저글링은 그대로 쓸어버리고, 사정거리 내의 히드라리스크에게는 무자비하게 레일건을 발사했다. 맹독충 1마리가 그를 향해 데굴데굴 굴러 오다가, 레일건에 맞고 산성 체액을 흩뿌리며 박살이 났다.

"조심하십시오, 대령님. 왼쪽 다리에 저그 체액이 묻었습니다."

사신 하나가 소리쳤다. 크루이크섕크는 현재 상황을 확인하며 소리 죽여 욕을 뱉었다. 중화 스프레이가 대부분 제때 처리했지만, 체액이 흩뿌려진 가장자리는 아직 지글거리며 녹아내렸다. 중화 스프레이를 한 번 더 뿌리고서야 체액을 모두 제거할 수 있었다. 스프레이가 닿지 못하는 홈과 갈라진 부위에는 아직 부식이 남아 있을 테고, 서둘러 처리하지 못하면 결국엔 다리가 부서지고 말 것이다.

하지만 그럴 시간은 없었다. 적어도 이번 임무를 수행하는 동안에는 다리가 버틸 수 있을 테고, 지금 중요한 건 그뿐이었다.

"뮤탈리스크다! 네 시 방향, 베타 고도!"

누군가 소리쳤다. 크루이크섕크는 그 지점을 바라봤다. 끔찍한 괴수 2마리가 하늘을 가로지르고 있었다. 아직 남은 프로토스 파수기를 처리하려는 게 분명했다. 그는 잠시 시선을 돌려 2마리에 모두 자동 추적 장치가 고정된 것을 확인한 후, 폭주 미사일 한 쌍을 발사했다. 시야 바깥쪽에서 갑자기 나타난 세 번째 뮤탈리스크는, 골리앗이 발사한 지옥불 확산 미사일의 먹이가 되었다.

다른 저글링 한 쌍이 무리에서 나타나 투견의 손상된 다리를 향해 발톱을 휘둘렀다. 레일건으로 놈들을 날려 버리고, 그는 계속 전진했다.

추적자가 움직이지 않는 것을 보고, 크루이크섕크는 그 기계와 병합된 암흑 기사도 함께 죽었을 거라고 생각했다. 하지만 그가 접근하자 네라짐이 게슴츠레 눈을 뜨고는 고개를 조금 돌려 투견의 조종석을 올려다봤다.

'왔군.'

희미해진 프로토스 목소리가 크루이크섕크의 머릿속으로 밀려들었다.

"그래, 이제 왔다."

크루이크섕크가 말했다. 그 대수롭지 않다는 말투에 눈살이 절로 찌푸려졌다. 그래, 자치령 병력이 도착했다. 비록 이곳 프로토스에게 큰 도움은 되지 않겠지만.

"잠깐 기다려. 지금 나무 한 그루가 네 다리를 짓누르고 있다. 내가 치우고 수송선으로 데려다 주지."

'시간이 없다. 당장 보관소를 파괴해야 한다. 그러지 않으면 너를 비롯한 테란 모두가 우리와 함께 죽고 말 거다.'

암흑 기사가 말했다.

"그럴 순 없어."

크루이크섕크는 전술정보화면에 표시되는 상황보고를 흘긋 바라보며 말했다. 기사 세 명과 네라짐 네 명이 아직 살아 있었고, 더 많은 저그가 이 지역으로 쏟아져 들어오고 있었다. 투견의 다리도 부식이 점점 더 심각해지고 있어서, 컴퓨터는 십 분 후면 그 다리가 사용 불가 상태가 될 거라고 예상했다. 인정하긴 싫지만 아군이 학살당하는 중이었고, 전투는 아직 끝날 기미가 보이지 않았다.

"미안하군. 멀쩡하게 가져오라는 명령을 받았거든."

'그럴 순 없다. 이미 놈들이 버리고 있으니까.'

암흑 기사가 말했다. 크루이크섕크는 동굴 입구를 바라보며 눈살을 찌푸리고 투견의 망원경을 켰다. 안쪽에는 광원이 별로 없었지만, 붉은 점이 박힌 사이오리스크가 줄지어 경사로에서 내려오는 모습은 보였다. 둘씩 짝을 지어 우윳빛 알주머니를 들고 있었다.

'나는 이 새로운 저그가 사이오닉 능력으로 공격해 온다는 테란의 보고를 믿지 않았다. 하지만 사실이었다. 이들은 다른 저그를 전장에 끌어들여 적을 공격하게 한다. 그리고 암흑 기사까지도 압도할 만큼 엄청난 사이오닉 능력을 집중하여 우리를 하나씩 약화시키고 파괴했다.'

말을 잇는 암흑 기사의 목소리가 점점 더 희미해졌다.

크루이크섕크는 이를 악물고 쉿 하는 소리를 냈다. 그와 부대원들이 전투를 벌이고 있는 사이 사이오리스크들이 저 주머니를 가져간다면, 놈들이 다음에 어디서 나타날지는 그 누구도 알 수 없었다.

발레리안 황제는 보관소를 파괴하지 않고 점령하라고 했다. 하지만 황제라고 해도 원하는 것을 모두 손에 넣을 수는 없는 법이다.

"좋아, 내가— 이름이 뭔가, 병사?"

'나는 사가야다.'

"좋아, 사가야. 여기서 가만히 살아남아라. 가능한 한 빨리 돌아올 테니까."

그는 망할 사이오리스크가 안에 몇 마리나 있을까 궁금해 하며 일어섰다. 그리고 놈들을 모두 제거하기 전에 레일건과 미사일 발사기의 탄환이 바닥나거나, 투견의 다리가 망가져 버리지는 않을까 걱정이 됐다.

'안으로 들어갈 필요는 없다. 놈들을 파괴할 방법이 있으니까. 분열기를 안에 집어넣었다. 공격을 받으면 폭발할 것이다.'

사가야가 말했다.

"아."

크루이크섕크가 말했다. 분열기는 정말이지 끔찍한 무기였다. 하지만 지금과 같은 상황에서는 꼭 필요한 것이기도 했다.

"그 정도는 내가 할 수 있을 것 같은데. 전 유닛, 주목! 지금부터 메사 내부의 프로토스 분열기를 발동시키겠다. 바위가 날아올 수도 있으니 조심해라."

그는 경사로에서 눈에 보이는 가장 높은 지점에 자동 추적 장치를 고정한 후, 폭주 미사일을 발사했다. 미사일은 안으로 날아가면서 사이오리스크 2마리와 놈들이 들고 있던 알주머니를 거의 박살내 놓았다. 그리고 첫 번째 모퉁이에 충돌하며 폭발을 일으켜 보관소 내부를 환하게 밝혔다. 크루이크섕크는 숨을 죽였다.

크루이크섕크가 생각했던 것처럼 메사가 모조리 무너져 내리지는 않았지만, 결과가 크게 다르지는 않았다. 분열기가 폭발하며 메사 상부에 십여 개의 거대한 구멍을 만들었고, 흙과 바위와 초목이 하늘 높이 날아올랐다. 투견 발밑의 지면도 부들부들 떨렸다. 잠시 후 동굴 입구에서 거대한 불길이 뿜어져 나와 수풀과 나무를 모두 날려 버리고 크루이크섕크의 투견까지 벌렁 자빠뜨렸다.

한참 동안 그는 가만히 그렇게 누워 있었다. 안전띠에 짓눌린 부위가 쓰라렸고, 조종석의 강철유리 밖으로 불바람이 휘도는 모습을 보니 눈살이 절로 찌푸려졌다. 불의 소용돌이가 서서히 사그라지고, 나뭇잎과 흙, 나뭇가지의 폭풍도 잦아들었다. 그는 조심스럽게 투견의 팔로 지면을 짚고 거대한 병기를 다시 일으켜 세웠다. 피해를 입은 다리의 외부 장갑이 깨지면서 투견이 조금 비틀거리긴 했지만, 주 지지대는 그럭저럭 버텼다. 여기저기 쌓인 쓰레기 더미 사이에서 조심스럽게 균형을 잡으면서 그는 뒤로 돌아 전장 전체를 살펴봤다.

엉망진창이었다. 눈에 보이는 모두, 그러니까 테란과 프로토스, 저그까지 전부 땅 위에 대자로 뻗어 있었다. 크루이크섕크의 골리앗 세 대 중 두 대는 서서히 일어나고 있었지만, 모두 심각한 피해를 입은 듯했다. 세 번째 골리앗은 가만히 누워 움직이지 않았다. 다리는 떨어져 나갔고, 지옥불 발사기는 파괴되고, 자동포 중 하나는 뜨거운 열기에 녹아 버렸다. 크루이크섕크가 의료 판독기로 조종사를 확인해 보니 살아있기는 했지만, 상태가 그리 좋지는 않았다. 전장의 다른 곳에서 해병들도 조금씩 몸을 일으키고 있었다. 사신 다섯 명은 보이지 않았으며, 의료 판독기에서는 그 중 두 명만 목숨을 부지하고 있는 것으로 나타났다.

저그 역시 서서히 움직이기 시작했다. 하지만 그들을 공격하려는 건 아니었다. 대부분 자리에서 일어나 혼란에 빠진 듯 거대한 머리를 흔들면서 주위를 둘러보기만 했다. 크루이크섕크는 손가락을 투견의 레일건 방아쇠에 걸어 두었지만, 적대적인 움직임을 보이는 상대는 하나도 없었다. 다들 뭘 해야 하는지 고민하기라도 하듯 잠시 가만히 서 있다가, 그대로 뒤로 돌아 비틀거리며 멀어져 갔다.

그리고 저그가 전장에서 빠져나가는 모습과 함께, 크루이크섕크는 프로토스 세 명이 천천히 일어서는 모습을 보았다.

세 명이었다.

그는 화면을 통해 다시 한 번 사방을 확인했다. 그리고 크게 한숨을 내쉬며, 원거리 통신을 켰다.

"크루이크섕크다. 아군이 승리했다. 적이 전장에서 퇴각하고 있다. 구출 작전은…."

그는 꿀꺽 침을 삼켰다.

"실패했다."

· · ·

자가라는 눈앞의 누군가를 짓이기기라도 하듯 팔을 휘둘렀다.

'이해할 수가 없군.'

"테란 열두 명이 죽었소."

발레리안이 이를 악물고 말을 뱉었다. 이번만큼은 가식적인 외교술도 모두 버렸다.

"프로토스 열아홉 명이 죽었고. 이런데도 사이오리스크가 적대적이지 않다고 주장하는 거요?"

'아도스트라일 리가 없다. 그들은 전적으로, 또 선천적으로 온순하니까.'

자가라는 거듭 주장했다.

"저글링 정도 크기에 히드라리스크를 닮은 형태. 연한 담갈색에 빨간색으로 강조되고, 등에는 새빨간 점이 세 줄로 이어진 생물 말이오?"

'아도스트라는 그런 형태가 아니다.'

"확실하오? 최근 알주머니 속을 들여다본 적이 있소?"

발레리안이 따져 물었다. 자가라의 발톱은 아직도 움직이고 있었다.

'그걸 들여다본 자는 없다. 적어도 영양분에 둘러싸인 뒤로는 그렇다. 아직 성장하는 중이니까.'

"그러면 그것들이 지금 어떻게 변했는지는 알지 못하는 거 아니오?"

'더는 들을 필요 없음.'

아바투르가 갑자기 입을 열었다.

'테란 유기체, 군단의 말살을 도모함. 더는 들을 필요 없음.'

그는 돌아서서 그대로 출입구를 빠져나갔다.

발레리안은 자가라를 바라보며 그녀가 아바투르에게 돌아오라고 명령할 것을 기대했다. 하지만 그러지 않을 모양이었다. 아바투르는 불길한 침묵 속에 기다리고 있는 궤멸충 사이를 지나 어딘가로 사라져 버렸다.

어쩌면 자가라는 더는 대화를 계속할 생각이 없는지도 몰랐다. 어쩌면 이제 모든 대화를 끝내기로 결정했는지도 몰랐다.

어쩌면, 그녀의 생각이 옳은 건지도 몰랐다.

"이제 떠나겠소. 날 막으려 하지는 않을 거라고 믿소."

발레리안이 이렇게 말하며 일어섰다. 짧지 않은 시간 동안 발레리안은 자가라가 그가 떠나는 일을 막을 거라고 생각했다. 그녀는 고개를 뒤로 빼고 번들거리는 눈으로 그를 노려보고 있었다. 하지만 잠시 후 자가라는 긴장감을 조금 누그러뜨리는 듯했다.

'그래봐야 무슨 소용이 있겠나? 난 전쟁을 피하고 싶다. 네가 진실을 받아들이게 설득할 수 없다면, 어차피 얻을 수 있는 건 없다.'

"날 설득할 수는 없소, 초월여왕. 내가 당신을 설득할 수 없는 것처럼. 오직 진실만이 그럴 수 있겠지. 난 할 수 있는 한 계속 진실을 찾아보겠소. 하지만 결국엔…."

발레리안은 말을 끝맺지 않았다.

'그렇다면 가라. 진실을 찾아라.'

자가라가 말했다.

"그러지."

발레리안의 결의가 조금씩 흐트러졌다. 자가라는 지금껏 그가 만나 본 어떤 저그와도 달랐다. 그것만으로도 상세히 조사해 볼 가치가 있었다. 그것만으로도 머뭇거릴 이유가 있었다.

자가라는 너무나도 진실해 보였다.

하지만 발레리안은 자가라에게 이미 충분한 기회를 주었다. 아르타니스보다 훨씬 더 많이. 발레리안의 아버지 아크튜러스라면 그랬을 것보다 훨씬 많이. 아크튜러스 황제라면 이미 몇 시간 전에 전쟁을 선포하고 공격을 시작했을 것이다. 아니, 지금 이 시점부터 무슨 일이 일어나든, 발레리안의 양심에는 거리낌이 없었다.

'진실을 찾을 수 있을 거다.'

자가라가 약속했다.

'아직 시간이 남아 있을 때 그랬으면 좋겠군.'

• • •

놀랍게도 수송선은 지면에서 떠올라 하늘로 날아오르는 동안 아무런 공격도 받지 않았다. 고도 1,000미터 지점에 도달할 때 즈음 망령 편대가 날아와 히페리온까지 가는 내내 발레리안을 호위했다.

함교에 도착해 보니 맷이 통신 장치로 아르타니스와 대화를 하고 있었다.

"당신 입장은 이해합니다, 아르타니스 신관."

발레리안이 함교에 들어설 때 제독은 그렇게 이야기하고 있었다. 그는 발레리안과 시선을 맞추고 손짓으로 그를 다가오지 못하게 했다.

"황제 폐하가 도착하시는 대로 신관님의 의견과 제안을 전하겠습니다."

"알았다, 맷 호너 제독. 내 참을성에도 한계가 있다는 점을 이해시켜 다오."

스피커에서 아르타니스의 목소리가 들렸다.

"그러겠습니다, 신관님."

맷은 약속했다.

"호너 제독, 통신 종료."

그는 통신 장치를 끄고는 발레리안을 향해 돌아서며 말했다.

"황제 폐하, 무사히 돌아오셔서 정말 다행입니다."

"사실 나도 놀랐소."

발레리안은 통신 장치를 향해 손짓했다.

"프로토스 쪽에선 무슨 얘기가 있었소?"

"언제라도 출동할 수 있게 준비하고 있답니다. 아르타니스는 지금 당장이라도 기스트에 전면 공격을 시작하려고 합니다."

맷이 심각한 목소리로 말했다. 발레리안은 주먹을 움켜쥐었다.

"우리 요원들이 아직 거기 있는데."

"이제는 조사단만 남았습니다. 크루이크섕크의 병력은 교체품이 도착하기 전에 수송선에서 간이 수리를 마쳤습니다. 지금 돌아오는 중입니다."

맷이 말했다. 그의 입술이 뒤틀렸다.

"물론, 살아남은 병력뿐이지만요."

"그렇겠지. 그래도 프로토스보다는 생존자가 많소."

발레리안은 중얼거렸다.

"그저 지상에 그들만큼 오래 있지 않았기 때문입니다."

맷이 퉁명스럽게 말했다.

"크루이크섕크의 보고서를 보셨습니까?"

"기본적인 건 확인했소."

"그러면 사이오리스크의 전략에 대한 그의 생각도 보셨겠지요."

발레리안은 고개를 끄덕였다.

"무리를 지어 기사단과 네라짐을 각개 격파하고, 집중력을 흐트러뜨린 후 난도질한다고 했지."

"혹은 다른 저그들이 자기네 일을 대신하게 한다는 겁니다. 그리고 그건 우리 병사들이 사이오닉 공격으로 받을 피해도 고려하지 않은 겁니다. 프로토스가 공격받을 때에 비하면 상대적으로 피해가 적겠지만, 그래도 잠재적으로 전황을 뒤집을 수 있는 위력이 충분합니다."

맷이 말했다.

"물론 그렇지."

발레리안도 동의했다.

"자가라는 여전히 자신이나 그 지역 무리어미가 공격을 주도한 건 아니라고 주장하고 있소."

"조사단이 치렀던 전투에 대해서도 같은 주장을 했었지요."

맷이 그 일을 상기시켰다.

"자가라가 거짓말을 하고 있거나… 혹시 사이오리스크가 스스로 그런 공격을 주도하고 있다고 생각하시는 겁니까?"

"설명할 방법은 그것뿐이오. 문제는, 어느 쪽이든 증명해내기가 거의 불가능하다는 거겠지. 기본적인 저그 대 저그 통신을 엿들을 수가 없다면 말이오."

발레리안이 말했다.

"그건 우리뿐 아니라 프로토스도 할 수 없는 일입니다. 이제 어떻게 하시겠습니까?"

"지금까지와 똑같이 하겠소. 조사단을 3번 집중점으로 이동시키고, 그들이 진짜 샘플을 회수할 수 있게 해야 하오."

"아."

맷은 잠시 뜸을 들였다.

"물론 알고 계시겠지요? 지금 무슨 일이 벌어지고 있건, 또 누가 그 일을 벌이고 있건, 우리가 3번 집중점을 선택할 것임은 눈에 보일듯 뻔한 상황입니다. 누군가 호크먼의 조사단을 제거하려고 한다면, 어렵지 않은 일이 될 겁니다."

"그래, 그리고 계속 그 문제를 생각해 왔소."

발레리안이 대답했다.

"우리 함선에 사이오닉 분열기가 실려 있다는 것도 알고 있소. 사이오닉 차단기도 호크먼과 크레이에게 줬었지? 혹시 우리에게 사이오닉 방출기는 없소?"

맷은 두 눈을 깜빡였다.

"지금 저그를 끌어 모으는 건 극단적으로 잘못된 생각이 아닐까 합니다."

긴장되는 상황이었지만, 조심스럽게 말을 골라 정중하게 이야기하려는 제독의 말투에 발레리안은 자기도 모르게 웃고 말았다. 전문가들도 사이오닉 방출기가 여왕 또는 무리어미를 유도하여 저그 무리를 방출기의 위치로 보내도록 하는 것인지, 아니면 인근에 있는 하위 저그에게 직접 작용하는 건지는 아직 밝혀내지 못했다. 하지만 결과는 동일했다. 끔찍한 외계 생물이 사이오닉 방출기를 향해 수도 없이 밀려들게 만들었다.

전쟁 중에도 가끔씩 쓸모가 있는 장치였다. 또 발레리안의 아버지는 방출기를 이용하여 타소니스에 있던 구 테란 연합의 수도를 파괴하기도 했다. 이 사건을 기반으로 아크튜러스는 권력을 손에 넣고 테란 자치령을 만들었다. 사이오닉 방출기는 극도로 위험한 장치였고, 절대로 가볍게 다뤄서는 안 되는 물건이었다.

"진정하시오. 내가 그렇게까지 미쳐버린 건 아니니까. 3번 집중점에서 100클릭 정도 떨어진 곳에 내려보내면 어떨까 생각하고 있었소. 그 지역 저그의 주의를 조사단에서 떼어놓고 싶은 거요."

"아."

맷의 얼굴이 밝아졌다.

"흠… 그런 장치가 이 함대의 함선에 있을 것 같지는 않습니다만, 저희 기술 팀이라면 조사단이 그 지점에 도착하기 전에 뭐라도 만들어 낼 수 있을 겁니다."

"예상 도착 시간이 언제지?"

맷은 함교의 시계를 흘긋 바라봤다.

"약 다섯 시간 후입니다."

"기술 팀에 연락해서 즉시 시작하라고 하시오. 그리고 언제쯤 가동되는 장치를 만들 수 있을지 예상 시간을 확인해 주시오."

"제독님? 이건 좀 보셔야 할 것 같습니다."

전술 장교가 센서로 둘러싸인 좌석에서 긴장한 말투로 맷을 불렀다.

발레리안이 줄지어 늘어선 센서를 지나 장교에게 다가갔고, 맷이 그 뒤를 따랐다. 전술 장교가 몇 군데 화면을 가리키며 말했다.

"폐하, 저희와 프로토스 함선을 감시하고 있던 거대괴수들이 모두 지표면으로 향하고 있습니다."

"다들 서로 다른 지점으로 가는 것 같습니다. 무리어미에게 가는 걸까요?"

맷이 중얼거렸다.

"그런 것 같군. 지금쯤이면 자가라가 협상이 중단됐다고 모두에게 알렸을 거요. 필요한 경우 이 행성에서 대피할 준비를 하는 거겠지."

발레리안은 음울한 목소리로 말했다.

"놈들이 뭘 가져갈지는 아무도 모릅니다. 자가라가 사이오리스크를 몰래 데리고 나가려 한다고 해도, 거대괴수 6마리를 차단하고 수색할 방법은 없습니다."

맷이 말했다.

"7마리입니다, 제독님. 코랄에서 우리가 따라온 거대괴수도 있습니다."

전술 장교가 정정했다.

"그걸 잊고 있었군."

맷이 몸을 기울여 화면에 가까이 다가가며 말했다.

"그건 움직이고 있나?"

"아닙니다, 제독님. 여전히 가만히 머물러 있습니다."

"놀랄 일은 아니군. 상황은 지금 그대로도 충분히 불안정하오. 자가라가 거대괴수에 올라 저 행성을 떠나버리면서 사태를 악화시키지 않기만을 바라야겠지."

발레리안이 말했다.

"그런 도박을 할 만한 가치가 있다고 생각했다면, 충분히 그럴 수 있을 겁니다. 사이오리스크를 확보하고 유령을 하나 생포한다면, 아바투르가 활약할 여지가 생겨나겠지요."

맷이 지적했다. 발레리안의 눈이 화면 중 하나로 향했다. 조사단의 수송선이 여전히 대기권을 가로질러 3번 집중점으로 향하고 있었다. 위협 요소는 딱히 눈에 띄지 않았다.

"저 수송선을 잘 지켜보시오."

"사태를 악화시키는 얘기가 나와서 말씀입니다만, 주목해야 할 일이 또 하나 있습니다."

맷은 프로토스 함선들의 다양한 열점을 보여 주는 화면을 가리켰다.

"아르타니스가 정화 광선에 동력을 공급하는 것 같습니다."

발레리안은 욕을 뱉었다.

"기스트를 소각할 준비를 하고 있군."

"프로토스에 연락해서 잠시 대기해 달라고 요청해 볼까요? 적어도 조사단을 기스트에서 퇴각시킬 때까지 말입니다."

맷이 물었다. 발레리안은 우주 이곳저곳을 가로지르는 거대괴수들을 바라봤다. 맷의 말이 옳았다. 저 거대한 생물 중 하나 또는 그 이상이 사이오리스크들을 운반하려 한다고 해도, 자치령이나 프로토스 병력이 저들을 막을 방법은 없었다.

그리고 그런 일이 있어서는 안 됐다. 새로운 저그 변종이 테란과 프로토스에 어떤 끔찍한 패배를 안길 수 있는지 생생히 확인된 지금은 더욱 그랬다.

저그를 제거해야 했다.

"아니. 그냥 우리 조사단이 지상에 남아 있다는 사실만 상기시켜 주시오. 그리고 어떤 형태로든 움직이게 될 경우 우리에게 알려 달라고도 하고."

발레리안이 맷에게 말했다. 그는 잠시 주저했다.

"그리고 우리도 지상 공격 무기를 준비하시오."

맷의 두 눈이 휘둥그레졌다.

"발레리안 폐하—"

"명령이오, 제독."

발레리안이 상대의 말을 자르며, 국왕의 힘을 목소리에 가득 실었다. 맷은 몸을 꼿꼿이 펴며 차렷 자세를 취했다.

"알겠습니다, 각하."

그는 발레리안의 딱딱한 말투에 맞춰 대답했다.

발레리안은 눈살을 찌푸렸다. 최근엔 맷이 자신을 '각하'라고 부른 적이 없었다. 특히 발레리안이 그를 비롯한 모든 사람들에게 그렇게 부르지 말라고 단도직입적으로 말한 뒤에는 더욱 그랬다. 아버지가 좋아했던 존칭을 사용하면서, 제독은 넌지시 그에게 자신의 생각을 밝힌 것일까? 그런 일은 냉철하고 잔혹했던 아크튜러스 황제가 선택했을 길임을 상기시키려는 것이었을까?

만약 그랬다면, 제독은 발레리안의 다음 명령이 마음에 들 것이다.

"야마토 포도 준비하시오."

황제는 말을 이었다.

"필요하다고 판단될 경우, 3번 집중점을 조준하시오. 또한 소규모 후송팀을 편성하여, 조사단을 구출할 준비도 하고."

"필요하고, 또 시간이 있는 경우겠지요?"

맷이 날카롭게 물었다.

"그래, 시간이 있다면."

발레리안도 동의했다.

"알겠습니다, 각하."

발레리안은 제독의 시선을 외면했다. 틀림없이 아크튜러스 황제를 염두에 둔 것이었다.

한편으로는 발레리안도 동의해야 했다. 대학살과 그에 동반되는 부수적 피해는 아버지의 정권을 상징하는 요소였다. 그리고 바로 그런 것들이, 발레리안이 새로운 자치령에서 바꿔 놓겠다고 맹세했던 것이었다.

그런데 지금의 발레리안은 아버지가 피로 써내려간 길을 그대로 뒤따르고 있었다. 그는 지금의 일이 그저 한 때의 일탈이길, 그가 약속했던 달라진 자치령에 일시적으로 나타난 둔덕일 뿐이길 바라야 했다.

그게 아니라면 발레리안은 지금껏 자신을 속여 온 것이었을 뿐이다. 어쩌면 전쟁을 문명화된 것으로 바꿔 놓는 방법이란 없는 건지도 몰랐다. 어쩌면 전쟁이란 늘 '우리'가 '그들'과 맞서 싸워야 하는 것인지도 몰랐다. 어쩌면 생존이란 언제나 모두 승자의 몫이고, 패자를 기다리는 건 말살뿐인지도 몰랐다.

발레리안은 늘 그런 생각을 맹렬히 비난했다. 항상 큰 목소리로, 공개적으로, 또 진심으로 그런 운명을 거부했다. 어떤 사람들은 그가 공명정대하다며 찬사를 보냈다. 또 어떤 사람들은 그가 순진하다고 비난했다.

과연 그 중에 누가 옳은 것일까?

한때 그는 답을 알고 있다고 생각했었다. 하지만 이제는 그렇게 확신할 수 없었다.

오늘, 어쩌면 그 답을 알게 될지도 몰랐다.

제14장

타냐의 두뇌에 박힌 임플란트는 여러 가지 역할을 했는데, 그 중 하나는 감정의 진폭을 일정하게 유지하는 것이었다. 즉, 감정의 고점을 낮추고 저점을 높여 주었다.

하지만 오늘은 제 역할을 다하지 못하고 있었다.

물론 갖가지 약물을 먹을 수도 있었다. 술이나 일상적인 약물부터, 공식적으로는 이름도 붙지 않은 군용 비밀 혼합제제까지. 모두 그녀의 정신을 안정된 상태로 유지하는 용도였다.

하지만 타냐는 그런 데까지 손을 대고 싶은 생각은 없었다.

게다가 설사 거기 의지하고 싶더라도, 어떤 등급의 약을 먹어야 할지 알 길이 없었다. 그녀의 감정은 울퉁불퉁한 언덕을 따라 폭주하고 있었다. 한 순간 새하얀 분노로 타오르다가 이내 검은 우울함의 늪에 빠져들고, 다시 새하얗게 타올랐다.

변하지 않는 건 그녀가 거짓말에 속았다는 사실뿐이었다.

올라부가 어떻게 타냐에게 그럴 수 있었을까?

한쪽에서 어렴풋이 누군가 다가오는 모습이 보였다. 그녀는 잔뜩 긴장했다.

에린이었다.

"잠깐 얘기 좀 할 수 있어요?"

골똘히 생각에 잠겨 이마에 잔뜩 주름을 잡은 채로 에린이 말했다.

타냐의 본능은 안 된다고 말하라고 했다. 그녀의 마음과 영혼이 고통에 흠뻑 빠져 있어, 지금은 그저 혼자서 몸을 웅크리고 아픔이 모두 지나갈 때까지 가만히 기다리고만 싶었다.

하지만 에린은 심심풀이로 수다나 떨고 싶은 표정이 아니었다. 뭔가 중요한 일이었다. 아주 중요한 일이라 어쩌면 복잡한 머릿속을 잠시 안정시켜 줄지도 몰랐다. 타냐는 한숨을 내쉬지 않으려고 애쓰며 말했다.

"그럼. 무슨 일이야?"

"이 보고서 말인데요."

에린은 데이터패드를 꺼내 옆자리에 내려놓았다. 지난 두어 시간 동안 그녀는 휘스트의 도움을 받아 전투복을 벗었고, 지금은 타냐보다 훨씬 개운하고 편안해 보이는 상태가 되어 있었다.

"발레리안 황제와 초월여왕 자가라의 대화를 기록한 부분이요. 혹시 읽어 보셨어요?"

"아직. 무슨 문제라도 있어?"

"모르겠어요. 자가라는 그 아도스트라라는 것이, 왜 그…. 알주머니 속에 들어있던 거 있잖아요, 그것들이 사이오리스크처럼 미쳐 날뛰거나 다른 사람을 공격할 수는 없다고 했어요."

에린은 보고서의 한 부분을 불러낸 후 데이터패드를 타냐에게 건넸다.

"할 수 없다고 주장한다고 사실이 아닌 건 아니야. 친구끼리는 서로 거짓말을 하지 않는다고도 하잖아."

타냐는 보고서를 훑어보며 말했다. 에린은 두 눈을 깜빡였다.

"아… 제가 하고 싶은 말은요, 사실 그 사이오리스크하고 우리가 알주머니 속에서 본 생물에 대해 계속 생각해 봤어요. 당신도 저그 해부학을 공부하셨죠?"

"몇몇 놈들 몸속을 좀 들여다봤지."

사실 타냐는 훈련 기간 동안 저그의 몸속을 남부럽지 않게 많이 살펴봤었다. 해병은 저그의 외피에서 가장 약한 부분이 어딘지만 알면 충분했다. 하지만 타냐는 저그의 몸속에서 가장 잘 타는 부분이 어딘지 알아야만 했다.

"사실 디즈가 알주머니들을 제거한 뒤에는 볼만한 게 별로 없었어. 그 얘기를 하려는 건진 모르겠지만."

"그건 알아요. 그리고 자가라는 아도스트라가 저그의 변종이라기보다는 젤나가 정수를 기반으로 한 생물이라고 했어요. 따라서 일반적으로 산란못에서 태어나는 저그와 비교해 보면 그 개체 발생론적 측면에서—"

"무슨 측면이라고?"

"개체 발생론적 측면이요."

에린은 다시 말했다.

"특정 유기체가 수정 시점부터 성체가 되기까지의 생명 주기 전체를 일컫는 말이에요. 저그는 일반적으로 변태 단계를 거치지 않지만 아도스트라는 변태를 거쳤어야 해요. 만약—"

"쉬운 말로 하자고. 왜 변태가 필요하다는 건데?"

타냐는 끓어오르는 화를 억누르며 말했다. 이런 기술적인 이야기를 할 기분은 정말 아니었다.

"우리가 알주머니 안에서 본 건 최종 사이오리스크와 전혀 달랐어요. 그 말이 하고 싶은 거예요. 사이오리스크는 저그처럼 생겼어요. 저글링과 히드라리스크 사이 어디쯤에 위치한 듯한 모습이죠. 미지의 생물이 저그 이

외의 유전자와 결합했을 때 그런 모습이 될 확률이 얼마나 되겠어요?"

에린은 말했다. 타냐는 고개를 가로저었다.

"미안하지만 내 머리로는 이해할 수 없는 얘기야. 발생론인지 뭔지에 대해서는 아는 게 전혀 없거든. 내가 아는 건 알주머니 속의 생물과 사이오리스크가 둘 다 등에 그 새빨간 점이 찍혀 있었다는 것뿐이야. 내가 알고 있는 한, 다른 어떤 저그 변종에도 그와 비슷한 건 없었어. 그리고 주머니 여섯 개가 비어 있었던 것도 고려해야지. 꼭 네가 말한 변태를 마친 놈들이 빠져나온 것처럼 말이야."

"우리가 마주친 사이오리스크는 6마리보다는 훨씬 많았어요. 그리고 텅 빈 주머니에서는 양수의 흔적이 전혀 보이지 않았다고요."

에린이 지적했다.

"디즈가 전부 태워 버려서 그런 거잖아. 내 말 좀 들어 봐. 자가라가 뭐라고 지껄이고 있는지는 몰라도, 난 신경 쓰지 않아. 사이오리스크는 살인 기계고, 전부 박멸해야만 해. 중요한 건 그것뿐이야."

타냐가 참을성 있게 말했다. 그녀는 손상되지 않은 에린의 전투복을 향해 손짓했다.

"너도 그냥 울라부와 함께 있었던 게 운이 좋았던 거라고."

"울라부하고 무슨 상관인지 모르겠네요. 저그를 쫓아 준 건 휘스트와 디즈였어요."

에린은 당황한 목소리로 말했다. 그녀는 얼굴을 찌푸렸다.

"저한테서는 쫓아 줬죠. 울라부는 저처럼 상황이 좋지는 않았고요."

타냐는 눈살을 찌푸리며 고개를 들어 선실 주위를 둘러봤다. 울라부는 보이지 않았다.

"지금 어디 있는데?"

그녀가 물었다.

"의무실이요."

에린은 그렇게 말하며 턱으로 수송선의 선미에 칸막이가 쳐진 구획을 가리켰다.

"아마 붕대를 갈고 있을 거예요. 뭐, 아무튼 고마워요."

그녀는 자리에서 일어섰다.

"잠깐만. 전투에서 울라부는 다쳤는데 넌 무사했다는 말이야?"

타냐는 아직 그 모든 상황을 이해하지 못하고 있었다.

"맞아요. 아까도 말씀드렸지만, 저그가 너무 가까이 접근하면 휘스트와 디즈가 솜씨 좋게 처리해 줬어요."

에린이 말했다.

"너한테 너무 가까이 접근하면 그랬다는 얘기지? 울라부한테가 아니라?"

에린의 콧잔등에 주름이 잡혔다.

"맞아요. 이미 그렇게 말씀드렸잖아요."

"그래. 고마워."

타냐가 말했다.

에린은 잠시 동안 멍하니 서 있었다. 타냐의 머리가 어떻게 된 건 아닐까 생각하고 있었을 것이다. 하지만 이내 말없이 고개를 끄덕여 인사한 후 자리를 떠났다.

타냐에게 심각하게 혼란스러운 수수께끼를 남겨준 채로.

그녀는 몇 분 동안 머릿속에서 에린의 말을 곱씹었다. 하지만 정보를 더 얻지 못하면 수수께끼를 풀어낼 수 없다는 사실만 분명해졌다.

그리고 필요한 정보를 얻어낼 수 있는 곳은 단 한 군데뿐이었다.

그녀는 몇 분 더 뜸을 들였다. 하지만 결국에는 한숨을 푹 내쉬고는 안전띠를 풀고 의무실로 향했다.

에린이 말한 것처럼 울라부가 거기 있었다. 그는 튜닉을 벗고 배 부분에 조심스럽게 붕대를 감는 중이었다. 상체의 다른 부분에도 붕대가 감겨 있었다. 바닥에 놓인 붕대 다섯 개는 프로토스 특유의 짙은 보라색 피에 흠뻑 젖어 있었다. 울라부는 온몸이 상처투성이였다.

타냐는 그런 사실을 전혀 몰랐다.

프로토스는 고개를 들어 의무실로 들어서는 그녀는 바라봤다. 한 순간 둘의 눈이 마주쳤다.

'1번 집중점에서의 전투 이후로 날 멀리하던데.'

한참을 기다린 후 그가 입을 열었다.

'네 정신도 닫혀 있었고. 지금도 그렇군. 내가 무슨 잘못을 했는지 말해 줘.'

이렇게 단도직입적인 질문에는 똑같이 답해 줘야 한다고, 타냐는 늘 생각해왔다.

'그럴게. 먼저 자기소개부터 해야 할 것 같은데. 기사야? 아니면 네라짐이야?'

그녀는 대답했다. 울라부가 머릿속에서 한숨을 내쉬는 것이 느껴졌다.

'또 누가 알고 있어? 나만 빼고 다들 알고 있는 줄 알았는데.'

타냐는 눈살을 찌푸렸다.

'아니야. 포스터 크레이 상사뿐이야. 처음 사이오리스크와 마주쳤을 때 알게 됐거든.'

그는 부끄러워하는 모습으로 고개를 반쯤 숙였다.

'이제는 너도 알았구나.'

'그래.'

타냐는 후회 때문에 자신의 분노가 샛길로 빠져서는 안 된다고 마음을 굳게 먹었다. 울라부는 그녀의 믿음을 배신했고, 그래서 그녀는 지금 잔뜩 화가 나 있었다. 계속 그럴 생각이었다.

'아직 내 질문에 대답을 안 했는데.'

'네라짐이야. 전쟁 중에 칼라를 잃은 후로, 공허 에너지를 이용할 수 있던 우리 네라짐이 대부분의 기사들보다는 더 융통성을 발휘할 수 있었거든.'

'왜 융통성을 발휘해야 했는데?'

'타냐 콜필드, 정말 그걸 알고 싶은 거야? 아니면 네가 거짓말에 속아야 했던 이유를 알고 싶은 거야?'

그가 물었다.

'내가 거짓말에 속아야 했던 이유라고?'

타냐는 고개를 가로저었다.

'아니, 그렇게 말하면 안 되지. 내가 알고 싶은 건, 네가 왜 내게 거짓말을 했느냐는 거야. 그래, 그걸 알고 싶어.'

'명령을 받았으니까.'

울라부는 말했다. 그가 다시 한 번 머릿속으로 한숨을 내쉬는 것이 느껴졌다.

'난 임무를 수행 중이었고, 나의 명예를 위해 그 임무를 완수해야 했어. 너도 분명히 명예와 의무는 이해할 테지.'

'말 돌리지 마. 대체 무슨 임무였는데? 너희 프로토스도 유령 프로그램에 대해서는 이미 알고 있었잖아.'

타냐가 짜증스러운 목소리로 말했다.

'아르타니스 신관은 정보가 필요했던 게 아니야. 그가 내게 맡긴 일은, 아주 특정한 사이오닉 능력을 지닌 자치령의 유령을 찾아내는 일이야.'

울라부가 말했다. 타냐는 이를 악물었다. 그녀는 울라부에게 있어 친구가 아니었고, 그렇다고 부지불식간에 정보원이 된 것 조차도 아니었다. 그녀는 그저 판돈이 큰 내기의 당첨 선물일 뿐이었다.

'내가 맞춰 볼게. 흔치 않은 능력이 필요했던 거겠지? 방화 능력 같은 거?'

울라부는 고개를 옆으로 갸웃했다.

'아니야.'

잠깐 동안 타냐는 자신이 잘못 들은 건가 생각했다.

'아니라고?'

'아니야. 나는 염동력 능력자를 찾아내 친구가 되라는 임무를 부여받았어.'

그는 마지못해 털어놓았다. 타냐는 갑자기 바닥이 꺼지기라도 한 듯한 기분이었다. 그녀는 당첨 선물조차도 아니었던 걸까?

'무슨 얘기를 하는 거야? 유령 프로그램에는 이미 염동력 능력자가 두 명 있잖아. 그 사람들은 뭐가 문제였는데?'

울라부가 너무 오랫동안 아무 말도 하지 않아서 그녀는 접촉이 끊어졌다고 생각했다. 한참이 지나고 그가 말했다.

'난 그들과 친구가 되고 싶지 않았어. 그들은… 선하지 않아.'

이제는 전 인류를 심판하겠다는 건가? 정말이지 일이 점점 더 재미있어지고 있었다.

'다들 충분히 괜찮은 사람이라고.'

그녀가 쏘아붙였다.

'정말 그럴까?'

그녀는 코웃음을 쳤다. 아니, 빌어먹을, 사실은 그렇지 않았다. 글리스트럽은 미친 우울증 환자에 강박적 거짓말쟁이였고, 마이는 그냥 전반적으로 나쁜 사람이었다. 아무도 그들을 좋아하지 않았다.

사이오닉 능력이 조금 약하다고 볼 수도 있겠지만, 그래도 둘 다 충분히 쓸 만한 염동력 능력자였다.

'그 사람들을 어디에 쓰려는 건데?'

'프로토스는 새로운 무기를 만들었어. 전술적 가치는 상당히 제한적이지만, 상당수의 프로토스가 관심을 보인 무기였지. 우린 그 무기를 활용하는 데 테란의 염동력이 큰 도움이 될 거라고 판단했어. 그 능력이 인간에게 발현될 때는 프로토스에게서는 찾을 수 없는 아주 독특한 특질이 나타나니까. 그런 테란과 협력 관계를 맺는다면 어떤 결과를 도출할 수 있을지 알아보고 싶었던 거야. 그 이상은 말해 줄 수가 없어.'

울라부는 마지못해 말했다.

'좋아. 하지만 전쟁은 원래 착하고 정직한 사람만으로 치르는 게 아니잖아. 넌 염동력 능력자를 원했고, 글리스트럽과 마이가 있었어. 왜 그들 중 한 명을 선택하지 않은 거야?'

타냐는 눈살을 찌푸리며 말했다.

'그 두 사람 모두 내가 다른 사람과도 친구가 되고 관심을 기울이면 불만을 가질 거라는 걸 알았으니까.'

'무슨 상관이야? 어차피 한 명만 필요했던 거 아냐?'

'그래.'

그는 주저했다.

'하지만 그랬다면 나는 너와 친구가 될 수 없었겠지.'

타냐는 그를 노려봤다.

'아, 이런. 이 문제를 내게 덮어씌우려는 건 아니겠지? 너희 계획이나 네 임무가 엉망이 된 것이 내 탓은 아니야.'

그녀는 굽히지 않았다.

'그런 이야기를 하는 게 아니야. 내가 선택한 일이야. 내가 결정하고, 내가 실패한 일이고.'

그는 거듭 말했다. 타냐는 그를 바라봤다. 울라부라는 조각난 퍼즐이 마침내 하나로 맞춰지는 중이었다. 프로토스가 그를 버린 것, 아르타니스 신관과 소원해진 것, 또 유령 프로그램에 계속 남아 있기는 하지만 어딘가 막다른 길에 다다른 것 같았던 그의 태도까지.

'단테의 단층에 갔던 그날 밤 말이야. 연구를 하고 있다고 했었지만, 너 사실 염동력 능력자를 찾고 있었던 거지?'

그녀는 물었다.

'최근에 차우 사라에서 소멸한 사람들 중 하나에게 그런 능력이 있었다는 사실을 알아냈어. 그런 능력은 핏줄을 따라 유전된다는 의견도 있고. 그곳에서라면 그 사람의 가족을 만날 수 있을 거라고 생각했지.'

울라부가 말했다.

'그 대신 머리통만 박살날 뻔했지. 사실은 거기 사람들 머리가 날아갈 뻔한 거였구나.'

타냐는 뒤늦게 단테의 단층에서 있었던 일이 떠올라 얼굴을 찌푸렸다.

'나는 그 사람들을 해칠 생각이 없었어. 난 코랄 IV 행성에 방문객 신분으로 거주하고 있었고, 그런 배려를 남용할 생각은 없었으니까.'

울라부가 단언했다.

'그래. 얘기가 여기서 끝나는 건 아니야, 울라부. 조만간 이 얘기를 다시 할 일이 있을 거야. 하지만 일단 지금은 더 시급한 걱정거리가 많아서 잠시 미뤄야겠어. 먼저 1번 집중점에서 일어났던 전투에 대해 말해 줘. 위층 방에서 있었던 일 말이야. 너와 에린에게 무슨 일이 있었던 거야?'

타냐는 깊이 숨을 들이쉬었다.

'우린 공격받았어. 너와 포스터 크레이 상사, 데니스 호크먼 중위도 마찬가지였지만.'

그는 가슴을 가로질러 감아 놓은 붕대를 가리키며 슬픈 듯 덧붙였다.

'보다시피, 내 능력이 네라짐이라는 이름에 어울리게 발휘되지 않았

거든.'

'사이오리스크?'

'그래. 계속 정신이 산만해지고, 적에게 집중할 수도 없었지. 저그를 빠르게 처치할 수 있었던 네 능력이 없었다면, 우린 모두 죽었을 거야.'

'그것만으로도 나와 친구가 되어야 할 이유가 있었겠네.'

타냐는 자신의 말에 저절로 눈살이 찌푸려졌다. 지금 그 일에 대해 농담을 한 건가?

'이유는 그것만이 아니었어.'

울라부는 단호하게 말했다.

'그래, 나도 알아.'

분명히 농담이라는 걸 눈치 채지 못한 모양이었다. 처음 있는 일도 아니었다. 문제는—

"이봐?"

머뭇거리는 목소리가 들렸다. 타냐가 뒤를 돌아보니 휘스트가 입구에 서서 그녀와 울라부를 번갈아 바라보고 있었다.

"왜?"

그녀가 말했다.

"에린이 당신이 조금 이상하다고 했거든. 일어선 김에 울라부 상처도 확인할까 해서 왔지."

그는 그렇게 말하며 조심스럽게 안으로 한 걸음 들어섰다.

'회복되는 중입니다.'

울라부는 말했다.

"좋아. 당신은 좀 어때?"

휘스트는 타냐를 보며 눈썹을 추켜세웠다.

"난 괜찮아."

타냐는 말했다. 물론 거짓말이었지만, 생각했던 것보다는 사실에 가까웠다. 울라부가 배신한 일은 아직도 무척 아픈 상처였지만, 그래도 그와 다시 대화를 할 수 있게 되어 다행이었다.

"와 줘서 고마워. 심각하게 물어볼 게 하나 있어."

"뭔데 그래?"

"에린이 왜 아직 살아 있을까?"

"어, 내가 생각했던 거하고는 좀 다른데. 자세히 설명해 주겠어?"

휘스트가 말했다. 타냐는 그의 전투복을 향해 손짓했다.

"너도 종이 한 장 차이로 사이오리스크에게 당할 뻔 했었잖아?"

"한 번이 아니었지."

휘스트는 어깨를 으쓱했다.

"다 익숙해지기 마련이야."

"디즈도 거의 당할 뻔했지. 그리고 이제야 알게 됐지만…."

일말의 죄책감을 느끼며 그녀가 덧붙였다.

"울라부도 꽤나 심각하게 당했어. 그런데 어떻게 에린은 상처 하나 없이 무사할 수 있었던 거지?"

휘스트는 입을 열었다가… 다시 닫았다.

"글쎄… 울라부가 거기 있었잖아? 난 네가 에린을 보호했다고 생각했는데. 아니야?"

'최선을 다했습니다. 하지만 그 전투에서는 제 능력이 상당히 위축된 상태였습니다.'

울라부는 붕대를 가리키며 말했다.

"바로 그거야. 에린은 가우스 소총을 갖고 있었고, 사격 솜씨도 나쁘지 않았던 것 같아. 하지만 울라부가 그녀 뒤에서 절반의 힘만 발휘하고 있었다면, 저그가 그녀를 덮칠 기회가 몇 번은 있었을 거라고."

타냐의 말에 휘스트가 느릿하게 대답했다.

"하지만 그러지 않았지. 사실, 저그는 시도조차 하지 않았던 것 같아. 대체 이유가 뭘까?"

'저그는 에린이 전투에서 살아남길 바라는 것 같았습니다. 마치 그녀가 무사히 코랄IV 행성으로 돌아가길 원하는 것처럼요.'

"그 이유가 뭘까? 나머지 우리는 어떻게 되든 상관하지 않았잖아. 왜 에린만?"

타냐가 거듭 물었다.

'어쩌면 그녀가 이미 감염된 건지도 모릅니다. 그녀는 몇 차례나 땅에 드러누웠고, 그 중 몇 번은 헬멧도 벗었습니다. 그때 포자에 감염된 건 아니겠습니까?'

울라부가 음울한 목소리로 말했다.

"그렇진 않을 거야. 감염은 그렇게 빠르거나 쉽게 이루어지는 게 아니야. 그리고 코랄 근처에 가기 전에 온갖 검사와 마이크로 스캔을 거치게 될 테고. 에린의 일과 관계가 있는 건 아닐까? 우리 중에서 유일한 우주생물학자잖아."

휘스트가 아랫입술을 문지르며 말했다.

"그 이유라면 당연히 저그가 에린부터 없애고 싶어 하지 않았을까? 자가라가 뭔가 숨기고 있다면, 에린이 가장 먼저 알아낼 가능성이 있으니까."

타냐가 반박했다.

"사실은 그들이 아무것도 숨기지 않고 있고, 그녀가 살아남아 그 사실을 확인해 주길 바라는 게 아니라면 말이야."

휘스트가 코웃음을 쳤다.

"만약 그게 사실이라면, 우리는 대체 왜 죽이려고 하는 건데?"

"바로 그거야. 지금 여기선 우리가 알지 못하는 일이 벌어지고 있어. 그게 뭔지 알아내야 해.”

타냐의 말은 옳았다.

“그래.”

휘스트가 손짓했다.

“가자.”

'어딜 가는 겁니까?'

울라부가 물었다.

“에린을 데리고 조종석으로 가자고.”

휘스트가 말했다.

“작전 회의를 하려면 부대원이 전부 모여야 할 거 아니야.”

· · ·

“또 하나 나타났습니다, 폐하. 지금 접근합니다… 항로를 벗어났습니다.”

전술 장교가 긴장한 투로 말했다. 발레리안은 꽉 다물었던 이에서 애써 힘을 뺐다. 지난 두 시간 동안 벌써 4마리째 포식귀가 조사단 수송선에 접근하고 있었다.

다행히 4마리 모두 조사단을 무시했다.

“수송선에 산성 물질이 묻지 않은 게 확실하오?”

그가 물었다.

“사거리 내에 들어가지 않았습니다, 폐하.”

전술 장교가 그를 안심시켰다.

“사이오닉 차단기가 아직 작동하고 있는 모양입니다. 유용한 장치군요. 기본 장비로 제작하여 보급해야 할지도 모르겠습니다.”

맷이 발레리안 뒤에서 나타나 말했다.

“아무도 서로 대화하기를 원하지 않는다면 그렇겠지. 지금만 같으면 꽤나 유용하겠지만 말이오.”

발레리안이 씁쓸한 말투로 지적했다.

"네. 언제 차단기를 꺼도 되는지는 우리가 알려 줄 수 있는데, 먼저 차단기를 끄지 않으면 그걸 알려 줄 수 없다는 사실이 참 아이러니하군요."

맷도 동의했다. 발레리안은 시간을 확인했다. 맷이 호크먼의 팀에게 지시했던 정기 통신이 연결되려면 아직도 사십 분이 남아 있었다. 그때까지는 사이오닉 차단기가 계속 작동할 것이다.

어쩌면 그 후로도 오랫동안 차단기가 계속 유지될 가능성도 있었다. 수송선에 접근하는 비행 저그의 수가 지난 몇 시간 동안 크게 증가했기 때문이었다. 뮤탈리스크가 수송선과 나란히 비행하고 있는 상황에서는 아무리 약속한 시간이 되었다고 해도 호크먼이 사이오닉 차단기를 끄지 않을 것이다.

그런 의미에서 보면, 육안으로 확인하기도 쉽지 않은 상황에서 사이오닉 차단기를 끄는 것은 엄청난 위험 부담을 짊어지는 것과 마찬가지였다. 비행 저그가 어떻게 사냥을 하는지, 또 그들의 감각이 미치는 범위가 어느 정도인지는 그 누구도 모르는 만큼, 호크먼도 저그와 얼마나 떨어져야 정말로 안전한 건지 알 방법이 없었다.

따라서 조사단이 3번 집중점에 도달하기 전까지 계속해서 통신이 두절되어 있을 가능성도 적지 않았다.

"그래도 녹취록과 크루이크섕크의 전투 보고서는 갖고 있을 테니, 우리가 아는 정보는 그쪽도 모두 알고 있는 거 아니겠소."

발레리안이 말했다.

"프로토스가 이 행성을 소각할 준비를 하고 있다는 정보만 빼고요."

맷이 나직하게 말했다. 발레리안이 인상을 썼다. 그보다 더 불길한 것은, 자치령 함대 역시 그 공격에 동참할 준비를 하고 있다는 사실이었다.

사령관의 가장 끔찍한 의무는 어떤 병사 또는 부대를 사지에 몰아넣을지 결정하는 일이었다. 황제로서, 발레리안에게도 그와 비슷한 책무가 있었다. 그는 이미 오래 전에 그 짐을 받아들였지만, 결코 익숙해질 것 같지는 않았다.

맷이 그에게 한 걸음 다가섰다.

"잠시 알려드릴 게 있습니다, 각하. 야마토 포가 예정대로 발사 준비를 시작했습니다. 조사단이 3번 집중점에 도착할 때쯤이면 함포가 준비될 겁니다."

아직도 그가 아크튜러스 황제의 길을 따라가고 있다는 사실을 부각시키려는 걸까? 어쩔 수 없었다. 지금 시점에서 발레리안이 할 수 있는 일은 맷의 말을 무시하는 것뿐이었다.

"고맙소, 제독. 후송 팀의 상황은 어떻소?"

"야마토 포가 준비를 끝내기 전에 출동 준비를 마칠 겁니다. 사이오닉 방출기도 준비되었습니다. 아직 사용할 생각이 있으시다면요."

맷이 말했다. 발레리안이 맷을 바라봤다.

"쓰지 않아야 한다고 생각하시오?"

"분명히 위험 요소가 있습니다. 기술진들은 작용 반경이 50클릭 정도일 거라고 합니다. 따라서 3번 집중점에서 그 정도 떨어진 곳에 방출기를 설치하면, 모든 저그를 끌어낼 수 있을 겁니다."

"그러면 뭘 걱정하는 거요?"

"하지만 방출기의 효과가 50클릭으로 제한될 거라는 확신은 없습니다. 만약 작용 반경이 그 이상이라면, 3번 집중점에서 저그를 끌어낸다고 해도 또 다른 저그 무리를 3번 집중점으로 유도할 수 있습니다. 게다가 지금껏 저그가 점령한 행성에서 사이오닉 방출기를 사용한 전례가 없습니다. 실제로 설치해 보기 전에는, 미지의 부작용이 발생하지 않을 거라고 보장할 수 없습니다."

맷이 대답했다.

"알겠소. 하지만 그 방법을 제외한다면, 대안은 조사단이 자력으로 생존하게 방치하거나, 크루이크섕크와 다른 병력을 내려보내는 것뿐이잖소. 그 결과가 어떨지는 이미 확인한 거나 마찬가지고."

발레리안이 말했다.

"네, 그렇습니다."

맷도 인정했다.

"그렇다면 사이오닉 방출기를 설치하시겠습니까?"

"그렇소. 수송선의 현재 경로를 고려해 보면, 3번 집중점의 북동쪽으로 괜찮은 지점이 있을 것 같소."

"지시를 내리겠습니다."

맷은 그렇게 말한 후, 통신기를 꺼내며 멀어져 갔다.

"감시경에 뮤탈리스크 2마리가 포착되었습니다, 황제 폐하. 수송선과 이동 경로가 교차하지만, 반 클릭 가량 수송선을 비켜 갈 것으로 보입니다."

전술 장교가 끼어들었다. 그는 발레리안을 올려다보며 조용히 덧붙였다.

"효과가 있을 겁니다. 전 사이오닉 방출기가 작동하는 걸 본 적이 있습니다. 분명히 효과가 있을 겁니다."

"고맙소. 당신 말이 맞으면 좋겠군."

발레리안이 말했다. 그는 화면을 향해 고개를 끄덕였다.

"우선은 저 뮤탈리스크들을 잘 지켜보시오. 절대로 놓쳐선 안 되오."

• • •

조사단원들이 조종석 입구에 조용히 모여 서 있는 동안, 에린은 발레리안과 자가라가 나눈 대화의 녹취록과 2번 집중점에서 크루이크섕크가 치른 전투 보고서를 차례대로 읽었다. 처음 조종석에 들어서자마자 부조종사의 좌석을 차지하고 앉은 휘스트는 귀로는 에린의 이야기를 듣고, 또 눈으로는 조종석 창밖을 바라봤다. 아래쪽 지형은 평화로워보였지만, 그는 그런 모습을 조금도 믿지 않았다.

물론 하늘도 믿지 않았다. 에린이 문서를 낭독하는 동안에도 디즈는 그의 팔을 두 번 두드리며 지평선 방향에 있던 포식귀와 뮤탈리스크 무리를 가리켰다.

다행히 그 생물들은 수송선에 접근하지 않았고, 일이 분 정도 시야에 들어와 있다가 그대로 다른 곳으로 멀어져 갔다. 하지만 이 모든 일이 휘스트의 입에는 쓴 맛을 남기고, 뱃속을 뒤틀리게 했다. 저그와 마주치는 일이 순전히 우연인지, 아니면 누군가가 그들을 감시하고 있기 때문인지 알 길은 없었다. 어느 쪽이든, 비행 중 적에게 붙잡히는 일만은 피하고 싶었다.

"좋아, 그게 전부야. 문제는, 사실 처음부터 이게 문제였지만, 지금 대체 무슨 일이 벌어지고 있느냐는 거야. 사이오리스크가 뭐고, 또 그 알주머니 안의 생물은 뭔지도 알아내야 하고 말이야."

에린이 낭독을 마치자 휘스트가 말했다.

"사이오리스크는 분명히 그 알주머니들을 지키려는 것 같았어. 솜씨는 엉망진창이었지만 말이야."

디즈가 말했다.

"내 생각은 달라. 우리 모두 죽을 뻔했고, 또 프로토스와 크루이크생크의 병력도 상당히 큰 피해를 입었으니까."

타냐가 반박했다.

"알주머니는 두 지점에서 모두 파괴됐잖아. 놈들이 무섭지 않다는 말은 아니야. 그저 알주머니를 지키는 경호원 입장에서는, 지금 0 대 2로 지고 있다는 말이지."

디즈가 말했다.

"전 아직 둘이 같은 종인지 모르겠습니다. 그리고 비어 있던 알주머니에 있던 것들은 어떻게 된 건지 알고 싶습니다. 아니, 그 알주머니가 정말 처음부터 비어 있었던 건지도 확실하지 않습니다."

휘스트가 말했다. 그는 에린의 반박을 막으려고 덧붙였다.

"그랬다면 애초에 그 알주머니가 동굴 안에 있었던 이유가 무엇이겠습니까?"

'자가라는 젤나가 정수를 전부 사용했다고 했습니다. 어쩌면 아도스트라를 만들려고 했지만 실패하고 남은 알주머니들일 수도 있습니다.'

울라부가 지적했다.

"정수가 먼저 떨어져 버려서?"

휘스트는 입을 굳게 다물었다.

"생산 계획이 서툴렀던 거겠지만, 충분히 가능성이 있을 것 같은데."

"에린도 사이오리스크에 대해 의문을 갖고 있어."

타냐가 말했다.

"놈들이 아도스트라의 성체라면, 그리고 아도스트라가 저그가 아닌 종과 젤나가 정수가 결합되어 만들어진 생물이라면—"

"잠깐. 이것 좀 봐."

디즈가 타냐의 말을 끊었다. 그는 고갯짓으로 조종석 창을 가리켰.

휘스트는 눈살을 찌푸렸다. 비행 저그 5, 6마리가 앞쪽을 가로질러 북동쪽으로 날아가고 있었다.

"네, 저그가 날고 있습니다. 뭐가 이상합니까?"

"그래, 날고 있지. 북동쪽으로 날고 있고."

디즈가 말했다.

"네, 이상한 점이 있습니까?"

"지난 한 시간 반 동안 하늘을 날고 있는 저그는 전부 그쪽 방향으로 가고 있었어. 그쪽에서 고급 점막 할인 행사라도 하고 있는 걸까?"

"이 저그는 점막을 먹지 않아요."

에린이 말했다.

"식물은 영양소를 배출하니까—"

"그래, 그래, 나도 알아. 휘스트, 어떻게 생각해?"

디즈가 말했다.

"잘 모르겠습니다."

휘스트는 날개를 펄럭이며 수송선의 이동 경로를 가로질러 가는 저그를 보며 눈살을 찌푸렸다.

"한 시간 반이라고 했습니까?"

"내가 처음 눈치 챈 게 그 정도였어. 그보다 먼저 시작된 걸 수도 있지."

"계속 북동쪽으로만 갑니까?"

"계속 북동쪽이야."

"대체 무엇으로부터 도망가는 걸까요? 사이오리스크일까요? 아니면 거기 뭔가 다른 게 있을까요?"

에린이 중얼거렸다. 갑작스러운 깨달음이 찾아와, 휘스트는 이를 악물고 쉿 소리를 냈다.

"도망치는 게 아니야, 에린. 쫓아가는 거야."

"쫓아—?"

디즈는 휘스트를 바라봤다. 디즈도 그제야 실상을 깨달았다는 걸, 휘스트는 표정으로 알 수 있었다.

"아, 이런. 진짜로 그런 짓을 한 건가."

"뭔데요? 대체 무슨 일인데요?"

에린이 물었다.

"크루이크섕크가 사이오닉 방출기를 설치한 것 같아. 이게 무슨 멍청한 짓이야."

휘스트가 에린에게 말했다.

'그 장치는 안전하지 않습니다.'

울라부가 말했다.

"그래, 장난이 아니지. 간부들이 안전한지 아닌지 신경이나 쓴 적이 있었나?"

휘스트가 이를 악물고 말했다.

"상식이라는 게 없는 것 같지."

디즈가 덧붙였다.

"저기요, 저 이제 정말 무서우려고 하네요. 무슨 문제 있나요? 전장에선 항상 사용하는 건 줄 알았는데요."

에린이 말했다.

"예전엔 그랬었지. 간부들은 방출기를 좋아해. 저그를 민간인 지역에서 끌어내기에는 그보다 좋은 게 없으니까."

휘스트가 말했다.

"그런데 우리처럼 전장에서 싸우는 사람에게는 지옥을 불러내는 거나 마찬가지였어. 적을 전부 한 곳에 뭉치게 해서 거대한 이빨과 발톱의 벽을 만들어내잖아. 게다가 그 장치는 저그의 그 작은 두뇌에 있는 최소한의 조심성까지 모두 없애버리거든."

디즈가 말했다.

"내가 저그를 상대했을 땐 녀석들에게 조심성 같은 건 전혀 없다고 생각했는데."

타냐가 말에 울라부가 대답했다.

'조심성이라기보다는 위치에 대한 자각이라고 할까. 일반적인 전투에서 저그는 서로 충돌하는 걸 피하기 위해서 다른 저그와 적당한 간격을 유지

하지. 사이오닉 방출기는 그런 자각 능력을 억제하는 역할도 하고.'

"교수님이 잘 알고 있네. 그리고 녀석들이 그렇게 서로를 짓밟게 해서 우리에게 도움이 되는 건 정말이지 하나도 없었어. 믿어도 좋아."

디즈가 동의했다.

"그렇습니다."

휘스트는 울라부를 보며 눈썹을 추켜세웠다. 그는 이 프로토스와 약속을 했었지만, 조사단이 다시 전투에 뛰어들어야 한다면, 모든 사람이 팀의 실상을 이해하고 있어야 했다.

"교수님 말이 나와서 말인데, 울라부가 우리 모두에게 할 말이 있을 것 같은데."

"그래요?"

에린이 그를 바라보며 물었다.

'그렇습니다. 여러분은 저를 연구원이라고만 알고 있겠지만, 사실 저는 그 이상의 존재이기도 합니다. 저는 전사입니다. 정확히 말해 네라짐, 암흑 기사지요.'

울라부가 순순히 인정했다. 그는 자리에서 일어나 몸을 꼿꼿이 세웠다.

잠시 동안 아무도 입을 열지 않았다. 휘스트는 조심스럽게 모두를 바라보며, 각자의 반응을 살폈다. 에린은 말문이 막힌 채 경외감과 두려움에 가득 찬 표정만 짓고 있었다. 디즈는 이미 의심하고 있던 일을 확인한 것 같았다. 타냐는 조용히 아픔을 달래는 듯했지만, 그 아픔은 새로운 것이 아니었다. 아무래도 울라부가 이미 그녀에게 비밀을 털어놓았던 것 같았다.

휘스트는 침묵이 내려앉는 걸 지켜보며, 누가 제일 먼저 입을 열지 생각했다. 예상했던 대로 디즈였다.

"좋아. 아까 당신과 에린이 어떻게 살아남았나 궁금해 하던 참이었어. 난 분명히 그 사이오리스크를 처치하지 않았고, 휘스트가 그랬으려면 아주 멋들어지게 어깨 너머로 총을 쐈어야 할 테니까. 잘 됐네. 다음번에는 당신도 싸움에 참여해야 할 거야."

그는 밝은 목소리로 말했다. 타냐는 헛기침을 했다.

"사실 아직 에린이 어떻게 살아남았는가 하는 문제는 답을 찾지 못했어. 그거야말로 지금—"

아무 예고 없이 거센 충격과 함께 수송선이 정지 상태에 이르고 오른쪽으로 크게 기울어졌다.

휘스트는 팔걸이를 꽉 움켜쥐었다. 그의 뒤쪽에 서 있던 세 명은 균형을 잃고 뭐든 붙잡으려 하고 있었다.

"디즈?"

그가 다급하게 물었다.

"망할. 우리 붙잡혔어."

디즈가 말을 뱉었다. 놀랐다기보다는 경외감에 휩싸인 것 같았다.

"뭐라고요?"

"선체에 뮤탈리스크 8마리가 매달렸어. 아니, 이제 10마리야. 그리고… 이런 젠장, 지금 주 추진 장치로 또 2마리가 들어갔어."

"우릴 끌어내리려는 건가요?"

에린이 떨리는 목소리로 물었다.

"그보다 더 나쁜 상황이야."

디즈가 창 너머를 가리키자, 지평선이 모로 기우는 것이 눈에 들어왔다.

"놈들이 우릴 망할 저그들에게로 끌고 가고 있어. 우릴 사이오닉 방출기로 끌고 가고 있다고."

제15장

"젠장!"

발레리안이 다급히 함교를 가로지르는 동안, 맷이 센서 구획의 선내 통신 장치를 향해 으르렁댔다.

"대체 망령들은 왜 가만히 있는 건가?"

"무슨 일이오?"

발레리안이 맷의 곁에 다가서며 물었다.

"뮤탈리스크 떼가 수송선을 납치했습니다."

제독이 씁쓸한 말투로 대답했다.

"격납고 통제실, 질문에 대답해!"

발레리안은 사방을 둘러싼 화면 중에서 지금 상황을 보여주고 있는 걸 발견하고 목이 턱 막히는 걸 느꼈다. 그는 맷의 말이 이상한 비유라고만 생각하고 있었다.

그렇지 않았다. 뮤탈리스크 떼가 조사단의 수송선을 붙잡아 항로에서 벗어나게 하고 있었다. 정말로 뮤탈리스크가 수송선을 납치하는 것만 같았다.

그는 욕설을 속으로 삼켰다. 물론, 저그는 수송선을 사이오닉 방출기로 끌고 갈 것이다. 50클릭 내의 모든 저그가 한 자리에 모여 있는 바로 그곳으로.

"발사대의 승강구에 문제가 생겼습니다. 아무것도 출동시키지 못하고 있습니다."

맷이 이를 악물고 말했다.

"정찰 중인 망령 편대들은 어떻소?"

"현장으로 출동하기는 어렵겠습니다. 너무 멀리 떨어져 있거나, 행성 반대편에 있습니다. 수송선에 제때 도착하지는 못할 겁니다."

"어떻게, 또 왜 이런 일이 생겼는지 짐작 가는 게 있소?"

맷은 고개를 가로저었다.

"사이오닉 방출기와 관련이 있거나, 아니면 사이오리스크를 움직이는 자의 소행일 거라고 짐작할 수밖에 없습니다. 둘 다일지도 모르고요."

그 두 가지 요소 중에서 자치령이 제어할 수 있는 건 하나뿐이었다.

"혹을 떼려다가 도리어 혹을 붙였군. 좋소, 방출기 동력을 차단하시오."

발레리안이 씁쓸한 목소리로 말했다.

"지금 그게 문제입니다. 할 수가 없습니다."

맷이 거칠게 말했다.

"할 수가 없다니?"

"저그가 방출기를 끄지 못하게 하려고 조치를 했었습니다. 저 방출기는 동력이 켜진 채로 고정되어 있습니다. 그리고 추가로 기술 팀에서 방출기를 표준형 야전 벙커에 넣고 봉인한 후 투하했습니다."

맷이 말했다. 그는 이를 악물고 쉿 소리를 냈다.

"그때만 해도 꽤 좋은 생각 같았습니다."

"그랬을 것 같군."

발레리안은 화면을 뚫어져라 바라봤다. 그렇다면 이제 남은 방법은 하나뿐이었다.

"궤도에서 투하할 수 있는 핵폭탄 중에서 가장 작은 게 뭐요?"

맷의 두 눈이 휘둥그레졌다.

"이 행성에 핵무기를 떨어뜨릴 생각이십니까?"

"일부 구역에만 하자는 거요."

발레리안은 단호하게 말한 후, 돌아서서 통신장교를 바라보며 지시했다.

"아르타니스 신관에게 우리가 핵무기를 발사할 거라고 알리시오. 한 발만 발사할 거고, 모두 구출 작전의 일환이라고 알려야 하오. 이 행성에 대한 전면전을 시작하는 것으로 보여서는 안 되고, 아르타니스에게 그 점을 반드시 이해시켜야 하오."

"네, 폐하."

통신장교가 말했다. 예상치 못한 명령에 놀란 건 분명했지만, 그래도 침착하게 일을 처리하고 있었다.

"그 후에는 초월여왕 자가라에게 연락하시오. 그녀에게도 같은 내용을 전하고, 몇 분 후에 내가 직접 연락하겠다고 말해 주시오."

발레리안이 덧붙였다.

"네, 폐하."

그는 맷을 향해 돌아섰다.

"제독?"

"10킬로톤짜리 전술 무기가 있습니다. 일반적으로는 지상에서 사용하거나 함대함 공격에 사용되지만, 대기권 돌입을 견뎌낼 수 있을 겁니다."

맷이 말했다. 발레리안은 머릿속으로 빠르게 계산했다. 목표에 빨리 투하하기만 하면, 수송선이 폭발로 인해 발생할 돌풍의 영향권 밖에 머무는 동안 일을 끝낼 수 있었다.

"즉시 준비하고, 내 신호에 맞춰 발사하시오."

"네, 폐하."

발레리안은 통신장교를 향해 돌아섰다.

"응답은 있었소?"

"아르타니스 신관은 저희 제안을 받아들였지만, 이번 작전에 대한 우려를 표명했습니다, 황제 폐하. 하지만 그대로 대기하며 관여하지 않겠다고 했습니다."

장교가 말했다. 그의 입술이 뒤틀렸다.

"초월여왕 자가라는 저희 신호에 응답하지 않고 있습니다."

발레리안은 눈살을 찌푸렸다.

"받아들이기를 거부하는 건가?"

"아닙니다, 폐하. 아무런 응답이 없습니다. 앞서 자가라가 사용했던 통신기는 그대로 작동하고 있습니다만, 저희 호출에 아무도 응답하지 않고 있습니다."

통신장교가 말했다.

"좋지 않군요."

맷이 중얼거렸다.

"자가라가 우리 계획을 알아내고 달아날 준비를 하고 있다고 생각하십니까?"

"거대괴수 일곱 척을 화면에 띄워 주시오. 다들 아직 지상에 있소?"

발레리안은 전술 장교에게 말했다.

"네, 폐하."

장교가 확인해 주었다.

"거기 탑승한 인원은 없었소?"

"없었습니다, 폐하. 하지만 구름과 안개가 끼어 있는 지역이라, 시계를 확보하지 못한 때도 있었습니다."

"동굴을 이용했을 수도 있습니다."

맷이 조용히 말했다.

"그렇지."

발레리안도 조용히 대답했다. 자가라와 무리어미들이 달아날 생각이라면…

"우선은 한 번에 하나씩 처리하지. 미사일은 준비됐소?"

전술 장교가 상황보고를 화면에 띄웠다.

"네, 황제 폐하."

발레리안은 맷을 바라봤다. 제독의 표정은 딱딱하게 굳어 무슨 생각을 하는지 읽을 수가 없었다. 이 계획을 받아들이지 않는 걸까?

아마 그럴 것이다. 사실 그는 이번 일을 발레리안의 아버지나 행했을 서투른 일이라고 생각했다.

하지만 그가 어떻게 생각하는지는 상관이 없었다. 이 행성을 말살해야 하는 상황이 오기 전에, 지금 벌어지고 있는 일의 실체를 알아낼 수 있는 자치령의 희망은 여전히 호크먼의 조사단뿐이었다. 발레리안은 한 번 제대로 싸워보지도 않고 그 조사단을 포기하고 싶은 생각은 없었다.

"고맙소."

그는 마음을 단단히 먹고는, 먼 훗날 이 일을 후회하게 될지 잠시 생각했다.

"호너 제독, 미사일을 발사하시오."

• • •

수송선이 갑자기 출렁거렸다. 타냐는 완전히 균형을 잃고 에린과 함께 조종석 우측 벽에 늘어선 스위치와 손잡이 위로 내동댕이쳐졌다. 에린은 타냐에게서 1미터 정도 떨어진 곳에서 두 팔을 미친 듯이 휘저으며 뭐든 붙잡을 것을 찾았다. 뭔가를 붙잡든 말든, 몇 초 후면 타냐가 자신과 충돌하게 될 거라는 사실은 모르고 있는 것 같았다.

그리고 에린의 손가락이 휘스트의 머리받이를 붙잡고, 타냐가 충격에 대비하던 그 순간, 울라부의 손이 타냐의 팔뚝을 붙잡았다. 뒤틀린 팔이 떨어져 나가는 듯한 고통과 함께 그녀는 멈춰섰다.

'괜찮아?'

'난 괜찮아.'

타냐는 그렇게 말하며 디즈와 휘스트가 소리를 지르며 현재 상황을 설명하는 걸 들었다. 수송선은 이제 크게 흔들리며 떨리고 있었고, 디즈는 선체를 제어하려고 발버둥 쳤다.

하지만 지는 싸움이었다. 뮤탈리스크가 너무 많았고, 그들의 질량 총합은 지나치게 컸으며, 선체를 붙잡은 손길은 단단했다. 주 추진 장치까지 작동을 멈춘 상태에서는 동력이 부족해 저그의 손아귀를 빠져나갈 방법이 없었다.

울라부도 같은 결론을 내렸다.

'제가 처리하겠습니다.'

그는 그렇게 말하고 타냐를 끌어당겨 붙잡을 곳을 찾아 주었다.

'데니스 호크먼 중위, 추진기는 사용 가능한 상태입니까?'

"그래, 쓸 수는 있어."

디즈가 추진 장치에서 뮤탈리스크를 몰아내기 위해 전력 가동 중인 재연소 장치의 굉음을 뚫고 소리쳤다.

"하지만 안 돼, 너한테 맡기진 않을 거야. 휘스트, 여기 조종반 보여?"

'선택의 여지가 없습니다. 저는 정신으로 뮤탈리스크를 제압하고 처치할 수 있습니다.'

울라부는 고집을 꺾지 않았다.

"사신 전투복에 맞춰 설계된 추진기로는 안 돼. 할 수 없다고."

디즈도 거듭 말했다.

"휘스트, 이게 자동 비행 장치야. 뮤탈리스크가 사라지면, 즉시 이걸 켜."

"놈들이 사라졌는지는 어떻게 압니까?"

휘스트가 물었다.

"아마 우리가 추락하기 시작할 거야."

디즈는 재연소 장치를 끄고 안전벨트를 풀었다.

"그런 일이 발생하면 경치를 감상하느라 시간을 낭비하지는 마. 에린, 당장 여기로 와서 벨트를 묶어."

그는 타냐와 눈을 마주치자 가볍게 고개를 끄덕여 보였다.

"이봐, 방화 능력자, 가자. 보안경도 써. 저그 녀석들 좀 태워 주자고."

디즈가 전투복과 추진기를 모두 착용했을 때, 수송선의 떨림은 거의 멎어 있었다. 하지만 수송선의 화물칸이 열리는 동안 선미 방향을 바라보니, 그들은 여전히 멀리 떨어진 사이오닉 방출기를 향해 가는 중이었다.

"좋아."

울부짖는 바람 소리 너머, 타냐의 헤드셋을 통해 디즈의 목소리가 들려왔다.

"벨트로 우리 몸을 연결할 시간은 없으니까, 그냥 예전 방식대로 붙잡고 갈 거야."

"알았어."

타냐가 얼굴을 찌푸리며 말했다. 높은 곳을 무서워하는 건 아니었지만, 잘 알지도 못하는 사람에게 안겨 지상 수천 미터 상공을 비행하는 시나리오는 영 달갑지 않았다.

디즈는 말을 이었다.

"당신은 어차피 무기를 들 필요가 없고, 난 힘에 그다지 자신이 없으니까, 우린 마주 보면서 서로를 붙잡아야 할 거고. 괜찮겠어?"

"그럼. 몇 주째 제대로 누굴 껴안아 본 적이 없으니까."

타냐는 조금이나마 기분이 나아지는 것 같았다. 그런 식이라면 그녀가 어느 정도는 상황을 통제할 수 있었다.

"이걸 껴안는 걸로 칠 수 있을지는 모르겠는데."

타냐 앞으로 한 걸음 다가서며, 디즈는 허리를 조금 숙여 상체를 내밀었다. 타냐는 두 팔로 그의 어깨를 감쌌고, 그는 그녀의 갈비뼈 아래를 단단히 포옹했다.

"준비됐어? 가자고."

추진기의 터빈이 포효를 시작하고, 그는 수송선 뒤쪽으로 빠져나와 공중으로 날아올랐다.

뮤탈리스크는 박쥐같은 날개를 지닌 비행 저그였고, 자치령의 중형 기계 유닛 정도의 크기에 늘 몸통을 둥글게 구부리고 있는 모습을 보면 타냐는 거대한 말벌이 독침을 앞세우고 전투의 현장에 날아드는 모습이 떠올랐다. 또한 뮤탈리스크는 비행 저그 중에서도 가장 빠른 축에 속하는 생물이라, 놈들이 사신의 비행 추진기를 따라잡으면 어쩌나 하는 걱정도 무심코 떠올랐다.

하지만 사실 걱정할 필요는 없었다. 수송선의 무게에 짓눌리고, 사이오닉 차단기의 간섭 때문에 제대로 속도를 내지 못하는 뮤탈리스크는 예상했던 것보다 훨씬 느려서, 보통 테란이 조깅을 하는 속도밖에 되지 않았다. 디즈는 수송선 후방 위쪽에 자리를 잡은 후, 몸을 돌려 타냐가 목표를 명확히 볼 수 있게 해 주었다.

그리고 학살이 시작되었다.

타냐는 추진 장치를 막고 있는 뮤탈리스크 2마리를 먼저 제거했다. 심장과 폐를 불태워 버리자 놈들의 몸은 한 순간 뻣뻣하게 굳었다가, 이내 다시 이완되면서 조용히 아래쪽 숲으로 떨어져 내렸다. 정말이지 만족스러운 광경이었다. 그 후에는 선미로부터 앞쪽으로 공격을 시작했다. 사이오닉 차단기 덕분에 저그 간의 소통이 차단되어, 놈들이 동료의 숫자가 줄어들고 있다는 사실을 인지하지 못하고 있기를 기대하면서.

12마리 중 5마리를 제거하자, 저그도 마침내 자신들이 공격받고 있다는 사실을 깨달았다. 그 중 2마리가 선체에서 떨어져 나와 공격자들에게 날아들었고, 수송선은 남은 뮤탈리스크들에게 매달려 위태롭게 흔들거렸다.

타냐는 이를 악물고 왼쪽 뮤탈리스크에게 힘을 집중했다. 그 뒤쪽의 무언가가 눈에 띄었다.

"디즈, 내려가!"

그녀가 다급하게 외쳤다.

디즈는 즉시 반응했다. 터빈이 꺼지고 그들은 지상을 향해 떨어지기 시작했다. 뮤탈리스크 2마리는 다시 사냥감을 향해 날아들기 시작했고—

그대로 공중에서 휘청거렸다. 수송선의 열린 후미에 위태롭게 웅크리고 앉은 울라부가 타냐의 산탄 소총을 그 커다란 외계인 손으로 어색하게 들고서 철갑탄으로 저그 2마리를 모두 날려 버렸다. 뮤탈리스크가 다급하게 날개를 펄럭이며 고도를 유지하려 했지만, 타냐가 그대로 마무리했다. 귀를 찢을 듯한 비명과 함께 다른 뮤탈리스크 2마리가 다시 수송선을 놓고 그들을 공격했다.

그게 실수였다. 수송선은 옆으로 비스듬히 기울어졌고, 그 무게는 남은 저그만으로 버티기에는 너무 무거웠다. 뮤탈리스크가 다시 자세를 가다듬으려는 순간, 갑자기 추진 장치가 가동되며 굉음과 함께 수송선은 저그의 손아귀를 벗어났다.

"아니, 아니, 안 돼."

디즈가 끙 하는 소리를 냈다.

"젠장, 휘스트. 조종간은 건드리지 말고 그냥 자동 비행만 설정하라고."

"그러려고 했습니다만… 반응이 없습니다. 놈들이 뭔가 잘라낸 모양입니다. 안으로 들어오고 싶진 않으십니까?"

긴장한 목소리로 휘스트가 대답했다. 디즈는 욕설을 퍼부으며 몸을 기울였고, 타냐가 그를 꽉 붙들자 터빈이 다시 켜졌다.

"그래, 가고 있어. 조심해, 기수가 떨어지고 있잖아. 조종간을 붙잡고 천천히 몇 밀리미터만 당겨. 몇 밀리미터만 '당기라고' 했어."

"했습니다. 그것도 반응이 없습니다."

휘스트가 말했다.

"쐐기 벌레를 넣은 모양이군."

디즈가 중얼거렸다.

"중력 가속기나 추진 장치의 제어부로 들어갔을 거야."

갑작스럽게 그는 공중으로 솟구쳤다. 그 움직임에 타냐는 디즈를 놓칠 뻔했지만, 그의 팔이 그녀를 꽉 붙들고 있는 덕분에 타냐는 그를 다시 붙잡을 수 있었다.

"좋아, 지금 위로 올라왔어. 정면에 작은 공터가 보이는데, 그쪽으로 가자고."

추진 장치가 다시 한 번 굉음을 뿜고 수송선이 전방으로 돌진했다. 그는 덧붙였다.

"망할 추진 장치는 꺼버려. 주 스로틀은 좌석 사이에—"

"네, 네, 했습니다. 추진 장치나 중력 가속기 없이 속도를 늦출 방법은 없습니까?"

휘스트가 말했다.

"나무와 친구가 돼야지. 아직 중력 가속기가 작동하고 있으니까 나무 꼭대기만 건드려야 돼. 3미터에서 4미터 정도만 내려가라고. 감속하면서 기수를 조금 더 기울여서 두꺼운 가지에 부딪히고. 페달을 사용해서 피치를 조절해. 운이 좋으면 충분히 속도를 늦춰서 공터에 불시착할 때까지 중력 가속기가 버텨 줄 거야."

디즈가 말했다.

"그러지 못하면요?"

"그러면 불도저가 돼야지. 벨트 단단히 매고, 이 수송선을 제작한 기술자들을 믿어 보자고. 아, 그리고 울라부한테—"

디즈가 무뚝뚝하게 말하다가, 잠시 말을 멈췄다.

"울라부는 어디로 갔지?"

"안으로 들어갔지. 내가 나머지 뮤탈리스크를 처리한 후에 들어갔어."

타냐가 그에게 말했다.

"아, 그랬나. 그건 못 봤네. 어쨌든, 울라부한테도 안전벨트 잘 매라고 해."

"이미 했습니다. 뭐 다른 건 없습니까?"

휘스트가 말했다.

"어차피 이젠 시간이 없어. 행운을 빌게."

디즈가 말했다.

"뭐든 우리가 할 수 있는 건 없을까?"

타냐가 중얼거렸다.

"이미 얘기했지만, 시간이 없어. 설사 저걸 따라잡을 수 있다고 해도, 조종석까지 가지도 못할 거야."

디즈가 긴장된 목소리로 말했다. 그가 잠시 말을 멈췄다.

"아 참, 뮤탈리스크는 정말 잘 처리했어."

"고마워."

타냐가 말했다. 수송선이 당장이라도 박살날 위기에 처했다는 점을 고려하면, 그간의 영웅적인 행위도 모두 헛된 일인 것만 같았다.

그 순간, 오른쪽에서 갑작스럽게 뭔가 반짝이는 것이 눈에 띄었다. 타냐가 고개를 돌리자 지평선 부근에서 빛이 사그라지고 있었다. 눈살을 찌푸리며 그녀는 보안경의 광학 성능을 향상시켰다.

흐려지는 빛 위쪽으로 작은 버섯 모양의 구름이 피어올랐다.

"우와! 할인 행사가 끝났나 보네."

디즈가 말했다.

"무슨 할인 행사?"

타냐가 섬광과 버섯구름이 뭘까 생각하느라 머리를 바삐 굴리며 물었다. 분명히 핵폭탄이었다. 저그가 언제부터 핵무기를 사용하기 시작한 거지?

"아까 얘기했던 고급 점막 할인 행사 말이야. 이제는 다들 저쪽으로 날아가고 있지 않아서 말이지."

디즈가 말했다. 타냐는 주위를 둘러봤다. 그들과 지평선 사이에 3마리의 저그가 날고 있었는데, 그 중 어느 것도 북동쪽으로 가고 있지 않았.

그 순간 달각, 소리가 나듯 모든 것이 맞아들어갔다.

"사이오닉 방출기를 핵폭탄으로 날려 버린 거야."

그녀가 말했다.

"뭘 어쨌다고?"

"우리가 방출기가 있을 거라고 추정한 지점에서 방금 핵폭탄이 터졌어. 문제는 누가 그걸 터뜨렸냐는 거야. 아군일까 저그일까?"

타냐는 고갯짓으로 폭발 지점을 가리키며 말했다.

"우리 쪽이었을 거야. 저그는 저런 걸 사용하지 않으니까. 아, 우리 아니면 프로토스겠지. 자, 휘스트, 잘 좀 해 봐…."

디즈가 말했다. 타냐는 아래쪽에서 펼쳐지는 단막극을 바라봤다. 수송선은 디즈가 가르쳐 준 대로 숲을 헤치며 전진하고 있었다. 이제는 속도가 눈에 띄게 줄어들어서, 마침내 디즈와 타냐도 수송선과의 거리를 좁히기 시작했다.

그녀는 숨을 헐떡였다. 수송선의 속도가 느려지긴 했지만, 아직 너무 빨랐다.

"디즈?"

"아직 너무 빨라, 휘스트. 더 아래로 내려가야 한다고. 도색이 벗겨지는 건 걱정하지 마."

디즈가 경고했다.

"할 수 없습니다. 중력 가속기가 오작동하고 있어요."

휘스트가 말했다. 디즈가 욕설을 뱉었다.

"그러면 꺼버려."

"뭐라고요?"

"중력 가속기도 꺼버리라고. 주 레버는 스로틀 앞쪽에 있어. 손잡이를 시계 방향으로 90도 돌리고 잡아당기면 돼."

디즈가 다시 말했다.

"디즈—"

"이대로 가면 어차피 호떡이 될 거잖아. 공터에 들어간 후에 하면 돼."

디즈가 그의 말을 잘랐다.

"정말 끝내주네요. 자, 갑니다."

수송선이 갑자기 내려앉았다. 거센 바람 소리 위로, 함선이 굵은 나뭇가지들을 박살내는 우지끈 소리가 들려왔다. 하지만 숲의 경계선을 지나 공터에 들어설 때 수송선은 아직 5미터 가량 공중에 떠 있었다. 타냐는 입술을 깨물었고, 함선은 바윗덩어리처럼 지면에 떨어져 거친 표면 위로 미끄러졌다. 그녀는 헉, 하고 숨을 들이켰다.

수송선은 다시 숲이 시작되는 지점에 거의 다다라서야 위로 튀어 오르고 회전하며 멈춰섰다.

"휘스트?"

디즈가 머뭇거리며 불렀다.

"네, 여긴 괜찮습니다. 에린? 울라부? 네, 다들 무사합니다. 그런데 다시 비행할 수는 없을 것 같군요."

휘스트가 대답했다.

"당연하지."

디즈의 목소리를 듣고 타냐는 그가 안심하고 있음을 알 수 있었다.

"좋아, 필요한 건 전부 꺼내자고. 쐐기 벌레가 아직도 돌아다니고 있을 텐데, 그것들이 여분 C-14 소총들을 씹어 먹는 건 좋지 않잖아."

"네, 바로 시작하겠습니다."

• • •

모름지기 대령이라면 누구나 제독이 대화하고 있을 때는 끼어드는 게 아니라는 걸 잘 알았다. 특히 제독이 옛 친구와 대화할 때는 더욱 그랬다.

그리고 그 친구가 황제라면 더더욱 그랬다.

그래서 크루이크섕크는 두 사람이 전술 장교 옆에서 이야기를 나누는 동안 참을성 있게 기다렸다.

물론 두 사람이 엄밀히 말해 비전투 상태의 행성에, 정당한 이유 없이 핵폭탄을 떨어뜨린 행위의 결과에 대해 논의하는 중이라는 점을 고려하면, 그는 얼마든지 필요한 시간과 공간을 내어 줄 용의가 있었다.

대화가 잦아들기 시작하자, 크루이크섕크는 남아 있던 두 걸음을 더 걸어가 대화의 범위 안으로 들어섰다.

"제독님?"

호너 제독이 고개를 들었다.

"그래, 대령, 무슨 일인가?"

"잠깐 시간이 괜찮으시면, 저희 부대의 다음 임무에 대해 말씀을 나누고 싶습니다."

제독과 황제는 서로를 바라봤다. 아마 두 사람 중에서 누가, 비록 계획 단계라도 새로운 지상 작전을 승인했는지 의아해하고 있을 것이었다.

"말해 보게."

호너가 말했다.

"프로토스 모선의 라하스 사령관과 얘기를 좀 했습니다."

크루이크섕크가 말했다.

"저희가 내린 결론은—"

"누가 프로토스와 대화해도 좋다고 승인했소?"

발레리안이 끼어들었다.

"승인은 받지 않았습니다, 폐하. 제가 스스로 판단했습니다. 공적인 논의는 아니었습니다. 그냥 병사 두 명이 서로 의견을 교환한 겁니다."

크루이크섕크가 반사적으로 긴장하며 말했다.

"그런데 라하스 사령관이라면…?"

"아르타니스 신관의 지상군 사령관입니다. 2번 집중점에 소란이 벌어지기 전에는 사가야를 보좌하는 부사령관이었습니다."

'소란'이라는 말에 발레리안의 입술이 조금 뒤틀린 것도 같았다. 하지만 그는 그저 고개를 끄덕였다.

"계속하시오."

"네, 폐하."

적어도 지금의 황제는 부친이 그랬던 것처럼 멋대로 파국을 향해 뛰어드는 성향은 아니었다.

"저희가 내린 결론은, 예상하셨다시피, 사이오닉 방출기가 수많은 저그를 3번 집중점에서 끌어냈다는 겁니다. 비행 저그가 지상의 저그보다 속도가 빨랐기 때문에, 비행 생물들이 먼저 그 지점에 도착했으며, 또한 조금 전의 핵폭발이 그들 상당수를 제거했을 것입니다."

"우리가 내린 결론도 그랬다."

호너가 동의했다.

"그 외의 다른 의견이 있나?"

"네, 제독님. 이제 사이오닉 방출기가 사라졌으니, 저그를 통제하고 있던 자가 다시 그 생물들을 보내 3번 집중점을 지키려고 할 것입니다. 수송선이 공격받지 않았더라면 조사단은 저그가 되돌아오기 전에 해당 지점에 도착했을 겁니다. 하지만 조사단도 지금은 도보로 이동하고 있는 만큼, 쉽지 않은 경주가 될 겁니다."

크루이크섕크는 입을 굳게 다물었다가 다시 말했다.

"그들이 공격받을 이유는 한두 가지가 아닙니다."

"다른 수송선을 보내 마지막 30클릭 정도를 주파할 수 있게 한다면 괜찮을 거요."

발레리안은 말했다.

"네, 폐하, 그럴 겁니다. 제가 생각하는 문제는 두 가지입니다. 먼저 지금 뭔가를 내려보낸다면, 그건 조사단의 현재 위치를 정확히 알려 주는 거나 마찬가지입니다. 따라서 적도 매복 공격을 준비할 수 있을 겁니다. 지금은 아직 사이오닉 차단기가 작동하고 있어, 그들의 위치가 드러나지 않았을 가능성이 큽니다. 두 번째 문제는, 수송선이 공중 공격에 얼마나 취약한지 저희가 이미 확인했다는 사실입니다."

크루이크섕크가 말했다.

"망령 몇 기를 함께 보내 수송선을 호위하면 되겠지."

호너가 말했다.

"기스트에는 우리 망령의 수보다 훨씬 많은 뮤탈리스크가 있겠지."

발레리안이 중얼거렸다.

"그리고 핵 공격으로 놈들이 전부 사라진 것도 아닐 테고. 그렇다면, 대령, 당신은 호크먼 팀이 계속 도보로 이동하게 내버려 두자는 거요?"

"네, 폐하. 이동 시간은 다소 길어지겠지만, 그들은 강화 전투복을 입고 있고, 지금까지 확인된 바로는 크게 다친 부위도 없습니다. 그리고 다시 한 번 말씀드리지만, 그들은 지금 그 지역 저그에게 보이지 않는 거나 마찬가지입니다."

크루이크섕크가 말했다.

"적어도 찾아내기가 더 힘들긴 하겠지. 하지만 당신도 말했다시피, 그들은 지금 돌아오는 저그와 경주라도 해야 할 판이오. 뭔가 제안하고 싶은 게 있지 않소?"

발레리안이 말했다.

"우리가 시간을 벌어 주는 겁니다. 자세히 말씀드리자면, 3번 집중점에서 약 15클릭 떨어진 지점에 아군 병력과 장비, 프로토스 병력을 집결시켜 저그가 오는 방향을 막아서려고 합니다. 잘하면 호크먼이 목표 지점으로 들어가 필요한 샘플을 채취할 때까지 저그를 저지할 수 있을 겁니다."

크루이크섕크가 말했다.

"우리가 수송선을 내려보내면 저그가 바로 알아챌 거라고 하지 않았소?"

발레리안이 물었다.

"네, 하지만 저흰 개의치 않을 겁니다. 저희 위치를 적이 알아채든 말든 상관없습니다. 어차피 싸우러 가는 거니까요. 그리고 수평 비행은 하지 않을 것이기 때문에, 적도 비행 저그를 집결시켜 저희를 공격할 시간은 없을 겁니다."

크루이크섕크가 말했다.

"사이오닉 방출기를 향해 모여들던 저그의 수는 적지 않았다. 놈들이 모두 특정 대상의 지배를 받고 있다면, 너희 부대만으로 막아내기엔 역부족일 텐데."

호너가 경고했다. 크루이크섕크는 어깨를 조금 으쓱했다.

"그게 저희 일입니다, 제독님."

"그곳 지형은 어떻소?"

발레리안이 물었다.

"바로 이 지점입니다, 폐하."

크루이크섕크는 데이터패드를 꺼내 항공사진을 열었다.

"두 개의 숲이 만나는 지점에 있는 초원 구릉지입니다. 시야가 아군에 유리합니다. 적은 탁 트인 공터를 통해 공격해 와야 하고, 아군이 매복 공격을 당할 일도 없습니다. 남동쪽에는 유속이 빠른 강과 습지가 있고, 북쪽은 절벽으로 막혀 있습니다."

"축척을 보면 이 지역의 폭이 800미터에 이른다고 하는데. 해병 사십 명으로 막기엔 너무 넓은 지역 아닐까?"

호너가 지적했다.

"투견 2소대와 선상 방위대에서 차출 가능한 골리앗을 모두 데려가겠습니다. 그리고 라하스도 기사 열 명과 네라짐 열 명, 근거리 지원을 위한 파수기 두어 기를 파견할 수 있다고 했습니다. 불사조도 두어 기 사용할 수 있다고 하니, 공중 지원도 가능합니다."

크루이크섕크가 말했다.

"그래도 여전히 해병이나 프로토스 전사 한 명이 13미터 범위를 담당해야 할 텐데. 게다가 프로토스 보병은 보통 원거리 무기를 사용하지 않으니, 근접 거리에서 적을 공격하려면 상황은 더 나빠지겠지. 어쨌든 공격을 받으면 너희 부대가 적에게 압도되지 않을 방법은 없을 것 같군."

호너는 우려를 굽히지 않았다.

"저희가 처리할 수 있습니다, 제독님. 그리고 어차피 주위 10클릭 반경 내에는 달리 적당한 지점이 없습니다. 나머지는 모두 숲으로 덮여 있어, 무기의 사계가 제한됩니다. 또한 남쪽으로 강이 굽는 지점은 전선이 너무 넓어 저희 부대로는 감당할 수가 없습니다."

크루이크섕크는 고집을 꺾지 않았다.

"아예 3번 집중점에 집결하면 어떻겠소?"

발레리안이 물었다.

"그러면 상황이 너무 위태로워집니다. 호크먼의 팀이 조금 늦게 도착하기라도 하면, 전투 때문에 길이 막힐 수도 있습니다. 게다가 어떻게 해서든 그들을 3번 집중점 안으로 들여보내야 합니다. 코건 박사를 저희와 함께 내려보내실 생각이 아니라면, 필요한 샘플을 채취하는 방법을 아는 건 와이랜드 박사뿐입니다."

크루이크섕크가 말했다. 그는 데이터패드의 화면을 두드렸다.

"조사단이 그 임무를 완수할 수 있게 저그를 지연시킬 가능성이 가장 높은 지점이 바로 여깁니다."

발레리안과 호너는 시선을 교환했고, 크루이크섕크는 둘 사이에 무언의 대화가 오가는 것을 느낄 수 있었다.

"아까 얘기한 프로토스 병력은 아직 라하스와 논의만 한 단계요, 아니면 아르타니스 신관이 참전해도 좋다고 허가한 거요?"

발레리안이 물었다.

"라하스는 신관과 논의하기 전에 먼저 폐하의 승인을 기다리고 있습니다. 하지만 신관이 이번 작전을 틀림없이 승인할 거라고 제게 확언했습니다."

크루이크섕크가 말했다. 발레리안과 호너는 다시 한 번 시선을 교환했다.

"상당히 설득력 있는 제안을 하는군, 대령. 한 가지만 물어보겠소. 왜지?"

발레리안이 말했다. 크루이크섕크는 눈살을 찌푸렸다.

"이미 말씀드렸지만, 그게 저희 일입니다, 폐하."

"조사단의 임무를 위해 당신을 희생하겠다는 이유를 묻는 건 아니오. 왜 프로토스를 이번 작전에 참여시키려고 하는지 궁금하군. 난 당신이 프로토스를 싫어한다고 생각했소만."

발레리안이 다시 말했다.

"그들을 믿지 않는 건 말할 것도 없고."

호너도 덧붙였다. 크루이크섕크는 자기도 모르게 입술이 뒤틀리는 걸 느꼈다.

"편하게 말씀드려도 되겠습니까, 폐하?"

발레리안은 고개를 끄덕였다.

"말해 보시오."

"맞습니다. 전 프로토스를 좋아하지도, 신뢰하지도 않습니다. 하지만 2번 집중점에서 저는 사이오리스크가 프로토스를 어떻게 약화시키고, 또 얼마나 빠른 속도로 제압하는지 보면서 끔찍한 공포를 느꼈습니다. 놈들을 지금 당장, 바로 여기서 막아야 합니다. 그러지 못하면 전쟁이 다시 시작될 것이며, 자치령은 그걸 감당할 수 없을 겁니다. 하지만 아군 병력과 장비만으로는 놈들을 막을 수 없다고 생각했고, 프로토스도 마찬가지였습니다. 그래서 그런 결론을 내렸습니다."

크루이크섕크가 말했다.

"아주 말 잘했소, 대령. 좋아, 지금 즉시 라하스에게 연락해서 당신을 비롯하여 선상 경비대에서 차출할 수 있는 인원이 모두 지상으로 내려갈 거라고 전하시오. 그리고 출동할 팀을 꾸린 후 준비가 되면 보고하시오."

발레리안은 말했다.

"네, 폐하."

크루이크섕크는 호너를 향해 목례했다.

"제독님."

그가 그대로 돌아서려던 때—

"한 가지 물어볼 것이 있소, 대령. 조금 전에 편하게 말해도 되겠냐고 물어봤잖소. 그런데 지금까지 불편하거나 부적절하다고 생각되는 말은 한 마디도 하지 않았소. 처음에 그렇게 물어본 이유가 뭐였소?"

발레리안이 말했다. 크루이크섕크는 얼굴을 찡그렸다.

"공포를 느꼈다고 말씀드렸었습니다, 폐하. 자치령의 공식 군사 정책에 따르면, 저희는 절대로 겁에 질려서는 안 됩니다."

"아,"

발레리안의 입술에 희미한 미소가 떠올랐다.

"현실 세계에 온 것을 환영하오, 대령."

"감사합니다, 폐하."

크루이크섕크가 진지하게 말했다.

"실은 꽤 오래 전부터 여기 살고 있었습니다. 이만 실례하겠습니다. 해야 할 일이 많을 것 같습니다."

제16장

　에린이 화염방사기의 연료통을 들어 올리는 순간, 옆구리에서 뭔가 펑 하는 소리가 났다. 그리고 그제야 그녀는 옆구리가 몹시 아프다는 사실을 깨달았다. 연료통은 가까스로 수송선 밖으로 꺼내 놓는 데 성공했지만, 그 순간부터 고통은 조금씩 계속 커져만 갔다.
　그리고 결국에는 휘스트도 눈치를 챘다.
　"어디 아파?"
　그가 연료통 옆에 가우스 소총 한 무더기를 내려놓으며 물었다.
　"전 괜찮아요."
　휘스트의 눈썹이 치켜 올라갔다.
　"해병식 대화법에서 '괜찮다'는 말은 보통 '젠장, 괜찮지 않아'라는 뜻인데. 말해 봐, 장난 칠 시간 없어."
　"아무것도 아니에요. 그냥 옆구리가 좀 아픈 거라고요."
　"어디?"
　그는 에린의 팔 아래쪽을 전투복 위로 만졌다.
　"여기야?"

"좀 더 아래쪽이요."

"그래. 디즈? 여기 갈비뼈가 부러졌습니다."

휘스트가 주위를 둘러보며 말했다.

"심각해? 걸을 수는 있겠어?"

디즈가 대꾸했다.

"네, 그럼요. 괜찮아요. 정말이에요."

에린은 말했다.

"그나마 다행이네."

휘스트는 공터 바깥쪽에 있는 커다란 나무를 가리켰다.

"저기 가서 앉아 있어. 나머진 우리가 꺼낼 테니까."

"저도 도와드릴게요."

"가서 앉아 있는 게 도와주는 거야. 자세히 살펴볼 시간이 없어. 그리고 이 수송선에도 CMC 압축복보다 나은 건 없을 거야."

휘스트는 단호하게 말했다.

"네, 알겠어요."

에린은 한숨을 쉬며 말했다. 솔직히 말해, 잠깐이나마 쉬면 도움이 될 것 같았다.

그녀는 휘스트가 가리킨 나무 밑에 편히 앉았다. 다른 사람들이 전부 일하고 있는 동안 혼자 빈둥거리며 앉아 있자니 조금 부끄럽긴 했다. 하지만 대장은 휘스트였고, 그가 에린에게 명령을 내렸다.

물론 지나가던 저그가 그녀를 발견하기라도 하면 휴식 시간도 빠르게 폭력 사태로 발전할 것이다. 지금도 사이오닉 차단기 두 개를 이용하여 저그에게 보이지 않는 일종의 마법 지역을 만들고 있는 걸까?

에린은 그러길 바랐다. 1번 집중점의 동굴에서 휘스트의 여분 가우스 소총을 잠깐 사용했던 이후로 그녀는 무기를 갖고 있지 않았다. 타냐도 앞서 말했지만, 거기서 무사히 빠져나온 것만으로도 큰 행운이었다.

그런데 대체 왜 그녀가 무사히 빠져나올 수 있었던 걸까?

모두들 그 질문에 제대로 답을 하지 못했다. 에린 자신도 굳이 그 문제를 떠올리지 않았다. 다행히 지난 몇 시간 동안 워낙 많은 일이 일어나 다른 데 정신을 팔 수 있었다.

하지만 이제는 그런 핑계도 모두 사라지고, 그녀는 홀로 여기에 덩그러니 앉아 있었다.

왜 에린이 아직 살아 있는 걸까? 공격해 오던 저그가 그들을 모두 살펴본 후, 그녀가 가장 무해한 대상이라고 판단하여 다른 사람들에게 공격을 집중했던 걸까?

아니, 그건 말도 안 됐다. 면도날처럼 날카로운 발톱을 한두 번 휘두르기만 해도 그 자리에서 전투복을 찢고 그녀를 죽일 수 있었던 상황이었으니까. 적어도 그런 발톱으로 팔을 잘라내기라도 했다면, 에린은 진짜로 무해한 대상이 될 수 있었다. 밀려든 저그 중 하나가 단 0.5초의 시간만 할애했으면 충분히 가능한 일이었다.

그녀가 우주생물학자이기 때문이었을까? 휘스트가 그런 얘기도 했었지만, 타냐가 바로 그 의견을 묵살했었다. 알주머니 안에 있던 아도스트라가 다른 사람이 아닌 오직 숙련된 우주생물학자만 속일 수 있게 만들어진 거라면 몰라도….

그녀는 코웃음을 쳤고, 그 움직임 때문에 갈비뼈에 지끈거리는 통증이 돌아왔다. 말도 안 되는 일이었다. 그렇게까지 교묘한 함정을 팔 수 있는 자는 없었다.

게다가 그녀는 가장 먼저 사이오리스크와 아도스트라의 관계에 의문을 제시했던 사람이었다. 그게 정말 그렇게 큰 비밀이었다면 이미 낱낱이 드러난 셈이었고, 따라서 그녀가 조사단에서 가장 먼저 공격 목표가 되었을 것이다.

뭔가 에린의 눈길을 끌었다. 고개를 들어 보니 또 한 쌍의 뮤탈리스크가 날개를 펄럭거리며 하늘을 가로지르고 있었다. 그녀는 잔뜩 긴장하면서 그들이 첫 번째 무리가 시작했던 일을 마무리하러 나타난 건 아닐까 궁금해 했다. 에린은 뮤탈리스크들을 지켜보며, 놈들이 뒤로 돌아 강하하기 시작하면 소리를 질러 팀에 경고할 준비를 했다.

다행히 2마리 저그는 머뭇거리지도 않고 그대로 지나갔다. 어쩌면 공중에 있는 동안에는 지상의 물체에 전혀 관심을 갖지 않는 건지도 몰랐다. 침입자가 자기들의 영역에 들어왔을 때만 공격할 생각을 품는 걸까?

'침입자가 자기들의 영역에 들어왔을 때만.'

에린은 그 생각을 한참 동안 되새기며, 그 안에 담긴 논리를 차례차례 더듬었다. 그녀는 크루이크섕크가 보낸 보고서를 불러내 다시 읽었다. 그리고 조금 더 생각했다.

그 후 조심스럽게 자리에서 일어나 공터를 지나 다른 사람들이 일하고 있는 곳으로 돌아갔다.

휘스트는 고개를 들어 다가오는 에린의 모습을 바라봤다.

"가만히 앉아 있으라고 말한 것 같은데."

"네, 그랬었죠. 물어볼 게 있어요."

그녀의 목소리에서 뭔가 느껴졌는지, 네 명 모두 하던 일을 잠시 멈췄다.

"중요한 일이야?"

휘스트가 물었다.

"아주 중요해요. 아까 디즈가 사이오리스크는 알주머니를 지키는 경호원으로서는 실패했다고 말했었죠?"

에린이 단호하게 말했다.

"그랬지."

휘스트가 말했다.

"그리고 타냐는 그들이 그저 운이 없었고 예측하지 못한 상황 때문에 졌을 뿐이라고 했죠?"

"그것도 그랬지."

"그녀가 틀렸어요. 운이 없었던 게 아니었어요. 고의적이었던 거예요."

에린은 부드럽게 말했다.

'자세히 설명해 주십시오.'

울라부가 말했다. 에린은 침을 꿀꺽 삼켰다.

"2번 집중점에서의 전투요. 사이오리스크는 프로토스를 대부분 쓰러뜨리고 알주머니를 동굴 밖으로 옮기려고 했어요. 그들이 그러지 못한 건 크루이크섕크 대령의 부대가 나타났기 때문이었죠."

"크루이크섕크가 그렇게 얘기했지. 그가 잘못 알았던 거야?"

휘스트가 말했다.

"그의 관점에선 아니에요. 하지만 우리는 조금 더 많은 걸 알고 있죠. 전투 당시 그곳에는 뮤탈리스크도 있었어요. 제가 확인해 봤거든요. 뮤탈리스크가 프로토스를 구하려는 자치령 병력을 공격했죠. 하늘에서 우릴 공격해서 떨어뜨린 것과 같은 놈들이었어요."

에린은 하늘을 가리켰다.

"그렇다면 그 녀석들이 처음에 강하하던 자치령 병력은 왜 공격하지 않은 걸까요?"

휘스트와 디즈는 서로를 바라봤다.

"우린 수평으로 비행하고 있었어. 자치령 함선들은 아마 수직으로 내려오고 있었을 테고. 그래서 공격하기 힘들었던 건 아닐까?"

디즈가 자신감 없는 목소리로 말했다.

"마찬가지로 내려오던 프로토스 왕복선은 아무 문제없이 공격했지."

타냐가 말을 보탰다.

"사이오닉 증폭기를 날려버렸잖아. 기억 나?"

"그리고 수송선은 막으려고 하지도 않았어요. 병사들과 장비가 모두 배치되기 전까지는 공격이 있었다는 기록이 전혀 없지요."

에린이 말했다.

"그땐 저그가 알주머니를 옮기고 있었어. 양분을 공급하는 토대에서 알주머니를 떼어내는 건 쉽지 않았을 거야. 크루이크섕크가 착륙하기 한참 전에 시작했을 거라고."

"그땐 이미 프로토스를 박살내고 있었잖아. 그런데 왜 옮겼을까?"

타냐의 추측에 휘스트가 이의를 제기했다.

"어째 말이 안 되는 것 같죠?"

에린이 물었다.

'그렇습니다. 동굴 내부의 경사로와 모퉁이들이 아주 효과적인 요충지가 됐을 겁니다. 사이오리스크들은 동굴 안에서 기다리다가 공격자들을 포위하는 편이 훨씬 효과적이었을 겁니다.'

"게다가 그 녀석들은 이미 이기고 있었으니까. 잠깐만. 프로토스 분열기. 그게 이미 안에 있었어. 가동될 준비가 된 상태였다고. 그게 알주머니를 옮겨야 했던 이유는 아닐까?"

휘스트가 말했다.

'분열기는 애초에 동굴 안으로 들어갈 수 없었어야 합니다. 뮤탈리스크가 테란 수송선은 막지 않았지만, 분열기라면 충분히 차단하여 들어가지 못하게 했을 겁니다.'

"젠장. 지금 다들 나랑 같은 생각 하는 건가?"

디즈가 투덜거렸다.

"중위님 말이 맞았던 것 같습니다. 사이오리스크는 알주머니를 지키고 있던 게 아닙니다. 그것들이 파괴되게 하려던 겁니다."

휘스트가 말했다.

"그냥 파괴되게 하는 게 아니지. 우리 손에 파괴되게 하는 게 목적이었어."

타냐가 음울한 목소리로 말했다. 그녀는 고갯짓으로 하늘을 가리켰다.

"그래서 뮤탈리스크도 다시 여기로 돌아와 일을 마무리하려 하지 않는 거고. 놈들은 우리가 3번 집중점으로 가서, 자기들 대신 알주머니를 파괴해 주기를 원하는 거야."

"아니면 우리가 3번 집중점으로 가서 죽고, 그 결과 자치령을 자극해서 알주머니들을 파괴하게 만들고 싶은 건지도 모르고. 어느 쪽이든 놈들에겐 차이가 없을 테지."

휘스트가 말하자 타냐가 덧붙였다.

"그리고 결과적으로는 알주머니를 파괴해서 그 누구도 아도스트라와 사이오리스크가 같은 종이 아니라는 걸 보여주는 샘플을 채취하지 못하게 하려는 거겠지. 그래서 2번 집중점에서 알주머니를 옮기고 있었던 거고, 그래서 분열기를 동굴 안으로 들어오게 했던 거야. 크루이크섕크가 퇴로를 봉쇄할 수 없다고 생각하게 만들었어야 했어. 그러지 못했다면 그가 동굴을 폭파시킬 생각은 하지 않았을 테니까."

"그래서 제가 살아 있는 거예요."

에린이 말했다. 어딘가 으슬으슬 불쾌한 느낌이 온몸을 가로질렀다. 그녀는 자신의 추론에 어딘가 결점이 있기만을 바랐지만, 그런 건 없었다.

"놈들이 1번 집중점에서 여러분을 모두 죽이면, 그 후에 쪼르르 자치령으로 달려가 사이오리스크가 얼마나 무서운 존재인지 얘기해야 할 사람이 필요했으니까요. 그게 바로 저예요."

"당신이 가장 위험하지 않은 목표였으니까."

디즈가 중얼거렸다.

"그리고 넌 사이오리스크와 아도스트라의 등에 같은 무늬가 있다는 걸 목격했고, 아마 놈들이 원하던 결론을 도출해 줄 수 있다고 생각했겠지. 그들은 우리들보다는 네가 그런 면에서 가장 관찰력이 뛰어날 거라고 짐작했을 거야."

타냐가 말했다.

"두 종이 어떻게 같은 무늬를 지니게 됐을지 궁금한걸."

디즈의 말에 울라부가 의견을 내놨다.

'사이오리스크를 만든 그자가 유전자를 조작하여 정확하게 그런 결과를 도출했을 겁니다.'

"그자?"

휘스트가 물었다.

"아바투르 얘기예요. 이번 일을 꾸민 건 아바투르가 분명해요. 자가라도 그가 아도스트라를 만들었다고 얘기했잖아요."

에린이 말했다.

"하지만 자가라는 아바투르가 군단에 충성한다고도 얘기했잖아. 지금 얘기를 들어 보면 별로 충성하는 것 같지 않은데."

휘스트가 그 점을 상기시켰다.

"자가라 자신이 이 일의 배후에 있다면 얘기가 다르겠지."

타냐의 말을 들은 디즈가 우려를 표했다.

"부디 그렇진 않았으면 좋겠는데. 만약 그게 사실이라면, 이 행성 전체가 그녀의 뒤를 받쳐 주고 있다고."

"그리고 정말 그렇다면, 우린 완전히 망한 겁니다."

휘스트가 말했다.

"자가라가 망한 것일 수도 있지. 자치령과 프로토스가 함께하면, 이 행성을 공전 궤도상의 잿더미로 만들 화력은 충분해."

타냐의 생각은 달랐다.

"어쩌면 바로 그걸 원하는 건지도 몰라요."

에린이 말했다.

'하지만 그건 말이 되지 않습니다. 기스트가 파괴되면 누가 이득을 보겠습니까?'

울라부가 반박했다.

"누가 알아? 저그의 다른 분파이거나, 독자 세력을 꾸린 프로토스 진영이거나, 아니면 망할 사라 케리건인지도 모르지. 어쨌든 화력이 충분하다고 해서 꼭 그걸 사용할 수 있다는 말은 아니야. 자가라에게 거대괴수가 7마리나 있고, 갈귀와 포식귀는 셀 수조차 없다는 걸 잊으면 안 돼."

휘스트가 말했다.

"상관없어. 아… 그 얘기가 아니라, 우리에겐 상관없다는 말이야. 거기서 일어나는 일은 전부 다른 사람이 알아서 할 일이잖아. 우리가 할 일은 3번 지점으로 가서 샘플을 채취하는 거야. 그게 우리가 옳다는 걸 증명해 줄 수도 있고, 아니면 그냥 전부 헛수고로 끝날 수도 있겠지만."

타냐는 단호하게 말했다. 그녀는 울라부를 바라봤고, 에린은 두 사람 사이에 뭔가 깊고 사적인 대화가 이루어지는 듯한 기색을 느꼈다. 타냐가 말을 이었다.

"그리고 어차피 여기엔 우리뿐이잖아. 어서 전부 등에 지고 움직이자고."

"아마 내 등에 지란 말이겠지."

휘스트가 씁쓸한 말투로 얘기했다.

"너와 에린만 중량물 작업용 CMC 전투복을 입고 있는 게 우리 잘못은 아니잖아. 크루이크섕크에게 알려야 하지 않을까?"

디즈가 말했다.

"사이오닉 차단기를 끄는 건 별로 좋은 생각이 아닙니다. 그래도, 네. 적당한 때와 장소를 골라 할 수 있을 겁니다."

휘스트가 주위를 둘러보며 마지못해 말했다.

"당신이나 디즈가 조금 멀리 떨어진 곳으로 가서 하나만 끄면 안 돼? 그러면 조사단이 전부 노출되지는 않을 테니까."

타냐가 제안했다.

"의미 없는 일이야. 저그는 추락 지점을 눈여겨보고 있을 테니, 우리가 여기 있다는 사실도 이미 알고 있겠지."

휘스트가 그녀에게 말했다.

"그러면 결국 차단기를 꺼도 놈들에게 새로운 정보를 알려주지는 않는다는 말이잖아."

디즈가 덧붙였다.

"그러니까 차단기를 둘 다 끄고, 빨리 보고를 마친 후, 다시 켜고 3번 집중점을 향해 가자는 말이지?"

"맞습니다. 일단 우리가 떠난 후에는 놈들이 마음껏 수송선을 때려 부숴도 되니까요."

휘스트가 말했다. 그는 전투복 속에서 무언가를 조작했다.

"자, 전 껐습니다. 보고는 중위님이 하시겠습니까, 아니면 제가 할까요?"

"내가 할게."

디즈가 말했다. 그도 전투복을 조작했다.

"여기는 호크먼, 히페리온 나와라. 여기는 호크먼, 히페리온 나와라."

"무슨 문제 있어?"

타냐가 물었다.

"신호가 나가질 않아. 이런, 젠장."

디즈가 말했다.

"뭡니까?"

휘스트가 물었다.

"수송선의 신호 증폭기에 문제가 생겼어. 아마 쐐기 벌레 때문이겠지."

"통신 전송은 전투복 동력만으로 충분한 거 아니었나요?"

에린이 말했다.

"충분해. 불행히도 어떤 천재 기술자가, 우리가 수송선의 작동 반경 내에서 통신을 시도하면 자동으로 수송선의 증폭기를 통해 중계되도록 설정해 놓은 거지. 증폭기가 없으면, 연결도 안 되고."

디즈가 말했다.

"자체 통신으로 전환할 순 없어요?"

"분명히 누군가 할 수 있는 사람이 있겠지. 아쉽게도 저그를 향해 총 쏘는 법을 가르쳐 주는 학교에서는 그런 자세한 기술적 사항을 배우지 못했거든."

디즈가 씁쓸한 목소리로 말했다.

"그러면 결국 멀리 떨어지거나 증폭기를 박살내야 한다는 얘기겠지요? 수류탄으로 이웃들을 깨우고 싶지는 않으니까, 멀리 떨어지는 쪽이 좋겠습니다."

휘스트가 말했다.

"나도 그렇게 생각해. 그리고 지금 시점에는, 아무래도 목적지에 거의 도착할 때까지 기다리는 것도 좋겠어. 그러면 적이 나타난다고 해도 피해서 숨을 곳은 있을 테니까."

디즈가 마지못해 말했다.

"크루이크섕크는 기다리는 걸 좋아하지 않을 것 같아요."

에린이 경고했다.

"그 사람도 이해할 거야. 그래, 뭘 가져가야 해?"

디즈가 말했다.

"생각만큼 많지는 않습니다."

휘스트가 말했다.

"여분 가우스 소총 두어 정과 추가 탄창은 최대한 가져가고, 화염방사기는 버리고—"

"화염방사기는 제가 가져갈게요. 말씀만 하시면 뭐든 들 수 있어요."

에린이 끼어들었다.

"너 다쳤잖아."

타냐가 말했다.

"그냥 전투복 제어 장치에 맡기는 방법만 배우면 돼요."

에린이 말했다.

"그런데 화염방사기는 왜?"

"사이오리스크는 열기를 싫어한다는 걸 당신이 증명했잖아요. 디즈는 충분히 가열하면 태워 버릴 수도 있다는 걸 증명했고요. 게다가 불로 벽을 치면 가끔 유용할 때도 있어요."

에린이 말했다.

"당신 갑자기 이상하게 군인처럼 말하는데. 무슨 이유라도 있어?"

디즈가 에린을 바라보고 눈살을 찌푸리며 말했다.

"그냥 제 몫을 하고 싶은 거예요."

디즈와 휘스트는 시선을 교환했다.

"좋아. 들 수 있을 것 같은 건 다 들고, 어서 가자고. 타냐, 에린의 CMC에 장비를 부착하는 고리가 있을 거야. 좀 도와주겠어?"

휘스트가 말했다. 그들은 그녀의 말을 믿지 않았다. 에린도 그걸 알았다. 하지만 어떻게 진실을 털어놓을 수 있단 말인가?

전쟁과 그 여파에 시달리는 동안, 그녀가 차우 사라를 불태운 프로토스에 대한 개인적이고 사그라지지 않는 적대감을 키워 왔다는 사실을 털어

놓을 수는 없었다. 당시에는 충분히 그럴 이유가 있다고 생각했다는 건 중요하지 않았다. 당시에는 저그의 증식을 막으려면 그래야 한다고 생각했다는 것도 중요하지 않았다. 냉혹하고도 끔찍한 그 일의 요점은, 프로토스가 아무 이유 없이 무고한 사람들을 학살했고, 지성이 있는 존재라면 그래서는 안 된다는 것이었다.

그런데 그녀가, 너무나도 고고하고 강인하며 누구에게도 비할 바 없이 도덕적인 에린 와이랜드 박사가 아도스트라에게 같은 일을 행하고 말았다.

그녀는 얼굴을 찡그렸다. 타냐가 연료통을 전투복에 장착하자 갑자기 옆구리 쪽으로 무게가 쏠려 갈비뼈가 찌릿찌릿했다. 에린 자신이 무고한 생명을 죽이는 일에 도움을 주었다는 사실은 이제 돌이킬 수 없었다. 하지만 마지막 무리는 아직 지킬 기회가 있었다.

그걸 위해서라면 무슨 일이든 할 생각이었다.

"3번 집중점까지 한 30클릭 정도 될 것 같습니다. 빨리 가면 두 시간쯤 걸릴 겁니다."

준비가 끝나고, 휘스트가 말했다.

"그보다는 좀 더 빨리 갈 수 있지 않을까?"

디즈가 말했다.

"반드시 그보단 빨라야 합니다."

휘스트가 말했다.

"전원, 이동! 서로 엄호하면서 간다. 다들 기억해. 놈들은 3번 집중점까지 우리가 전부 살아서 가야 할 필요는 없다고 생각할 거야."

• • •

왕복선은 육중한 쿵 소리와 함께 격납고에 내려앉았다. 해치가 열리고 프로토스 한 명이 나타났다. 그는 주위를 둘러보다가 크루이크섕크가 병사와 장비들과 함께 서 있는 것을 발견하고 그들을 향해 다가갔다.

"끝내주네."

크루이크섕크는 혼잣말로 투덜거렸다. 지난 한 시간 동안 네 번째였다. 저그로 가득 찬 행성을 해병 40명, 사신 3명, 골리앗 3대, 마지막 남은 투견으로 공격하는 건 달갑지 않은 일이었다. 겨우 그 정도 규모의 부대를 구성하는 데도 히페리온의 경비대대를 거의 모두 차출해야 했다는 것 또한 달갑지 않았다.

하지만 튼튼한 자치령 수송선이 아닌 프로토스 왕복선에 병력을 이끌고 탑승해야 한다는 건 정말이지 도가 지나친 일이었다.

프로토스가 멈춰섰다.

'나는 알리카다. 나는 네라짐, 암흑 기사다. 라하스를 대신하여 여기 왔다. 그대가 어브램 크루이크섕크 대령인가?'

그의 목소리가 크루이크섕크의 머릿속에서 들려왔다.

"그렇다."

크루이크섕크가 갑자기 치밀어 오르는 언짢은 기분에 뚜껑을 쾅 닫으며 대답했다. 전형적인 거만한 프로토스였다. 그는 상대가 유아용 책을 읽기도 힘들어 하는 어린아이인 것처럼 일부러 짧은 문장을 사용하고 있었다.

"내가 자치령의 지상군을 지휘한다."

알리카의 눈이 크루이크섕크 뒤에 선 해병과 사신, 장비들을 훑어봤다.

'이런 소규모 부대의 지휘관이라면 소령으로 충분할 것 같은데. 그대는 함선의 경비와 관련된 합의에 대해 듣지 못했나?'

크루이크섕크는 이를 갈았다.

"저그가 공격할 경우 당신네 함선이 우리를 지켜 주겠다는 거 말인가?"

'그렇다. 그 합의를 지칭하는 것이다. 그대 병력을 함선에 남겨 둘 필요는 없다.'

알리카가 말했다.

"그래. 내가 그 말을 곧이곧대로 믿지 못하는 점을 양해해 달라고."

크루이크섕크가 말했다.

언짢은 건 그가 그런 명령을 받았다는 점이었다. 자치령 함선을 공격하고 승선하려 하는 저그가 있다면 프로토스가 모두 쫓아버릴 테니, 남은 병력은 모두 지표면으로 끌고 내려가라는 명령이었다.

투덜대긴 했지만 그는 명령에 따랐다. 하지만 알리카에게 그렇게 말할 순 없었다. 안 그래도 프로토스는 콧대가 너무 높았으니까.

"우리 병력의 숫자는 걱정하지 않아도 된다. 충분히 잘 할 테니까."

크루이크섕크가 말했다. 그는 잠시 머뭇거렸지만, 프로토스의 콧대를 눌러주기엔 지금이 놓칠 수 없는 기회였다.

"2번 집중점에서 너희가 했던 것보다는 더 잘 할 거야."

알리카의 몸이 뻣뻣하게 굳는 것 같았다. 그의 두 눈은 푸른색으로 빛났다. 크루이크섕크도 잠시 긴장했지만, 알리카가 감정을 추스르자 그의 눈도 원래대로 돌아왔다. 아무래도 크루이크섕크와 갑판의 대원들은 암흑 기사가 사이오닉 에너지를 격납고 내에서 휘두르는 광경은 보지 못할 모양이었다.

'우린 기습 공격을 당했다. 그런 일이 다시 일어나진 않을 거다.'

그는 무뚝뚝하게 주장했다.

"분명히 그럴 테지. 잡담은 여기까지 해야겠군. 우리가 탈 자리만 준비되어 있다면 탑승할 준비가 됐다."

크루이크섕크가 말했다.

'지금 탑승해도 된다. 우리 앞을 가로막지 않게 조심해라. 함선 위에서든, 지표면에 도착해서든.'

알리카가 말했다. 원치 않는 대답을 기다리지 않고 그는 그대로 돌아서서 왕복선을 향해 성큼성큼 걸어갔다.

"이런데도 사람들은 나한테 왜 프로토스를 싫어하냐고들 하지."

크루이크섕크가 중얼거렸다.

"좋아, 다들 들었지. 장비에 올라타라. 탑승하러 가는 길에 다른 사람 발가락 밟지 않게 조심하고."

그는 훈련 교관처럼 목소리를 키우며 말했다.

해병이 경쾌한 구보로 움직이기 시작했다. 사신이 그 뒤를 따르고, 마지막에는 골리앗이 육중한 발길을 옮겼다. 자신의 투견 손잡이를 붙잡고 크루이크섕크는 조종석으로 올라가기 시작했다.

그래도 알리카는 정직하게 거만한 개자식이긴 했다. 크루이크섕크는 그들을 싫어하긴 했지만, 함께 일하는 법은 알았다. 발레리안이 왠지 모르게 조사단에 참여시켜야 한다고 고집을 부렸던 그 소심하고 아무짝에도 쓸모없는 연구원 울라부와는 달랐다.

그는 콧방귀를 뀌었다.

'우리 앞을 가로막지 않게 조심해라.'

알리카는 경고했었다. 울라부에게도 호크먼의 앞을 가로막지 말라고 경고했어야 했는데.

팀에 민간인이 참여하면 발목을 잡기 마련이었다. 민간인이 두 명이 되면 그야말로 일이 걷잡을 수 없을 만큼 힘들어졌다.

프로토스든 아니든, 중요한 건 울라부가 민간인이라는 사실이었다. 전투 능력이 결여된 그 녀석 때문에 누군가 죽기라도 한다면, 울라부도 단단히 대가를 치러야만 할 것이다.

그리고 그런 일이 발생한다면, 크루이크섕크가 직접 그 프로토스에게 평생 잊지 못할 경험을 안겨 줄 생각이었다. 그게 아무리 힘들고, 또 아무리 오랜 시간이 필요한 일이더라도.

제17장

    5킬로미터도 채 가지 못해서 조사단은 매복 공격을 받았다.
    가장 앞쪽에 있던 휘스트가 공격의 예봉을 한 몸에 받았다. 바위투성이 구릉에서 아무런 전조 없이 저글링 4마리가 갑자기 나타나 휘스트에게 달려들었다. 그는 C-14 소총을 미처 들어 올리지도 못한 채 첫 번째 저그와 충돌하고 뒤로 나뒹굴었다. 1초 후 2마리가 더 그의 위로 달려들었고, 나머지 둘은 땅에 내려앉은 후 방향을 틀어 타냐에게 똑바로 돌진했다.
    타냐가 돌이켜 생각해 보면, 그게 놈들의 처음이자 마지막 실수였다. 팀은 일상적인 대형으로 움직이고 있었다. 휘스트가 맨 앞에 섰고, 타냐와 울라부가 그 뒤에, 또 그 뒤에는 에린이, 후미에는 디즈가 따라왔다. 타냐는 황급히 몇 걸음 물러섰지만, 울라부가 그녀와 접근하는 저그 사이로 달려들었다. 손목 위 집중 장치가 빛을 발하고 차원검이 타올랐다. 타냐는 그가 첫 번째 저그를 베어 넘길 때까지만 기다렸다가 재빨리 뒤로 돌아서 두 번째 저그를 등졌다. 소규모로 정면에서 공격해 온다는 건, 뭔가 끔찍한 것이 뒤쪽에서 몰래 접근하고 있다는 의미일 수 있었다.
    정말 그랬다. 디즈의 뒤쪽 숲에서 저글링 2마리가 몰래 빠져나왔고, 맹독충이 그 뒤를 바삐 따라붙었다. 디즈가 미끄러지듯 멈춰서 휘스트를 짓누르는 저글링에게 P-45 소총을 겨누는 순간, 타냐는 사이오닉 능력을 내뻗어 뒤쪽에서 공격해 오는 적의 내부에 빠르게 원투 펀치를 날렸고, 두 저글링은 와지끈 소리와 함께 덤불 위에 무너져 내렸다. 그 소리에 디즈도 빙글 돌아서며 맹독충을 향해 소총을 점사했다.

맹독충의 속도가 느려졌고, 타냐는 놈의 폐를 폭파시켜 마무리했다. 그리고 두 번째 공격은 놈의 심장에 집중시켜 확인사살한 후, 휘스트를 향해 돌아서며 그가 무사한지 확인했다.

다행히 그는 일어서는 중이었고, 저글링 사체 4마리가 주위에 널려 있었다. 울라부가 그의 곁에 서서 앞뒤를 둘러보며 다른 문제가 없는지 살폈다.

"이 근방에서는 도무지 심심할 일이 없다는 건 확실하네."

디즈가 에린과 함께 황급히 대열의 앞쪽으로 다가서며 말했다.

"여길 모험가의 천국이라고 광고해야겠는데. 괜찮아, 휘스트?"

"네, 괜찮습니다. 다행히 저 망할 놈들이 절 진짜로 공격한 게 아닙니다."

휘스트는 끙 소리를 내며 말했다. 그는 어깨에 둘러멘 가방이 여기저기 찢긴 자국을 바라본 후 지면을 향해 손을 뻗어 남은 C-14 탄창을 주웠다.

"탄약과 여분의 총을 노렸습니다. 사이오리스크도 총에 맞는 건 싫어하는 모양입니다."

"해병이 없어지는 것보다는 해병은 멀쩡하고 무장만 해제시키는 쪽을 택했단 말인가?"

디즈가 물었다.

"재미있네. 멍청하기도 하고."

"울라부가 그렇게 빨리 달려들지 않았다면 결국엔 저까지 제압당했을 겁니다."

휘스트가 단언했다.

"소심하고 여린 연구원처럼만 보였는데, 울라부 당신 꽤 잘 싸우는걸. 고마워."

'천만의 말씀입니다.'

울라부가 말했다. 그는 조심스럽게 손으로 옆구리를 눌렀다.

'그대를 무장 해제시키려고 한 것만은 아닙니다. 아무래도 이번은 정찰 작전이었던 것 같습니다. 앞서 공격을 받고 불시착한 우리가 부상을 당했는지 적의 지배자가 확인하고 싶었던 모양입니다.'

"그래, 우린 그런 걸 보통 '간보기'라고 하지."

디즈가 말했다.

"너는 좀 어때?"

타냐가 울라부의 튜닉을 샅샅이 살피며 물었다. 새롭게 피로 얼룩진 곳은 없었지만, 상처를 모두 붕대로 감아 두었으니 그것만으로는 알 수가 없는지도 몰랐다.

'갑작스러운 전투 때문에 너무 힘을 주었는지, 상처 하나가 다시 벌어진 것 같아. 두 개인지도 모르겠어. 하지만 내 전투 능력에 크게 영향을 줄 것 같지는 않아.'

울라부가 순순히 인정했다.

"그래, 사이오리스크가 너한테 달려들기 시작하면 어떻게 되나 잘 지켜봐 줄게. 그런데 왜 당한 거야? 암흑 기사는 투명해지던가 하는 능력이 있는 줄 알았는데."

휘스트가 음울하게 말했다.

"최대한 눈에 안 띄려고 그러는 거잖아. 그새 잊었어?"

타냐가 휘스트에게 경고의 눈빛을 보냈다. 프로토스의 전술을 비난하는 건 영리한 일이 아니었다.

휘스트는 그 눈빛을 보지 못했거나, 아니면 아예 신경 쓰지 않았다.

"그래, 싸우는 솜씨를 비밀로 하는 건 좋지만, 그러다 죽으면 아무 의미 없는 거 아니야?"

'동의합니다. 이번 경우에는 의도한 바가 아니었습니다. 1번 집중점에서 사이오리스크의 사이오닉 공격을 받은 후에는 제 능력도 상당히 약화되어, 공허 에너지를 공격에 사용하는 동안 빛을 정상적으로 굴절시킬 수 없게 되었습니다. 현재 상황을 고려할 때, 방어보다는 공격을 선택하는 편이 낫다고 판단했습니다.'

울라부가 차분하게 말했다.

"멋지군. 그러니까 지금 우리에게 있는 건 반쪽짜리 암흑 기사라는 거잖아."

휘스트가 말했다.

"적당히 해, 휘스트."

타냐가 딱딱하게 말했다.

"그냥 상황을 검토하는 거야. 우린 총알도 부족하고, 수송 능력도 부족하고, 이제는 프로토스도 절반쯤 부족하잖아. 아주 기뻐할 일은 아니라고. 특히 지금처럼 사이오리스크는 부족하지 않은 상황에서는 말이야."

휘스트가 그녀를 노려보며 쏘아붙였다.

"사실 부족한 건지도 몰라요."

에린이 끼어들었다.

"뭐라고?"

디즈가 눈살을 찌푸리며 물었다.

"사이오리스크도 부족할지 몰라요. 계속 생각해 봤거든요, 사이오리스크와 아도스트라의 관계를."

에린이 말했다.

"관계가 없는 걸로 결론을 내렸던 것 같은데."

휘스트가 쪼그리고 앉아 탄환가방의 흩어진 잔해를 뒤적이며 말했다.

"관계가 있죠, 젤나가 정수로 얽힌 관계요. 전 젤나가에 대해서는 모르지만, 저그가 정복하고 적응하는 다양한 종에 저그 유전자가 어떻게 적용되는지는 상당히 잘 알고 있어요. 아바투르가 사이오리스크에도 유사한 양의 정수를 사용했다고 가정하면, 그가 아도스트라 생산 설비에서 젤나가 정수를 얼마나 빼돌려야 했는지 추정할 수 있겠죠."

에린이 말했다.

"무슨 얘기를 하고 싶은지 알 것 같은데. 1번 집중점에 비어 있던 주머니 여섯 개 말이지?"

디즈가 말했다.

"바로 그거예요. 아바투르는 가지고 있는 젤나가 정수 보유량으로 아도스트라를 몇 마리나 만들 수 있는지 자가라에게 보고해야 했을 거예요."

에린이 말했다.

"아니면 자가라도 그와 별개로 숫자를 확인할 방법이 있었을지도 모르지."

타냐가 말했다.

"맞아요. 어느 쪽이든, 그가 자가라에게 아도스트라 180마리, 그러니까 집중점 하나당 60마리를 만들 수 있다고 보고했다고 하자고요. 하지만 실제로는 162마리만 만들 수 있었겠죠. 10퍼센트의 젤나가 정수는 멋대로 사용하고요."

에린이 고개를 끄덕이며 말했다.

"그걸로 사이오리스크를 만들었겠지. 그리고 추정컨대 기존 저그 기반에 사이오닉 방출 능력만 더하려는 거였으니 훨씬 적게 사용했어도 됐을 거야."

타냐가 말했다.

"맞아요. 겉모습만 봐서는 히드라리스크를 기반으로 조금 더 작게 변조한 것 같아요. 독성 가시뼈도 제거했겠죠. 1번 집중점에서 그런 건 사용하지 않았잖아요. 쓸 수만 있었다면 얼마든지 그걸로 공격했겠죠."

에린이 다시 말했다.

"근접 전투용으로 만들었군. 목표의 뇌를 마비시키고 접근해서 베어넘기기만 한다면, 가시뼈는 필요 없을 테지."

휘스트가 중얼거렸다.

'게다가 사이오닉 공격은 근접 거리에서 가장 효과적입니다. 가시뼈로 공격하는 능력을 유지했더라도 주된 공격 방식을 활용하는 데는 도움이 되지 않았을 겁니다.'

울라부가 지적했다.

"그리고 저글링 크기로 만들어서 히드라리스크가 들어갈 수 없는 곳까지 진출하게 한 거야. 아, 그래, 이건 정말이지 전문가 솜씬데."

휘스트가 말했다.

"그 녀석들이 번식할 수 있는 방법만은 찾아내지 못했다면 좋겠군."

디즈가 음울한 목소리로 말했다.

"자가라는 일반적인 산란못을 사용할 수 없었다고 했어."

타냐가 말했다.

"아도스트라를 거기서 번식시킬 순 없었다고 한 거지. 사이오리스크는 언급한 적 없어."

디즈가 그녀의 말을 정정했다.

"아예 몰랐기 때문일 거야."

타냐가 말했다.

"그렇게 추정하고는 있지만, 아직 증명되진 않았어."

디즈가 말했다.

"표준 산란못을 꽤나 전폭적으로 변형해야 할 거예요. 아바투르가 언젠가는 방법을 찾아내겠지만, 일단은 사이오리스크에 젤나가 정수가 얼마나 포함되어 있느냐에 따라 변화의 폭이 달라지겠죠."

에린이 말했다. 그녀는 손가락을 하나 들어 올려 강조했다.

"하지만 그러려면 이번 일이 끝난 뒤에도 아바투르가 실험을 계속할 만큼 사이오리스크가 많이 남아 있어야 하겠죠. 그 생각을 해보면, 다시 앞서 얘기했던, 사이오리스크가 부족할 수도 있다는 얘기로 돌아가요."

"정말 사이오리스크가 얼마 남지 않았을 거라고 생각해?"

타냐가 물었다.

"생각해 보세요. 아바투르는 아마 1번 집중점에서 우리가 사이오리스크를 1, 2마리 처치하고 모두 죽어버릴 거라고 예상했을 거예요."

에린이 말했다. 그녀는 얼굴을 찌푸렸다.

"아니면 당신만이라도 죽을 거라고 예상했겠죠. 하지만 일이 그렇게 되지 않았어요. 40마리를 모두 잃었고, 휘스트와 울라부가 들어오는 길에 4마리를 더 없앴어요. 2번 집중점에서는 분열기가 아도스트라 동굴은 파괴할 수 있을지 몰라도 사이오리스크는 대부분 살아남을 거라고 예상했을 거고요."

"그때는 분열기에 대해 잘 몰랐을 거야."

휘스트가 말했다.

"이봐, 우리도 잘 모르는 건 마찬가지야. 꽤나 새로운 기술이잖아, 안 그래, 울라부?"

디즈가 지적했다.

'그렇습니다. 저도 자치령이 모든 기능을 알고 있을 거라고는 생각하지 못했습니다.'

울라부가 대답했다.

"크루이크섕크도 방어 자세를 취하지 못하고 엉덩방아를 찧었다는 점을 고려하면, 우리 쪽도 전혀 몰랐을 거야."

휘스트가 말했다.

"그게 우리가 늘 추정해왔던 진화군주의 인격 프로필과도 맞아요. 아바투르는 종족으로서의 테란과 프로토스에 대해서는 아주 잘 알고 있을 거예요. 사이오리스크의 사이오닉 능력이 우릴 공격할 수 있게 하는 건 어렵지 않았겠죠. 하지만 우리 기술에 대해서는 관심이 별로 없었을 거예요. 저그를 발전시켜야 하는 자기 일에 지장을 주지 않는다면요."

에린이 말했다.

"그리고 그 녀석 요즘 상당히 바빴다는 것도 잊지 마. 처음엔 케리건이 나타났고, 케리건은 자가라의 지능과 이해력을 향상시키라고 명령했어. 그 후에는 아몬 때문에 난리가 났고. 프로토스 기술 설명서를 읽어보는 일은 우선순위가 상당히 낮았을 거야."

타냐가 말했다.

"그래서 정말로 아바투르에게 사이오리스크가 부족해지고 있다면, 우리가 아니라 우리 무기를 노린 것도 말이 돼. 그는 아직도 우리가 3번 집중점을 공격해서 아도스트라를 파괴하는 걸 원하고 있으니까. 하지만 자기 돌격 부대를 필요 이상으로 죽게 하고 싶지는 않은 거겠지."

디즈가 말했다.

"그래서 다시 아바투르가 타냐에 대해 알고 있느냐 하는 질문이 나오는 건데…."

휘스트가 생각에 잠긴 채 말했다.

"어쩌면 아직 타냐가 뭘 할 수 있는지는 알아내지 못했을 수도…."

타냐는 눈살을 찌푸렸다. 그런 생각은 하지 못했었다.

"왜 못했겠어?"

"아니, 왜 했겠어? 갑피 외부에 불이 붙었던 때를 제외하면, 사실 네 능력은 눈에는 보이지 않잖아."

휘스트가 반박했다.

"하지만 저그는 다른 저그와 사이오닉으로 연결되어 있잖아요. 그래서 우리에게 사이오닉 차단기가 필요한 거고요. 그걸로 알아내지 않았을까요?"

에린이 말했다.

'사이오리스크가 다른 저그 형태와는 극단적으로 다르다는 사실을 잊어버렸습니까? 그들의 사이오닉 통신은 다른 계층에서 이루어지는 것일 수도 있습니다.'

울라부가 말했다.

"일반적인 저그에게 명령을 내릴 수 있는 정도의 유사성은 남아 있을 거야. 그 녀석들이 다른 일반 저그에게 명령을 내렸던 건 맞겠지?"

타냐가 지적했다.

"당시 현장에서는 그랬으니까, 나도 그럴 거라고 생각해. 하지만 내가 얘기하는 건 그게 아니야. 그런 식의 통제는 국지적이야. 내가 말하려는 건 자세한 정보가 사이오리스크에서 저그의 군체의식을 통해 아바투르에게까지 전달될 수 있느냐 하는 문제야. 그건 불가능할 수도 있어. 그리고 그게 불가능하다면, 아바투르는 아직 우리 방화 능력자에 대해 모르고 있을 거야."

휘스트가 말했다.

"물론 아바투르가 그들과 실시간으로 소통하고 있어야 할 필요는 없지. 그것도 우리에게 유리한 점이야. 이번과 같은 경우에서 일반적인 명령은 상당히 단순할 거야. 인간과 프로토스를 절반만 죽이고, 나머지 생존자가 아도스트라 주머니를 파괴하게 해라. 그리고 나서 남은 녀석들도 죽여라."

디즈가 말했다. 에린은 몸을 부들부들 떨었다.

"말씀 참 살갑게 하시네요."

"일할 때 필요한 거라서 그래. 넌 오늘만 고생하면 되니까 그냥 고맙다고 해."

디즈가 말했다.

"이젠 절대로 조용하고 포근한 연구실에 대해 불만을 털어놓지 않겠어요."

에린이 말했다.

"사이오리스크를 1마리도 확보하지 못한 건 아쉽네요. 부검을 해 봤다면 많은 걸 알 수 있었을 텐데."

"우리 건 다 태워 버렸고, 크루이크섕크가 자기네 건 사방팔방 날려 버렸다는 점을 고려하면, 쉽지 않은 일이었을 거야."

휘스트가 말했다.

"원한다면 3번 집중점에서 1마리 정도는 남겨 둘 수 있을 거야."

디즈가 제안했다.

"그런데 그게 전부야, 휘스트?"

"쓸 만한 건 이게 전부입니다. 놈들이 탄창을 3개나 남겨 줬습니다. 워우."

씁쓸하게 말하며 일어서는 휘스트의 손바닥 위에 C-14 탄창 세 개가 놓여 있었다.

"부서진 탄창에도 쐐기는 남아 있어. 꺼내 가서 재장전할 수는 있을 거야."

타냐가 지적했다.

"한창 전투 중에 재장전을 하자고? 절대로 안 돼."

휘스트가 고개를 저었다. 그는 찢어진 가방을 들어올렸다.

"게다가 이것도 사상자 명단에 이름이 올랐다고."

그는 가방을 구겨 옆으로 던지곤 타냐를 향해 고갯짓을 했다.

"아바투르가 아직도 우리에게 3번 집중점을 태워버리는 일을 맡기고 있기를 바랄 수밖에. 가자, 시간 낭비는 여기서 끝내야지. 어서 움직이자고."

"다들 정신 똑바로 차려."

디즈가 말했다.

"휘스트도 얘기했지만, 놈들은 우리가 전부 살아서 갈 필요는 없다고 생각할 테니까."

• • •

객실에서 한 시간이라도 눈을 붙이려 하던 와중에 발레리안은 다급한 연락을 받았다.

맷이 함교 입구에서 그를 기다리고 있었다.

"10분쯤 전에 발견했습니다. 거의 표류하는 것에 가깝게 느린 속도로 움직이고 있지만, 분명히 이쪽으로 오고 있습니다."

서둘러 센서 구획으로 걸어가며 맷이 말했다.

"포식귀인 게 확실하오?"

"의심할 여지가 없습니다. 아군 함대에 적색경보를 올렸고, 아르타니스도 같은 조치를 취했습니다."

맷이 음울한 목소리로 말했다.

발레리안은 고개를 끄덕였다. 포식귀는 저그의 고성능 우주전 병기였다. 이 거대한 비행 괴수는 산성 포자를 뱉어 전함의 선체를 빠르게 부식시키고 끔찍한 손상을 초래하면서 발군의 활약을 하곤 했다. 자가라가 그들을 향해 포식귀를 보낸다는 건….

"문제는, 포식귀가 1마리뿐이라는 겁니다."

맷이 말했다.

"1마리라고? 확실하오?"

발레리안이 인상을 쓰며 물었다. 포식귀는 보통 무리를 지어 적을 공격했다.

"놈들이 은폐하는 법을 깨우치지 않았다면 확실합니다. 그리고 말씀드렸다시피, 지금의 이동 속도는 일반적인 공격 속도에 비하면 기어오는 수준입니다."

맷이 말했다.

"그러면 대체 뭘 하고 있단 말이오?"

"전혀 알 수 없습니다."

맷은 센서 구획에 접근하며 말했다.

"상황은?"

"아직 충돌 경로를 따라 이동하고 있습니다, 제독님. 속도가 느려지는 것으로 보입니다. 잠시…."

전술 장교가 말했다. 갑자기 그는 뻣뻣하게 긴장하고는, 다급히 손을 뻗어 버튼을 때렸다.

"비상! 적 투사체 발사! 충돌 경로로 접근 중!"

깜빡이던 적색경보의 불빛이 환하게 점등하며 공격이 임박했음을 알렸다.

"국지 방어기 대기!"

맷이 외쳤다. 발레리안은 늘어선 화면 가까이 다가갔다. 맥박이 두근거리는 소리가 귀를 때렸다. 포식귀가 무언가를 방출했고, 그 무언가가 히페리온을 향해 똑바로 날아오고 있었다.

하지만 느렸다. 아주 느렸다. 사실 한가롭던 포식귀의 속도보다 그리 빠르지도 않았다.

"저건 산성 포자 같지는 않은데."

그가 말했다.

"저도 그렇게 생각합니다, 폐하."

전술 장교도 그렇게 말하며 화면을 향해 눈살을 찌푸렸다.

"다른 저그로 보입니다."

"저그? 무슨 종이지?"

맷이 물었다.

"잘 모르겠습니다, 제독님. 공생충이나 갈귀보다는 큽니다. 분명 쐐기벌레는 아닙니다."

전술 장교가 여전히 눈살을 찌푸린 채 말했다.

발레리안은 맷과 시선을 교환했다. 포식귀는 원래 그와 같은 생물학적 무기를 발사하는 개체가 아니었다. 적어도 그들이 맞서 싸워 왔던 포식귀는 그랬다.

"그냥 모양이 이상한 산성 포자는 아닌 게 분명하오?"

발레리안이 물었다.

"분명합니다, 폐하. 그것만큼은 확실합니다. 투사체는 형체를 온전히 유지하고 있습니다. 또한 아직 너무 멀리 있어서 어떤 종류의 저그인지는 분간할 수 없습니다."

전술 장교는 단호하게 말했다.

"제독님? 격추시켜도 되겠습니까?"

국지 방어 구획의 장교가 외쳤다. 맷은 볼을 문지르며 말했다.

"아직 아니다. 조금 더 접근하게 내버려 둬라."

"포식귀가 항로를 이탈하고 있습니다, 제독님. 변경된 항로는… 프로토스 모선을 향해 이동하는 것으로 보입니다."

전술 장교가 말했다.

"통신 담당, 아르타니스 신관에게 적 개체가 나타났다고 경고하라. 이미 알고 있을 테지만, 확실하게 해 둬야지."

맷이 명령했다.

"미확인 투사체의 분석이 끝났습니다, 제독님. 외형은 히드라리스크에 가깝습니다. 하지만 크기가 다릅니다."

전술 장교가 보고했다. 맷은 헉 소리가 나게 숨을 들이쉬었다.

"이럴 수가!"

그는 중얼거렸다.

"폐하도 저와 같은 생각을 하고 계십니까?"

"그런 것 같소."

발레리안이 동의했다. 뱃속에 단단히 뭉쳤던 매듭이 풀어지는 것 같았다.

"사령관, 저 포식귀가 행성 어디에서 나타났는지 추적할 수 있겠소?"

"경로를 모두 확인할 수는 없습니다, 폐하. 확인된 경로를 표시하겠습니다."

전술 장교가 제어반에 빠르게 입력했다. 추적된 경로가 화면에 나타나자, 발레리안은 웃었다.

"제독?"

"그런 것 같습니다, 폐하."

맷이 동의했다.

"국지 방어 해제. 격납고 제어소, 예인선을 보내 저 물체를 회수하라. 손상되지 않게 주의해야 한다."

"죄송하지만, 제독님, 저게 대체 뭡니까?"

전술 장교가 물었다.

"아마 초월여왕 자가라의 선물인 것 같다. 자가라가 부하들을 시켜 2번 집중점의 잔해를 뒤져 죽은 사이오리스크를 찾아냈고, 우리가 확인할 수 있게 보내 준 것 같다."

맷이 대답했다. 전술 장교는 콧방귀를 뀌었다.

"귀띔이라도 해 줬으면 좋았을 겁니다."

"아마 자가라가 직접 2번 집중점까지 갔거나, 적어도 그 작업을 관장할 수 있을 만큼 가까이 접근했던 것 같소. 앞서 사용했던 송신기는 회담장에 설치되어 있고 쉽게 옮길 수 있는 게 아닌 모양이군."

발레리안이 말했다.

"아바투르에게 연락하라고 지시했을 수도 있습니다."

맷이 덧붙였다.

"아바투르가 이미 그 지역을 벗어난 게 아니라면요. 그랬다면 커다란 오해와 잠재적인 공격을 피할 수 있었겠지요."

"어쩌면 자가라는 우리에게 연락하라고 아바투르에게 지시했을 수도 있소. 어쩌면 바로 그런 결과를 기대하고 진화군주가 초월여왕의 지시를 무시했을 수도 있지."

발레리안이 화면을 바라보며 말했다. 그는 맷이 자신을 쳐다보는 걸 느꼈다.

"아바투르가 지금 이 일의 주동자라고 생각하십니까?"

"그자와 자가라 외에 다른 자가 배후에 있을 거라고는 생각하지 않소."

발레리안이 말했다.

"그리고 초월여왕과 같은 통제력이 있지 않고서는 포식귀가 우리에게 사이오리스크를 전달하게 할 수 있는 자가 또 있다고는 생각하지 않소. 포식귀는 원래 수송 역할은 하는 법이 없지만, 우리가 단거리 이동형 저그가 찾아오기에는 너무 멀리 있었던 거겠지. 이게 선의를 표하려던 행동이었다면, 분명 자가라의 뜻일 것이오. 그렇다면 남은 건 아바투르뿐이지."

"이게 정말로 선의의 표시라면 그렇겠지요. 그 점은 아직 증명하지 못했습니다. 그리고 저는 아바투르의 동기도 아직 확실치 않다고 봅니다."

맷이 경고했다.

"나도 그렇소."

발레리안도 그 점은 인정했다.

"하지만 조금 더 지켜보면 될 거요. 사실 나는 자가라가 사이오리스크 사체 두 구를 찾아냈을 거라고 생각하오. 아르타니스에게도 조만간 사체가 하나 배달될 거라고 알려 주는 게 좋겠소."

그는 화면을 가리키며 말했다.

"제가 직접 처리하겠습니다."

맷은 전술 장교의 어깨를 두드렸다.

"다른 모든 것들도 주의 깊게 지켜봐라. 이 선물이 자가라가 보낸 게 아니라면, 누군가 교란 작전을 펴는 것일 수도 있으니까."

"네, 제독님."

맷은 통신 구획으로 향했다.

"그리고 의무실에 연락해 주시오. 탈리스 코건 박사를 깨워서 생물연구소를 준비하게 하라고 말이오."

발레리안은 전술 장교에게 말했다.

"그리고 그들에게 평생에 있어 가장 중요한 부검을 하게 될 거라고도 알려 주시오."

● ● ●

조사단의 수송선에 일어났던 일로 미루어 보건대, 크루이크생크는 프로토스가 대기권을 통과하는 동안 적의 공격을 적어도 한두 차례는 격퇴해야 할 거라고 예상했다.

하지만 그런 일은 없었다. 어쩌면 단순히 저그의 대응이 늦었기 때문일 수도 있었다. 왕복선과 불사조 호위함 두 척이 500미터 지점에 도달하여 최종 감속을 시작하는 순간, 뮤탈리스크 10여 마리가 북쪽 바위투성이 산맥에서 나타나 괴성을 지르며 그들을 향해 날아들었다. 하지만 뮤탈리스크는 너무 멀리 있었고, 우주선은 너무 낮게 비행하고 있었으며, 불사조의 조종사들이 이온포로 대응하려고 선체를 회전하자 뮤탈리스크는 그대로 멀어져 갔다.

아쉬운 일이었다. 크루이크섕크는 이온포가 하늘을 나는 저그를 어떻게 만들 수 있는지 목격한 바 있었고, 이번 저그 무리가 그렇게 조각나는 꼴을 지켜보면 기분이 꽤 좋아질 거라고 생각하던 참이었다.

물론 그게 바로 저그가 물러나고 있는 이유인지도 몰랐다. 이번 일을 주도하고 있는 자가 누군지는 몰라도, 이온포가 저그의 보잘것없는 갑피를 어떻게 짓찢을 수 있는지 기억하고 있는 것일 수도 있었다.

물론 지금 퇴각한다고 해서 돌아오지 않을 거라는 의미는 아니었다. 180도 선회한 후 그대로 산맥 위를 지나 다시 접근할 수도 있었다. 하지만 그들은 90도 선회하여 북동쪽으로 비행경로를 바꿨다. 그곳에는 발톱을 휘두르고, 이리저리 구르며, 굉음과 함께 3번 집중점으로 향하고 있는 엄청난 숫자의 저그들이 있었다.

그리고 이제 놈들은 여전히 발톱을 휘두르고, 이리저리 구르며, 굉음과 함께 그를 향해 똑바로 다가오고 있었다.

불사조 조종사도 뮤탈리스크가 포기할 거라고 생각하지는 않은 모양이었다. 그들은 왕복선이 지상에 착륙하는 동안 계속해서 선회하며, 물러나는 저그가 생각을 바꿀까봐 계속 무기를 조준하고 있었다.

크루이크섕크 자신도 화면을 노려보며 몇 차례 생각을 바꿨다. 높은 궤도상에서는 이번 작전도 괜찮은 생각인 것만 같았다. 하지만 지금 지상에 내려와 보니 그렇다고 확신할 수 없었다.

'여기 병력을 배치하라.'

라하스가 명령하자 왕복선의 우현에 있는 해치가 열렸다. 파수기 두 대가 공중으로 떠올라 왕복선을 떠났고, 기사와 네라짐이 줄지어 그 뒤를 따랐다.

'우리가 전선의 중앙에 위치하겠다. 어브램 크루이크섕크 대령, 테란은 측면을 사수하라.'

"알겠다."

크루이크섕크는 애써 성질을 죽이며 말했다. 그와 자치령 병력은 지원 부대의 위치로 좌천되고, 라하스와 프로토스가 앞으로 있을 전투의 예봉을 막아보겠다는 말인가?

극단적인 독선으로 영광을 쫓는 전형적인 사냥개들 같으니.

하지만 호너 제독은 착하게 굴라는 명령을 했고, 그도 최선을 다해 그 명령에 따를 생각이었다. 전쟁의 현장에는 자존심 따위가 끼어들 곳이 없었다.

게다가 이미 예상했던 바 있지만, 양측 중 어느 쪽도 단독으로는 이번 작전을 떠맡을 수 없었다. 라하스는 프로토스 특유의 자만심을 충족시키기 위해 자치령 병력을 측방으로 밀어낼 수 있겠지만, 그들이 없이는 승리할 수가 없었다.

크루이크섕크는 다시 한 번 외부 화면을 들여다보며 지형을 살폈다. 궤도상에서도 이미 조사한 바 있지만, 지상에서 직접 전장을 눈에 익히는 것을 대신할 수는 없었다. 골리앗들을 양쪽 끝으로 배치할 것이다. 두 기는 습지대 가장자리에, 또 세 기는 절벽 옆으로 배치하고, 해병들을 그 안쪽으로 배치하여 골리앗을 호위하며 작은 적을 모두 처리하게 한다면—

그는 갑자기 얼어붙으며 두 눈이 휘둥그레졌다. 줄지어 해치를 빠져나가는 프로토스들이 갑자기 비틀거렸다. 그 중 두 명은 거의 쓰러질 뻔했다. 그는 입을 떡 벌린 채 그 장면을 바라봤다.

그리고 모든 것을 이해했다. 프로토스가 비틀거린다는 건….

"비상!"

그는 통신기를 향해 외치며, 투견을 몰고 해치를 향해 빠르게 가속했다. 젠장, 테란은 아직도 먼저 나가겠다고 고집을 부리는 프로토스를 기다리며 안쪽에서 대기하고 있었다.

"공격받고 있다. 당장 밖으로 나와서—"

하지만 이미 너무 늦어 있었다. 그는 거의 두 걸음 만에 도착해서, 해치 앞에 축 늘어진 프로토스를 짓밟지 않고 지나갈 수 있을지 고민했다. 그 순간 머리 위에서 천둥이라도 치는 것처럼 갑작스럽고 격렬한 굉음이 울려 퍼졌고, 갑판이 발아래에서 비스듬히 기울며 그의 투견을 옆으로 내동댕이쳤다.

그는 전속력으로 격벽과 충돌했고, 그 충격에 크루이크섕크 역시 안전벨트에 고통스럽게 짓눌렸다. 잠시 후, 쏟아져 나온 욕설이 그의 헤드셋을 가득 채우며, 그는 다시 똑바로 돌아온 갑판에 나뒹굴었다.

"어떻게 된 거야?!"

누군가 소리쳤다.

"밖으로 나가라고 했다!"

크루이크섕크가 으르렁거렸다. 적어도 왕복선을 뒤흔든 무언가가 입구의 프로토스도 흩어 놓은 것 같았다. 그는 균형을 되찾고 투견을 쿵쿵거리며 밖으로 이동시켰다.

빠르게 스캔해 보니 동쪽과 남쪽, 서쪽에서 저그가 접근해 오고 있었다. 그는 입구에서 몇 걸음 빠져 나온 후 확인 차 주위를 둘러보고, 다시 뒤로 돌아 왕복선을 바라봤다.

그제야 상황이 이해되었다. 그리고 왕복선을 그렇게 흔드는 것도 어려운 일은 아니군, 하는 얼빠진 생각이 떠올랐다. 필요한 건 포식귀 하나뿐이었다. 그 괴물은 앞서 퇴각하던 뮤탈리스크들이 택했던 이동 경로의 정반대쪽에서 날아와, 전속력으로 우주선과 충돌했다. 아마도 프로토스 조종사와 선원들이 모두 혼란에 빠져 당황하는 순간을 노려 공격했을 것이다. 불사조의 이온포가 잘못된 방향을 가리키고 있었다는 점도 고려의 대상이었을 것이다.

불사조.

나직이 욕설을 퍼부으며, 그는 황급히 왕복선의 선미로 돌아갔다.

크루이크섕크는 최악의 상황을 예상했고, 그 예상은 그대로 맞아떨어졌다. 불사조 두 대가 모두 지면에 나뒹굴고 있었고, 각각의 옆에는 포식귀가 누워 있었다. 둘 다 여전히 떠나가는 뮤탈리스크를 바라보고 있었다. 그리고 그 중 하나는 기수를 땅 속에 절반쯤 묻고 있었다.

그리고 그 순간 크루이크섕크의 머릿속에 마지막 예측이 떠올랐다. 프로토스 조종사와 선원들이 모두 혼란에 빠지는 순간….

그는 욕설을 뱉으며 투견을 가동시켰고, 다시 왕복선의 선미를 돌아 불사조들을 지나갔다. 지금까지 긁어모은 정보에 따르면, 사이오리스크는 상대적으로 가까운 거리까지 접근해야, 강력하지만 멀리 있는 무리어미를 제치고 일반 저그들을 제어할 수 있다고 했다.

정말 그랬다. 사이오리스크는 거기 있었다. 높다랗게 자란 수풀 속에서 미끄러지듯 빠르게 움직이고 있었다. 등에 낯익은 새빨간 점이 박힌 꼬마 히드라리스크 같았다.

한 순간 그는 사이오리스크가 포식귀들을 추락지점으로 인도하느라 풀숲에 숨어 있는 건지, 아니면 자살폭탄공격과 같은 방식으로 그 괴물들을 직접 타고 여기까지 왔던 건지 궁금해졌다. 그래도 어차피 결과는 달라지지 않았다. 크루이크섕크는 레일건으로 조준한 후 각각을 향해 한 발씩 발사했다.

투견의 플라즈마장 축전 산탄은 가우스 소총의 쐐기처럼 빠른 속도로 날아가지는 않았기에, C-14 소총 연사와는 달리 피격 충격으로 사이오리스크가 멀리 날아가지는 않았다. 그래도 괴물들을 갑피 가루와 보라색 피로 이루어진 안개처럼 산산이 조각내는 만족감은 다르지 않았다.

"다들 괜찮나? 인원 확인!"

그가 무기를 거두며 외쳤다.

해병과 사신, 골리앗이 순서대로 차례차례 병력을 확인했다. 보고가 이루어지는 중간쯤 크루이크섕크의 제어반에서 통신기가 노란색 불빛을 깜빡이기 시작했다. 히페리온의 호출이었다.

뭐, 아무리 호너라고 해도 기다려야 했다. 크루이크섕크에게는 지금 더 다급한 일들이 많았다. 자치령 병력의 인원 확인이 끝났다.

"라하스, 그쪽은 어때? 라하스? 이봐, 프로토스, 아무나 말 좀 해 봐. 다들 괜찮나?"

그가 말했다.

'알리카다. 라하스는 부상을 입었다.'

암흑 기사의 목소리가 그의 머릿속으로 밀려들었다. 크루이크섕크는 으르렁거리듯 욕을 퍼부었다. 전투는 시작도 하지 않았는데 벌써 사상자가 발생하다니.

"어떻게 된 거지?"

'포식귀의 공격으로 왕복선이 움직일 때 신체 일부가 짓눌렸다.'

"상태는 얼마나 안 좋은데? 프로토스 군을 지휘할 수는 있나?"

'의식을 잃었고, 따라서 전투에 참여할 수 없다. 그를 왕복선으로 이송하라는 명령을 내렸다.'

상단에 죽은 포식귀가 널브러져 있는 그 함선으로 이동한다고?

"우리가 그 포식귀를 치워주면 어떻겠나? 골리앗과 내가 힘을 합치면 움직일 수 있을 것 같은데."

'시간이 없다. 전투가 곧 시작된다. 포식귀 사체를 움직이는 일엔 아무 의미도 없다. 이번 공격의 충격으로 선체에 천공이 생겨서, 왕복선도 불사조도 수리하지 않고서는 돌아갈 수 없다.'

알리카가 음울한 목소리로 말했다.

"차원장은? 그걸 사용해서 라하스를 후방으로 보낼 수는 없나?"

크루이크섕크가 물었다.

'지금 정상적으로 작동하지 않고 있다.'

"사이오리스크 때문인가?"

'우리도 그렇게 결론을 내렸다. 하지만 걱정하지 마라, 어브램 크루이크섕크 대령. 의료정이 즉시 치료를 시작할 것이다. 라하스는 회복될 것이다.'

알리카가 말했다.

"알았다."

크루이크섕크가 말했다. 그건 그들 중 누군가가 전투에서 살아남을 경우에만 해당하는 얘기였고, 점점 더 그럴 가능성이 낮아지는 것만 같았다.

"다른 프로토스도 다쳤나?"

'나머지 병력은 부상당하지 않았다. 이제 내가 아군을 지휘한다.'

"그래, 그런 줄 알았다."

크루이크섕크가 노란 불빛을 바라보며 말했다.

"병력 배치를 시작하는 게 낫겠어. 골리앗 1호기와 2호기는 습지 가장자리에 20미터 간격으로 서라. 골리앗 3, 4, 5호기, 너희는 산 쪽이다. 1소대는 습지 쪽을 지원한다. 2소대, 너희도 산 쪽이다. 알겠나? 배치 지점까지 구보로 이동한다. 난 여기 함선 곁에 남겠다. 사신들은 여기 나와 함께 남는다."

그는 잠시 기다리며 모든 병력이 지정된 위치로 이동하는 것을 지켜봤다. 그리고 그 후에야 노란색 불빛 위쪽의 원거리 통신 스위치를 눌렀다.

"크루이크섕크입니다."

"대체 뭘 하다 이제야 응답하는 건가? 그 포식귀들에 대해 경고하려 했었다. 이젠 너무 늦었군."

호너의 불만 가득한 목소리가 헤드셋에서 터져 나왔다.

"외람된 말씀입니다만, 제독님, 그런 일은 항상 늦게 마련입니다. 아무래도 사이오리스크의 능력이 호크먼 팀이 갖고 있는 사이오닉 차단기처럼, 아군의 원거리 통신도 차단할 수 있는 것으로 보입니다."

크루이크섕크가 이를 갈며 말했다. 잠깐의 침묵이 지나갔다.

"알겠다. 현재 상황은?"

호너는 이제 화가 가라앉은 목소리로 말했다.

"좋지 않습니다."

크루이크섕크는 초원 반대편으로 시선을 옮기며 순순히 인정했다. 지금 당장이라도 거대한 저그 무리가 숲에서 빠져나와 달려들 것만 같았다.

"왕복선과 불사조가 모두 파괴되어, 이제 공중 지원은 불가능해졌습니다. 라하스도 목숨은 부지했지만 전투에선 열외 되었습니다. 지금은 알리카가 프로토스 병력의 지휘를 맡았습니다. 프로토스 차원장도 사용할 수 없습니다. 아직까지 자치령 측의 사상자는 없습니다만, 그건 순전히 운이 좋았기 때문입니다. 라하스가 아군을 먼저 하선시켰더라면, 포식귀가 왕복선을 옆으로 쓰러뜨렸을 때 아군 일부가 깔리고 말았을 겁니다."

"지금이라도 내가 추가 공중 지원을 확보해 주면 어떻겠나? 약 40분 내로 망령 몇 기를 그쪽으로 보낼 수 있을 것 같은데."

호너가 물었다.

"걱정해주셔서 감사합니다, 제독님. 하지만 40분은 너무 긴 시간입니다. 남은 병력으로 어떻게든 하겠습니다."

크루이크섕크가 말했다. 통신기에서는 잠시 아무 소리도 들리지 않았다.

"다른 방안이 하나 있다. 지금 즉시 퇴각하면, 저그에 다시 핵폭탄을 투하할 수 있다."

호너가 나지막한 목소리로 말했다.

크루이크섕크는 믿을 수 없다는 표정으로 통신기의 노란 불빛을 바라봤다. 지금껏 아크튜러스 멩스크 황제의 무자비한 방법론을 공공연하게 경멸해 왔던 맷 호너 제독이, 지금 정말로 기스트에 두 번째 핵폭탄을 떨어뜨리자고 말하는 걸까?

"별로 좋은 생각 같지는 않습니다, 제독님. 그랬다가는 지금 의료정의 치료를 받고 있는 라하스 사령관과 함께 프로토스 함선까지 모두 파괴되고 말 것입니다."

그는 조심스럽게 말했다.

"그를 후송할 수는 없겠나?"

"치료가 시작된 후 말씀이십니까?"

크루이크섕크는 고개를 가로저었다.

"그럴 수 있을 것 같지 않습니다. 안전을 확보할 수 없습니다. 라하스는 손쉬운 먹잇감이 될 겁니다. 그리고 손상된 부위로 판단해 보건대, 포식귀가 사이오닉 증폭기를 파괴했을 수도 있습니다. 따라서 알리카와 그의 병력도 지원을 받기는 힘든 상황입니다."

그는 프로토스 함선을 바라봤다.

"직속상관의 명령을 받지 않고서는 알리카가 라하스를 불가피한 피해로 인정하고 그 곳에 버리진 않을 거라고 생각하나?"

크루이크섕크는 투견의 안전벨트에 묶인 상태에서 할 수 있는 한 꼿꼿이 몸을 세웠다.

"저라도 그를 버리지는 않을 것입니다. 전 프로토스가 전투에서 죽는 건 개의치 않습니다. 솔직히 말하면, 그런 모습을 보는 게 즐겁습니다. 필요하다면 전투에서 프로토스를 하나 처치하는 것도 개의치 않을 겁니다. 하지만 지금 이 프로토스는 저희 병력의 일원이며, 임무수행 중 부상까지 당했습니다. 절대로 제가 그를 버리는 일은 없습니다, 제독님."

그는 말을 씹어 뱉었다.

"진정하게, 대령."

호너는 말했다. 크루이크섕크는 그의 목소리를 듣고도 제독이 화가 났는지 아니면 그저 놀랐을 뿐인지 알 수 없었다. 그리고 지금은, 어느 쪽이든 별로 상관하지 않았다.

"지상의 지휘관은 자네다. 자네 판단에 맡기지."

"감사합니다, 제독님. 이제 전투 준비를 해야 해서 이만 실례하겠습니다."

크루이크섕크가 무뚝뚝하게 말했다.

그는 통신을 종료했다. 패배할 준비도 해야겠지. 그는 조용히 혼잣말로 덧붙였다.

실질적으로는 패배가 그를 기다리는 결과였다. 포식귀가 공중 지원을 묵사발로 만들기 전에도 승전 가능성은 높지 않았으니까. 불사조와 그 화력이 없다면, 그들은 예상되는 저그 무리에 맞설 인원 자체가 부족했다. 특히 사이오리스크가 모두의 집중력과 주의를 흩어 놓는 지금과 같은 상황에서는 더욱 그랬다.

하지만 앞서 그가 발레리안 황제에게 말했듯이, 싸우는 것이 그의 일이었다. 가끔은 전쟁에서 승리하기 위해 싸워야 했고, 또 가끔은 전쟁을 막기 위해 싸워야 했다.

그게 아직까지 가능할까 하는 건 별개의 문제였다. 개인적으로 크루이크섕크는 자가라가 그를 배신한 거라고, 또 그녀는 지금껏 늘 그렇게 배신할 준비를 해 왔을 거라고 확신했다. 그는 이런 계략에서 자가라가 어떤 결과를 얻고 싶은 건지는 짐작할 수도 없었지만, 최종 결과가 새로운 전쟁의 시작이 될 거라는 사실은 의심하지 않았다.

하지만 크루이크섕크는 그 중 어느 것에도 신경 쓰지 않았다. 발레리안은 속아 넘어간 건지도 몰랐다. 어쩌면 그는 크루이크섕크가 모르는 것을 알고 있을지도 몰랐다. 그래도 상관없었다. 크루이크섕크의 임무는 명령을 받으면 언제 어디서든 싸우는 것이었다. 정치는 황제에게 맡겨 두면 됐다.

그는 자신의 병력이 적어도 오늘 전투의 결과를 볼 수 있을 때까지라도 살아남을 수 있기만을 바랐다. 하지만 황제라고 해도 원하는 것을 모두 손에 넣을 수는 없는 법인데, 대령은 말할 것도 없었다.

"대령님, 배치가 완료되었습니다. 숲 지역 내 1클릭 지점에서 나무 상단이 움직이고 있습니다. 저그가 그곳에 있는 걸로 보입니다."

골리앗 4호기가 보고했다.

"알았다."

크루이크섕크가 말했다.

"좋아, 전원, 이제 시작이다. 다리에 힘 빡 주고 사격을 준비하라. 내일 아침에 해가 뜨는 모습을 볼 수는 없을지도 모르지만, 이 땅을 저그의 피로 적실 수는 있을 거다."

제18장

3번 집중점으로부터 1킬로미터 가량 떨어진 지점에서, 그들은 미친듯한 질주를 중단하고 상대적으로 조용한 구보로 태세를 전환했다. 그 순간 타냐의 시야 한편에서 울라부가 갑자기 발을 헛디디는 게 보였다.

'괜찮아? 왜 그래?'

타냐가 물었다. 1초 후 머릿속에서 희미하게 윙윙거리는 소리가 들리기 시작했고 그녀도 이유를 알 수 있었다.

'됐어, 나도 알았어.'

타냐는 이어 휘스트에게 경고했다.

"휘스트, 사이오리스크다."

"그래, 나도 느꼈어."

휘스트도 울라부를 바라보며 제자리에 멈춰섰다.

"얼마나 안 좋아?"

"심각하진 않아. 희미하게 느껴질 뿐이야. 아마 모두 3번 집중점 안에 있는 것 같아. 당신은 뭐라도 느껴지는 게 없어?"

타냐가 말했다.

"없어. 뭔지는 몰라도 해병에게 곱빼기로 쏟아지지 않는다니 기분이 좋은걸. 놈들은 우리가 여기 도착했다는 걸 이미 알고 있거나, 곧 알게 될 거야. 이제 슬슬 벙어리를 해제하고 무전으로 크루이크섕크가 우리에게 또 시킬 일이 없는지 물어보는 게 나을 것 같은데."

휘스트가 말했다.

"사이오닉 차단기를 끄자고요?"

에린이 불안한 표정으로 주위를 둘러보며 말했다.

"둘 다는 아니고, 나만 끌 거야. 보통 작동 반경이 50미터에서 150미터 정도니까, 난 40미터쯤 이동해서 차단기를 끄고, 디즈의 차단기 효과가 사라질 때까지 멀리 이동하겠어."

휘스트가 에린의 말을 정정해 주었다.

'혼자 가서는 안 됩니다. 안전하지 않습니다.'

올라부는 이렇게 말했고, 타냐는 그의 목소리에 담긴 고통을 감지할 수 있었다.

"나도 그렇게 생각해."

디즈가 말했다.

"나도 그래. 사이오리스크들은 가까이에 없을 수도 있겠지만, 다른 저그가 있을지도 모르잖아."

타냐까지 동의하자 휘스트도 인정할 수 밖에 없었다.

"일리가 있군. 좋아, 두 명이 가자고. 디즈, 소령님은 사이오닉 차단기를 갖고 있으니 열외입니다. 올라부는 산책을 떠날 몸 상태가 아닌데다가 어차피 힘을 아껴야 할 테고."

그는 눈썹을 추켜세우며 타냐를 바라봤다.

"그러면 당신과 나만 남는데. 잠깐 나들이 좀 다녀올 생각 있어?"

"기다리던 바야. 앞장서라고."

타냐가 말했다.

"나머지는 가만히들 있어."

휘스트가 C-14 소총의 탄창과 안전장치를 확인하며 말했다.

"일행이 아닌 걸 발견하면, 그게 뭐든 쏴 버려."

사이오닉 차단기는 제작자들이 생각했던 것보다 품질이 훨씬 뛰어났다. 휘스트와 타냐가 이론상의 작동 범위를 벗어나 50미터쯤 더 걸어 나갔을 때, 타냐의 헤드업 디스플레이에 히페리온에서 연락이 왔다는 메시지가 표시되었다.

하지만 연락해 온 건 크루이크섕크 대령이 아니었다.

"다들 무사한가?"

호너 제독이 물었다.

"대부분 그렇습니다. 와이랜드 박사는 갈비뼈가 부러졌고, 지금 총탄도 떨어졌습니다. 그걸 제외하면 3번 집중점을 공격할 준비가 됐습니다. 달리 지시하실 사항은 없습니까?"

휘스트가 말했다.

"새로운 지시 사항은 없지만, 새로운 정보가 있다. 약 3.5시간 정도 전에 아군은 사이오닉 방출기를 자네 동쪽으로 약 50클릭 떨어진 곳에 투하했다. 3번 집중점 주위에서 저그를 쫓아내려는 시도였어."

호너가 말했다.

"그리고 누군가가 핵폭탄으로 처리했지요. 네, 저희도 봤습니다."

휘스트가 말했다.

"아군이 핵을 투하했다. 수송선이 뮤탈리스크에게 붙잡히는 것을 보고, 방출기를 파괴하면 적어도 그쪽으로 끌려가는 건 막을 수 있다고 판단했지."

"거의 성공한 셈입니다. 저희 생각을 해 주셔서 감사합니다."

"당연한 일이지, 상사."

호너의 목소리에는 다소 빈정대는 구석이 있었다.

"굉장히 많은 저그를 3번 집중점에서 끌어내는 긍정적인 결과가 있었지만, 그들 중 상당수가 더 빠른 속도로 돌아오고 있다는 좋지 않은 소식이 있다."

타냐가 눈살을 찌푸리며 물었다.

"왜 그러는 거죠?"

"사이오리스크 중 일부도 그들과 함께 휘말려 간 것 같거든. 1번과 2번 집중점에서 그들은 일반 저그를 공격을 막는 방패로 사용했어. 사이오닉 방출기가 그 방패들을 3번 집중점에서 끌어낸 덕분에, 놈들이 서둘러 제자리에 돌려놓으려는 거다."

"끝내주는군요. 시간이 얼마나 남았습니까?"

휘스트는 목을 길게 빼고 동쪽의 나무들 사이를 바라봤다.

"자네가 생각하는 것보다는 조금 더 있고, 우리가 바라는 것보다는 부족하지. 크루이크섕크 대령이 동쪽 15클릭 지점에 자치령과 프로토스 병력으로 저지선을 구축했고, 거기서 저그의 진격을 늦추려고 시도할 것이다."

타냐는 휘스트를 바라보며, 자신의 놀란 표정이 그의 얼굴에도 그대로 비친 것을 보았다.

"함선에 해병과 전투 장비가 저그를 막을 정도로 많았나요?"

그녀가 물었다.

"어림도 없지. 게다가 아군 함선 세 척이 지상에서 타격을 받아 전투에 참여할 수 없게 되었다. 아무래도 사이오리스크가 장거리 통신까지 방해할 수 있었던 건지, 사전에 아군에게 경고를 하지도 못했다. 프로토스의 차원장도 가동하지 못하고 있다. 역시 사이오리스크의 영향인 것으로 보인다. 그래서 차원장을 이용해 전장으로 투입되거나 그곳에서 빠져나오는 것도 불가능하다. 저그의 숫자가 우리가 기대했던 것보다 많이 적지 않다면, 크루이크섕크의 병력은… 머지않아 적에게 압도될 것이다."

호너가 침울한 목소리로 말했다.

"알겠습니다. 그러면 저희가 해야 할 일은 3번 집중점으로 들어가서 샘플을 채취하고, 아군이 죽기 전에 빠져나오는 겁니까?"

휘스트는 애써 차분한 목소리로 말했다.

"기본적으로는 그렇다. 미친놈처럼 서두르다가 자네 팀과 크루이크섕크의 병력 모두 죽어버리는 사태가 발생하지 않는다면 말이야. 그건 그 누구에게도 도움이 안 될 것 같아."

"적어도 한 명의 생존자는 있을 것 같습니다."

휘스트가 심각한 목소리로 단언했다.

"간단히 상황을 설명해 드리겠습니다."

타냐는 휘스트가 팀이 수집한 자료와 결론, 추측을 간단히 요약하는 걸 들었다.

"흥미롭군."

설명이 끝나자 호너가 말했다.

"단순히 아도스트라 알주머니를 파괴하려고 한 일치고는 너무 거창한 것 같기도 하지만, 지금까지 이쪽에서 파악한 것과도 모순되는 점은 없다. 누가 배후에 있는 건지 짐작하고 있나?"

"뭐, 스스로 사고가 가능한 저그는 많지 않습니다. 현재 아바투르를 생각하고 있고, 자가라가 그 뒤로 강력한 후보입니다."

휘스트가 말했다.

"우리도 그 정도로 생각하고 있다. 단, 자가라는 우리에게 포식귀를 보내 사이오리스크 사체 두 구를 조사해 보라고 전달했다. 그래서 배후가 자가라일 가능성은 조금 희박해졌다고 우린 판단하고 있고."

"그것 참 편리하게 됐군요. 뭔가 알아냈습니까?"

"코건 박사와 그녀의 팀이 아직 조사 중이다. 지금까지 알아낸 건 전부 자네에게 전달했어. 물론 교란 작전일 수도 있다. 하지만 그게 함정이 아니라면, 아무리 아바투르라도 포식귀를 행성에서 벗어나 이렇게 멀리까지 나오게 명령할 수는 없었을 거야. 따라서 이 선물을 보낸 게 자가라고, 아바투르가 모든 일의 배후에 있다고 보는 편이 낫겠지."

"논리적이군요. 기억해 두겠습니다."

휘스트가 말했다.

"그래도 아도스트라 샘플이 필요하다."

호너가 덧붙였다.

"그러니 이제 자네들이 임무를 계속 수행할 수 있게 해 주지. 행운을 빈다, 상사."

"감사합니다, 제독님. 임무를 완수하고 다시 연락하겠습니다."

휘스트는 통신기를 껐다.

"좋아, 사이오닉 차단기도 다시 켰고, 다른 녀석들과 함께 다시 쇼를 시작해 볼까."

그들은 나무와 덤불을 헤치며 가능한 한 빨리 온 길을 되돌아갔다.

"이제는 사이오리스크도 우리를 모두 살려둘 필요가 없다는 거, 당신도 알고 있겠지. 우리와 크루이크섕크의 병력을 학살하기만 하면 아르타니스 신관이 3번 집중점을 날려버릴 테니까."

타냐가 말했다.

"그래, 알아. 그래서 아군이 죽기 전에 일을 마치겠다고 한 거야. 크루이크섕크도 포함해서."

"당신은 그 사람 별로 좋아하지 않는 줄 알았는데."

"물론 좋아하지 않아. 장교잖아. 하지만 좋아하지 않는 게 무슨 상관이야? 아 참, 물어볼 게 있어. 1번 집중점에 세워져 있던 나무 울타리 기억나?"

"그럼."

타냐가 말했다. 다가오는 전투의 긴장감이 그녀를 파고들기 시작했다. 그녀는 억지로 그 감정을 차단했다.

"안쪽에서 밖으로 밀어내는 형태였지."

"맞아. 그런데 누가 그걸 미는 건데? 사이오리스크?"

휘스트가 말했다. 타냐는 눈살을 찌푸렸다. 사이오리스크는 분명히 치명적인 존재였지만, 그 정도 몸무게로는 그렇게 큰 나무를 쓰러뜨릴 수 없었다.

"글쎄, 아닐 것 같은데. 혹시 아도스트라는 아닐까?"

"그건 사이오리스크보다 더 작잖아."

"자라면 커지는지도 모르지."

"그렇게까지 커진다고? 나무 크기하고 알주머니 크기를 떠올려 봐. 아도스트라가 납덩이를 주식으로 먹지 않는 한, 그 나무를 밀어내고 빠져나올 수 있을 정도의 체중이 될 수는 없을 거야."

휘스트가 반박했다.

"아도스트라는 원래 빠져나올 수 없어야 하는 건지도 모르지."

"그러면 자가라는 왜 울타리를 그런 형태로 만들었을까?"

"난 모르겠어."

타냐가 딱 잘라 말했다. 긴장감이 붉은 안개와 같은 분노로 변해가는 것이 느껴졌다. 지금 같은 때에 이 사람은 왜 그녀와 쓸데없는 말씨름을 하고 있는 걸까?

"그래, 난 알 것도 같아. 자가라가 말했던 거 기억나? 아도스트라가 생명과 성장을 촉진한다고 했던 말? 그 반대의 일도 가능하다면 어떨까?"

휘스트가 말했다. 타냐는 고개를 가로저었다. 그녀는 여전히 붉은 안개와 싸우고 있었다.

"무슨 말인지 모르겠어."

"네가 나무를 아주 크고 단단하게 자라게 할 수 있다고 해 보자고. 그리고 또 나무를 시들게 하거나, 또는 아주 작게 만들 수 있다고도 해 봐."

"그래. 무서운 생각이지만 어쨌든 그래 보자고. 그래서?"

"이제 나무를 자라거나 시들게 하는 걸 한쪽에서만 할 수 있다고도 생각해 봐."

타냐가 숨을 헉 하고 들이쉬었다. 휘스트가 하고 싶은 말이 이해되기 시작하자 붉은 안개와 좌절감이 사라져 갔다.

"동굴 쪽의 잎과 가지를 모두 시들게 하면 되겠지. 그러면 무게가 모두 반대쪽에 실릴 거고, 그 무게가 충분히 무거워지면, 밑동에서 부러지고 말 거야."

그녀가 말했다.

"대자연으로 통하는 길이 열리는 거지. 너도 말이 된다고 생각하지?"

휘스트가 만족스러운 목소리로 말했다.

"그런 것 같아."

타냐는 그렇게 말했지만, 아직도 모든 상황을 끼워 맞추려고 애쓰고 있었다.

"그런데 그게 무슨 의미가 있어? 아도스트라가 밖으로 나와서 뭘 하는 건데?"

"내가 어떻게 알겠어? 기스트로 나가서 사과 씨앗을 심든지 유니콘을 뱉어내든지 하겠지. 내가 하고 싶은 말은, 그게 놈들이 출구를 이용하는 방식이라면, 놈들도 상대를 죽이거나 생명을 말려 버릴 수 있다는 말이야. 그리고 만약 그게 가능하다면, 우리는 새로운 아군을 만날 수 있을지도 몰라."

휘스트가 말했다.

"아, 맙소사. 그게 가능하다면… 그런데 정말 그런 길을 택하고 싶어?"

타냐는 숨을 몰아쉬었다.

"그렇게 해서 우리가 살아남을 수 있다면? 당연하지."

휘스트가 대꾸했다.

"정말 아도스트라에게 살인이라는 개념을 가르쳐 주고 싶은 거야? 정말 그런 일을 해도 되는 걸까?"

타냐는 끈질기게 다시 물었다.

"그것도 당연하지. 게다가 그 녀석들도 어차피 나무를 죽여야 밖으로 나올 수 있는 거잖아. 안 그래?"

"한쪽을 시들게 하는 것뿐이지. 전혀 다른 일이야. 지금 생각해 보니, 그건 힘의 시험이라기보다는 통제력의 시험에 가까울 것 같은데."

타냐가 그의 말을 정정했다.

"좋아. 힘, 통제력, 뭐든 좋다고. 중요한 건 그들의 목숨도 위태롭다는 거야. 우리가 그들에게 문제의 실상을 알려 준다면, 우릴 도와줄지도 모르지."

휘스트가 말했다.

"어떻게 할 건데? 좋은 생각이라도 있어?"

"내기를 한다면 울라부에게 걸겠어. 사이오리스크와 아도스트라는 모두 젤나가 사이오닉의 산물이고, 아까 가장 강한 공격을 받은 것도 울라부잖아. 그러니 그 프로토스가 아도스트라와 소통할 수 있을 가능성이 제일 크겠지."

"그래서 울라부가 그들에게 살상하는 법을 가르친다는 말이지. 게다가 사이오리스크만 죽이고 우린 건드리지 않게 하고. 그건 벌집을 건드리는 일일 것 같은데, 휘스트."

"뭐, 아직 그렇게 결정을 내린 건 아니야. 사실 사이오리스크가 일을 제대로 한다면, 앞으로도 결정할 필요가 없을 수도 있어."

휘스트가 말했다. 그는 곁눈질로 그녀를 바라봤다.

"아직도 머릿속을 두드리고 있어?"

"조금."

타냐는 말했다.

"통제할 수 없을 만큼 심각하지는 않아. 그런데 울라부를 가장 강하게 공격하는 건 아닐 수도 있어. 그 녀석들이 우리 다섯 명을 전부 똑같이 상대하려는 것 같기도 해. 그저 너와 디즈, 에린은 사이오닉 능력이 없어서 영향을 덜 받는 것일지도 모르고."

"글쎄. 처음에는 당신에게 꽤나 큰 타격을 줬으니까."

휘스트는 믿지 못하는 투로 말했다.

"아무래도 유령 전투복을 입고 있는 게 나뿐이었으니까, 놈들도 내가 가장 큰 위협이라 생각했겠지. 첫 번째 전투를 치른 후에는 아바투르도 내가 다른 사람보다 위험할 게 없다고 판단한 것 같고. 그래서 우리 모두를 지연시킬 수 있게 골고루 공격한 것 같아."

타냐는 말했다.

"그러면 너나 울라부에 대해서는 아직 모른다고 생각하는 거야?"

"그러기를 바라고 있어. 조만간 녀석이 전략을 변경하는지 확인해 보면 되겠지."

"그렇겠지. 그래도 새로운 저그를 만날 때마다 놈들을 깜짝 놀라게 해줄 수 있다는 건 꽤나 근사한 일이야."

휘스트는 말했다.

"디즈? 저희가 접근하고 있습니다. 사격하지 말아 주십시오."

잠시 후 그들은 일행과 합류했다.

"무슨 문제라도 있었습니까?"

휘스트가 디즈에게 물었다.

"아니, 조용했어. 크루이크섕크와는 연락이 됐고?"

"호너와 연결됐습니다. 크루이크섕크는 여기서 15클릭 떨어진 지점에서 다리 위의 호라티우스 역할을 하고 있습니다. 사이오리스크가 사이오닉 방출기의 폭파 지점에서 불러들이는 저그를 막아 주겠다고 합니다."

"좋군. 호너에게 사이오리스크와 아바투르에 대한 우리 생각을 간단히 정리해서 알려 줄 시간은 없었겠지?"

"요점은 전달했습니다. 제독과 발레리안이 어떤 판단을 내릴지 지켜봐야겠습니다. 자, 다들 준비는 됐습니까?"

"될 만큼은 됐어."

휘스트가 묻자 타냐가 대답했고, 이어 울라부도 대답했다.

'그렇습니다.'

울라부도 대답했다.

"전 아닌 것 같아요."

에린은 소심하게 한 손을 들며 말했다.

"자, 이렇게 생각해 봐. 그 녀석들도 우릴 상대할 준비가 안 됐을 거야."

디즈의 격려에 휘스트가 말했다.

"바로 그거야, 에린. 어서 들어가서 일을 끝내자고."

"혹시 멋진 유언을 남기고 가고 싶다면…."

디즈가 아무렇지도 않게 덧붙였다.

"지금부터 괜찮은 말을 떠올려 봐."

· · ·

"옵니다. 모두… 저글링으로 보입니다."

골리앗 4호기가 긴장한 목소리로 보고했다.

"이쪽에는 나무사이에 궤멸충 2마리가 남아 있습니다. 움직이지는 않습니다."

골리앗 1호기가 덧붙였다.

"나도 보인다."

크루이크섕크가 그쪽을 확인하며 응답했다. 궤멸충이 발사하는 담즙 포자는 상당히 끔찍한 병기였지만, 그 시점에 궤멸충들은 이론적으로 전선 밖에 있었다. 그는 잠시 폭주 미사일을 발사하여 놈들 중 하나를 제거할까도 생각해 봤지만, 적이 다가오기를 기다리기로 결정했다.

첫 번째 파상 공격이 자치령의 전선을 확인하고 탄환을 소모하게 하려는 의도로 보였기 때문이기도 했다. 적을 제압할 수 있다는 확신이 생길 때까지 기다리는 게 좋을 것 같았다.

적의 구성을 살피며 그는 눈살을 찌푸렸다. 이번 진형은 전선의 프로토스 측을 시험하려는 것 같았다. 측면을 무시하는 건 아니었지만, 돌진해 오는 저글링의 대다수는 중앙의 기사단과 네라짐에게 향하고 있었다.

"알리카, 혹시 분열기를 더 가지고 온 건 아니겠지?"

그가 물었다.

'하나 있다. 하지만 이미 적과 너무 근접해서 사용할 수는 없다. 광장에 서라면 3킬로미터 반경 내의 모든 것을 파괴할 테니까.'

알리카가 답했다. 크루이크섕크는 고개를 끄덕였다. 2번 집중점에서의 폭발을 보며, 그도 전쟁에서 자치령이 목격한 이후 분열기의 성능이 많이 향상되었을 거라고 짐작은 했었다. 그래도 그 사실을 직접 확인하는 건 또 다른 의미가 있었다.

"알겠다. 최후의 순간을 위해 아껴 두지. 프로토스의 마지막 생존자가

남는다든가 하는 그런 상황 말이야. 파수기는 어떤가?"

'포식귀에게 타격을 받으면서 분열 광선 투영기 외피가 뒤틀렸고, 무중력 엔진이 손상되었다. 대원들이 지금 수리하는 중이다.'

끝내주는군.

"서두르라고 해 줘."

그가 말했다.

"해병, 전방을 정리하라. 골리앗, 해병을 지원하되 여유가 있는 기체는 중앙으로 집결하라. 사신, 중앙을 지원하라. 내 사선에서 벗어난 프로토스 배후에 서서 전방의 저그를 공격하라. 놈들을 우리가 서 있는 측면으로 끌어들일 필요는 없다."

부대원들은 빠르게 응답했다. 사신은 전원 공중으로 날아올라 사격을 개시했다. 그는 반대쪽 숲의 경계선을 조심스럽게 살폈다. 그 뒤쪽 어딘가에서 사이오리스크가 공격을 지휘하고 있었다.

하지만 놈들이 어디에 있든, 눈에 띄지 않게 숨어 있었다. 운이 좋았다. 그는 다시 전투의 현장으로 주의를 돌렸고, 저글링들이 특히 밀집되어 있는 지점을 향해 플라즈마 산탄을 두어 발 발사했다. 야수 몇 마리가 피와 살점을 흩뿌리며 폭발한 뒤, 가우스 소총의 쐐기를 맞아 나뒹구는 다른 저글링 사체에 더해졌다.

"중앙부 사격 중지."

크루이크섕크는 사선의 저글링들이 정리되자 명령했다. 오발된 총탄이나 저그의 사체 조각이 프로토스에게 맞는 건 원치 않았다.

"측면을 비우고 두 번째 공격에 대비하라."

그의 앞쪽에서 이글거리는 불길이 피어올랐다. 기사단이 사이오닉 검을, 그리고 네라짐이 차원 검을 가동했다. 크루이크섕크는 가만히 숨을 멈췄다.

저그가 울부짖는 포효의 불협화음과, 그에 응답하는 프로토스의 사이오닉 화음이 어우러지며 전투가 시작되었다.

크루이크섕크는 전에도 프로토스의 전투를 본 적이 있었다. 그들이 싸우는 모습은 언제 봐도 경이롭다는 사실을, 그는 늘 마지못해 인정하곤 했다. 기사단과 네라짐은 광적인 안무에 몰두하는 춤꾼들처럼 몸을 회전하며 비틀었고, 검이 번쩍이며 휘돌았다. 전사의 분노가 치솟을 때는 검이 더욱 밝게 빛났고, 집중된 에너지가 적의 몸 깊은 곳에 박히면서 잠시 사라지기도 했다. 각각의 프로토스는 이제 하나의 섬이 되어, 이리저리 내리꽂히는 낫 모양 갈퀴와 흔들리는 꼬리, 차곡차곡 쌓여가는 사체에 둘러싸였다.

하지만 크루이크섕크가 목격했던 다른 전투와 이번 전투에는 미묘한 차이가 있었다. 프로토스가 평소보다 느리게 움직이는 것 같았고, 그나마도 예전처럼 깔끔하거나 우아한 움직임이 아니었다. 학살한 저그의 사체가 쌓이며 발놀림을 방해했고, 서서히 움직임을 제한하기 시작했다. 기사 한 명이 발을 헛디디고 그 즉시 쏟아져 내리는 발톱 아래 사라졌다. 두 번째 프로토스도 쓰러졌다. 이번에는 네라짐이었다.

그 순간, 전장 반대쪽에서 두 번째 공세가 시작되었다. 저글링들이 나무들 사이에서 나타나 초원을 가로질러 돌진했다.

"사신 돌입!"

크루이크섕크가 외치며 투견을 움직였다. 프로토스는 이미 곤경에 처해 있었다. 두 번째 공세가 그들을 덮치면, 아마 그걸로 끝일 것이다.

그리고 전선의 중앙이 붕괴되면, 양쪽 측면에 있는 자치령 병력도 머지않아 최후를 맞이하게 될 것이다.

"전 유닛, 2차 공세에 대응하라. 필요하다면 미사일을 사용해도 좋다. 어떻게든 막아라."

그는 그렇게 명령하며 가까이에 있던 위험에 빠진 기사에게 다가갔다. 이번에는 강화 전투복을 착용한 광전사였다. 그 순간 골리앗 1호기와 4호기가 다가오는 저그 무리의 중앙에 지옥불 지대공 미사일을 발사했다.

크루이크섕크는 나직하게 욕설을 퍼부었다. 저글링을 상대로 중화기를 발사하는 건 범죄에 가까운 자원 낭비였다. 더 크고 강한 저그가 자기 차례를 기다리며 공격을 준비하고 있을 게 분명했다. 하지만 지금은 달리 선택의 여지가 없었다. 사이오리스크의 사이오닉 공격이 프로토스를 약화시킨 상태에서 적의 두 번째 파상 공격이 그들을 덮친다면, 자치령 병력도 달리 도울 방법이 없을 것이다. 이 공격은 막아내야 했다. 반드시.

첫 번째 공세의 잔존 세력을 처리하려면 이제 창의적인 방법을 찾아야 했다.

투견의 발은 다양한 지형에서 활동할 수 있게 짐벌이 사용된 발가락이 있어 넓고 평평했다. 물론 그 두 개의 발은 저그를 걷어차거나 짓밟을 용도로 설계된 건 아니었다. 하지만 솜씨 좋은 조종사만 있다면 그런 일 정도는 하지 못할 이유가 없었다.

그리고 크루이크섕크는 무척이나 뛰어난 조종사였다.

그가 주위의 저글링을 4마리쯤 처치하자, 저그에 둘러싸여 있던 광전사가 그의 기척을 눈치 챘다. 거대한 전쟁 기계가 머리 위로 치솟은 모습을 보며 깜짝 놀라서인지 한 순간 그의 방어가 흐트러졌다.

저글링 1마리가 풀쩍 뛰어 그를 공격했지만, 크루이크섕크의 투견에 걸어차여 낫 모양의 앞발은 신소재 강철 다리를 긁었을 뿐이었다.

"거기! 프로토스! 무릎 관절 위로 올라와! 어서!"

그는 프로토스의 양 옆으로 발을 디디며 외쳤다.

잠시 동안 크루이크섕크는 광전사가 그의 말을 이해하지 못했거나, 너무 놀라서 아무것도 듣지 못하는 줄 알았다. 하지만 그는 마지막으로 사이오닉 검을 휘두른 후, 풀쩍 도약하여 투견의 오른쪽 무릎 관절에 올라섰다.

그래도 여전히 크루이크섕크가 다른 전투에서 봤던 프로토스보다는 느렸고, 칼솜씨 역시 엉성했다. 하지만 적의 사체에 발과 다리가 걸리는 일이 없어지고 나니, 프로토스 특유의 민첩성이 다시 한 번 드러났다. 그는 아래쪽에서 자신을 공격하려 애쓰는 저글링들을 향해 사이오닉 검을 휘둘러 적의 머리와 갑피, 사지를 마구 잘라냈다.

저글링 중 일부가 전술을 바꿔 투견의 다리를 공격하기 시작했다. 전쟁 기계와 거기에 탄 프로토스를 모두 쓰러뜨릴 생각이었을 것이다. 하지만 바로 그 전쟁 기계에 광전사가 타고 있었다. 그는 전쟁 기계의 무릎 관절에서 앞뒤로 뛰어다니며 저글링들을 베어 넘기고 나머지를 쫓아 보냈다.

크루이크섕크는 그를 도울 방법이 없었기에 여전히 몰려오고 있는 두 번째 공세에 주의를 집중했고, 공터 반대편을 향해 레일건으로 플라스마 산탄을 쏘아 보냈다. 공격을 하는 사이사이에 숲을 면밀히 살피며 세 번째 공격의 징후는 없는지, 또 경솔한 사이오리스크가 보이지는 않는지 주시하기도 했다. 저글링들은 계속해서 비틀거리며 쓰러져갔다.

그리고 한 순간, 놀랍게도 공격이 끝났다.

그는 전장을 둘러봤다. 뱃속이 뒤틀렸다. 해병 마흔 명 중 여덟 명이 쓰러졌다. 골리앗 5호기는 다리가 부러져 거의 작동할 수 없는 각도로 기울어져 있었다. 프로토스 전선에서는 다섯 명에서 스무 명 사이의 전사가 목숨을 잃은 것 같았다. 마음의 준비를 하며, 그는 시선을 안쪽의 조종석 화면으로 돌려 생체 신호를 확인했다.

그나마 다행인 건, 쓰러진 해병 여덟 명 중 사망자는 두 명뿐이라는 점이었다. 그 외의 한 명도 상태가 썩 좋지는 않았지만, 나머지 다섯 명은 단순히 CMC 전투복에 충격을 받고 넘어지기만 한 상태였다.

"알리카? 상태가 어떤가?"

그가 연락했다.

'다섯 명이 죽었다. 네라짐의 명예가 실추되었다.'

프로토스의 씁쓸한 목소리가 머릿속에 들려왔다.

"명예 같은 건 신경 쓰지 말자고. 다음 공격이 시작되기 전에 머리를 맞대고 새로운 전술을 마련해야 한다."

크루이크섕크가 거친 목소리로 말했다. 잠깐의 침묵이 흘렀다.

'좋다. 제안을 들어 보겠다.'

크루이크섕크는 입술이 뒤틀리는 걸 느꼈다. 고맙기도 하지. 지금 학살당하고 있는 게 대부분 프로토스라는 점을 고려하면 상대방의 태도는 우스꽝스러울 지경이었다.

"좋아, 다들 잘 들어라. 새로운 진형을 짠다. 골리앗, 두 기씩 나눠어 전선의 양 끝을 사수한다. 골리앗 5호기, 다리 상태는 어떤가?"

크루이크섕크가 말했다.

"박살났습니다만 절뚝거리며 이동할 수는 있습니다. 단, 전투 기동은 극도로 제한적입니다."

골리앗 5호기의 조종사가 응답했다.

"일어설 수는 있나?"

"불가능합니다. 이 각도에서는 사격하기가 약간 까다롭긴 하지만, 할 수는 있을 겁니다."

"어디, 달리 방법이 없나 보자."

크루이크섕크는 전투 화면에서 산 쪽으로부터 이어지는 길의 3분의 1 정도 지점을 두드렸다.

"내가 지도에 표시한 지점으로 가서 싸워라. 알리카, 가까이에 있는 프로토스에게 지시해서 저 친구 다리를 깨끗하게 잘라 주면 고맙겠군. 그리고 다른 쪽 다리도 잘라서 사격할 때 수평이 되게 해 주고. 축하한다, 골리앗 5호기. 자네는 지금 전쟁 기계에서 진급하여 사격 포대가 되었다."

"좋습니다. 정말 감사합니다, 대령님."

"천만에. 해병, 측면은 잊어라. 전선을 따라 길게 산개하라. 프로토스 한 명당 최소 두 명씩 붙어. 너희 임무는 프로토스의 좌우를 지키며, 공격해 오는 저그의 숫자를 줄여 적이 전선에 도달했을 때 프로토스가 감당할 수 있는 숫자로 만드는 것이다. 프로토스는 지금 강력한 사이오닉 공격의 영향을 받아 평소처럼 정밀한 대응이 가능하지 않을 수 있다는 점을 기억해야 한다. 허둥지둥 대다가 머리를 잘리는 부끄러운 일은 없어야 한다."

크루이크섕크가 말했다.

"대령님, 적이 나타났습니다. 3차 파상 공세가 다가옵니다."

골리앗 3호기가 보고했다.

크루이크섕크가 전장 반대편을 바라봤다. 길게 줄지어 선 저그가 나타나, 공터를 가로질러 그들을 향해 다가오고 있었다.

하지만 이번 공격은 저글링이 아니라, 맹독충과 궤멸충으로 구성되어 있었다. 그가 지켜보는 사이에 맹독충들이 앞으로 나와, 커다랗게 부푼 산성 주머니를 흔들거리며 달려왔다. 그에 반해 궤멸충들은 움직임이 느긋했다. 놈들의 플라스마 방출 사거리에 테란과 프로토스가 들어오는 지점을 찾고 있는 게 분명했다.

그리고 놈들의 뒤쪽 숲 속에서, 히드라리스크가 기다리고 있는 모습이 크루이크섕크의 눈에 들어왔다.

"전원 이동!"

그가 명령을 내리며 레일건을 들어 멀리 있던 궤멸충 2마리를 조준했다.

"이번 라운드는 산과 맹독, 플라스마로 한 판 하자고 결정한 모양이군. 적을 가능한 한 멀리서 처치하고 투사체를 피할 준비를 해라. 알리카, 파수기 소식은 없나? 이번엔 써먹을 수 있으면 좋겠는데."

'동의한다. 분열 광선은 아직 사용할 수 없지만, 비행을 하며 역장은 배치할 수 있다. 하지만 주의하는 게 좋겠다. 역장이 소멸하는 경우 다시 설치하기 힘들 수 있으니까.'

알리카가 말했다.

"뭐든 도움이 될 것 같다. 슬슬 출발시키는 게 좋겠어."

크루이크섕크가 대답했다.

잠시 후, 한 쌍의 비행 로봇이 왕복선 쪽에서 나타나 크루이크섕크를 지나갔다. 그들은 해병과 프로토스로 이루어진 전선을 지나 수백 미터 정도 더 전진한 후, 저그의 이동 방향과 교차하는 쪽으로 선회했다. 그리고 그대로 비행하며 저그의 이동 경로 상에 역장의 방벽을 세웠다.

"좋아, 제군. 휴식 시간이다. 역장이 아주 오래 지속되지는 않을 것이며, 일단 사라지면 파수기가 다시 역장을 배치하지 못할 수도 있다는 걸 기억해라. 방어막이 사라지면, 저그가 다시 제 속도로 움직이기 전에 사격해야 한다."

크루이크섕크가 외쳤다. 그는 부대원들을 확인한 후 빠르게 남은 무기를 살폈다. 역장이 사라지고 나면, 그 역시 준비가 끝날 것이다.

"덤벼라, 이 개자식들아."

그는 혼잣말을 중얼거렸다.

"한번 덤벼 봐라."

제19장

휘스트는 조사단이 메사 지역에 도달하기 전에 매복 공격을 당할 거라고 예상했다. 하지만 놀랍게도, 그런 일은 없었다.

게다가 더욱 놀랍게도, 메사 정면의 작은 공터에 도착했을 때 누군가 문을 열어 두었음을 발견했다.

"이야, 이런 건 처음인데."

공터 가장자리에 일행이 모두 모여드는 사이 디즈가 불안한 목소리로 말했다.

휘스트도 말없이 고개를 끄덕였다. 줄지어 선 나무 중 가장 바깥쪽 줄의 한 그루가 쓰러져 공터에 뒹굴고 있었다. 그리고 그 바로 뒤에 있던 중앙 줄의 나무도 한 그루 쓰러져 그 위에 포개어져 있었고, 마지막으로 안쪽 줄의 나무도 같은 모습으로 쓰러져 있었다.

쓰러진 나무들 뒤로는 동굴의 입구가 보였다. 그들을 유혹하는 것만 같은 모습이었다.

"마음에 들지 않아요. 왜 우릴 위해 길을 열어 준 거죠? 아니, 대체 어떻게 저렇게 한 걸까요?"

에린이 말했다.

"저렇게 하는 건 어렵지 않지. 이쪽에서 보면 밑동 쪽에 긁힌 자국이 보이거든. 사이오리스크들이 히드라리스크 몇 마리에게 나무를 베라고 시킨 거겠지."

휘스트가 말했다.

'아바투르는 우리가 어차피 안으로 진입할 거라고 생각한 모양입니다.'

울라부가 의견을 말했다.

"저 안에 함정을 설치해 둔 거겠지."

타냐가 말했다.

"그래, 내 생각도 그래. 뭐, 괜히 시간을 끌 필요는 없겠지. 내가 안에 뭐가 있는지 알려 줄게."

휘스트도 동의했다. 그는 C-14 소총을 단단히 움켜쥐며, 앞으로 나섰다.

"어이, 어딜 가려고 그래?"

디즈가 앞으로 나서 휘스트의 어깨를 붙잡았다.

"금박 초대장이라도 기다리십니까?"

휘스트의 목소리는 생각했던 것보다 더 거칠게 튀어나왔다. 혼자서 어둠 속으로 들어선다는 생각에 영 기분이 좋지는 않았던 모양이었.

"엄청난 수의 저그가 몰려오고 있고, 크루이크섕크도 계속 막고 있을 수만은 없습니다. 누군가 저 안에 들어가야 하는데, 전투복과 무기를 갖추고 제대로 훈련을 받은 건 저뿐입니다. 그러니까 다들 입 닥치고 여기서 기다리십시오. 제가 소리를 지르면 달려 올 준비나 하십시오."

"난 뛰는 거 싫어해."

타냐가 차분하게 말하며 휘스트의 곁으로 나섰다.

"그냥 당신 뒤에서 걸어가겠어. 알았지? 걱정하지 마. 그렇게 원한다면 그 잘난 전투복으로 처음 공격은 네가 직접 맞게 해 줄 테니까."

'타냐 말이 맞습니다. 혼자서 진입해서는 안 됩니다. 타냐나 제가 함께 가야 합니다.'

울라부도 동의했다.

"내가 골라도 된다면, 타냐를 데려가겠어."

휘스트가 말했다. 유령은 유령이었고, 그는 아직도 타냐가 미친 듯이 날뛰며 자신을 갈가리 찢을 가능성이 있다고 생각하긴 했다.

그래도 지금까지 타냐는 상당히 냉철하게 전투를 치러냈다. 그리고 그녀와 함께라면, 사이오리스크가 울라부를 갑작스레 조종하여 등 뒤에 차원 검을 맞을 걱정은 하지 않아도 됐다.

"어서 가자고, 타냐."

휘스트가 이미 확인했었지만, 쓰러진 나무는 뭔가 정밀한 것으로 잘라낸 게 아니었다. 밑동은 서로 겹쳐진 채 쓰러져 있었고, 비스듬히 쪼개진 단면이 양 옆의 나무들을 짓누르고 있었다. 그와 타냐는 빠르게 나무를 타고 넘어 지나간 후, 비좁은 틈을 지나 동굴 입구로 들어섰다.

초입은 텅 비어 있었다.

"이상한데. 아바투르가 포기했을지도 모른다는 울라부 말이 맞았던 걸까?"

주위 벽과 바닥, 천장에 불빛을 비추면서 타냐가 중얼거렸다. 경사로와 꼭대기의 층계참까지 텅 비어 있었다.

"이게 함정이라는 내 말이 맞는 것 같은데."

휘스트가 반박했다.

"낚싯바늘이 더 깊이 박히려는 걸지도 몰라. 디즈? 다들 들어오십시오. 조심하는 게 좋겠습니다. 우리 팀이 나뉘어 있는 동안 공격하려는 건지도 모릅니다."

다행히 그렇지는 않았다. 2분 후, 일행은 모두 안으로 들어섰다.

"그래, 그렇게 으스스하진 않은데. 울라부? 몸 상태는 좀 어때?"

디즈가 주위를 둘러보며 말했다.

'강력한 압박이 느껴지지만… 견딜 수 있습니다.'

울라부가 인정했다.

"타냐?"

"문제없어. 놈들이 아직 공격을 분산하고 있는 것 같아."

그녀는 대답했다.

"적이 본격적으로 움직이기 전에 일을 마치자고. 내가 남아서 입구를 지킬까?"

디즈가 말했다.

"이번엔 아닙니다. 밖에 있는 것보다 안에 있는 게 더 걱정됩니다. 뭐든 강제로 들어오려고 하면 소리로 알 수 있을 겁니다."

휘스트가 말했다.

"그래, 네가 지휘관이니까. 표준 전진 대형으로?"

디즈가 말했다.

"표준 대형입니다. 전진."

휘스트가 확인해 주었다.

그는 조심스럽게 첫 번째 층계참에 도달했고, 한 눈으로 위쪽을 살피며 눈에 띄지 않게 숨어 있는 적이 없는지 확인했다. 하지만 이번에도 아무것도 없었다. 그가 모퉁이를 돌자 다음 경사로가 한 눈에 들어왔다. 여전히 아무것도 없었다.

"끔찍하게 조용하네요."

에린이 불안한 목소리로 말했다.

"나도 그렇게 생각해. 애초에 사이오리스크가 이런 동굴에 어떻게 들어갈 수 있었던 걸까?"

디즈가 말했다.

'빛이 있군요. 천장에 통로가 존재한다는 의미입니다. 넓은 통로라면, 그곳을 통해 사이오리스크가 오갈 수 있었을 겁니다.'

울라부가 손으로 가리켰다.

"그렇겠지. 말이 나와서 말인데, 자가라가 이번 계획에 발을 들이고 있는 게 아니라면, 그녀가 모든 일을 정리한 후에 사이오리스크도 움직였어야 하는 거잖아."

디즈가 말했다.

"그러면 지금 어디에 있는 겁니까? 환영 위원회라도 있을 줄 알았습니다만."

휘스트가 물었다. 그 말이 떨어지기가 무섭게 경사로 꼭대기의 층계참에서 저글링 2마리가 나타나 그들을 향해 돌진했다.

휘스트의 C-14 소총이 전율하며 각각의 저글링에게 쐐기를 쏟아 부었다. 왼쪽 저글링에게 다시 한 번 쐐기를 퍼부어 바닥에 쓰러뜨렸을 때, 오른쪽 저글링이 갑자기 쓰러졌다.

"타냐?"

그가 물었다.

"그래."

그녀가 대답했다.

"고맙군."

그는 반쯤 돌아서 디즈를 바라봤다.

"이제 기분이 좋습니까?"

"아, 그럼. 물어봐 줘서 고마워."

디즈가 아무렇지도 않게 대답했다.

"별말씀을."

휘스트가 다시 돌아서 위로 올라가기 시작했을 때—

"저기, 잠깐만요. 한 가지 제안해도 돼요?"

에린이 말했다.

"그럼."

휘스트가 말했다.

"뒤쪽 나무 울타리에 틈이 있잖아요. 그리고 거길 막을 수 있는 사체들도 있고요. 막는 게 낫지 않겠어요?"

그녀는 죽은 저글링을 가리켰다.

"물론이지."

휘스트가 말했다. 그 생각을 자기가 미처 하지 못했다는 게 조금 언짢았다. 울타리의 틈을 막는다고 해서 후방에서의 공격을 완전히 방지할 수는 없겠지만, 적의 진입을 지연시키고 더 소란스럽게 만들 수는 있었다.

"타냐, 디즈, 경사로를 주시하십시오. 에린, 사체를 하나 들어 줘."

휘스트는 타냐가 불태워 버린 사체를 들어올렸다. 장갑 너머에서 열기가 느껴지지도 않았고, 탄 냄새가 헬멧 안으로 들어오지도 않았지만, 경사로를 내려가면서 그 두 가지를 생생하게 상상할 수 있었다. 그는 직접 들고 간 사체를 중앙의 나무들 사이에 끼우고, 에린의 저글링으로 안쪽 틈을 막았다. 그리고 다시 길을 따라 올라가 일행과 합류했다. 휘스트가 다시 선두에 섰고, 조사단은 계속해서 위로 올라갔다.

다른 문제없이 일행은 꼭대기에 도착했다. 안쪽 동굴로 통하는 아치형 입구 너머로, 휘스트는 거친 바닥이 넓게 펼쳐진 낯익은 공간과 반대쪽 끝에 있는 아도스트라 알주머니를 볼 수 있었다. 1번 집중점에서의 동굴과 마찬가지로, 그들과 알주머니 사이에는 아무것도 없었다.

"생각을 바꿨어. 기분이 다시 별로야."

입구를 지나 모여선 후 디즈가 중얼거렸다.

"어쩔 수 없습니다."

휘스트는 그렇게 말했지만 자신도 딱히 기분이 좋지는 않았다. 1번 집중점에서는 사이오리스크가 양쪽에 두 줄로 도열해 있었다. 탄약도 떨어져 가고, 에린을 제외한 모두의 전투복이 어느 정도 손상된 지금 여기에서 그와 같은 일이 일어난다면, 대응하기에 상당히 까다로운 시나리오가 될 것 같았다.

"좋아, 타냐와 내가 등을 맞대고 진입해서, 안쪽에 뭐가 기다리고 있는지 확인한다. 우리가 뛰어나오면 다들 반대편 벽으로 가서 사격 준비를 할 것. 아치가 꽤 넓긴 하지만, 그나마 여기서 병목으로 쓸 수 있는 곳은 여기뿐이다."

"우리가 탈출구까지 막아 버렸으니 더 그렇군. 아까는 괜찮은 생각 같았는데 말이야."

디즈가 말했다.

"지금도 그렇습니다. 우리에겐 탄약이 있고, 암흑 기사가 있고, 방화 능력자도 있습니다. 사이오리스크가 어떤 파티를 열든, 우리가 상대할 수 있습니다. 가자, 타냐."

휘스트가 말을 뱉었다. 그는 앞으로 나섰다. 그의 상체와 C-14 소총은 반쯤 오른쪽으로 돌았다. 타냐는 그의 곁에서 걸으며, 주의를 왼쪽으로 돌렸다. 둘은 천천히 아치형 입구를 통과했다.

"어때? 뭐라도 있어?"

디즈가 물었다. 휘스트는 침을 꿀꺽 삼켰다.

"제가 원했던 환영 위원회입니다. 저글링입니다. 이쪽에만 대략… 30마리 정도 되겠군요."

그는 방 반대편에 두 줄로 미동도 없이 서 있는 저그를 바라보며 말했다.

"이쪽에도 비슷해. 역시 두 줄로 서 있고, 뒤쪽에는 사이오리스크 세 마리가 눈에 띄지 않으려고 숨어 있어."

타냐가 긴장한 목소리로 말했다. 휘스트가 자기 쪽에 줄지어 선 저그를 바라봤다.

"네, 이쪽에도 4마리 있군요. 아까는 보지 못했습니다."

그가 말했다.

"뭘 기다리고 있어? 없애버려."

디즈가 말했다.

'아니, 사이오리스크를 해쳐서는 안 됩니다.'

울라부가 다급하게 말했다.

"하지만 그것들이 당신을 괴롭히고 있잖아요."

에린이 말했다.

'그뿐 아니라 저글링을 단속하고 있기도 합니다. 사이오리스크가 죽으면, 타냐 콜필드와 포스터 크레이 상사가 즉시 공격을 받을 겁니다.'

울라부가 말했다. 휘스트는 저글링들을 노려봤다. 울라부의 말이 옳았다. 사이오리스크가 놈들을 억제하고 있지 않고서는, 저글링이 저렇게 가만히 앉아 있을 리가 없었다.

"전 그런 것 같지 않아요. 1번 집중점에서 무슨 일이 있었는지 떠올려 보세요. 우린 밖에서 공격을 받고 안으로 쫓겨 들어갔어요. 하지만 사이오리스크를 모두 처치하자마자, 밖에 있던 저그들은 그대로 흩어져 버렸죠. 그 지역 무리어미의 통제 하에 들어갔을 거예요."

에린이 말했다.

"우릴 공격하지 말라는 명령을 받은 무리어미 말이지. 에린 말이 맞을지도 모르겠는데."

디즈가 덧붙였다.

'절반 정도만 맞을지도 모릅니다. 우린 사이오리스크가 죽고 몇 분 후에 그 방 안에 들어갔습니다. 그와 유사하게, 2번 집중점에서는 분열기가 폭발한 후 잠시 동안 프로토스와 테란은 움직이지 못했습니다. 사이오리스크가 사라진 후 무리어미가 통제력을 되찾기까지 시간이 어느 정도 필요한 건지도 알 수 없습니다.'

울라부가 경고했다.

"그건 확실하지 않아요."

에린이 지적했다.

"상관없어. 무리어미가 통제력을 되찾는 데 1분만 필요한 거라도, 우리는 박살이 날 테니까. 미친 듯이 밀려오는 저글링 60마리를 상대할 수는 없어."

휘스트가 말했다.

"그냥 울라부의 판단력이 흐려진 건 아닐까 싶어요. 지금껏 계속 저것들이 울라부의 머릿속에서 떠들고 있었으니까요."

에린이 중얼거렸다.

'정확히는 말을 하는 게 아닙니다. 압력을 가하고 전투 시의 집중력을 흩어 놓는 정도이지, 그 이상은 아닙니다.'

울라부는 고집을 꺾지 않았다.

"집중력이 흩어진다는 건 저들이 당신의 지성에 영향을 준다는 거예요."

에린은 계속 밀어붙였다.

"만약 그렇다면—"

"상관없다고 했잖아. 사이오리스크를 죽이진 않을 거야. 아직은 아니라고. 그러니까 됐어. 다들 이리 들어와서, 놈들이 대체 뭘 원하는 건지 알아내 보자고."

휘스트가 날카롭게 말했다.

"놈들이 뭔가 원하는 게 있을까?"

디즈가 다른 두 사람과 함께 조심스럽게 방 안으로 들어서며 물었다.

"뭐, 기념사진을 찍으려고 저렇게 서 있는 건 아니지 않겠습니까?"

휘스트가 거친 목소리로 말했다.

"타냐, 다른 생각 있어?"

"아니. 아… 혹시… 지금까지 저것들이 원하는 건, 우리가 아도스트라를 처치하고 죽어버리는 거였잖아. 만일 이게 정말로 마지막 남은 아도스트라라면…?"

"그러면 우리가 저것들을 없애면, 살아남을 수 있다는 건가?"

휘스트가 말했다.

"난 그렇게밖에 생각할 수가 없어."

"네, 그런데 왜 '우리'가 해야 하는 걸까요? 아바투르가 직접 저들을 처치하지 못하는 이유가 뭘까요?"

에린이 물었다.

'그가 직접적으로 행동을 취하면, 자가라가 눈치 채게 될지도 모릅니다. 진화군주라고 해도 저그의 일원입니다. 그 역시 다른 저그처럼 군단의 지도자에게 지배를 받고 있을 겁니다.'

울라부가 말했다.

"난 모르겠어. 자기가 직접 하지는 않는다고 주장하면서, 다른 누군가를 시키는 건 너무 치사한 일 같은데."

디즈가 중얼거렸다.

"그럴 때 변호사가 필요한 거 아니겠습니까. 그러면 어떻게 할까요?"

휘스트가 씁쓸한 목소리로 말했다. 타냐가 헛기침을 했다.

"적어도 저기 알주머니까지 가보기는 해야 할 것 같아. 살펴보기라도 해야지."

그녀의 목소리는 왠지 지나치게 태평스러운 것 같았다. 그녀는 아주 잠깐 말을 멈췄다.

"우리 전부 가야하고 말이야."

휘스트는 웃음이 비어져 나와 입가가 뒤틀리는 것이 느껴졌다. 숲 속에서 타냐와 둘이서만 나눴던 대화가 뒤늦게 떠올랐다. 그렇다. 일행이 전부 가야 했다. 특히 울라부가 필요했다. 그가 아도스트라에 접근하여 두 정신이 접촉할 수 있다면….

"그래, 그게 좋겠어."

그가 동의했다.

"입구를 지킬 사람은 필요 없겠어?"

디즈는 그 결정에 다소 당황한 것 같았지만, 그래도 따라갈 생각이었다.

"의미 없습니다. 놈들이 정말 우릴 원한다면, 이미 붙잡은 셈입니다."

휘스트가 말했다.

"그렇겠지. 그래, 네 말이 맞아. 저글링 60마리를 상대하라는 건 역시 무리일 거야. 그래도 30마리 정도는 괜찮을 것 같은데. 안 그래?"

디즈가 말했다.

"글쎄요."

휘스트가 이렇게만 대답하며 눈살을 찌푸렸다. 이번에는 디즈가 너무 태평스럽게 말을 하고 있었다.

하지만 지금은 그런 데 신경을 쓸 수가 없었다. 모든 것을 걸고 울라부가 아도스트라에게 접근해서, 아도스트라가 그의 생각을 이해할 수 있기만을 바라야 했다. 그것도 사이오리스크가 공격을 개시하기 전에 교감이 이루어져야 했다.

물론 말도 안 되는 생각이었다. 하지만 지금으로서는 달리 그보다 나은 게 없었다.

"좋아."

그가 말했다.

"전원, 무기 준비! 다들 한번 가서 보자고."

• • •

프로토스 역장의 장점은 가장 큰 저그를 제외한 모든 것을 막아낼 수 있다는 것이었다. 단점은 수명이 짧고, 손상되지 않은 파수기가 있어야만 다시 설치할 수 있다는 것이었다.

다시 말하면 역장은 기껏해야 임시방편에 불과했다. 그래도 어떻게든 시간을 벌 수 있다면 조사단과 크루이크섕크의 병력 모두에게 도움이 되는 셈이었다.

그가 전황을 곱씹어 보고 있을 때, 전장 반대쪽에서 역장이 깜빡이며 사라지기 시작했다.

크루이크섕크는 작은 목소리로 욕을 하며 밀려드는 맹독충들을 바라봤다. 그래도 정지 상태에서 다시 달리기 시작하는 게 전속력으로 달려오는 것보다는 나았다. 그것만으로도 의미가 있었다.

사실, 그의 병력처럼 탄탄한 실력을 갖춘 자치령 부대에게는, 상당히 큰 의미가 있었다.

첫 번째 포화는 압도적이었다. 맹독충 첫 번째 줄이 제 속도를 내기도 전에, 해병들은 가우스 소총 연사를 적어도 두 번씩은 퍼부었다. 노련한 병사들은 세 번에서 네 번까지 소총을 연사했다.

"계속 사격!"

크루이크섕크가 외쳤다. 화면에서는 맹독충의 두 번째 줄이 쇄도하는 모습이 보였다. 숲의 가장자리 인근에서는 궤멸충 2마리가 종종걸음으로 앞으로 나섰다. 부식성 담즙을 발사하려고 사정거리 내로 이동하는 것이 분명했다. 그는 그 2마리를 향해 레일건을 발사했다. 플라스마 산탄이 궤멸충의 갑피에 거대한 구멍을 뚫어버렸고, 2마리 모두 비틀거리다가 쿵 소리를 내며 땅에 쓰러졌다.

쓰러진 궤멸충 뒤쪽에서 나무들 사이로 또 한 무리의 맹독충과 궤멸충이 줄지어 나타나 전장을 가로지르기 시작했다.

"알리카, 적이 또 몰려온다. 안쪽에 역장을 한 번 더 설치해 주면 도움이 될 것 같은데."

그가 경고했다.

'동의한다. 그렇게 지시하겠다. 부식성 담즙이 발사될 수 있으니 주의하라.'

알리카가 응답했다. 크루이크섕크는 고개를 절레절레 저었다. 지금은 조심하지 않고 있는 줄 아나.

"그렇게 하지."

그는 거친 목소리로 말하며 다시 숲 가장자리를 돌아봤다. 파수기들이 전선을 떠나 궤멸충에게 접근하고 있었다. 그러면 역장을 더 먼 곳에 설치할 수 있고, 그에 따라 방벽이 사라지고 저그가 다시 돌진을 시작한 이후에 자치령 병사들이 포화를 퍼부을 시간적 여유를 더 확보할 수 있었다.

하지만 그건 역장을 설치한 파수기들이 뒤쪽에 도사린 궤멸충들에게 더 가까이 다가간다는 의미이기도 했다. 크루이크섕크가 전선을 바라보고 있는 사이에도, 나무 사이에서 궤멸충 2마리가 더 나타나 파수기에 접근했다. 그는 새롭게 나타난 궤멸충들을 조준하고 산탄을 발사하여, 놈들의 갑피를 날려 버렸다.

그 2마리가 정말로 죽었는지 확인하려던 찰나, 파수기 2대가 갑자기 비틀거렸다. 다급하게 시선을 돌려 봤지만, 파수기들은 선체를 부르르 떨다가 그대로 파괴되었다.

"이런 젠장, 어떻게 된 거지? 알리카, 대체 무슨 일인가?"

잔해가 지면으로 떨어져 흩어지는 모습을 보며 크루이크섕크는 외쳤다.

하지만 프로토스가 미처 대답하기 전에, 그도 상황을 이해할 수 있었다. 숲 속에 있던 히드라리스크였다. 놈들이 공격할 차례를 기다리고 있던 모습은 그도 이미 보았다. 하지만 놈들이 숲 안쪽에만 머무르고 있어, 크루이크섕크도 특별히 신경을 쓰지 않았었다. 히드라리스크의 독성 바늘 가시뼈가 자치령의 전투복이나 기계 유닛에 효과를 발휘하려면, 상당히 가까운 거리까지 접근해야 했다.

파수기들은 새로운 역장의 범위를 설정하는 데 집중하느라 불행하게도 그 치명적인 거리 안쪽으로 들어서고 말았다.

물론 로봇에게 독성은 아무 의미가 없었다. 하지만 초음속에 가까운 물체가 선체를 파고드는 건 파수기도 충분히 격추시킬 만한 위력을 발휘할 수 있었다.

'히드라리스크였다.'

알리카가 대답했다. 그의 음울한 목소리가 크루이크섕크의 추론을 확인해 주었다.

"그래, 그래. 나도 그럴 줄 알았다."

크루이크섕크가 대답했다.

가장 끔찍한 건 파수기가 격추된 것이 크루이크섕크 자신의 잘못이라는 점이었다. 그가 파수기를 적 전선 가까이 보내 달라고 알리카에게 요청했다. 궤멸충이 부식성 담즙을 발사하려고 사거리 내로 들어서면 플라스마 산탄으로 얼마든지 날려 버릴 수 있다는 자만심 때문이었다. 전장에서 원거리 중화기를 보유한 것은 그와 자치령 병력뿐이었고, 따라서 그런 위협에 대응할 수 있는 것도 그들뿐이었다. 그가 히드라리스크를 기억하고, 위치를 추적하여, 적절히 처리해야 했었다.

그의 실수였다. 그리고 그 실수가 아군 모두를 파멸의 구렁텅이에 몰아 넣을지도 몰랐다.

멀리서 파수기들이 설치한 역장이 깜빡이며 사라지기 시작했다.

"준비해라. 적이 다시 몰려온다."

크루이크섕크가 말했다.

"대령님? 여섯 시 방향을 확인하십시오. 맹독충 몇 마리가 빠져나왔습니다."

골리앗 1호기가 외쳤다.

크루이크섕크는 후방 화면을 확인하면서 머릿속에서 화끈한 욕을 하나 터뜨렸다. 맹독충들이 빠져나간 것도 당연했다. 병력은 너무 적었고, 지켜야 할 범위는 너무 넓었다.

그래도 저그가 뒤로 돌아가 후방에서 아군을 공격하지는 않았다. 그나마 다행이었다.

하지만 생각해 보면 사이오리스크의 궁극적인 목표는 크루이크섕크의 병력을 박살내는 게 아니었다. 3번 집중점으로 가서 호크먼의 팀을 막는 것이었다.

"어떻게 했으면 좋겠나? 날려 버릴까?"

그가 으르렁거리듯 물었다.

"아닙니다, 대령님. 잘 보십시오. 놈들이 당황한 것처럼 보이지 않으십니까?"

골리앗 1호기가 말했다. 크루이크섕크는 눈살을 찌푸렸다. 골리앗 1호기의 말이 옳았다. 맹목적으로 숲과 15클릭 떨어진 3번 집중점을 향해 계속 질주하던 맹독충은 지상에 착륙한 프로토스 함선을 지나 50미터 가량 나아간 후 서서히 속도를 늦춰 제자리에 멈춰섰다. 그리곤 대체 여기가 어디며 지금껏 뭘 마시고 있었던 건지 궁금해 하는 술 취한 해병과 흡사한 멍청한 모습으로 서서 주위를 두리번거렸다.

그는 두 눈을 깜빡였다. 휴가 중인 해병들과 비슷한 정도가 아니었다.

아주 똑같았다. 미친 듯이 질주하다가 어디에선가 사이오리스크의 목줄이 미치는 범위를 벗어났고, 이 지역의 무리어미가 다시 그들에 대한 통제를 되찾으려 하고 있었다.

그와 함께 이 난장판의 해결책이 떠올랐다. 그와 알리카가 해야 할 일은, 그 지점 밖으로 전선을 후퇴시키는 것뿐이었다. 그러면 저그의 공세가 보이지 않는 경계선을 지나면서 스스로 와해될 것이다. 사이오리스크가 거기 대응할 수 있는 방법은 스스로 앞으로 나서는 것뿐이며, 테란과 프로토스가 전선을 충분히 멀리까지 후퇴시킬 수 있다면, 결국 사이오리스크는 숲 밖으로 나서야 할 것이다. 그러면 그 순간, 골리앗과 투견이 순식간에 놈들을 섬멸할 수 있었다.

따라서 이번 전투는 이미 승리한 것이나 마찬가지였다. 이제 필요한 건 단 하나의 희생뿐이었다.

파괴된 왕복선이 아직 사이오리스크의 힘이 미치는 범위 안에 있었다. 자치령과 프로토스가 후퇴하면, 저그가 왕복선과 의료정 안의 부상당한 라하스를 찢어발기는 것을 막을 길은 없었다.

프로토스 한 명의 목숨으로 모두의 목숨을 구할 수 있었다.

크루이크섕크는 한참 동안 죽은 포식귀에 뒤덮인 채 널브러져 있는 왕복선과 불사조를 바라봤다. 호너 제독과의 대화가 머릿속에 떠올랐다. 크루이크섕크는 어느 누구도 버리지 않겠다는 말을 한참 동안 떠들었다. 그리고 그 순간에는 한 마디 한 마디가 모두 진심이었다.

하지만 지금까지 끝없이 쏟아지는 저그의 압박에 시달리다 보니, 일이 그렇게 단순해 보이진 않았다. 단 한 명의 목숨을 희생함으로써 더는 동료의 목숨을 희생하지 않고 이 임무를 계속 수행할 수 있다면, 그것도 프로토스 단 한 명의 목숨만 희생하면 된다면, 충분히 고려할 만한 일이 아닐까?

왕복선을 지나친 맹독충들은 이제 당황한 채 방황하던 움직임을 멈추고 전장의 남쪽에 있는 강과 습지를 향해 움직이고 있었다. 그들은 그쪽에 있던 불사조를 그대로 지나쳐서 사라져 버렸다.

크루이크섕크는 불사조에 집중했다. 지금 가동하는 전투기가 단 한 대라도 있어서 적을 공격할 수 있으면 좋겠다는 생각이 들었다.

가동하는 전투기가 한 대만 있다면….

그는 다시 전장을 바라봤다. 다른 일에 정신이 팔려 있는 동안, 두 번째 맹독충 무리는 대부분 죽거나 아군 전선을 통과하며 사이오리스크의 제어에서 벗어나 거의 사라져 버렸다. 그 과정에서 또 해병 한 명과 프로토스 두 명이 죽었다.

멀리서 궤멸충들이 나타나 다가오기 시작했다.

"알리카?"

크루이크섕크가 지글거리는 플라스마 산탄을 전장 너머의 궤멸충에게 쏘아 보내며 프로토스를 불렀다.

"제안할 게 있다. 전선을 개편하여 대원들의 목숨을 구할 수 있는 방법이다."

그는 잠시 머뭇거렸다.

"하지만 당신이라면 별로 달갑지 않을 수도 있겠다."

'*그대 생각과 조건을 말하라.*'

알리카가 말했다.

"좋아."

크루이크섕크는 마음을 단단히 먹었다.

"이러면 어떻겠나…."

제20장

"숲에 또 한 무리가 집결하고 있습니다. 이번에는 히드라리스크가 대부분이며, 맹독충이 후방 지원을 맡고 있습니다."

전술 장교가 보고했다.

"저글링도 있을지 모른다. 아마 선두에 서서 크루이크섕크의 병력이 탄환을 소모하게 유도할 거다."

맷은 적외선 오버레이를 가리키며 말했다. 발레리안은 심각한 표정으로 고개를 끄덕였다.

"핵을 떨어뜨릴 걸 그랬다는 생각이 드는군. 숲 전체를 날려 버렸어야 하는데."

"원한다면 지금이라도 그렇게 할 수 있소. 네라짐 알리카가 보유하고 있는 분열기를 사용하면 되오. 자치령의 전술 핵무기보다 깨끗하지만, 그 위력만은 부족하지 않을 거요."

아르타니스의 감정 없는 목소리가 스피커에서 들려왔다.

"너무 위험하오, 신관. 우린 지금까지 자가라를 너무 강하게 압박했소. 사이오닉 방출기에, 핵폭탄에, 아도스트라도 그렇게나 죽였으니까. 아직까지는 우리와 협력하는 쪽이 유리하겠지만, 이대로 가다가는 자가라도 전부 때려치우자는 결심을 할 거요. 상황이 그 지경에 이르게 할 수는 없소."

"자가라가 이 모든 사건을 주도하고 있는 게 아니라면 그렇겠지."

아르타니스가 반박했다.

"그럴 것 같지는 않소. 조사단의 보고서는 확인해 봤소?"

발레리안이 말했다.

"확인했소. 그런데 그대가 무슨 말을 하고 싶은 건지는 모르겠군."

발레리안은 아래쪽에서 벌어지고 있는 다급한 전투에서 애써 시선을 돌리며 말했다.

"우린 사이오리스크 사체 두 구를 받았소. 지표면에서 그렇게 멀리 떨어진 곳까지 포식귀를 유도할 수 있는 게 자가라 외에 또 있다고는 생각하지 않소. 사체에 위장 폭탄 따위를 설치한 함정이었거나, 뭔가 우리 시선을 돌리려는 양동 작전의 일환이었다면, 나라도 자가라가 우릴 속이고 있다고, 아니면 적어도 음모를 꾸미느라 시간을 벌려 한다고 생각했을 거요. 하지만 그 사체는 그런 게 아니었고, 따라서 나는 자가라가 정말 선의로 이 모든 행동을 하고 있다고 결론을 내릴 수밖에 없소."

"아바투르에 대해서도 그렇게 생각하시오?"

"자가라가 사이오리스크를 찾아 우리에게 전달하겠다고 마음을 먹었다면, 그 생각을 우리에게 전하려 했을 거라고 짐작할 수 있소. 그런데 자가라는 송신기를 가져가진 않았으니, 아마 누군가에게 우리에게 메시지를 전하라는 명령을 남겼을 거요. 당연히 그 상대는 아바투르였을 테고. 그는 우리와 소통할 수 있고, 이미 그 현장에 있었으니까."

발레리안이 말했다.

"하지만 아바투르가 모든 일의 배후에 있었다면… 그 명령을 거역하는 것이 가장 이익에 부합했겠지."

아르타니스는 신중한 말투로 대꾸했다.

"그렇소. 자가라가 아무 경고 없이 우릴 공격한 것처럼 보이게 하고 싶었겠지."

"그렇다면 그 목적은?"

"자가라와 협상이 끝나면 그에게 직접 물어보고 싶소."

"그대의 주장은 논리적이오, 발레리안 황제. 하지만 논리가 항상 현실을 대변하는 건 아니지. 최종 판단은 보류하겠지만, 자가라가 무고하다는 의견은 아직 받아들이지 않겠소."

"그 정도면 충분하오. 고맙소."

발레리안이 답했다.

"우리가 거대괴수를 면밀히 감시하고 있다는 사실만 명심하시오. 그들이 기스트를 떠나려 시도한다면 무력으로 대응할 거요."

아르타니스가 덧붙였다.

발레리안은 눈살을 찌푸렸지만, 일리가 있는 말이었다. 자가라나 다른 무리어미가 도망치려 한다면, 그 거대한 생물 안에 전쟁을 몇 년 동안 지속할 수 있을 만큼 많은 저그를 집어넣을 수 있을 터였다.

"알겠소."

"새로운 전선을 구축합니다."

맷이 그의 곁에서 작은 소리로 말했다. 발레리안이 다시 화면을 향해 시선을 돌렸다.

"그들이 공격을 또 한 번 막아낼 수 있겠소?"

"잘 모르겠습니다. 그랬으면 좋겠군요. 저글링이나 바퀴에 비해 히드라리스크는 사이오리스크가 통제하기에 어려운 건지도 모르겠습니다."

맷이 심각한 목소리로 대답했다.

"뇌가 더 크고 지능도 더 뛰어나기 때문일까?"

"더 크고 흉포하기 때문인지도 모릅니다. 그 생각을 하니 떠오르는 게 있군요."

맷은 통신 장치를 꺼내 상대방을 연결했다.

"생물연구소, 여긴 호너 제독이다. 부검은 어떻게 되고 있나?"

코건 박사의 목소리가 스피커에서 들려왔다.

"지금 막 시작했습니다, 제독님. 아주 놀랍군요. 프로토스와 데이터 피드를 교환하고 있는데, 함께 조사해도 세부 사항을 모두 밝혀내기까지는 몇 달이 걸릴 거예요."

"그럴 시간이 없소, 박사. 도움이 될 만한 건 뭐든 알려 주시오."

발레리안이 따끔하게 말했다.

"네, 폐하. 나쁜 소식은, 두뇌에서 사이오닉 능력을 통제하는 부위를 정확히 추정할 수 없었다는 겁니다. 따라서 그 능력을 제거하거나, 방해하거나, 혼선을 야기할 수 없을 것 같아요."

"계속 찾아보시오."

"그러고 있습니다, 폐하. 그런데 재미있는 걸 발견했습니다. 저그가 소리를 들을 수 있다는 건 폐하도 알고 계셨을 겁니다. 전장에서 그런 모습을 늘 봤으니까요. 하지만 지시를 받거나 서로 일반적인 소통을 하는 데는 사이오닉 네트워크를 이용한다고 지금껏 생각했었습니다. 그리고 여왕이나 감시군주와 같은 고위 저그는 테란의 말을 이해할 수 있다는 사실도 익히 잘 알려져 있지요."

"그래서?"

발레리안이 다급히 물었다.

"프로토스의 데이터를 보면, 언어 중추의 발달과 저그의 계층 구조 사이에는 직접적인 상관관계가 있어요. 그리고 지금까지 확인된 바로는, 사이오리스크는 그 언어 중추가 매우 잘 발달되어 있습니다."

"흥미롭군. 그런데 사이오닉 능력이 있으면서 왜 언어를 이해해야 할 필요가 있었던 거지?"

아르타니스가 말했다.

"아바투르가 직접 대화하기 위해서였겠지."

발레리안은 갑자기 모든 것이 들어맞는다고 느꼈다.

"사이오닉 능력이 젤나가 정수에서 나오는 거라면, 사이오리스크는 저그와는 다른 계층에서 활동할 거요. 어쩌면 아바투르가 전통적인 방법으로는 그들과 소통하지 못할 거라고 추정했을 수도 있소. 그래서 언어 중추를 추가해서 그들과 대화하려 한 거겠지."

"아바투르가 정말 말을 할 수 있나? 여왕들도 그러지는 못한다고 생각했는데."

맷이 코건 박사에게 물었다.

"어느 정도까지는 가능합니다. 다른 저그가 장거리 교신에 사용하는 사이오닉—언어 번역기를 사용하는 겁니다."

코건이 답했다.

"어쩌면 사이오닉 능력에 대해 짐작할 필요가 없었는지도 모르겠군. 이미 아도스트라를 만들어 보았으니, 저그와 젤나가 사이오닉은 서로 다른 계층에서 작용한다는 걸 알았을 테니까."

맷이 덧붙였다.

"자가라나 무카브와 같은 고위 저그들도 전쟁이 끝난 이후 언어를 통한 의사소통이 훨씬 능숙해졌소."

발레리안이 말했다.

"그렇다면 지금 상황이 매우 다급하다고 하겠소. 알리카의 병력에 대한 공격이 시작된 이후로, 나는 적의 전술에 대해 고민해 봤소. 사이오리스크가 단독으로 전투를 지휘한다고는 생각할 수 없소. 뭔가 다른 저그가 그들과 함께 있다고 추정할 수 있었소."

아르타니스가 말했다.

"아바투르도 거기 있을 거라는 말이오?"

발레리안이 갑자기 관심이 동한 표정으로 화면을 바라보며 아르타니스에게 물었다.

"모르겠소. 그 의문에는 또 다른 의문이 따라오기 마련이오. 우리는 아바투르에 대해 아는 게 많지 않지만, 그렇게 제한적인 정보만 고려해도 그 자가 전쟁을 위해 만들어진 개체가 아니라는 건 알 수 있소. 아바투르가 전술 능력을 보유하고 있을 이유는 없소."

"걱정스러운 의견이군. 그곳에 있는 누군가는 그런 능력을 보유한 것 같으니까."

발레리안은 화면을 향해 눈살을 찌푸리며 말했다.

"초월여왕 자가라라면 그럴 수 있겠지."

아르타니스가 말했다.

"그렇겠지."

발레리안도 동의했다. 앞서 논리와 현실의 관계에 대해 언급한 아르타니스의 말이 떠올랐다.

"다시 한 번 얘기하지만, 우리가 할 수 있는 건 끝까지 지켜보는 것뿐이오. 조사단이 3번 거점에 도착한 것 같으니, 이제 그들이 뭘 찾아낼지 한번 지켜봅시다."

"그들이 사이오리스크가 엿들을 만한 이야기는 하지 않기를 바라야겠군요."

맷이 덧붙였다.

• • •

타냐의 보안경에 있는 거리계로 확인해 보니, 3번 거점의 방은 1번 거점에서와 정확히 같은 크기였다.

그렇다면 방을 가로질러 아도스트라 알주머니까지 가는 데 왜 이렇게 오랜 시간이 걸리는 것처럼 느껴지는 걸까?

'이번 일이 성공할 거라고는 생각하지 않아. 이번 계획에 모든 희망을 걸면, 결국 우리 모두 파멸하고 말 거야.'

울라부는 경고했다.

타냐는 방 반대쪽을 노려봤다. 뭔가를 시도하고 실패하는 것과, 지레짐작으로 포기하는 건 완전히 다른 문제였다.

'성공하지 않을 이유를 모르겠는데. 이건 젤나가 정수고, 너희 종족도 젤나가와는 역사가 좀 있잖아. 게다가 사이오리스크의 공격이 네게 유난히 강력한 효과를 발휘하기도 했고. 그러니 사이오리스크의 사이오닉이 너희와 연결될 수 있다는 건 확실하다고 생각해.'

그녀가 말했다. 울라부는 머릿속에서 한숨을 내쉬었다.

'그런 이야기를 하는 게 아니야, 타냐 콜필드. 아도스트라가 식물의 성장을 촉진한다고 했잖아. 식물은 그 본질과 발현 측면에서 동물과는 근본적으로 달라.'

'나도 알아. 하지만 아도스트라는 동물이잖아? 그러니까 너라면 접촉할 수 있지 않겠어?'

타냐는 애써 참을성을 발휘하며 말했다. 지금은 철학적 논쟁을 할 때가 아니었다.

'혹시라도 그게 사실이라면, 내가 무슨 얘기를 할까? 생명을 존중하고 육성하는 그들이, 죽음을 초래한다는 개념을 이해할 수 있을까? 설사 그렇다고 해도, 그런 개념을 받아들일 거라고 생각해?'

타냐는 눈살을 찌푸렸다. 앞서 휘스트와도 이와 같은 논쟁을 벌였었지만, 아직도 자신이 틀렸다고 생각하지 않았다.

게다가 그건 사이오리스크의 통제를 받는 저글링 60마리를 만나 보기 전이었다.

'한번 시도라도 해볼 수 없겠어?'

'그럴 거야.'

울라부가 잠시 말을 멈췄고, 타냐는 그가 사람들 모두를 향해 생각을 전하는 걸 느꼈다.

'성공할 거라고 장담할 수는 없습니다. 그들과 소통할 수 있는지조차 알 수 없습니다. 아도스트라는 지금껏 프로토스가 접촉했던 그 무엇보다도 이질적인 존재입니다.'

타냐는 그것 자체도 놀라운 일이라는 걸 잘 알고 있었다. 프로토스는 그 오랜 역사를 통해 수많은 곳에서 수많은 존재들을 만나 왔다. 양분 주머니 속에서 꿈을 꿀 뿐인 생물 한 무리가 그렇게도 위협적이라면, 이 계획이 순식간에 실패로 돌아갈 가능성도 적지 않았다.

"그냥 최선을 다해 주세요. 더는 바라지도 않아요."

에린이 울라부를 응원해 주었다.

"그래, 걱정하지 마. 우리 테란이 어떤지 당신도 잘 알잖아. 절대로 죽으라고 하지는 않아. 저그만 빼고… 아, 가끔은 프로토스한테도 그러지만, 대부분은 저그를 상대할 때만 그런다고. 뭐, 대충 무슨 얘긴지는 알겠지."

디즈도 덧붙였다.

"이제 그만하셔도 됩니다."

휘스트가 말했다.

"미안해. 밀실에서는 좀 긴장이 돼서 말이야. 천장도 너무 낮고. 사신은 다들 그래."

타냐는 위를 올려다봤다. 천장이 그렇게 낮지는 않았다. 바닥으로부터 넉넉히 5미터는 떨어져 있었고, 울라부도 머리를 부딪칠 걱정은 할 필요가 없었다. 그래도 늘 언덕과 전장 위 하늘을 마음대로 누비던 사람에게는 5미터 높이의 공간도 밀실 공포증을 유발할 수 있는 모양이었다.

"이런. 천장을 잘 봐."

디즈가 나직하게 말했다. 타냐는 인상을 찌푸리고 뒤로 물러서며 천장을 조금 더 자세히 살폈다. 바위투성이에 동굴이라면 늘 그렇듯 여기저기 튀어나온 곳과 패인 곳이 있었다. 저그의 발톱에 패인 건지, 저그의 산성 체액에 녹아내린 건지, 아니면 둘 다인지 알 방법은 없었다. 앞쪽으로 첫 번째 아도스트라 알주머니 앞에는 유난히 울퉁불퉁한 자국이 있었는데, 마치 거대한 프로토스가 주먹으로 내리친 지점 같았다. 그 옆에는 마치 거대한 종유석처럼 보이는 커다란 돌출부가 눈에 띄었다.

그리고 둘 사이에 구멍이 있었다.

다가가면서 보니 그냥 깊이 파인 자국이 아니라, 바위를 뚫고 위쪽으로 올라가는 진짜 구멍이었다. 얼마나 멀리까지 이어지는지는 알 수 없었지만, 안쪽에 희미한 빛이 비치는 걸로 봐서 지표면까지 이어지는 곳이 조금이라도 있는 게 분명했다. 어쩌면 그 길이나, 또 다른 여러 길을 이용하여 사이오리스크가 이 안으로 들어왔을 가능성도 있었다.

그녀는 디즈를 바라봤다. 그도 타냐를 마주 봤다. 디즈는 그녀가 뭔가를 놓치고 있다는 듯 눈썹을 추켜세운 표정이었다.

그녀는 다시 구멍을 쳐다봤다. 디즈의 정신을 더듬어 그가 무슨 말을 하려는 건지 최소한의 단서라도 알아내려 했지만, 그녀의 텔레파시 능력이 제한적이라 헛수고였다. 구멍이 거기 있었고, 메사의 꼭대기까지 이어지는 걸로 보였다.

그리고 그 구멍은 사람 한 명이 비집고 들어갈 수 있는 크기였다.

휘스트나 에린처럼 CMC 전투복을 착용한 사람은 불가능했다. 어깨에 사신용 추진기 터빈을 장착한 사람도 불가능했다. 프로토스처럼 어깨가 넓은 사람도 할 수 없었다.

하지만 상대적으로 크기가 작은 자치령 유령 전투복을 착용한 사람이라면 가능했다.

디즈가 타냐에게 탈출하라고 말하는 걸까?

그녀의 첫 번째 반응은 그 생각 자체에 대한 거부감이었다. 감히 그녀가 모두를 버리고 달아날 거라고 생각하는 걸까?

하지만 조건 반사와 같은 그 분노가 지나가고, 몇 분 후면 모두들 죽어버릴 수도 있다는 생각이 떠오르자 정신이 번쩍 들었다. 그리고 그런 사태가 발생한다면, 사이오리스크가 장거리 통신을 차단하고 있는 지금, 발레리안 황제와 아르타니스 신관이 이곳에서 일어난 일을 알 수 있는 방법은 너무 늦기 전에 누군가 여길 빠져나가는 것뿐이었다. 그리고 그럴 수 있는 건 그녀뿐이었다.

게다가 더 끔찍한 건, 그녀가 여기 갇히기라도 하는 날에는 아바투르에게 끌려가 저그의 무장에 방화 능력을 추가하는 데 기여하게 될 거라는 사실이었다.

디즈의 생각이 옳을 수도 있었다. 그렇게 합리적인 이유가 있으니 타냐는 이곳을 빠져나가야 마땅한 건지도 몰랐다.

타냐는 어깨를 똑바로 폈다.

'안 돼.'

그녀는 단호하게 생각했다. 자치령을 위해 자신의 힘을 쓸 수 있는 지금 같은 순간을 정말 오랫동안 기다려 왔다. 절대로 팀을 저버릴 수 없었다. 그렇게는 안 됐다.

아바투르 문제라면, 혹시라도 그녀와 다른 이들이 모두 죽게 된다면, 진화군주라도 건질 게 없을 만큼 아무것도 남기지 않고 소멸할 작정이었다.

'안 된다니, 무슨 얘기야?'

타냐는 얼굴을 찌푸렸다. 그건 혼자 생각이지, 울라부에게 보내는 메시지가 아니었다. 아무래도 생각이 너무 강했던 모양이었다. 그녀가 대답했다.

'디즈가 나한테 뭔가를 시키려고 해. 하지만 난 할 수 없—'

"다 왔어."

휘스트가 첫 번째 알주머니 무리 앞에 멈춰서며 말했다.

"울라부, 할 일을 해라. 나머지는 산개. 너무 멀리 떨어지지는 않는다. 그리고 여기저기 찔러 보면서 알주머니를 뜯어낼 방법을 찾는다."

"알주머니를 파괴할 방법도 찾아 봐야지."

타냐가 덧붙였다.

"그래, 파괴해야지. 누구든 알주머니를 손상시킬 방법을 찾으면, 다들 그쪽으로 가서 사이오리스크의 시선을 차단하고, 그 사이에 에린이 표본을 채취한다. 알았지? 가자."

그들은 산개했다. 디즈는 왼쪽으로 두어 번째 주머니를 향해 갔고, 휘스트는 오른쪽으로 같은 거리를 이동했다. 울라부는 둘 사이의 가운데에 있는 주머니를 택했고, 타냐는 그의 옆으로 다가가며 말했다.

'넌 할 수 있어. 천천히 해. 먼저 인사부터 시작하고.'

그녀가 전했다.

'노력하고 있어. 저들은… 너무 달라. 이해할 수가… 없어. 저들이 나를 이해하는 것 같지도 않고.'

정신 속 울라부의 목소리는 유달리 스트레스를 받은 기색이 역력했다.

"아, 이런."

에린이 울라부의 반대쪽에서 중얼거렸다.

"무슨 일이야?"

휘스트가 작은 목소리로 물었다.

"저글링이… 안절부절못해 하고 있어요."

타냐는 보관소 양쪽 끝을 빠르게 확인했다. 저글링은 그냥 안절부절못하는 정도가 아니었다. 이리저리 씰룩거리며 발을 동동 구르고 있었다. 낫 모양의 앞발을 위아래로 움직이며, 주둥이를 반복해서 여닫았다.

"이거 좋지 않은데. 대체 왜들 저렇게 난리가 난 거야?"

디즈가 에린에게 물었다.

"우리가 뭘 하고 있는 건지 알아낸 건 아닐까요?"

"물론 알아냈겠지. 젠장, 적어도 우리가 주머니를 파괴하러 온 건 아니라는 걸 알아냈을 거야. 그건 방 건너편에서도 할 수 있었을 테니까."

휘스트는 음울한 목소리로 말했다.

"그러면 대체 왜…?"

에린은 말을 끝맺지 않았다.

"그래, 맞아. 놈들은 우리가 방을 가로질러 와서, 출구에서 떨어지기를 기다렸던 거야."

휘스트가 말했다.

"자, 급한 일부터 해야지."

타냐는 머릿속을 울리는 윙윙 소리와 뱃속을 뒤트는 공포와 싸우며 말했다. 아바투르에게 자신의 몸을 넘겨줄 생각은 없었다.

"저것들이 움직이기 전에 에린이 표본을 채취할 수 있을까?"

"아직 알주머니 안으로 들어갈 방법은 찾지 못했어요. 하지만 울라부라면 잘라서 열 수 있지 않을까요?"

에린이 대답했다.

'안 됩니다. 저들의 말은 이해할 수 없습니다. 하지만 저 알주머니를 찢으면, 그 안의 아도스트라가 죽게 된다는 것만은 느낄 수 있습니다.'

울라부는 더욱 괴로워하고 있었다.

"그게 어쨌다는 거야? 어차피 다들 죽을 거잖아. 그게 아바투르가 원하는 거라고."

디즈가 대꾸했다.

'그럴지도 모릅니다. 하지만 제 손으로 죽게 할 수는 없습니다.'

"맞아요. 이미 너무 많이 죽였잖아요. 지나치게 많이요. 이제 더는 죽이고 싶지 않아요."

에린이 말했다.

"좋아. 그러면 일단 30초 정도만 울라부가 다시 접촉해 볼 수 있게 해 주고, 그 뒤에 우아하게 후퇴할 방법을 찾아보자고."

휘스트가 말했다. 타냐는 씰룩거리는 저글링들과 그 뒤의 사이오리스크를 바라보며 경고했다.

"저들이 우릴 그냥 내버려 두지 않을 거야."

"아마 그렇겠지. 그리고 상황이 그렇게 되면, 어쩔 수 없이 전부 죽여야 하고."

디즈가 말했다. 그의 말이 끝나기가 무섭게, 아무런 경고 없이 저글링이 전부 돌진했다.

모두 죽게 될 거라는 생각을 막연히 떠올리며, 타냐는 왼쪽으로 돌아서서 가장 가까이에 있는 저글링에게 힘을 뻗었다. 그 저글링은 두 걸음을 더 내딛고 비틀거리며 쓰러졌다. 타냐는 그 옆의 저글링에게 주의를 돌렸다. 뒤쪽에서는 휘스트가 파상공세를 펼치며 밀려드는 적을 향해 C-14 소총을 발사하는 소리가 들렸다. 오른쪽에서는 울라부가 차원 검을 발동하는 빛이 알주머니에 비쳐 보였다.

타냐가 디즈를 바라보는 순간, 그는 터빈을 가동시키며 공중으로 솟아올랐다.

앞서 타냐에게 가르쳐 줬던 천장의 구멍을 향해.

타냐가 처음으로 떠올린 건 디즈가 도망치고 있다는 끔찍한 생각이었다. 저 좁은 틈으로 어떻게든 빠져나가서, 거세게 밀려드는 확실한 죽음을 피해 보려는 속셈이라고 짐작했다. 그녀는 고개를 들어 사신이 솟아오르는 경로를 눈으로 좇았고, 분노와 배신감이 결합되자 눈앞이 붉게 물들었다.

하지만 그는 구멍을 향해 가고 있지 않았다. 천장에 커다란 주먹 모양으로 파인 부분이 목표 지점이었다.

타냐는 당황한 마음에 눈살을 찌푸렸고, 디즈가 극심한 공포에 비행경로를 이탈한 건 아닐까 다시 생각했다. 하지만 그는 몸을 반쯤 돌려 그녀와 다른 이들을 바라보면서, 거북목처럼 높이 치솟은 추진기의 목 보호대를 우아한 몸짓으로 구멍의 가장자리에 가져다 댔고, 이어서 터빈을 최대 출력으로 가동했다.

그러자 격렬한 폭풍이 밀려드는 저글링을 덮쳤고, 그 괴물들을 양 옆으로 흩어 놓으며 방 건너편으로 내동댕이쳤다.

"이쪽은 내가 처리할게! 반대쪽 녀석들을 상대해!"

거세게 비명을 지르는 터빈 소리에 묻혀, 디즈의 목소리는 잘 들리지 않을 정도였다.

타냐는 빙글 돌아섰다. 자기도 모르게 웃음이 새어나왔다. 그에게도 생각이 있을 거라고 믿었어야 했다.

하지만 적을 절반씩 나눴다고 해도, 상황은 여전히 위태로웠다. 휘스트는 C-14 소총으로 공격해 오는 저그를 차근차근 휩쓸었고, 에린도 가우스 소총으로 나름 활약했다. 타냐의 염화 능력까지 가세하자 일행은 조금씩 전진하기 시작했다.

하지만 저글링은 강했다. 하나씩 처치하는 데는 시간이 적잖이 걸렸고,

그 수는 정말이지 너무나도 많았다. 타냐의 곁에서 울라부는 차원 검을 거뒀다. 어차피 저글링은 아직 너무 멀리 있어서 근접 공격을 할 수 없었다. 울라부는 작은 컵받침 크기의 원반을 꺼냈다. 그는 허리를 구부리고 손을 가슴 쪽으로 끌어당긴 후, 저글링들을 향해 원반을 던졌다.

날아가던 원반의 가장자리에서 불타오르는 초록색 차원 검이 솟아나왔고, 그 물체는 곧 지름이 약 1미터 가량인 파괴의 풍차가 되었다. 첫 번째 저글링과 충돌한 원반은 속도도 느려지지 않고 그대로 괴물을 절단했고, 그 뒤의 저글링도 같은 신세가 되었다.

방 반대쪽에서 기다리고 있던 사이오리스크도 피하려 했다. 하지만 예상치 못한 공격에 놀라 몸이 제대로 움직이지 않는 것 같았고, 그에 비해 무기는 너무 빠른 속도로 이동했다. 사이오리스크가 막 몸을 돌리는 순간 회전하는 칼날이 상체를 꿰뚫었고, 저그는 그대로 돌바닥에 무너져 내렸다. 공허 에너지는 나타났던 때만큼 빠르게 사라졌고, 그 무기는 이제 평범한 원반으로 돌아가 벽에 튕긴 후 바닥에 떨어졌다.

휘스트는 유쾌한 함성을 외쳤다.

"잘했어! 그거 혹시 더 있어?"

'아니, 하나뿐입니다. 타냐 콜필드, 혹시 저걸 회수할 수 있겠어?'

울라부가 대답했다. 타냐는 인상을 썼다. 커다란 보관소 건너편에, 그것도 두 줄로 늘어선 저글링 뒤쪽에 있는 물건을 가져오라니. 하지만 그의 말이 옳았다. 저글링과 사이오리스크는 당황하여 일시적으로 전열이 흐트러져 있었고, 그 원반은 이대로 버리기에는 너무 강력한 무기였다.

"해볼게! 휘스트, 길을 열어줘."

그녀가 소리쳐 대답했다.

"그러지."

휘스트는 조준을 옮겨 저글링들 무리의 중앙을 공격했다. 에린도 사격 목표를 바꿨다. 타냐는 몸을 잔뜩 긴장시키며 뛸 준비를 했다. 절묘한 타이밍이 필요하다는 걸 느낄 수 있었다.

"걱정 마. 내가 가져올게. 타냐, 이쪽을 맡아."

디즈가 외쳤다. 그리고 타냐가 미처 대답하기도 전에, 터빈의 방향이 바뀌며 그가 머리 위를 가로질렀다. 저글링이 휘두르는 갈퀴 발톱을 피하기 위해 이리저리 방향을 바꾸며, 그는 원반을 향해 날아갔다.

타냐는 기다리지 않았다. 디즈의 근거리 터빈 공격이 그쪽 저글링들에게 조금이나마 피해를 주었길 기대하며 뒤로 돌아섰다.

터빈 공격은 효과가 전혀 없었던 건 아니었지만, 그렇다고 만족스럽다고 할 수도 없었다. 저글링들은 산개하여 물러났고, 그 모습을 보니 그 중 일부는 꽤 격렬하게 거친 바닥에 내동댕이쳐진 것 같았다. 하지만 아직 균형을 잡지 못해 비틀거리는 일부를 제외하고는, 대부분 정신을 차린 모습이었다.

타냐는 단단히 버티고 서서, 다시 돌격할 준비를 마친 저글링에게 정신을 집중했다. 대상은 몸을 부르르 떨고는 이내 쓰러졌다. 타냐는 다음 저글링에게 주의를 돌렸다.

'던지십시오!'

타냐는 위험을 무릅쓰고 어깨 너머를 돌아봤다. 보관소 반대편에는 디즈가 착지하여 올라부의 원반을 집어 들고 있었다. 그쪽 방향의 다른 사이오리스크 3마리가, 디즈가 다시 날아오르기 전에 붙잡으려고 돌진하고 있었다. 디즈는 원반을 사이오리스크에게 던지고 추진기에 동력을 공급했다.

원반은 다시 공허 에너지로 타오르며, 앞장선 저그의 상체를 꿰뚫고 등으로 빠져나왔다. 괴물은 여전히 발톱을 쳐들고 공중으로 날아오르는 디즈의 다리를 헛되이 긁었다. 두 번째 사이오리스크는 원반이 지나가는 순간 그 이동 경로에서 옆으로 비켜섰다. 고동치는 칼날이 사라졌고, 갑자기 튀어나온 세 번째 사이오리스크가 예상치 못한 날렵한 몸놀림으로 공중에 뜬 원반을 가로챘다.

그 순간 차원 검이 다시 뿜어져 나왔다. 원반을 들고 있던 사이오리스크의 팔은 잘려나갔고, 그와 함께 사이오리스크의 머리도 갈라졌다.

마지막 사이오리스크는 원반을 가까스로 피한 후 뒤로 돌아 디즈를 향해 돌진하며, 양손의 갈퀴를 마구 흔들어댔다. 하지만 휘스트의 삼연발 쐐기가 적중하자 고깃덩이로 변해 무너져 내렸다.

타냐는 그런 모습을 더 보고 싶지가 않았다. 고개를 돌리자 저글링 10여 마리가 한 덩어리로 뭉쳐 달려오고 있었다. 낫 모양의 앞발은 언제든 내리치려고 잔뜩 치켜든 모습이었다. 그녀는 그 중 1마리를 죽이고, 그 다음 저글링을 바닥에서 꿈틀거리게 만들었다. 그리고 세 번째를 목표로 삼았지만, 저글링들을 제때 모두 제거할 수는 없겠다는 깨달음이 찾아왔다. 타냐가 비틀거리며 물러나는 순간 뭔가 작고 검은 것이 어깨 위를 지나갔다.

회전하는 원반에서 다시 공허 에너지가 뿜어져 나왔고, 공격해 오던 저글링 2마리가 말끔하게 잘려 쓰러졌다. 다른 괴물들은 흩어지며 원반의 이동 경로에서 벗어났고, 공격이 일시적으로 중단되었다.

타냐는 다음 저글링에게 집중하며, 울라부가 벌어 준 몇 초의 시간을 최대한 활용했다. 무리의 다음 저글링을 처치하는 순간, 방 반대편에서 작게 깜빡이는 불빛이 눈에 띄었다.

그때 울라부가 그녀를 스쳐 지나갔다. 양팔에서 차원 검이 타올랐다. 그는 망설이지 않고 적 무리 사이로 뛰어들었다. 타냐는 울라부 가까이에 있는 저글링들에게서 눈을 떼고 옆쪽에서 차례를 기다리며 서 있던 괴물들에게 집중했다. 그 중 하나가 몸이 뻣뻣하게 굳어 죽었고, 두 번째와 세 번째도 그 뒤를 따랐다. 울라부의 발아래에 적의 사체가 쌓이며, 그의 발이

묶일 위험에 처했다.

방 뒤편에서 희미한 움직임이 보였다. 그 방향의 저글링들을 지휘하던 사이오리스크 3마리가 허둥지둥 벽을 따라 아치형 입구로 달리고 있었다. 이번 전투에서 패배했음을 인정하고 탈출하려는 것 같았다.

타냐는 웃었다. 어딜 달아나려고.

삼십 초 후, 모든 것이 끝났다.

"다들 괜찮아? 울라부? 당신은 좀 어때?"

모두 무기를 거두자 휘스트가 외쳤다.

'움직일 수는 있습니다.'

프로토스가 대답했다.

"좋아. 그걸 물어본 건 아니잖아. 다시 해 보지. 새 상처가 몇 개나 생겼어?"

휘스트가 다시 물었다.

'세 개입니다. 치명적인 건 없습니다.'

"한번 보자고."

휘스트가 구급상자를 들고 울라부에게 다가가며 말했다.

"타냐? 당신도 좀 다친 것 같은데."

"난 괜찮아."

타냐의 머리는 평생 느껴본 것 중에서 최악의 두통으로 끔찍하게 지끈거렸고, 임플란트는 당장이라도 불타올라 그녀의 뇌를 태워 버릴 것만 같았다. 그녀는 전투가 모두 끝날 때까지 자신이 얼마나 힘을 쏟아 붓고 있는지, 또 그게 자신에게 어떤 영향을 줄 것인지 생각도 하지 못하고 있었다.

하지만 이제는 모든 것이 끝났고, 아바투르가 재대결을 준비할 때까지 회복할 시간은 충분했다.

어쨌든 타냐의 상황은 휘스트보다는 나았다. 그의 전투복에는 적어도 두 개의 발톱 자국이 새로 생겼고, 그 중 하나는 안쪽까지 구멍이 뚫려 있었다. 아마 그 자국을 남긴 저글링은 지근거리에서 머리가 날아가 버렸을 것이다.

유령 프로그램의 병영에서 남녀 병사들은 종종 해병을 놀림감으로 삼아 신랄하게 비난하곤 했다. 이번 일이 끝나면, 병영으로 돌아가서 해병이 어떤 일을 하는지, 얼마나 잘하는지, 또 그 과정에서 얼마나 끔찍한 위험을 무릅쓰는지 확실히 알려 주겠다고 타냐는 결심했다.

휘스트는 전투복 한 편에서 붕대를 꺼내며 고개를 들어 타냐를 바라봤다.

"그건 무슨 표정이야?"

타냐는 눈을 깜빡였다.

"미안. 잠깐 딴 생각을 하고 있었네."

"그래도 나쁜 표정은 아니었어. 내가 아까 역풍을 불게 하려고 위로 올라갔을 때 날 바라보던 표정 못 봤지?"

디즈가 덧붙였다.

"아, 그건 정말 천재적이었습니다. 재사회화된 멍청이들이나 할 짓이기도 했고요. 추진기를 그렇게 전력으로 가동하다가 목 보호대가 미끄러지기도 하면 중위님 목이 똑 부러졌을 거라는 사실은 아십니까?"

휘스트가 대꾸했다.

"그러면 감사 인사는 생략하자고. 해병을 위한 일이라면 뭐든 할 수 있으니까. 자, 이젠 어떻게 하지?"

디즈는 싱긋 웃으며 말했다.

"표본을 구할 방법이 있을 것 같아요. 알주머니를 직접 열 수는 없어도, 영양분이 출입하는 관을 살펴보면 될 거예요. 거기엔 알주머니 안의 개체에서 떨어져 나온 세포들이 섞이게 마련이니, 그걸 채취하면 돼요."

에린이 말했다. 지금 그녀는 가방을 열고 내용물을 이리저리 살펴보는 중이었다. 그녀는 방 건너편을 향해 손짓했다.

"그리고 사이오리스크에서도 표본을 채취하기만 하면, 그들이 같은 종이 아니라는 걸 증명할 수 있을 거예요."

"발레리안은 이미 사이오리스크 표본을 갖고 있는데."

디즈가 그녀에게 앞서의 일을 상기시켰다.

"폭발한 후에 진공에 노출된 것들이잖아요. 깨끗한 게 있으면 더 좋겠죠."

에린이 말했다.

"일리가 있군. 그러면 그 동안 울라부는 나랑 같이 구멍에서 저걸 끄집어내면 되겠네."

휘스트는 눈살을 찌푸렸다.

"무슨 구멍에서 뭘 꺼낸다는 겁니까?"

"천장 구멍에 박혀 있는 거 말이야. 타냐는 봤잖아. 그렇지?"

디즈가 위쪽을 가리키며 말했다. 타냐도 고개를 들어 구멍을 들여다봤다. 정말로 거기에 뭔가 있었다. 이제야 보였다.

"하."

"못 봤었어?"

디즈가 물었다.

"못 봤지. 난 그냥 탈출할 길을 가리키는 건 줄 알았어."

타냐는 솔직히 인정했다.

"정말? 아니, 우리 중에서 누가 저길 빠져나갈 수 있겠어? 뭐, 너라면 가능할지도 모르지만. 어쨌든 저걸 손에 넣는 가장 좋은 방법은 잘라서 꺼내는 거고, 그러려면 우리 암흑 기사 친구의 차원 검이 딱 좋을 것 같은데. 물론 당신만 괜찮다면 말이야."

디즈는 위를 올려다보며 말했다.

'물론 도와드리겠습니다. 제가 뭘 하면 좋을지 말씀하십시오.'

울라부가 말했다.

"아주 대단한 건 아니야. 내가 당신을 위로 데리고 올라가면, 당신이 저기 있는 연결부위나 지지대 같은 걸 잘라내고, 그게 끝나면 저걸 갖고 내려오는 거지."

'기꺼이 돕겠습니다.'

"먼저 이 붕대를 감아야겠군. 울라부, 차원 검 얘기가 나와서 말인데, 그 비행 원반은 진짜 끝내주는 무기 같은데, 왜 아직까지 한 번도 우리 눈에 띄지 않은 거야?"

휘스트가 말했다.

'최근에 와서야 완성되었습니다. 이 원반은 차원 검의 기술을 활용하지만, 투사되는 공허 에너지는 차원 검과 동일하지는 않습니다.'

울라부가 말했다.

"마음에 쏙 드는데. 혹시 어디 떨어졌는지 본 사람 있나?"

휘스트가 말했다.

"저쪽에 있어. 내가 가져오지."

타냐는 저글링 2마리의 사체 사이에 놓인 원반을 가리켰다.

그녀가 돌아왔을 때, 휘스트는 붕대를 모두 감았고, 디즈와 울라부는 구멍 안에 감춰져 있던 물체를 회수하여 바닥에 놓았고, 이제 세 사람은 모두 그 주위에 쭈그리고 앉아 있었다. 그 물체는 작은 상자 모양의 저그 생체 물질 덩어리였다. 회색 물체의 한쪽 면에는 창살 무늬와 함께 묘한 형태의 스위치가 여럿 붙어 있었다.

"이게 뭔지 아는 사람 있어?"

원반을 울라부에게 건네며 타냐가 물었다.

"아, 그럼. 이게 녀석들이 사용하던 송신기라는 데 내 월급이라도 걸겠어. 크루이크섕크가 보낸 데이터 중에는 자가라가 회담장에서 사용하는 송신기를 찍은 흐릿한 사진도 있었거든."

못마땅한 태도로 디즈가 답했다.

"이게 송신기라고? 저그가 원거리 통신 장치를 사용하는 줄은 몰랐는걸."

타냐는 눈살을 찌푸리며 말했다. 그 물체는 아무리 봐도 전형적인 저그의 유기체 덩어리로밖에 보이지 않았다.

'저그 여왕 무카브도 코랄 IV 행성을 찾아와서 테란에게 도움을 요청할 때 그걸 사용했었어.'

울라부가 말했다.

"알았어. 그런데 여기에는 왜 있는 거냐고? 저 녀석들은 저그야. 아바투르도 그냥 사이오닉 연결망을 이용했으면 되는 거 아니야?"

"사이오리스크는 그게 안 돼요."

알주머니 옆에서 에린이 외쳤다. 그녀는 작은 액세스 패널을 열고, 탐침으로 알주머니를 찔러 보는 중이었다.

"젤나가 정수는 저그와 다른 사이오닉 계층을 사용한다는 말 기억하세요?"

그녀는 반쯤 돌아서며 갑자기 뭔가 떠올랐다는 듯 손가락을 들었다.

"1번 집중점에서 제가 기계 소리 같은 게 들린다고 했던 말도 기억하세요? 왜 그 노래와 섞인 듯했다고 했던 소리요."

"이건 기계라고 볼 수는 없을 것 같은데."

디즈가 지적했다.

"아도스트라의 사이오닉 능력도 정확히 노래라고 할 수는 없습니다. 에린 말이 맞을 것 같습니다. 1번 집중점에도 이런 것들이 있었을 겁니다."

휘스트가 반박했다.

"하지만 그래도 그렇게 멀리 떨어진 곳에서 이런 장치의 소리를 들을 수 있었을 리가 없잖아."

디즈는 고집을 꺾지 않았다.

"아도스트라를 통해서 소리가 들린 건지도 몰라요. 그들이 방 안에서 일어나는 일을 자각하고 있었다면, 아니 이 행성 전체에서 무슨 일이 일어나고 있는지 알았다면, 송신기와 같은 생체 구조를 자기들 노래에 섞어 넣었을 수도 있어요."

에린이 말했다.

"그래, 하지만—"

디즈가 입을 열었다.

"어쨌든, 지금 이 장치를 손에 넣었잖아."

타냐가 끼어들었다.

"우선 여기 집중하자고. 일단 아바투르가 송신기를 만들어서 아도스트라 보관소에 설치했다고 해. 송신기는 자체적으로 동력을 공급하고, 대륙 전체에 신호를 전송할 수 있어. 또 아바투르가 자가라와 무카브에게 송신기를 주고 난 후, 같은 걸 추가로 몇 개 더 만들었다고 해도 그 사실을 알아챈 자는 없을 거야."

"그리고 그건 사이오리스크도 언어를 듣고 이해할 수 있다는 뜻일 거야. 젠장, 우리가 속임수를 쓰고 있다는 걸 들킨 것도 당연하지. 녀석들 앞에서 우리 계획을 전부 떠들어 댔으니 말이야."

휘스트가 말했다.

"어차피 들켰을 거야. 진짜 문제는…."

디즈가 말했다.

"아, 맙소사."

타냐가 디즈의 말을 잘랐다. 갑자기 끔찍한 생각이 떠올랐다.

1번 집중점에 이와 같은 송신기가 있었다면, 아바투르는 이미 타냐와 그녀의 사이오닉 능력에 대해 알고 있을 것이다. 어차피 다 알고 있었던 것이다.

'아니야. 그렇지 않아.'

울라부의 정신이 그녀를 달래 주었다.

'우리가 얘기했었잖아. 전투가 끝나고 사방이 탁 트인 곳에서 내 능력에 대해 얘기했다고.'

타냐가 전했다.

'아니야. 아바투르가 아는 건 네가 방화 능력자라는 것뿐이야.'

울라부는 반복했다. 타냐는 눈을 깜빡였다. 갑자기 당시의 대화 내용이 생생하게 떠올랐다. 울라부의 말이 옳았다. 그는 타냐가 싫어하던 유령 시절의 별명을 다른 사람들에게 말했다. 그게 전부였다.

아바투르를 비롯한 다른 어떤 저그도, '방화 능력자'가 정확히 무엇인지 알고 있을 리가 없었다.

그 순간, 타냐는 다른 사람들이 기대에 찬 눈빛으로 자신을 바라보고 있다는 사실을 깨닫고 깜짝 놀랐다.

"미안, 머릿속이 조금 이상해서. 계속해."

"좋아."

디즈는 그녀를 유심히 바라보며 말을 이었다.

"내가 생각하기에 진짜 문제는 이거야. 사이오리스크가 전력을 발휘하고 있을 때에도 이 송신기는 사용이 가능한 거라면, 혹시 이 송신기는 사이오리스크의 통신 방해에 영향을 받지 않는 걸까?"

"지금 꼭 필요한 질문이야. 놈들이 더 나타난 것 같아."

타냐의 머릿속에서 윙윙거리는 소리가 커지기 시작했다.

'그렇습니다.'

울라부는 말했다.

'적의 공격이 다시 시작되었습니다.'

"끝내주네."

휘스트가 투덜거렸다.

"갑시다, 디즈. 앞문에 누가 나타났는지 확인해 봐야 하겠습니다."

"그래도 한 번에 하나씩만 들어올 거야. 놈들이 남은 나무를 모두 잘라 버린 게 아니라면 말이야."

디즈는 새 탄창을 P-45 소총에 꽂으며 말했다.

그 순간, 머리 위에서 아무런 조짐 없이 쾌광, 소리가 울려 퍼지며 메사 전체를 뒤흔들었다. 그리고 잠시 후 고막을 찢을 듯한 두 번째 굉음이 들려왔다. 이번에는 길게 우지끈거리며 무언가 부러지는 소리였다.

"이게 대체 무슨 소리야?"

끔찍한 불협화음 속에서 디즈가 외쳤다.

굉음이 잦아들자, 휘스트는 거칠게 욕을 뱉었다.

"저건 말입니다, 포식귀 같은 커다란 괴물이 메사 꼭대기에서 나무 울타리를 박살내는 소리입니다. 놈들이 나무를 전부 부러뜨리고 있습니다."

"하나씩 들어오긴 싫은 모양입니다, 디즈. 저그가 전부 한꺼번에 몰려올 겁니다."

제21장

프로토스 전부를 전선의 중앙에 두고, 테란 해병과 사신, 기계를 측면에 배치하는 진형을 크루이크섕크와 알리카가 처음 시도했을 때는 결과가 썩 좋지 않았다.

지금 그들은 같은 진형을 다시 한 번 시도하고 있었다.

아마 겉보기에는 이상했을 것이다. 특히 저그가 최후의 일격을 준비하며 집결하고 있는 지금은 더욱 그랬다. 히드라리스크 한 무리가 프로토스를 마주보고 창날 대형으로 모여 섰고, 전선의 나머지에는 저글링이 길게 늘어서며 테란을 불안하게 했다.

좋은 전략이었다. 훗날 이 전투가 역사에 기록되면, 승리의 요인은 바로 저그의 전략적 배치라고 언급될 것이다. 히드라리스크들이 프로토스를 모두 제거하면, 저그 전군이 양쪽 측면의 테란을 공격해 쉽게 박멸할 것이다.

크루이크섕크는 자신과 알리카가 고안해 낸 속임수가 아군을 유리하게 해주기만을 바랄 뿐이었다.

그는 눈살을 찌푸렸다. 생각의 흐름 속에서 그 말이 왠지 마음에 걸렸다.

'아군.'

자치령과 프로토스가 그와 같은 관계가 될 수 있다고는 생각해 본 적도 없었다. 그러길 바란 적도 없었다. 그래, 양측은 몇 차례 힘을 합쳐 싸우기도 했었다. 하지만 그렇다고 둘을 '아군'이라고 부를 수 있는 건 아니었다. 적어도 크루이크섕크의 머릿속에서는 그랬다. 발레리안 황제가 휴전을 선포한 후에도, 크루이크섕크는 프로토스를 '친구'라고 생각하기보다는 그저 '적이 아닌 존재'로 여겼다. 프로토스와 나란히 서서 싸운다는 건 새롭지만 썩 유쾌하지만은 않은 경험이었다.

그래도 오만하고 콧대 높은 우월감으로 가득 찬 자들 중, 적어도 알리카는 이치에 맞게 움직였다. 가끔 그랬다. 달리 선택할 여지가 없을 때라면.

'시작됐군. 압력이 증가했다.'

알리카가 경고했다. 크루이크섕크는 이를 악물었다. 투견의 조종석에서, 그는 사이오리스크의 사이오닉 공격을 정면으로 받은 프로토스의 중앙 진형 전체가 흔들리는 것을 보았다. 히드라리스크는 당장이라도 돌격을 시작할 수 있었다.

"5번 골리앗."

그는 통신 장치에 대고 말했다. 물론 상대에게도 이름은 있었지만, 기계 조종사들은 워낙 자주 바뀌어서 그냥 그렇게 부르는 편이 쉬웠다. 5번 골리앗이라는 기계 자체를 떠나 있다고 해도 그랬다.

"준비됐습니다, 대령님. 아, 저는 준비됐습니다. 다른 유닛들은, 음, 진짜로 술에 취하지는 않았을 겁니다."

5번 골리앗이 말했다.

"그래서 자네가 거기 있는 거지."

크루이크섕크는 묘한 만족감을 느끼며 말했다. 알리카는 이번 계획에서 이 부분을 좋아하지 않았다. 사실 무척 싫어했다. 하지만 크루이크섕크가 고집을 부렸고, 프로토스도 결국에는 양보해야 했다. 이제는 알리카도 그러길 잘했다고 생각하고 있을 것이다. 물론 그걸 인정할 일은 없을 테지만.

"내 신호와 함께 발포할 준비를 하라. '내' 신호다."

그가 확인 차 덧붙였다. 5번 골리앗도 크루이크섕크만큼이나 프로토스를 싫어했다.

"알겠습니다, 대령님."

'놈들이 접근한다.'

알리카가 말했다. 더욱 고통스러운 목소리였다. 크루이크섕크가 들판 건너편을 바라봤다. 히드라리스크 선봉대가 움직이고 있었다.

"전원 준비!"

그는 이렇게 외치며 후방 화면에서, 들판 가운데 반쯤 부서진 채 널브러져 있는 불사조를 바라봤다. 불사조 뒤쪽으로 전선을 후퇴시키기에는 너무 늦은 건 아닐까?

그럴지도 모른다.

"알리카, 내 신호에 맞춰 병력을 움직여라… 지금이다!"

그리고 0.5초 동안, 그는 알리카가 그 신호를 듣지 못했거나, 아니면 머릿속에서 크게 울리는 윙윙 소리 때문에 다른 건 아무 것도 듣지 못하는 건 아닐까 생각했다. 하지만 그 순간, 다행스럽게도 아군 전선의 중앙이 흔들거리며 무너지기 시작했다. 프로토스는 성큼성큼 걷거나 비틀거리면서 측면으로 이동했고, 아직 적을 바라보고 서 있는 해병과 사신, 골리앗 뒤에 숨었다. 기사단과 네라짐 모두 사이오리스크의 사이오닉 공격과 히드라리스크의 위협으로부터 몸을 사렸다.

크루이크섕크는 숨을 죽였다. 결정적인 순간이었다. 적이 3번 집중점으로 저그를 최대한 많이 보내겠다는 목표를 잠시 접어두고 거추장스럽게 앞을 막아선 테란과 프로토스를 말살하기로 결정한다면, 히드라리스크들도 프로토스의 움직임을 따라 공격을 양 측면에 집중시킬 것이다.

하지만 사이오리스크를 움직이는 것이 누구인지는 몰라도, 아직까지는 최우선 목표를 그대로 유지하고 있었다. 히드라리스크들은 속도를 한껏 끌어올리며 앞쪽에 벌어진 틈으로 밀려들었다. 크루이크섕크는 저그 사령관이 승리를 확신하며 미소를 짓는 모습을, 아니 저그의 얼굴로 가능한 미소에 가장 가까운 표정을 짓는 모습을 떠올릴 수 있었다.

그는 숨을 깊이 들이쉬었다.

"5번 골리앗… 발사."

빠지직거리는 소리와 함께 정전하가 전장을 뒤덮어, 크루이크섕크는 온몸의 털이 곤두섰다. 아군 전선의 뒤쪽에 무력하게 널브러져 있던 불사조가 이온포의 포문을 연 것이다.

프로토스의 이온포는 대공 및 대우주 전투에서 사용되는 무기였다. 크루이크섕크도 지상에서 사용되는 것을 목격한 적은 없었다.

쉽게 잊을 수 없는 광경이었다. 음이온의 굴절된 파동이 몇 초 전까지 프로토스가 서 있던 구역을 휩쓸었다. 아래쪽으로는 한 순간 풀밭이 온통 검게 그을렸고, 옆쪽에서는 공기 분자가 찢어지며 100미터 가량 떨어진 곳의 골리앗과 사신, 해병에게까지 정전하의 파문을 뿌렸다.

그리고 그 파동의 중심으로 질주해 들어간 저그는 즉시 소멸되었다.

크루이크섕크도 처음 목격한 장관이었다. 히드라리스크는 수류탄으로 공격했을 때처럼 폭발하지 않았고, 가우스 소총의 쐐기에 맞았을 때처럼 피를 흩뿌리지도 않았다. 전장에서 일반적으로 저그가 죽어가는 그 밖의 방식을 따르지도 않았다. 그저 바싹 마른 풀잎이 불속에 떨어지듯이 조각조각 분해되었다. 갑각이 떨어져 나가고, 발톱과 이빨과 얼굴이 흐릿하게 먼지가 되어 바람결에 실렸다. 모든 것이 깔끔하고 질서정연하게 사라졌다. 앞쪽 괴물들의 잔해가 바람에 실려 뒤쪽으로 날아가고, 다음 괴물들도 같은 모습이 되었다. 첫 번째 파동은 소멸되기 전까지 저그의 네 번째 열까지 휩쓸었고, 크루이크섕크는 저그 사령관이 병력을 후퇴시킬지, 아니면 산개시킬지 궁금해졌다.

하지만 그 중 어느 것도 하지 않았다. 사실 그럴 시간도 없었다. 첫 번째 이온 파동이 사라지자마자 5번 골리앗은 다음 파동을 발사했고, 남은 저그를 또 세 번째 열까지 제거했다.

사격은 두 발로 끝이었다. 알리카는 불사조의 동력 장치가 손상되어, 축전지의 저장 용량도 제한적일 수 있다고 경고했었다.

하지만 히드라리스크들이 아군 전선을 돌파하려고 밀집해 있었던 덕분에, 두 발로도 충분했다. 살아남은 저그도 파동이 일으킨 정전하의 여파에 휘말려 비틀거리는 사이, 해병과 골리앗은 지상에서 사격을 개시하고 사신들은 공중에서 초음속 금속탄을 비처럼 쏟아 부었다. 저그 중 극히 일부가 전선에 도달했지만, 모두 프로토스에게 학살되었다.

그리고 결국엔, 아군이 들판을 장악했다.

'사이오닉 공격이 사라지고 있다. 사이오리스크들이 물러나는 것으로 보이는군.'

알리카가 새롭게 밀려든 침묵 속에서 말했다. 안도하는 기색이 역력했다.

"적을 추적해도 되겠습니까, 대령님?"

1번 골리앗이 물었다. 크루이크섕크는 이제 저그가 눈에 띄지 않는 숲을 바라봤다. 솔깃한 생각이었다.

하지만 숲 속에 무엇이 도사리고 있을지는 아무도 몰랐다. 골리앗은 협소한 장소에서도 나름의 기동성을 발휘할 수 있게 설계되긴 했지만, 그 한계는 분명했다.

"공격 중지. 해병, 퇴각하여 전열을 가다듬어라. 골리앗, 적의 기습 공격에 대비하라. 사신, 고도를 유지하며 움직이는 건 모두 기록하라. 알리카,

당신네 종족은 모두 무사한가?"

'그렇다. 그러나 일시적으로 집중력을 발휘하지 못했다. 하마터면 이번 전투가 재앙이 될 뻔 했군.'

알리카가 답했다.

"불사조 선원들도 마찬가진가?"

크루이크섕크가 물었다. 짓궂게도 프로토스 사령관이 굳이 인정하게 만들고 싶었다. 놀랍게도, 알리카는 순순히 인정했다.

'불사조 선원들도 마찬가지였다. 아니, 그들이 특히 문제였다. 최종 조준과 이온포 가동을 테란이 맡아야 한다고 했던 그대의 말이 옳았다.'

그는 말했다. 그리고 그보다 더 놀랍게도, 알리카가 순순히 인정하는 모습이 기대했던 것만큼 만족스럽지 않았다. 이런 식으로 거들먹거리기에는 너무 늙은 건지도 몰랐다.

아니, 그는 피곤했다. 그게 전부였다. 그저 피곤할 뿐이었다.

"성공했다니 다행이군."

장거리 통신기의 노란색 불빛이 깜빡여, 그는 스위치를 눌렀다.

"크루이크섕크입니다."

"호너다. 상황은 어떤가?"

제독의 목소리가 들려왔다.

"전장은 아군 차지가 되었습니다, 제독님. 아군이 승리했습니다."

크루이크섕크가 말했다.

"축하한다. 하지만 아직 끝이 아니다. 움직일 수 있는 병력이 있나?"

"상태가 괜찮은 골리앗 네 기와 투견 한 기가 있습니다."

"우주선 쪽은 수리할 수 없겠나?"

"현장에서는 불가능합니다, 제독님. 차원장도 아직 작동하지 않고 있습니다."

크루이크섕크가 답했다. 그는 눈살을 찌푸렸다. 호너가 무슨 말을 하고 싶은지 알 것 같았다.

"호크먼의 팀에 문제가 있습니까?"

"그래. 나무 울타리가 모두 쓰러졌다. 아바투르가 포식귀를 충돌시켜 모두 날려 버렸지. 그리고 집중점 밖에 대규모 저그 세력이 집결하고 있다."

호너가 답했다.

"시간이 얼마나 있습니까?"

"기껏해야 몇 분 정도일 거야."

크루이크섕크는 소리 없이 욕을 뱉었다. 그와 병력은 15클릭 떨어진 곳에 있었고, 거기까지 가려면 만만치 않은 지형을 지나야 했다. 온전히 작동하는 전투복을 착용한 병사라면 그 정도 거리는 쉽게 주파할 수 있겠지만, 그의 해병과 사신 부하들은 전투복이나 신체, 또는 둘 다에 상당한 피해를 입은 상태였다.

"죄송합니다, 제독님. 거기까지 제때 가서 지원할 방법은 없습니다."

크루이크섕크가 말했다.

"알고 있다. 우리도 힘들 것 같다."

호너가 착 가라앉은 목소리로 말했다.

전장 건너편에서는 알리카가 동족을 살피고 있었다. 크루이크섕크는 그를 바라봤다.

"저희 병력은 갈 수 없습니다만, 다른 선택지가 있을 것 같습니다, 제독님."

● ● ●

아주 오랫동안 그 누구도 아무 말을 하지 않았다. 그것만으로도 놀라웠다. 에린은 적어도 누군가 욕이라도 할 거라고 생각했었으니까. 하지만 처음으로, 휘스트와 디즈까지 침묵에 잠겨 있었다.

어쩌면 상황이 너무 심각해서 해병과 사신의 걸쭉한 입담으로도 감당하지 못하는 걸지도 몰랐다. 그것도 꽤나 무시무시한 생각이었다.

"이제 어떻게 하죠?"

에린이 휘스트에게 물었다.

"당신은 표본을 입수하고, 우리는 어떻게 해서든 저그를 막아야지."

"적어도 저그의 진입을 늦추기라도 해야겠지."

디즈가 덧붙였다. 에린은 표본이 들어 있는 튜브를 바라봤다.

"저그를 늦춰 봐야 무슨 도움이 될까요?"

"도움이 되지. 이 망할 행성에 착륙한 이후 처음으로 아바투르가 졌어."

휘스트가 답했다. 그는 송신기를 가리켰다.

"이미 얘기했지만, 녀석이 이걸 이용해서 사이오리스크와 대화한다면, 그들의 사이오닉 능력도 송신기는 차단하지 않는다는 얘기야."

에린은 그제야 모든 걸 이해했다는 표정으로 송신기를 바라봤다.

"제가 판독을 끝내면 결과를 히페리온에 보낼 수 있다는 말인가요?"

"바로 그거지. 울라부, 어떻게 해야 하는지 알겠어?"

휘스트가 말했다.

'이건 저그의 피조물입니다. 그게 발키리의 통신 장치와 같은 프로토콜을 사용한다면, 테란이 더 잘 이해할 수 있을 겁니다.'

의심스러운 목소리였다.

"그럴지도 모르지. 하지만 에린은 바쁘고, 디즈와 타냐는 나와 함께 아래층으로 가야겠어. 그러니 당신 몫이야. 장비를 챙겨서 알아내 보라고."

휘스트가 말했다. 그는 턱으로 아치형 입구를 가리켰다.

"이번엔 녀석들이 무슨 계획을 세웠는지 봅시다."

에린은 다시 작업을 시작했다. 뱃속이 잔뜩 조여드는 것 같았다. 데이터를 히페리온에 보낼 수 있다면 정말 다행이었다. 아마 전쟁 발발을 막을 핵심 정보가 될 것이다. 하지만 아무리 그렇다고 해도, 먼저 그녀 자신이 살아남아 그 결과를 볼 수 있어야 좋을 것 같았다.

눈을 깜빡여 자신이 죽을 거라는 생각을 잠시 떨치고, 그녀는 다시 작업을 시작했다.

알주머니에서 나오는 관은 쉽게 찾을 수 있었다. 전형적인 저그 유기물로, 자가 회복이 가능한 껍질에 덮여 있었다. 행운이 따르길 기원하며, 에린은 주사기를 튜브에 밀어 넣고 체액을 몇 방울 추출했다. 그리고 조심스럽게 바늘을 뺀 후 또 한 방울이 구멍에서 새어나오게 했다.

하지만 새어나온 건 한 방울뿐이었다. 바늘구멍도 이내 닫혀 버렸다. 안도의 한숨을 내쉬며 그녀는 체액을 소형 생체분석기에 주입했고, 액세스 패널을 다시 연결했다.

경사로 아래쪽으로부터 가우스 소총이 발사되는 스타카토 파열음이 들려왔다. 마지막 전투가 시작되었다. 그녀는 패널을 종료하고 일어섰다. 너무 빨리 일어서다 보니, 어깨와 엉덩이에 매달린 탱크의 움직임에 맞춰 비틀거리며 균형을 잡아야 했다.

에린은 헉 하고 숨을 멈췄다. 그래, 탱크.

화염방사기가 있었다.

휘스트와 디즈까지 그녀가 화염방사기를 갖고 있다는 사실을 완전히 잊어버린 모양이었다.

그녀는 아직 송신기를 만지작거리고 있는 울라부를 흘긋 바라봤다. 잠깐 동안 그에게 표본관을 던져 주고 가까이에 있는 사이오리스크 사체에서 세포를 채취하라고 말하고 싶었다. 하지만 그는 지금 바빴고, 어차피 그건 에린이 할 일이었다. 보관소 건너편으로 성큼성큼 건너간 후, 그녀는 울라부의 차원 원반이 배를 갈라버린 사이오리스크를 찾았다. 그리고 서로 다른 부위 세 군데에서 세포와 체액을 채취하고는 생체분석기의 두 번째 구멍에 넣은 후 아치형 입구로 향했다.

에린은 두 번째 층계참에 잠시 멈춰서서 고개를 들고 방벽 너머를 바라봤다. 휘스트와 디즈, 타냐는 아래쪽 층계참에서 경사로 아래쪽으로 입구를 향해 무기를 발사하고 있었다. 그녀는 아래로 내려가 방벽을 우회한 후, 휘스트와 타냐 사이로 건너편을 바라봤다.

나무 울타리는 무엇이 충돌했는지는 몰라도 모두 쓰러져 있었다. 저글링, 맹독충, 히드라리스크 수십 마리가 부서진 나무 위로 기어오르며, 방벽의 반대쪽으로 넘어와 적의 포화 속으로 달려들려 하고 있었다.

저그 쪽으로 승기가 기우는 중이었다. 휘스트는 이제 총을 마구잡이로 발사하지 않고 탄환을 아끼기 위해 신중한 사격을 하고 있었다. 디즈도 마찬가지였다. 타냐는 얼굴에 잔뜩 인상을 쓰고 저그를 연이어 불태웠다.

에린은 희미하게 웃었다. 이제 아바투르와 사이오리스크가 깜짝 놀랄 일만 남았다. 에린은 화염방사기의 분사구를 더듬어 탱크에서 분리했다. 그리고 앞으로 나서서 휘스트의 팔을 두드렸다.

"휘스트?"

그는 어깨 너머를 돌아봤다.

"끝났어?"

"네."

에린은 얼굴을 살짝 찌푸리며 말했다. 지난 몇 초 동안에도 저그는 또 1미터 가량 접근했다. 최전방의 사체들은 이제 쓰러진 나무를 지나 2미터에서 3미터 지점까지 이어졌고, 뒤쪽에서 방벽을 넘으려는 저그들도 점점 더 가까워지고 있었다.

"선물을 가져왔어요. 우리가 이걸 갖고 있다는 사실을 잊어버리신 모양이에요."

그녀는 이렇게 말하며 분사구 손잡이를 내밀었다.

"잊지 않았어, 쓸 수 없을 뿐."

휘스트는 투덜거렸다. 에린은 눈을 깜빡였다.

"왜죠?"

"아래쪽으로 총을 쏘고 있으니까. 그걸 쓰면 상당한 열기가 우리 쪽으로 되돌아 올 거야. 우리 전투복은 그걸 견딜 수 없고."

휘스트가 가우스 소총을 다시 한 번 점사로 발사하며 대답했다.

"전투 중에 쓰는 건 줄 알았는데요."

"화염방사병이 쓰지. 해병들도 CMC 전투복이 손상되지 않았다면 가끔 쓰기도 하고."

그는 자신의 전투복이 갈라져 벌어진 부분을 향해 손짓했다.

"CMC 전투복이 손상된 해병은 사용하지 않아. 미친 소리 같겠지만 산 채로 통구이가 되는 것보다는 저그한테 썰리는 게 낫거든. 더 빠르고, 덜 아프니까."

에린은 타냐와 디즈를 바라봤다. 그들의 전투복에서도 갈라지고 떨어져 나간 부분이 여기저기 눈에 띄었다. 전투복을 걸치지 않은 울라부는 말할 필요도 없었다.

그러니 이제 남은 방법은 하나뿐이었다.

"좋아요, 그럼 어떻게 쓰는 건지 알려 주세요."

에린이 말했다. 휘스트가 다시 고개를 들었다.

"뭐라고?"

"어떻게 쓰는 건지 알려달라고요. 제 전투복은 손상되지 않았잖아요. 제가 할게요. 어떻게 쓰는 건지만 알려 줘요."

그녀는 다시 말했다.

"당신 혼자 남게 될 텐데? 그걸 발사하는 순간 우린 후퇴해야 하거든."

휘스트가 지적했다. 그건 미처 생각하지 못했지만, 당연한 일이긴 했다. 어차피 상관없었다. 어떻게든 해야만 하는 일이었으니까. 타냐가 그녀의 생각을 읽고 있었던 것 같았다.

"그럴 필요 없어. 아바투르가 동원할 수 있는 저그도 곧 바닥날 거야."

그녀가 격렬한 총성을 뚫고 소리쳤다.

"이 망할 물건 어떻게 쓰는 건지나 알려 줘요. 이미 충분히 무섭다고요. 너무 늦기 전에 가르쳐만 주세요."

에린이 소리를 질렀다.

"내가 할게."

디즈가 가우스 소총을 총집에 넣고 에린 곁에 다가섰다. 에린은 늘 디즈에게 머물러 있던 까칠한 유머 감각이 처음으로 사라졌음을 깨달았다.

"내가 늘 사용하던 물건이니까 말이야. 자, 이게 연료 제어 장치야. 이건 점화기 방아쇠고. 사거리는 약 30미터 정도 되지만, 저그를 순간적으로 태워 버릴 수 있는 거리는 5미터에서 10미터 사이야…."

무기는 아주 복잡하지는 않았다. 머지않아 에린은 준비를 마쳤다. 그녀는 생체분석기를 타냐에게 넘기며 말했다.

"좋아요. 자요, 예비 분석이 완료되었을 거예요. 울라부가 송신기를 작동시키면 즉시 히페리온에 보내 주세요. 전 최대한 밑으로 내려가서 발사할게요."

"우리도 가능한 한 남아서 엄호해 줄게. 행운을 빈다."

휘스트가 말했다.

경사로를 절반쯤 내려갔을 때, 저글링 2마리가 층계참에서 쏟아지는 포화를 피해 돌진해 왔다. 에린은 반사적으로 옆으로 피한 후, 디즈가 가르쳐 준 조종반을 손가락으로 더듬었다. 분사구 손잡이가 미세하게 떨리며 연료가 방출되기 시작했다.

그리고 갑자기 찬란한 청백색 불길이 그녀의 시야에서 폭발했다. 불길은 양쪽으로 공격해 오던 저그를 휩쓸었고, 에린은 괴물들의 갑피가 공중에서 검게 그을다가 그대로 사라지는 모습을 봤다.

그녀는 아드레날린이 치솟아 온몸을 부들부들 떨며 방아쇠를 놓았다. 저그를 아무리 많이 상대해 봐도, 가까이에 있든 멀리 있든, 저그의 공격은 늘 두려웠다. 1번 집중점 밖에서 처음 저그와 싸웠을 때에 비해 기분이 크게 달라지지 않았다. 하지만 내면으로 가라앉을 시간은 없었다. 화염방사기를 단 한 번 사용했을 뿐인데도 에린의 전투복 내부 온도는 눈에 띄게 올라갔다. 휘스트가 농담을 한 게 아니었다. 몇 번 더 발사했다가는 그녀의 멀쩡했던 전투복도 부서지기 시작할 것만 같았다.

저그가 더 많이 다가왔다. 에린은 분사구에 다시 한 번 불을 붙이고, 줄지어 선 저그에게, 마치 정원에서 호스로 물을 뿌리듯 불줄기를 뿌렸다. 또 다른 괴물들이 줄지어 나무들을 뛰어 넘었고, 에린은 다시 한 번 불로 휩쓸었다. 대부분은 한 번의 화염에 죽어나갔지만, 일부는 두 번째 불길을 맞고서야 쓰러지기도 했다. 그녀는 계속 전진했다. 걸음을 옮기고 뿌리고, 걸음을 옮기고 뿌리고, 걸음을 옮기고 피하고 불길을 뿌렸다. 때로는 에린 곁을 지나서 빠져나가는 괴물도 있었지만, 그저 부상이 심해 자신을 건드리지 못하고, 다른 사람들이 쉽게 처리할 수 있기만을 바라야 했다.

물론 그들이 아직 거기 남아 있다면 말이겠지만. 헬멧에는 후방 화면도 표시됐지만, 주위는 연기로 가득해서 아무것도 보이지 않았다. 앞쪽에 가끔씩 불꽃을 내뿜어 연기를 거둬야만 다음 공격이 어느 쪽에서 들이닥치는지 보일 정도였다.

디즈는 연료 표시기가 어디에 있는지 가르쳐줬었다. 하지만 잠깐 눈을 돌려 그걸 확인할 시간도 없었다. 혹시 연료가 떨어지면… 그런 생각은 할 수 없었다. 연료를 충분히 남긴 상태에서 입구에 도착해야 그녀의 계획이

의미가 있었다.

정말로 계획이 있었다. 좋은 계획은 아닐지 몰라도 지금은 그게 전부였다. 그리고 지금 할 수 있는 일은 걸음을 옮기고 발사하고, 걸음을 옮기고 발사하는 것뿐이었다.

경사로의 아래쪽에 도착하여 입구로 향하는 동굴에 들어서는 순간에는 거의 충격에 가까운 감정을 느꼈다. 이제 연기가 더욱 짙어졌고, 전투복 안쪽은 불쾌할 만큼 뜨거웠다. 전투복의 신소재 강철 외부는 얼마나 뜨거울지, 또 내부 전투복이 열기를 어느 정도까지 막아줄 수 있을지 궁금해졌다. CMC의 냉각 장치가 힘에 부친 듯 윙윙 소리를 내뿜고 있었기에, 오래 가지는 못할 거라는 생각이 들었다.

산 채로 통구이가 되고 싶지는 않다고 했던 휘스트의 말이 불현듯 떠올랐다. 그게 어떤 느낌일지도 막연히 궁금해졌다.

한 순간 그녀는 목적지에 도달했다. 주위에 검게 탄 저그의 사체가 가득 쌓여 있어 걷기도 힘들었다. 앞쪽 10미터 지점에 동굴의 입구가 있었다.

그리고 입구 앞에는 쓰러지고 부서진 나무들이 뒤얽혀 있었다. 지금까지 본 것 중에서 가장 커다란 장작 더미였다.

조준선을 위로 올리고 분사량을 최대로 키운 후, 화염방사기를 발사했다.

또 한 무리의 저그가 나란히 나무를 넘었다. 하지만 그녀의 공격을 받고는 모두 쓰러지고, 뒷걸음질 치다 죽었다. 새롭게 피어오른 연기가 그녀를 덮쳤고, 에린은 화염방사기를 다시 발사하여 연기를 걷어냈다.

세계에서 가장 큰 장작더미는 이제 세계에서 가장 큰 모닥불이 되었다.

"됐어."

그녀는 중얼거리면서 한 걸음 뒤로 물러났다. 에린은 나무에 다시 한 번 불길을 발사했다. 연기를 걷어내고 당분간은 저그가 나타나지 않을 거라는 사실을 확인하기 위해서였다.

"다들 숨이나 콱 막히라지."

그녀는 그대로 돌아서서 악취를 풍기는 사체의 미로를 요리조리 통과하여 경사로로 돌아갔다.

첫 번째 층계참을 지나고, 두 번째 층계참으로 올라가는 길을 절반쯤 지나갔을 때, 불타버린 육체의 매캐한 냄새가 저그 사체에서 풍기는 게 아니라는 사실을 깨달았다.

그건 그녀 자신의 냄새였다.

그 뒤로 남은 길을 어떻게 다 올라갔는지는 기억이 잘 나지 않았다. 도와달라고 소리를 질러 봐도 아무런 대답도 듣지 못했다. 그 누구도 연기를 헤치고 나타나 그녀를 돕지 않았다. 다시 한 번 소리를 지르다가, 그제야 열기와 불길에 통신 안테나가 타버리고 송신기도 녹아버렸을 것임을 깨달았다. 하지만 그 깨달음이 사실이 아닐 수도 있다는 생각이 떠올라 다시 공포가 밀려들었다. 아무 대답이 없는 건 친구들이 모두 죽었기 때문인지도 몰랐다. 앞으로 한 걸음을 내딛자, 콧구멍으로 들어오는 끔찍한 악취에 당장이라도 토할 것 같은 기분이 들었다. 다급하게 허둥거리며 전투복의 토사물 봉투를 나오게 하려고 발버둥치기도 했지만, 그게 어떻게 동작했는지는 정확히 기억이 나지 않았다. 층계참 하나의 모퉁이를 돌고 나서야 마침내 연기 사이로 손을 흔드는 휘스트, 디즈, 타냐의 모습이 보였다. 도와달라고 소리 없는 비명을 지르며, 그녀는 쓰러지면서 관 크기의 감옥에 갇혀 뜨겁게 달아오른 신소재 강철에 몸이 닿았다. 바닥에 눕혀지고, 올라부의 얼굴이 눈앞에 나타났다.

갑작스럽게 서늘한 기운이 온몸을 휩쓸고, 놀랍도록 차가운 공기가 폐를 가득 채웠다.

그리고 잠시 동안, 그녀는 아무것도 기억하지 못했다.

제22장

"몇 군데 2도 화상을 입었군. 대부분 관절 부위야. 왼쪽 어깨는 상태가 좋지 않아. 그래도 3도 화상은 눈에 띄지 않으니 다행이야."

휘스트는 그렇게 중얼거리면서 에린의 내부 전투복을 잘라냈다.

"신이시여, 감사합니다."

타냐는 빠르게 방을 채우는 연기 사이로 앞을 보려고 애를 썼다. 화염방사기에서 뿜어져 나온 열기가 너무 뜨거워서 다들 에린이 여기서 무슨 일을 했는지 보지는 못했지만, 소리와 냄새로 판단하건대 나무 울타리가 불타고 있는 모양이었다.

좋은 계획이었다. 임시방편 치고는 정말 좋았다. 그런 방벽은 가장 뚝심 있는 저그에게도 위협적일 테고, 또 대부분의 괴물들에게 빠르고 치명적인 피해를 줄 수 있었다.

하지만 그 덕분에 동굴의 공기가 빠르게 탁해지면서 이제 거의 호흡할 수 없는 지경이 되었다는 단점도 있었다. 물론, 불길도 언젠가는 잦아들 것이긴 했다.

손상된 가우스 소총 탄창에 남아 있던 쐐기도 가져올 걸 그랬다는 생각이 불현듯 떠올랐다. 휘스트는 비웃었지만, 아무래도 재장전할 시간이 있을 것만 같았다.

"여기저기 1도 화상은 엄청나게 많아."

휘스트가 말을 이었다.

"디즈?"

"여기, 에린 거야. 전부 써도 돼. 내 건 따로 있으니까."

디즈는 작은 야전용 화상 스프레이 튜브를 건넸다. 휘스트는 퉁명스럽게 고맙다고 하고는 연고를 바르기 시작했다.

"우리가 제때 그 전투복에서 꺼내 준 게 정말 다행이었어. 일 분만 더 있었다가는 훨씬 상태가 좋지 않았을 거야."

"우리가 꺼내 줬던가…."

타냐가 중얼거렸다.

"그래, 알았어. 저 친구가 꺼내 줘서 정말 다행이야. 이미 고맙다고 했잖아."

휘스트가 투덜거렸다.

"그래, 그랬지."

타냐가 에린의 전투복을 돌아보며 말했다.

아니, 그건 전투복 조각들에 가까웠다. 올라부가 차원 검으로 빨갛게 달아오른 금속을 수술이라도 하듯 빠르게 에린의 몸에서 잘라냈기 때문이었다.

아마 올라부가 에린의 생명을 구했을 것이다. 적어도 몇 달 간 계속될 고통과 엄청난 피부 복원 수술을 피하게 해 준 것만은 분명했다. 대수롭지 않게 고맙다고 하는 것으로는 충분하지 않았다.

하지만 지금은 그걸로 만족해야 했다.

그녀는 위를 올려다보다가 눈살을 찌푸렸다. 올라부는 에린의 전투복을 잘라내고 다른 이들이 그녀를 꺼내 주는 걸 도왔었다. 하지만 그 뒤로 사라져 버렸고, 에린을 경사로 꼭대기까지, 또 아도스트라 보관소 안으로 데리고 오는 동안에는 그의 모습이 눈에 띄지 않았다. 아래쪽에서 치밀어 오르는 열기와 연기를 피해 어딜 가기라도 한 걸까?

아마 그럴 것이다. 다른 이들과 달리 울라부는 점점 더 적대적으로 변해 가는 주위 환경을 막아 줄 보호 장비를 하나도 착용하지 않고 있으니까. 아도스트라 보관소 안쪽으로 들어가는 것이 아마 그가 택할 수 있는 유일한 방법이었을 것이다.

물론 에린도 이제는 아무런 보호 장비를 착용하지 않고 있었다. 의식을 되찾으면 화상을 입은 피부가 뜨거운 공기와 접촉하면서, 온몸이 고통의 비명을 지르게 될 것이다. 어쩌면 휘스트가 연고를 다 바른 후에 그녀가 계속 잠들어 있을 수 있는 약제를 투여한 건 아닐까 하는 생각이 들었다.

그런데 대체 울라부는 어디로 간 걸까?

타냐는 연기가 가득 찬 공간을 들여다보다가 저그 송신기 곁에 서 있는 울라부를 발견했다. 앞서 에린의 분석기를 그에게 주었었다. 혹시 히페리온에 지금까지 확보한 정보를 전송하고 있는 걸까? 아니면 환기구 옆이 서늘하고 신선한 공기를 찾을 수 있는 유일한 장소였던 걸까?

'울라부, 너 괜찮아?'

타냐가 그를 향해 생각을 보냈다.

'부상은 입지 않았어.'

그의 생각이 돌아왔다. 타냐는 눈살을 찌푸렸다. 마음이 놓이는 목소리 긴 했지만, 뭔가 그 이상의 느낌이 담겨 있었다. 흥분한 걸까?

'어떻게 된 거야? 지금 무슨 일 있어?'

'이리 와 봐.'

울라부가 말했다.

'다들, 이리 와 주십시오.'

"다음."

휘스트가 빈 연고 튜브를 내던지며 말했다.

"여기."

디즈가 새 튜브를 내밀었다.

"시작하기 전에, 올라부가 송신기 옆으로 좀 와 달라고 하던데."

타냐가 말했다.

"무슨 일인지는 몰라도 기다리라고 해. 에린은 지금 당장 치료해야 한다고."

휘스트가 말했다.

"올라부도 그 얘기를 하는 게 아닐까? 환기구 아래쪽 공기는 저 아래에서 올라오는 것보다는 조금 시원할 테니까."

타냐가 말했다.

"맞는 말이야, 휘스트. 자, 타냐와 내가 에린을 옮기는 동안 네가 계속 치료하면 되잖아."

디즈가 말했다. 휘스트는 이를 악물고 말했다.

"좋습니다. 들어 올릴 때 어깨 조심하십시오."

까다로운 일이었지만 어찌어찌 해낼 수 있었다. 시간이 딱 맞은 것 같기도 했다. 잠든 상태였음에도 에린의 숨소리가 점점 거칠어지고 있었다. 잠깐 동안 타냐는 에린의 CMC 전투복에 장착된 공조 장비를 회수해야 할지, 그게 아직까지 정상 작동하고 있을지 궁금해졌다.

그들은 송신기에 다가갔고, 올라부는 여전히 그 장치를 내려다보며 서 있었다.

"여기 공기가 더 나은 것 같아?"

디즈와 타냐가 에린을 부드럽게 땅에 내려놓는 사이, 휘스트가 물었다.

'낮습니다. 하지만 그것 때문에 모두를 부른 건 아닙니다. 보십시오.'

위쪽 구멍을 손으로 가리키며 울라부가 말했다. 그러자 때마침 사람 팔 정도 크기의 돌덩이가 구멍에서 쿵 소리를 내며 바닥에 떨어졌다.

"이런 젠장, 이게 뭐야?"

디즈가 깜짝 놀라 뒤로 물러나며 말했다.

'구멍을 넓히고 있습니다.'

울라부가 말했다. 그가 다리를 뻗어 떨어진 돌을 한쪽으로 치웠다. 거기엔 그와 비슷한 돌덩이들이 잔뜩 쌓여 있었다.

'조만간 이 방을 빠져나갈 수 있을 것 같습니다.'

"누가 넓히고 있는 건데?"

휘스트가 조심스럽게 구멍을 올려다보며 물었다.

'제 동족입니다. 테란의 사이오닉 방출기에서 떨어져 나온 저그를 막기 위해, 어브램 크루이크섕크 대령과 함께 싸웠던 프로토스 병력입니다.'

울라부의 목소리에서 자부심이 느껴졌다.

"아, 그들이군. 아바투르가 이 근처에서 동원할 수 있는 저그가 많지 않았던 게 아닌 모양이군."

휘스트가 말했다.

"조용히 해. 저그가 얼마나 있었든지, 이쪽으로 다 보내지 못해서 다행이지."

타냐가 그를 꾸짖었다.

"그래."

'구멍이 충분히 커지면, 에린 와이랜드 박사를 메사 꼭대기로 운반할 것입니다. 그 후에 그대들을 모두 위쪽으로 끌어내고, 추가 지원군이 도착할 때까지 지킬 겁니다.'

울라부는 다른 이들의 대화를 무시하고 말했다.

타냐는 휘스트를 바라보며, 그가 또 툴툴거릴 것을 기대했다. 하지만 상사는 아무 말도 하지 않았다. 이제야 모두의 전투복과 무기의 현재 상태를 기억해 낸 건지도 몰랐다.

"고마워, 울라부. 모두 고마워하고 있어."

타냐가 말했다.

'도움이 될 수 있다니 기뻐.'

이제는 구멍에서 점점 더 많은 돌덩이가 떨어지고 있었다. 떨어지는 속도가 너무 빨라서 울라부가 바닥의 돌을 제때 치울 수 없을 정도였다. 환하면서도 어딘가 부드러운 빛이 나타났다. 울라부의 차원 검과 비슷한 색조였다. 빛은 점점 더 밝고 선명해졌다.

구멍 주위에 마지막으로 돌조각이 떨어져 내린 후, 암흑 기사가 바닥에 내려섰다. 그는 주위에 모여선 사람들을 한 명씩 빠르게 훑어본 후, 돌아서서 울라부를 바라봤다. 타냐는 사적인 대화가 이루어지는 것을 감지할 수 있었다.

'이쪽은 알리카입니다. 그와 다른 이들이 우릴 돕기 위해 먼 곳에서 왔습니다. 이제 에린 와이랜드 박사를 위로 데려갈 준비가 됐다고 합니다.'

울라부가 말했다.

"좋아, 혹시 의료 장비는 안 갖고 있겠지?"

휘스트가 말했다.

'없다, 하지만 다른 자치령 항공기가 15분 후면 도착할 것이다. 이 여자가 그때까진 생존할 수 있겠나?'

새로운 프로토스의 목소리가 타냐의 머릿속에 메아리쳤다.

"이렇게 힘들게 버텼는데, 당연히 그래야지. 좋아. 혹시 위에 밧줄은 없어?"

휘스트가 말했다. 그 질문에 답하듯, 가느다란 밧줄이 구멍을 통해 드리

워졌다.

'테란의 생체 구조는 그대가 잘 알겠지. 이 여성의 안전을 확보할 수 있게 줄을 묶어라.'

알리카가 말했다.

"고맙군."

휘스트는 냉랭하게 말하고는 밧줄 끝을 붙잡고 에린 곁에 주저앉았다.

"어차피 내가 하려고 했어. 타냐, 그 보안경하고 두건은 필요 없지?"

"나보다는 에린이 더 필요하겠지."

타냐는 보안경을 벗어 내밀었다. 두건도 조금 까다롭긴 했지만 벗을 수 있었다. 제대로 된 헬멧을 쓰는 것에는 미치지 못하겠지만, 올라가는 길에 조금이나마 도움이 될 것이다.

어느새 방 안의 공기가 더욱 뜨겁고 탁해졌다. 연기와 재 때문에 눈이 따가워서, 타냐는 거듭 눈을 깜빡이며 눈물이 나려는 걸 참아야 했다. 휘스트는 보안경과 두건을 에린에게 씌워주었고, 타냐는 그가 밧줄을 묶는 동안 공기 공급 장치를 조정했다.

일 분 후에는 모든 준비가 끝나 있었다. 알리카가 침묵 속에 명령을 내리자, 메사 위쪽의 프로토스가 밧줄을 잡아당기기 시작했고, 의식이 없는 에린의 몸이 밧줄에 묶여 구멍 위로 올라갔다. 그녀의 머리가 구멍 가장자리에 스치는 것 같아 타냐는 눈살을 찌푸렸지만, 돌출부가 많이 크진 않았으니 두건이 충격을 대부분 흡수했을 것이다.

'다들 조심할 거야.'

울라부가 타냐를 안심시켰다.

'그래야 할 거야, 에린이 더 다쳐서는 안 되니까.'

그녀는 경고했다.

'그래, 맞아.'

울라부가 잠시 머뭇거렸다. 타냐는 그가 갑자기 뭔가에 주의를 기울이는 것을 느꼈다.

'뭔가 이상한 일이 생겼어.'

"어, 이런, 소리 들려?"

디즈가 말했다. 타냐는 귀를 기울였다.

"아니."

"바로 그거야. 바깥의 커다란 모닥불이 꺼졌어."

디즈는 P-45 소총을 꺼내며 말했다. 타냐가 눈살을 찌푸렸다. 그의 말이 맞았다. 멀리서 들려오던 우르릉 소리가 사라져 있었다.

"확인해 봐야겠는데."

"잠깐, 나도 같이 가겠어."

에린의 다리가 구멍 속으로 사라지는 것을 지켜보며, 휘스트가 말했다.

'그대는 여기 남으십시오.'

울라부가 그를 지나쳐 타냐와 디즈에게 다가갔다.

'여기 남아 그녀를 보호하고, 송신기를 더 살펴보십시오. 제가 가겠습니다.'

디즈가 일행을 이끌고 통로를 지나 경사로를 내려가는 동안, 침묵은 점점 더 깊어지는 것만 같았다. 타냐는 연기와 눈물을 씻어내고 시야를 확보하려고 애를 썼다. 과연 표적이 눈에 잘 보이지 않는 상황에서는 자신의 능력을 어떻게 사용해야 할지 고민스러웠다. 효과가 반감될 거라고 예상되었다. 디즈는 가우스 소총을 앞에 겨누고 있었지만, 탄환이 얼마나 남아 있는지는 타냐도 알 수 없었다. 많지는 않을 것이다. 오직 울라부만이, 그의 차원 검만이 저그의 다음 파상 공세를 막아낼 희망이 있었지만, 그가 반격을 하려면 적의 발톱과 이빨의 사정거리 안에 들어서야 했다.

차원 원반은 예외였다. 하지만 원반은 한 번 사용한 후에는 누군가 가서 회수해야 했다.

깨달음은 갑자기 찾아왔다. 누군가 회수해야 하는 물건이라….

'차원 원반 말이야. 그래서 네가 유령 프로그램에 참가해서 염력 능력자를 찾으려고 한 거지?'

타냐는 울라부에게 말했다.

'맞아. 공허 에너지를 조종하는 네라짐의 힘과 염력 능력자의 힘이 결합하여 원반을 적 무리 안에서 움직이게 할 경우, 얼마나 강력한 전투 유닛이 탄생할 수 있을지 이제 너도 이해하겠지. 테란 염력 능력자와 함께 실험을 해서 이 원반의 운용 방식을 혁신시키는 것이 내 목적이었어.'

울라부는 인정했다.

'정말이지 흥미로운 얘긴데, 그런데 비밀로 하는 이유는 뭐야? 그런 건 군사 기획자들이 정말 좋아하는 건데 말이야.'

타냐가 말했다. 울라부는 조용히 몇 걸음을 걸었다.

'테란과 프로토스가 더는 적이 아니라고 해서, 우리가 완전한 동맹인 것은 아니야. 우리는 근본적으로 다른 종족이야, 타냐 콜필드. 그런 만큼 진정으로 친밀한 관계를 형성하려면, 유감스럽지만 아직 해야 할 일이 많아. 너희가 이 무기나 우리 연구의 방향성에 대해 알지 못해야, 우리의 의도나 동기에 대한 불필요한 오해를 차단할 수 있다는 의견이 있었어.'

그는 마지못해 말했다.

'무슨 말인지 알겠어. 하지만 발레리안 황제가 오해할 것 같지는 않은데. 꽤 지각 있는 사람 같았거든.'

'지각 있는 사람도 의견이 달라질 수 있으니까. 때로는 전쟁이 일어날 수도 있고 말이야.'

타냐는 콧등에 주름을 잡으며 그의 말을 반박할 방법을 찾으려 했지만, 도저히 할 수가 없었다.

'비밀은 지켜 줄게.'

달리 말할 수가 없었다.

'다른 사람들도 그럴까? 어쨌든 그런 약속을 하기에는 아직 너무 이른 것 같아. 오늘이 끝나기 전에 우리가 모두 죽을 가능성이 아직 적지 않으니까.'

울라부는 말했다.

"이런, 완전히 엉망진창이 됐는데. 앞이 안 보여서 싸울 수나 있겠어?"

디즈가 중얼거렸다.

"우린 괜찮아."

타냐가 그를 안심시키며, 그 말이 거짓이 아니기를 바랐다. 아래쪽 층계참에 저그가 나타나 달려들기 전까지는 확신할 수 없을 것이다.

사이오리스크도 아직 포기하지 않았다. 머리 뒤쪽에서 낮게 윙윙거리는 소리를 지금도 느낄 수 있었다. 어쩌면 남은 병력을 끌어 모아 최후의 공격을 준비하고 있는 건지도 몰랐다.

하지만 그렇다고 하기엔 너무 늑장을 부리고 있었다. 마지막 층계참에서 열 걸음 떨어진 곳까지 내려왔지만, 아직 아무 일도 일어나지 않았다.

"그런데 놈들은 지금 어디 있는 거지?"

"좋은 질문이야, 이상하네. 바깥쪽 공기가 깨끗해지고 있나?"

디즈가 말했다. 타냐는 고개를 가로저었다.

"모르겠어."

'그렇습니다. 다른 소리가 들리는데, 무슨 소린지 알 수가 없습니다.'

울라부는 디즈만큼이나 당황한 표정이었다.

"나도 그래."

디즈가 말했다. 그들은 층계참에 도달했고, 그는 가우스 소총의 표시기를 확인했다.

"한번 알아보자고."

눈에 띄게 긴장하며, 그는 층계참 모퉁이를 벗어났다. 타냐도 눈을 깜빡이며 그 뒤를 따랐다.

그리고 정말이지 기이한 광경을 목격했다.

에린이 쓰러진 울타리 나무들로 피운 모닥불은 진짜로 꺼져 있었다. 그런데 불이 꺼진 건, 저그가 마치 담요처럼 불길 위를 모두 뒤덮고 있기 때문이었다. 불길은 잦아들고 이제는 군데군데 가느다랗게 피어오르는 연기만이 불이 났다는 사실을 알려주고 있었다. 동굴 안에는, 연기를 피워 올리는 나무들 앞에 타냐가 처음 보는 유형의 저그 10여 마리가 줄지어 서 있었다. 놈들은 거대한 말벌을 닮은 뮤탈리스크와 유사했지만, 크기는 작고 발톱과 날개가 더 컸다. 낯선 소음을 만들어내는 건 바로 그 날개였다. 저그는 입구를 향해 맹렬하게 날개를 펄럭이며, 연기로 가득 찬 공기를 내보내고 있었다.

그리고 줄지어 선 괴물들로부터 몇 미터 뒤에는 이들을 감독하는 저그 무리어미가 있었다.

"이거 참, 매일 볼 수 있는 구경거리는 아니군."

디즈가 중얼거렸다.

"무리어미 말이야?"

타냐가 눈을 깜빡이며 물었다. 공기는 분명히 맑아지고 있었지만, 아직도 눈물이 그렁그렁했다.

"저그가 동굴에서 연기를 빼는 모습 말이야. 게다가 갑피도 없는 저그라니."

디즈가 말했다. 타냐가 눈을 가늘게 떴다. 전혀 눈치 채지 못했었다.

디즈 말이 맞았다. 이들은 지금까지 경험한 일반적인 저그에게서 볼 수 있는 외골격 없이 거친 가죽과도 같은 피부가 드러나 있었다.

그들의 대화가 무리어미의 주의를 끈 모양이었다.

'아, 너무 늦게 와서 미안하다. 모두 살아 있는 걸 보니 마음이 놓이는군.'

무리어미는 걸걸한 사이오닉 목소리로 말하며 그들을 바라봤다.

"뭐, 아직은 살아 있지. 지금 위로 올라가고 있는 친구가 문제지만… 실례인 것 같긴 한데… 당신 누구야?"

디즈가 말했다. 무리어미는 머리와 상체를 숙여 인사했다.

'나는 초월여왕 자가라다.'

타냐는 꿀꺽 침을 삼켰다. 물속에서 허우적거리는 듯했던 시야가 더욱 흐릿해졌다. 초월여왕 자가라. 인류가 만들어 낸 가장 강력한 유령이었던 사라 케리건의 계승자이자 후계자. 자치령과 프로토스를 여기 전쟁과 평화의 교차로에 이끌어 온 저그가 지금 눈앞에 있었다. 지금 이 순간, 운명의 저울과 희망이 모두 저 무리어미의 발톱에 놓여 있었다.

혹시 타냐를 손에 넣으러 온 거라면….

'그 미지의 생물에게 모두 죽어버린 건 아닐까 걱정하고 있었다. 나라면 그들을 통제할 수 있지 않을까 해서 직접 와 보았다.'

자가라는 말했다.

"효과가 있었던 것 같군. 고맙다, 초월여왕. 불을 끈 것이 사이오리스크의 부하들이 아니라 너희 저그라면 말이야."

디즈의 말에 자가라가 대답했다.

'모두 내 아이들이다. 이 아이들은 연기를 내보내서 너희에게 깨끗한 공기를 되찾아 주려고 데려온 하늘충이다.'

"하늘충이라고? 재미있는 디자인이군. 새로운 품종이겠지?"

'그렇다. 내 지시에 따라 아바투르가 만들었지. 언젠가 성체가 된 아도스트라를 운반할 아이들이었다.'

"어디로?"

'그들이 있어야 할 곳이지.'

자가라는 잠시 말을 멈췄다. 타냐는 초월여왕이 느끼는 공포와 분노가 뒤섞인 기분을 공감할 수 있었다.

'성장실 안의 아도스트라는 아직 살아 있나?'

"내가 아는 한은 그렇다. 우리는 아무 짓도 안 했다. 내가 지금 연락해서… 아니, 그냥 같이 올라가서 직접 보는 게 어떻겠나?"

디즈가 말했다. 타냐는 울라부가 곁에서 꿈틀거리는 것을 느꼈다. 붕괴된 방어선 뒤쪽으로 저그 초월여왕을 불러들이는 건….

하지만 울라부는 아무 말도 하지 않았고, 타냐도 침묵을 지켰다. 잠시 후, 자가라는 커다란 발톱이 달린 팔을 들어 올렸다.

'그러지. 두려워하지 마라. 이 저그는 내 통제 하에 있다.'

자가라는 그들을 향해 다가왔다.

"좋다. 아직 근처에 사이오리스크가 남아 있는 것 같은데. 타냐?"

디즈는 스산한 목소리로 말했다.

"그래, 아직 있어. 여전히 우리가 아도스트라를 제거하게 만들려는 거야."

타냐가 확인해 주었다.

"아니면 우리를 죽이고 초월여왕에게 뒤집어씌우려는 걸 수도 있지. 휘스트, 지금 듣고 있어?"

디즈가 말했다. 아무런 응답이 없었다. 반사적으로 타냐의 손이 음량 조절기를 찾았지만, 그제야 통신 장치를 에린에게 씌워 보냈다는 사실이 떠올랐다.

"뭐라고 했어?"

"듣고 있대. 믿지는 않지만 알았다고 했어. 어쨌든 자가라를 데려 가야지. 내가 너라면 휘스트, 우리가 도착하기 전에 그 송신기를 고쳐 놓겠어."

디즈는 타냐를 향해 묘한 웃음을 지어 보였다.

"발레리안 황제가 아주 좋아하겠는걸."

• • •

"…초월여왕 자가라는 이들이 자신이 만든 아도스트라라고 확인해 주었습니다. 적어도 아바투르는 아도스트라가 이런 알주머니 안에서 성장할 거라고 말했다고 합니다. 물론 이걸 열지 않고서는 정확히 확인할 수 없습니다."

호크먼 중위가 보고를 마무리했다.

"그런데 알주머니를 여는 건 거부하는 건가?"

아르타니스의 목소리가 함교 스피커에서 흘러나왔다.

"정확히 거부하는 건 아닙니다, 아르타니스 신관님. 하지만 겉모습은 얼마든지 속일 수 있다고도 했고, 가까이에서 살펴보고 냄새를 확인해 봐도, 이게 아바투르에게 만들라고 지시했던 개체인지는 확실하지 않다고 했습니다. 우리 쪽 분석이 훨씬 정확할 거라고 합니다."

호크먼이 말했다. 발레리안은 생물연구소 화면을 바라봤다.

"지금 시험을 시작하고 있소. 와이랜드 박사가 보낸 표본은 둘 다 상태가 좋아서, 정확한 결과를 확인할 수 있을 거라고도 했소."

그는 호크먼에게 말하며 다른 화면을 확인했다.

"와이랜드 박사도 의무실에 무사히 도착했고, 화상 치료를 시작한다고 하오."

"알려 주셔서 감사합니다, 황제 폐하."

호크먼은 마음이 놓인 목소리였다.

"한 가지 더 있습니다. 초월여왕 자가라는 이 장치가 아바투르가 만들어 준 송신기라고 확인해 줬습니다. 그래서 자가라는 쉽게 작동시킬 수 있었던 모양입니다. 이쪽 지역에서 이런 송신기를 몇 개나 더 만들었을지는 모른다고도 했습니다. 지금까지 확인된 내용은 그게 전부입니다."

"확인되지 않은 정보가 많군. 사이오리스크는 어디에 있는 건가? 어떻게 만들어진 거고? 그것들이 이제 얼마나 남았나? 그리고 진화군주 아바투르는 어디에 있으며, 초월여왕 자가라는 그자를 우리에게 넘겨 심문을 받게 할 의지가 있는가? 마지막으로 가장 중요한 의문, 아도스트라는 정말로 초월여왕 자가라가 주장하는 그런 생물인가? 아니면 그조차도 확인되지 않은, 거짓과 조작으로 감싸인 존재인가?"

아르타니스가 음울한 목소리로 말했다.

"난 거짓말은 하지 않는다, 아르타니스 신관."

스피커에서 들려 온 자가라의 목소리에는 위엄과 분노가 담겨 있었다.

"이번 회담에서 지금까지 나는 오직 선의에 따라 행동했다. 앞으로도 그러할 것이다. 안전한 회담장을 떠나 직접 여기까지 온 것도 자치령 조사단을 돕기 위해서였다. 난 사이오리스크의 사체를 찾아냈고, 그들의 존재를 확인했고, 연구에 사용할 수 있게 너희에게 보내기도 했다. 군단의 많은 병력을 희생하여 불을 끄고, 조사팀의 안전을 보장했다. 무리어미들에게는 둥지탑 안에 머물러있으라 지시했고, 그들이 소환한 거대괴수도 지상에 머물러 있게 했다."

"그러한 선의도 그저 우리의 분노가 두려웠기 때문일 수 있다. 우리는 기사단과 네라짐 모두의 생명을 앗아간 전투를 쉽게 잊을 수는 없을 것이다."

아르타니스가 말했다.

"그 전투를 시작하고 주도한 건 사이오리스크였다."

"넌 그렇게 주장하겠지. 말은 들을 만큼 들었다. 이제는 증거가 필요하다."

"사이오리스크 사체와 조사단의 보고라는 증거가 있지 않나?"

"두 가지 모두 실제 주동자와 동기를 증명하기에는 부족하다. 다시 묻겠다. 아바투르는 어디에 있나?"

"나는 모른다. 내 명령에 따른다는 조건 하에, 원하는 곳이라면 어디든 갈 수 있도록 허락했으니까. 그리고 너희가 주장하는 혐의는 믿을 수가 없다. 아바투르는 진화군주고, 모든 저그 중에서 가장 오랫동안 살아남은 자다. 군단에 충성을 바치는 존재다."

자가라가 답했다.

"그러면 사이오리스크는 어디에서 나타난 거지?"

아르타니스가 물었다.

"나는 모른다."

자가라는 다시 답했다.

"잠시 내 생각을 얘기해도 되겠소?"

발레리안이 빠르게 말했다. 아바투르가 모든 일의 배후에 있다는 건 분명했지만, 진화군주의 동기는 여전히 모호했다. 하지만 아르타니스와 자가라는 지금 정면으로 충돌하며 교착상태에 빠져 있었고, 그 무엇도 그들의 의견을 꺾을 수 없을 것 같았다.

절대적이고 객관적인 증거가 아니면 안 됐다. 그리고 그런 증거를 얻을 수 있는 방법은 아바투르를 찾아내고 설득해서 입을 열게 하는 것뿐이었다.

생각보다 힘든 일일 수도 있었다. 발레리안은 아바투르가 자가라의 소환에 응해야 할 거라고 짐작했지만, 사실 초월여왕과 진화군주의 상호작용 사이에는 이해할 수 없는 구석이 아주 많았다. 자가라가 그를 부르기를 거부한다면, 혹은 아바투르가 그녀의 부름에 응하지 않는다면….

발레리안은 갑자기 묘한 생각이 떠올라 눈살을 찌푸렸다.

부름에 응한다라….

아르타니스와 자가라는 침묵하고 있었다. 발레리안이 그들의 논쟁을 저지했고, 이제 둘은 그가 말을 하기만을 기다렸다.

기회는 한 번뿐이었다. 제대로 활용해야 했다.

"이런 원거리 통신은 전에도 한 적이 있었소."

그는 즉흥적으로 말을 시작하며, 머리가 말보다 앞서 가기만을 바랐다.

"저그 영토 안에서 얼굴을 맞대고 대화도 나눠 봤고. 초월여왕 자가라여, 이제는 당신이 자치령의 영토 안으로 찾아와 우리와 대화를 나눠야 할 때가 아닌가 생각하오."

"코랄 IV 행성으로 가지는 않겠다."

자가라가 딱 잘라 말했다.

"그걸 요청하는 게 아니오. 히페리온에서 당신과 이야기를 나누고 싶소. 무카브가 도움을 요청할 때 타고 왔던 것이 당신의 거대괴수라고 생각해도 되겠소?"

발레리안은 서둘러 자가라를 안심시켰다.

"그렇다."

"그렇다면 그 거대괴수를 3번 집중점으로 소환해 달라고 부탁해도 되겠소? 그리고 당신이 우리 조사단의 남은 인원과 함께 거기 탑승하고, 여기로 와서 함께 대화를 나눕시다."

발레리안이 말했다. 잠깐의 침묵이 흘렀다. 한참이 지나고 나서야 자가라는 입을 열었다.

"이상한 요청이군, 발레리안 황제. 목적이 뭔지 모르겠다."

"목적은 평화요. 당신이 이 요청을 수락해 준다면, 우리가 함께 아르타니스 신관이 요구하는 증거를 찾을 수 있을 것이오."

다시 침묵이 이어졌다. 발레리안은 자신에게 행운을 빌어주었다.

"좋다, 발레리안 황제. 내 거대괴수를 소환하지."

자가라가 말했다.

"고맙소, 초월여왕."

발레리안이 화답했다.

"마지막 부탁이오. 잠시 우리 조사단과 따로 이야기를 나눠도 되겠소?"

침묵이 더 길게 이어졌다.

"좋다, 발레리안 황제. 난 바깥으로 나가 거대괴수를 기다리겠다."

자가라가 다시 말했다. 맷이 손을 뻗어 음소거 버튼을 눌렀다.

"외람된 말씀입니다만, 폐하, 말도 안 되는 계획입니다. 자가라를 히페리온에 탑승시켰다가는, 문제를 피할 길이 없습니다."

그는 낮은 목소리로 말했다.

"걱정하지 마시오. 그녀가 여기 탑승할 일은 없을 테니까. 아르타니스 신관, 아직 듣고 있소?"

발레리안은 말했다.

"그렇소, 나도 이번 계획엔 이의가 있소. 자가라를 투옥하거나 처치해서 군단의 전쟁 능력을 상실시키려 하는 의도라면, 그 효과는 무척 제한적일 것이오."

아르타니스가 답했다.

"그럴 생각은 없으니 안심하시오."

발레리안이 이렇게 말하고는 음소거 버튼을 다시 눌렀다.

"호크먼 중위, 자가라는 나갔소?"

"네, 황제 폐하, 나갔습니다."

호크먼이 대답했다.

"사이오리스크의 간섭도 사라졌소?"

"확인해 보겠습니다… 네, 폐하, 그들도 물러난 것 같습니다."

"좋소. 저그 송신기를 차단하고 전투복의 장거리 통신으로 변경하시오."

"잠시만 기다리십시오."

잠깐의 기다림이 지나간 후 희미하게 가우스 권총이 발사되는 소리가 들렸다.

"네, 저그 송신기를 정지시켰습니다."

호크먼이 대수롭지 않게 말했다. 발레리안은 자기도 모르게 미소를 지었다. 물론 외계의 물체인 만큼 확실하게 작동을 중단시킬 방법은 그게 유일했을 것이다.

"제독?"

"저그와의 통신은 종료되었습니다."

맷이 대답했다. 발레리안은 고개를 끄덕였다.

"중위? 아직 거기 있소?"

"네, 폐하."

호크먼이 답했다.

"아르타니스 신관도?"

"그렇소."

"좋소. 다들 잘 들으시오. 자가라의 말이 모두 사실이라고 가정합시다. 그리고 조사팀의 추측 역시 모두 사실이라고 생각합시다. 그러면 아바투르가 자가라의 명령에 따라 생명체를 양육하는 존재로 아도스트라를 만들었고, 그 후에 스스로 젤나가의 정수를 일부 유용하여 저그 유전자와 결합하고, 사이오닉 능력을 지닌 자신만의 생물 사이오리스크를 만들었다는 결론만 남소."

발레리안이 말했다.

"어쩌면 그것도 초월여왕 자가라의 지시였을 수 있겠지."

아르타니스가 말했다.

"다시 한 번 말하지만, 일단은 자가라가 관여하지 않았다고 가정해 봅시다."

발레리안이 말을 이었다.

"그리고 아바투르가 처음부터 모든 일을 배후에서 조종했고, 우리가 아도스트라를 파괴하게 하여 회담의 의미를 퇴색시키고, 자가라가 전쟁을 다시 시작하게 선동하려 했다고 다시 가정해 봅시다."

"알겠습니다. 그런 가정에서 어떤 결과를 추론할 수 있겠습니까?"

맷이 말했다.

"모두가 궁금해 하는 두 가지 질문이오. 하나, 아바투르가 모든 일을 조종하고 있다면, 그가 바라는 결과는 무엇일까? 둘, 지금 그자는 어디에 있는 걸까?"

발레리안이 말했다.

"지상 탐색도 시도해 봤습니다만, 해당 지역이 너무 광범위합니다. 그리고 거대하고 체계적인 땅굴망을 좋아하는 저그의 성향을 고려하면, 아바투르가 지금 그 행성 어디에 있는지는 누구도 알 수가 없습니다."

맷이 말했다.

"사실 난 그렇게 생각하지 않소. 그가 원하는 결과 중 하나는 기스트에서 무사히 빠져나가는 것일 거요. 자신이 조준기 중앙에 놓인 상태에서는 전쟁을 시작할 수 없을 테니까. 사이오리스크는 저그의 승리라는 장기적 계획의 일부인 만큼, 아바투르 자신과 함께 그 행성을 떠날 사이오리스크를 몇 마리 남겨 놓았을 거요. 즉, 거대괴수를 징발할 계획을 세우고 있다고 봐야 하겠지."

발레리안이 말했다.

"지금 거대괴수는 행성 표면에 총 7마리가 있고."

아르타니스가 말했다.

"맞소."

발레리안이 말을 이었다.

"하지만 목표를 좁힐 수 있을 것 같소. 아르타니스 신관, 우리가 처음 도착했을 때 자가라가 한 말 기억하시오? 인사를 하자마자 내게 빨리 와 줘서 고맙다고 하지 않았소. 그녀 말이 맞았소. 우린 정말로 빨리 기스트에 갔었소. 호너 제독, 우리가 왜 그렇게 즉각적으로 움직였는지 기억하시오?"

"무카브의 메시지에 흥미를 느끼셨기 때문입니다. 평화에 대한 희망이라면 추구할 가치가 있다고 폐하가 생각하셨기 때문입니다."

맷이 당황한 목소리로 말했다.

"물론 그랬지. 하지만 그 두 가지는 우릴 기스트로 끌어들이긴 했어도, 서두르게 만들 수는 없었을 거요. 그런데 대체 우리는 왜 그렇게 서둘렀던 걸까?"

발레리안이 말했다. 맷은 날카로운 눈빛으로 그를 바라보며 말했다.

"무카브가 상황을 자세히 설명하지 않았기 때문입니다. 당시에는 자세한 내용 없이 우리에게 와 달라는 말만 거듭 반복했었습니다."

"무카브가 이야기를 조금 더 많이 했다면 어땠을 것 같소?"

"우린 아마 무카브를 붙잡고 심문하여 자세한 정보를 알아내려고 했을 겁니다. 그리고 그랬다면, 무카브가 타고 온 거대괴수를 자세히 살펴볼 수 있었을 겁니다."

맷이 음울한 목소리로 말했다. 그제서야 발레리안의 생각을 이해한 모양이었다.

"잠깐, 아바투르와 사이오리스크가 바로 그 거대괴수에 타고 있다는 말을 하려는 거요?"

아르타니스가 말했다.

"거긴 아주 완벽한 은신처요. 우리가 직접 확인했지 않소. 가까이 접근하여 비행하면서도 봤지만, 눈에 띄는 모든 것이 그 거대괴수가 무해하다는 사실을 보여주고 있었소."

발레리안이 말했다.

"테란의 심리적 문제점 중 하나입니다, 아르타니스 신관님. 범죄를 계획할 때는 근무 중인 경찰관 앞을 지나가며 자신을 드러내 보이는 게 좋습니다. 일부러 이목을 끄는 사람은 왠지 감출 게 없다는 느낌을 주기 때문입니다."

맷이 설명하자 발레리안이 이어 말했다.

"바로 그거요, 그러니까 그 거대괴수가 이륙을 한다고 해도, 우리는 아바투르가 거기 타고 있을 거라고 절대 의심하지 않겠지."

또 한 가지 퍼즐이 맞춰지는 것 같은 기분이 들어 그는 손가락을 들어올렸다.

"그리고 우리 조사단이, 사이오리스크를 조종한 자는 저 생체 송신기를 이용하여 명령을 내렸다는 사실도 확인했소. 아마 인간이나 프로토스는 들을 수 없는 고주파음을 이용했을 테지. 코건 박사의 팀이 자가라가 보내 온 사이오리스크 사체에서 고주파 생성 기관을 찾아냈소. 무카브가 거대 괴수 안에 같은 종류의 송신기를 갖고 있다는 건 이미 확인된 바요. 처음 우리와 접촉할 때 그걸 사용했으니까. 아바투르도 그걸 이용해서 주요 지점에서의 전투교신을 엿듣고 사이오리스크를 움직인 거겠지."

"그런데 그자가 이미 안전하게 이 행성을 벗어나 있다면, 왜 돌아오겠소?"

아르타니스가 여전히 믿지 못하겠다는 목소리로 물었다.

"제가 답할 수 있습니다, 아르타니스 신관님. 발레리안 황제께서 말씀하셨듯이, 그자는 현재 상황을 감독하기 위해 여기로 돌아와야 합니다. 우리 모두가 그자의 계획에 따라 제 역할을 수행하도록 하고, 혹시라도 예상을 벗어난 경우 대본을 조정해야 할 겁니다."

호크먼이 끼어들어 말했다.

"진화군주가 전략 측면에서도 그렇게 능수능란할지는 아직 의문이오, 이제 그 답을 알아내야 하오."

발레리안이 말했다.

"사이오리스크들을 개발하면서 자신도 조금 진화시켰는지 모릅니다. 아니면 무카브를 손봤을지도 모르고요. 무카브 몰래 사이오리스크를 태울 수는 없었을 테니, 무카브도 아바투르의 편이라고 봐야 할 겁니다."

맷이 의견을 제시했다.

"향상된 전술 능력을 여왕에게 추가하는 것이, 아바투르 자신에게 추가하는 것보다는 덜 눈에 띄겠지. 어쨌든 1번 집중점 공격 당시에는 아바투르가 회담장에 남아 있었을 테니, 당시의 전투는 직접 손을 쓸 수 없었을 거요."

발레리안은 모든 의문이 풀렸다는 듯 말했다.

"그렇다면 무카브가 진짜 머리고, 아바투르가 그렇게 만들었다는 말씀이십니까?"

맷이 물었다.

"실제로 어떻게 작동하고 있는지는 아바투르를 확보하고 나면 알 수 있을 것이오. 지금은 그를 밖으로 끌어내야 하오. 그래서 자가라에게 거대괴수를 타고 3번 집중점으로 가 달라고 한 것이오. 의심을 사지 않고 우리 대원들을 거대괴수에 탑승시키고 싶었으니까."

발레리안이 말했다.

"아바투르가 자가라의 소환을 무시하는 일은 없을 거라고 가정했을 때의 얘기겠지요."

맷이 경고했다.

"그런 일은 없을 거요."

발레리안이 단언했다.

"잊지 마시오. 우린 아바투르가 엿들을 수 있는 송신기를 사용하여 이번 일을 협의했소. 그자 생각에는 우리가 자신에게 탈출할 완벽한 기회를 마련해 주는 셈일 것이오. 일단 거대괴수를 타고 우주로 나온 후에는, 아무런 의심을 받지도 않고, 우리 측 저항도 걱정할 필요 없이 탈출할 수 있을 테니까."

"자가라와 함께 있을 때 그자가 달아난다면, 그녀도 공범인 것처럼 보일 겁니다."

호크먼이 지적했다.

"그게 아바투르의 계획에도 더 부합하는 일이겠지. 그러니 일단 거대괴수에 탑승한 후, 중위 당신의 임무는 아바투르를 찾아 구속하는 일이오."

발레리안이 말했다.

"알겠습니다, 폐하. 사이오리스크를 찾으면 같은 조치를 취하면 되겠습니까?"

호크먼이 말했다.

"나는 모두 파괴하는 쪽을 추천하겠다."

아르타니스가 말했다.

"동의하오."

발레리안이 말하는 순간, 화면에 표시된 메시지가 그의 시선을 끌었다.

"말이 나와서 말인데,"

그가 생물연구소를 호출하며 덧붙였다.

"코건 박사가 몇 가지 수치를 알아냈소. 코건 박사?"

"감사합니다, 폐하."

코건의 목소리가 스피커를 통해 들려왔다.

"자, 이건 아직 확인 중인 수치이므로, 너무 신뢰하지는 마세요. 사이오리스크에 대한 초기 검사를 마쳤는데, 우선은 젤나가와 비젤나가 요소의 구성 비율을 나눠 보려고 시도했습니다. 낯선 종을 상대할 때는 늘 어렵지만, 와이랜드 박사가 보낸 아도스트라 표본과 이들의 유전자를 비교하고, 또 이미 처치한 사이오리스크의 수를 고려하면….”

“코건 박사.”

발레리안이 재촉했다.

“죄송합니다, 폐하. 한 마디로, 아바투르가 아직 300에서 500마리 사이의 사이오리스크를 거느리고 있을 거로 추정합니다.”

“대부분 거대괴수에 탑승하고 있다고 가정해도 되겠습니까?”

호크먼이 물었다.

“아마도 그렇겠지.”

발레리안이 눈살을 찌푸리며 말했다. 테란 3명과 프로토스 민간인 1명이 상대하기에는 너무 많았다. 아르타니스도 분명히 같은 생각을 하는 모양이었다.

“지원이 필요할 거요. 전사들을 보내 그대들을 돕겠소.”

“외람된 말씀입니다만, 아르타니스 신관님, 그건 좋은 생각이 아닐 것 같습니다. 자가라는 무해한 거대괴수에 자의로 탑승했습니다. 프로토스든 자치령이든 병력을 추가로 투입한다면, 아바투르가 낌새를 눈치 채고 달아날 겁니다.”

호크먼이 경고했다.

“그러면 하늘에서 날려 버리면 되겠지.”

아르타니스가 음산한 목소리로 말했다.

“그러면 온전한 진실은 알 수 없게 되는 거요.”

발레리안이 말했다.

“중위?”

“저희가 처리할 수 있을 것 같습니다, 폐하. 하지만 새 전투복과 무기가 필요합니다. 새 도약 추진기도 있으면 좋겠습니다."

호크먼이 답했다.

"병참 장교에게 연결해 주겠소. 거대괴수에 탑승하기 전에 다시 이야기를 나눌 기회가 없을지도 모르니, 행운을 빌겠소, 중위."

발레리안이 말했다.

"감사합니다, 폐하."

호크먼이 답했다.

"지금 연결합니다."

맷이 제어판을 두드렸다. 통신기 표시등이 깜빡거리며 꺼졌다.

"난 이번 계획에 동의하지 않소, 발레리안 황제. 불확실성과 위험요소가 너무 많소. 그대가 틀렸다면, 또 초월여왕 자가라의 목적이 거대괴수를 우리 가운데로 들여오는 거라면, 우린 끔찍하게 위태로운 상태에서 전투에 휘말리게 될 거요."

아르타니스가 말했다.

"위험하다는 건 알고 있소, 아르타니스 신관."

발레리안이 조심스럽게 말했다. 이제 와서 아르타니스가 발을 빼려는 건 아니겠지?

"하지만 진실을 확인할 수 있는 유일한 방법이오."

"내가 지원을 거부한다면 어떻게 하겠소? 내가 프로토스 병력을 철수시키고, 그대가 자가라와 거대괴수를 혼자 상대해야 한다면?"

맷은 가만히 발레리안을 지켜봤다. 그는 담담하게 대답했다.

"그렇다면 자치령은 홀로 설 것이오. 하지만 당신이 결정을 내리기 전에, 내가 몇 가지 역사를 떠올리게 해 주겠소."

"무슨 역사 말이오?"

"유일하게 의미 있는 역사지. 바로 테란과 프로토스의 역사 말이오. 차우 사라를 기억하시오?"

발레리안이 답했다. 화면 속 아르타니스의 피부에 얼룩이 생겨났다.

"그렇소."

그의 목소리는 유난히 낯설었다.

"그 식민지인들에게 프로토스가 어떤 일을 했는지 기억하겠지."

발레리안은 말을 이었다. 그 얼룩은 강력한 감정적 변화의 징후였으며, 그는 지금 자신이 신관을 너무 강하게 밀어붙이고 있는 건 아닌지 막연한 생각이 들었다.

하지만 그는 개의치 않았다. 발레리안의 말은 계속 이어졌다.

"자치령이 수립되기 전의 연합에 프로토스 종족 전체를 멸종시키려 하던 진영이 있었다는 사실을 기억하시오? 그리고 왜 그런 생각을 버리게 되었는지도 기억하시오?"

아르타니스는 대답하지 않았다.

"짐 레이너라는 남자가 결정을 내렸기 때문이오. 그는 프로토스 집행관 태사다르와 당신 종족 전체를 신뢰하기로 결정했소. 그게 전환점이 되었소. 우리가 지금까지 걸어 온 길의 출발점이 된 거요."

"지금 나에게 그런 믿음이 필요하다는 건가?"

"레이너에게는 프로토스가 믿을 수 없는 종족이라고 생각할 만한 증거가 많았소. 하지만 그는 태사다르의 이야기와 프로토스의 사고방식에 귀를 기울였고, 도박을 걸어 보기로 결정한 거요."

발레리안은 말했다.

"지금, 우리는 레이너와 같은 자리에 서 있소. 우리는 저그가 초래할 수 있는 파괴를 목격한 바 있지만, 자가라의 입을 통해 군단이 변화했다는 이야기를 들었소. 나는 그때와 같은 믿음을 가져 볼 생각이오. 당신은 어떻소?"

그는 아래쪽 행성을 향해 손짓했다.

"내 계획이 실패하고 우리가 이 문제를 해결하지 못한다면, 전쟁이 일어날 수도 있소. 하지만 우리가 그런 시도조차 하지 않는다면, 전쟁은 반드시 일어나고 말 것이오."

아르타니스는 잠시 동안 아무 말도 하지 않다가 가까스로 입을 열었다.

"저 행성에서 내게 했던 말을 기억하시오? 프로토스는 다른 여러 종족의 수호자였던 고귀한 종족이라는 말? 그에 대한 대답으로 내가 했던 말도 기억하시오?"

"칼라가 당신들을 결속시켜 줄 때는 다른 이들을 지켜보기가 쉬웠다는 얘기였지."

발레리안은 중얼거렸다.

"그 일에 대해 더 깊이 생각해 봤소. 어쩌면 고귀함과 명예란 것은 쉬운 의미가 아닐지도 모르오. 어쩌면 늘 위험이 따르는 것일 수도 있고. 또 어쩌면, 고귀함이란 신뢰가 없이는 존재하지 않는 것일 수도 있소."

아르타니스는 가슴을 펴고 다시 말했다.

"프로토스는 앞서 차우 사라에 선제공격을 가했소, 발레리안 황제. 그 행위는 오랜 시간에 걸쳐 수많은 목숨을 앗아갔고, 지금도 우리들 사이에 끔찍한 독이 되어 남아 있소. 나는 다시 선제공격을 하지는 않겠소. 지금 여기서 그럴 생각은 없소. 나는 그대의 길을 따르고, 그대의 판단을 신뢰하겠소. 프로토스는 그렇게 다시 고귀한 종족이 되겠소."

"프로토스가 고귀하지 않았던 적은 없소. 고맙소, 신관. 오늘 우리가 비상할지 패퇴할지는 몰라도, 우린 함께 일어설 것이오."

발레리안은 나직한 목소리로 말했다. 아르타니스가 고개를 숙였다.

"그대의 연락을 기다리겠소."

그의 모습이 화면에서 사라졌다.

"그래, 이제 모든 것이 조사단에 달렸군."

발레리안은 맷을 향해 돌아서며 말했다.

"네, 그렇습니다. 그들이 살아남을 거라고 생각하지는 않으시겠지요?"

맷은 주저하며 말했다. 발레리안은 한숨을 쉬며 말했다.

"아마 힘들겠지. 그들은 죽음을 향해 다가가고 있는 셈이오. 아니, 그보다 더 끔찍한 일이 될 수도 있겠지. 내가 지금 타냐 콜필드를 저그 진화군주의 손아귀로 내몰고 있으니, 생각지도 못한 끔찍한 결과를 맞이하게 될 수도 있을 거요. 하지만 그들이 아바투르가 거기에 있다는 걸 증명하고 그자가 자신의 혐의를 인정하게 할 수 있다면, 우리는 이 끔찍한 국면을 진정시킬 수 있을지도 모르오."

"어떻게 하실 생각이십니까?"

"아바투르가 자신이 이겼다고 생각하게 해야지."

발레리안이 말했다.

"병참 장교를 불러 주시오. 나도 지시할 사항이 있소."

제23장

    타냐는 거대괴수가 크다는 건 알고 있었다. 그건 누구나 알았다. 그 생물은 거대했다. 사실 자치령의 전투순양함이나 프로토스의 우주모함보다도 더 컸다.
    하지만, 여러 언덕에 걸쳐 누워 있는 거대괴수를 향해 다가가며 직접 두 눈으로 보는 지금에 와서야, 그게 실제로 얼마나 거대한 존재인지 이해하게 되었다.
    그런데 저렇게 거대한 괴수 안에서 진화군주 하나와 사이오리스크 무리를 찾아야 한다고?
    늘 그렇듯, 휘스트는 답을 내놨다.
    "해병처럼 생각하면 돼. 적을 찾지 못할까봐 걱정하지는 마. 적이 당신을 찾을 테니까."
    네 사람이 아도스트라 동굴을 떠날 준비를 하던 때, 마지막으로 휘스트가 모두를 안심시켰다. 물론 타냐가 보기에 그건 그다지 기운 나는 얘기는 아니었다.
    '타냐 콜필드? 너 괜찮아?'

울라부의 생각이 밀려들었다.

'조금 긴장한 것뿐이야.'

타냐는 울라부를 안심시켰다. 울라부는 자가라를 사이에 두고 타냐의 반대편에서 걷고 있었다. 둘이 초월여왕의 양옆에 서고, 휘스트는 선두를, 디즈는 후위를 맡았다. 네 사람이 포로를 호송하는 것 같은 형태였지만, 순수하게 전술적 측면에서 본다면 이건 극도로 멍청한 진형이었다. 자가라가 정말로 평화를 원하고, 그 목표를 이루기 위해서라면 무슨 일이라도 감수할 거라는 믿음이 있을 때에만 의미가 있는 형태였다.

그리고 그들은 이미 그런 믿음에 지나치리만큼 크게 의존하고 있었다. 발레리안은 지금 실제로 무슨 일이 일어나고 있는 건지 자가라에게 말하지 말라고 지시했다. 저그의 사이오닉 연결을 통해 아바투르가 일의 전모를 파악하는 것을 피하기 위해서였다. 그래서인지 초월여왕은 이번 여행이 썩 마음에 들지 않는 눈치였다. 제한적인 텔레파시 능력이 없었더라도, 타냐는 자가라가 지금 이 수치스러운 대접에 잔뜩 화가 났다는 사실을 충분히 감지할 수 있었다. 하지만 다행스럽게도, 초월여왕 자가라는 자신의 품위를 유지하는 것보다 전쟁을 피하는 쪽을 더 중시하는 듯했다.

자가라가 결국엔 자신이 속아서 조종당했음을 깨닫게 되면 어떤 생각을 할지, 또 어떤 행동을 할지는 어느 누구도 알 수 없었다. 타냐도 그때의 일이 별로 기다려지지는 않았다.

적어도 그들은 조만간 다가올 새로운 만남에 대비하여 장비는 괜찮게 갖춰 놓은 상태였다. 수송선을 통해 신품 CMC 강화 전투복이 휘스트에게 전달되어, 마침내 낡은 전투복을 벗어버릴 수 있었다. 그리고 그와 함께 새 가우스 소총과 한 번에 소지할 수 있는 최대량의 탄창까지도 모두 지급되었다. 디즈도 새 사신 전투복과 신품 도약 추진기를 받았다. 타냐는 에린에게 씌워 보낸 유령 조준경을 대체할 새 헬멧과 함께, 발레리안 황제가 직접 보내 준 새로운 산탄 소총을 받았다.

소총은 솔직히 전시용이었다. 아바투르가 최후의 순간까지 그 사실을 깨닫지 못했으면 좋겠다는 생각이 들었다.

히페리온의 모든 사람에게 민간인이라 알려진 울라부는 수송선을 타고 복귀하라는 제안도 받았다. 물론 그는 그 제안을 거부했고, 저그와 저그의 사고방식에 대해 더 자세히 관찰할 좋은 기회인 것 같다는 핑계를 둘러댔다.

타냐는 이렇게 오랫동안 자신을 속여 온 그에 대한 자신의 감정을 아직 이해할 수 없었다. 하지만 지금은 그저 울라부가 곁에 있다는 것만으로도 기뻤다.

그래도, 사이오리스크 500마리가 숨어 있는 거대괴수를 테란 세 명과 프로토스 한 명으로 상대하겠다는 건 꽤나 한심한 생각이었다.

바라건대 아바투르도 그렇게 생각할 것이다.

거대괴수에 접근하자 그 두꺼운 거죽 위에서 괄약근 형태의 구멍 몇 개를 볼 수 있었다. 각각은 어둡고 주름진 동굴로 이어졌다. 휘스트는 자가라를 돌아봤고, 자가라는 다시 구멍 하나를 가리켰다. 그 구멍을 통해 일행은 모두 함께 거대괴수로 들어갔다.

그들이 들어선 동굴은 아도스트라 보관소와는 느낌이 크게 달랐다. 아도스트라 보관소는 열린 공간으로 얼핏 쾌적하다는 느낌도 주었지만, 이곳은 모든 것이 좁다랗게 붙어 있어 밀실공포증을 일으킬 지경이었다. 모든 표면에는 틈새와 구멍이 가득해 발을 디디기도 쉽지 않고, 작은 터널과 통풍관이 여기저기 제멋대로 뻗어 있었다. 일행은 한 줄로 서야 했다. 이번에는 휘스트와 타냐가 선두를 맡고, 자가라를 중앙에 두고, 울라부와 디즈가 그녀의 뒤를 따랐다.

그리고 이 동굴은 아도스트라 보관소와는 달리, 바깥의 태양빛이 사라지자 각자의 전등에서 나오는 빛을 제외하고는 아무런 불빛도 보이지 않았다.

타냐는 걸어가면서 계속 주위의 동굴 표면에 빛을 비춰, 사방으로 뻗은 각각의 동굴이 사이오리스크가 들어갈 만한 크기인지 꼼꼼하게 확인했다. 아바투르가 그들을 거대괴수의 제어부에 들어가기 전에 제거하기로 결정했다면, 이 동굴이야말로 최적의 장소였다.

하지만 공격은 없었다. 사실 사방이 너무 조용해서, 타냐는 아바투르의 계획에 대한 발레리안 황제의 생각이 틀렸으면 어떻게 할지 걱정하기 시작했다. 황제의 생각은 충분히 논리적이긴 했지만, 일부 추측으로 채워진 면이 있어서, 아주 확실하다고 말할 수만은 없었다. 아바투르가 이 거대괴수에 탑승해 있지 않다면, 또는 앞서 탑승해 있었지만 이미 떠난 후라면, 그들은 모두 출발선으로 되돌아갈 수밖에 없었다.

그리고 그 정도의 논리와 생각만으로는 아르타니스가 이 행성을 소각하는 일을 막을 수 없었다.

'놈들이 여기 있어.'

갑작스런 울라부의 말에 타냐는 숨이 목구멍에 걸린 것만 같았다.

'확실해?'

'놈들의 기척이 느껴져. 넌 안 그래?'

'응, 모르겠어.'

타냐의 마지막 남은 의혹이 사라졌다. 사이오리스크가 여기 있다면, 아바투르도 있을 것이다.

"전원, 정신 똑바로 차려라."

휘스트가 나직하게 말했다.

다시 십 분 정도 걸음을 옮기고, 타냐도 머릿속에서 윙윙거리는 소리를 듣기 시작할 때 즈음, 멀리서 희미한 빛이 보였다. 다가가면서 보니 빛은 조금씩 밝아졌다. 휘스트가 본격적인 전투태세에 들어가면서 그의 정신과 자세가 미묘하게 변화하는 것이 타냐에게도 느껴졌다.

그 순간 갑자기 그들은 목적지에 도착했다. 동굴은 마지막으로 급격하게 휘어지더니, 메사 내부에 있던 아도스트라 동굴의 절반 정도 크기인 방으로 이어졌다.

휘스트는 그 안으로 들어가 오른쪽으로 돌았다. 타냐는 그의 뒤를 따라가다가, 휘스트의 의도를 알아채고 왼쪽으로 돌았다.

겉보기에 이 보관소는 그들이 방금 빠져나온 동굴이 조금 더 커진 듯한 모양새였다. 동굴과 마찬가지로 보관소의 벽은 달리 꺾어진 면 없이 천장과 바닥으로 물 흐르듯 이어졌고, 수많은 옆쪽 동굴들과 같은 종류의 질감으로 온 벽면이 덮여 있었다. 저그 여왕 1마리가 입구 근처에 가만히 서서 일행이 줄지어 들어오는 모습을 지켜보고 있었다. 여왕의 형태나 사지의 배열은 자가라의 모습과 미묘한 차이가 있었다. 그리고 그녀 옆의 벽에는 3번 거점의 천장에서 꺼낸 송신기와 동일한 물건이 있었다.

그리고 보관소 중앙에는, 발레리안이 보낸 사진에서 확인했던 모습의 아바투르가 서 있었다.

타냐 뒤쪽에서 자가라가 방 안으로 들어서더니 갑작스럽게 멈춰섰다.

'아바투르?'

그 저그, 아바투르는 작은 안쪽 팔을 움직였다. 타냐는 마음의 경계면에서 뭔가를 느낄 수 있었다. 디즈가 말했다.

"잠깐. 저 녀석을 봐서 놀란 건 알겠는데, 초월여왕, 손님이 있다는 걸 잊지 마시지. 이제 우리 대화를—"

'여기서 뭘 하고 있는 거지?'

자가라의 질문이 겨울비처럼 타냐의 정신을 두드렸고, 그녀가 미처 비켜서기도 전에 초월여왕은 그녀를 스쳐 지나가 앞으로 나섰다. 두 눈은 활

활 불타고, 곧게 뻗은 팔들은 언제든 상대를 갈기갈기 찢을 준비를 마친 채로, 자가라는 아바투르를 향해 곧장 다가갔다.

진화군주는 한 차례 움찔했지만 제자리를 지켰다.

'*아바투르가 하는 일, 군단에 필요한 것.*'

그가 대답했다.

'*넌 군단을 배신했다.*'

자가라는 거듭 말하며 아바투르를 향해 다가갔다. 한 순간 타냐는 자가라가 아바투르를 물리적으로 짓밟을 거라고 생각했다. 하지만 초월여왕은 그의 앞에서 멈춰섰다. 높이 들어 올린 팔들에서는 꿈틀거리는 손톱이 제 멋대로 진화군주를 향해 달려들려고 하는 것만 같았다.

그렇게 격노한 초월여왕을 마주보며 아바투르는 꿈쩍도 하지 않았다. 어쩌면 그자가 생각보다 더 용감한 존재인지도 모르겠다고, 타냐는 생각했다.

아니면 그저 자신이 더 유리한 상황임을 알고 있기 때문인지도 몰랐다.

'*초월여왕 자가라가 배신에 대해 이야기했다. 나는 무카브다. 저들의 말을 전하겠다.*'

다른 여왕이 일행을 향해 한 걸음 다가서며 입을 열었다.

"고맙지만 괜찮을 것 같은데."

디즈가 말했다.

'*너희는 자세한 의미를 파악할 수 없다. 내가 통역을 맡겠다.*'

무카브가 다시 한 걸음 다가서며 말했다.

'*설명, 필요치 않음. 그래도 설명하겠음.*'

아바투르가 자가라에게 말했다. 머릿속을 갉아대는 듯한 그 정신의 소리가 무척 무례했다.

'*그렇게 해라.*'

자가라의 명령을 듣고, 타냐의 머릿속에는 팽팽하게 압축된 스프링이 떠올랐다. 초월여왕은 가까스로 자신을 억제하고 있었다.

'군단은 우월함. 군단은 고유함. 처음부터 그랬음. 다시 그렇게 될 것임.'

아바투르는 말했다.

'군단은 언제까지나 고유할 것이다. 그건 배신의 이유가 될 수 없어.'

자가라가 말했다.

'군단을 배신하진 않음. 배신자를 배신했을 뿐.'

아바투르가 꿋꿋이 말을 이었다.

'배신자가 누구지?'

아바투르의 손톱이 꿈틀거렸다.

'초월여왕. 배신자는 초월여왕.'

"자가라가 어떻게 군단을 배신할 수 있지? 그녀가 초월여왕이야. 그녀가 하는 행동이 바로 군단의 뜻이라고."

디즈가 물었다.

두 저그 모두 그의 말을 무시했다. 잠시 동안 둘의 정신적 대치는 이해할 수 있는 언어의 범주에서 벗어나, 너무나도 빠르게 변화하는 영상과 감정, 느낌으로 변화했고, 타냐도 모두 따라갈 수가 없었다. 그나마 이해할 수 있는 건 아바투르는 당당한 태도로 전혀 사과할 기미가 보이지 않고, 자가라는 격분한 채로 언제든 맨 손톱으로 상대를 찢어발길 준비가 되어 있다는 사실뿐이었다.

알 수 없는 건 과연 아바투르에게 숨겨둔 비장의 패가 있느냐 하는 문제였다.

천천히 타냐는 시선을 옮겨 방 주위를 둘러보았다. 그리고 어두컴컴한 터널들을 가능한 한 자세히 살폈다. 안타깝게도 터널은 모두 일행이 처음 들어왔던 길처럼 구불거려서 그 중 어딘가에 사이오리스크가 잠복해 있다고 해도 알아낼 방법은 없었다.

"이봐, 아바투르! 우린 여기서 초월여왕 자가라의 손을 들어 줄 수밖에 없어. 우리도 이해할 수 있게 설명해 주는 게 어때?"

디즈가 대화에 끼어들고 싶었는지 다시 소리쳤다.

아바투르가 자가라 뒤로 시선을 던졌다. 타냐가 보기에는 그 저그의 여러 눈이 디즈를 가늠하는 듯했다.

'테란에게 설명은 필요치 않음. 그래도 설명하겠음.'

아바투르가 말했다.

"좋아. 어디 들어 보자고."

'군단은 우월함. 군단은 고유함. 태초부터 그랬음. 다시 그렇게 될 것임.'

"그래, 그 부분은 알겠어. 그런데 뭐야, 다른 종족을 모두 없애 버리지 않고서는 고유한 존재가 될 수 없다는 건가?"

'열등한 존재, 군단을 이해할 수 없음. 군단은 우월함. 우주를 가득 채워야 함. 모든 것을 흡수해야 함. 필요하지 않은 것은 폐기해야 함.'

아바투르의 정신적 소리에는 경멸하는 기색이 가득했다.

'그는 군단이 모든 것을 흡수해야 한다고 말했다.'

무카브가 아바투르의 말을 전달했다.

타냐는 뒤를 흘긋 돌아보다가, 무카브가 처음 대화를 시작했던 때에 비해 상당히 가까이 다가왔다는 사실을 깨닫고는 깜짝 놀랐다. 자의에 의해 통역사가 된 여왕이 일행을 향해 조금씩 다가오고 있었다.

저렇게 가까이 접근하게 내버려 둬도 되는 걸까?

타냐는 디즈와 휘스트를 바라봤지만, 둘 다 지금 이 현장에서 벌어지고 있는 치열한 논쟁에 푹 빠져서 무카브가 접근하는 걸 보지 못한 모양이었다.

"고마워, 하지만 진화군주 아바투르에게 직접 듣고 싶은데."

디즈는 무카브에게 말했다.

"그래, 군단이 우월하다고 했지, 아바투르?"

'군단, 성장이 필요. 변화가 필요함. 전쟁 없이 두 가지 다 불가능함.'

아바투르가 말했다.

"그렇다면 사이오리스크는 또 한 번 전쟁을 시작하려는 저그의 비밀병기였던 건가?"

디즈가 물었다.

'키타는 저그 아님. 군단 정수가 지배해야 함. 키타는 군단 정수가 지배하지 않음. 군단과 젤나가 정수가 동일함.'

아바투르의 사이오닉 목소리는 으르렁거리는 맹수의 소리에 가까웠다.

"아하! 그래서 네 마음에 들지 않았던 거군. 동등한 협력 관계라는 건 네게 익숙하지 않으니까. 그렇지?"

디즈가 고개를 끄덕이며 말했다.

'관계없음. 키타는 저그 아님. 키타는 저그 무기. 이제 군단, 프로토스에게 승리할 수 있음.'

아바투르는 손톱을 뻗어 울라부를 가리켰다.

"나는 잘 모르겠는데. 물론 사이오리스크와 맞서 싸우는 건 쉽지 않지만, 오히려 히드라리스크보다 쉽게 죽일 수 있단 말이지. 그런데 말이야, 젤나가 정수를 사용하는 건 반칙 아닌가? 그건 젤나가의 승리지, 저그의 승리는 아니잖아?"

디즈는 의심스러운 목소리로 말했다.

'승리 중요하지 않음. 완성이 중요함. 군단은 완성을 향해 걷고 있음.'

"이미 그 길을 벗어났을 수도 있지. 아니면 이미 지나쳤거나. 어쩌면 아도스트라가 바로 그 완성은 아닐까?"

'아도스트라.'

아바투르는 그 말이 무슨 저주라도 되는 양 내뱉었다.

'괴물.'

"그게 어떻게 괴물이 될 수 있어? 네가 만들었잖아. 안 그래?"

'자가라가 만든 괴물. 아바투르는 도구에 불과함.'

아바투르가 손톱을 자가라에게 뻗으며 대꾸했다.

"뭐가 문제인데? 아도스트라가 저그에게서 뭘 빼앗을 수 있다는 거야?"

'저그는 정수를 조작함. 저그는 새로운 생명을 창조함. 다른 자들에게 새로운 목적 부여함. 저그는 진화를 주도함. 군단의 형상으로 재단함. 그 힘을 외계의 존재에게 주지 않음.'

아바투르는 무뚝뚝하게 말했다.

'아도스트라는 식물군에만 영향을 준다. 군단의 본질을 침해하지는 않아.'

자가라는 여전히 분노하고 있었지만, 이제는 화가 다소 누그러졌는지 테란이 이해할 수 있는 언어를 사용하고 있었다.

'침해하지 않음? 자가라, 그 힘을 아도스트라에게 주라고 명령했음. 아도스트라를 군단에 흡수하지 말라고 명령했음.'

아바투르가 반박했다.

'그 힘은 젤나가 정수에 포함되어 있었다.'

자가라가 말을 이었다.

'그 선물은 군단에 흡수되라고 주어진 게 아니야.'

'자가라가 칼날 여왕에게 했던 약속. 어리석은 약속.'

아바투르가 음산한 목소리로 말했다.

"그래서 아도스트라를 파괴하려고 했군. 아니, 그냥 파괴하려고 한 게 아니야. 바로 우리, 테란과 프로토스가 파괴하게 하고 싶었던 거지. 그래야 네 손은 더럽히지 않고, 초월여왕 자가라도 우리만 비난할 테니까."

디즈가 말했다.

'전쟁으로 향하는 길, 군단의 손아귀 벗어남. 아바투르는 자가라 초월여왕이라 부르지 않음. 자가라, 테란과 프로토스의 부름을 받음. 그걸 받아들이는 건 군단을 더욱 배신하는 일임.'

"그러면 이제부턴 어떻게 되는 거야? 어차피 넌 우릴 모두 죽일 테니까, 지금까지 네가 얼마나 영리했는지 설명해 주는 것도 나쁘지 않을 것 같은데?"

디즈가 물었다.

'영리함 중요하지 않음. 군단만이 중요함. 거대괴수, 기스트를 떠났음. 거대괴수 탈출할 것임. 테란과 프로토스, 자가라를 배신자라고 부를 것임. 테란과 프로토스, 군단을 공격할 것임. 군단은 반격할 것임. 군단은 다시 한 번 전쟁을 치를 것임.'

아바투르가 대꾸했다.

"괜찮은 계획인데. 하지만 소용없을 거야. 테란과 프로토스가 공격하는 일은 없을 테니까. 네가 초월여왕 자가라를 납치했다는 걸 알 테니까."

'불가능함. 테란과 프로토스에게는 진실을 전할 수 없음. 열등한 종족, 눈으로 본 증거만 믿고 편견을 버리지 못함.'

아바투르가 코웃음을 쳤다.

"그게 잘못됐다는 거야. 네 사이오리스크 때문에 우리 장거리 통신이 작동하지 않는 건 사실이지만, 다른 방법이 있거든. 예를 들어 울라부는 프로토스니까, 저그와 같은 사이오닉 통신 수단이 있지."

디즈가 말했다.

'프로토스 통신, 키타가 차단함.'

"그런 것 같진 않은데. 사실 프로토스 병력이 기스트에 착륙할 때마다 네가 수송선을 공격해서 사이오닉 증폭기를 파괴했다는 사실은 우리도 눈치챘어. 사이오리스크의 사이오닉 공격이 목표로 삼은 건 프로토스겠지만, 그런 공격으로도 프로토스의 통신을 간섭하지는 못했어. 사실 울라부는 지금 이 이야기를 모두 동족에게 전달하고 있다고."

'거짓말.'

아바투르의 초록색 눈은 울라부에게 초점을 맞췄다.

'테란, 아바투르 과소평가함. 프로토스 사이오닉 통신 철저히 연구 완료. 범위와 전달 가능 거리 모두 파악되었음. 이 정도 거리에서 소통하려면 필요한 사이오닉 증폭기의 크기 알고 있음. 저 프로토스, 그런 건 갖고 있지 않음.'

아바투르는 손짓을 했다.

"맞아. 울라부는 갖고 있지 않지."

타냐가 입을 열었다. 그리고 산탄 소총을 들어올렸다. 아니, 그건 발레리안과 프로토스 기술자들이 산탄 소총 모양으로 개조한 사이오닉 증폭기였다.

"내가 갖고 있으니까."

아바투르는 타냐에게 시선을 고정한 채 얼어붙었다.

"그러니까 말이야, 이제 이런 가식적인 행위는 필요 없어."

디즈가 말했다.

"기스트로 돌아가자. 그러면—"

말없이 울부짖으며, 울라부는 쓰러지듯 무릎을 꿇었다. 타냐는 그를 향해 한 걸음 다가서다가 비틀거리며 물러났다. 머릿속에서 불같은 고통이 폭발하며 목구멍 가득 비명이 끓어올랐다.

그리고 그 순간, 무카브는 풀쩍 뛰어올라 남은 거리를 좁히고는 그들을 공격했다.

첫 번째 공격은 뒤에서 휘스트의 헬멧과 냉각 장치를 강타하여, 그를

5미터 밖으로 내동댕이쳤다. 디즈가 몸을 빙글 돌렸지만 다가오는 그림자를 미처 피하지 못했고, 무카브의 두 번째 공격이 그의 가슴을 때렸다. 디즈는 휘청거리며 균형을 잃을뻔하다가 위로 솟구쳐 올랐다. 다친 새처럼 빙글빙글 회전하고 이리저리 획획 움직이며 거리를 벌리려 했다. 무카브는 다시 팔을 휘둘렀고, 디즈의 뒤꿈치를 붙잡아 끌어내리려고 했다. 그는 가까스로 균형을 되찾아 추락하는 불상사를 피하고는 몸을 뒤틀어 무카브를 바라봤고, 그대로 가우스 소총을 발사했지만 탄환은 목표를 훌쩍 빗나갔다. 저그는 마지막으로 무의미하게 디즈를 향해 팔을 휘두르고는, 타냐와 울라부를 향해 돌아섰다.

타냐가 할 수 있는 일은 없었다. 머릿속이 지끈거려서 힘을 집중할 수 없었고, 시야마저 흐릿해졌으며, 전투복은 너무 얇아 곧 들이닥칠 치명적인 일격을 막아낼 수 없었다. 그녀는 일어서려 했지만, 제때 빠져나갈 수 없다는 사실을 알고 있었다.

그녀의 몸이 격렬하게 떨려오는 사이, 초록색 불꽃이 시야를 가득 채우며 스쳐 지나갔다.

울라부가 차원 원반을 던졌다.

울라부가 원했던 것만큼 정확하게 투척한 건 아니었다. 맹렬히 회전하는 공허 에너지는 무카브의 몸에는 닿지 않고 타냐의 머리 위로 쳐든 팔만 잘라냈다. 하지만 그걸로 충분했다. 팔이 날아가고, 무카브는 고통과 분노로 울부짖었다. 여왕은 반사적으로 울라부를 향해 돌아서서, 아직 남아 있는 칼날과도 같은 팔을 높이 들어올렸다.

그리고 휘청거렸다. 아직 바닥에 누워 있던 휘스트가 C-14 소총을 발사했다. 심장이 두 번 뛰는 동안 수많은 쐐기가 연쇄적으로 무카브에게 날아와 박혔고, 저그는 이리저리 흔들리며 꿈틀거렸다. 그러면서도 계속해서 울라부를 공격하려 했지만, 흔들림이 멈추지 않아 팔을 휘두르지도 못했다. 타냐의 머리 위 어딘가에서 새로운 비명 소리가 들려왔다. 머릿속에서 울리지 않고 귀를 통해 들린 그 소리는 길고 날카로운 기계 소리 같았고, 비명이 들린 후 머릿속의 압박이 조금쯤 누그러진 것 같았다. 휘스트는 계속해서 소총을 발사했고, 쐐기는 조금씩 무카브의 갑피를 깎아냈다. 여왕은 올라부를 공격하는 일은 포기하고, 시선을 돌려 해병을 향해 다가갔다. 다시 초록색 불빛이 두 차례 번쩍이고….

무카브가 바닥에 풀썩 쓰러졌다. 타냐는 눈을 깜빡여 흐릿함을 몰아냈고, 올라부가 죽은 여왕의 배 옆에 쓰러져 있는 것을 보았다. 사이오리스크의 공격으로 혼란에 빠진 상태에서도 그는 놀라운 집중력과 자제력을 유지했고, 무카브가 휘스트를 향해 돌아서던 순간 그녀의 배 밑으로 굴러들어 차원 검을 몸속에 찔러 넣은 것이다.

휘스트는 여왕을 향해 쐐기를 두 번 발사하여 확인 사살했다.

"타냐?"

묘하게 불분명한 목소리로 휘스트가 힘겹게 말했다.

"우린 괜찮아."

타냐가 대답했다. 고개를 절레절레 젓고 눈을 깜빡이며, 여전히 정신을 압박해 오는 간섭을 떨쳐내려 애쓰는 중이었다. 그녀는 무카브의 사체에서 시선을 돌려 방 전체를 둘러봤다.

예상했던 대로 상황은 좋지 않았다. 아니, 그보다 심각했다. 자가라와 아바투르는 직접 맞붙어, 마치 고대의 검객들처럼 팔로 서로를 베고 있었다. 자가라는 덩치도 더 크고 잔뜩 화가 나 있었지만, 아바투르도 만만치 않았다.

게다가 아바투르에게는 지원군이 있었다. 모든 동굴로부터 사이오리스크가 끊임없이 쏟아져 나왔다.

아바투르의 계략이 낱낱이 드러났다는 사실은 중요하지 않았다. 적어도 아바투르 자신에게는 그랬다. 중요한 건 저그가 예전 모습으로 돌아가는 것이었다. 그리고 유전자의 명령에 따라 다른 존재들을 무자비하고 효율적으로 뒤틀고 흡수하는 데 필요한 힘을 되찾는 것이었다. 성장하고, 변화하고, 계속해서 완성으로 향하는 길을 걸어가는 것만이 중요했다. 완성이라는 걸 이룰 수 없을지도 모른다는 사실은 관계없었다.

그런 영광의 시간으로 돌아가는 길을 가로막고 있는 유일한 존재가 바로 자가라였다. 그녀만 죽으면, 자치령과 프로토스가 사건의 내막을 알고 있건 모르고 있건, 군단은 다시 예전의 본성으로 돌아가고 아바투르는 목적을 달성할 수 있을 것이었다.

그와 무카브가 세운 계획은 탁월했다. 자가라가 수중에 들어왔고, 전투의 우위를 점했고, 수적으로도 적을 압도했다.

그들이 예상하지 못했던 것은 자가라에게도 일행이 있을 거라는 사실뿐이었다.

아직까지는 움직이는 것이 디즈 한 명뿐이었다. 그는 자가라 뒤쪽 상공에서 맴돌며 쏟아져 나오는 적을 향해 꼼꼼하게 사격을 퍼붓고 있었다. 적에게 총을 발사하며, 상대를 혼란에 빠뜨리려 했다. 앞서 들렸던 긴 비명이 타냐의 머릿속을 채웠던 안개를 몰아냈다. 비명은 이제 작아졌지만 완전히 사라지지는 않았다. 그 소리는 바로 디즈의 도약 추진기에 있는 터보미세 차단막에서 들려오는 것이었다. 아바투르가 초음파를 이용하여 사이오리스크와 대화하고 있을지도 모른다고 코건 박사가 주장한 후, 디즈가 직접 요청하며 추가한 장치였다.

그리고 장치는 분명히 어느 정도 효과가 있는 것 같았다. 사이오리스크들은 평소보다 느리게 움직였다. 조사단의 사이오닉 차단기에 영향을 받던 때보다 더 느린 속도였다. 일부는 방으로 들어서다가 명령이 내려오기를 기다리며 멈춰서기도 했다.

하지만 사이오리스크를 혼란에 빠뜨리는 것만으로는 부족했다. 놈들의 수는 너무 많았고, 디즈는 한 명뿐이었으며, 어차피 아바투르는 자신의 병사들에게 세세한 지시를 할 필요가 없었다. 사이오리스크들은 이미 해야 할 일을 잘 알고 있었다.

디즈는 아마 살아남을 거라는 소름끼치는 생각이 엉망으로 뒤얽힌 타냐의 머릿속에 떠올랐다. 입구 쪽에 있는 그녀와 휘스트도 어쩌면 살아남을 수 있을지 모른다. 필요하다면 입구를 통해 달려 나가서 적당한 지점을 확보하고, 발레리안이 수송선을 보낼 때까지 버틸 수 있을 것이다.

하지만 울라부에게는 그런 희망이 없었다. 울라부는 죽고 말 것이다.

타냐의 생각이 옳았다. 아바투르는 울라부가 네라짐 전사라는 사실을 이제야 깨달았고, 그래서 그 프로토스를 향해 진화군주로서 할 수 있는 가장 강한 사이오닉 공격을 퍼부었다.

그런 공격에 저항할 방법은 없었다. 울라부는 8밀리미터짜리 초음속 쐐기의 폭풍 뒤에 숨을 수도 없었다. 천장으로 날아올라 피할 수도 없었다. 타냐 자신의 정신에 가해지는 압박이 그녀의 영혼을 갉아먹고 있었다. 아바투르의 이런 공격이 그자가 증오하는 프로토스에게는 얼마나 더 강하게 쏟아지고 있을까?

어쩌면 울라부의 정신은 타냐가 생각했던 것보다 더 강할지도 모른다. 하지만 그녀는 이미 그의 정신과 마주한 적이 있었다. 타냐는 그 어떤 테란보다도 울라부와 가까웠다. 그는 틀림없이 강했다. 하지만 극도로 강하지는 않았다.

울라부가 이곳에 있다는 이유만으로 아바투르의 계획이 수포로 돌아갔고, 그래서 아바투르는 복수를 할 생각이었다.

울라부는 타냐에게 거짓말을 했다. 그녀의 믿음과 서로의 우정을 배신했다.

하지만 그녀의 목숨을 구하기도 했다.

때로는 깨진 우정도 회복될 수 있었다.

둘의 우정도 그럴 수 있을까? 타냐도 알 길은 없었다. 고통은 아직도 너무 생생하고 깊었다. 회복되더라도 결코 사라지지 않을 상처가 남을 것이다.

하지만 그래도 별로 상관은 없었다. 이건 우정 때문에 하는 일이 아니었다. 울라부가 팀의 일원이기 때문이었다. 타냐는 유령이자 자치령의 병사였고, 그녀의 임무는 전력을 다해 그를 보호하는 일이었다.

어떤 대가를 치르더라도.

유령 임플란트가 삽입된 데는 이유가 있었다. 유령은 불안정한 만능 패였다. 능력의 한계가 알려진 사람과 그렇지 않은 사람이 있었고, 감정의 안정성이 알려진 사람과 그렇지 않은 사람이 있었다.

타냐는 자신의 한계가 어디인지 알지 못했다. 임플란트가 없다면 어떤 일이 벌어질지 전혀 알지 못했다.

이제 알아내야 할 시간이었다.

타냐는 힘을 뻗었다. 말 그대로 불장난을 하는 것이나 마찬가지였다. 자신의 머릿속에 있는 임플란트 중심부의 온도를 핵심 전자 부품이 타버릴 정도까지만 높였다. 임플란트 주위의 뇌세포가 타올라 검게 부서지는 느낌이 들었다… 임플란트가 작동을 중단하는 느낌이 들었다… 갑자기 사슬이 벗겨진 노예가 된 기분이었다. 아바투르의 사이오닉 공격이 만들어 내는 검은 회오리와, 자신의 분노에서 피어오르는 붉은 안개 속에서, 그녀는 힘을 뻗었다.

사이오리스크들이 죽기 시작했다.

처음엔 서서히 1마리씩이었지만, 그녀가 분노를 가득 담은 시선으로 바라보자 점점 빠르게 한 번에 2, 3마리씩 쓰러져 내렸다.

그리고 어느 순간, 사이오리스크는 떼를 지어 쓰러졌다. 검은 연기를 피우는 장작이 무너져 내리듯, 내부로부터 자신을 파괴하는 보이지 않는 공격에 휩쓸려 무력하게 사지를 떨며 한꺼번에 쓰러졌다. 사이오리스크들은 방 안으로 달려들다가 죽어갔다. 전투 준비를 마치고 나타나다가 죽어갔다. 터널 안에서 그대로 죽어갔다.

그 와중에 타냐는 놈들을 내려다보는 듯한 기분이었다. 그녀의 육신이 뻗어 나가 방을 가득 채웠고, 머릿속에는 외계생물의 생각과 주절거림과 고통이 가득 차올랐다. 희미하게 두 손이 바닥에 닿아 있다는 사실을 인식하긴 했지만, 촉감도 냄새도 소리도 없었다. 정신만이, 시각만이, 외계의 감각만이 남아 있었다.

죽음만이 남아 있었다.

그야말로 끔찍하고 황홀하고 두려울 만큼 만족스러운 대학살이었다. 타냐는 감춰진 불길로 사방을 휩쓸어 적을 죽음보다 더한 상태까지 불태웠다. 그저 그렇게 할 수 있기 때문이었다.

희미하게 아바투르가 퇴각을 명령하는 것이 느껴졌다. 하지만 디즈의 도약 추진기에서 방출되어 사방을 뒤덮는 소음 때문에 아바투르의 명령은 누구에게도 들리지 않았다. 타냐의 머릿속에서 윙윙거리는 소리가 잦아들기 시작했고, 휘스트의 가우스 소총이 덜덜거리는 소리도 느려졌다.

눈앞을 가득 채웠던 시뻘건 안개가 물러나고 욱신거리는 느낌이 자리를 잡았다. 타냐는 왜 자신이 거대괴수 격실의 둥근 천장을 바라보고 있는 걸까 궁금했다.

디즈가 무릎을 꿇고 긴장한 표정으로 그녀를 바라보고 있었다.

"괜찮아? 타냐? 아무 말이나 해 봐."

그가 물었다.

"괜찮아."

타냐는 숨을 내쉬었다. 두 손이 떨리고 있는 걸까?

그랬다. 온몸이 그랬다.

"일어나. 히페리온에 연락이 됐어. 수송선이 오고 있고. 당신도 이제 의무실로 가야겠어."

디즈가 타냐의 어깨를 들어올렸다.

"잠깐. 울라부, 울라부는 어디 있지?"

그녀는 조사단이 자신을 들어 올리는 것을 느끼며 말했다.

"무사해. 조금 충격을 받았을 뿐. 휘스트가 그를 동굴로 데려가고 있어."

디즈의 목소리가 어딘가 이상하다는 것을 타냐는 처음으로 느꼈다.

"좋아."

타냐는 디즈의 팔을 붙잡고 일어섰다. 사방이 다시 빙빙 돌기 시작했다. 죽은 사이오리스크가 여기저기 널려 있는 모습에서 일말의 죄책감이 느껴졌다. 모두 명령받은 대로 행동할 뿐인 생물이었다.

"자가라는 어떻게 됐지?"

그녀는 자신을 부축하고 동굴을 향해 가는 디즈에게 물었다.

"제대로 이겼어. 아, 당신도 그걸 봤어야 하는데."

디즈가 답했다.

"다른 데 정신이 팔려있어서 말이야."

"그래. 전쟁 통에도 여왕이 싸우는 모습을 한 번 봤었는데, 그때도 정말 무시무시했어. 하지만 이번 전투는 그때의 광경도 초라하게 만들 지경이었지. 둘은 서로를 분자 단위로 조각내려는 듯 싸웠어. 한동안 아바투르는 사이오리스크에게 자가라를 공격하게 했어. 말 그대로 자가라의 앞뒤에서 달려들어 발톱을 박아 넣게 했지."

디즈는 진지한 목소리로 말했다.

"자가라는 괜찮아?"

"그런 것 같아. 다행히 도약 추진기를 개조해 둔 덕분에 아바투르가 가장 가까이에 있던 사이오리스크들만 조종할 수 있었어. 휘스트와 나도 공격을 적당히 막아서, 자가라도 충분히 상대를 처리할 수 있었고. 뭐, 정신은 좀 없었겠지만. 그런데 갑자기⋯."

그는 고개를 가로저었다.

"아무래도 아바투르가 너무 많은 사이오리스크를 덤벼들게 해서 그런지, 자가라의 참을성이 한계를 넘은 것 같아. 불도저가 나무 그루터기를 밀어버리듯 달려들었으니까."

"자가라가 아바투르를 죽였어?"

"그렇지는 않아. 거의 그럴 뻔했지만. 자가라가 끌어낼 때 보니까 아바투르는 완전히 걸레짝이 됐더라고."

디즈가 말했다.

"그런데 죽이지는 않았다는 거지."

타냐는 자신이 들은 말을 확인하려는 듯 반복했다.

"당신과 휘스트도 그랬어?"

"아, 우린 물론 죽일 준비는 다 돼 있었지. 그런데 자가라가 그러지 말라고 하더군. 아바투르는 유일무이하다고, 군단이 생존하려면 진화군주가 필요하다고 했어."

디즈가 음산한 목소리로 말했다.

"왜지?"

"그 얘기는 안 했고, 우리도 묻지 않았어. 자가라가 그 녀석을 끌고 나가자, 크루이크섕크는 수송선과 전투기들을 몰고 나타났어."

그는 손을 절레절레 저었다.

"어쨌든 그건 훨씬 윗사람들이 알아서 할 문제야. 자가라와 발레리안, 그리고 어쩌면 아르타니스도 신중하게 논의해서 결정을 하겠지."

"그렇겠지. 나머지 사이오리스크는 어떻게 됐어? 자가라가 통제할 수 있었나?"

타냐가 말했다. 디즈는 머뭇거렸다.

"사실… 자가라가 아바투르를 때려눕혔을 때쯤엔 거의 다 죽어 있었어."

타냐는 꿀꺽 침을 삼켰다.

"나 때문이야?"

"뭐, 너 뿐만은 아니었고. 어쨌든 움직일 준비가 됐으면, 어서 히페리온으로 데려가서 필요한 치료를 해야 돼."

디즈는 여느 때처럼 대수롭지 않은 투로 말하려 했지만, 이번에는 별로 효과가 없었다.

"그래. 디즈… 혹시 나 무서웠어?"

타냐는 머뭇거렸다. 디즈는 잠시 입을 다물었다.

"솔직하게 얘기해 줄까?"

"솔직하게 말해 줘."

"그래. 우리 모두 널 무서워했던 것 같아."

그는 인정했다.

"다행이네."

타냐는 중얼거렸다. 주위의 동굴이 흐릿해지기 시작했다.

"아무래도 당신이 날 옮겨 줘야 할 것 같아."

"문제없어. 편하게 있어. 자도 되고. 뭐가 다행이라는 거야?"

디즈는 그녀를 안심시키며 단단히 붙잡았다.

"나 혼자면 싫었을 거야."

타냐의 목소리가 희미하게 잦아들고, 동굴은 완전한 어둠에 감싸였다.

"나도 내 자신이 정말 죽을 만큼 무서웠거든."

제24장

"저기 있군요."

맷이 말했다.

발레리안이 고개를 끄덕이며, 거대괴수가 저궤도를 벗어나 기스트의 지표면으로 돌아가는 모습을 봤다.

"다들 저기 있군."

"네."

맷은 작은 목소리로 뭔가 중얼거렸다.

"영 마음에 들지 않습니다. 그자를 살려 두는 건 절대로 좋은 생각이 아닙니다."

"자가라는 군단에 그가 필요하다고 했소."

발레리안이 새삼 말했다.

"하지만 그 이유는 말하지 않았습니다."

"그렇다고 해서 사실이 아니라는 뜻은 아니지. 아바투르가 자가라의 통제를 받는 한, 일단 자가라도 그렇다고 했으니, 우리도 그 말을 믿어야 하오."

발레리안이 말했다.

"하지만 아바투르는 자가라를 증오합니다."

그 말에 발레리안은 미소를 지었다.

"당신은 얼마나 오랫동안 날 증오했소?"

"그건 다른 문제입니다. 그리고 당신을 정말로 증오한 적은 없습니다. 그저 신뢰하지 않았을 뿐이죠."

맷은 고집을 꺾지 않았다.

"그래, 그렇게 말하니 훨씬 낫군."

"마음대로 생각하십시오. 신뢰 얘기가 나와서 말입니다만, 아르타니스의 정화 광선에 아직 동력이 공급되고 있습니다."

맷이 말했다. 동력을 공급받아, 두 말할 필요 없이 제 3번 아도스트라 보관소를 겨냥하고 있을 것이다.

'나는 다시 선제공격을 하지는 않겠소.'

앞서 신관은 그렇게 얘기했었다. 진심이었을까?

"요즘 같은 시절에 신뢰는 쉽게 찾을 수 있는 게 아니지. 자가라가 선제공격을 하면, 빠르게 대응 사격을 하려는 것이길 바랄 수밖에 없겠소."

발레리안이 나지막한 목소리로 말했다.

"아니면 원한다면 선제공격을 할 수도 있다는 사실을 자가라에게 시위하고 싶은 것인지도 모릅니다. 신관도 지금까지 모든 증거와 논란을 확인했습니다. 이제는 직접 결정을 내려야 할 겁니다."

맷이 말했다.

"당신 말이 맞겠지. 뭐, 아르타니스는 지금까지 옳은 결정을 내렸소. 이제 우리가 할 수 있는 건, 앞으로도 계속 그래 주기만을 바라는 것뿐."

발레리안도 인정했다. 그는 맷에게 눈짓을 보냈다.

"그래, 나는 어땠소?"

"걱정되던 때도 있었습니다. 그래도 결국엔 모두 괜찮게 마무리하셨습니다."

맷이 말했다.

"고맙군. 바르고 정의로운 길을 벗어날 힘이 없다면, 그냥 옳은 길을 따라가는 게 제일 쉬운 일이지."

발레리안은 서글픈 목소리로 말했다.

"절대 권력의 세계에 오신 것을 환영합니다. 아니, 거의 절대적인 권력이라고 하는 편이 낫겠군요. 다행히 폐하 주위에는, 혹시나 옳은 길을 벗어나셨을 때 옆구리를 쿡쿡 찔러 줄 사람들이 많이 있습니다."

맷이 말했다.

"고맙게 생각하고 있소."

발레리안은 깊이 숨을 들이쉬었다.

"지금 이 순간에도 자치령엔 심각한 문제가 많소. 자가라에게 기스트로 돌아갈 시간을 줍시다. 아르타니스에게는 원하는 대로 결론을 내릴 시간을 주고. 그 후에 그 둘이 다시 대화를 할 준비가 됐는지 확인하는 게 좋겠소."

• • •

의사들은 타냐에게 임플란트를 불태우느라 파괴된 뉴런 주위의 신경이 다시 연결되기까지는 걸음이 다소 불편해질 수 있다고 경고했다. 그래도 지금 이 순간에는 그녀에게 의지할 팔이 있었다.

그것도 지금 이 순간뿐이었다.

'돌아간다고 들었어.'

그녀가 전했다.

'그래. 아르타니스 신관은 기스트에서의 일 때문에 자치령이 내 정체를 눈치챘을 거라고 생각하고 있어. 이제는 내가 눈에 띄지 않고 유령 프로그램 내에서 활동하는 일이 불가능할 거라고 하더군. 게다가 지금 더 중요한 건, 조만간 내 진짜 정체가 알려지게 될 것이고, 그러면 많은 사람들이 배신감을 느끼고 비난을 시작할 거라는 사실이야.'

그는 머뭇거렸다.

'너도 그런 감정이 어떤 피해를 끼칠 수 있는지 잘 알고 있잖아.'

울라부는 말했다.

'알아. 하지만 네 본모습이 반드시 드러나리라는 법은 없어. 휘스트와 다른 사람들과도 얘기해 봤는데, 다들 임무 보고서에서 네 얘기는 빼놓기로 했거든.'

타냐는 마음 깊은 곳에서 꿈틀대는 분노를 느끼며 인정했다. 울라부가 타냐를 향해 돌아섰다. 깜짝 놀란 표정이었다.

'날 위해서 사람들과 그런 이야기를 했다고? 내가 네 믿음을 저버렸는데?'

타냐는 어깨를 으쓱했다.

'우린 한 팀이었잖아. 원래 팀원끼리는 서로를 지켜 주는 거야.'

'몸 둘 바를 모르겠어. 고마워.'

울라부가 말했다.

'아직 고맙다고 하지는 마. 누군가 그 망가진 전투복 기록 장치에서 뭔가 알아낼지도 모르니까. 혹시라도 그런 일이 있으면, 모든 게 물거품이 되고 말 거야.'

타냐는 경고했다.

'그래도 나를 믿어 줘서 정말 고마워. 고맙고 또 부끄럽기도 하네.'

울라부는 말했다. 타냐는 한숨을 쉬었다.

'울라부, 왜 그래야 했는지 알아. 널 원망하지는 않고.'

'고마워, 타냐 콜필드. 네가 상상하는 것보다 훨씬 더 감사하고 있어.'

"거기, 너! 너, 프로토스. 잠깐 기다려라."

크루이크섕크 대령의 목소리가 뒤쪽에서 울려 퍼졌다.

타냐는 갑작스럽게 멈춰섰다. 급한 움직임에 한 순간 만성적인 떨림이 더욱 심해졌다. 그걸 예상했는지 울라부는 그녀의 팔을 붙잡아 똑바로 세워 주고는, 타냐의 마음을 달래는 생각을 전해왔다. 둘은 제자리에 섰고, 울라부는 조심스럽게 타냐를 이끌고 돌아섰다.

크루이크섕크가 그들을 향해 다가왔다. 그의 얼굴에는 억눌린 태풍이 소용돌이치고 있는 것 같았다.

"와이랜드 박사를 만나러 의무실에 다녀오는 길이다. 온몸에 1도 화상을 입었더군. 혹시 네가 한 짓인가?"

타냐가 입을 열려고 했지만, 울라부가 경고라도 하듯 팔을 꽉 쥐었다.

'왜 제가 한 일이라고 생각하십니까?'

"그렇다는 거로 이해하겠다. 그리고 그 질문에 대한 답은, 네가 애초에 군사 작전과는 관련이 없는 민간인이기 때문이다. 네가 일을 망쳤고, 와이랜드가 그 대가를 치른 거겠지. 내 말이 틀렸으면 그렇다고 말해라."

크루이크섕크는 거친 목소리로 말했다.

"저희는 발레리안 황제 폐하의 요청에 따라 동행했던 겁니다."

타냐가 냉랭한 목소리로 말했다.

"그러니까 황제들도 뭐든 멋대로 해서는 안 된다는 거다. 저 녀석이 아르타니스와 프로토스 주력군과 함께 떠난다고 들었다. 그러니 이제 내가 할 수 있는 일은 없다. 어쩔 수 없지. 하지만 앞으로는 내가 내 병사들의 작전에 민간인을 참여시킬 일은 절대로 없다고 생각해라."

크루이크섕크가 대꾸했다. 그는 타냐를 바라봤다.

"너도 마찬가지다."

타냐는 고개를 가로저었다.

"그럴 것 같지는 않은데요."

"왜지? 황제 폐하의 특별 허가를 또 받을 수 있다고 생각하는 건가?"

"유령 프로그램에 복귀하겠다고 신청했으니까요."

"그게 무슨…."

크루이크섕크는 말을 잇지 못한 채 두 눈이 휘둥그레졌다.

"농담하는 거겠지. 프로그램을 떠났다고 생각했는데."

"뭐, 다시 들어가려고요."

타냐가 답했다.

"왜지?"

타냐는 어깨를 으쓱했다.

"이번이 제 첫 번째 임무였는데, 사실 꽤 마음에 들었거든요."

잠시 동안 크루이크섕크는 타냐를 뚫어져라 바라봤다.

"멋지군. 좋아. 언젠가 다시 네게 명령을 내릴 날이 오기를 기다리고 있겠다."

그는 거친 목소리로 말하곤 매서운 눈빛으로 울라부를 노려본 후, 몸을 돌려 성큼성큼 멀어져 갔다.

'거짓말을 하면 어떤 일이 일어나는지 잘 배웠다고 생각했는데. 왜 에린의 화상이 네 탓이라고 생각하게 내버려 둔 거야?'

울라부와 함께 돌아서 가던 길을 다시 걸으면서, 타냐는 그를 비난하기라도 하듯 말했다.

'나는 거짓말을 하지 않았어. 사실 에린 와이랜드 박사의 1도 화상은 실제로 내 행동의 결과이기도 하고.'

울라부는 대수롭지 않게 말했다.

'너와 네 차원 검이 없었다면 3도 화상이었을 테니까?'

'어쨌든 내 말은 진실이야. 어브램 크루이크섕크 대령이 설사 부정확한 결론을 유추한다고 해도, 그건 내 잘못이 아니겠지. 그런데 너, 유령 프로그램으로 돌아간다는 얘기는 하지 않았던 것 같은데.'

울라부가 말했다. 타냐는 어깨를 으쓱하며 말했다.

'어쩔 수 없었어. 프로토스의 차원 원반 프로그램을 지원할 염력 능력자를 채용해야 할 거 아냐? 이제 네가 직접 할 수는 없게 됐으니, 나라도 해야지.'

'정말 고마워, 타냐 콜필드. 하지만 그건 네가 책임져야 할 일이 아니야.'

'내가 책임지겠다고 내가 선택한 거야.'

떨리는 손을 들어 올려 타냐는 울라부의 팔을 꽉 잡았다.

'친구란 원래 서로를 돕는 거니까.'

· · ·

히페리온의 간부 회관은 해병 상사에게는 금지 구역이었다. 아마 사신에게도 금지 구역이었을 것이다. 아무리 장교라도 해도.

하지만 디즈는 그런 규칙 따위 개의치 않았다. 물론 휘스트도 그랬다.

다행히 술집 안의 그 누구도 두 사람에게 이의를 제기하지는 않았다. 어쩌면 그건 휘스트의 뒤통수와 디즈의 상체에 둘둘 감겨 있는 인상적인 붕대 때문인지도 몰랐다.

"군대에 남으실 거라고 들었습니다."

웨이터가 아무 말 없이 무뚝뚝하게 술을 내려놓은 후, 휘스트가 디즈에게 물었다.

"좀 버텨 봤는데, 어쩔 수 없었어. 즉결 복귀 발령이 난 모양이야. 난 포보스 함에 배치됐어. 새롭게 수립된… 뭐라더라, '저그 준법 준수 전담 지상군'에 합류하라고 하더군. 이름이 끝내주지?"

디즈가 대답했다.

"무슨 법을 준수한다는 겁니까?"

"누가 알겠어. 발레리안과 아르타니스, 자가라가 협의해서 만드는 거겠지. 그리고 달아난 사이오리스크를 추적하고, 아도스트라를 보호하고, 아바투르를 감시하고, 등등. 아주 끝내주게 재미있을 것 같아."

디즈는 대수롭지 않게 말했다.

"뭐, 최악의 상황은 아니잖습니까. 무슨 대사니 뭐니 하는 걸로 임명됐을 수도 있습니다. 그랬다가는 여생을 지상에서 보내셔야 했을 겁니다."

휘스트가 말했다.

"어차피 그렇게 되겠지. 대사니 뭐니 하는 건 농담이겠지? 난 하늘을 날고 싶은 거야. 평생 입이나 놀리고 살 생각은 없다고. 그런 건 내 전문 분야가 아니야."

디즈가 씁쓸해 하는 목소리로 말했다.

"아, 그런 줄은 전혀 몰랐습니다. 아바투르와 이야기하실 때는 정말 끝내줬습니다. 저라면 중위님을 당장 검사로 채용할 겁니다."

휘스트가 짓궂게 말했다. 디즈는 어깨를 으쓱했다.

"나도 전엔 범죄자였잖아. 법정에서의 절차 같은 거야 신물이 나게 경험해 봤으니, 대충 어떻게 돌아가는 건지는 아예 외우고 있어."

그는 술잔을 들어 올린 후 생각에 잠긴 듯 빙빙 돌렸다.

"그래도 인정할 건 해야지. 누가 뭐래든, 당일치기 임무 치고는 정말 굉장했잖아."

"정말 그랬습니다."

휘스트가 눈살을 찌푸리며 말했다. 정말이지 너무나도 긴 하루였기에, 그날의 일이 전부 해가 떠오르고 지기까지 단 하루 동안 일어난 것이었다는 사실을 가끔 잊어버리곤 했다.

"그래, 오늘은 누구를 위해 술을 마시는 겁니까? 그날 하루 동안의 전쟁에서 죽어 간 크루이크섕크의 병사들을 기리는 겁니까?"

그가 잔을 들어 올리며 물었다.

"그래, 첫 잔은 병사들에게 바쳐야지."

디즈는 고개를 끄덕였다.

"두 번째 잔은…."

그는 한쪽 입꼬리를 올리며 웃었다.

"두 번째 잔은 오늘 거기서 우리가 해낸 일 덕분에 죽지 않아도 될 미래의 동료들에게 바치고."

휘스트는 고개를 절레절레 저었다.

"전 사신들에겐 감정이라는 게 없는 줄 알았습니다."

"나는 해병들은 다 멍청이라고 생각했어."

"사실 우리 말이 다 맞을 가능성이 더 큽니다."

휘스트가 지적했다.

"그건 그렇지."

디즈는 탁자 너머로 팔을 뻗어 술잔을 휘스트의 잔에 부딪혔다.

"마셔, 친구."

"건배."

코프룰루 구역 연대표

1. **서기 1500년경**—프로토스 종족 전체가 공유하는 정신감응 연결체인 칼라에 합쳐지기를 거부했다는 이유로 한 무리의 프로토스가 고향 아이어에서 추방되다. 암흑 기사단이라 불린 이들은 신경삭을 잘라내고 영구적으로 칼라와의 연결을 끊다.
2. **2231**—지구 정부가 네 척의 거대 우주모함 아르고호, 세이렌고호, 레이건호, 나글파호를 출항시켜 개척된 인근 행성계에서 거주 가능한 행성들을 식민지화하려고 시도하다. 수만 명의 탑승객들이 정지장 속에 들어가 약 일 년으로 예상되는 항해를 떠나다.
3. **2232**—거대 우주모함들을 연결하는 항해 장비가 고장 난 함선들이 사전에 프로그램된 목적지 정보를 잃은 채 우주공간에서 눈먼 항해를 계속하다.
4. **2259**—함선의 차원 이동 엔진이 노심 용융을 일으키다. 거대 우주모함들이 우주의 개척되지 않은 지역으로 들어서다. 추후 코프룰루 구역으로 불릴 이 지역에서 함선들이 우모자, 타소니스, 모리아 등 세 개의 행성에 착륙하다.
5. **2323**—타소니스에 테란 연합이 수립되다.
6. **2475**—모리아에서 두 개의 법인실체가 연합하여 켈모리안 조합을 구성하고, 영토를 침범한 테란 연합군에 맞서다.

7. 2485—테란 연합과 켈모리안 조합 사이의 갈등이 전면전으로 확대되다. 이 전쟁은 훗날 조합 전쟁으로 불린다.
8. 2489—테란 연합이 조합 전쟁에서 승리하였음을 선포하다.
9. 2489—우모자의 식민지들이 '우모자 보호령'이라 불리는 연합군을 수립하고 테란 연합의 폭정으로부터의 독립을 선언하다.
10. 2489—앵거스 멩스크가 연합의 지도자들과 불화를 겪은 후 가족과 함께 잔혹하게 암살되다. 살아남은 그의 아들 아크튜러스가 고향인 코랄 IV 행성에서 연합에 공개적으로 저항하다.
11. 2491—연합이 핵폭탄으로 코랄 IV 행성을 포격하다. 아크튜러스 멩스크가 계속해서 게릴라전으로 연합에 저항하다.
12. 2491—멩스크의 병력 '코랄의 후예'가 유령 요원 사라 케리건을 포획하여 함께 연합에 저항하라고 설득하다.
13. 2499—첫 번째 조우
    - 미지의 외계 종족 저그가 차우 사라와 마 사라 행성을 침공하다. 그 직후 미지의 두 번째 외계 종족 프로토스가 차우 사라에서 모든 생명체를 말살하다.
    - 마 사라에서 저그에 맞서 전투를 이끌던 보안관 짐 레이너가 연합에 저항을 선포하고 코랄의 후예에 합류하다.
    - 더 많은 행성들이 연합에 반기를 들다.
14. 2500—자치령의 대두
    - 아크튜러스 멩스크가 연합의 실험적인 기술을 사용하여 저그 군단을 타소니스에 끌어들여, 행성이 완전히 파괴되다. 멩스크가 자기 휘하의 요원 사라 케리건을 타소니스의 사지에 버리고, 그 일로 짐 레이너가 멩스크의 곁을 떠나다.
    - 테란이 모르는 사이, 케리건이 죽지 않고 저그에 생포되다.
    - 멩스크가 자신이 새로운 국가 테란 자치령의 통치자가 되었다고 선포하고, 흩어진 테란 연합의 병력을 집결하여 지배하다.
    - 저그가 프로토스의 고향 아이어를 뒤덮어 점령하지만, 군단의 지도자 초월체가 죽다.

15. 2500—새로운 충돌
    - 지구 집정 연합(UED) 원정 함대의 병력이 코프룰루 구역에 도착하여 테란의 행성들을 차지하려 하다.
    - 초월체가 죽은 후, 저그에 의해 감염되고 강화된 사라 케리건이 군단을 지배하려 하다. 그녀가 프로토스 및 인간 진영과 일시적으로 연합하여 UED 병력에 맞서다.
    - 저그의 유일한 지배자가 된 케리건이 아군에게 등을 돌리다. 프로토스와 UED, 자치령 병력이 차 행성에 있는 케리건의 요새를 공격하지만 실패로 돌아가다.
    - 살아남은 UED 병력이 뿔뿔이 흩어지다. 지구로 돌아간 사람은 없었다.
16. 2502—자치령 정보부에서 젊은 프로토스 사령관인 아르타니스가 아이어 프로토스와 암흑 기사단을 모두 이끌고 있다는 사실을 확인하다.
17. 2504—내전
    - 짐 레이너가 자치령에 대한 저항을 가속화하다. 아크튜러스의 아들인 발레리안 멩스크가 비밀리에 레이너를 돕다.
    - 저그가 다시 자치령 영토를 침공하기 시작하다.
    - 멩스크의 극단적인 통치 방식이 대중에 공개된 후, 시민 사회의 불안이 자치령의 주요 행성 전역으로 번지다.
    - 발레리안 멩스크와 호러스 워필드 장군이 이끄는 군대가 짐 레이너의 병력과 함께 저그의 차 행성을 공격하다. 이들이 사라 케리건을 무력화하고 생포하다.
18. 2505—다시 나타난 군단
    - 아크튜러스 멩스크가 우모자 영토에 있는 발레리안 멩스크의 요새에 공격을 개시하다. 짐 레이너가 붙잡히고, 사라 케리건이 탈출하다.
    - 아크튜러스 멩스크가 저그에 대한 승리를 선포하고, 사회적 동요를 잠재우기 위해 잔혹하게 시민사회를 탄압하는 정책을 제정하다.
    - 케리건이 저그에 대한 통제력을 되찾다.
    - 군단이 코랄을 침공하여 아크튜러스의 황궁으로 통하는 길을 열어 황제를 처

치하고 즉시 그 행성을 떠나다.
- 발레리안 멩스크가 자치령의 지도자가 되어 아버지의 정책을 개혁하기로 맹세하고 코프룰루 구역의 평화를 도모하다.

19. 2506―아몬과의 전쟁
- 프로토스의 황금 함대가 저그에게서 아이어를 수복하기 위한 공격을 개시하다.
- 아이어를 공격하는 동안 프로토스가 이 행성의 저그들이 타락한 젤나가 아몬의 지배를 받고 있다는 사실을 알아내다. 그 후 아몬이 칼라를 오염시켜 사이오닉으로 연결된 모든 프로토스를 통제하다. 암흑 기사 제라툴이 아르타니스 신관의 신경삭을 절단하여 그와 칼라의 연결을 끊고 아르타니스를 아몬의 손아귀에서 벗어나게 하지만, 이 전투에서 목숨을 잃다.
- 아르타니스가 최대한 많은 프로토스를 해방시키다. 그들이 살아남은 암흑 기사에게 합류하고 대함선 '아둔의 창'에 올라 아이어에서 탈출하다.
- 아르타니스와 그의 병력이 울나르로 가서 프로토스의 고대 후원자였던 젤나가의 운명을 알아내고, 아몬을 제외한 모두가 소멸하였음을 깨닫다. 그곳에서 아르타니스가 프로토스와 초월체의 유해를 사용하여 새로운 숙주를 만들어 내려던 아몬의 계획을 밝혀내다. 아몬이 성공한다면 전 우주의 모든 생명이 파괴될 운명이었다.
- 중추석이라는 고대 젤나가 유물을 사용하여 아르타니스가 아몬을 칼라에서 쫓아내고, 아몬의 지배를 받던 프로토스들이 신경삭을 잘라내고 자유를 찾다. 아르타니스와 그의 병력이 아이어를 수복하고 아몬을 공허로 추방하다.

2508―후유증
- 케리건, 짐 레이너, 아르타니스, 무리어미 자가라와 각 진영의 병력이 아몬을 처치하러 공허에 들어가다. 케리건이 젤나가의 남은 힘을 흡수하고 직접 젤나가가 되다. 케리건이 군단의 지휘권을 자가라에게 넘기다. 동맹의 지원을 받아 케리건이 아몬을 처치하고, 그 직후 모습을 감추다. 전투가 끝나고 얼마간의 시간이 지난 후 레이너 역시 사라지다.

- 테란, 프로토스, 저그가 적대 행위를 중단하다.
- 발레리안 멩스크가 자치령에서 선거를 개최하다.
- 자가라가 군단의 이름으로 차 행성 근처의 행성계를 차지하다.